【中国文化艺术名著丛书】

中国俗文学史（上）

郑振铎 著

许多俗文学的作品，却总可以给我们些东西。他们产生于大众之中，为大众而写作，表现着中国过去最大多数的人民的痛苦和呼吁，欢愉和烦闷，恋爱的享受和别离的愁叹，生活压迫的反响，以及对于政治黑暗的抗争；他们表现着另一个社会，另一种人生，另一方面的中国，和正统文学，贵族文学，为帝王所养活着的许多文人学士们所写作的东西里所表现的不同。只有在这里，才能看出真正的中国人民的发展、生活和情绪。中国妇女们的心情，也只有在这里才能大胆的、称心的不伪饰的倾吐着。

湖南大学出版社
HUNAN UNIVERSITY PRESS

图书在版编目(CIP)数据

中国俗文学史(上、下)/郑振铎著. —长沙:湖南大学出版社,2013.12
(中国文化艺术名著丛书)
ISBN 978-7-5667-0526-6

Ⅰ.①中… Ⅱ.①郑… Ⅲ.①民间文学—文学史—中国—古代
Ⅳ.①I207.7

中国版本图书馆 CIP 数据核字(2013)第 303995 号

中国俗文学史(上、下)
ZHONGGUO SUWENXUESHI

作　　者:郑振铎 著
责任编辑:王桂贞　责任校对:全 健　责任印制:陈 燕
特约编辑:李红艳 黄 佩
印　　装:长沙超峰印刷有限公司
开　　本:710×1000　16 开　印张:41　字数:602 千
版　　次:2014 年 8 月第 1 版　印次:2014 年 8 月第 1 次印刷
书　　号:ISBN 978-7-5667-0526-6/I·79
定　　价:80.00 元(全两册)

出 版 人:雷 鸣
出版发行:湖南大学出版社
社　　址:湖南·长沙·岳麓山　　邮　　编:410082
电　　话:0731-88822559(发行部),88821594(编辑室),88821006(出版部)
传　　真:0731-88649312(发行部),88822264(总编室)
网　　址:http://www.hnupress.com
电子邮箱:wanguia@126.com

整理说明

一、丛书第一辑凡20种，着力于“学术”与“文化”两方面，所收著作或为创制开新之作，或为传世经典之作。

二、第一辑收书范围，起于民国建立，迄于中华人民共和国成立。

三、所收诸书，原版本均为繁体文本，在其流布过程中，亦有版本差异、文字错讹等现象，为方便读者，按古籍整理通行之例作了整理工作：

（一）所选著作，以其原始版本为底本，尽量搜求不同版本，分别校勘，择善而从。

（二）校勘中，只校是非，不校异同。凡底本脱衍讹倒而他本不误者，据他本勘正。

（三）凡笔画小讹，不见字书，显系误刻者，一律径改，不出校记；凡日曰淆乱，己已巳混同，戊戌戍不分，一律径改，不出校记。

（四）一般不用理校方法径改原文，确有把握且非改不可者则径改。

（五）繁体字改为通行的简化字，但容易引起误解的人名、地名用字，仍保持原貌；习见的异体字、通假字，原则上保持原貌。

（六）标点符号用法，多依从作者习惯，除个别明显排印有误之外，均未予改动。

四、各书附后记，整理者对著者爵里、版本流布及相关评论均有说明，以期为读者提供阅读指南。

张之洞有言："凡有力好事之人，若自揣德业学问不足过人，而欲求不朽者，莫如刊布古书一法。其书终古不废，则刻书之人终古不泯。……且刻书者，传先哲之精蕴，启后学之困蒙，亦利济之先务，积善之雅谈也。"

美哉斯言，《中国文化艺术名著丛书》的出版，正是不朽之事业。

目录

上册

下册

第一章

何谓“俗文学”

一

何谓“俗文学”？“俗文学”就是通俗的文学，就是民间的文学，也就是大众的文学。换一句话，所谓俗文学就是不登大雅之堂，不为学士大夫所重视，而流行于民间，成为大众所嗜好，所喜悦的东西。

中国的“俗文学”，包括的范围很广。因为正统的文学的范围太狭小了，于是“俗文学”的地盘便愈显其大。差不多除诗与散文之外，凡重要的文体，像小说、戏曲、变文、弹词之类，都要归到“俗文学”的范围里去。

凡不登大雅之堂，凡为学士大夫所鄙夷，所不屑注意的文体都是“俗文学”。

“俗文学”不仅成了中国文学史的主要成分，且成了中国文学史的中心。

这话怎样讲呢?

第一，因为正统的文学的范围很狭小——只限于诗和散文。——所以中国文学史的主要的篇页，便不能不为被目为“俗文学”，被目为“小道”的“俗文学”所占领。那一国的文学史不是以小说、戏曲和诗歌为中心的呢？而过去的中国文学史的讲述却大部分为散文作家们的生平和其作品所占据。现在对于文学的观念变更了，对于不登大雅之堂的戏曲、小说、变文、弹词等等也有了相当的认识了，故这一部分原为“俗文学”的作品，便不能不引起文学史家的特殊注意了。

第二，因为正统文学的发展和“俗文学”的发展是息息相关的。许多的正统文学的文体原都是由“俗文学”升格而来的。像《诗经》，其中的大部分原来就是民歌。像五言诗原来就是从民间发生的。像汉代的乐府，六朝的新乐府，唐五代的词，元、明的曲，宋、金的诸宫调，那一个新文体不是从民间发生出来的。

当民间发生了一种新的文体时，学士大夫们起初是完全忽视的，是鄙夷不屑一读的。但渐渐的，有勇气的文人学士们采取这种新鲜的新文体作为自己的创作的形式了，渐渐的这种新文体得了大多数的文人学士们的支持了。渐渐的这种新文体升格而成为王家贵族的东西了。至此，而他们渐渐的远离了民间，而成为正统的文学的一体了。

当民间的歌声渐渐的消歇了时候，而这种民间的歌曲却成了文人学士们之所有了。

所以，在许多今日被目为正统文学的作品或文体里，起初有许多原是民间的东西，被升格了的，故我们说，中国文学史的中心是“俗文学”，这话是并不过分的。

二

“俗文学”有好几个特质，但到了成为正统文学的一支的时候，那些特质便都渐渐的消灭了；原是活泼泼的东西，但终于衰老了，僵硬了，而成为躯壳徒存的活尸。

“俗文学”的第一个特质是大众的。她是出生于民间，为民众所写作，且为民众而生存的。她是民众所嗜好，所喜悦的；她是投合了最大多数的民众之口味的。故亦谓之平民文学。其内容，不歌颂皇室，不抒写文人学士们的谈穷诉苦的心绪，不讲论国制朝章，她所讲的是民间的英雄，是民间少男少女的恋情，是民众所喜听的故事，是民间的大多数人的心情所寄托的。

她的第二个特质是无名的集体的创作。我们不知道其作家是什么人。他们是从这一个人传到那一个人，从这一个地方传到那一个地方。有的人加进了一点，有的人润改了一点。我们永远不会知道其真正的创作者与其正确的产生的年月的。也许是流传得很久了，也许是已经经过了无数人的传述与修改了。到了学士大夫们注意到她的时候，大约已经必是流布得很久，很广的了。像小说，便是在庙宇，在瓦子里流传了许久之后，方才被罗贯中、郭勋、吴承恩他们采用了来作为创作的尝试的。

她的第三个特质是口传的。她从这个人的口里，传到那个人的口里，她不曾被写了下来。所以，她是流动性的；随时可以被修正，被改样。到了她被写下来的时候，她便成为有定形的了，便可成为被拟仿的东西了。像《三国志平话》，原是流传了许久，到了元代方才有了定形；到了罗贯中，方才被修改为现在的式样。像许多弹词，其写定下来的时候，离开她开始弹唱的时候都是很久的。所谓某某秘传，某某秘本，都是这一类性质的东西。

她的第四个特质是新鲜的，但是粗鄙的。她未经过学士大夫们的手所触动，所以还保持其鲜妍的色彩，但也因为这所以还是未经雕斫的东西，相当的粗鄙俗气。有的地方写得很深刻，但有的地方便不免粗糙，甚至不堪入目。像《目连救母变文》《舜子至孝变文》《伍子胥变文》等等都是这一类。

她的第五个特质是其想像力往往是很奔放的，非一般正统文学所能梦见，其作者的气魄往往是很伟大的，也非一般正统文学的作者所能比肩。但也有其种种的坏处，许多民间的习惯与传统的观念，往往是极顽强的黏附于其中，任怎样也洗刮不掉。所以，有的时候，比之正统文学更要封建的，更要表示民众的保守性些。又因为是流传于民间的，故其内容，或题材，或故事，往往保存了多量的民间故事或民歌的特性；她往往是辗转抄袭的。有许多故事是互相模拟的。但至少，较之正统文学，其模拟性是减少得多了。她的模拟是无心的，是被融化了的；不像正统文学的模拟是有意的，是章仿句学的。

她的第六个特质是勇于引进新的东西。凡一切外来的歌调，外来的事物，外来的文体，文人学士们不敢正眼儿窥视之的，民间的作者们却往往是最早的便采用了，便容纳了它来。像戏曲的一个体裁，像变文的一种新的组织，像词曲的引用外来的歌曲，都是由民间的作家们先行采纳了来的。甚至，许多新的名辞，民间也最早的知道应用。

以上的几个特质，我们在下文便可以更详尽的明白的知道，这里可以不必多引例证。

我们知道，“俗文学”有她的许多好处，也有许多缺点，更不是像一班人所想像的，“俗文学”是至高无上的东西，无一而非杰作，也不是像另一班人所想像的，“俗文学”是要不得的东西，是一无可取的。

三

中国俗文学的内容，既包罗极广，其分类是颇为重要的。就文体上分别之，约有下列的五大类：

第一类，诗歌。这一类包括民歌、民谣、初期的词曲等等。从《诗经》中的一部分民歌直到清代的《粤风》《粤讴》《白雪遗音》等等，都可以算是这一类里的东西。其中，包括了许多的民间的规模颇不少的叙事歌曲，像《孔雀东南飞》以至《季布歌》《母女斗口》等等。

第二类，小说。所谓“俗文学”里的小说，是专指“话本”，即以白话写成的小说而言的；所有的谈说因果的《幽冥录》，记载琐事的《因话录》等等，所谓“传奇”，所谓“笔记小说”等等，均不包括在内。小说可分为三类：

一是短篇的，即宋代所谓“小说”，一次或在一日之间可以讲说完毕者，《清平山堂话本》《京本通俗小说》《古今小说》《警世通言》《醒世恒言》以至《拍案惊奇》《今古奇观》之类均属之。

二是长篇的，即宋代所谓“讲史”，其讲述的时间很长，决非三五日所能说得尽的。本来只是讲述历史里的故事，像《三国志》《五代史》里的故事，但后来却扩大而讲到英雄的历险，像《西游记》，像《水浒传》之类了；最后，且到社会里人间的日常生活里去找材料了，像《金瓶梅》《醒世姻缘传》《红楼梦》《儒林外史》等等都是。

三是中篇的，这一类的小说的发展比较的晚。原来像《清平山堂话本》里的《快嘴李翠莲记》等等都是单行刊出的，但篇幅比较的短。中篇小说的篇幅是至少四回或六回，最多可到二十四回的。大约其册数总是中型本的四册或六册，最多不过八册。像《玉娇梨》《平山冷燕》《平鬼传》《吴江雪》等等都是。其盛行的时代为明、清之间。

第三类，戏曲。这一类的作品，比之小说，其产量要多得多了。戏曲本来是比小说更复杂，更难写的一个文体。但很奇怪，在中国，戏曲的出产，竟比小说要多到数十倍。这一类的作品，部门是很复杂的，大别之，可分为三类：

一是戏文，产生得最早，是受了印度戏曲的影响而产生的，最初，有《赵贞女蔡二郎》及《王魁负桂英》等。到了明代中叶，昆山腔产生以后，戏文（那时名为传奇）更大量的出现于世。直到了清末，还有人在写作，这一类的戏曲，篇幅大抵较为冗长（初期的戏文较短）。每本总在二十出以上，篇幅最巨的，有到二百多出的（像乾隆时代的宫庭戏，如《劝善金科》《莲花宝筏》《鼎峙春秋》等）。最普通的篇幅是从三十出到五十出，约为二册。

二是杂剧，是受了戏文流行的影响，把“诸宫调”的歌唱变成了舞台的表演而形成的。其歌唱最为严格，全用北曲来唱，且须主角一人独唱到底。其篇幅因之较短。在初期，总是以四折组成（有少数是五折的）。如果五折不足以尽其故事，则析之为二本或四本五本。但究竟以一本四折者为最多。到了后期，则所谓杂剧变成了短剧或独幕剧的别称，最多数是一本一折的了（间有少数多到一本九折）。

三是地方戏，这一类的戏曲，范围广泛极了，竟有浩如烟海之感。戏文原来也是地方戏，被称为永嘉戏文，但后来成为流行全国的东西。近代的地方戏几乎每省均有之。为了交通的不便和各地方言的隔阂，所以地方戏最容易发展。广东戏是很有名的，绍兴戏和四明文戏也盛行于浙省。皮黄戏原来也是由地方戏演变而成的。有所谓徽调、汉调、秦腔等等，都是代表的地方戏，先于皮黄而出现，而为其祖祢的。

第四类，讲唱文学。这个名辞是杜撰的，但实没有其他更适当的名称，可以表现这一类文学的特质。这一类的讲唱文学在中国的俗文学里占了极重要的成分，且也占了极大的势力。一般的民众，未必读小说，未必时时得见戏曲的演唱，但讲演文学却是时时被当作精神上的主要的食粮的。许许多多的旧式的出赁的读物，其中，几全为讲唱文学的作品。这是真正的像水银泻地无孔不入的一种民间的读物，是真正的被妇孺老少所深爱看的作品。

这种讲唱文学的组织是以说白（散文）来讲述故事，而同时又以唱词（韵文）来歌唱之的；讲与唱互相间杂。使听众于享受着音乐和歌唱之外，又格外的能够明了其故事的经过。这种体裁，原来是从印度输入的。最初流行于庙宇里，为僧侣们说法、传道的工具。后来乃渐渐的出了庙宇而入于“瓦子”（游艺场）里。

他们不是戏曲，虽然有说白和歌唱，甚且演唱时有模拟故事中人物的动作的地方，但全部是第三身的讲述，并不表演的。（后来竟有模拟戏曲而在台上表演了，像近来流行的化装滩簧，化装宣卷之类。）

他们也不是叙事诗或史诗，虽然带着极浓厚的叙事诗的性质，但其以散文讲述的部分也占着很重要的地位，决不能成为纯粹的叙事诗。（后来的短篇的唱词，名为“子弟书”的，竟把说白的部分完全的除去了，更近于叙事诗的体裁了。）

他们是另成一体的，他们是另有一种的极大魔力，足以号召听众的。

他们的门类极为复杂，虽然其性质大抵相同。大别之，可分为：

一、“变文”，这是讲唱文学的祖祢，最早出现于世的。其初是讲唱佛教的故事，作为传道、说法的工具的，像《八相成道经变文》《目连变文》等等；且其讲唱只是限于在庙宇里的。但后来，渐渐的采取中国的历史上的故事和传说中的人物来讲唱了；像《伍子胥变文》《王昭君变文》《舜子至孝变文》等等；甚至有采用“时事”来讲唱的，像《西征记变文》。

二、“诸宫调”，当“变文”的讲唱者离开了庙宇而出现于“瓦子”里的时候，其讲唱宗教的故事者成为“宝卷”，而讲唱非宗教的故事的，便成了“诸宫调”。“诸宫调”的歌唱的调子，比之“变文”复杂得多。是采取了当代流行的曲调来组成其歌唱部分的。其性质和体裁却和“变文”无甚分别。在“诸宫调”里，我们有了几部不朽的名著，像董解元的《西厢记诸宫调》，无名氏的《刘知远诸宫调》。

三、“宝卷”，宝卷是“变文”的嫡系子孙，其歌唱方法和体裁，几和“变文”无甚区别；不过在其间，也加入了些当代流行的曲调。其讲唱的故事，也以宗教性质的东西为主体，像《香山宝卷》《鱼篮观音宝卷》《刘香女宝卷》等等。到了后来，也有讲唱非宗教的故事的，像《梁山伯宝卷》《孟姜女宝卷》等等。

四、“弹词”，这是讲唱文学里在今日最有势力的一支。弹词是流行于南方的，正像“鼓词”之流行于北方的一样，弹词在福建被称为“评话”，在广东，被称为“木鱼书”，或又作“南词”，其实是同一的东西。在弹词里，有一部分是妇女的文学，出于妇女之手，且为妇女而写作的，像《天雨花》《笔生花》《再生缘》等等。大部分是用国语文写成的。但也有纯用吴音写作的，这也占着一部分的力量，像《三笑姻缘》《珍珠塔》《玉蜻蜓》等等。福建的“评话”，以《榴花梦》为最流行，且最浩瀚，约有三百多册。

五、“鼓词”，这是今日在北方诸省最占势力的讲唱文学。其篇幅，大部分都极为浩瀚，往往在一百册以上；像《大明兴隆传》《乱柴沟》《水浒传》等等都是。其中，也有小型的，但大都以讲唱恋爱的故事为主体的，像《蝴蝶杯》等。在清代，有所谓“子弟书”的，乃是小型的鼓词，却除去道白，专用唱词，且以唱咏最精彩的故事中的一二段为主。子弟书有东调、西调之分。东调唱慷慨激昂的故事，西调则为靡靡之音。

第五类，游戏文章。这是“俗文学”的附庸。原来不是很重要的东西，且其性质也甚为复杂。大体是以散文写作的，但也有作“赋”体的。在民间，也占有相当的势力。从汉代的王褒《僮约》到缪莲仙的《文章游戏》，几乎无代无此种文章。像《燕子赋茶酒论》等是流行于唐代的。像《破棕帽歌》等，则流行于明代。他们却都是以韵文组成的，可归属在民歌的一类里面。

四

以上五类的俗文学，其消长或演变的情势，也有可得而言的。

中国古代的文学，其内容是很简单的，除了诗歌和散文之外，几无第三种文体。那时候，没有小说，没有戏曲，也没有所谓讲唱文学一类的东西。在散文方面，几乎全都是庙堂文学，王家贵族的文学，民间的作品全没有流传下来。但在诗歌方面，民间的作品却被《诗经》保存了不少。在《楚辞》里也保存了一小部分。《诗经》里的民歌，其范围是很广的。除少年男女的恋歌之外，还有牧歌、祭祀歌之类的东西。《楚辞》里的《大招》《招魂》和《九歌》乃是民间实际应用的歌曲吧。

秦、汉以来，《诗经》的四言体不复流行于世，而楚歌大行于世。刘邦为不甚读书，从草莽出身的人物。故一班的初期的贵族们只会唱楚歌、作楚歌，而不会写什么古典的东西。不久，在民间，渐渐的有另一种的新诗体在抬头了，那便是五言诗。起初，只表现她自己于民歌民谣里。但后来，学士大夫们也渐渐的采用到她了；班固的《咏史》便是很早的可靠的五言的诗篇。建安以后，五言诗始大行于世，成为六朝以来的重要诗体之一。当汉武帝的时候，曾采赵代之讴入乐。在汉乐府里，也有很多的民歌存在着。

汉、魏乐府在六朝成古典的东西，而民歌又有新乐府抬起头来。立刻便为学士大夫们所采用。六朝的新乐府有三种：一是吴声歌曲，像《子夜歌》《读曲歌》；二是西曲歌，像《莫愁乐》《襄阳乐》等；三是横吹曲辞（这是北方的歌曲），像《企喻歌》《咙头流水歌》等。

到了唐代，佛教的势力更大了，从印度输入的东西也更多了。于是民间的歌曲有了许多不同的体裁。而文人们也往往以俗语入诗，有的通俗诗人们，像王梵志、寒山们，所写作的且全为通俗的教训诗。

在这时，讲唱文学的“变文”被介绍到庙宇里了；成为当时最重要的俗文学，且其势力立刻便很大。

敦煌文库的被打开，使我们有机会得以读到许多从来不知道的许多唐代的俗文学的重要作品。

“大曲”在这时成为庙堂的音乐，在其间，有许多是胡夷之曲。很可惜，我们得不到其歌辞。

“词”在这时候也从民间抬头了，且这新声也立刻便为文人学士们所采用。在其间，也有许多是胡夷之曲。

在宋代，“变文”的名称消灭了，但其势力却益发的大增了；差不多没有一种新文体不是从“变文”受到若干的影响的。瓦子里讲唱的东西，几乎多多少少都和“变文”有关系。以“讲”为主体而以“唱”为辅的，则有“小说”，有“讲史”；讲唱并重（或更注重在唱的）则有“诸宫调”。

这时，瓦子里所流行的“俗文学”，其种类实在复杂极了，于“小说”等外，又有“唱赚”，有“杂剧词”，有“转踏”等等。（大曲仍流行于世，杂剧词多以大曲组成之。）

印度的戏曲，在这时也被民间所吸引进来了。最初流行于浙江的永嘉，故亦谓之“永嘉杂剧”或戏文。

金、元之际，“杂剧”的一种体裁的戏曲也产生于世，在一百多年间，竟有了许多的伟大的不朽的名著。

南北曲也被文人们所采用。

宝卷、弹词在这时候也都已出现于世。（杨维桢有《四游记》弹词。最早的宝卷《香山宝卷》，相传为南宋时所作。）

明代是小说戏曲最发达的时候。民间的歌曲也更多的被引进到“散曲”里来。鼓词第一次在明代出现。宝卷的写作，盛行一时，被视作宣传宗教的一种最有效力的工具。

明代的许多文人们，竟有勇气在搜辑民歌，拟作民歌；像冯梦龙一人便辑着十卷的《山歌》，若干卷（大约也有十卷左右吧）的《挂枝儿》。许多的俗文学都在结集着，像宋以来的短篇话本，便结集而成为“三言”。许多的讲史都被纷纷的翻刻着，修订着，且拟作者也极多。

清代是一个反动的时代。古典文学大为发达。俗文学被重重的压迫着，几乎不能抬起头来。但究竟是不能被压得倒的。小说戏曲还不断的有人在写作。而民歌也有好些人在搜集，在拟作。宝卷、弹词、鼓词都大量的不断的产生出来。俗文学在暗地里仍是大为活跃。她是永远的健生着，永远的不会被压倒的。

“五四”运动以来，搜辑各地民歌及其他俗文学之风大盛。他们不再被歧视了。我们得到了无数的新的研究的材料，而研究的工作也正在进行着。

五

在这里，如果要把俗文学的一切部门都加以讲述，是很感觉到困难的。恐怕三四倍于现在的篇幅，也不会说得完。故把最重要的两个部门，即小说和戏曲，另成为专书，而这里只讲述到小说、戏曲以外的俗文学，但也已觉得并不是一件容易的事了。

第一，是材料的不易得到。著者在十五六年来，最注意于关于俗文学的资料的收集。在作品一方面，于戏曲、小说之外，复努力于收罗宝卷、弹词、鼓词以及元、明、清的散曲集；对于流行于今日的单刊小册的小唱本、小剧本等等，也曾费了很多的力量去访集。“一·二八”的上海战事，几把所有的小唱本、小剧本以及弹词、鼓词等毁失一空。四五年来，在北平复获得了这一类的书籍不少。壮年精力，半殚于此。但究竟还未能臻于丰富之境，不过得十一于千百而已。然同好者渐多。重要的图书馆，也渐已知道注意搜访此类作品。今所讲述的，只能以著者自藏的为主，而间及其他各公私所藏的重要者。故只能窥豹一斑而已。只是研究的开始，而尚不是结束的时代。

第二，尤为困难的是，许多的记述，往往都为第一次所触手的，可依据的资料太少；特别关于作家的，几乎非件件要自己去掘发，去发现不可。而数日辛勤的结果，往往未必有所得。即有所得，也不过寥寥数语而已。惟因评断和讲述多半为第一次的，故往往也有些比较新鲜的刺激和见解。

第三，有一部分的俗文学，久已散佚，其内容未便悬断，便影响到一部分的结论的未易得到。但著者在可能的范围之内，必求其讲述的比较的有系统，尤其注意到各种俗文学的文体的演变与其所受的影响。故有许多地方，往往是下着比较大胆的结论。对于这，著者虽然很谨慎，且多半是久蓄未发之话，但也许仍难免有粗率之点。这只是第一次的讲述，将来是不怕没有人来修正的。

对于各种俗文学的文体的讲述，大体上都注重于其初期的发展，而于其已成为文人学士们的东西的时候，则不复置论。一来是省掉许多篇幅，这些篇幅是应该留给一般的中国文学史的；这里只是讲着俗文学的演变而已；当俗文学变成了正统的文学时，这里便可以不提及了。二来是正统文学的材料，比较的易得。这里对于许多易得的材料都讲述得较少，而对于比较难得的东西，则引例独多。这对于一般读者们，也许更为方便而有用些。

所以，本书对于五言诗只讲到东汉初为止，而建安的一个五言的大时代便不着只字；对于词，只提到敦煌发现的一部分，而于温庭筠以下的《花间》词人和南唐二主，南北宋诸大家，均不说起。对于明、清曲，也只注意到民间歌曲，和那一班模拟或采用着民歌的作者们，而对于许多大作家，像陈大声、王九思等等，均省略了去。——这里，只有一二个例外，就是对于元代的散曲，叙述各家比较详尽。这是因为元曲讲述之者尚罕见，有比较详述的必要。

六

胡適之先生说道：“中国文学史上何尝没有代表时代的文学？但我们不应向那‘古文传统史’里去寻，应该向那旁行斜出的‘不肖’文学里去寻。因为不肖古人，所以能代表当世。”（《白话文学史》引子，第四页）这话是很对的。讲述俗文学史的时候，随时都可以发生同样的见解。“因为不肖古人，所以能代表当世。”有三五篇作品，往往是比之千百部的诗集、文集更足以看出时代的精神和社会的生活来的。他们是比之无量数的诗集、文集，更有生命的。我们读了一部不相干的诗集或文集，往往一无印象，一无所得，在那里是什么也没有，只是白纸印着黑字而已。但许多俗文学的作品，却总可以给我们些东西。他们产生于大众之中，为大众而写作，表现着中国过去最大多数的人民的痛苦和呼吁，欢愉和烦闷，恋爱的享受和别离的愁叹，生活压迫的反响，以及对于政治黑暗的抗争；他们表现着另一个社会，另一种人生，另一方面的中国，和正统文学、贵族文学、为帝王所养活着的许多文人学士们所写作的东西里所表现的不同。只有在这里，才能看出真正的中国人民的发展、生活和情绪。中国妇女们的心情，也只有在这里才能大胆的、称心的、不伪饰的倾吐着。

这促使我更有决心的去完成这个工作。——这工作虽然我在十五六年前已经在开始准备着。

但这部《俗文学史》还只是一个发端，且只是很简略的讲述。更有成效的收获还有待于将来的续作和有同心者的接着努力下去。

我相信，这工作并不浪费。——不仅仅在填补了许多中国文学史的所欠缺的篇页而已。

第二章
古代的歌谣

一

古代的歌谣，最重要的一个总集，自然是《诗经》。《诗经》在很早的时候，便被升格而当做“应用”的格言集或外交辞令的。孔子，相传的一位《诗经》的编订者，便很看重“诗”的应用的价值。

> 诗，可以兴，可以观，可以群，可以怨；迩之事父，远之事君，多识于鸟、兽、草、木之名。

这是孔子的话。他又道：

> 不学诗，无以言。

这可以算是最彻底的“诗”的应用观了。在实际上，当孔子那时候，“诗”恐怕也确是有实用的东西。我们知道在“春秋”的时候，诸侯们、大臣们，乃至史家们，每每的引诗以明志，称诗以断事，或引诗以臧否人物。见于《左传》《国语》的关于这一类的记载，异常的多。

吴侵楚，养由基奔命，子庚以师继之。……大败吴师，获公子党。君子以吴为不吊。《诗》曰：不吊昊天，乱靡有定。

——《左传》襄十三年

癸酉，葬襄公。公薨之月，子产相郑伯以如晋。……晋侯见郑伯，有加礼。厚其宴好而归之。乃筑诸侯之馆。叔向曰：辞之不可以已也如是夫！子产有辞，诸侯赖之。若之何其释辞也？《诗》曰：辞之辑矣，民之协矣。辞之绎矣，民之莫矣。其知之矣。

——《左传》襄三十一年

《诗经》在这时候似乎已被蒙上了一层迷障。她的真实的性质已很难得为人所看得明白。

到了汉代，经学成了仕进之途之一。博士相传，惟以训诂章句为业；对于《诗经》更是茫然的不知其真相的为何。他们以她为“圣经”之一了，再也不敢去研究其内容，更不敢去讨论、去估定其在文学上的价值了。齐、鲁、韩三家以及毛诗的一家，全都是争逐于训诂之末，像猜谜似的在推测，在解说着“诗”意的。齐诗尤可怪，简直是以“诗”为“卜”。

在唐以后，经了朱熹诸人的打破了迷古的训诂的重障，以直觉来说“诗”，方才发现了“诗”的正义的一部了。但还不够胆大，还不敢完全冲破古代的旧解的牢笼。

我们如果以《诗经》和《乐府诗集》《花间集》《太平乐府》《阳春白雪》

一类的书等类齐观，我们才能完全明白《诗经》的内容并没有什么奥妙，并没有什么神秘。

在《诗经》里，在那三百篇里，性质是极为复杂的；自庙堂之作以至里巷小民之歌，无所不有。而里巷之作，所占的成分尤多。以孔子的论“诗”的眼光看来，他是不会编选这部不朽的“古诗总集”的。“诗”的编定也许曾经过不少人的手。孔子也许只是最后的一个订定者而已。我们看，《诗经》以外，古书里所引的“逸诗”之少，便可以知道“三百篇”的这个数目乃是相当古老的相传的内容了。

《诗经》里“里巷之歌”，近来的一般人只知道注意到“桑间濮上”的恋歌；这一部分的民间恋歌自然不失其为最晶莹的珠玉。但尤其重要的还是民间的一些农歌，一些社饮、祷神、收获的歌。古代的整个农业社会的生活状态在那里都活泼泼的被表现出来。

我们现在先讲恋歌及其他性质的东西，然后再谈到关于农民生活的歌谣。

二

《诗经》里的恋歌，描写少年儿女的恋态最无忌惮，最为天真，像：

> 彼狡童兮，不与我言兮。维子之故，使我不能餐兮。　彼狡童兮，不与我食兮。维子之故，使我不能息兮。（郑）

这一篇歌不是说的男的不理会女的了，而女的是那样的不能餐不能息的在不安着么？《青青子衿》写相思者的悠悠的心念着穿着青衿的人儿，又责备着他：

> 青青子衿，悠悠我心。纵我不往，子宁不嗣音？ 青青子佩，悠悠我思。纵我不往，子宁不来？ 挑兮达兮，在城阙兮，一日不见，如三月兮。（郑）

但一到见了他，又是如何的如渴者的赴水。“一日不见，如三月兮！”他们是如何的不能一刻离别！

《将仲子》是一篇写着少女的羞怯的恋情，她不是不怀念着恋着她的人，却又畏着父母、诸兄，畏着人的多言；多方的顾忌着。惟恐因了情人的鲁莽而为人所知：

> 将仲子兮，无逾我里，无折我树杞。岂敢爱之，畏我父母。仲可怀也，父母之言，亦可畏也。 将仲子兮，无逾我墙，无折我树桑。岂敢爱之，畏我诸兄。仲可怀也，诸兄之言，亦可畏也。 将仲子兮，无逾我园，无折我树檀。岂敢爱之，畏人之多言。仲可怀也，人之多言，亦可畏也。（郑）

《陈风》里的“月出皎兮”写怀人的心境最为尖新隽逸。那首诗的三节，逐渐的说出三个层次的不同的心境。初是“劳心悄兮”，继而“劳心慅兮”，终而“劳心惨兮”。后来民歌里的《五更转》便是由此种形式蜕化出来的。

> 月出皎兮，佼人僚兮。舒窈纠兮，劳心悄兮。 月出皓兮，佼人懰兮。舒忧受兮，劳心慅兮。 月出照兮，佼人燎兮。舒夭

绍兮，劳心惨兮。（陈）

《终风》也是一篇怀人的诗。是那样的思念着，表面上却要装着笑容。虽是有说有笑的，那里知道心里却是“悼”着，怀念着。

终风且暴，顾我则笑。谑浪笑敖，中心是悼。　终风且霾，惠然肯来。莫往莫来，悠悠我思！　终风且曀，不日有曀。寤言不寐，愿言则嚏。　曀曀其阴。虺虺其雷。寤言不寐，愿言则怀。

《晨风》也是怀人之作。到林里山里去，怎么见不到他呢？是把自己忘了吧？这也是三个阶段的心理，终于是“忧心如醉”。

鴥彼晨风，郁彼北林，未见君子，忧心钦钦。如何如何，忘我实多。　山有苞栎，隰有六驳，未见君子，忧心靡乐。如何如何，忘我实多。　山有苞棣，隰有树檖。未见君子，忧心如醉。如何如何，忘我实多。（《秦风·晨风》）

《小雅》里的“白华菅兮”，凡八节，是怀人诗里比较最深刻，最挚切的了。人是远去了，自己独处在室。到处触物，都成了相思的资料。乃至怀疑到“之子无良，二三其德”。

白华菅兮。白茅束兮。之子之远，俾我独兮。　英英白云，露彼菅茅。天步艰难，之子不犹。　滮池北流，浸彼稻田，啸歌伤怀，念彼硕人。　樵彼桑薪，卬烘于煁。维彼硕人，实劳我心。　鼓钟于宫，声闻于外，念子懆懆，视我迈迈。　有鹙在梁，有鹤在林。维彼硕人，实劳我心。　鸳鸯在梁，戢其左翼。之子无良，二三其德。　有扁斯石，履之卑兮。之子之远，俾我疷兮。（《小雅》）

《卫风》里的“氓之蚩蚩”是一篇叙事诗，写着一大段恋爱的经过；从初恋到别离，到结合，到婚后的生活，到三年后的“士贰其行”，到女子的自怨自艾。和《白头吟》很相类。

氓之蚩蚩，抱布贸丝。匪来贸丝，来即我谋。送子涉淇，至于顿丘。匪我愆期，子无良媒。将子无怒，秋以为期。　乘彼垝垣，以望复关。不见复关，泣涕涟涟，既见复关，载笑载言。尔卜尔筮，体无咎言，以尔车来，以我贿迁。　桑之未落，其叶沃若。于嗟鸠兮，无食桑葚。于嗟女兮，无与士耽。士之耽兮，犹可说也。女之耽兮，不可说也。　桑之落矣，其黄而陨。自我徂尔，三岁食贫，淇水汤汤，渐车帷裳。女也不爽，士贰其行。士也罔极，二三其德。　三岁为妇，靡室劳矣。夙兴夜寐，靡有朝矣。言既遂矣，至于暴矣。兄弟不知，咥其笑矣，静言思之，躬自悼矣。　及尔偕老，老使我怨。淇则有岸，隰则有泮，总角之宴，言笑晏晏。信誓旦旦，不思其反。反是不思，亦已焉哉！（卫）

要把《诗经》里的恋歌一首首的都举出来，在这里是不可能的。上面只是举几个比较重要的例子而已。

但远古的恋爱生活在这里已可以看出多少来。

三

在古代，很早的便有征“役”的制度。人民个个都有当兵服役的义务。常常为了应兵役而远远的离开了家。杜甫、白居易的诗里对于这事都有很沉痛的描写。在《诗经》里，也有这一类的诗。一个壮丁离别了少妇，执殳而为王的先驱；一个执殳者连夜晚也还不得休息；这情形在“诗”里写得悱怨。

《小星》被解为“夫人无妒忌之行，惠及贱妾，进御于君”是很可笑的。这明明是一个“肃肃宵征，夙夜在公”的行役者的呼吁；所谓“抱衾与裯”是带了行囊去“上直”的意思。

嘒彼小星，三五在东。肃肃宵征，夙夜在公，实命不同。 嘒彼小星，维参与昴。肃肃宵征，抱衾与裯，实命不犹。

“伯兮朅兮”一首，写丈夫执了殳，为王的先驱去了，少妇在闺中天天的思念着他，连膏沐也都不施。丈夫走了，她还为谁而修饰着容颜呢？

伯兮朅兮，邦之桀兮。伯也执殳，为王前驱。 自伯之东，首如飞蓬。岂无膏沐，谁适为容？ 其雨其雨，杲杲出日。愿言思伯，甘心首疾。 焉得谖草？言树之背。愿言思伯，使我心痗。（卫）

《君子于役》也是思妇怀念其应征役而去的丈夫的，写得是那样的深情悱恻：

> 君子于役，不知其期，曷至哉！鸡栖于埘。日之夕矣，羊牛下来。君子于役，如之何勿思！　君子于役，不日不月，曷其有佸！鸡栖于桀，日之夕矣，羊牛下括。君子于役，苟无饥渴？(王)

“君子于役”去了，不知什么时候才回来。天已经黑下来了，鸡都归了窝，牛羊也都从牧场里赶回来了，“君子”还在服役，怎么能不思念着他呢？也不知道他什么时候才回来？他在“于役”时，饥了么？渴了么？她是那样的关心着他！

在《诗经》里找到了《黄鸟》和《我行其野》二篇是最有趣味的事。这两篇是同性质的东西。读了《我行其野》便更可以明了《黄鸟》说的是什么事。

> 黄鸟黄鸟，无集于谷，无啄我粟。此邦之人，不我肯谷。言旋言归，复我邦族。　黄鸟黄鸟，无集于桑，无啄我粱。此邦之人，不可与明。言旋言归，复我诸兄。　黄鸟黄鸟，无集于栩，无啄我黍。此邦之人，不可与处。言旋言归，复我诸父。
>
> 我行其野，蔽芾其樗。昏姻之故，言就尔居。尔不我畜，复我邦家。　我行其野，言采其蓫。昏姻之故，言就尔宿。尔不我畜，言归斯复。　我行其野，言采其葍。不思旧姻，求尔新特。成不以富，亦只以异。

“昏姻之故，言就尔居。”这不明明的说着“入赘”的事么？“尔不我畜，复我邦家”和“此邦之人，不我肯谷。言旋言归，复我邦族”，其事实是相同的。赘婿之不为人所重，古今如一。《刘知远诸宫调》写知远入赘李家，受尽李氏兄弟的欺辱。他乃慨叹的说道：

劝人家少年诸子弟，愿生生世世休做女婿。

他受不住那苦处，不得不和三娘别离而出走。《黄鸟》和《我行其野》写的还不是这同样的情绪么？

四

在《周南》《召南》里，有几篇民间的结婚乐曲，和后代的“撒帐词”等有些相同。《关雎》里有“琴瑟友之”，“钟鼓乐之”，明是结婚时的歌曲。

关关雎鸠，在河之洲。窈窕淑女，君子好逑。　参差荇菜，左右流之。窈窕淑女，寤寐求之。　求之不得，寤寐思服。悠哉悠哉，辗转反侧。　参差荇菜，左右采之。窈窕淑女，琴瑟友之。　参差荇菜，左右芼之。窈窕淑女，钟鼓乐之。

《桃夭》一首也全是祝颂的话，那三节完全是同一个意义，只是重叠的歌唱着而已。

桃之夭夭，灼灼其华。之子于归，宜其室家。　桃之夭夭，有蕡其实。之子于归，宜其家室。　桃之夭夭，其叶蓁蓁。之子于归，宜其家人。

《摽有梅》和《鹊巢》也是同样的乐歌。把结婚时的迎入“新人”喻作鸠居鹊巢，是有趣的。

摽有梅，其实七兮。求我庶士，迨其吉兮。 摽有梅，其实三兮。求我庶士，迨其今兮。 摽有梅，顷筐塈之，求我庶士，迨其谓之。 维鹊有巢，维鸠居之。之子于归，百两御之。 维鹊有巢，维鸠方之。之子于归，百两将之。 维鹊有巢，维鸠盈之。之子于归，百两成之。

《秦风》里的《无衣》，可以看出这个秦民族的尚武精神。人民们是兄弟似的衣袍相共，“修我戈矛”，为国而共同作战。

岂曰无衣，与子同袍。王于兴师，修我戈矛，与子同仇。 岂曰无衣，与子同泽。王于兴师，修我矛戟，与子偕作。 岂曰无衣，与子同裳。王于兴师，修我甲兵，与子偕行。（秦）

《魏风》里的《伐檀》是《诗经》里很罕见的一篇讽刺诗。这不是凡伯的诗，这不是寺人孟子的诗，这是老百姓们的讥刺着“君子”——贵族们——的诗。那些贵族们不稼不穑，却取着“禾三百廛”；不狩不猎，而看着他们的庭上却悬着貆，悬着特，悬着鹑。这些东西从那里来的呢？还不是从老百姓那里征来的，夺来的！

坎坎伐檀兮，置之河之干兮，河水清且涟漪。不稼不穑，胡取禾三百廛兮？不狩不猎，胡瞻尔庭有县貆兮？彼君子兮，不素餐兮！　坎坎伐辐兮，置之河之侧兮，河水清且直猗。不稼不穑，胡取禾三百亿兮。不狩不猎，胡瞻尔庭有县特兮？彼君子兮，不素食兮！　坎坎伐轮兮，置之河之漘兮，河水清且涟漪。不稼不穑，胡取禾三百囷兮？不狩不猎，胡瞻尔庭有县鹑兮？彼君子兮，不素飧兮。（魏）

“彼君子兮，不素餐兮！”骂的是如何的蕴蓄而刻毒！

五

在《诗经》里，有许多描写农民生活的歌谣。这些歌谣，最足以使我们注意。他们把古代的农业社会的面目，和农民们的欢愉、愁苦和怨恨全都表白出来，而且表白得那末漂亮，那末深刻，那末生动活泼；仿佛两千数百年前的劳苦的农家的景象就浮现在此刻的我们的面前。这是最可珍贵的史料，同时也是不朽的名作。像《诗经》里的恋歌，在后代还不难找到同类的甚至更美好的作品；但像这一类的诗篇，在后代却几乎绝迹不见了。农民们受到更重更深的压迫和负担，竟连叹息和呼吁的时间或机会都没有。等到他们站在死亡线上，前面只有死路一条的时候，便不能不“揭竿而起”了。而在这早期的农业社会里，他们至少却还能叹息着呼吁着，诉着自己的被剥削、被掠夺的苦闷。

我们看《七月》这一篇诗写农人们的辛勤的生活是如何的详尽而逼真：

七月流火，九月授衣。一之日觱发，二之日栗烈，无衣无褐，何以卒岁，三之日于耜，四之日举趾。同我妇子，馌彼南亩，田畯至喜。　七月流火，九月授衣。春日载阳。有鸣仓庚。女执懿筐，遵彼微行。爰求柔桑，春日迟迟。采蘩祁祁，女心伤悲，殆及公子同归。　七月流火，八月萑苇，蚕月条桑，取彼斧斨，以伐远扬，猗彼女桑。七月鸣鵙，八月载绩。载玄载黄，我朱孔阳，为公子裳。　四月秀葽，五月鸣蜩。八月其获，十月陨萚。一之日于貉，取彼狐狸，为公子裘，二之日其同，载缵武功，言私其纵，献豜于公。　五月斯螽动股，六月莎鸡振羽，七月在野，八月在宇，九月在户，十月蟋蟀，入我床下，穹窒熏鼠，塞向墐户。嗟我妇子，曰为改岁，入此室处。　六月食郁及薁，七月亨葵及菽，八月剥枣，十月获稻。为此春酒，以介眉寿。七月食瓜，八月断壶，九月叔苴，采荼薪樗，食我农夫。　九月筑场圃，十月纳禾稼。黍稷重穋。禾麻菽麦。嗟我农夫，我稼既同，上入执宫功。昼尔于茅，宵尔索绹，亟其乘屋，其始播百谷。　二之日，凿冰冲冲，三之日，纳于凌阴，四之日其蚤，献羔祭韭。九月肃霜，十月涤场，朋酒斯飨，曰杀羔羊。跻彼公堂，称彼兕觥，万寿无疆。

却也处处流露出不平之鸣。“无衣无褐，何以卒岁？”然而却要采桑绩丝“为公子裳”，却要“取彼狐狸，为公子裘”，却要“献豜于公”。好容易到了十月，农事已毕，方才“朋酒斯飨”，安逸几时。

畟畟良耜，俶载南亩。播厥百谷，实函斯活。或来瞻女，载筐及筥。其饟伊黍，其笠伊纠，其镈斯赵，以薅荼蓼。荼蓼朽止，黍稷茂止。获之挃挃，积之栗栗，其崇如墉，其比如栉。以开百室，百室盈止。妇子宁止，杀时犉牡，有捄其角，以似以续，续古之人。

这一篇《良耜》从播百谷，写到耕耘，写到收获。是那样的丰收，积粟竟至“其崇如墉，其比如栉。以开百室，百室盈止”。于是全家“杀时犉牡”，很欢乐的结束了一岁的辛勤。《大田》所写的和《良耜》相同，而比较的更为详尽。

大田多稼，既种既戒。既备乃事，以我覃耜。俶载南亩，播厥百谷。既庭且硕，曾孙是若。　既方既皂，既坚既好。不稂不莠，去其螟螣，及其蟊贼，无害我田稚。田祖有神，秉畀炎火。有渰萋萋，兴雨祈祈。雨我公田，遂及我私。彼有不获稚，此有不敛穧。彼有遗秉，此有滞穗，伊寡妇之利。　曾孙来止，以其妇子，馌彼南亩，田畯至喜。来方禋祀，以其骍黑，与其黍稷，以享以祀，以介景福。

所谓“彼有不获稚，此有不敛穧。彼有遗秉，此有滞穗，伊寡妇之利”，是说，在那时，当收获的时候，凡田里有遗下的秉、穗，都归寡妇之所有。

《甫田》也是同性质的东西。

倬彼甫田，岁取十千。我取其陈，食我农人。自古有年，今适南亩。或耘或耔，黍稷薿薿。攸介攸止，烝我髦士。　以我齐明，与我牺羊。以社以方，我田既臧。农夫之庆，琴瑟击鼓。以御田祖，以祈甘雨。以介我稷黍，以谷我士女。　曾孙来止，以其妇子。馌彼南亩，田畯至喜。攘其左右，尝其旨否。禾易长亩，终善且有。曾孙不怒，农夫克敏。　曾孙之稼，如茨如梁。曾孙之庾。如坻如京。乃求千斯仓，乃求万斯箱。黍稷稻粱，农夫之庆。报以介福，万寿无疆。（《小雅》）

《丰年》一篇写得最简单。说的是丰收之后，将余谷来“为酒为醴，烝畀祖妣”。

丰年多黍多稌，亦有高廪，万亿及秭。为酒为醴，烝畀祖妣。以洽百礼，降福孔皆。

《行苇》和《既醉》都是描写宴饮的情形的；或是乡间社饮时所奏的乐歌吧，故多善祷善颂的话。

《行苇》一篇写宴饮的次第，写“既燕而射”的投壶的情形，甚为生动。而《既醉》则不过是祷颂之祝语而已。

敦彼行苇，牛羊勿践履。方苞方体，维叶泥泥。　戚戚兄弟，莫远具尔。或肆之筵，或授之几。　肆筵设席。授几有缉御。或献或酢，洗爵奠斝。　醓醢以荐，或燔或炙。嘉殽脾臄，或歌或咢。　敦弓既坚，四鍭既钧。舍矢既均，序宾以贤。　敦弓既句，既挟四鍭。四鍭如树，序宾以不侮。　曾孙维主，酒醴维醹。酌以大斗，以祈黄耇。　黄耇台背，以引以翼。寿考维祺，以介景福。

既醉以酒，既饱以德。君子万年，介尔景福。　既醉以酒，尔殽既将。君子万年，介尔昭明。　昭明有融，高朗令终。令终有俶，公尸嘉告。　其告维何？笾豆静嘉。朋友攸摄，摄以威仪。　威仪孔时，君子有孝子。孝子不匮，永锡尔类。　其类维何？室家之壸。君子万年，永锡祚胤。　其胤维何？天被尔禄。君子万年，景命有仆。　其仆维何？厘尔女士。厘尔女士，从以孙子。

《伐木》也是写“朋酒斯飨”的情形的。“坎坎鼓我，蹲蹲舞我”，农余之暇，宴饮的时候，他们是知道怎样的愉乐自己，以舒一岁的积劳的。

伐木丁丁，鸟鸣嘤嘤。出自幽谷，迁于乔木。嘤其鸣矣，求其友声。　相彼鸟矣，犹求友声。矧伊人矣，不求友生！神之听之，终和且平。　伐木许许，釃酒有藇。既有肥羜，以速诸父。宁适不来，微我弗顾？　于粲洒埽，陈馈八簋。既有肥牡，以速诸舅。宁适不来？微我有咎？　伐木于阪，釃酒有衍。笾豆有践，兄弟无远。民之失德，乾糇以愆。　有酒湑我，无酒酤我。坎坎鼓我，蹲蹲舞我。迨我暇矣，饮此湑矣。（《小雅》）

最后，还要一提《无羊》。《无羊》是一篇最漂亮的牧歌。“尔羊来思，其角濈濈，尔牛来思，其耳湿湿”那活泼生动的形容，在后人的诗里还不曾见到过。“麾之以肱，毕来既升”的一段，正好作“日之夕矣，牛羊下来”的那一句话的形容。

谁谓尔无羊？三百维群。谁谓尔无牛，九十其犉。尔羊来思，其角濈濈，尔牛来思，其耳湿湿。　或降于阿，或饮于池，或寝或讹。尔牧来思，何蓑何笠，或负其糇，三十维物，尔牲则具。尔牧来思，以薪以蒸，以雌以雄。尔羊来思，矜矜兢兢，不骞不

崩。麾之以肱，毕来既升。　牧人乃梦，众维鱼矣，旐维旟矣，大人占之。众维鱼矣，实维丰年。旐维旟矣，室家溱溱。（《小雅》）

六

《楚辞》里也有许多民歌性质的东西。楚人善讴。楚歌在秦、汉间是最流行的一种歌声。不仅项羽，就是刘邦和他的宫庭中人，对于楚歌也是极爱好的。屈原、宋玉之作，其受到民歌的影响是当然的。

在《楚辞》里最可注意的是《九歌》和《大招》《招魂》。

《九歌》大部分是迎神、送神和祝神的乐曲。朱熹说：

> 昔楚南郢之邑，沅、湘之间，其俗信鬼而好祀。其祀必使巫觋作乐，歌舞以娱神。蛮荆陋俗，词既鄙俚；而其阴阳人鬼之间，又或不能无亵慢淫荒之杂。原既放逐，见而感之，故颇为更定其词，去其泰甚。

是朱氏承认《九歌》原为湘、沅之间祀神的乐歌，屈原仅“更定其词，去其泰甚”而已。

《九歌》凡十一篇，“吉日兮辰良”的《东皇太一》疑是迎神之曲，恰好和《礼魂》的送神曲：“成礼兮会鼓之长，无绝兮终古”相终始的。不过屈原改作的成分太多了，已看不出民歌的原来的浑朴的气质。

《招魂》相传为宋玉作。朱熹说：“古者人死，则使人以其上服，升屋履危，北面而号曰：皋某复！遂以其衣三招之。乃下以覆尸，此礼所谓复也。荆、楚之俗，乃或以是施之生人。故宋玉哀闵屈原无罪放逐，恐其魂魄离散而不复还。遂因国俗，托帝命，假巫语以招之。”我们看《招魂》的语气，确是招生魂之作。其描写的层次，完全具有宗教仪式上的必要的共同的条件。后代的迎亲曲，以至僧徒的“焰口”，放生咒等等，其结构都和此有些相同。故《招魂》之受有民歌极大的影响是无疑的，或竟是改作的“招魂曲”，为民间实际上应用的东西吧。

《大招》不知何人所作。“或曰屈原，或曰景差。”其性质和《招魂》完全相同；也恐是民间实际上应用的“招魂曲”。不过是《招魂》的异本，或流行于另一个地域的“招魂曲”而已。

现在把这两篇“招魂曲”的内容列一表如下：

招　魂		大　招
序　曲	1.“朕幼清以廉洁兮”以下为离去的魂的自白。 2.“帝告巫阳曰”以下为帝命巫阳去招魂。	“魂魄归来，无远遥只。魂乎归来，无东无西无南无北只。”
向东方招魂	东方有“长人千仞，惟魂是索”。又有“十日代出，流金铄石”。魂其归来，东方是“不可以托”的。	东有大海。“魂乎无东，汤谷寂寥只。”
向南方招魂	南方有吃人的蛮族，有吞人的蝮蛇，封狐。魂其归来，南方“不可以久淫”。	南有炎火千里。蝮蛇虎豹极多。“魂乎无南，蜮伤躬只。”
向西方招魂	西方有流沙千里，五谷不生，又无所得水。魂其归来。	西有流沙，又有豕头纵目之物。“魂乎无西，多害伤只。”
向北方招魂	北方有“增冰峨峨，飞雪千里”，魂其归来，“不可以久”。	北有寒山，代水深不可测。“魂乎无往，盈北极只。”
向天上招魂	天上有害人的虎豹，有豺狼，有九首的人。魂其归来。否则恐危其身。	
向幽都招魂	下方幽都有可怕的吃人的土伯。魂其归来，否则“恐自遗灾”。	
以上叙魂的离去之危苦，下文叙魂的归来之乐。		

续表

反故居之乐1.	衣服之舒暖	饮食之美
反故居之乐 2.	宫室之华美，淑女之媚态。	女乐之欢
反故居之乐 3.	饮食之美	宫室之丽
反故居之乐 4.	女乐之欢	功业之盛
终曲（乱曰）：	“魂兮归来哀江南。”	

其内容虽略有不同，而结构却是完全相同的。（《大招》不向天上及幽都招魂，恐亦系地域的信仰关系。）先示之以各方的恐怖，都不可去，继乃力阐归来有无穷之乐。这完全是招生魂的话。故他们当是病危时所应用的巫师的乐曲。朱熹的解说，很是合理。在其间，我们不仅可以明白古代招魂的宗教仪式，且也可以明白秦、汉以前我们南方民族对于东西南北及上下各方的想像的描状；较《山海经》简单而更近于真相些。所谓千仞的长人，九首的人，所谓土伯，所谓豕头纵目之人，都是很有趣的最早的神话的资料。

七

《诗经》以外的古代歌谣，实在没有多少。逸“诗”经后人的辛勤的搜辑，可靠的不过薄薄的一卷而已。（《诗经拾遗》一卷，清郝懿行编，有《郝氏遗书》本）且也无甚重要者。此外，古代各书所引的民间歌谣，大半也都不过是零句片语，不能成篇，且多半是一种谚语或格言，不足重视。

姑引可靠的几部古书里所载的这一类谚语十几则，以见一斑。

孟子所引谚语，像《公孙丑篇》：

齐人有言曰：虽有智慧，不如乘势；虽有镃基，不如待时。

又《离娄篇》上：

沧浪之水清兮，可以濯我缨；沧浪之水浊兮，可以濯我足。

都是格言式的东西。

《左传》里引“谚”最多，这里也只能举其数则。

狐裘龙茸，一国三公，吾谁适从？

——《春秋》左氏僖五年传

辅车相依，唇亡齿寒。

原田每每，舍其旧而新是谋。

——《春秋》左氏僖二十八年传

取我衣冠而褚之，取我田畴而伍之。孰杀子产，吾其与之！

我有子弟，子产诲之，我有田畴，子产殖之。子产而死，谁其嗣之？

——《春秋》左氏襄三十年传

最后这一篇是成片段的民谣了。

此外《荀子》《吴越春秋》和《家语》里也有可注意的谚语。

《吴越春秋》：

同病相怜，同忧相救。

这也是一种格言。

《家语·辩政篇》：

> 天将大雨，商羊鼓舞。

又《家语·子路初见篇》：

> 相马以舆，相士以居。

这种民间的成语，乃是从经验里得来的东西。

《荀子·大略篇》：

> 欲富乎？忍耻矣，倾绝矣，绝故旧矣，与义分背矣。

这却带些讽刺的骂世的意味了。

参考书目

一、《毛诗传笺》三十卷，郑玄笺，有《相台五经》本，坊刻本亦多。

二、《毛诗正义》四十卷，孔颖达疏，有阮刻《十三经注疏》本。

三、《诗集传》八卷，朱熹撰，坊刻本极多。

四、《诗三家义集疏》二十八卷，王先谦编，乙卯虚受堂刊本。

五、《周人经说》八卷（存四卷），王绍兰撰，有《功顺堂丛书》本。关于《诗经》的，见第四卷。

六、《诗经拾遗》一卷，郝懿行撰，有《郝氏遗书》本。

七、《楚辞章句》，王逸注，刊本甚多。

第三章

汉代的俗文学

一

汉代的文学，并不怎样的发达。为汉代文学之中心的辞赋，上乘的杰作实在很少。汉赋是古典主义的作品，是全然模拟古人的作风的东西。他们只走着两条路，他们只具有两种不同的倾向。一种是作者的叹穷诉苦的东西，这是“辞”，这是从《离骚》模拟而来的。贾谊的《吊屈原赋》《鹏鸟赋》还是有灵魂的文章。但到了东方朔的《答客难》，扬雄的《解嘲》，班固的《答宾戏》，崔骃的《达旨》便成了俳优式的文学了；只是个人主义的充满了利禄观念的作品了。东方朔曾经说道：“侏儒饱欲死，臣朔饥欲死！”这话充分的表白出东方朔为什么要写《答客难》的原因。狐狸吃不着葡萄，恨恨的走了开去，说道：“这葡萄太酸”，便是这个心理。这种个人主义的著作是并不怎样可重视的。

一种是铺张扬厉，颂德歌功的庙堂之作。这是“赋”，这是从《大招》《招魂》，从枚乘《七发》模拟而得的东西。篇幅虽然很弘巨，结构却是那样的幼稚。《七发》的结构已是十分的松懈，其结束尤为勉强之至。而所谓《子虚》《上林》《两京》《三都》《长杨》《羽猎》诸赋，则更千篇一例，读一知百，除了夸大的描状之外，几乎一无所有。他们自以为是“讽”谏，其实是“讽一而劝百”！古云：“登高能赋，可以为大夫。”他们便是文学侍从之臣的真相，专为皇帝装饰门面，铺张隆治的。这一类的作品较之《答客难》等，尤为没有生命；远远看见是一片的金光，走近来察之，却不过是太阳照射在玻璃窗上所反映的光而已。

所以我曾说，汉代乃是诗思最消歇的一个时代。

被古典的空气的重重压迫之下，民间的文学当然不能很发达。而时代相隔已久，我们也很难得到多量的材料。但即在所得到的材料里面讲来，古典主义究竟压不死活泼泼的民间文学。民间作品在汉代依然能够顽强的生存着。春草自绿，春水自波，决不会受人力的干涉而枯黄、干涸了的。

二

汉高帝刘邦原来是一个无赖子，溺儒冠，乱骂人，“为天下者不顾家”，“幸分我一杯羹”，处处都表现其为一个无教育的人物。所以，他不会欣赏古典的东西的。他喜欢楚歌，爱看楚舞，他自己也会作楚歌。而楚歌，乃是当时流行的民歌，大约是随了楚兵的破秦而大流行于世的。他有《大风歌》和《鸿鹄歌》，都是楚歌。

大风歌

《史记》：高祖既定天下，还过沛留，置酒沛宫，悉召故人父老子弟佐酒。发沛中儿。得百二十人。教之歌。酒酣，上击筑自歌曰：

大风起兮云飞扬，威加海内兮归故乡。安得猛士兮守四方？

鸿鹄歌

《史记》：高帝欲立戚夫人子赵王如意，后不果。戚夫人涕泣。帝曰：为我楚舞，我为若楚歌。其旨言：太子得四皓为辅，羽翼成就，不可易也。

鸿鹄高飞，一举千里。羽翼已就，横绝四海。横绝四海，又可奈何！虽有缯缴，将安所施？

刘邦的妾戚夫人，为其妻吕后所囚，剪去她的头发，穿着赭衣，令在承巷里舂米。戚姬一面舂，一面想念着她的儿子赵王如意，唱着楚歌道：

子为王，母为虏。终日舂薄暮，常与死为伍。相离三千里，当谁使告汝！

赵幽王刘友娶吕氏女而不爱，爱他姬。诸吕谗之于吕后。她大怒，令兵围其邸，竟至饿死。他在被幽禁时，曾作歌道：

诸吕用事兮刘氏微，迫协王侯兮强授我妃。我妃既妒兮诬我以恶，谗女乱国兮上曾不寤。我无忠良兮何故弃国，自决中野兮苍天与道！于嗟不可悔兮宁早有财！为王饿死兮谁者怜之？吕氏绝理兮托天报仇!

这不绝像口头的说话么?

诸吕用事，朱虚侯刘章心里很不平。有一天，宫庭里宴会的时候，吕后命他监酒。他起来歌舞，作《耕田歌》道:

涤耕，穊种，立苗欲疏。非其种者，锄而去之。

这也是近乎白话的诗歌。

在汉初，自刘邦以下诸侯王未必都受过古典的教育，但往往能楚歌，故自刘邦、戚姬以下，所作的楚歌，都是浅显如话的。

到了汉武帝刘彻的时候，便有些不同了。这时，古典主义的势力已经渐渐的大了。挟书之禁，早已除去。刘彻他自己是最喜欢文学的。他看重枚乘、司马相如等。他自己所作的楚歌，像《秋风辞》《落叶哀蝉曲》等便作风有异了。这时的楚歌却变成了逼肖《离骚》《九章》了，而非复近乎口语的东西。

但像其长子燕刺王刘旦将自杀时的歌:

归空城兮，狗不吠，鸡不鸣。横术何广广兮，因知国中之无人。

其第五子广陵厉王刘胥的歌:

欲久生兮无终，长不乐兮安穷?奉天期兮不得须臾，千里马兮驻待路。黄泉下兮幽深，人生要死，何为苦心?何用为乐?心所喜，出入无悰。为乐亟。蒿里召兮非门阋，死不得取代，庸身自逝。

都还带着极浓厚的白话的气息的，杨恽的《答孙会宗书》中有一诗云：

田彼南山，芜秽不治。种一顷田，落而为萁。人生行乐耳，须富贵何时！

也是明白浅显的。

张衡的《四愁诗》，也是楚歌，“我所思兮在太山，欲往从之梁甫艰，侧身东望涕沾翰。……”而古典的气息已是相当的浓厚了。

三

五言诗在什么时候代替楚歌而起的呢？起于枚乘或李陵、苏武之说是不可靠的。最早的五言诗都是童谣民歌一类的东西。《汉书·五行志》载汉武帝时童谣云：

邪径败良田，谗口乱善人。桂树华不实，黄雀巢其颠。昔为人所羡，今为人所怜。

又《汉书》载承始、元延间（汉成帝时）长安人歌尹赏云：

安所求子死？桓东少年场。生时谅不谨，枯骨后何葬？

可靠的五言诗没有更早于汉成帝（公元前三十二至公元前七年）时候的。

后汉的时代，五言诗的主体还是民歌民谣。《后汉书》载光武时，樊晔为天水太守，政严猛。人有犯其禁者，率不生出狱。凉州为之歌道：

> 游子常苦贫，力子天所富。宁见乳虎穴，不入冀府寺。大笑期必死，忿怒或见置。嗟我樊府君，安可再遭值！

《后汉书》又载童谣歌云：

> 城中好高髻，四方高一尺。城中好广眉，四方且半额。城中好大袖，四方全匹帛。

这些都可见出是民歌、民谣的本来面目。五言诗在这个时候，似还未为学士大夫们所注意。

但班固却很早的便注意到她。班固在《汉书》里已引五言，当然会受到影响。

> 三王德弥薄，惟后用肉刑。太仓令有罪，就逮长安城。自恨身无子，困急独茕茕。小女痛父言，死者不可生。上书诣阙下，思古歌鸡鸣。忧心摧折裂，晨风扬激声。圣汉孝文帝，恻然感至情。百男何愦愦，不如一缇萦！

这是咏歌汉文帝时少女缇萦上书救父的事的。虽是“咏史”，却已开了以五言诗体来写“叙事诗”的大路了。

张衡也有《同声歌》：“邂逅承际会，得充君后房。情好所交接，恐慄若探汤”，颇富于民歌的趣味。

汉末，五言诗始大行于世，但还未尽脱民歌的作风，有许多还是带着很浓厚的口语的成分。

《青青河边草》的一首《饮马长城窟行》，相传为蔡邕作，惟《文选》以此首为无名氏作。但“青青河边草”如非邕作，他实际上也曾作着五言诗的，像《翠鸟》：“庭陬有若榴，绿叶含丹荣。翠鸟时来集，振翼修形容。”托物见志，也有民歌的余意。

郦炎的《见志诗》二首诗，也明白如话：

大道修且长，窘路狭且促。修翼无卑栖，远趾不步局。舒吾凌霄羽，奋此千里足。超迈绝尘驱，倏忽谁能逐？贤愚岂常类，禀性在清浊。富贵有人籍，贫贱无天录。通塞苟由己，志士不相卜。陈平教里社，韩信钓河曲。终居天下宰，食此万钟禄。德音流千载，功名重山岳。

灵芝生河洲，动摇因洪波。兰荣一何晚，严霜瘁其柯。哀哉二方草，不植泰山阿！文质道所贵，遭时用有嘉。绛灌临衡宰，谓谊崇浮华。贤才抑不用，远投荆南沙。抱玉乘龙骥，不逢乐与和。安得孔仲尼，为世陈四科。

赵壹的《疾邪诗》二首，最近于口语。他恃才倨傲，为乡党所摈。后屡抵罪，几至死，友人救得免。“散愤兰蕙，指斥囊钱”（《诗品》语），这是他处困境的呼号：

河清不可俟，人命不可延，顺风激靡草，富贵者称贤。文籍虽满腹，不如一囊钱！伊优北堂上，肮脏倚门边。

执家多所宜，咳唾自成珠，被褐怀金玉，兰蕙化为刍。贤者虽独悟，所困在群愚。且各守尔分，勿复空驰驱！哀哉复哀哉，此是命矣夫！

孔融在汉末，清名令望，著于天下，曹操最忌他。后来，竟令路粹诬奏他，下狱弃市。二子也俱死。他遭着这样不可言说的冤苦，在狱中，写有《杂诗》一篇：

远送新行客，岁暮乃来归。入门望爱子，妻妾向人悲；闻子不可见，日已潜光辉。孤坟在西北，常念君来迟。褰裳上墟丘，但见蒿与薇。白骨归黄泉，肌体乘尘飞；生时不识父，死后知我谁？孤魂游穷暮，飘飖安所依！人生图孠息，尔死我念追。俯仰内伤心，不觉泪沾衣。人生自有命，但恨生日希。

这是披肝沥胆的哀音，和刘友具有同样的情怀的。又临终时，有诗一首，那是更近于口语的。他原是颇敏感的人，对于俗谚方言，故能脱口即出：

临终诗

言多令事败，器漏苦不密。河溃蚁孔端，山坏由猿穴。涓涓江汉流，天窗通冥室。谗邪害公正，浮云翳白日，靡辞无忠诚，华繁竟不实。人有两三心，安能合为一。三人成市虎，浸渍解胶漆。生存多所虑，长寝万事毕。

秦嘉为郡上计，其妻徐淑寝疾还家，不获面别，乃作诗三首赠她，这三首诗显然也是受有当时流行的民歌的影响的：

人生譬朝露，居世多屯蹇！忧艰常早至，欢会常苦晚。念当奉时役，去尔日遥远。遣车迎子还，空往复空返。省书情凄怆，临食不能饭。独坐空房中，谁与相劝勉？长夜不能眠，伏枕独辗转。忧来如循环，匪席不可卷。

皇灵无私亲，为善荷天禄。伤我与尔身，少小罹茕独。既得结大义，欢乐苦不足。念当远别离，思念叙款曲。河广无舟梁，道近隔丘陆。临路怀惆怅，中驾正踯躅。浮云起高山，悲风激深谷。良马不回鞍，轻车不转毂。针药可屡进，愁思难为数。贞士笃终始，恩义不可促。

肃肃仆夫征，锵锵扬和铃。清晨当引迈，束带待鸡鸣。顾看空房中，仿佛想姿形。一别怀万恨，起坐为不宁。何用叙我心，遗思致款诚。宝钗好耀首，明镜可鉴形。芳香去垢秽，素琴有清声。诗人感木瓜，乃欲答瑶琼。愧彼赠我厚，惭此往物轻。虽知未足报，贵用叙我情。

建安诸子所写乐府及五言诗都多少的受有民歌的影响。应玚的《斗鸡诗》《别诗》都很近于白话。应璩的《百一诗》，就今所存者观之，甚为浅显通俗，极似民间流行的格言诗。已为王梵志、寒山、拾得们导其先路，像：

细微可不慎！堤溃有蚁穴。腠理早从事，安复劳针石？……

子弟可不慎！慎在选师友。师友必长德，中才可进诱。……

史称其“虽颇谐，然多切时要”。

这种模拟民歌之作或受民歌影响的东西，至晋初而未绝，我们且引程晓的《嘲热客》为结束。这虽不是汉诗，但可见五言诗在这时还未完全成为古典的。

> 平生三伏时，道路无行车。闭门避暑卧，出入不相过。今世䄡䙱子，触热到人家。主人闻客来，颦蹙奈此何！谓当起行去，安坐正咨嗟。所说无一急，喒唅一何多？疲瘠向之久，甫问君极那。摇扇髀中疾，流汗正滂沱。莫谓为小事，亦是一大瑕。传戒诸高明，热行宜见呵。

这是一首开玩笑的诗，不仅明白如话，且简直引进了许多方言俗语，像“喒唅一何多”，“甫问君极那”之类。这是俗文学史里极可珍贵的材料。

四

无名氏的五言古诗，像《古诗十九首》等，作非一人，也非出于一时；必定是经过了许多人的修改、润饰，而最后到了汉末方才写定的。钟嵘说道：“古诗眇邈，人世难详。推其文体，固炎汉之制，非衰周之倡也。”他又道：“其外‘去者日以疏’四十五首，虽多哀怨，颇为总杂。旧疑是建安中，曹、王所制。”大约有许多古诗，到了曹、王时候方才有了最后的定本吧。

这些古诗，对于后代的影响颇大；自建安以后，受其影响的诗人们极多。同时，且带着很浓厚的民歌的本色，使我们可以明白汉代的民歌究竟是如何样子的——其实和《子夜》《读曲》乃至《挂枝儿》《马头调》都同样的以“哀怨”为主的。

《古诗十九首》以情诗为主，大抵这些情诗都是思妇怀人之作，其内容和辞语有些是不甚相远的；这乃是民歌的特质之一；她是决不迟疑的袭用着他人之辞语的。

> 行行重行行，与君生别离，相去万余里，各在天一涯。道路阻且长，会面安可知？胡马依北风，越鸟巢南枝。相去日已远，衣带日已缓。浮云蔽白日，游子不顾返。思君令人老，岁月忽已晚。弃捐勿复道，努力加餐饭！

这是南北两地相隔而不能相见的情形。还是不用去思念着，而“努力加餐饭”吧。

第八首的“冉冉孤生竹”也是思女望男不至的哀怨之音。“思君令人老，轩车来何迟”，和《行行重行行》的“思君令人老，岁月忽已晚”是同样的意义。

> 冉冉孤生竹，结根泰山阿。与君为新妇，兔丝附女萝；兔丝生有时，夫妇会有宜。千里远结婚，悠悠隔山陂。思君令人老，轩车来何迟！伤彼蕙兰花，含英扬光辉；过时而不采，将随秋草萎。君亮执高节，贱妾亦何为！

《古诗三首》中的《橘柚垂华实》一首，也有同样的“过时不采”之感：

橘柚垂华实，乃在深山侧。闻君好我甘，窃独自雕饰。委身玉盘中，历年冀见食。芳菲不相投，青黄忽改色。人傥欲我知，因君为羽翼。

《十九首》里第二首的《青青河畔草》，乃是春日怀人之作，较之唐人诗的“忽见陌头杨柳色，悔教夫婿觅封侯”，尤为深刻。

青青河畔草，郁郁园中柳。盈盈楼上女，皎皎当窗牖；娥娥红粉妆，纤纤出素手。昔为倡家女，今为荡子妇。荡子行不归，空床难独守。

第十九首《明月何皎皎》写得更为温柔敦厚：

明月何皎皎？照我罗床帏。忧愁不能寐，揽衣起徘徊。客行虽云乐，不如早旋归。出户独彷徨，愁思当告谁？引领还入房，泪下沾裳衣！

第十六首《凛凛岁云暮》和第十七首《孟冬寒气至》也都是怀人之曲。当冬寒岁暮的时候，游子离家不归，思妇独宿在室中，长夜漫漫，其情绪是更为凄楚的：

孟冬寒气至，北风何惨栗？愁多知夜长，仰观众星列。三五明月满，四五蟾兔缺；客从远方来，遗我一书札。上言长相思，下言久离别。置书怀袖中，三岁字不灭。一心抱区区，惧君不识察。

凛凛岁云暮，蝼蛄夕鸣悲。凉风率已厉，游子寒无衣。锦衾遗洛浦，同袍与我违。独宿累长夜，梦想见容辉。良人惟古欢，枉驾惠前绥。愿得长巧笑，携手同车归。既来不须臾，又不处重闱。亮无晨风翼，焉能凌风飞？盼睐以适意。引领遥相睎，徙倚怀感伤，垂涕沾双扉。

第七首的《明月皎夜光》和《孟冬寒气至》和《明月何皎皎》二首的情绪和辞语都有相同处：

明月皎夜光，促织鸣东壁，玉衡指孟冬，众星何历历？白露沾野草，时节忽复易，秋蝉鸣树间，玄鸟逝安适？昔我同门友，高举振六翮。不念携手好，弃我如遗迹！南箕此有斗，牵牛不负轭，良无磐石固，虚名复何益。

第十首《迢迢牵牛星》写得最为清丽可喜：

迢迢牵牛星，皎皎河汉女，纤纤擢素手，札札弄机杼。终日不成章，泣涕零如雨。河汉清且浅，相去复几许。盈盈一水间，脉脉不得语。

相传为苏武诗的《烛烛晨明月》一首，其情绪也是同样的：

烛烛晨明月，馥馥秋兰芳。芬馨良夜发，随风闻我堂；征夫怀远路，游子恋故乡。寒冬十二月，晨起践严霜。俯观江汉流，仰视浮云翔。良友远别离，各在天一方；山海隔中州，相去悠且长，嘉会难再遇，欢乐殊未央，愿君崇令德，随时爱景光！

《十九首》里第五首的《西北有高楼》和第十二首的《东城高且长》，都是以弦歌之声来烘托出思妇之情怀的。“慷慨有余哀”和“音响一何悲”是抱着很相同的哀怨之感的。“四时更变化”一语，写所思不仅在一时一节，而是无时不在想念着的：

西北有高楼，上与浮云齐，交疏结绮窗，阿阁三重阶；上有弦歌声，音响一何悲？谁能为此曲，无乃杞梁妻？清商随风发，中曲正徘徊，一弹再三叹，慷慨有余哀！不惜歌者苦，但伤知音稀。愿为双黄鹄，奋翅起高飞。

东城高且长，逶迤自相属；回风动地起，秋草萋以绿。四时更变化，岁暮一何速？晨风怀苦心，蟋蟀伤局促。荡涤放情志，何为自结束？燕赵多佳人，美者颜如玉。被服罗裳衣，当户理清曲。音响一何悲，弦急知柱促。驰情整巾带，沉吟聊踯躅。思为双飞燕，衔泥巢君屋。

被称为苏武诗的《黄鹄一远别》一首，也是以“弦歌”来写怀的：

黄鹄一远别，千里顾徘徊。胡马失其群，思心常依依；何况双飞龙，羽翼临当乖。幸有弦歌曲，可以喻中怀。请为游子吟，泠泠一何悲，丝竹厉清声，慷慨有余哀。长歌正激烈，中心怆以摧。欲展清商曲，念子不能归！俯仰内伤心，泪下不可挥。愿为双黄鹄，送子俱远飞。

这一首和《西北有高楼》似是一诗的转变，其间辞语的相同处很可使我们注意。

《十九首》里第六首《涉江采芙蓉》和第九首《庭中有奇树》，其语意是很相同的。

涉江采芙蓉，兰泽多芳草，采之欲遗谁？所思在远道。还顾望旧乡，长路漫浩浩。同心而离居，忧伤以终老！

庭中有奇树，绿叶发华滋。攀条折其荣，将以遗所思。馨香盈怀袖，路远莫致之。此物何足贵，但感别经时。

所谓香草美人之思，正是这一类的诗篇。采了芳草，摘了芙蓉将以送给什么人呢？所思是在那辽远的地方，如何可以“致之”呢？《古诗三首》里的《新树兰蕙葩》，似也是这二诗的异本：

新树兰蕙葩，杂用杜蘅草。终朝采其华，日暮不盈抱。采之欲遗谁？所思在远道。馨香易销歇，繁华会枯槁；怅望何所言，临风送怀抱。

《十九首》里第十八首的《客从远方来》却弹出一个异调了。这是欢愉之音，从情人的遗赠而更坚固其爱情的：“以胶投漆中，谁能别离此！”

客从远方来，遗我一端绮。相去万余里，故人心尚尔！文彩双鸳鸯，裁为合欢被，著以长相思，缘以结不解。以胶投漆中，谁能别离此！

五

《古诗十九首》给魏、晋文人的印象最深者，还是其中表现着“人生几何”的直率的哲理诗的六首。这六首的情调大致是相同的。既然“人生寄一世”是“奄忽若飙尘”，那末为什么不饮酒作乐呢？为什么不秉烛夜游呢？为什么不追求于刹那的享受之后呢？这种情调是民歌里所常见到的；李白的诗，元人的散曲都浓厚的沉浸在这种情调之中。建安曹、王诸人及其后诸诗人之作，也不时的表现着这种由悲观主义而遁入刹那的享受主义的人生观。

青青陵上柏，磊磊涧中石。人生天地间，忽如远行客。斗酒相娱乐，聊厚不为薄。驱车策驽马，游戏宛与洛。洛中何郁郁？冠带自相索。长衢罗夹巷，王侯多第宅；两宫遥相望，双阙百余尺。极宴娱心意，戚戚何所迫？

今日良宴会，欢乐难具陈，弹筝奋逸响，新声妙入神；令德唱高言，识曲听其真，齐心同所愿，含意俱未伸。人生寄一世，奄忽若飙尘。何不策高足，先据要路津。无为守穷贱，轗轲长苦辛。

回车驾言迈，悠悠涉长道。四顾何茫茫，东风摇百草。所遇无故物，焉得不速老！盛衰各有时，立身苦不早。人生非金石，岂能长寿考。奄忽随物化，荣名以为宝。

驱车上东门，遥望郭北墓。白杨何萧萧，松柏夹广路；下有陈死人，杳杳即长暮。潜寐黄泉下，千载永不寤。浩浩阴阳移，年命如朝露。人生忽如寄，寿无金石固。万岁更相送，贤圣莫能度。服食求神仙，多为药所误。不如饮美酒，被服纨与素。

去者日以疏，来者日以亲。出郭门直视，但见丘与坟；古墓犁为田，松柏摧为薪。白杨多悲风，萧萧愁杀人。思还故里闾，欲归道无因。

生年不满百，常怀千岁忧。昼短苦夜长，何不秉烛游？为乐当及时，何能待来兹！愚者爱惜费，但为后世嗤。仙人王子乔，难可与等期。

六

被称为苏武、李陵作的十几首古诗，几乎没有一首不好。在《古诗十九首》之外，这若干首的古诗最足以为我们注意。在其间，民歌的情趣是浓厚的。除了上文所引的和《古诗十九首》里几首相同的以外，其余的也都可以看出是：他们本来是民间歌曲，至少或是受民歌影响很深的。旧称为苏武《答李陵诗》的《童童孤生柳》：

童童孤生柳，寄根河水泥。连翩游客子，于冬服凉衣。去家千里余，一身常渴饥；寒夜立清庭，仰瞻天汉湄。寒风吹我骨，严霜切我肌。忧心常惨戚，晨风为我悲。瑶光游何速，行愿支荷迟。仰视云间星，忽若割长帷。低头还自怜，盛年行已衰。依依恋明世，怆怆难久怀！

和《十九首》里的《冉冉孤生竹》是颇为相同的。

被称为苏武《别李陵》诗“二凫俱北飞”一首，是深情厚谊的“别诗”，辞意浅近而挚切：

二凫俱北飞，一凫独南翔。子当留斯馆，我当归故乡。一别如秦胡，会见何讵央！怆恨切中怀，不觉泪沾裳。愿子长努力，言笑莫相忘！

所谓苏武诗的《骨肉缘枝叶》和《结发为夫妻》二首，语语都是切近而真挚的。民歌里写别后相思的最多，写别离之顷的情绪而像这二首那末隽美的却极少。

骨肉缘枝叶，结交亦相因。四海皆兄弟，谁为行路人？况我连枝树，与子同一身。昔为鸳与鸯，今为参与辰。昔者长相近，邈若胡与秦。惟念当乖离，恩情日以新；鹿鸣思野草，可以喻嘉宾。我有一尊酒，欲以赠远人。愿子留斟酌，叙此平生亲。

结发为夫妻，恩爱两不疑。欢娱在今夕，燕婉及良时；征夫怀往路，起视夜何其。参辰皆已没，去去从此辞。行役在战场，相见未有期。握手一长叹，泪为生别滋！努力爱春华，莫忘欢乐时，生当复来归，死当长相思。

又有所谓李陵《答苏武诗》的二首：《良时不再至》和《携手上河梁》，也都是写“黯然魂销”的别时情景的。《西厢记》的“眼阁着别离泪”一场写得最好，而这里“屏营衢路侧，执手野踟蹰”，已足以尽之。

良时不再至，离别在须臾。屏营衢路侧，执手野踟蹰。仰视浮云驰，奄忽互相逾。风波一失所，各在天一隅！长当从此别，且复立斯须。欲因晨风发，送子以贱躯。

携手上河梁，游子暮何之？徘徊蹊路侧，悢悢不能辞；行人难久留，各言长相思。安知非日月，弦望自有时；努力崇明德，皓首以为期。

无名氏的古诗，可称的还很多。《步出城东门》一首极为清丽。“前日风雪中，故人从此去”，和《诗经》的“今我来思，雨雪霏霏”，足以并称。“愿为双黄鹄，高飞还故乡”，是古诗里常见之语。在民歌里辞句往往是不嫌蹈袭不避引用习语的：

步出城东门，遥望江南路。前日风雪中，故人从此去。我欲渡河水，河水深无梁。愿为双黄鹄，高飞还故乡。

《古诗四首》里的《悲与亲友别》《四坐且莫喧》《穆穆清风至》三首都是很可称道的。《四坐且莫喧》，以炉香为喻，颇有巧思；《穆穆清风至》则辞意清丽，“青袍似春草，长条随风舒”，即物起兴，也是民歌里常用的方法：

悲与亲友别，气结不能言；赠子以自爱，道远会见难！人生无几时，颠沛在其间；念子弃我去，新心有所欢。结志青云上，何时复来还？

四坐且莫喧，愿听歌一言。请说铜炉器，崔嵬象南山。上枝以松柏，下根据铜盘，雕文各异类，离娄自相连。谁能为此器？公输与鲁班。朱火然其中，青烟扬其间。从风入君怀，四坐莫不叹。香风难久居，空令蕙草残。

穆穆清风至，吹我罗裳裙。青袍似春草，长条随风舒。朝登津梁山，褰裳望所思。安得抱柱信，皎日以为期！

别有无名氏的《古诗四首》，都只有五言的四句，故《古诗源》乃别称之为《古绝句》。这四首充分的表现着民歌的特色。《稿砧今何在》以隐语藏情意。在汉末，隐语是同时流行于雅士俗人之间的。《菟丝从长风》的写法，也是民歌所常用的：

稿砧今何在？山上复有山。何当大刀头，破镜飞上天。

日暮秋云阴，江水清且深。何用通音信，莲花玳瑁簪。

菟丝从长风，根茎无断绝；无情尚不离，有情安可别！

南山一树桂，上有双鸳鸯；千年长交颈，欢庆不相忘。

在无名氏《古诗四首》里，有《上山采蘼芜》，乃是很短隽的一篇叙事诗。

上山采蘼芜，下山逢故夫。长跪问故夫，新人复何如？新人虽言好，未若故人姝，颜色类相似，手爪不相如。新人从门入，故人从阁去。新人工织缣，故人工织素。织缣日一匹，织素五丈余；将缣来比素，新人不如故。

《古诗三首》里的《十五从军征》，乃是很悲痛的一首社会诗。十五岁当军人去了，到了八十方回，而家中人已经是亡故甚久了。大有丁令威归来之感。这一类的情绪，文人们往往托之以仙佛的奇迹；欧文（W.Irving）

的《睡乡记》(*Rip Van Winkle*)也是如此。惟此篇独具人间性,而没有一点神怪的成分。其情绪又是如何的凄楚难忍!

> 十五从军征,八十始得归。道逢乡里人,"家中有阿谁"?"遥望是君家,松柏冢累累"。兔从狗窦入,雉从梁上飞。中庭生旅谷,井上生旅葵。烹谷持作饭,采葵持作羹。羹饭一时熟,不知贻阿谁?出门东向望,泪落沾我衣!

古诗里,叙事之作本来不多。在一般民歌里,也是抒情的作品多而叙事的篇章很少,除了古乐府里所有的好几篇的叙事诗之外,五言古诗里只有《上山采蘼芜》和《十五从军征》二首及蔡邕女琰的《悲愤诗》而已。

蔡琰在汉末黄巾之乱时,为匈奴掳去。在胡中十二年,已生二子。曹操执政时,痛邕无后,乃以金璧赎之归。嫁给董祀。她在离胡归汉的时候,祖国之爱和母子之爱交战于胸中,乃有《悲愤诗》之作。明人陈与郊作《文姬入塞》杂剧,颇能表白出这种交战的情绪。

琰的《悲愤诗》凡二篇,一为五言体,一为楚歌体,又有《胡笳十八拍》一篇,相传皆为她作。为什么她要把这同一的情绪、同一的故事写为三个不同体裁的诗篇呢?这是没有理由可以解释的。这三篇写得都不坏。在古代珍罕的叙事诗里乃是杰作。

这三篇都是以第一身的口气出之。《胡笳十八拍》的结拍云:"胡笳本自出胡中,缘琴翻出音律同。十八拍兮曲虽终,响有余兮思无穷。"似未必为琰本人所作,虽然结语有"天与地隔兮子西母东,苦我怨气兮浩于长空,六合虽广兮受之应不容",大为深悲苦怨,而却似从"还顾之兮破人情,心怛绝兮死复生"翻出的。

五言体的一首《悲愤诗》,一开头便说道:"汉季失权柄,董卓乱天常。志欲图篡弑，先害诸贤良。”不像蔡琰的口吻。她的父亲和董卓是好友，卓被杀不久，邕也因卓党遇害。她照理是不应该破口骂董卓的。

如果蔡琰写过《悲愤诗》，则最可靠的一篇，还是楚歌体的；她幼年受过文学的教养很深，这样的诗，她是可以写得出的。这一首楚歌，无支辞，无蔓语，全是抒写自己的生世，自己的遭乱被掳的事，自己的在胡中的生活，自己的别子而归，踟蹰不忍相别的情形。而尤着重于胡中的生活情形，全篇不到三百个字，是三篇里最简短的一篇，却写得最为真挚。

大约当她的《悲愤诗》出来之后，立刻便大为流行于世。当时五言诗正是一个新体，有文人便用之来添枝增叶的改写了一遍。而同时歌唱的人，便也利用着《胡笳十八拍》的乐歌来描写其事。这便是《悲愤诗》为什么会有三篇的原因吧。

这三篇都写得很可爱，现在全录如下，以资读者们的比勘：

(一) 楚　歌

嗟薄祜兮遭世患，宗族殄兮门户单！身执略兮入西关，历险阻兮之羌蛮。山谷眇兮路漫漫，眷东顾兮但悲叹。冥当寝兮不能安，饥当食兮不能餐。常流涕兮眦不干，薄志节兮念死难。虽苟活兮无形颜！惟彼方兮远阳精，阴气凝兮雪夏零。沙漠壅兮尘冥冥，有草木兮春不荣；人似禽兮食臭腥，言兜离兮状窈停。岁聿暮兮时迈征，夜悠长兮禁门扃。不能寐兮起屏营，登胡殿兮临广庭。玄云合兮翳月星，北风厉兮肃泠泠；胡笳动兮边马鸣，孤雁归兮声嘤嘤，乐人兴兮弹琴筝，音相和兮悲且清。心吐思兮胸愤盈，欲舒气兮恐彼惊，含哀咽兮涕沾颈！家既迎兮当归宁，临长路兮捐所生；儿呼母兮啼失声，我掩耳兮不忍听！追持我兮走茕茕，顿复起兮毁颜形。还顾之兮破人情，心怛绝兮死复生！

（二）五言诗

汉季失权柄，董卓乱天常，志欲图篡弑，先害诸贤良。逼迫迁旧邦，拥王以自强，海内兴义师，欲共讨不祥，卓众来东下，金甲耀日光，平土人脆弱，来兵皆胡羌；猎野围城邑，所向悉破亡，斩截无孑遗，尸骸相掌拒；马边悬男头，马后载妇女，长驱西入关，迥路险且阻。还顾邈冥冥，肝脾为烂腐！所略有万计，不得令屯聚；或有骨肉俱，欲言不敢语！失意幾微间，“辄言毙降虏，要当以亭刃，我曹不活汝”！岂敢惜性命，不堪其詈骂，或便加棰杖，毒痛参并下。旦则号泣行，夜则悲吟坐，欲死不能得，欲生无一可。彼苍者何辜，乃遭此厄祸？边荒与华异，人俗少义理，处所多霜雪，胡风春夏起。翩翩吹我衣，肃肃入我耳，感时念父母，哀叹无终已！有客从外来，闻之常欢喜，迎问其消息，辄复非乡里！邂逅徼时愿，骨肉来迎已，己得自解免，当复弃儿子。天属缀人心，念别无会期，存亡永乖隔，不忍与之辞；儿前抱我颈，问：“母欲何之？人言母当去，岂复有还时？阿母常仁恻，今何更不慈？我尚未成人，奈何不顾思？”见此崩五内，恍惚生狂痴，号呼手抚摩，当发复回疑！兼有同时辈，相送告别离。慕我独得归，哀叫声摧裂。马为立踟蹰，车为不转辙，观者皆歔欷，行路亦呜咽；去去割情恋，遄征日遐迈，悠悠三千里，何时复交会？念我出腹子，胸臆为摧败。既至家人尽，又复无中外。城郭为山林，庭宇生荆艾。白骨不知谁，从横莫覆盖；出门无人声，豺狼嗥且吠，茕茕对孤景，怛咤靡肝肺！登高远眺望，魂神忽飞逝，奄若寿命尽，傍人相宽大。为复强视息，虽生何聊赖。托命于新人，竭心自勖励。流离成鄙贱，常恐复捐废。人生几何时，怀忧终年岁。

（三）《胡笳十八拍》

我生之初尚无为，我生之后汉祚衰。天不仁兮降乱离，地不仁兮使我逢此时。干戈日寻兮道路危，民卒流亡兮共哀悲。烟尘蔽野兮胡虏盛，志意乖兮节义亏。对殊俗兮非我宜，遭恶辱兮当告谁？笳一会兮琴一拍，心愤怨兮无人知！

戎羯逼我兮为室家，将我行兮向天涯。云山万重兮归路遐，疾风千里兮扬尘沙。人多暴猛兮如虺蛇，控弦被甲兮为骄奢。两拍张弦兮弦欲绝，志摧心折兮自悲嗟！

越汉国兮入胡城，亡家失身兮不如无生！毡裘为裳兮骨肉震惊，羯膻为味兮枉遏我情；鞞鼓喧兮从夜达明，胡风浩浩兮暗塞营。伤今感昔兮三拍成，衔悲畜恨兮何时平？

无日无夜兮不思我乡土，禀气含生兮莫过我最苦！天灾国乱兮人无主，唯我薄命兮没我虏；殊俗心异兮身难处，嗜欲不同兮谁可与语？寻思涉历兮多艰阻，四拍成兮益凄楚！

雁南征兮欲寄边声，雁北归兮为得汉音，雁飞高兮邈难寻，空断肠兮思愔愔！攒眉向月兮抚雅琴，五拍泠泠兮意弥深！

冰霜凛凛兮身苦寒，饿对肉酪兮不能餐。夜闻陇水兮声呜咽，朝见长城兮路杳漫；追思往日兮行李难，六拍悲来兮欲罢弹！

日暮风悲兮边声四起，不知愁心兮说向谁是？原野萧条兮烽戍万里，俗贱老弱兮少壮为美。逐有水草兮安家葺垒，牛羊满野兮聚如蜂蚁，草尽水竭兮羊马皆徙。七拍流恨兮恶居于此？

为天有眼兮何不见我独漂流？为神有灵兮何事处我天南海北头？我不负天兮天何配我殊匹？我不负神兮神何殛我越荒州？制兹八拍兮拟俳优，何知曲成兮心转愁！

天无涯兮地无边，我心愁兮亦复然。生倏忽兮如白驹之过隙，然不得欢乐兮当我之盛年！怨兮欲问天，天苍苍兮上无缘，举头仰望兮空云烟，九拍怀情兮谁与传？

城头烽火不曾灭，疆场征战何时歇。杀气朝朝冲塞门，胡风夜夜吹边月。故乡隔兮音尘绝，哭无声兮气将咽！一生辛苦兮缘离别，十拍悲深兮泪成血！

我非贪生而恶死，不能捐身兮心有以生；仍冀得兮归桑梓，死当埋骨兮长已矣。日居月诸兮在戎垒，胡人宠我兮有二子，鞠之育之兮不羞耻，愍之念之兮生长边鄙。十有一拍兮因兹起，哀响缠绵兮彻心髓！

东风应律兮暖气多，知是汉家天子兮布阳和；羌胡蹈舞兮共讴歌，两国交欢兮罢兵戈。忽遇汉使兮称迎诏，遗千金兮赎妾身。喜得生还兮逢圣君，嗟别稚子兮会无因！十有二拍兮哀乐均，去往两情兮难具陈！

不谓残生兮却得旋归，抚抱胡儿兮泣下沾衣。汉使迎我兮四牡骓骓，号失声兮谁得知？与我生死兮逢此时，愁为子兮日无光辉，焉得羽翼兮将汝归？一步一远兮足难移，魂消影绝兮恩爱遗！十有三拍兮弦急调，悲肝肠搅刺兮人莫我知！

身归国兮儿莫知，随心悬悬兮长如饥，四时万物兮有盛衰，唯我愁苦兮不暂移！山高地阔兮见汝无期，更深夜阑兮梦汝来斯！梦中执手兮一喜一悲，觉后痛吾心兮无休歇时。十有四拍兮涕泪交垂，河水东流兮心是思！

十五拍兮节调促，气填胸兮谁识曲？处穹庐兮偶殊俗，愿得归来兮天从欲。再还汉国兮欢心足，心有怀兮愁转深。日月无私兮曾不照临？子母分离兮意难任。同天隔越兮如商参，生死不相知兮何处寻?

十六拍兮思茫茫，我与儿兮各一方。日东月西兮徒相望，不得相随兮空断肠！对萱草兮忧不忘，弹鸣琴兮情何伤；今别子兮归故乡，旧怨平兮新怨长！泣血仰头兮诉苍苍，胡为生兮独罹此殃?

十七拍兮心鼻酸，关山阻修兮行路难。去时怀土兮心无绪，来时别儿兮思漫漫！塞上黄蒿兮枝枯叶干，沙场白骨兮刀痕箭瘢，风霜凛凛兮春夏寒，人马饥尩兮筋力单。岂知重得兮入长安，叹息欲绝兮泪阑干！

胡笳本自出胡中，缘琴翻出音律同。十八拍兮曲虽终，响有余兮思无穷！是知丝竹微妙兮均造化之功，哀乐各随人心兮有变则通。胡与汉兮异域殊风，天与地隔兮子西母东。苦我怨气兮浩于长空，六合虽广兮受之应不容！

七

汉乐府里有不少的民歌。乐府是王家的乐队所歌唱的东西。但王家未必喜爱文学侍从之臣的歌功颂德之作，深奥难解之文。故王家的乐队往往的很早的便采新声入乐，以娱帝王后妃。我们观于清代升平署所藏曲子的复杂，便可以知道其中的消息。汉代乐府之创始于武帝。刘彻自己虽是一个诗人，其趣味却很广泛。《汉书》（卷二十二）说道：

（武帝）乃立乐府，采诗夜诵。有赵、代、秦、楚之讴。以李延年为协律都尉。

同书（卷九十二）又道：

> 李延年中山人，身及父母兄弟皆故倡也。延年坐法腐刑，给事狗监中。女弟得幸于上，号李夫人……延年善歌，为新变声。是时上方兴天地诸祠，欲造乐，令司马相如等作颂。延年辄承意弦歌所造诗，为之“新声曲”。

是李延年不但收罗各地乐歌，而且也有造新声了。

到了哀帝的时候，方才把乐府官罢去。但乐府官虽罢去，而民间和贵族们之喜爱郑、卫之音则毫不受这位素朴的皇帝的影响。《汉书》（卷二十二）道：“百姓渐渍日久，又不制雅乐有以相变，豪富吏民湛沔自若。”其实，即制雅乐也不会变更了民众的嗜好的。

《唐书·乐志》云：“平调、清调、瑟调皆周房中曲之遗声，汉世谓之三调。又有楚调，汉房中乐也。与前三调，总谓之相和调。”此外，又有“吟叹曲”，也列于相和调。

《晋书·乐志》云：“凡乐章古辞，今之存者，并汉世街陌谣讴。《江南可采莲》《乌生八九子》《白头吟》之属是也。”这话最为得其真相。今所见的古乐府，几乎都是带着很浓厚的民间歌谣的色彩的。

《江南可采莲》和《乌生八九子》均见于《相和歌辞》的《相和曲》里。《相和曲》是在“平”“清”“瑟”“楚”四调及吟叹曲之外的。

> 江南可采莲，莲叶何田田！鱼戏莲叶间，鱼戏莲叶东，鱼戏莲叶西，鱼戏莲叶北。

这是真正民歌的本色，只是声调铿锵，并没有什么意义。《乌生八九子》也是这样无甚意义（还有《鸡鸣高树巅》也是如此），而只是顺口歌唱着的。

在其间，《公无渡河》（一名《箜篌引》）是写得很好的：

公无渡河！公竟渡河！堕河而死，当奈公何！

《薤露歌》和《蒿里曲》都是实际上应用着的挽歌：

薤上露，何易晞！露晞明朝更复落，人死一去何时归！

蒿里谁家地？聚敛魂魄无贤愚。鬼伯一何相催促，人命不得少踟蹰！

在其间，《陌上桑》（一作《日出东南隅行》）是写得极好的一篇叙事歌曲，较之无名氏五言古诗里的《上山采蘼芜》一篇是进步得多了。

日出东南隅，照我秦氏楼，秦氏有好女，自名为罗敷。罗敷善蚕桑，采桑城南隅；青丝为笼系，桂枝为笼钩，头上倭堕髻，耳中明月珠，缃绮为下裙，紫绮为上襦。行者见罗敷，下担捋髭须；少年见罗敷，脱帽著帩头。耕者忘其犁，锄者忘其锄；来归相怨怒，但坐观罗敷。使君从南来，五马立踟蹰。使君遣吏往，问是谁家姝？“秦氏有好女，自名为罗敷。”“罗敷年几何？”“二十尚不足，十五颇有余。”使君谢罗敷，“宁可共载不”？罗敷前致词：“使君一何愚！使君自有妇，罗敷自有夫。东方千余骑，夫婿居上头。何用识夫婿，白马从骊驹，青丝系马尾，黄金络马头，腰中鹿卢剑，可值千万余。十五府小史，二十朝大夫，三十侍中郎，四十专城居。为人洁白皙，鬑鬑颇有须，盈盈公府步，冉冉府中趋，座中数千人，皆言夫婿殊。”

《平调曲》里的歌辞，今所存者仅《长歌行》《君子行》《猛虎行》等三调。《君子行》：“君子防未然，不处嫌疑间。”亦见于《曹子建集》。可见在魏、晋间，拟古乐府之风甚盛，其作风之逼肖，竟有令人不能分别之感。《长歌行》的一首，《青青园中葵》：

青青园中葵，朝露待日晞。阳春布德泽，万物生光辉。常恐秋节至，焜黄华叶衰！百川东到海，何时复西归？少壮不努力，老大徒伤悲。

乃是民间的格言歌。《猛虎行》是游子的哀怨之音：

饥不从猛虎食，暮不从野雀栖。野雀安无巢，游子为谁骄？

《清调曲》有《豫章行》《董逃行》，此二者今存的皆为晋乐所奏，非古辞。又有《相逢行》《长安有狭斜行》，则为古辞。凡为魏、晋所奏的歌辞，不是变得典雅，无生气，便是增饰得很多，变得臃肿不堪，只有在本辞（即乐府古辞）里，才可看出其本来面目。

相逢行

相逢狭路间，道隘不容车。不知何年少，夹毂问君家？君家诚易知，易知复难忘。黄金为君门，白玉为君堂。堂上置尊酒，作使邯郸倡。中庭生桂树，华灯何煌煌？兄弟两三人，中子为侍郎。

五日一来归，道上自生光，黄金络马头，观者盈道傍。入门时左顾，但见双鸳鸯。鸳鸯七十二，罗列自成行；音声何噰噰，鹤鸣东西厢。大妇织绮罗，中妇织流黄，小妇无所为，挟瑟上高堂。丈人且安坐，调丝方未央。

长安有狭斜行

长安有狭斜，狭斜不容连；适逢两少年，夹毂问君家。君家新市傍，易知复难忘。大子二千石，中子孝廉郎；小子无官职，衣冠仕洛阳。三子俱入室，室中自生光；大妇织绮纻，中妇织流黄，小妇无所为，挟琴上高堂。丈人且徐徐，调弦讵未央。

《瑟调曲》里的好歌最多，像《妇病行》《孤儿行》都是民间产生的极漂亮的短篇的叙事歌曲，表现着最真切的社会的家庭的凄苦的生活之情景：

妇病行

妇病连年累岁，传呼丈人前："一言当言。"未及得言，不知泪下一何翩翩！"属累君两三孤子，莫我儿饥且寒。有过慎莫笪笞。行当折摇，思复念之！"乱曰：抱时无衣，襦复无里，闭门塞牖，舍孤儿到市，道逢亲交，泣坐不能起。从乞求与孤买饵，对交啼泣，泪不可止。"我欲不伤悲不能已。"探怀中钱持授交。入门见孤啼，索其母抱。徘徊空舍中，"行复尔耳。弃置勿复道！"

孤儿行

孤儿生，孤儿遇生命当独苦。父母在时乘坚车，驾驷马。父母已去，兄嫂令我行贾。南到九江，东到齐与鲁，腊月来归，不敢自言苦。头多虮虱，面目多尘。大兄言办饭，大嫂言视马。上高堂，行趣殿下堂，孤儿泪下如雨。使我朝行汲，暮得水来归，手为错，足下无菲。怆怆履霜，中多蒺藜；拔断蒺藜，肠肉中怆欲悲。泪下渫渫，清涕累累。冬无复襦，夏无单衣。居生不乐，不如早去，下从地下黄泉。春风动，草萌芽，三月蚕桑，六月收瓜。将是瓜车，来到还家。瓜车反覆，助我者少，啖瓜者多。愿还我蒂，独且急归。兄与嫂严，当与较计。乱曰：里中一何譊譊，愿欲寄尺书，将与地下父母，兄嫂难与久居。

像那样深刻而婉曲的描述，乃是《上山采蘼芜》和《十五从军征》等古诗里所不见的；他们是率直的写着；但在这二篇里作者们已知道怎样的曲曲的描写入微了。这是一个大进步。

在《楚调歌》里，只有《皑如山上雪》和《怨诗行》二篇。《怨诗行》是平常的一首叹生命的短促而欲“游心恣所欲”的诗曲。《皑如山上雪》即是有名的《白头吟》，《晋书·乐志》所举的“汉世街陌谣讴”之一。晋乐所奏的此曲，分五解，较本辞约多出一倍。但本辞却是极凄丽的绝妙好辞。

皑如山上雪，皎若云间月。闻君有两意，故来相决绝。今日斗酒会，明旦沟水头。躞蹀御沟上，沟水东西流。凄凄复凄凄，嫁娶不须啼。愿得一心人，白头不相离！竹竿何袅袅，鱼尾何簁簁。男儿重意气，何用钱刀为？

于“相和歌辞”外，乐府古辞又有所谓《舞曲歌辞》及《杂曲歌辞》的。今存的《舞曲歌辞》像“铎舞歌诗”、“巾舞歌诗”均极不易解，其间有许多重复不可解处，当是有声无义的助语，今则很难将其分别出来。

“杂曲歌辞”里的好歌很多。有极轻蒨可喜的《伤歌行》《悲歌》和《古歌》。《伤歌行》大类五言古诗的一篇，也许原是古诗，入乐来唱的。《悲歌》和《古歌》均结之以“心思不能言，肠中车轮转”二语，正和有几篇古诗同以“愿为双黄鹄，高飞归故乡”二语作结的情形一样。我们在这里更可以明白：民间歌曲是并不避忌袭用习见的成语的。

伤歌行

昭昭素明月，辉光烛我床。忧人不能寐，耿耿夜何长！微风吹闺闼，罗帷自飘扬。揽衣曳长带，屣履下高堂。东西安所之，徘徊以彷徨。春鸟翻南飞，翩翩独翱翔。悲声命俦匹，哀鸣伤我肠。感物怀所思，泣涕忽沾裳。伫立吐高吟，舒愤诉穹苍。

悲　歌

悲歌可以当泣，远望可以当归。思念故乡，郁郁累累。欲归家无人，欲渡河无船。心思不能言，肠中车轮转。

古　歌

秋风萧萧愁杀人！出亦愁，入亦愁。座中何人，谁不怀忧！令我白头。胡地多飙风，树木何修修？离家日趋远，衣带日趋缓。心思不能言，肠中车轮转。

也有极富风趣的《枯鱼过河泣》：

枯鱼过河泣

枯鱼过河泣，何时悔复及？作书与鲂鱮：相教慎出入！

更有一首古代最长的叙事诗，《古诗为焦仲卿妻作》：

古诗为焦仲卿妻作

汉末建安中，庐江府小吏，焦仲卿妻刘氏，为仲卿母所遣，自誓不嫁，其家逼之，乃投水而死。仲卿闻之，亦自缢于庭树。时人伤之，为诗云尔。

孔雀东南飞，五里一徘徊。“十三能织素，十四学裁衣。十五弹箜篌，十六诵诗书。十七为君妇，心中常苦悲。君既为府吏，守节情不移。贱妾留空房，相见常日稀。鸡鸣入机织，夜夜不得息。三日断五匹，大人故嫌迟。非为织作迟，君家妇难为！妾不堪驱使，徒留无所施。便可白公姥，及时相遣归！”府吏得闻之，堂上启阿母：“儿已薄禄相，幸复得此妇。结发同枕席，黄泉共为友。共事二三年。始尔未为久，女行无偏斜，何意致不厚?”阿母谓府吏：“何乃太区区！此妇无礼节，举动自专由。吾意久怀忿，汝岂得自由！东家有贤女，自名秦罗敷。可怜体无比，阿母为汝求。便可速遣之，遣去慎莫留!”府吏长跪告，伏惟启阿母:“今若遣此妇，终老不复取!”阿母得闻之，槌床便大怒，“小子无所畏，何敢助妇语！吾已失恩义，会不相从许。”府吏默无声，再拜还入户。举言谓新妇，哽咽不能语：“我自不驱卿，逼迫有阿母。卿但暂还家，吾今且报府。不久当归还，还必相迎取，以此下心意，慎勿违吾语。”新妇谓府吏：“勿复重纷纭。往昔初阳岁，谢家来贵门。奉事循公姥，进止敢自专？昼夜勤作息，伶俜萦苦辛。谓言无罪过，供养卒大恩。仍更被驱遣，何言复来还！妾有绣腰襦，葳蕤自生光；红罗复斗帐，四角垂香囊；箱帘六七十，绿碧青丝绳；物物各自异；种种在其中，人贱物亦鄙，不足迎后人。留待作遗施，于今无会因。时时为安慰，久久莫相忘!”鸡鸣外欲曙，新妇起严妆。著我绣夹裙，事事四五通。足下蹑丝履，头上玳瑁光；腰若流纨素，耳著明月珰。指如削葱根，口如含珠丹，纤纤作细步，精妙世无双。上堂拜阿母，阿母怒不止。“昔作女儿时，生小出野里，本自无教训，兼愧贵家子。受母钱帛多，不堪母驱使。今日还家去，念母劳家里。”却与小姑别，泪落连珠子，“新妇初来时，小姑始扶床，今日被驱遣，小姑如我长。勤心养公姥，好自相扶将，初七及下九，嬉戏莫相忘。”出门登车去，涕落百余行。府吏马在前，新妇车在后，隐隐何甸甸，俱会大道口。下马入车中，低头共耳语：“誓不相隔卿，且暂还家去。吾今且赴府，不久当还归，誓天不相负！”新妇谓府吏：“感君区区怀。君既若见录，不久望君来。君当作磐石，妾当作蒲苇。蒲苇纫如丝，磐石无转移。我有亲父兄，性行暴如雷，恐不任我意，逆以煎我怀。”举手长劳劳，二情同依依。入门上家堂，进退无颜仪。阿母大拊掌，“不图子自归！十三教汝织，十四能裁衣，十五弹箜篌，十六知礼仪，十七遣汝嫁，谓言无誓违。汝今何罪过，不迎而自归?”兰芝惭阿母，“儿实无罪过。”阿母大悲摧。还家十余日，县令遣媒来，云有第三郎，窈窕世无双，年始十八九，便言多令才。阿母谓阿女：“汝可去应之!”阿女含泪答：“兰芝初还时，府吏见丁宁，结誓不别离。今日违情义，恐此事非奇。自可断来信，徐徐更谓之。”阿母白媒人：“贫贱有此女，始适还家门，不堪吏人妇，岂合令郎君！幸可广问讯，不得便相许。”媒人去数日，寻遣丞请还，说有兰家女，承籍有宦官。云有第五郎，娇逸未有婚，遣丞为媒人，主簿通语言，直说太守家，有此令郎君，既欲结大义，故遣来贵门。阿母谢媒人：“女子先有誓，老姥岂敢言。”阿兄得闻之，怅然心中烦，举言谓阿妹：“作计何不量？先嫁得府吏，后嫁得郎君，否泰如天地，足以荣汝身！不嫁义郎体，其往欲何云?”兰芝仰头答：“理实如兄言，谢家事夫婿，中道还兄门。处分适兄意，那得自任专？虽与府吏要，渠会永无缘。登即相许和，便可作婚姻。”媒人下床去，诺诺复尔尔，还部白府君。“下官奉使命，言谈大有缘。”府君得闻之，心中大欢喜，视历复开书，便利此月内，六合正相应，良吉三十日，今已二十七，卿可去成婚。交语速装束，络绎如浮云，青雀白鹄舫，四角龙子幡，婀娜随风转，金车玉作轮。踯躅青骢马，流苏金缕鞍，赍钱三百万，皆用青丝穿。杂彩三百匹，交广市鲑珍。从人四五百，郁郁登郡门。阿母谓阿女：“适得府君书，明日来迎汝，何不作衣裳？莫令事不举!”阿女默无声，手巾掩口啼，泪落便如泻。移我琉璃榻，出置前窗下，左手持刀尺，右手执绫罗，朝成绣夹裙，晚成单罗衫，晻晻日欲暝，愁思出门啼。府吏闻此变，因求假暂归。未至二三里，摧藏马悲哀。新妇识马声，蹑履相逢迎，怅然遥相望，知是故人来。举手拍马鞍，嗟叹使心伤，“自君别我后，人事不可量，果不如先愿，又非君所详。我有亲父母，逼迫兼弟兄，以我应他人，君还何所望!”府吏谓新妇：“贺卿得高迁！磐石方且厚，可以卒千年，蒲苇一时纫，便作旦夕间！卿当日胜贵，吾独向黄泉!”新妇谓府吏：“何意出此言？同是被逼迫，君尔妾亦然。黄泉下相见，勿违今日言!”执手分道去，各各还家门，生人作死别，恨恨那可论！念与世间辞，千万不复全。府吏还家去，上堂拜阿母：“今日大风寒，寒风摧树木，严霜结庭兰，儿今日冥冥，令母在后单，故作不良计，勿复怨鬼神！命如南山石，四体康且直!”阿母得闻之，零泪应声落：“汝是大家子，仕宦于台阁，慎勿为妇死，贵贱情何薄！东家有贤女，窈窕艳城郭，阿母为汝求，便复在旦夕。”府吏再拜还，长叹空房中，作计乃尔立。转头向户里，渐见愁煎迫。其日牛马嘶，新妇入青庐。奄奄黄昏后，寂寂人定初。我命绝今日，魂去尸长留！揽裙脱丝履，举身赴清池。府吏闻此事，心知长别离。徘徊庭树下，自挂东南枝。两家求合葬，合葬华山傍。东西植松柏，左右种梧桐。枝枝相覆盖，叶叶相交通。中有双飞鸟，自名为鸳鸯。仰头相向鸣，夜夜达五更。行人驻足听，寡妇起彷徨。多谢后世人，戒之慎勿忘。

这一篇叙事歌曲凡一千七百四十五字，较之《上山采蘼芜》《陌上桑》，乃至《悲愤诗》和《胡笳十八拍》均长得多了。

从《上山采蘼芜》，很快的便进步到《陌上桑》和《妇病行》《孤儿行》，更很快的便进步到《古诗为焦仲卿妻作》，乃是很自然的趋势。很像滚丸下阪，不到底不止。

汉乐府尚有《鼓吹饶歌十八曲》，这些该是很古典的庙堂之乐了。但实际上仍有民歌在里面。像《战城南》《有所思》《上邪》等，都是绝好的民间歌曲。《有所思》和《上邪》，在民间情歌里是极大胆，极热情之作：

战城南

战城南，死郭北。野死不葬乌可食。为我谓乌：且为客豪！野死谅不葬，腐肉安能去子逃？水声激激，蒲苇冥冥。枭骑战斗死，驽马徘徊鸣。梁筑室，何以南？何以北？禾黍不获君何食？愿为忠臣安可得？思子良臣，良臣诚可思。朝行出攻，暮不夜归。

有所思

有所思，乃在大海南。何用问遗君？双珠玳瑁簪，用玉绍缭之。闻君有他心，拉杂摧烧之。摧烧之，当风扬其灰。从今已往，勿复相思，相思与君绝。鸡鸣狗吠，兄嫂当知之。妃呼豨，秋风肃肃晨风飔，东方须臾高知之。

上　邪

上邪，我欲与君相知，长命无绝衰。山无陵，江水为竭，冬雷震震，夏雨雪，天地合，乃敢与君绝。

八

汉代的俗文学在散文方面却发展得极少。司马迁作《史记》，善于描状人物的神情口吻。最可注意的是，《陈涉世家》里，记着陈涉的故人，进宫去看见涉为王的享用，便说道：

夥颐！涉之为王沉沉者！

这是如闻其声的描写。

用方言来写人物的对话最足以表现其神情。在小说里用此而成功的有《海上花列传》《三宝太监下西洋记》和《野叟曝言》反而在对话里大谈其学问，大做其文章，当然要成为十足陈腐的东西了。可惜在《史记》里，像这样的方言还不多。

汉宣帝的时候，有以辞赋起家的王褒（字子渊）却在无意中流传下来一篇很有风趣的俗文学的作品——《僮约》。这篇东西恐怕是汉代留下的唯一的白话的游戏文章了。

《僮约》写：王褒以事到湔，住在寡妇杨惠家；其奴便了，颇为倔强。王褒命其酤酒，不应。乃买之。便了说道：“要做的事，都要写在券上。

不写出的事，便了便不能做。”褒乃写了这篇《僮约》。那趣味是很坏的，只是和不幸的人开着玩笑。好在本来是一篇游戏文章，故结之以：便了说道：“早知当尔。为王大夫酤酒，真不敢作恶！”原是有韵的，其实是一篇“赋”。

蜀郡王子渊以事到湔，止寡妇杨惠舍。惠有夫时奴，名便了。子渊倩奴行酤酒。便了拽大杖上夫冢巅曰：“大夫买便了时，但要守家，不要为他人男子酤酒。”子渊大怒曰：“奴宁欲卖耶？”惠曰：“奴大忤人，无欲者。”子渊即决买券云云。奴复曰：“欲使皆上券，不上券，便了不能为也。”子渊曰：“诺。”

这是《僮约》的序。下面是《僮约》的本文，即是王褒同便了订的买奴的条件。

神爵三年，（西历前五九）正月十五日，资中男子王子渊从成都安志里女子杨惠买亡夫时户下髯奴便了，决贾万五千。奴当从而役使，不得有二言：晨起早扫，食了洗涤；居当穿臼缚帚。裁衣凿斗……织履作粗，黏雀张乌，结网捕鱼，缴雁弹凫，登山射鹿，入水捕龟。……舍中有客，提壶行酤，汲水作铺，涤杯整桉；园中拔蒜，断苏切脯。……已而盖藏关门塞窦；喂猪纵犬，勿与邻里争斗。奴但常饭豆饮水，不得嗜酒，欲饮美酒，唯得染唇渍口，不复倾盂覆斗。不得辰出夜入，交关伴偶。舍后有树，当裁作船，上至江州下至湔……往来都洛，当为妇女求脂泽，贩于小市，归都担枲，转出旁蹉，牵犬贩鹅，武都买茶，杨氏担荷（杨氏，池名，出荷）。……持斧入山断輮裁辕。若有余残，当作俎几木屐彘盘。……日暮欲归，当送干薪两三束。……奴老力索，种莞织席；事讫休息，当舂一石。夜半无事，浣衣当白。……奴不得有奸私，事事当关白。奴不听教，当笞一百。

读券文适讫，词穷诈索，仡仡叩头，两手自搏，目泪下落，鼻涕长一尺。“审如王大夫言，不如早归黄土陌，丘蚓钻额。早知当尔，为王大夫酤酒，真不敢作恶！”

参考书籍

一、《乐府诗集》，（宋）郭茂倩编，有《四部丛刊本》。

二、《古诗纪》，（明）梅鼎祚编，有万历间刊本。

三、《古诗源》，（清）沈德潜编，坊刊本甚多。

四、《全汉魏六朝诗》，丁福保编，有医学书局铅印本。

五、《白话文学史》上卷，胡適著，商务印书馆出版，可看其第二章至第六章。

六、《插图本中国文学史》，郑振铎著，北平朴社出版（再版本为商务印书馆出版），可看第一册第六章及第八章。

七、《中国诗史》，陆侃如、冯沅君著，开明书店出版。

八、《乐府文学史》，罗根泽著。

九、《中国文学流变史》，郑宾于著，北新书局出版。

第四章

六朝的民歌

一

六朝的民歌，有其特殊的地位。其地位较之明、清的民歌都重要得多。她像唐代的词、元的散曲，立刻便得到许多文人学士们的拥护，立刻便被许多文人学士们所采纳，立刻，这种新声便有了广大而普遍的影响。

有人说，六朝文学是“儿女情长，风云气短”。又说是，“连篇累牍，不出月露之形，积案盈箱，唯是风云之状”。为什么六朝文学会成为这样的一种风格呢？其主要的原因便是受民歌的影响。

六朝的民歌，从晋代的东迁开始，便在文坛上发生了很大的作用。

这些民歌大多数都是长江流域的产品。中原的人，迁到了江南，初时还有些故乡的思念，故有新亭之泣，有起舞、击楫之志。但到了后来，便安之乐之了。“暮春三月，江南草长。杂花生树，群莺乱飞。”“风烟俱净，天山共色。从流飘荡，任意东西。自富阳至桐庐一百许里，奇山异水，天下独绝。水皆漂碧，千丈见底，游鱼细石，直视无碍。”在这样的好风光、好乡地里，所产生的情绪自然而然的会轻蒨秀丽了。好女如花，柔情似水，能不沉醉于“相忆莫相忘”，“中夜忆欢时，抱被空中啼”，“春风复多情，吹我罗裳开”的歌声里么？

二

六朝的民歌，总名为“新乐府”，和汉、魏传下来的乐府不同。因为不复承汉、魏乐府的旧贯，而是从民间升格的，故别以新乐府称之，在郭茂倩的《乐府诗集》和冯惟讷的《古诗纪》里都把新乐府列入“清商曲辞”里，和汉、魏乐府之列于“相和曲辞”等类里的不同。

为什么称之为“清商曲辞”呢？

清商乐一曰清乐。关于“清乐”的解释颇多牵强者。但我以为清乐便是“徒歌”之意，换一句话，也就是不带音乐的歌曲之意。

凡民歌，其初都是“行歌互答”未必伴以乐器的。

更有一个很重要的证据，可以证明这些清商曲辞是徒歌。

《大子夜歌》云：

> 歌谣数百种，《子夜》最可怜。慷慨吐清音，明转出天然。

又云：

> 丝竹发歌响，假器扬清音。不知歌谣妙，声势由口心。

这是说，“歌谣”是不假丝竹，而出心脱口自然成妙音的。《大子夜歌》只有二首，似即为《子夜》诸歌的总引子。未必是民歌的本来面目，大约是当时文士们写来颂赞《子夜》诸歌的。其赞语的可靠性，是无可怀疑的。

在“清商曲辞”里，有“吴声歌曲”及“西曲歌”之分。

“吴声歌曲”者，为吴地的歌谣，即太湖流域的歌谣；其中充满了曼丽宛曲的情调，清辞俊语，联翩不绝，令人“情灵摇荡”（至今吴地山歌还为很动人的东西）。

“西曲歌”，即荆、楚西声，也即长江上流及中流的歌谣；其中往往具着旅游的匆促的情怀。

我尝有一种感觉，觉得吴声歌曲富于家庭趣味，而西曲歌则富于贾人思妇的情趣。

这大约是因为，太湖流域的人，多恋家而罕远游；且太湖里港汊虽多，而多朝发可以夕至的地方。故其生活安定而少流动性。

长江中流荆、楚各地，为码头所在。贾客过往极多。往往一别经年，相见不易。思妇情怀，自然要和吴地不同。

“清商曲辞”的时代，恰和六朝相终始。冯惟讷谓：“清商曲古辞杂出各代”而始于晋。这是不错的。大约在东晋南渡之后，这些新声方才为文人学士们所注意、所拟仿的。

三

“吴声歌曲”以《子夜歌》为最重要。《唐书·乐志》谓：“晋有女子名子夜，造此声。声过哀苦。”《乐府解题》谓：“后人乃更为四时行乐之词，谓之《子夜四时歌》。又有《大子夜歌》《子夜警歌》《子夜变歌》皆曲之变也。”今所见《子夜歌》和《子夜四时歌》等，情趣极为相同。“声过哀苦”之语，实不可靠。《子夜歌》凡四十二首，几乎没有一首不好！

子夜歌

落日出前门，瞻瞩见子度。冶容多姿鬓，芳香已盈路。
芳是香所为，冶容不敢当。天不夺人愿，故使侬见郎。
宿昔不梳头，丝发被两肩。婉伸郎膝下，何处不可怜！
自从别欢来，奁器了不开。头乱不敢理，粉拂生黄衣。
崎岖相怨慕，始获风云通。玉林语石阙，悲思两心同。
见娘善容媚，愿得结金兰。空织无经纬，求匹理自难。
始欲识郎时，两心望如一。理丝入残机，何悟不成匹！
前丝断缠绵，意欲结交情。春蚕易感化，丝子已复生。
今日已欢别，合会在何时？明灯照空局，悠然未有期。
自从别郎来，何日不咨嗟！黄檗郁成林，当奈苦心多！
高山种芙蓉，复经黄檗坞。果得一莲时，流离婴辛苦。
朝思出前门，暮思还后渚。语笑向谁道？腹中阴忆汝。
揽枕北窗卧，郎来就侬嬉。小喜多唐突，相怜能几时？
驻箸不能食，蹇蹇步帏里。投琼著局上，终日走博子。
郎为傍人取，负侬非一事。擒门不安横，无复相关意。
年少当及时，蹉跎日就老。若不信侬语，但看霜下草。
绿揽迮题锦，双裙今复开。已许腰中带，谁共解罗衣？
常虑有贰意，欢今果不齐。枯鱼就浊水，长与清流乖。
欢愁侬亦惨，郎笑我便喜。不见连理树，异根同条起？

感欢初殷勤，叹子后辽落。打金侧玳瑁，外艳里怀薄。

别后涕流连，相思情悲满。忆子腹糜烂，肝肠尺寸断。

道近不得数，遂致盛寒违。不见东流水，何时复西归？

谁能思不歌？谁能饥不食？日冥当户倚，惆怅底不忆？

揽裙未结带，约眉出前窗。罗裳易飘扬，小开骂春风。

举酒待相劝，酒还杯亦空。愿因微觞会，心感色亦同。

夜觉百思缠，忧叹涕流襟。徒怀倾筐情，郎谁明侬心！

侬年不及时，其于作乖离。素不知浮萍，转动春风移。

夜长不得眠，转侧听更鼓。无故欢相逢，使侬肝肠苦。

欢从何处来，端然有忧色？三唤不一应，有何比松柏？

念爱情慊慊，倾倒无所惜。重帘持自鄣，谁知许厚薄！

气清明月朗，夜与君共嬉。郎歌妙意曲，侬亦吐芳词。

惊风急素柯，白日渐微蒙。郎怀幽闺性，侬亦恃春容。

夜长不得眠，明月何灼灼！想闻散唤声，虚应空中诺。

人各既畴匹，我志独乖违。风吹冬帘起，许时寒薄飞。

我念欢的的，子行由豫情。雾露隐芙蓉，见莲不分明。

侬作北辰星，千年无转移。欢行白日心，朝东暮还西。

怜欢好情怀，移居作乡里。桐树生门前，出入见梧子。

遣信欢不来，自往复不出。金桐作芙蓉，莲子何能实！

初时非不密，其后日不如。回头批栉脱，转觉薄志疏。

寝食不相忘，同坐复俱起。玉藕金芙蓉，无称我莲子。

恃爱如欲进，含羞未肯前。朱口发艳歌，玉指弄娇弦。

朝日照绮钱，光风动纨素。巧笑蒨两犀，美目扬双蛾。

这些民歌都是很可信的出于民间的。在山明水秀的江南，产生着这样漂亮的情歌并不足惊奇。所可惊奇的是，他们的想像，有的地方，较之近代的《挂枝儿》《山歌》以及《马头调》，更为宛曲而奔放，其措辞造语，较之《诗经》里的情诗，尤为温柔敦厚；只有深情绮腻，而没有一点粗犷之气；只有绮思柔语，而绝无一句下流卑污的话。不像《山歌》《挂枝儿》等，有的地方甚且在赤裸裸的描写性欲。这里只有温柔而没有挑拨，只有羞却与怀念而没有过分大胆的沉醉。故她们和后来的许多民歌不同，她们是绮靡而不淫荡的。她们是少女而不是荡妇。

又有《子夜四时歌》，凡七十五首，也是没有一首不圆莹若明珠的。《四时歌》分春、夏、秋、冬，比较的写得没有《子夜歌》的天然流丽了。其中有一部分当是文人们的拟作。故论者归之于晋、宋、齐三代，而不全属之于晋。

在那七十五首的《子夜四时歌》里，像《冬歌》的“果欲结金兰，但看松柏林。经霜不堕地，岁寒无异心”一首，原为梁武帝作，则其中也尽有梁代之作在内了。

子夜四时歌

春歌二十首

春风动春心，流目瞩山林。山林多奇采，阳鸟吐清音。

绿荑带长路，丹椒重紫荆。流吹出郊外，共欢弄春英。

光风流月初，新林锦花舒。情人戏春月，窈窕曳罗裙。

妖冶颜荡骀，景色复多媚。温风入南牖，织妇怀春意。

碧楼冥初月，罗绮垂新风。含春未及歌，桂酒发清容。

杜鹃竹里鸣，梅花落满道。燕女游春月，罗裳曳芳草。

朱光照绿苑，丹华粲罗星。那能闺中绣，独无怀春情？

鲜云媚朱景，芳风散林花。佳人步春苑，绣带飞纷葩。

罗裳迮红袖，玉钗明月珰。冶游步春露，艳觅同心郎。

春林花多媚，春鸟意多哀。春风复多情，吹我罗裳开。

新燕弄初调，杜鹃竞晨鸣。画眉忘注口，游步散春情。

梅花落已尽，柳花随风散。叹我当春年，无人相要唤。

昔别雁集渚，今还燕巢梁。敢辞岁月久，但使逢春阳。

春园花就黄，阳池水方渌。�酒初满杯，调弦始成曲。

娉婷扬袖舞，阿那曲身轻。照灼兰光在，容冶春风生。

阿那曜姿舞，逶迤唱新歌。翠衣发华洛，回情一见过。

明月照桂林，初花锦绣色。谁能不相思，独在机中织？

崎岖与时竞，不复自顾虑。春风振荣林，常恐华落去。

思见春花月，含笑当道路。逢侬多欲擿，可怜持自误。

自从别欢后，叹惜不绝响。黄檗向春生，苦心随日长。

夏歌二十首

高堂不作壁，招取四面风。吹欢罗裳开，动侬含笑容。

反覆华簟上，屏帐了不施。郎君未可前，待我整容仪。

开春初无欢，秋冬更增凄。共戏炎暑月，还觉两情谐。

春别犹眷恋，夏还情更久。罗帐为谁褰？双枕何时有？

叠扇放床上，企想远风来。轻袖拂华妆，窈窕登高台。

含桃已中食，郎赠合欢扇。深感同心意，兰室期相见。

田蚕事已毕，思妇犹苦身。当暑理絺服，持寄与行人。

朝登凉台上，夕宿兰池里。乘风采芙蓉，夜夜得莲子。

暑盛静无风，夏云薄暮起。携手密叶下，浮瓜沉朱李。

郁蒸仲暑月，长啸北湖边。芙蓉始结叶，抛艳未成莲。

适见载青幡，三春已复倾。林鹊改初调，林中夏蝉鸣。

春桃初发红，惜色恐侬擿。朱夏花落去，谁复相寻觅。

昔别春风起，今还夏云浮。路遥日月促，非是我淹留。
青荷盖渌水，芙蓉葩红鲜。郎见欲采我，我心欲怀莲。
四周芙蓉池，朱堂敞无壁。珍簟镂玉床，缱绻任怀适。
赫赫盛阳月，无侬不握扇，窈窕瑶台女，冶游戏凉殿。
春倾桑叶尽，夏开蚕务毕。昼夜理机丝，知欲早成匹。
情知三夏热，今日偏独甚。香巾拂玉席，共郎登楼寝。
轻衣不重彩，飙风故不凉。三伏何时过？许侬红粉妆。
盛暑非游节，百虑相缠绵。泛舟芙蓉湖，散思莲子间。

秋歌十八首

风清觉时凉，明月天色高。佳人理寒服，万结砧杵劳。
清露凝如玉，凉风中夜发。情人不还卧，冶游步明月。
鸿雁搴南去，乳燕指北飞。征人难为思，愿逐秋风归。
开窗秋月光，灭烛解罗裳。含笑帷幌里，举体兰蕙香。
适忆三阳初，今已九秋暮。追逐泰始乐，不觉华年度。
飘飘初秋夕，明月耀秋辉。握腕同游戏，庭含媚素归。
秋夜凉风起，天高星月明。兰房竞妆饰，绮帐待双情。
凉风开窗寝，斜月垂光照。中宵无人语，罗幌有双笑。
金风扇素节，玉露凝成霜。登高去来雁，惆怅客心伤。
草木不常荣，憔悴为秋霜。今遇泰始世，年逢九春阳。
自从别欢来，何日不相思！常恐秋叶零，无复连条时。
掘作九州池，尽是大宅里。处处种芙蓉，婉转得莲子。
初寒八九月，独缠自络丝。寒衣尚未了，郎唤侬底为？
秋爱两两雁，春感双双燕。兰鹰接野鸡，雉落谁当见？
仰头看桐树，桐花特可怜。愿天无霜雪，梧子解千年。
白露朝夕生，秋风凄长夜。忆郎须寒服，乘月捣白素。

秋风入窗里，罗帐起飘扬。仰头看明月，寄情千里光。

别在三阳初，望还九秋暮。恶见东流水，终年不西顾。

冬歌十七首

渊冰厚三尺，素雪覆千里。我心如松柏，君情复何似？

涂涩无人行，冒寒往相觅。若不信侬时，但看雪上迹。

寒鸟依高树，枯林鸣悲风。为欢憔悴尽，那得好颜容！

夜半冒霜来，见我辄怨唱。怀冰暗中倚，已寒不蒙亮。

蹑履步荒林，萧索悲人情。一唱泰始乐，枯草衔花生。

昔别春草绿，今还墀雪盈。谁知相思老，玄鬓白发生？

寒云浮天凝，积雪冰川波。连山结玉岩，修庭振琼柯。

炭鑪却夜寒，重袍坐叠褥。与郎对华榻，弦歌秉兰烛。

天寒岁欲暮，朔风舞飞雪。怀人重衾寝，故有三夏热。

冬林叶落尽，逢春已复曜。葵藿生谷底，倾心不蒙照。

朔风洒霰雨，绿池莲水结。愿欢攘皓腕，共弄初落雪。

严霜白草木，寒风昼夜起。感时为欢叹，霜鬓不可视。

何处结同心？西陵柏树下。晃荡无四壁，严霜冻杀我。

白雪停阴冈，丹华耀阳林。何必丝与竹，山水有清音。

未尝经辛苦，无故强相矜。欲知千里寒，但看井水冰。

果欲结金兰，但看松柏林。经霜不堕地，岁寒无异心。

适见三阳日，寒蝉已复鸣。感时为欢叹，白发绿鬓生。

尚有《大子夜歌》二首（见前），《子夜警歌》二首，《子夜变歌》三首。但《子夜警歌》里的一首“恃爱如欲进，含羞未肯前”，已见于上文引的《子夜歌》里。在以《子夜》为名的一百二十四首（实际上只有一百二十三首）民歌里，其情调是很单纯的，不过是恋爱的歌颂而已。但超出于一般中国民歌的恶习之外，她们是肉的成分少，而灵的成分多。连陶渊明的《闲情赋》也还写得那末质实而富肉的感觉，想不到在六朝民歌里，反有像“寄情千里光”，“无人相要唤”，“虚应空中诺”，“悲思两同心”一类的情思绵远的东西！

《子夜变歌》的三首，也没有一首写得不漂亮的：

人传欢负情，我自未尝见。三更开门去，始知子夜变！

岁月如流迈，春尽秋已至。荧荧条上花，零落何乃驶？

岁月如流迈，行已及素秋。蟋蟀吟堂前，惆怅使侬愁。

《子夜歌》外，存曲最多者，又有《读曲歌》，凡存八十九首。《宋书·乐志》曰：“《读曲歌》者，民间为彭城王义康所作也。其歌云：‘死罪刘领军，误杀刘第四’是也。”《古今乐录》曰：“《读曲歌》者，元嘉十七年袁后崩，百官不敢作声歌。或因酒讌，只窃声读曲细吟而已。”这些话都不大可靠。那八十九首的《读曲歌》，其题材和情调和四十二首的《子夜歌》没有两样，都是很漂亮的民间歌谣，根本上和什么刘义康，或袁后不相干。

读曲歌八十九首

花钗芙蓉髻，双鬓如浮云。春风不知著，好来动罗裙。

念子情难有，已恶动罗裙。听侬入怀不？

红蓝与芙蓉，我色与欢敌。莫案石榴花，历乱听侬摘。

千叶红芙蓉，照灼绿水边。余花任郎摘，慎莫摆侬莲。

思欢久，不爱独枝莲，只惜同心藕。

打坏木栖床，谁能坐相思？三更书石阙，忆子夜啼碑。

奈何不可言！朝看莫牛迹，知是宿蹄痕。

娑拖何处归？道逢播掿郎。口朱脱去尽，花钗复低昂。

所欢子，莲从胸上度，刺忆庭欲死。

揽裳渡，跣把丝织履，故交白足露。

上知所，所欢不见怜，憎状从前度。

思难忍，络罂语犹壶，倒写侬顿尽。

上树摘桐花，何悟枝枯燥！迢迢空中落，遂为梧子道。

桐花特可怜，愿天无霜雪，梧子解千年。

柳树得春风，一低复一昂。谁能空相忆，独眠度三阳？

折杨柳，百鸟园林啼，道欢不离口。

縠衫两袖裂，花钗鬓边低。何处分别归？西上古余啼。

所欢子，不与他人别，啼是忆郎耳。

披被树明灯，独思谁能忍？欲知长寒夜，兰灯倾壶尽。

坐起叹汝好，愿他甘丛香，倾筐入怀抱。

通发不可料，憔悴为谁睹？欲知相忆时，但看裙带缓几许。

忆欢不能食，徘徊三路间，因风觅消息。

朝日光景开，从君良燕游。愿如卜者策，长与千岁龟。

所欢子，问春花可怜，摘插裲裆里。

芳萱初生时，知是无忧草。双眉画未成，那能就郎抱！

百花鲜。谁能怀春日，独入罗帐眠？

闻欢得新侬，四支懊如垂。鸟散放行路，井中百翅不能飞。

怜欢敢唤名，念欢不呼字。连唤欢复欢，两誓不相弃。

奈何许，石阙生口中，衔碑不得语！

白门前，乌帽白帽来。白帽郎是侬，不知乌帽郎是谁？

初阳正二月，草木郁青青。蹑履步前园，时物感人情。

青幡起御路，绿柳荫驰道。欢赠玉树筝，侬送千金宝。

桃花落已尽，愁思犹未央。春风难期信，托情明月光。

计约黄昏后，人断犹未来。闻欢开方局，已复将谁期？

自从别郎后，卧宿头不举。飞龙落药店，骨出只为汝。

日光没已尽，宿鸟纵横飞。徙倚望行云，蹀蹀待郎归。

百度不一回，千书信不归。春风吹杨柳，华艳空徘徊。

音信阔弦朔，方悟千里遥。朝霜语白日，知我为欢消。

合冥过藩来，向晓开门去。欢取身上好，不为侬作虑。

五鼓起开门，正见欢子度。何处宿行还，衣被有霜露？

本自无此意，谁交郎举前？视侬转迈迈，不复来时言。

自我别欢后，欢音不绝响。茱萸持捻泥，龛有杀子像。

家贫近店肆，出入引长事。郎君不浮华，谁能呈实意？

念日行不遇，道逢播掿郎。查灭衣服坏，白肉亦黯疮。

歔欷暗中啼，斜日照帐里。无油何所苦？但使天明尔。

黄丝咡素琴，泛弹弦不断。百弄任郎作，唯莫广陵散。

思欢不得来，抱被空中语。月没星不亮，持底明侬绪？

诈我不出门，冥就他侬宿。鹿转方相头，丁倒欺人目。

欢但且还去，遗信相参伺。契儿向高店，须臾侬自来。

欲行一过心，谁我道相怜？摘菊持饮酒，浮华著口边。

语我不游行，常常走巷路。败桥语方相，欺侬那得度？

阔面行负情，诈我言端的。画背作天图，子将负星历。

君行负怜事，那得厚相于？麻纸语三葛，我薄汝粗疏。

黄天不灭解，甲夜曙星出。漏刻无心肠，复令五更毕。

打杀长鸣鸡，弹去乌臼鸟。愿得连冥不复曙，一年都一晓。

空中人，住在高樯深阁里。书信了不通，故使风往尔。

侬心常慊慊，欢行由豫情。雾露隐芙蓉，见莲讵分明。

非欢独慊慊，侬意亦驱驱。双灯俱时尽，奈许两无由！

谁交强缠绵？常持罢作虑。作生隐藕叶，莲侬在何处？

相怜两乐事，黄作无趣怒。合散无黄连，此事复何苦！

谁交强缠绵，常持罢作意。走马织悬帘，薄情奈当驶。

执手与欢别，合会在何时？明灯照空局，悠然未有期。

百忆却欲噫，两眼常不燥。蕃师五鼓行，离侬何太早！

含笑来向侬，一抱不能置。领后千里带，那顿谁多媚？

欢相怜，今去何时来？裲裆别去年，不忍见分题。

欢相怜，题心共饮血。流头入黄泉，分作两死计。

娇笑来向侬，一抱不能已。湖燥芙蓉萎，莲汝藕欲死。

欢心不相怜，慊苦竟何已！芙蓉腹里萎，莲汝从心起。

下帷掩灯烛，明月照帐中。无油何所苦？但使天明侬。

执手与欢别，欲去情不忍。余光照已藩，坐见离日尽。

种莲长江边，藕生黄檗浦。必得莲子时，流离经辛苦。

人传我不虚，实情明把纳。芙蓉万层生，莲子信重沓。

闻乖事难怀，况复临别离。伏龟语石板，方作千岁碑。

钤荡与时竞，不得寻倾虑。春风扇芳条，常念花落去。

坐倚无精魂，使我生百虑。方局十七道，期会是何处？

暂出白门前，杨柳可藏乌。欢作沉水香，侬作博山炉。

十期九不果，常抱怀恨生。然灯不下炷，有油那得明？

自从近日来，了不相寻博。竹帘裲裆题，知子心情薄。

下帷灯火尽，朗月照怀里。无油何所苦，但令天明尔。

近日莲违期，不复寻博子。六箸翻双鱼，都成罢去已。

一夕就郎宿，通夜语不息。黄檗万里路，道苦真无极。

登店卖三葛，郎来买丈余。合匹与郎去，谁解断粗疏！

侬亦粗经风，罢顿葛帐里，败许粗疏中。

紫草生湖边，误落芙蓉里。色分都未获，空中染莲子。

闺阁断信使，的的两相忆。譬如水上影，分明不可得！

逍遥待晓分，转侧听更鼓。明月不应停，特为相思苦！

罢去四五年，相见论故情。杀荷不断藕，莲心已复生。

辛苦一朝欢，须臾情易厌。行膝点芙蓉，深莲非骨念。

慊苦忆侬欢，书作后非是。五果林中度，见花多忆子。

《读曲歌》的形式很凌乱，多数是五言的四句；这和《子夜歌》相同；但也有五言的三句组成的；也有以一句三言，两句或三句的五言组成的；甚至杂有一二句的七言的。我很怀疑这八十九首的《读曲歌》原来不是一个曲调。《读曲歌》或者便是一种“徒歌”的总称，故其中曲调不是一律相同的。

此外，尚有《上声歌》八首，《欢闻歌》一首，《欢闻变歌》六首，《前溪歌》七首，《阿子歌》三首，《团扇郎》七首，《七日夜女郎歌》九首，《长史变歌》三首，《黄生曲》三首，《黄鹄曲》四首，《桃叶歌》四首，《长乐佳》八首，《欢好曲》三首，《懊侬歌》十四首，《黄竹子歌》一首，《江陵女歌》一首，《神弦歌》十一首（按《神弦歌》为总名，实共十一调，十八首），《碧玉歌》六首，《华山畿》二十五首；这些都是属于“吴声歌曲”的。

其中惟《懊侬歌》及《华山畿》最为重要。《懊侬歌》十四首，《古今乐录》云：“晋石崇绿珠所作，唯‘丝布涩难缝’一曲而已。后皆隆安初民间讹谣之曲。”今读“丝布涩难缝”一曲：

丝布涩难缝，令侬十指穿。黄牛细犊车，游戏出孟津。

仍是民谣，不会是石崇、绿珠所作的。其他十三首，也没有一首不是很好的民间情歌：

江中白布帆，乌布礼中帷。潭如陌上鼓，许是侬欢归。
江陵去扬州，三千三百里。已行一千三，所有二千在。
寡妇哭城颓，此情非虚假。相乐不相得，抱恨黄泉下。
内心百际起，外形空殷勤。既就颓城感，敢言浮花言。
我与欢相怜，约誓底言者。常叹负情人，郎今果成诈。
我有一所欢，安在深阁里。桐树不结花，何有得梧子。
长樯铁鹿子，布帆阿那起。诧侬安在间，一去三千里。
暂薄牛渚矶，欢不下廷板。水深沾侬衣，白黑何在浣。
爱子好情怀，倾家料理乱。揽裳未结带，落托行人断。
月落天欲曙，能得几时眠？凄凄下床去，侬病不能言。
发乱谁料理？托侬言相思。还君华艳去，催送实情来。
山头草，欢少四面风，趋使侬颠倒。
懊恼奈何许！夜闻家中论，不得侬与汝。

《华山畿》凡二十五首。《古今乐录》云：“《华山畿》者，宋少帝时懊恼一曲，亦变曲也。少帝时，南徐一士子从华山畿往云阳。见客舍有女子年十八九。悦之，无因。遂感心疾。母问其故。具以启母。母为至华山寻访，见女具说。女闻，感之。因脱蔽膝令母密置其席下，卧之当已。少日，果差。忽举席，见蔽膝而抱持。遂吞食而死。气欲绝，谓母曰：葬时，车载从华山度。母从其意。比至女门，牛不肯前，打拍不动。女曰：

且待须臾。妆点沐浴，既而出歌曰：华山畿，君既为侬死，独活为谁施？欢若见怜时，棺木为侬开。棺应声开，女遂入棺。家人叩打，无如之何。乃合葬，呼曰：神女冢。”这当然是一段神话，显然是从韩朋妻的故事演化而来的。

华山畿二十五首

华山畿，君既为侬死，独活为谁施？欢若见怜时，棺木为侬开。

闻欢大养蚕，定得几许丝。所得何足言，奈何黑瘦为！

夜相思，投壶不得箭，忆欢作娇时。

开门枕水渚，三刀治一鱼，历乱伤杀汝。

未敢便相许，夜闻侬家论，不持侬与汝。

懊恼不堪止，上床解要绳，自经屏风里。

啼著曙，泪落枕将浮，身沉被流去。

将懊恼，石阙昼夜题，碑泪常不燥。

别后常相思，顿书千文阙，题碑无罢时。

奈何许！所欢不在间，娇笑向谁绪？

隔津欢，牵牛语织女，离泪溢河汉。

啼相忆，泪如漏刻水，昼夜流不息。

著处多遇罗，的的往年少，艳情何能多？

无故相然我，路绝行人断，夜夜故望汝。

一坐复一起，黄昏人定后，许时不来已。

摩可浓，巷巷相罗截，终当不置汝。

不能久长离，中夜忆欢时，抱被空中啼。

腹中如汤灌，肝肠寸寸断，教侬底聊赖。

相送劳劳渚，长江不应满，是侬泪成许。

奈何许！天下人何限，慊慊只为汝！

郎情难可道，欢行豆挟心，见荻多欲绕。

松上萝，愿君如行云，时时见经过。

夜相思，风吹窗帘动，言是所欢来。

长鸣鸡，谁知侬念汝？独向空中啼！

腹中如乱丝，愦愦适得去，愁毒已复来。

这二十五首的民歌，只有头一篇是有关“华山畿”的故事的，其余都是《子夜》《读曲》的同俦；而有的歌像“腹中如汤灌，肝肠寸寸断”，较《子夜》《读曲》尤为泼辣深切。

在吴声歌曲里还有《碧玉歌》数首，写得也很可爱。

碧玉歌

碧玉破瓜时，郎为情颠倒。芙蓉陵霜荣，秋容故尚好。

碧玉小家女，不敢攀贵德。感郎千金意，惭无倾城色。

碧玉小家女，不敢贵德攀。感郎意气重，遂得结金兰。

同前二首

碧玉破瓜时，相为情颠倒，感郎不羞郎，回身就郎抱。

杏梁日始照，蕙席欢未极。碧玉奉金杯，渌酒助花色。

同　前

碧玉上宫妓，出入千花林。珠被玳瑁床，感郎情意深。

四

“西曲歌”为“荆、楚西声”。其句法的结构和吴声歌曲大致相同。其中重要的歌调，有《三洲歌》《采桑度》《青阳度》《孟珠》《石城乐》《莫愁乐》《乌夜啼》《襄阳乐》等。其题材也是以恋爱为主，其情调也是充满了别离相思之感，其作风也绮靡秀丽的。惟像“布帆百余幅，环环在江津”那样的情景，却是在吴声歌曲里找不到的。

如果再仔细的把西曲歌多读一下，便可以发见，因了地理环境的不同，他们和吴声歌曲之间显然是有了很不同的区别的。

三洲歌

送欢板桥湾，相待三山头。遥见千幅帆，知是逐风流。

风流不暂停，三山隐行舟。愿作比目鱼，随欢千里游。

湘东醽醁酒，广州龙头铛。玉樽金镂碗，与郎双杯行。

像这样的广泛的阔大的趣味，在吴声歌曲里是没有的。

又像《采桑度》的七首：

蚕生春三月，春桑正含绿。女儿采春桑，歌吹当春曲。

冶游采桑女，尽有芳春色。姿容应春媚，粉黛不加饰。

系条采春桑，采叶何纷纷！采桑不装钩，牵坏紫罗裙。

语欢稍养蚕，一头养百坻。奈当黑瘦尽，桑叶常不周。

春月采桑时，林下与欢俱。养蚕不满百，那得罗绣襦！

采桑盛阳月，绿叶何翩翩。攀条上树表，牵坏紫罗裙。

伪蚕化作茧，烂熳不成丝。徒劳无所获，养蚕特底为？

其作风便比较的直捷了。那些情绪已不是“恋爱”“相思”所能范围得住；那些话已变成了采桑女的呼吁之声；所描写的已是蚕家的生活而不是相恋的情绪了。

青阳度

隐机倚不织，寻得烂熳丝。成匹郎莫断，忆侬经绞时。

碧玉捣衣砧，七宝金莲杵，高举徐徐下，轻捣只为汝。

青荷盖绿水，芙蓉披红鲜。下有并根藕，上生并头莲。

这几首却是《子夜》的同类。

像《安东平》和《女儿子》，其句子的结构却变化得很多了。

安东平

凄凄烈烈，北风为雪。船道不通，步道断绝。

吴中细布，阔幅长度。我有一端，与郎作裤。

微物虽轻，拙手所作。余有三丈，为郎别厝。

制为轻巾，以奉故人。不持作好，与郎拭尘。

东平刘生，复感人情，与郎相知，当解千龄。

女儿子

巴东三峡猿鸣悲，夜鸣三声泪沾衣。

我欲上蜀蜀水难，蹋蹀珂头腰环环。

这些是四言和七言的，在《西曲歌》里也很罕见。最多的还是五言的。底下的几个曲调差不多全都是五言的。

那呵滩

我去只如还，终不在道边。我若在道边，良信寄书还。
沿江引百丈，一濡多一艇。上水郎担篙，何时至江陵？
江陵三千三，何足特作远？书疏数知闻，莫令信使断。
闻欢下扬州，相送江津湾。愿得篙橹折，交郎到头还。
篙折当更觅，橹折当更安。各自是官人，那得到头还！
百思缠中心，憔悴为所欢。与子结终始，折约在金兰。

这几首也是充满了贾客的别离之感，充满了水乡的情绪的。

孟珠里的第二、第六、第八的几首写得漂亮极了：

孟　珠

人言孟珠富，信实金满堂。龙头衔九花，玉钗明月珰。
阳春二三月，草与水同色。攀条摘香花，言是欢气息。
人言春复著，我言未渠央。暂出后湖看，蒲菰如许长。
扬州石榴花，摘插双襟中。葳蕤当忆我，莫持艳他侬！
阳春二三月，草与水同色。道逢游冶郎，恨不早相识！
望欢四五年，实情将懊恼。愿得无人处，回身与郎抱。
阳春二三月，正是养蚕时。那得不相怨，其再许侬来！
将欢期三更，合冥欢如何？走马放苍鹰，飞驰赴郎期。
适闻梅作花，花落已成子。杜鹃绕林啼，思从心上起。
可怜景阳山，苕苕百尺楼。上有明天子，麟凤戏中州。

《石城乐》和《莫愁乐》二曲都是石城（在竟陵）那个地方的民歌。《莫愁乐》的第二首“江水断不流”写得异常的大胆。

石城乐

生长石城下，开窗对城楼。城中诸少年，出入见依投。

阳春百花生，摘插环髻前。捥指蹋忘愁，相与及盛年。

布帆百余幅，环环在江津。执手双泪落，何时见欢还。

大艑载三千，渐水丈五余。水高不得渡，与欢合生居。

闻欢远行去，相送方山亭。风吹黄檗藩，恶闻苦离声。

莫愁乐

莫愁在何处？莫愁石城西。艇子打两桨，催送莫愁来。

闻欢下扬州，相送楚山头。探手抱腰看，江水断不流。

《乌夜啼》凡八曲。相传《乌夜啼》为宋临川王刘义庆（一作彭城王义康）所作。但审这八曲的口气却全是民歌，和义庆的故事毫不相涉。

乌夜啼

歌舞诸少年，娉婷无种迹。菖蒲花可怜，闻名不曾识。

长樯铁鹿子，布帆阿那起。诧侬安在间，一去数千里。

辞家远行去，侬欢独离居。此日无啼音，裂帛作还书。

可怜乌臼鸟，强言知天曙。无故三更啼，欢子冒暗去。

乌生如欲飞，飞飞各自去。生离无安心，夜啼至天曙。

笼窗窗不开，荡户户不动。欢下葳蕤籥，交侬那得往。

远望千里烟，隐当在欢家。欲飞无两翅，当奈独思何！

巴陵三江口，芦荻齐如麻。执手与欢别，痛切当奈何。

《襄阳乐》虽然相传是宋随王诞所作，但也完全是民歌的风度，是《子夜》《读曲》的流亚，不会是个人的创作。

襄阳乐

朝发襄阳城，暮至大堤宿。大堤诸女儿，花艳惊郎目。
上水郎担篙，下水摇双橹，四角龙子幡，环环江当柱。
江陵三千三，西塞陌中央。但问相随否，何计道里长。
人言襄阳乐，乐作非侬处。乘星冒风流，还侬扬州去。
烂熳女萝草，结曲绕长松。三春虽同色，岁寒非处侬。
黄鹄参天飞，中道郁徘徊。腹中车轮转，欢今定怜谁？
扬州蒲锻环，百钱两三丛。不能买将还，空手揽抱侬。
女萝自微薄，寄托长松表。何惜负霜死，贵得相缠绕。
恶见多情欢，罢侬不相语。莫作乌集林，忽如提侬去。

《寿阳乐》的句法，较为变动。其第三、第六及第八首，都是绝妙好辞。

寿阳乐

可怜八公山，在寿阳，别后莫相忘。
东台百余尺，凌风云，别后不忘君。
梁长曲水流，明如镜，双林与郎照。
辞家远行去，空为君，明知岁月驶。
笼窗取凉风，弹素琴，一叹复一吟。
夜相思，望不来。人乐我独愁！
长淮何烂熳，路悠悠，得当乐忘忧。

上我长濑桥，望归路，秋风停欲度。

衔泪出伤门，寿阳去，必还当几载。

《西乌夜飞》相传为宋沈攸之举兵发荆州东下，未败之前，思归京师所作。这话也是毫无根据的。

西乌夜飞

日从东方出，团团鸡子黄。夫妇恩情重，怜欢故在傍。

暂请半日给，徙倚娘店前。目作宴瑱饱，腹作宛恼饥。

我昨忆欢时，揽刀持自刺。自刺分应死，刀作杂楼僻。

阳春二三月，诸花尽芳盛。持底唤欢来，花笑莺歌咏。

感郎崎岖情，不复自顾虑。臂绳双入结，遂成同心去。

其中第二首“暂请半日给”所写的情景，是六朝乐府里所未有同俦的。

五

又有《梁鼓角横吹曲》，那是受了胡曲影响之作，和吴声歌曲及西曲歌完全异其情趣。《晋书·乐志》：“横吹有鼓角，又有胡角，即胡乐也。”其来源，据相传的话，可追溯到汉武帝时代。但我以为这些胡曲的输入时代，最可靠的还是五胡乱华的那个时期。至于有歌辞可见的则惟在梁代。

在《梁鼓角横吹曲》里，以《企喻歌》《紫骝马歌辞》《陇头流水歌》《隔谷歌》《折杨柳歌辞》《幽州马客吟歌辞》等为最可注意。其中，不尽是思妇怀人之曲了；不尽是绮靡之音了；即有恋歌，其作风也和《子夜》

《读曲》《三洲》等歌曲大殊。它们是充满了北地的景色和风趣的。

《企喻歌》凡四曲，都是诉说北方健儿的心意的：

男儿欲作健，结伴不须多。鹞子经天飞，群雀两向波。
放马大泽中，草好马著膘。牌子铁裲裆，铠锋鹳尾条。
前行看后行，齐著铁裲裆。前头看后头，齐着铁铠锋。
男儿可怜虫，出门怀死忧。尸丧狭谷中，白骨无人收。

《紫骝马歌辞》有一部分是汉辞。但像：

烧火烧野田，野鸭飞上天。童男娶寡妇，壮女笑杀人。
高高山头树，风吹叶落去。一去数千里，何当还故处？

却是具有特殊的情趣的。

《陇头流水歌》写飘零道路之苦，极为深刻，那是南方旅人所未曾经历过的。

陇头流水，流离西下。念吾一身飘旷野。
西上陇阪，羊肠九回。山高谷深，不觉脚酸。

《陇头歌辞》恐便是《流水歌》的同调或变调：

陇头流水，流离山下。念吾一身，飘然旷野。
朝发欣城，暮宿陇头。寒不能语，卷舌入喉。
陇头流水，鸣声幽咽。遥望秦川，心肠断绝。

《隔谷歌》只有两首，却都是乱离时代最逼真的写照：

兄在城中弟在外。弓无弦，箭无栝，食粮乏尽。若为活，救我来，救我来。

兄为俘虏受困辱，骨露力疲食不足。弟为官吏马食粟，何惜钱力来我赎。

《折杨柳歌》里的恋曲，像：

肠中愁不乐，愿作郎马鞭。出入擐郎臂，蹀座郎膝边。

门前一株枣，岁岁不知老。阿婆不嫁女，那得孙儿抱。

立刻便可以辨得出那情趣和《子夜》《读曲》的如何相殊。

遥看孟津河，杨柳郁婆娑。我是虏家儿，不解汉儿歌。

那也是很真切的画出汉夷杂处的一个情景来的。

《幽州马客吟歌辞》里出的一个曲子：

快马常苦瘦，剿儿常苦贫。黄禾起羸马，有钱始作人。

和《高阳乐人歌》里的：

可怜白鼻䯄，相将入酒家。无钱但共饮，画地作交赊。

写流浪人的心境同样的凄壮。

《幽州马客吟》里也有恋歌几首，那歌声是直捷的，粗率的不似吴、楚歌的宛曲曼绮：

荧荧帐中烛，烛灭不久停。盛时不作乐，春花不重生。

南山自言高，只与北山齐。女儿自言好，故入郎君怀。

郎著紫裤褶，女著彩夹裙。男女共燕游，黄花生后园。

《捉搦歌》四曲，最有趣，都是咏过时待嫁的女儿们的心里的，却和“荧荧条上花，零落何乃驶”的隐露的哀怨不同了；他们是那样的直率不讳：

粟谷难舂付石臼，敝衣难护付巧妇。男儿千凶饱人手，老女不嫁只生口。

谁家女子能行步，反著夹禅后裙露。天生男女共一处，愿得两个成翁妪。

华阴山头百丈井，下有流水彻骨冷。可怜女子能照影，不见其余见斜领。

黄桑柘屐蒲子履，中央有丝两头系。小时怜母大怜婿，何不早嫁论家计？

《地驱乐歌》里的“驱羊入谷，白羊在前。老女不嫁，蹋地唤天”，也具着同样的情调，其“侧侧力力，念君无极。枕郎左臂，随郎转侧”，却又是那样的赤裸裸的北人的热情的披露。

月明光光星欲堕，欲来不来早语我。

这一曲《地驱乐歌》却是很蕴藉含蓄的。

《琅邪王歌辞》里的：

新买五尺刀，悬著中梁柱。一日三摩娑，剧于十五女。

东山看西水，水流盘石间。公死姥更嫁，孤儿甚可怜。

客行依主人，愿得主人强。猛虎依深山，愿得松柏长。

其也是富有北地的情趣的。

参考书目

一、《乐府古题要解》二卷题，（唐）吴兢著，有《津逮秘书》《学津讨源》及《历代诗话续编》本。

二、《乐府诗集》一百卷，（宋）郭茂倩编，有汲古阁刊本，湖北书局刊本，四部丛刊本。

三、《古乐府》十卷，（宋）左克明编，有明刊本。

四、《古诗纪》一百五十六卷，（明）冯惟讷编，有明刊本。

五、《全汉魏六朝诗》，丁福保编，有医学书局印本。

六、《插图本中国文学史》，郑振铎编，商务印书馆印本。本章可参考该书第一册第十六章。

第五章

唐代的民间歌赋

一

唐代的通俗诗歌甚为发展。六朝的“杨五伴侣”，我们已经见不到，但在唐代还有王梵志、顾况、罗隐、杜荀鹤诸人的作品存在。白居易的诗，虽号称妇孺皆解，但实在不是通俗诗；他们还不够通俗，还不敢专为民众而写，还不敢引用方言俗语入诗，还不敢抓住民众的心意和情绪来写。像王梵志他们的诗才是真正的通俗诗，才是真正的民众所能懂、所能享用的通俗诗。

王梵志诗在宋以后便不为人所知。黄庭坚很恭维他的东西。不知怎么样，后来便失了传。沉埋了千余年之后，到最近方才在敦煌石室里发现了几卷。梵志的生年，约在隋唐之间。《太平广记》里（卷八十二）有一则关于他的故事，很怪，说他是生于树瘿之中的。他的诗多出世之意，像：

城外土馒头，馅草在城里。一人吃一个，莫嫌没滋味。

便很有悲观厌世的观念，就像他最好的诗篇：

吾有十亩田，种在南山坡。青松四五树，绿豆两三窠。热即池中浴，凉便岸上歌。遨游自取足，谁能奈何我！

也全是“自了汉”的话，他的诗，几全是哲理诗、教训诗或格言诗。这种通俗诗流行于民间，根深柢固，便造成了我们这个民族的“各人自扫门前雪，莫管他人瓦上霜”的自了汉的心理了。那影响是极坏的。

唐代的和尚诗人们，像寒山、拾得、丰干都是受他的影响的。拾得有诗道：“世间亿万人，面孔不相似。……但自修己身，不要言他已。”更是梵志精神上的肖子。

寒山有诗道：“有人笑我诗，我诗合典雅！不烦郑氏笺，岂用毛公解。忽遇明眼人，即自流天下。”这是通俗诗人们的对于古典作家们的解嘲之作。

顾况诗在通俗诗里独弹出一种别调。他是一个大诗人，不是一个梵志式的哲理诗人。他并不厌世。他只是敢于引用方言俗语入诗中。他的诗，所写的方面很广。虽然也偶有梵志式的诗，像《长安道》：

长安道，人无衣，马无草。何不归来山中老？

但像《田家》那样的社会诗，便是梵志们所未曾梦见的了：

带水摘禾穗，夜捣具晨炊。县帖取社长，嗔怪见官迟。

又像《上古之什补亡训传十三章》里的《囝》一章，写的是那末沉痛：

> 囝生闽方，闽吏得之，乃绝其阳。为臧为获，致金满屋。为髡为钳，如视草木。天道无知，我罹其毒，神道无知，彼受其福，"郎罢"别囝，吾悔生汝。及汝既生，人劝不举。不从人言，果获是苦。囝别"郎罢"，心摧血下。隔地绝天，及至黄泉，不得在郎罢前。（原注：囝音蹇。闽俗呼子为囝，父为郎罢。）

这种掠奴的风俗，我们在况这诗里方才详细的知道。

唐末，通俗诗忽盛行于世。胡曾的《咏诗史》一百首，写得很驽下，却为了写得浅，能投合民众的口味，至今还为俗人所传诵。罗隐、杜荀鹤、李山甫们的诗也有许多至今还为民众的口头禅，虽然他们不知道作者是谁。可见其潜伏的势力之大。

在罗隐诗里，像"今宵有酒今宵醉，明日愁来明日愁"，像"时来天地皆同力，运去英雄不自由"，像"采得百花成蜜后，不知辛苦为谁甜"，像"只知事逐眼前去，不觉老从头上来"，都已成了民间的成语谚语。

杜荀鹤的诗，像"举世尽从愁里老，谁人肯向死前休"，像"逢人不说人间事，便是人间无事人"，像"易落好花三个月，难留浮世百年身"，也都是最为人所传诵的诗句。

李山甫的诗，像"南朝天子爱风流，尽守江山不到头"，像"劝君不用夸头角，梦里输赢总未真"等，也都是同一情调的东西。

在唐末的乱离时代，作家们自然会有这种冷笑的厌世的谦退之作的。但流行于民间，却养成了我们的整个民族的不长进的怕事的风尚。这是要不得的！也许，正因为他们是这个怕事的民族的代言人，故遂成为通俗诗人吧。

但更有许多的通俗诗，其情趣是比较的广赜的，特别的在叙事诗方面，在唐代有了很高的成就。

二

敦煌石室的发现，使我们对于唐代的通俗文学研究有了极重要的收获。“变文”的发现，固然是最重要的消息，使我们对于宋、元的通俗文学的发展的讨论上，有了肯定的结论，而同时，许多民间歌曲的被掘出，也使我们得到不少的好作品，同时并明白了后来的许多通俗作品的产生的线索与原因。

关于敦煌石室发现的经过与其重要性，我在别的地方已经说起过，这里不必多谈。只是这所被埋没了近一千多年的石室宝库的重被打开，却出于一个匈牙利人史坦因之手。因此重要的完整些的材料多已被搬运到伦敦博物院去。而继之而来的，又是一位法国人伯希和，他席卷了史坦因剩下的一部分重要的材料和宝物，运到巴黎国家图书馆。等到第三次由中国政府搜括“余沥”时，所余的也实在只是糟粕了。又是沿途的被截留，被偷盗，散失了不少东西。所以现在收藏在北平图书馆里的八千余卷的敦煌钞本，好东西已是有限，特别关于通俗文学的材料，更是没有什么重要的。我们所要获得的材料，却非远到伦敦和巴黎去找不可。

我们应该感谢刘半农先生，他为我们抄回了，并传布了不少罕见的通俗作品。但可惜只限于巴黎的一部分，也还不能说是完全。关于伦敦的一部分，简直还没有什么人去触动过它们，利用过它们。著者曾经自己去抄录过一部分，所得究竟寥寥有数。伦敦藏的敦煌写本目录，至今还不曾编好，我们简直没有法子知道其中究竟藏有多少珍宝。将来那部目录出来的时候，我们也许更要添入不少的材料。这种添加或修正却是我们所最为盼望着的。但现在却只能就著者所获得的材料而加以叙述。

三

我们第一要讨论到的是“词”。那民间的“词”，和温庭筠及韦庄、和凝他们所作的究竟有些不同。但在民间文学里，其气韵已是够典雅的了。所以“词”在唐的末年，恐怕已是被执持在文士们的手里，而不尽是民间的通俗歌曲了。

今日所知的敦煌的“词”，有《云谣集杂曲子》一种，这已是文士们所编集的东西了，故多半文从字顺，相当雅致，和一般粗鄙的小曲的气息不同；但也还能看得出其初期的素朴的作风。

伦敦博物院所藏的一本《云谣集杂曲子》原注“共三十首”，但实只有十八首，阙其十二首。巴黎国家图书馆所藏的也只有十四首。二本合之，除其重复，恰好足三十首之数。朱祖谋曾加以整理，刊于《彊村丛书》；其第二次整理的全稿，则刊于《彊村遗书》。著者也曾加以整理，编入《世界文库》第一卷第六册。这个集子的整理工作，相当的可以告一个结束。

凤归云遍

征夫数载萍寄他邦，去便无消息，累换星霜。月下愁听砧杵拟；塞雁行。孤眠鸾帐里，往劳魂梦，夜放飞扬。想君薄行更不思量，谁为传书与，表妾衷肠？倚牖无言垂血泪，暗祝三光。万般无奈处，一炉香尽，又更添香。

又

怨绿窗独坐，修得为君书。征衣裁缝了，远寄边虞。想得为君贪苦战，不惮驰驱。中朝沙碛里山，凭三尺勇战奸愚。岂知红粉泪的如珠！往把金钗，卜卦卦皆虚。魂梦天涯无暂歇，枕上长嘘。待卿回故日，容颜憔悴，彼此何如！

像这样的作风，放在《花间集》里是很显得粗俗的，但在民间歌曲里已算是很文雅的了。但像下面所举的二例，民间的风趣却是更为浓厚的。

内家娇

两眼如刀，浑身似玉，风流第一佳人。及时衣着，梳头京样，素嫉艳孋情春。善别宫商，能调丝竹，歌令尖新。任从说洛浦阳台，谩将比并无因。半含娇态，逶迤换步出闺帏。搔头重慵懥不插，只把同心千遍捻弄。来往中庭，应是降王母仙宫，凡间略现容真。

拜新月

荡子他州去，已经新岁未还归。堪恨情如水，到处辄狂迷，不思家国。花下遥指祝神明，直至于今，抛妾独守空闺。上有穹苍在，三光也合遥知。倚幈帏坐，泪流点的金粟罗衣，自嗟薄命缘业至于思。乞求待见面，誓不辜伊。

若“两眼如刀”，“及时衣着，梳头京样”，“三光也合遥知”一类的语句在《花间》《尊前》里是绝对找不到的。

《敦煌零拾》六，载有小曲三种，凡七首，民间的作风便保存得更多了。

《鱼歌子》一首，下注“上王次郎”，也还是《云谣集》里的东西：

鱼歌子　上王次郎

春雨微，香风少，帘外莺啼声声好。伴孤屏，微语笑，寂对前庭悄悄。当初去向郎道，莫保青娥花容貌。恨惶交，不归早，教妾□在烦恼。

但《长相思》三首，其作风便完全不同了；这三首是皆衔接的，似更邻近于“五更转”一类的民歌：

长相思

侶客在江西，富贵世间稀。终日红楼上，□□舞著棋。频频满酌醉如泥，轻轻更换金卮。尽日贪欢逐乐，此是富不归。

哀客在江西，寂寞自家知。尘土满面上，终日被人欺。朝朝立在市门西，风吹泪□双垂。遥望家乡长短，此是贫不归。

作客在江西，得病卧毫厘。还往观消息，看看似别离。村人曳在道傍西，耶娘父母不知。□上剟排书字，此是死不归。

写得最好的《雀踏枝》的第一首：

雀踏枝

叵耐灵鹊多满语，送喜何曾有凭据。几度飞来活捉取，锁上金笼休共语。比拟好心来送喜，谁知锁我在金笼里。欲他征夫早归来，腾身却放我向青云里。

这是写闺中思妇和“灵鹊”的对话。思妇见“灵鹊”常常来“送喜”，她丈夫却还是不归来，便把它关在金笼里。但“灵鹊”却答她道：“原是好心来送喜的，却反把囚在金笼里了。你如果要征夫早早的归来，还是放掉我飞到青云里去的好。”这样有趣的“词”，我们在唐、宋人作品里是很少遇见的。

第二首《雀踏枝》却是很平常的作品：

独坐更深人寂寂，分离路远关山隔。寒雁飞来无消息，□□牵断心肠忆。仰告三光垂泪滴，□□耶娘甚处传书觅。自叹夙缘作他邦客，辜负尊亲虚劳力。

这七首东西，《敦煌零拾》的编者罗振玉并不说明原藏何处。他在后面跋道：此小曲三种，《鱼歌子》写小纸上，《长相思》及《雀踏枝》写《心经》纸背，讹字甚多，未敢臆改，姑仍其旧。看样子，大约是他自己所藏的东西。

《敦煌掇琐》里又载有《奖美人》一首，题作“同前奖美人”，不知前面是何词调。刘半农先生以为“当是《虞美人》，但词调与今所传《虞美人》不同”。原本未写完。但也不是什么上好的作品。不过却可见出是《云谣》与《花间》之间的作品：

翠栁（疑当作柳）眉间绿，桃花脸上红，薄罗衫子掩酥胸。一段风流难比像，白莲出水……

尚有若干零星的作品，见于《掇琐》或他处的，作风大致不殊，都不在此提及了。

但民间小曲，其地位却更为重要，其作品也更多的保存着民间的素朴与粗鄙。

四

《敦煌零拾》五载“俚曲三种”，“上虞、罗氏藏”。这是最早刊布唐代俚曲的勇敢的举动。在那时候，像“俚曲”这样的东西，士大夫们是根本看不起的。

俚曲三种，凡三首，计《叹五更》一首，《十二时》二首：

叹五更

一更初，自恨长养枉生躯，耶娘小来不教授，如今争识文与书。

二更深，《孝经》一卷不曾寻，之乎者也都不识，如今嗟叹始悲吟。

三更半，到处被他笔头算，纵然身达得官职，公事文书争处断。

四更长，昼夜常如面向墙，男儿到此屈折地，悔不《孝经》读一行。

五更晓，作人已来都未了，东西南北被驱使，恰如盲人不见道。

天下传孝十二时

平旦寅，叉手堂前咨二亲，耶娘约束须领受，检校好要莫生嗔。

日出卯，情知耶娘渐觉老，子父恩深没多时，递户相劝须行孝。

食时辰，尊重耶娘生而身，未曾孝养归泉路，来报生中不可论。

起中巳，耶娘渐觉无牙齿，隅坐力弱须人扶，饮食吃得些些子。

正南午，董永卖身葬父母，天下流传孝顺名，感得织女来相助。

日昬未，入门莫取外婿意，六亲破却不须论，兄弟惜他断却义。

哺时申，孝养父母莫生嗔，第一温言不可得，处分小语过于珍。

日入酉，父母在堂少饮酒，阿阇世王不是人，杀父害母生禽兽。

黄昏戌，五擿之人何处出，空里唤向百街头，恶业牵将不拣足。

人定亥，世间父子相怜爱，怜爱亦得没多时，不保明朝阿谁在。

夜半子，独坐思维一段事，纵然妻子三五房，无常到来不免死。

鸡鸣丑，败坏之身应不久，纵然子孙满山河，但是恩爱非前后。

禅门十二时

夜半子，监睡还须去，端坐政观心，济却无朋彼。

鸡鸣丑，擿木看窗牖，明来暗自知，佛性心中有。

平旦寅，发意断贪嗔，莫令心散乱，虚度一生身。

日出卯，取镜当心照，情知内外空，更莫生烦恼。

食时辰，努力早出尘，莫念时时苦，早取涅槃因。

隅中巳，火宅难归□，恒在败坏身，漂流生死海。

正南午，四大无梁柱，须知寡合身，万佛皆为主。

日昃未，造罪相连累，无常念念至，徒劳漫破费。

哺时申，修见未来因，念身不救住，终归一微尘。

日入酉，观身知不救，念念不离心，数珠恒在手。

黄昏戌，归依须暗室，罪垢亦未知，何时见慧日。

人定亥，吾今早欲断，驱驱不暂停，万物皆失坏。

这三首后有“时丁亥岁次天成二年七月十日”等字一行。按天成二年为公历纪元九二七年，离今已是一千多年了。我们得见到一千多年前的“五更转”一类的俚曲，这不是可欣幸的事么？

《叹五更》和《十二时》的结构，都是相同的，不过一为以“五更”为次，一以“十二时”为次，故前者只有五段，后者便成为十二段了——每段都是以一句的三言、三句的七言组织起来的。

《叹五更》和今日的《五更转》形式上是不同的，然其结构却仍相似。像这样的结构幼稚的歌曲，在民间当会是保存得很久的。不过“十二时”的一体，却是失传了。

《敦煌掇琐》里载有“五更转”四篇。《太子五更转》的结构和《叹五更》完全相同：

太子五更转

一更初，太子欲发坐心思，须知耶娘防守到，何时度得雪山川。

二更深，五百个力士睡昏沉。遮取黄羊及车匿，朱鬃白马同一心。

三更满，太子腾空无人见。宫里传声悉达无，耶娘肠肝寸寸断。

四更长，太子苦行万里香。一乐菩提修佛道，不藉你世上作公王。

五更晓，大地下众生行道了。忽见城头白马踪，则知太子成佛了。

但《南宗赞》和《太子入山修道赞》的结构便不大相同了，其句法，首句也是三言，其后便杂着三言、五言及七言的了；而杂言的一部分也变得冗长多了。

南宗赞一本

一更长，如来智惠化中藏。不知自身本是佛，无明漳蔽自荒忙。了五蕴，体皆亡，灭六识，不相当。行住坐卧常注意，则知四大是佛堂。

一更长，二更长，有□□往尽无常。世间造作应不及，无为法会听皆亡。入圣使，坐金刚，诣佛国，迈十方。但诸世界愿贯一，决定得入于佛行。

二更长，三更严，坐禅执定甚能甜。不宣诸天甘露蜜，愿君眷属出来看。诸佛教，实福田，持斋戒，得生天。生天天中归，还堕落，努回心，趣涅槃。

三更严，四更兰，法身体性本来禅。凡天不念生分别，轮回六趣心不安。求佛性，向里看，了佛意，不觉寒。广大劫来常不悟，今生作意断悭贪。

四更兰，五更□，菩萨种子坐红莲。烦恼泥中常不染，恒□净土共金颜。佛在世，八十年，般若意，不在言。朝朝恒念经，当初求觅一年川。

这赞，便有点像后来的宝卷。三言的夹入更多了。也许是原用梵歌唱出的，故不得不用这样的体裁。这可见“五更转”这个调子，原来只是指“结构”的五段而言，有意的将事迹或情绪分作了由浅入深，或一段一段的分述着的“五则”的。至于每一段里的句法和长短，或其歌唱的方法，却是不拘的。

《太子入山修道赞》也是如此，其句法是三、五、七言互用的，和《叹五更》及《太子五更转》比较起来，显然是进步的。《修道赞》第五更的一段，特别的冗长；这是很可怪的一种别体。

[太子入山修道赞]

一更夜月良，东宫见道场，幡花伞盖月争光。烧宝香，共奏天仙乐，皈资用宫商，美人无奈，手头忙，声绕梁。太子无心恋，闭目不形相。将身不作转轮王，只是怕无常。

二更夜月明，音乐堪人听。美人纤手弄秦筝，儿监溪。姨母专承事，耶输相逐行。太子无心恋，色声岂能听。轮回三恶道，六趣在死生。从来改却既般名，只是换身形。

三更夜月停，须肥睡不酣。美人梦里作音声，往相迎。出家时欲至，天王号作瓶。宫中闻唤太子声，甚叮咛。我是四天王，故来远自迎。珠琮便蹑紫云腾，夜逾城。

四更夜月偏，乘云到雪山。端身正坐向欲前，坐禅迕。寻思父王忆，每常孅每邻。耶输忆向我门看，眼应穿。便即唤车匿，分付与衣冠。将吾白马却归还，传我言。

五更夜月交，帝释度金刀。毁形落发绀青毫，鹊顶巢。牧女献牛乳，长者奉香药，誓当作佛苦海峤，眉间放白毫。日食一麻麦，六载受勤劳。因中果满自消遥，三界超。金色三十二，八十相，好圆誓。于苦海，作舟舡，运载得生天。十二部，诸经赞，流在阎浮间。明人速悟转读看，尽得出三关，正向阎浮化波旬，请涅槃。口中发愿不为言，卧在跃提边。慈母双林灭魔强，转更圆。众生苦海入本源，谁是救你愆。佛则归圆寂，何日遇法山！犹如孩子没耶娘，邻宿在苦海边。悟则归常乐，注在法王家。一乘深法没难遮，乐者请除耶。七祖运遭溪，传法破遇迷暗传。心地证菩提，愚者没泥黎。明灯照里燃，说者便升千。修行洁净果周圆，必定往西天。时当第五百，耶法现人间。众生命，尽信耶言，不解学参禅。

《思妇五更转》（题拟）写得最好：

一更初，夜坐调琴，欲奏相思伤妾心。每恨狂夫薄行迹，一过挽人年月深。君白去来经几春，不传书信绝知闻。愿妾变作天边雁，万里悲鸟寻访君。二更孤，帐理秦筝，若个弦中无怨声。忽忆征夫镇沙漠，遣妾烦怨双泪盈。当本只言今载归，谁知一别音信稀。贱妾杖自恒娥月，一片贞心。独守空闲衙，索取箜篌叹征余。为君王，效中节，都缘名刎觅侯。愿君早登丞相位，妾亦能孤守百秋。四更藜竹弄弓商，厍忚贤夫在鱼阳。池中比目鱼，拵戏海鸥……

很可惜的是，四更的一段只剩了一半，五更的一段，却完全的缺失了。“二更”的一段，未注明，当是从“贱妾杖自恒娥月”一句开始的。这歌里的错字别字实在太多了。像很美丽的“愿妾变作天边雁，万里悲鸟寻访君”一句里，那“鸟”字，一定是“鸣”字之讹。

关于“十二时”，《敦煌掇琐》里只有《太子十二时》（题拟）一篇，和《太子五更转》相同，也是叙述释迦成道故事的：

夜半子，摩耶夫人诞太子，步步足下生莲花，九龙齐吐温和水。
鸡鸣丑，昔日诸亲本自有，黄羊车匿圈东西，不那千人自有心。
平旦寅，太人因中是佛身。本有三十二相好，神通智惠异诸人。
日出卯，出门忽逢病死老。即知此戒正堪修，便是回心求佛道。
食时辰，本性持戒料贪瞋。不羡世间为国主，唯求涅槃成佛因。
隅中巳，库藏金银尽布施。怜贫恤老及慈悲，每有苦栽今日是。
正南午，太子修行实辛苦。每日持斋一麻麦，舍却悭贪及父母。
日昳未，太子神通实智惠。眉间放光照十方，救拔众生及五趣。
甫时申，太子广开妙法门。降得魔王及外道，莎罗林里见世尊。
日入酉，阎浮提众生难化诱。愿求世尊陁罗尼，若有人闻诵持受。
黄昏戌，佛闻双林无有失。阿难合掌白佛言，文殊来问维摩诘。

人定亥，十代弟子来忏悔。佛说西方净土国，见闻自消一切罪。

《敦煌掇琐》里，又有《女人百岁篇》，其结构也和“五更转”“十二时”极为相同，从壹拾年到百年，歌咏“女人”的一生。这可见在当时，这样幼稚的结构，在民间里是很流行的。其中充满了悲感的气氛，却不是什么宗教的劝道歌。

女人百岁篇，从壹拾至百年。

壹拾花枝两斯兼，优柔婀娜复厌厌。父娘怜似瑶台月，寻常不许出珠帘。

贰拾笄年花蕊春，父娘娉许事功勋。香车暮逐随夫婿，如同箫史晚从云。

叁拾珠颊美小年，纱窗揽镜□花钱。牡丹时节邀歌谣，拨棹乘船采璧连。

肆拾当家主计深，三男五女恼人心。秦筝不理贪机织，只恐阳乌昏复沉。

伍拾连夫怕被嫌，强相迎接事厌孅。寻思二八多轻薄，不愁嫂姑阿嫁严。

陆拾面皱发如丝，行走龙钟少语词。愁如未得温新妇，忧女随夫别与居。

柒拾衰羸争奈何，纵饶闻法岂能多。明晨若有微风至，筋骨相连似打罗。

捌拾眼暗耳偏聋，出门唤北却呼东。梦中长见亲情鬼，劝妾归来逐逝风。

玖拾雷光似电流，人间万事一时休。寂然卧枕高床上，残叶凋零待暮秋。

百岁山崖风似颓，如今身化作尘埃。四时祭拜儿孙在，明月长年照土堆。

五

长篇的叙事歌曲，在敦煌文库里，我们也发现了《太子赞》《董永行孝》（题拟）及《大汉三年季布骂陈词文》三种。《太子赞》以五七言相间成篇，全是宗教的宣传品。疑其也用梵音唱出。内容无可注意处。

《董永行孝》的全本，藏于伦敦博物院（史坦因目录S2204），是首尾完全的一篇，内容却也不怎样高明。

董永事，见刘向《孝子传》（有《黄氏逸书考》辑本），后人曾列入“二十四孝”里，故为广传的故事之一。句道兴的《搜神记》（《敦煌零拾》本）亦引之。

昔刘向《孝子图》曰：有董永者，千乘人也。小失其母，独养老父。家贫困苦。至于农月与辘车推父于田头树荫下，与人客作，供养不阙。其父亡殁，无物葬送。遂从主人家典田，贷钱十万文，语主人曰：“后无钱还主人时，求与殁身主人为奴，一世常力。”葬父已了，欲向主人家去。在路逢一女，愿与永为妻。永曰：“孤穷如此，身复与他人为奴，恐屈娘子。”女曰：“不嫌君贫，心相愿矣，不为耻也。”永遂共到主人家。主人曰：“本期一人，今二人来何也？”主人问曰：“女有何技能？”女曰：“我解织。”主人曰：“与我织绢三百匹，放汝夫妻归家。”女织经一旬，得绢三百匹。主人惊怪。遂放夫妻归还。行至本相见之处，女辞永曰："我是天女。见君行孝，天遣我借君偿债。今既偿了，不得久住。"语讫，遂飞上天；前汉人也。

这故事本来是"鹅女郎型"的故事之一，和《罗汉格林》(*Lolgengren*)故事，也是同一型的。不过《罗汉格林》是男的天使帮助了一个女郎，而董永的事，则是天女帮助了一个孝子而已。到了《董永行孝》，则其故事又变了，加入了一个董永的儿子董仲。董仲觅母事，尤近于"鹅女郎"的故事。首一节说董永丧了父母，将身卖与长者为奴。葬事已了，他要去做奴，半途却遇了一位天女，要嫁与他为妻。

人生在世审思量，暂□吵闹有何方。大众志心须净听，先须孝顺阿耶娘。

好事恶事皆抄录，善恶童子每抄将。孝感先贤说董永，年登十五二亲亡。

自叹福薄无兄弟，眼中流泪数千行。为缘多生无姊妹，亦无知识及亲房。

家里贫穷无钱物，所买当身殡耶娘。便有牙人来勾引，所发善愿便商量。

长者还钱八十贯，董永只要百千强。领得钱物将归舍，拣择好日殡耶娘。

父母骨肉在堂内，又领攀发出于堂。见此骨肉齐哽咽，号咷大哭是寻常。

六亲今日来相送，随东直至墓边傍。一切掩埋总以毕，董永哭泣阿耶娘。

直至三日后墓了，拜罢父母几田常。父母见儿拜辞次。愿儿身健早归乡。

又辞东邻及西舍，便进前呈数里强。路逢女人来安问："此个郎君住何方?

何姓？何名？依实说，从头表白说一场。""娘子记言再三问，一一具说莫分张。

家缘本住眠山下，知姓称名董永郎。忽然慈母身得患，不经数日早身亡。

慈耶得患先身故，后乃便至阿娘亡。殡葬之日无钱物，所卖当身殡耶娘。"

"世上庄田仍不卖，惊身却入贱人行？所有庄田不将货，弃货今辰事阿郎。"

"娘子有询是好事，董永为报阿耶娘。""郎君如今行孝仪，见君行孝感天堂。

数内一人归下界，暂到浊恶至他乡。帝释宫中亲处分，便遣汝等共田常。

不弃人微同千载，便与相逐事阿郎。"

这中间恐怕是阙失了一段，没有说明董永答应娶她为妻，和她同到主人家的事，而底下紧接着便叙说董永到了主人家里，拜见着他：

董永向前便跪拜："少丧父母大恓惶。""所卖一身商量了，是何女人立于傍?"

董永对言衣实说："女人住在阴山乡。""女人身上解何艺?""明机妙解织文章。"

便与将丝分付了，都来只要两间房。阿郎把数都计算，计算钱物千匹强。

经丝一切总剩了，明机妙解织文章。从前且织一束绵，梭齐动地乐花香。

日日都来总不织，夜夜调机告吉祥。锦上舍仪对对有，两两鸳鸯对凤凰。

织得锦成便截下，采将下来便入箱。阿郎见此箱中物，念此女人织文章。

女人不见凡间有，生长多应住天堂。但织绫罗数已毕，却放二人归本乡。

二人辞了须好去，不用将心怨阿郎。二人辞了便进路，更行十里到永庄。

却到来时相逢处，“辞君却至本天堂”。娘子便即乘云去，临别分付小儿郎。

但言好看小孩子！董永相别泪千行。董仲长年到七岁，街头由喜道边傍。

小儿行留被毁骂，尽道董仲没阿娘。遂走家中报慈父，“汝等因何没阿娘?”

“当时卖身葬父母，感得天女共田常。”如今便即思忆母，眼中流泪数千行。

董永放儿觅父（?），往行直至孙宾傍。夫子将身来誓挂，“此人多应觅阿娘”。

底下恐怕又少了几句，应该叙述孙宾怎样教导董仲去觅娘的。董仲依了他的指示，便藏到阿耨池边的树下。

阿耨池边澡浴来，先于树下隐潜藏。三个女人同作伴，奔波直至水边傍。

脱却天衣便入水，中心抱取紫衣裳。此者便是董仲母，此时纵见小儿郎。

“我儿幽小争知处？孙宾必有好阴阳！”阿娘拟收孩儿养，“我儿不仪住此方”。

这里也似阙失了几句。底下应该叙述天女抱了董仲到天上去，但又放了他下凡，给他一个金瓶。

将取金瓶归下界，捻取金瓶孙宾傍。天火忽然前头现，先生央却走忙忙。

将为当时总烧却，检寻却得六十张。此因不知天上事，总为董□觅阿娘。

这结束，非常的有趣，人间的不知天上事，原是为了董仲觅母，而把孙宾的天书烧掉之故。

句道兴的《搜神记》，有一篇较长的田昆仑娶得天女的故事，写：田昆仑见三个天女在池中洗浴，抱得了一个天女的衣服。她不得乘空而去，只得嫁了她。但后来得到了衣服，便又飞去。这和董仲事颇相类。

最好的一篇叙事歌曲，乃是《季布骂陈词文》，这篇宏伟的诗篇，著者用了四种不同的本子，互相校勘，勉强整理出一本比较可读的东西来。那不同的四本，都是零落的残文，经了整理之后，却可连接成为一篇了；但可惜仍有残缺，不能完全恢复旧观。

季布事，见《史记》卷一百（《季布栾布列传》）。

季布者，楚人也。为气任侠，有名于楚。项籍使将兵，数窘汉王。及项羽灭，高祖购求布千金。敢有舍匿，罪及三族。季布匿濮阳周氏。周氏曰："汉购将军急，迹且至臣家。将军能听臣，臣敢献计。即不能，愿先自刭。"季布许之。乃髡钳季布，衣褐衣，置广柳车中，并与其家僮数十人，之鲁朱家所卖之。朱家心知是季布，乃买而置之田。诫其子曰："田事听此奴，女与同食。"朱家乃乘轺车之洛阳，见汝阴侯滕公。……滕公待间，果言如朱家指。上乃赦季布。

这里没有叙及季布骂阵事，只是说他"数窘汉王"，《汉书》布传（卷三十七）也是这样说。但《骂陈词文》却把季布骂阵事很夸张的描写着，而于后半季布被赦的经过，写得也很生动。

此歌首部已缺，但缺失的恐怕并不很多。今存的最先的一部分，乃是巴黎国家图书馆所藏的一卷。（P.2747）

这一卷，从楚汉相争，季布向项王献计说："虎斗龙争必损人，臣骂汉王三五口，不施弓弩遣收军"；项王遂准其所奏，许他骂汉王事开始，而中止于汉王平定天下后，出敕于天下，搜求季布，"捉得赏金官万户，藏隐封刀砍一门"。季布遂不得不狼狈奔逃的事。

□□□□□□□，各忧胜败在逡□。□□□□□□□，官为御史大夫身。

遂奏霸王夸辩捷，□□□□□□□。"臣见两军排阵訁，虎斗龙争必损人。

臣骂汉王三五口，不施弓弩遣收军。"霸王闻奏如斯语，"据卿所奏大忠臣！

戈戟相冲犹不退，如何闻骂肯收军？卿既舌端怀辩捷，不得妖言误寡人。”

季布既蒙王许骂，意似狞龙拟作云。遂唤上将钟离末，各将轻骑后随身。

出阵抛骑强百步，驻马攒蹄不动尘。腰下狼牙碇四羽，臂上乌号挂六钧。

顺风高绰低牟炽，公箭长垂锁甲裙。遥望汉王招手骂，发言可以动乾坤。高声直啖呼刘季：“公是徐州丰县人，母解绢麻居村野。父能牧放住乡村。

公曾泗水为亭长，□□阛阓受饥贫。因接秦家离乱后，自无为主假乱真。

□□如何披风翼，鼋龟争敢挂龙鳞？百战百输天不佑，□□□□折五分。

何不草绳而自缚，归降我王乞宽恩？□君执迷夸斗敌，活捉生擒放没因。”

击鼓未旗未播，□□□言高一一闻。汉王被骂牵宗祖，羞盲左右耻君臣。

□□寒鸦嫌树闹，龙怕凡鱼避水昏。拔马挥鞭而便走，阵似山崩遍野尘。

走到下坡而憩歇，重敕戈牟问大臣：“昨日两家排阵战，忽闻二将语芬芸。

阵前立马摇鞭者，□□高声是甚人？”问讫萧何而奏曰：“昨朝二将骋顽嚣，

□□□王臣等辱，骂触龙威天地嗔。骏马剐鞍穿锁甲，旗下依依认得真。

只是季布、中离末，终诸更不是余人。”汉王闻语深怀怒，拍案频眉叵耐嗔！

不能助汉余柱衮，□政迬君猷寡人。寡人若也无天分，公然万事不言论。

若得片云遮项上，楚将投来总安存。唯有季布、中离末，火炙油煎未是迭！

卿与寡人同记着，抄录姓名莫因循。忽期南面称尊日，活捉粉骨细扬尘。后至五年冬三月，会垓灭楚静烟尘。项羽乌江而自刎，当时四塞绝芬芸。

楚家败将来投汉，汉王与赏尽垂恩。唯有季布、中离末，始知口是祸之门。

不敢显名于圣代，分头逃难自藏身。是时汉帝兴王业，洛阳登极独称尊。

四人乐业三边静，八表来苏万姓忻。圣德魏魏而偃武，皇恩荡荡尽修文。

心念未能诛季布，常是龙颜眉不分。遂令出敕于天下，遣捉艰凶搜逆臣。

捉得赏金官万户，藏隐封刀砍一门。旬日敕文天下遍，不论州县配乡村。

季布得知皇帝恨，惊狂莫不丧神魂。唯嗟世上无藏处，天宽地窄大愁人。

遂入历山嵠谷内，偷生避死隐藏身。夜则村里偷餐馔，晓入林中伴兽群。

嫌日月，爱星辰，昼潜暮出怕逢人。大丈夫儿遭此难，都缘不识圣明君。

如斯旦夕愁危难，时时自叹气如云。“一自汉王登九五，黎庶朝苏万姓欣。

惟我罪浓忧性命，究竟如何向□□?”自刎他诛应有日，冲天入地若无因。

忍饥□□□□□□，□□□义旧恩情。

这底下大约缺失了几行。巴黎国家图书馆别藏有一残卷（P.2648），恰好接了下去。刘半农先生说：“两号原本纸色笔意并排列行款均甚相似。疑一本断而为二；中间复有缺损。”这推测是很对的。

以下写的是，他到处奔逃，无法潜身，只好逃到周氏家里去。这是和《史记》的记载相合的。

初更乍黑人行少，走□直入马坊门。更深潜至堂阶下，花药园中影树身。

周氏夫妻餐馔次，须更敢得动精神。罢饮停餐惊耳热，捻箸横起怪眼瞤。

忽然起立望门间：“阶下于当是鬼神？若是生人须早语，忽然是鬼莽丘坟。

问着不言惊动仆，利剑钢刀必损君!”季布暗中轻报曰：“可想阶前无鬼神。

只是旧时亲分义，夜送千金与来君。”周谥按声而问曰：“凡是千金须在恩。

记道远来酬分义，此语应虚莫再论。更深越墙来入宅，夜静无人但说真。”

季布低声而对曰：“切语莫高动四邻！不问未能咨说得，暨蒙垂问即申陈。

夜深不必盘名姓，仆是去年骂阵人。”周氏便知是季布，下阶迎接叙寒温。

乃问：“大夫自隔阔，寒暑频移度数春。自从有敕交寻促，何处藏身更不闻？

季布闻言而啼泣，“自佳艰危切莫论！一从骂破高皇阵，潜山伏草受艰辛。

似鸟在罗忧翅羽，如鱼问鼎惜岐鳞。特将残命投仁弟，如何垂分乞安存”？

周氏见言心恳切，“大夫请不下心神。一身结交如管鲍，宿素情深旧拔尘。

今受困危天地窄，更问何边投莽人。九族潘遭为敕罪，死生相为莫忧身。”

执手上当相对坐，素饭同餐酒数巡。周氏向妻甲子细，还道情浓旧故人。

“今遭国难来投仆，辄莫谈扬闻四邻。”季布遂藏覆壁内，鬼神难知人莫闻。

周氏身名缘在县，每朝巿情入公门。处分交妻送盘饭，礼同翁伯好供殷。

争那高皇酬恨切，扇开帘倦问大臣：“朕遣诸州寻季布，如何累月音不闻？

应是官寮心怠慢，至今逆贼未藏身。”遂遣使司重出敕，改条换格转精勤。

白土拂墙交画影，丹青画影更邈真。所在两家圃一保，察有知无且状申。

先拆重棚除覆壁，后交播土更扬尘。寻山逐水薰岩入，踏草搜林塞墓门。

察儿期名擒捉得，赏金赐王拜官新。藏隐一餐停一宿，灭族诛家阵六亲。

仍差朱解为齐使，面别天阶出国门。骤马摇鞭旬日到，望捉奸凶贵子孙。

来到濮阳公馆下，具述天心宣敕文。州官县宰皆忧惧，捕捉惟愁失帝恩。

其时周氏闻宣敕，由如大石陌心珍。自隐时多藏在宅，骨寒毛竖失精神。

归到壁前看季布，面如土色结眉频。良久沉吟无别语，唯言祸事在逡巡！

季布不知新使至，却着言词怪主人。

这里所谓朱解，便是《史记》里所说的朱家。大约《骂陈词文》的作者把朱家、郭解混作一人了。

巴黎本“季布不知新使至，却着言词怪主人”之下，阙了一大段。（刘氏云：此处原本缺一段。）但这一大段，恰好伦敦有一个残本（见《敦煌零拾》三，作《季布歌》），足以补入。但有十三句（从“且述天心宣敕文”到“却着言辞怪主人”）却是和巴黎本重复的，我们把它们删去了。底下接着便叙述周氏无计可施，季布却教他一计，将自己髡钳为奴，设法卖给了朱解，随他“归朝阙”。其间写季布“便索剪刀临欲剪”的心理是极为动人的。

“院长不须相恐吓，仆且常闻俗谚云。古来久住令人贱。从前又说水频昏。

君嫌叨渎相轻弃，别处难安有罪身。结交语断人情薄，仆应自杀在今晨。”

周氏低声而对曰：“兄且听言不用嗔。皇帝恨兄心紧切，专使新来宣敕文。

黄牒分明□在市，垂赏堆金条格新。先拆重棚除复壁，后交播土更扬尘。

如斯严迅交寻捉，兄身弟命大难存。兄且以曾为御史，德重官高艺绝伦。

氏且一家甘鼎镬，可惜兄身变微尘!”季布惊忧而问曰：“只今天使是谁人?”

周氏报言：“官御史，名姓朱解受皇恩。”其时季布闻朱解，点头微笑两眉分。

“若是别人忧性命，朱解之徒何足论。见论无能虚受福，心粗阙武又亏文。

直饶堕却千金赏，遮莫高堆万挺银。皇威刺牒虽严迅，扬尘播土也无因。

既交朱解来寻捉，有计隈依出得身。”周氏闻言心大怪，“出语如风弄国君。

本来发使交寻捉，兄且如何出得身?”季布乃言：“今日计，弟但看仆出这身。

九发翦头披短褐，假作家生一贱人。但道兖州庄上汉，随君出入往来频。

待伊朱解回归日，扣马行头卖仆身。朱家忽然来买口，商量莫共苦争论。

忽然买仆身将去，擎鞭执帽不辞辛。天饶得见皇高恨，犹如病鹤再凌云。”

便索剪刀临欲剪，改形移貌痛伤神。解发捻刀临拟剪，气填胸臆泪纷纷。

自嗟告其周院长，“仆恨从前心眼昏！枉读诗书虚学剑，徒知气候别风云。

辅佐江东无道主，毁骂咸阳有道君。致使发肤惜不得，羞看日月耻星辰。

本来事主夸忠赤，变为不孝辱家门。”言讫捻刀和泪剪，占项遮眉长短匀。

浣染为疮烟肉色，吞炭移音语不真。出门入户随周氏，邻家信道典仓身。

朱解东齐为御史，歇息因行入市门。见一贱人长六尺，遍身肉色似烟熏。

神迷刎惑生心买，持将逞似洛阳人。问此贱人谁是主？“仆拟商量几贯文。”

周氏马前来唱喏，“一依钱数且咨闻。氏买典仓缘欠阙，百金即买救家贫。

大夫若要商量取，一依处分不争论。”朱解问其周氏曰：“有何能得直千金?”

周氏便夸身上艺，虽为下贱且超群。小来父母心怜惜，缘是家生抚育恩。

偏切按摩能柔软，好衣彩摄著烟熏。送语传言磨识字，会交伴恋入庠门。

若说乘骑能结绾，曾向庄头牧马群。莫惜百金促买取，商量驱使莫顽嚚。

朱解见夸如此艺，遂交书契验虚真。典仓牒缔而捐笔，便呈字势似崩云。

题姓署名似凤舞，书年著月若乌存。上下撒花波对当，行间铺锦草和真。

朱解低头亲看札，口呿目瞪忘收唇。良久摇鞭相叹羡，看他书札置功勋。

非但百金为上价，千金于口合交分。遂给价钱而买得，当时便遣涉风尘。

季布得他相接引，擎鞭执帽不辞辛。朱解相貌何所似？犹如烟影岭头云。

不经旬月归朝阙，具奏东齐无此人。

却不料季布已随在他身边了。这和《史记》所叙朱家明知其为季布而买了下来的话又不大相同。下面叙季布把本来面目对朱解揭开了，吓得朱解“惊狂展转丧神魂”。但季布却要求朱解请众大臣宴会，由他出来亲自乞命。朱解只好答应了他。第二天侯婴、萧何们便都来了。这和《史记》叙朱家自去恳求滕公的话也不同。这里只有侯婴、萧何，却没有滕公这重要的人物出现。

皇帝既闻无季布，“劳卿虚去涉风尘。放卿歇息归私邸，是朕宽肠未合分”。

朱解殿前闻帝语，怀忧拜舞出金门。归宅亲故来软脚，开筵列馔广铺陈。

买得典仓缘利智，厅堂夸向往来宾。闲来每共论今古，闷即堂前语典坟。

从此朱解心怜惜，时时夸说向夫人。“虽然买得愚庸使，实是多知而广闻。

天罚带钳披短褐，似山藏玉蛤含珍，是意存心解相向。仆应抬举别安存。”

商量乞与朱家姓，脱钳除褐换衣新。今既收他为骨肉，令交内外报诸亲。

莫唤典仓称下贱，总交唤作大郎君。试教骑马捻球仗，忽然击拂便过人。

马上盘枪兼弄剑，弯弓倍射胜陵君。勒辔邀鞍双走马，跷身独立似生神。

挥鞭再骋堂堂貌，敲镫重夸擅擅身。南北盘旋如掣电，东西怀协似风云。

朱解当时心大怪，愕然直得失精神。心粗买得庸愚使，看他意气胜将军。

名曰典仓应是假，终知必是楚家臣。笑向厅前而问曰：“濮阳之日为因循，

用却百金为买得，不曾子细问根由。看君去就非庸贱，何姓何名甚处人?”

季布既蒙子细问，心口思维要说真。击分声嘶而对曰：“说著来由愁杀人!

不问且言为贱士，既问须知非下人。楚王辩士英雄将，汉帝怨家季布身。”

三台八座甚忙纷，又奏逆臣星出现。早疑恐在百寮门，不期自己遭狼狈。

将此情□何处申？解诛斩身甘受死，一门骨肉尽遭迍，季布

得知心里怕。

甜言美语却安存。“不用惊狂心草草，大夫定意在安身。见令天下搜寻仆，捉得封官金百斤。

君促送仆朝门下，必得加官品位新。”朱解心粗无远见，拟呼左右送他身。

季布出言而便吓，“大夫便似醉昏昏！顺命受恩无酌度，合见高皇严敕文。捉仆之人官万户，藏仆之家斩六亲。况在君家藏一月，

送仆先忧自灭门”。朱解被其如此说，惊狂展转丧神魂。“藏著君来忧性命，

送君又道灭一门。世路尽言君是计，今且如何免祸迍”？季布乃言：“今有计，

必应我在君亦存。明日厅堂排酒馔，朝下总呼诸大臣。座中促说东齐事。

道仆愆尤罪过频。仆即出头亲乞命，脱祸除殃必有门。”屈得鄭侯萧相至，

登筵赴会让卑尊。朱解自缘心里怯，东齐季布便言论。侯婴当得心惊怪，遂与萧何相顾频。（下阙）

伦敦本至此而毕，下文皆阙。但巴黎和它相衔接处，似仍缺了几句。这几句大约说的是，萧何答应了救季布。巴黎本下面便说及萧何嘱侯婴去奏皇帝，季布不可得，人民被扰过甚，不如休寻捉他吧。皇帝答应了他。他很高兴的去和季布说，布却叫他再去奏，说怕他投戎狄，“结集狂兵侵汉土”，要皇帝以千金招取他出来做官。侯婴又去奏。皇帝也答应了，遂以千金召布来。布上表谢恩，并来朝见皇帝。

据君良计大尖新，要其舍罪□呈勅，半由天子半由□。今日与君应面奏，

后世徒知人为人。萧何便嘱侯婴奏，面对天阶见至尊。且奏："东齐人失业，

望金徒费罢耕耘。陛下舍傣休寻捉，兑其金玉感黎艮。"皇帝既闻无季布，

失声忆得尚书云：民惟邦本倾资惠，本同宁在养人恩。"朕闻旧酬荒土国，

荏苒交他四海贫。依卿所定休寻捉，解究释罢言论。"侯婴拜舞辞金殿，来看季布助欢忻。

"皇帝舍傣收敕了，君作无忧散惮身。"季布闻言心更大！

"仆恨多时受苦辛，虽然奏徆休寻捉，且应潜伏守灰尘。君非有敕千金诏，

乍可遭诛徒现身。"侯婴闻语怀嗔怒，"争肯将金诒逆臣"！季布鞠躬重启曰：

"再奏应闻尧、舜恩。但言季布心顽硬，不惭圣听得皇恩。自知罪浓忧鼎镬，

怕投戎狄越江津。结集狂兵侵汉土，边方未免动烟尘。一似再生东项羽，

二忧重去定西秦。陛下千金招召取，必能廷佐作忠臣。"侯婴闻说如斯语，

"据君可以拨星辰。仆便为君重奏去，将表呈时潘帝嗔。乞待早朝而入内，

具表前言奏帝闻。""昨奉圣慈舍季布，国泰人安喜气新。臣忧季布多顽逆，

不惭圣泽皆皇恩。陛下登朝休寻捉，怕投戎狄越江津。结集狂兵侵汉土，

边方未逸动烟尘。一似再生东项羽，二如重去定西秦。臣闻季布能多计，

巧会机谋善用军。权锋状似霜凋叶，破阵犹如风卷云。但立千金招召取，

必有忠贞报国恩。”皇帝闻言情大悦，“劳卿忠谏奏来频。朕缘争位遭伤中，

变体油疮是箭痕。梦见楚家由战酌，况忧季布动乾坤。依卿所奏千金召，

山河为誓典功勋。”季布既蒙赏排石，顿改愁肠修表文。

表曰：

“臣作天尤合粉身，臣住东齐多朴真。生居陋巷长蓬门，不知阶下怀龙分。

辅佐东江狼虎君，狂谋骂阵牵亲祖。自致煎熬鼎镬迁，陛下登朝宽圣代，

大开舜日布尧云，罪臣不煞将金诏，感恩激切卒难申！乞臣残命将农业，

生死荣华九族忻。”当时随来于朝阙，所司引对入金门。皇帝卷帘看季布，思量骂阵忽然嗔！遂令……

这一卷至此而止。这是最危急的一个关头。刘邦见了季布，忽然生了气，又想要杀他。我们且看季布怎样的替他自已逃脱此险。

巴黎国家图书馆藏有第三本的《骂陈词文》。恰好结束了这一首长歌(P.3386)。

“以胜煎熬不用存，临至投到萧墙外。”季布高声殿上闻，“圣明天子堪匡佐！

漫语君王何处论！分明出敕千金诏，赚到朝门却煞臣。臣罪授诛虽本分，

陛下争堪后世闻”！皇帝登时闻此语，回嗔作喜却交存。“怜卿计策多谋掠，

旧恶些些惣莫论。赐卿锦帛并珍玉，兼拜齐州为太君。放卿意锦归乡井，

光荣禄重贵宗亲。”季布得官如谢敕，拜舞天街喜气新。密报先谢朱解得，

明明答谢濮阳恩。敲镫临歌归本去，摇鞭喜得脱风尘。

若论骂阵身登首，

万古千秋只一人。具说《汉书》修制制，莫道辞人唱不嗔。

此卷末有“大汉三年季布骂陈词文一卷”一行，当即此长歌的本名。

在一般的通俗文学里，此歌算是很重要的一篇；在描写上看来，实不失为杰作。其层层深入，处处吃紧的布局，实是无懈可击的。当是《董西厢诸宫调》一类的弘伟的作品的先声吧。在当时必能吸引住许多的听众的，在她被歌唱出来时。

六

赋在这时被利用作为游戏文章的一体了；在民间似颇为流行着。原来《大言》《小言》诸赋，已含有机警的对答。在这一条线上发展下来，便成为幽默和机警的小品赋了。敦煌文库里《晏子赋》一首便是此类赋里的一篇出色之作。那些有趣的小机警，当会为民间所传诵不衰的。但那些小机警的对话，其来历却是很复杂的，不全从一个来源汲取而得。其间也偶有不可解与错误处。像“山言见大，何益?”一句，疑“山”字误，且其上必尚有数字，像“王曰”一类的文字。最后道：“出语不穷，是名晏子”，也是“赋”的一个常例。对于这样的作品，我们是很珍惜的，后世也有之，其气韵却常常恶劣得多，远没有写得这样轻巧超脱，这样机警可喜的：

晏子赋一首

昔者齐晏子使于梁国为使。梁王问左右，对（对字疑衍）曰：其人形容何似？左右对曰：“使者晏子，极其丑陋，面目青黑，且唇不附齿，发不附耳，腰不附踝，既貌观占，不成人也。”梁王见晏子，遂唤从小门而入。梁王问曰：“卿是何人，从吾狗门而入?”晏子对王曰：“王若置造作人家之门，即从人门而入，君是狗家，即从狗门而入，有何耻乎？”梁王曰：“齐国无人，遣卿来。”晏子对曰：“齐国大臣七十二相，并是聪明智惠，故使向智梁之国去。臣最无志，遣使无志国来。”梁王曰：“不道卿无智，何以短小?”晏子对王曰：“梧桐树须大，里空虚；井水须深，里无鱼。五尺大蛇却蜘蛛，三寸车辖制车轮。得长何益，得短何嫌！”梁王曰：“不道卿短小，何以黑色？”晏子对王曰：“黑者天地□性也，黑羊之肉岂可不食，黑牛驾车岂可无力；黑狗趁兔岂可不得，黑鸡长鸣，岂可无则；鸿鹤虽白，长在野田；芭车虽白，恒载死人；漆虽黑，向在前，墨梃虽黑，在王边。采桑椹，黑者先尝之。”“山言见大，何益？”晏子对王曰：“剑虽尺三，能定四方；麒麟虽小，圣君瑞应。箭虽小，煞猛虎，小锤能鸣大鼓，方之此言，见大何意！”梁王问曰：“不道卿黑色，卿先祖是谁？”晏子对王曰：“体有于芭生于事，粳粮稻米，出于粪土，健儿论切，儜儿说苦。今臣共其王言，何劳问其先祖。”王乃问晏子曰：“汝知天地之纲纪，阴阳之本性，何者为公，何者为母，何者为左，何者为右，何者为夫，何者为妇，何者为表，何者为里，风从何处出，雨从何处来，霜从何处下，露从何处生，天地相去几千万里，何者是小人，何者是君子？”晏子对王曰：“九九八十一，天地之纲纪；八九七十二，阴阳之性。天为公，地为母；日为夫，月为妇；南为表，北为里，东为左，西为右；风出高山，雨出江海；雾出青天，露出百草，天地相去，万万九千九百九十九里；富贵是君子，贫者是小人。”出语不穷，是名晏子。

《韩朋赋》恰好和《晏子赋》相反，却是很沉痛的一篇叙事诗，虽然其中也包含些机警的隐语。——这些隐语是民间作品里所常常见得到的，一般人对它，一定有很高的兴趣。在宋代，“商谜”曾成了一个专门的职业；元代的文士们写作的隐语集也不少；其群众都是民间的，而非上层阶级的。

明人传奇，有《韩朋十义记》，但所叙与《韩朋赋》非同一之事。赋中的韩朋原应作韩凭。大约抄写者因“凭”字不好写，而音又相同，故遂改作“朋”。

韩凭妻的故事，在古代流传甚广；也是孟姜女型的故事之一。这故事的流行，可见出一般人对于荒淫之君王的愤怒的呼号。这故事的大概，是如此：

宋，韩凭，战国时为宋康王舍人。妻何氏美。王欲之。捕舍人筑青陵台。何氏作《乌鹊歌》以见志云："南山有乌，北山张罗。乌自高飞，罗当奈何！"又云："乌鹊双飞，不乐凤凰。妾是庶人，不乐宋王。"又作歌答其夫云："其雨淫淫，河大水深，日出当心。"康王得书，以问苏贺。贺曰："雨淫淫，愁且思也；河水深，不得往来也；日当心，有死志也。"俄而凭自杀。妻乃阴腐其衣。王与登台，遂自投台下。左右揽之，衣不中手。遗书于带曰："王利其生，不利其死。愿以尸骨赐凭而合葬。"王怒，弗听。使里人埋之，冢相望也。宿昔，有交梓木生于二冢之端。旬日而大合抱，屈曲体相就，根交于下。又有鸳鸯雌雄各一，恒栖树上，交颈悲鸣。宋人哀之，号其木曰相思树。

（汪廷讷《人镜阳秋》卷十六）

《韩朋赋》把这悲惨的故事发展得更深挚、更动人些，成了一篇崇高的悲剧；在文辞上，也少粗鄙的语句。大约是抄写的人之过吧，别字错字还是不少。

《韩朋赋》第一节写朋意欲远仕，而虑母独居，故遂娶妇贞夫（赋里不说是何氏）。贞夫美而贤。入门三日，二人的情感，如鱼如水，相誓各不相负。在这里，"赋"的描写与叙述，显然是把简朴的故事变为繁琐些了。

昔有贤士，姓韩名朋，少小孤单，遭丧遂失父，独养老母。

谨身行孝，用身为主。意远仕，忆母独注。贤妻成功，素女始年十七，名曰贞夫。已贤至圣，明显绝华，形容窈窕，天下更无。虽是女人身，明解经书。凡所造作，皆今天符。入门三日，意合同居。共君作誓，各守其躯。君不须再娶妇，如鱼如水。意亦不再嫁，死事一夫。

第二节写韩朋出游，仕于宋国，六年不归。朋妻寄书给他。朋得书，意感心悲。那封书显然是廓大了《乌鹊歌》的第一首的，却更为深刻。“欲寄书”与“人”，与“鸟”，与“风”一段，乃是这赋里最好的抒写之一则。

韩朋出游，仕于宋国。期去三年，六秋不皈。朋母忆之，心烦惣。其妻寄书与人，恐人多言焉；欲寄书与鸟，鸟恒高飞；意欲寄书与风，风在空虚；书君有感，直到朋前。韩朋得书，解读其言。书曰：浩浩白水，回波如流，皎皎明月，浮云映之，青青之水，各忧其时，失时不种，和亘不兹。万物吐化，不为天时。久不相见，心中在思。百年相守，竟一好时。君不忆亲，老母心悲；妻独单弱，夜常孤栖。常怀大忧。盖闻百鸟失伴，其声哀哀，日暮独宿，夜长栖栖。太山初生，高下崔嵬，上有双鸟，下有神龟。昼夜游戏，恒则同皈。妾今何罪，独无光明。海水荡荡，无风自波。成人者少，破人者多。南山有鸟，北山张罗。鸟自高飞，罗当奈何！君但平安，妾亦无化。韩朋得书，意感心悲。不食三日，亦不觉饥。

但不幸，这封书却为宋王所拾得。王遂欲得朋妻。梁伯奉命，用诈术去迎接了她来。这一节是原来的故事里所没有的，写得是那样的婉曲而层层深入。这里的梁伯，当便是故事里的苏贺了。

韩朋意欲还家，事无因缘。怀书不谨，遗失殿前。宋王得之，甚爱其言。即召群臣，并及太吏；谁能取得韩朋妻者，赐金千金，封邑万户。梁伯启言王曰：臣能取之。宋王大忆。即出八轮之车，爪骝之马，便三千余人，从发道路，疾如风雨。三日三夜，往到朋家，使者下车，打门而唤。朋母出看，心中惊怕。供问唤者，是谁使者。使者答曰：我从国之使来，共朋同友。朋为公曹，我为主簿。朋友秋书，来寄新妇。阿婆回语新妇，如客此言，朋今事官，且得胜途。贞夫曰：新妇昨夜梦恶，文文莫莫，见一黄蛇，咬妾床脚，三鸟并飞，两鸟相搏，一鸟头破齿落，毛下纷纷，血流洛洛，马蹄踏踏，诸臣赫赫。上下不见邻里之人，何况千里之客！客从远来，终不可信。巧言利语，诈作朋书。言在外。新妇出看，阿婆报客。但道：新妇病卧在床，不胜医药。承言谢客，劳苦远来。使者对曰：妇闻夫书，何古不憘！必有他情，在于邻里。朋母年老，能察意。新妇闻客此言，面目变青变黄。如客此语，道有他情，即欲结意，返失其里，遣妾看客，失母贤子。姑，从今已后，亦夫妇，妇亦姑，道下机谢其玉被。千秋万岁，不伤识汝。井水淇淇，何时取汝！釜灶尫尫，何时久汝。床廗闺房，何时卧汝，庭前荡荡，何时扫汝，薗菜青青，何时拾汝！出入悲啼，邻里酸楚。低头却行，泪下如雨。上雨拜客，使者扶誉贞夫上车，疾如风雨。朋母于后，呼天唤地大哭。邻里惊聚，贞夫曰：呼天何益，唤地何免，驷马一去，何归返！

“下机谢其玉被”一段，充盈了惜别的深情厚意，其动人，在我们的文学里还不曾有过第二篇，恰好和印度剧圣卡里台莎（Kalidaso）的不朽之作梭孔特婗（Sakantola）所写的梭孔特婗别了森林之居而去寻夫时的情景相同；其美丽的想像也不相上下。然而我们的《韩朋赋》，却被埋没了一千年！

第四节写贞夫被骗入宫，憔悴不乐，病卧不起。这里，仍很巧妙的运用了《乌鹊歌》的第二首进去。

> 梁伯信连日日渐远，初至宋国九千余里，光照宫中。宋王怪之，即召群臣，并及太吏，开书卜问，怪其所以。悟土答曰：今日甲子，明日乙丑，诸臿聚集，王得好妇。言语未讫，贞夫即至。面如凝脂，腰如束素，有好文理。宫中美女，无有及以。宋王见之，甚大欢喜。三日三夜，乐可可尽。即拜贞夫以为皇吉。前后事从，入其宫里。贞夫入宫，燋燡不乐，病卧不起。宋王曰：卿是庶人之妻，今为一日之母，有何不乐！衣即绫罗，食即咨口，黄门侍郎，恒在左右。有何不乐，亦不欢憘？贞夫答曰：辞家别亲，出事韩朋，生死有处，贵贱有殊。芦苇有地，荆棘有藂，豺狼有伴，雉笔有双，鱼鳖百水，不乐高堂，燕若群飞，不乐凤凰，妾庶人之妻，不归宋王之妇。

这以下似乎阙失了几句，上下语便不大能衔接。大约宋王又来问群臣以如何可以释贞夫之忧的方法。但梁伯却又有一个坏主意了！

> “人愁思，谁能谏？”梁伯对曰：臣能谏之。朋年三十未满，廿有余，姿容窈窕，里发素失，齿如轲珮，耳如悬珠，是以念之，情意不乐。唯须疾害身朋，以为困徒。宋王遂取其言，遂打韩朋二扳齿，并着故破之衣，常使作清凌之台。

第五节写贞夫和韩朋相见于青凌台。贞夫作书系于箭上，射给朋。朋得之，便自杀。

> 贞夫闻之，痛切肝肠，情中烦惌，无时不思。贞夫咨宋王：既筑清凌台讫，乞愿暂往看下。宋王许之。赐八轮之车，爪骝之马，前后事从三千余人，往到台下。乃见韩朋，锉草饲马。见妾耻，把草遮面。贞夫见之，泪下如雨。贞夫曰："宋王有衣，妾亦不着；王若吃食，妾亦不尝，妾念思君，如渴思浆。见君苦痛，割妾心肠。形容燋燡，决报宋王。何足着耻！避妾隐藏！"韩朋答曰：南山有树，名曰荆棘，一枝两刑，苇小心平。形容燋燡，无有心情。盖闻东流之水，西海之鱼，去贱就贵，于意如何？贞夫闻语，低头却行，泪下如雨。即裂群前三寸之帛，卓齿取血，且作台书，系着箭上，射于韩朋。朋得此，便即自死。宋王闻之，心中惊愕。即子诸臣："若为自死，为人所煞？"梁伯对曰：韩朋死时，有伤损之处，唯有三寸素书，在朋头下。宋王即读之，贞书曰："天雨霖，鱼游池中，大鼓无声，小鼓无音。"王曰："谁能辨之？"梁伯对曰："臣能辨之。天雨霖霖，是其泪；鱼游池中，是其意；天鼓无声，是其气；小鼓无音，是其思。天下事此是。卿其言义大矣哉！"

第六节写贞夫见韩朋死，便求王以礼葬之。葬时，贞夫自腐其衣，投于墓中，左右揽之不得。和故事所说的自投青凌台下，略有不同。"左揽右揽，随手而无"上下，疑略有缺失，故文意不甚明白。

> 贞夫曰：韩朋以死，何更再言！唯愿大王有恩，以礼葬之，

> 可不得我后。宋王即遣人城东辁百文之旷，三公葬之。贞夫乞往观看，不取久高。宋王许之。令乘楽车，前后事从三千余人，往到墓所。贞夫下车，绕墓三匝，嗥啼悲哭，声入云中。唤君君亦不闻，回头辞百官，天能报恩。盖闻一马不被二安，一女不事二夫。言语未此，遂即至室。苦酒侵衣，遂睚如懲。左揽右揽，随手而无。百官忙怕，皆悉槌胸，即遣使者报宋王。

最后一节便写宋王救贞夫不得，而在墓中得二石。他弃此二石于道之东西，即生二树，枝枝相当，叶叶相笼。宋王又伐之。而“二札落水”，变成双鸳鸯飞去。鸳鸯落下了一根羽毛，宋王拾得之，却起火焚烧了他的身体。这样的报复了韩朋夫妇的仇。

> 王闻此语，甚大嗔怒。床头取剑，煞臣四五，飞轮来走，百官集聚。天下大雨，水流旷中，难可得取。梁百谏王曰：只有万死，无有一生。宋王即遣舍之。不见贞夫，唯得两石，一青一白。宋王睹之，青（石）舍游道东，白石舍于道西。道西生于桂树，道东生于梧桐。枝枝相当，叶叶相笼。根下相连，下有流泉，绝道不通。宋王出游见之。此是何树？对曰：此是韩朋之树。谁能解之？梁百对曰：臣能解之。枝枝相当，是其意；叶叶相笼，是其恩，根下相连，是其气；下有流泉，是其泪。宋王即遣诛罚之。三日三夜，血流汪汪。二札落水，变成双鸳鸯，举翅高飞，还我本乡。唯有一毛，甚相好端政。宋王得之，即磨芬其身。

复仇的一段，乃是“故事”所没有的。“故事”里只说墓上生二树，树上栖有双鸳鸯。这里却说，墓中拾得二石，石弃于道旁，生了二树，树被斫去，乃生双鸳鸯，双鸳鸯飞去，落下一羽毛，为他们复了仇。这样的变异，正合一般民间故事的方式；辛特里娅型（Cindellela）的故事便是这样的。还有两篇《燕子赋》，也是绝妙的好辞。我们如果喜欢伊索的寓言，喜欢《列那狐的故事》，我们便会同样的喜欢这两篇《燕子赋》。这两篇性质是相同的，故事也相同，描写的方法，却完全两样了：一篇写得很机警，写得神采奕奕，另一篇却是颇为驽下之作。但我们读着他们，一边却不禁的会浮现出《列那狐的故事》的若干幕的图画来。《燕子赋》产生的背景，和《列那狐》有些相同，其讽刺的意味当然也相同。对于黑暗的中世纪的社会，在这里，我们可以略略得到些消息。人民们不敢公然的对帝王、对卿相、对地方官吏、对土豪劣绅，报仇或指责，便只好隐隐约约的在寓言里咒骂着了。

《燕子赋》写得是燕雀争巢事。燕巢被雀所占，向他理会，反被殴伤，于是向凤凰处去起诉。

第一篇《燕子赋》，对于争巢的经过，已失去了，只从燕子被殴，诉之凤凰开始。

燕子赋

缘没横罗□□□□□□□□□□□□□□□□□□□□□□云：“明敕招客标□□□□□□□□□□□□□□□□□□□□错，是我表丈人，鹁鸠是我家，百州□□□□□□□□□□□离我门，前少时终须吃掴。燕子不分，以理从索。遂被撮头拖曳，捉衣扯擘。辽乱尊拳，交横秃剔，父子数人，共相敲击，燕子被打，伤毛堕翮，起上不能，命垂朝夕。伏乞检验，见有青赤。不胜冤屈，请王科责。”凤凰云：“燕子下牒，辞理恳切，雀儿豪横，不可称说。终须两家，对面分雪。但知摅否，然可断决。”专差鸽鹩往捉。

鸱鸮捉雀儿的一段，写得极有风趣。雀儿在巢里私语，“约束男女，必莫开门。有人觅我，道向东村”那些话，读之不禁失笑。还不和列那狐同样的狡猾么？但雀儿究竟没有列那狐的智计，只好被鸱鸮捕去。

鸱鸮奉命，不敢久庭，半走牛售，疾如奔星。行至门外，良久立听。正闻雀儿窟里语，闻声云：昨夜梦恶，今朝眼瞤，若不私斗，克被官嗔。比来傜役，征已应频；多是燕子，下牒申论。约束男女，必莫开门。有人觅我，道向东村。鸱鸮隔门遥唤：“阿你莫漫辄藏，向来闻你所说，急出共我平章。何谓夺他宅舍，仍更打他损伤！奉府命遣我追捉，手足还是身当。入孔亦不得脱，任你百种思量。”雀儿怕怖，悚惧恐惶，浑家大小，亦惣惊忙。遂出跪拜鸱鸮，唤作大郎，二郎，使人远来充热，且向窟里逐凉。卒客无卒主人，暂坐撩里家常。鸱鸮曰：“者汉大痴，好不自知。恰见宽纵，苟徒过时。饭食朗道，我亦不饥。火急须去，恐王怪迟。雀儿已愁，贵在淹流，千返不去，□得脱头。”乾言强语，千祈万求。通容放致，明日还有些束羞。鸱鸮恶发，把腰即掐。雀儿烦恼，两眉不邹。掠瞻噤去，须曳到州。

雀儿虽替自己辩解，却湮灭不了具在的事实。凤凰乃判决他决五百，枷项禁身，下于狱中。

奉王帖追，匍匐奔走，不敢来迟。燕子文牒，并是虚辞。眯目上下，请王对推。凤凰云：“者贼无赖，眼恼蠹害，何由可奈！骨是捉我支配！将出脊背，拔出左腿，揭去恼盖。”雀儿被吓担碎。号唯称死罪，请唤燕子来对。燕子忽礫出头，躬曲分疏。雀儿夺宅，今见安居；所被伤损，亦不加诸；目验取实虚。雀儿自隐欺负面孔，缝是攒沅，请乞设誓，口舌多端。若实夺燕子宅舍，即愿一代贫寒。朝逢鹰隼，暮逢痴竿，行即着网，坐即被弹。经营不进，居处不安。日埋一□，浑家不残。咒虽万种作了，凤凰要自难漫。燕子曰：人急烧香，狗急蓦墙，只如钉疮病癞，埋却尸腔。总是雀儿（转开作）徒拟，诳惑大王。凤凰大嗔，状后即判雀儿之罪。不得称竿，推问根由，仍生拒捍。责情且决五百，枷项禁身推断。

对于这样的判决，燕子自然是称快。雀儿的昆季鸲鸽却大为不平，骂了他一顿。添了这个波折，便添了风趣不少。

燕子唱快，憙慰不以。夺我宅舍，捉我巴毁，将作你吉达到头；何期天还报你！如今及阿莽次，第五下乃是调子。鸲鸽在傍，乃是雀儿昆季，颇有急难之情，不离左右看侍。既见燕子唱快，便即向前填置。家兄触快明公，下走实增厚鬼。切闻狐死兔悲，恶伤其类，四海尽为兄弟，何况更同臭味。今日自能论竟，任他官府处理。死鸟就上更弹，何须逐后骂詈。

下面写雀妇去狱中探望雀儿；那情景还不是唐代监狱的描述么？

妇闻雀儿被杖，不觉精神沮丧。但知捶胸拍臆，垂头忆想阿莽。两步并作一步，走向狱中看去。正见雀儿卧地，面色恰似勃土。脊上缝个服子，仿佛亦高尺五。既见雀儿困顿，眼中泪下如雨。口里便灌小便，疮上还贴故纸。当时骸骸劝谏，拗戾不相用语。无事破啰啾唧，果见论官理府。更披枷禁不休，于身有阿没好处。乃是自招祸恤，不得怨他电祖。雀儿打硬，犹自流漫语；男儿丈夫，事有错误，脊被揎破，更何怕惧！生不一回，死不两度！俗语云：宁值十狼九虎，莫逢痴儿一怒。如今会遭夜莽赤椎，揔是者黑妪儿作祖。吾今在狱，宁死不辱。汝可早去，唤取鸽鸽。他家头尖，凭伊觅曲，咬啮势要，教向凤凰边遮嘱。但知免更吃杖，与他祁摩一束。

雀儿在狱，总想设法脱枷及免罪。像他这样的一个强梁的东西，到此地步，也只好“口中念佛，心中发愿：若得官事解散，险（缮）写《多心经》一卷”了。这讽刺得多末可笑！

雀儿被禁数日，求守狱子脱枷。狱子再三不肯，雀儿萎语咀嘅：官不容针私容车，叩头与脱到晚衙。不相苦死相邀勒，送饭人来定有钗。狱子曰：汝今未得清雪，所已留在黄沙。我且忝为主吏，岂受资贿相遮。万一王耳目，碎即恰似油麻。乍可从君懊恼，不得遣我著查。雀儿叹曰：古者三公厄于狱卒，吾乃今朝自见。惟须口中念佛，心中发愿：若得官事解散，险写《多心经》一卷。遂乃嗢嚅本典，日徒沙门，辨曹司上下，说公白健。今日之下，些些方便。还有纸笔当直，莫言空手冷面。本典曰：你亦放钝，为当退顊。夺他宅舍，不解卑㖩，却事凶粗，打他见困。你是王法罪人，凤凰命我责问。明日早起过案，必是更着一顿。杖十已上开天，去死不过半寸。但辨脊背□□，何用密箄相骸。

雀儿对案时的情景，写得风趣极了！我们看他是怎样的替他辩护的？

雀儿被额，更额气愤，把得问头，特地更闷。问：燕子造舍，拟自存活，何得粗豪，辄敢强夺！仰答：但雀儿之名𦙶子，交被老鸟趁急，走不择险，逢孔即入，暂投燕舍，勉被拘执。实缘避难，事有急疾，亦非强夺，愿王体悉。又问：既称避难，何得恐赫，仍更蹭打，使令坠翮。国有常形，舍笞决一百。有何别理，以此明白？仰答：但雀儿只缘𦙶子避难，暂时留燕舍，既见空闲，暂歇解卸。燕子到来，望风恶骂。父子团头，牵及上下。忿不思难，便即相打。燕子既称坠翮，雀儿今亦跛跨。两家损处，彼此相亚。若欲确论坐宅，请乞酬其宅价。今欲据法科绳，实即不敢咋呀。见有请上柱国勋，请与收其赎罪。

他想到了要以“上柱国勋”来赎罪。

又问：“夺宅恐赫，罪不可容。既有高勋，究于何处立功？”仰答：“但雀儿去贞十九年大将军征计辽东，雀儿□充傔，当时被入先锋，身不□，手不弯弓，口衔□火，送着上风，高丽逐灭，因此立功。一例蒙上柱国，见有勋告数通。必期欲得磨勘，请检《山海经》中。”凤凰判云：“雀儿剔秃，强夺燕屋，推问根由，元无臣伏。既有上柱国勋收赎，不可久留在狱。宜即适放，勿烦案牍。”

“必期欲得磨勘，请检《山海经》中。”作者是那末警敏的在开着玩笑！

雀儿既被释，遂和燕子和解了。有一多事鸿鹤，却骂了他们一顿。这和后来的《蔬果争奇》《梅雪争奇》《童婉争奇》一类的东西，以及《茶酒论》是结构相同的。但未免却落了套。不过最后的燕雀同词而对的一首诗，却救她出于“平庸”。

雀儿得出，憙不自胜。遂唤燕子，且饮二升。比来触误，请公哀矜。从今已后，别解□□。人前并地，更莫吻吻。燕雀既和，行至怜并，乃有一多事鸿鹤，借问：比来谏竟雀儿不退，静开眼尿床，违他格令，赖值凤凰恩择，放你一生草命。可中鹞子搦得，百年当铺了竟。遂骂燕子：你甚顽嚣！些些小事，何得纷红！直欲危他性命，作得如许不仁！两个都无所识，宜悟不与同群！燕雀同词而对曰：何其凤凰不嗔，乃被鸿鹤责所！你亦未能断事，到头没多词句！必其倚有高才，请乞立题诗赋。鸿鹤好心，却被讥刺。乃与一诗，以程二子。鸿鹤宿心有远志，燕雀由来故不知。一朝自到青云上，三岁飞鸣当此时。燕雀同词而对曰：大鹏信徒南，鷦鹩巢一枚。逍遥各自得，何在二虫知！

《燕子赋》的作者，一定是很有修养的文士。“逍遥各自得，何在二虫知?”那样的思想，是陶潜、庄周他们所抱有着的。

另一篇《燕子赋》，首尾完全，但内容却平凡得多了。姑附录于后，以资对读。

此歌身自合，天下更无过。雀儿和燕子，合作《开元歌》。

燕子实难及，能语复喽罗；一生心快健，禽里更无过。居在堂梁上，衔泥来作窠。追朋伴亲侣，滥鸟不相过。秋冬石窟隐，春夏在人间。二月来梭藁，八月却皈。口衔长命草，余事且闲闲。经冬若不死，今岁重回还。游荡云中戏，宛转在空飞。还来归旧室，冬自本巢依。藁中逢一鸟，称名自雀儿。摇头侄野说，语里事哆哯。

雀儿实噴唸，变弄别浮沉。知他窠窟好，乃即横来很。问燕何山鸟？掇地作音声。徒劳来索窟，放你且放心。

燕子语雀儿：好得辄行非，问君向者语，元本未相知。一冬来住居，温暖养妻儿。计你合惭愧，却被怨辩之。

雀儿语燕子：恩泽莫大言，高声定无理。不假觜头喧，官司有道理。正敕见明宣，空闲石得坐。雀儿起自专。

燕子语雀儿：好得合头痴，向吾宅里坐，却捉主人欺。如今见我索，荒语说官司。养虾蟆得痳病；报你定无疑。

雀儿语燕子：不由君事觜头。问君行坐处。元本住何州？宅家今括客，特敕捉浮逃。黠儿别设诮，转急且抽头。

燕闻拍手笑，不由君事。落荒大宅居山所，此乃是吾庄，本贯属京兆，生缘在帝乡。但知还他窟，野语不相当。纵使无籍贯，终是不关君。我得永年福，到处即安身。此言并是实，天下亦知闻。是君不信语，乞问读书人。

雀儿语燕子：何用苦分疏！因何得永年福，言词总是虚。精神目验在，活时解自如。功夫何处得？野语诳乡间。头似独舂鸟，身如七襤形。缘身豆汁染，脚手似针钉。恒常事夸大，侄欲漫胡瓶。抚国知何道，闰我永年名。

昔本吾王殿，燕子作巢窟，官人夜游戏，因便捉窠烧。当时无住处，堂梁寄一宵。其王见怜愍，愍念亦优饶。莫欺身幼小，意气极英雄。堂梁一百所，游扬在云中。水上吞浮蠛，空里接飞虫。真城无比较，曾娉海龙宫。海龙王第三女，发长七尺强。衔来腹底卧，燕岂在称扬。请读论语验，问取公冶长。当时在缧绁，缘燕免无常。

雀儿语燕子：侧耳用心听。如欲还君窟，且定觜头声。赤雀由称瑞，兄弟在天庭。公王共执手，朝野悉知名。一种居天地，受某不相当。麦熟我先食，禾熟在前尝。寒来及暑往，何曾别帝乡。子孙满天下，父叔遍村坊。自从能识别，慈母实心平，恒思十善业，觉悟欲无常。饥恒餐五谷，不煞一众生。怜君是远客，为此不相争。

燕子自咨嗟，不向雀儿夸，饥恒食九酝，渴即饮丹砂，不能别四海，心里恋洪牙。莫怪经冬隐，只为乐山家。久住人增贱，希来见喜欢。为此经冬隐，不是怕饥寒。幽岩实快乐，山野打盘珊。本拟将身看，却被看人看。

一猘虽然猛，不如众狗强。窠被夺将去，吓我作官方。空争并无益，无过见凤凰。雀既被燕撮，直见鸟中王。凤凰台上坐，百鸟四边围。俳佪四顾望，见燕口衔词。横被强夺窟，投名诉雀儿。抱屈来谏訢，启奏大王知。雀儿及燕子，皆总立王前。凤凰亲处分，有理当头宣。燕子于先语，臣作一言，依实说事状，发本述因缘。被侵宅舍苦，理屈岂感言。不分黄头雀，朋博结豪强。燕有宅一所，横被强夺将，理屈难缄嘿，伏乞愿商量。日月虽耀赫，无明照覆盆。空辞元无力，谁肯入王门。凤凰嗔雀儿，何为扨他斯！彼此有窠窟，忽尔辄行非。雀儿向前启凤凰：王今乍不知，穷研细诸问，岂得信虚辞。

雀儿但为鸟，各自住村坊。彼此无宅舍，到处自安身。见一空闲窟，破坏故非新。久访元无主，随便即安身。成功不了毁，不能移改张。随便里许坐，爱护得劳藏。

燕子启大王：雀儿漫洛荒。亦是穷奇鸟，构探足词章。衔泥来作窟，口里见疮生。王今不信语，乞问主人郎。

凤凰当处分：二鸟近前头。不言我早悉，事状见喽喽。薄媚黄头雀，便漫说缘由。急手还他窟，不得更勾留。

雀儿启凤凰：吩付亦甘从。王遣还他窟。乞请再通容。雀儿是课户，岂共外人同。

燕子时来往，从坐不经冬。凤凰语雀儿：急还燕子窟。我今已判定，雀儿不合过。暖是百鸟主，法令不阿磨。理引合如此，不可有偏颇。

燕子理得舍，欢喜复欢忻。雀儿终欲死，无处可安身。

燕子不求人，雀儿莫生嗔。昔问古人语：三斗始成亲。往者尧王圣，写位二十年；郑裔事四海，对面即为婚。元百在家患，臣乡千埋期。燕王怨，怨秦国，位马变为骣，并粮坐守死，万代得称传。百挑忆朝廷，哽咽泪交连。断马有王义，由自不能分。午子骨罚楚，二邑亦无言。不能攀古得，二人并鸟身。缘争破坏窟，徒特费精神。钱财如粪土，人义重于山。燕今实罪过，雀儿莫生嗔。

雀儿语燕子：别后不须论。室是君家室，合理不虚然。一冬来修理，流落悉皆然。计你合惭愧，却攥我见王身。凤凰住化法，不拟煞伤人。忽然责情打，几许愧金身。

燕子语雀儿：此言亦非嗔。缘君修理屋，不索价房钱。一年十二月，月别伍伯文。可中论房课，定是卖君身。

《茶酒论》一篇，可附于本章叙述之；这也是“赋”之一体。这篇题作“乡贡进士王敷撰”，其生平未能考知。像这样的游戏文章，唐人并不忌讳去写。韩愈也作了《毛颖传》。“争奇”一类的写作，本来也是从大言、小言《赋》发展出来的。明人邓志谟却把这幼稚的文体廓大而成为二册三册的一种“争奇”的专书了。

茶和酒在争论着："两个谁有功勋？"茶先说其可贵，酒乃继而自夸其力；反复辩难，终乃各举其"过"。"两个政争人我，不知水在旁边。"水乃出来和解道：茶酒要不得水，将成什么形容呢？水对于万物，功绩最大，但他并不言功。茶酒又何必争功呢？"从今已后，切须和同。酒店发富，茶坊不穷。长为兄弟，须得始终。"

大规模的《三都》《两京赋》，其结构和作用也都是这样的幼稚的。

"若人读之一本，永世不害酒颠茶风"，这二句话恐怕是受了印度作品的影响。像这样的自赞自颂的结束方法，在我们文学作品里是很少见到的。

为了读者的方便，把《茶酒论》也附录如下。关于《茶酒论》，日本的盐谷温教授曾有过一篇考释。

《茶酒论》一卷并序，乡贡进士王敷撰：

窃见神农，曾尝百草，五谷从此得分。轩辕制其衣服，流传教示后人。苍颉致其文字，孔丘阐化儒因。不可从头细说，撮其枢要之陈。暂问茶之与酒，两个谁有功勋？阿谁即合卑小，阿谁即合称尊？今日各须立理，强者先饰一门。茶乃出来言曰："诸人莫闹，听说步步；百草之首，万木之花，贵之取蕊，重之摘芽，呼之名草，号之作茶。贡五侯宅，奉帝王家。时时献入，一世荣华。自然尊贵，何用论夸！"酒乃出来："可笑词说，自古之今，茶贱酒贵。单醪投河，三军告醉。君王饮之，叫呼万岁。群臣饮之，赐卿无畏。和死定生，神明歆气。酒食问人，终无恶意。有酒有令，仁义礼智。自合称尊，何劳比类？"茶谓酒曰："阿，你不闻道：浮梁歙州，万国来求；蜀川流顶，其山蓦岭；舒城太胡，买婢买奴，越群余坑，金帛为囊。素紫天子，人间亦少。商客来求，舡车塞绍。据此踪由，阿谁合少！"酒为茶曰："阿，你不闻道，剂酒乾和，博锦博罗，蒲桃九酝，于身有润；玉酒琼浆，仙人杯觞；菊花竹叶，中山赵母；甘甜美苦，一醉三年。流传今古，礼让乡侣。调和军府，阿你头恼，不须乾努。”茶为酒曰：“我之茗草，万木之心，或白如玉，或似黄金，明僧大德，幽隐禅林，饮之语话，能去昏沉。供养弥勒，奉献观音。千劫万劫，诸佛相钦。酒能破家散宅，广作邪婬，打却三盏以后，令人只是罪深。”酒为茶曰：“三文一垸，何年得富，酒通贵人，公卿所慕。曾道赵王弹琴，秦王击缶，不可把茶请歌，不可为茶交舞。茶吃只是腰痛，多吃令人患肚。一日打却十杯，肠胀又同衙鼓。若也服之三年，养虾蟆得水病报。”茶为酒曰：“我三十成名，束带巾栉，蓦海其江，来朝今室。将到市鄽，安排未毕。人来买之，钱财盈溢。言下便得富饶，不在明朝后日。阿你酒能昏乱，吃了多饶啾唧。街中罗织平人，脊上少须十七。”酒为茶曰：“岂不见古人才子，吟诗尽道渴来，一盏能生养命，又道酒是消愁药，又道酒能养贤。古人糠粕，今乃流传。茶贱三文五碗，酒贱中半七文。致酒谢坐，礼让周旋。国家音乐，本为酒泉。终朝吃你茶水，敢动些些管弦。”茶为酒曰：“阿你不见道：男儿十四五，莫与酒家亲。君不见生生鸟为酒丧其身。阿你即道茶吃发病，酒吃养贤。即见道有酒黄酒病，不见道有茶疯茶癫。阿阇世王为酒报父害母，刘伶为酒一死三年。吃了张眉竖眼，怒斗宣拳。状上只言粗豪酒醉，不曾有茶醉。相言不免求首，杖子本典索钱。大枷榼顶，背上抛椓。便即烧香断酒，念佛求天，终身不吃，望逸迍邅。”两个政争人我，不知水在旁边。水谓茶酒曰：“阿你两个，何用忿忿！阿谁许你，各拟论功。言词相毁，道西说东。人生四大，地水火风。茶不得水，作何相儿！酒不得水，作何形容！米曲干吃，损人肠胃，茶行干吃，只粝破喉咙。万物须水，五谷之宗；上应乾象，下顺吉凶；江河淮济，有我即通；亦能漂荡天地；亦能涸煞鱼龙，尧时九年灾迹，只缘我在其中。感得天下钦奉，万姓依从，由自不说能圣；两个用争功！从今已后，切须和同。酒店发富，茶坊不穷，长为兄弟，须得始终。”若人读之一本，永世不害酒颠茶风。

最后，有一篇《齖魺新妇文》，也应该一提。这是后来流行甚广的《快嘴李翠莲记》（见《清平山堂话本》）的故事之最早的一个本子。虽然写得并不怎样好，但在民间是发生了相当的作用的。在那里，反映着民间婚姻制度的不合理，与由此制度所产生的种种痛苦。

齖魺新妇文　一本[1]

夫齖魺新妇者，本自天生，斗唇合舌，务在喧争。欺哯踏婿，骂詈高声，翁婆共语，殊总不听。入厨恶发，翻粥扑羹（甲本作俥）。轰盆打甑雹釜打铛。嗔似水牛料斗（乙本作㪷），唉似辘轳作声。若说轩裙拨（乙本作簸）尾直，是世间无比。斗乱亲情，欺邻逐里。阿婆嗔着，终不合觜。将头自（甲本作白）橽，竹天竹地。莫着卧床，佯病不起。见婿入来，满眼流泪。夫问来由，有何事意，没可分梳（乙本作疏），口（乙本作只）称是事（乙本作是是），翁婆骂我作奴作婢之相，只是担（甲本作擔）服夜睡，莫与饭（乙本作飰），吃饿（乙本作我）自起。阿婆问（乙本作向）儿言说（乙本作曰），索（乙本作色）得个屈期。丑物入来，与

① 刘半农曰：此文有二五六四号、二六三三号两本，今以二五六四号为甲本，二六三三号为乙本，互校其差异附注本文之下。

（甲本作已）我作底。新妇闻之，从床忽起。当初缘甚不嫌，便即下财下礼。色我将来，道我是底。未许之时，求神拜鬼，及至入（乙本作将）来，说我如此。新妇乃索离书废我，别嫁可曾夫婿。翁婆闻道色离书（自废我至离书十五字乙本有甲本无），忻忻喜喜。且（乙本作是）与缘（乙本作沿）房衣物，更别造一床毡被，乞求趁却，愿更莫逢相值。新妇道辞便去，口里咄咄骂詈。不徒钱财产业，且离怨（甲本作恐）家老鬼。新妇惯唤（唤字乙本无），向村中自由自在。礼宜（乙本无宜字）不学女翁不爱，只是手提竹笼，恰似（恰似二字乙本无）傍田拾菜。如此之流须为监解。看是名家之流，不交自解。本性齖齣打煞也不改。已后与儿索妇，大须稳（甲本作隐）审趁逐，莫取媒人之配。阿家诗曰：齖齣新妇甚典砚，直得亲（乙本作新）情不许见。千约万束不取语，恼得老人肠肚烂。新妇诗曰：本性齖齣处处知，阿婆何用事悲悲（乙本作卑卑）！若觅下官（乙本作棺）行妇礼，更须换却百重皮。

参考书目

一、《中国文学史·中世卷》，郑振铎作（商务印书馆印行，已绝版）。

二、《插图本中国文学史》第二册，郑振铎作（北平朴社）。

三、《敦煌俗文学参考资料》，郑振铎编，燕京大学、暨南大学油印本。

四、《敦煌零拾》，罗振玉编（自印本）。

五、《敦煌掇琐》第三辑，刘复编（中央研究院出版）。

六、《彊村丛书》，朱祖谋编（自印本）。

七、《彊村遗书》，龙沐勋编（自印本）。

八、《世界文库》第一卷第六册，郑振铎编（生活书店出版）。

第六章 变　文

一

在敦煌所发现的许多重要的中国文书里，最重要的要算“变文”了。在“变文”没有发现以前，我们简直不知道：“平话”怎么会突然在宋代产生出来？“诸宫调”的来历是怎样的？盛行于明、清二代的宝卷、弹词及鼓词，到底是近代的产物呢，还是“古已有之”的？许多文学史上的重要问题，都成为疑案而难于有确定的回答。但自从三十年前史坦因把敦煌宝库打开了而发现了变文的一种文体之后，一切的疑问，我们才渐渐的可以得到解决了。我们才在古代文学与近代文学之间得到了一个连锁。我们才知道宋元话本和六朝小说及唐代传奇之间并没有什么因果关系。我们才明白许多千余年来支配着民间思想的宝卷、鼓词、弹词一类的读物，其来历原来是这样的。这个发现使我们对于中国文学史的探讨，面目为之一新。

这关系是异常的重大。假如在敦煌文库里，只发现了韦庄的《秦妇吟》，王梵志的诗集，许多古书的抄本，许多佛道经，许多民间小曲和叙事歌曲，许多游戏文章，像《燕子赋》和《茶酒论》之类，那不过是为我们的文学史添加些新的资料而已。但“变文”的发现，却不仅是发现了许多伟大的名著，同时，也替近代文学史解决了许多难以解决的问题。这便是近十余年来，我们为什么那样的重视“变文”的发现的原因。本书以专章来研究“变文”，其原因也即在此。如果不把“变文”这一个重要的已失传的文体弄明白，则对于后来的通俗文学的作品简直有无从下手之感。

在敦煌的许多重要作品里，“变文”是最后为我们所注意的。

史坦因和伯希和获得了敦煌文库里的许多文卷之时，他们并不注意到有这样的一种特殊的“文体”。许多人抄录着、影印着敦煌文卷之时，他们也没有注意到这样重要的一种发现。

最早将这个重要的文体，“变文”发表了出来的，是罗振玉。他在《敦煌零拾》里，翻印着《佛曲三种》。（《敦煌零拾》四）这是罗氏他自己所藏的东西。这三种都是首尾残阙的，所以罗氏找不到原名，只好称之为“佛曲”。但在他的跋里，他已经知道，这样的“佛曲”和宋代的“说话人”的著作有关系了：

> 佛曲三种，皆中唐以后写本。其第二种演《维摩诘经》，他二种不知何经。考《古杭梦游录》，载说话有四家。一曰小说，谓之银字儿。如烟粉、灵怪、传奇、公案，皆是搏拳提刀赶棒，及发迹恋态之事。说经谓演说佛书，说参谓参禅，说史，谓说前代兴废战争之事。《武林旧事》载诸技艺，亦有说经。今观此残卷，是此风肇于唐而盛于宋两京。元、明以后，始不复见矣。甲子三月，取付手民。卷中讹字甚多，无从是正，一仍其旧。

罗氏把“佛曲”作为宋代“说经”的先驱，这是很对的。可惜他并没有发现其他“非说经”的“变文”，所以，不知道“变文”并也是“小说”和“说史”的先驱。

这《佛曲三种》，今已知其原名者为：

（一）《降魔变文》

（二）《维摩诘经变文》。

其他一种，演有相夫人升天事，不知其原名为何。陈寅恪先生名之为“有相夫人升天曲”。但实非“曲”也。

后来日本的几位学者对于“变文”也有一番研究，却均不能得其真相所在。

刘半农先生在巴黎国家图书馆抄得了不少的敦煌卷子，曾刊为《敦煌掇琐》三辑。其中收“变文”不少。但独遗漏了最重要的若干卷的《维摩诘经变文》，实可遗憾! 大约他为了这是演佛经故事的，故忽视了它。北平书肆曾出现了一卷完全的《降魔变文》，到了刘先生手里，他也未收。幸为胡适之先生所得，不至流落国外。

胡适之先生在《伦敦读书记》里，独能注意到《维摩诘经变文》的重要，这是很可佩服的。可惜他的《白话文学史》没有续写下去，这一部分的材料，他便也不能有整理和发表有系统的研究的机会。

我在《中国文学史》中世卷上册里，曾比较详细的讨论到“变文”的问题。但那个时候，所见材料甚少，《敦煌掇琐》也还不曾出版。将那些零零落落的资料作为研究的资料，实在有些嫌不够。我在那里，把“变文”分为“俗文”和“变文”两种，以演述佛经者为“俗文”，以演述“非佛教”的故事者为“变文”，这也是错误的。总缘所见太少，便不能没有臆测之处。（那时，北平图书馆目录上，是有“俗文”的这个名称的，故我便沿其误了。）

在我的《插图本中国文学史》（第二册）里，对于“变文”的叙述便比较的近于真确，我现在的见解，还不曾变动。但所得的材料，比那个时候却又多了不少。

二

在没有找到“变文”这个正确的名称之前，我们对于这个“文体”是有了种种的臆测的称谓的。

我们知道他们是被歌唱的，且所唱的又大致都是关于故事，故有的学者便直称之曰：

“佛曲”

但这和唐代流行的“佛曲”有了很可混淆的机会。有少数的人，竟把“变文”和唐代“佛曲”混作一谈。但这实在是很不对的。他们之间有着极大的区别。“佛曲”是梵歌，是宗教的赞曲，但“变文”却是一种崭新的不同的成就更为伟大的文体。

把“变文”称为“佛曲”是毫无根据的。

我们又知道他们是大部分演述佛经的故事的，甚至，像《维摩诘经变文》之类，他们是先引一段“经文”，然后再加以阐发和描状的。所以，有的人便称之曰：

“俗文”

所谓“俗文”之称，大约是指其将“佛经”通俗化了的意思。

但这也是毫无根据的，今所见到的“变文”，没有一卷是写作“俗文”的，除了从前北平图书馆的目录上如此云云的记录着。

亦有称之曰：

“唱文”

在巴黎所藏的《维摩诘经变文》，凡五卷，目录（《伯希和目录》）上均作：

《维摩唱文》残卷（这五卷，号码是一个P.2873）。

同时，伯希和目录上，又有

《法华经唱文》一卷（P.2305）

不知原名是否如此？伦敦博物院所藏，有：

《维摩唱文纲领》一卷（S.3113）

或者“变文”在当时说不定也被称为“唱文”。

或有称之曰：

“讲唱文”

这个名称，只见一例，即伦敦博物院所藏的一卷：

《温室经讲唱押座文》

恐怕，所谓“讲唱押座文”，只是当时写者或作者随手拈来的一个名称吧。

其他，尚有人称之曰：

“押座文”

或称之曰：

“缘起”

的。称“押座文”的，颇多，像：

《维摩押座文》（S.1441）

《降魔变押座文》（P.2187）

《破魔变押座文》（P.2187）

上举的《温室经讲唱押座文》也是其一。但我们要注意的，在“押座文”之上，还有一个“变”字。（“变文”或简称为“变”。）所谓“押座文”，实在并不是“变文”的本身的别一名称；所谓“押座文”，大约便是“变文”的引端或“入话”之意。

“缘起”也许也便是“入话”之类的东西吧。但也许竟是“变文”的别一称谓。以“缘起”为名的变文凡三见：

一、《丑女缘起》（P.3248）

二、《大目录缘起》（P.2193）

三、《善财入法界缘起钞卷四》（P.?）

在这三卷里，只有第一卷，我们是读到的。中有“上来所谓丑变”之语，可见其名称仍当是“丑女变文”。在这里，把“缘起”作为“变文”的别名，当不会十分的错误。

但就今日所发现的文卷来看，以“变文”为名的，实在是最多，例如：

一、《降魔变文》（胡适之藏）

二、《舜子至孝变文》（P.2721）

三、《大目乾连冥间救母变文》（P.1319，又S.）

四、《八相成道变》（北平图书馆藏）

凡有新发现，大抵皆足证明“变文”之称为最普遍。

且也还有别的旁证，足为我们的这个讨论的根据。

《太平广记》（卷二百五十一）里，记载着张祜和白居易的一段故事：

“祜亦尝记得舍人《目连变》。”白曰：“何也？”曰：“‘上穷碧落下黄泉，两处茫茫皆不见’，非《目连变》何邪？”（出王定保《摭言》）。

张祜所谓“目连变”，也许指的便是我们所知道的《目连变文》吧？

在唐代，有所谓“变相”的，即将佛经的故事，绘在佛舍壁上的东西。张彦远《历代名画记》记之甚详。吴道子便是一位最善绘“地狱变”（“变相”也简称为“变”）的大画家。

像没有一个寺院的壁上没有“变相”一样，大约，在唐代，许多寺院里，也都在讲唱着“变文”吧。

唐赵璘《因话录》（卷四）有一段描写寺庙里说故事的记载，最值得我们的注意：

> 有文溆僧者，公为聚众谭说，假托经论。所言无非淫秽鄙亵之事。不逞之徒，转相鼓扇扶树。愚夫冶妇，乐闻其说，听者填咽寺舍。瞻礼崇拜，呼为和尚教坊。效其声调，以为歌曲。其甿庶易诱。释徒苟知真理，及文义稍精，亦甚嗤鄙之。近日庸僧，以名系功道使，不惧台省。府县以士流好窥其所为，视衣冠过于仇雠。而淑僧最甚。前后杖背，流在边地数矣。

赵璘根本上看不惯这种“聚众谭说，假托经论”之事；也极“嗤鄙”其文辞。

《卢氏杂说》（《太平广记》卷二百四引）云：

> 文宗善吹小管。时法师文溆为入内大德。一日，得罪，流之。弟子入内收拾院中籍入家具籍，犹作法师讲声。上采其声为曲子，号《文溆子》。

这一段话，和《因话录》的一段，对读起来，可知文溆即文淑。《乐府杂录》云：

> 长庆中，俗讲僧文叙，善吟经，其声宛畅，感动里人。

所谓“俗讲僧”，当即是讲唱“变文”的和尚吧。为了变文中唱的成分颇多，故被文宗（或愚夫冶妇，如《因话录》所说）“采入其声为曲子”。（或效其声调，以为歌曲。）

像“变相”一样，所谓“变文”之“变”，当是指“变更”了佛经的本文而成为“俗讲”之意。（变相是变“佛经”为图相之意。）后来“变文”成了一个“专称”，便不限定是敷演佛经之故事了。（或简称为“变”。）

三

“变文”是“讲唱”的。讲的部分用散文，唱的部分用韵文。这样的文体，在中国是崭新的，未之前有的。故能够号召一时的听众，而使之“转相鼓扇扶树，愚夫冶妇乐闻其说，听者填咽寺舍”。这是一种新的刺激，新的尝试！

在古代，散文里偶然也杂些韵文，那些“引诗以明志”的举动，和“变文”之散韵交互使用者决非“同科”。刘向《列女传》之“赞”和班固《汉书》的“赞”，虽用的韵文散文不同，其作用则一也。《韩诗外传》所用的“诗”，也不外是以故事来释“诗”，都非“变文”的祖祢。

“变文”的来源，绝对不能在本土的文籍里来找到。

我们知道，印度的文籍，很早的便已使用到韵文散文合组的文体。最著名的马鸣的《本生鬘论》也曾照原样的介绍到中国来过。一部分的受印度佛教的陶冶的僧侣，大约曾经竭力的在讲经的时候，模拟过这种新的文体，以吸引听众的注意。得了大成功的文淑或文溆便是其中的一人。

从唐以后，中国的新兴的许多文体，便永远的烙印上了这种韵文散文合组的格局。

讲唱“变文”的僧侣们，在传播这种新的文体结构上，是最有功绩的。

“变文”的韵式，至今还为宝卷、弹词、鼓词所保存。真可谓为源微而流长了!

考“变文”所用的韵式（就今日所见到的许多“变文”归纳起来说）最普通的是七言。像《维摩诘经变文》（第二十卷）：

佛言童子汝须听，勿为维摩病苦萦，四体有同临岸树，双眸无异井中星。

心中忆问何曾罢，丈室思吾更不停，斟酌光严能问活，吾今对众遣君行。

丁宁金口赞当才，切莫依前也让退，汝见维摩情款曲，维摩见汝喜徘徊。

不于年腊人中选，直向聪明众里差，必是分忧能问病，莫须排当唱将来。

像《降魔变文》：

长者既蒙圣加护，一切迷信顿开悟，舍利弗相随建道场，拟请如来开四句。

巡城三面不堪居，长者怨烦心犹预，乘象思村向前行，忽见一园花果茂。

须达舍利乘白象，往向城南而顾望，忽见宝树数千株，花开异色无般当。

祥云瑞盖满虚空，白凤青鸾空里扬，须达嗟叹甚希奇，瞻仰尊颜问和尚。

舍利回头报须达，此园妙好希难遇，圣钟应现树林间，空里天仙持供具。

遇去诸佛先安居，广度众生无亿数，明知圣力不思议，此是如来说法处。

须达闻说甚惊疑，观此园亭国内希，未知本主谁人是，百计如何买得之。

世上好物人皆爱，不卖之人甚难期，良久沉吟情不悦，心里回惶便忸怩。

唤得园人来借问，园主当今是阿谁，我今事物须相见，火急具说莫迟违。

园人叉手具分披，园主富贵不随宜，现是东宫皇太子，每日来往自看之。

不向园来三数日，倍加修饰胜常时。长者欲识其园主，乃是波斯国王儿。

像《八相变文》：

无忧树下暂攀花，右胁生来释氏家，五百夫人随太子，三千宫女棒摩耶。

堂前再政鸳鸯彼，彼象危休登举车，产后孩童多瑞福，明君闻奏喜无涯。

也有于“七言”之中夹杂着“三言”的。这“三言”的韵语，使用着的时候，大都是两句合在一处的。仍似是由“七言”语句变化或节省而来。像

《维摩诘经变文》（第二十卷）：

智惠圆　福德备，佛果将成出生死，牟尼这日发慈言，交往毗耶问居士。

载天冠　服宝帔，相好端严注王子，牟尼这日发慈言，交往毗耶问居士。

越三贤　超十地，福德周圆入佛位，牟尼这日发慈言，交往毗耶问居士。

足词才　多智惠，生语惣瑞无相里，牟尼这日发慈言，交往毗耶问居士。

果报圆　已受记，末世成佛号慈氏，牟尼这日发慈言，交往毗耶问居士。

难测度　难思议，不了二门自他利。牟尼这日发慈言，交往毗耶问居士。

后来的许多宝卷、弹词、鼓词的三七言夹杂使用着的韵式便是直接从“变文”这个韵式流演下来的。

也有使用六言的，像《八相变文》：

当日金团太子，攒身来下人间，福报合生何处，遍看十六大国。

从门皆道不堪，唯有迦毗罗城，天子闻多第一，社稷万年国主。

祖宗千代轮王，我观遏去世尊，示现皆生佛国，看了却归天界。

随于菩萨下生，时昔七月中旬，托阴摩耶腹内，百千天子排空下。

同向迦毗罗国生。

但那是极罕见到的式子。也间有使用到五言的，像《八相变文》：

老人道：

拔剑平四海，横戈敌万夫。一朝床枕上，起卧要人扶。

那也是极不多见的韵式。

就一般的说来，“变文”的韵式，全以七言的主而间杂以三言；仅有极少数的例子，是杂以五言或六言的。即杂五言或六言的“变文”，其全体仍是以“七言”组织之的。

关于散文部分，“变文”的作者们大体使用着比较生硬而幼稚的白话文，像《八相变文》：

太子作偈已了，即便归宫，颜色忙祥，愁忧不止。大王闻太子还宫，遣官人遂唤太子，“吾从养汝，只是怀愁。昨日游观西门，见于何物?”太子奏大王曰，“昨日游玩，不见别物，见一病儿，形骸羸瘦。遂遣车匿，去问病者只是一人？他道世间病患之时，不论贵贱。闻此言语，实积忧愁。谨咨大王，何必怪责。”大王遂遣太子，来日却往巡游，至于北门。忽见一人，归于逝路，四支全具，九孔□□。卧在荒郊，膖胀坏烂。六亲号叫，九族哀啼，散发披头，浑塠自扑。遂遣车匿往问。问云“此是何人?”丧主具说实言道：“此是死事。”“即公一个死？世间亦复如然?”

丧主道，“王侯凡庶，一般死相，亦无二种。”

像《伍子胥变文》：

楚王太子长大，未有妻房，王问百官，“谁有女堪为妃后？朕闻国无东宫半国旷，地无东海流泉溢，树无枝半树死。太子为半国之尊，未有妻房，卿等如何？”大夫魏陵启言王曰：“臣闻秦穆公之女，年登二八，美丽过人，眉如尽月，颊似凝光，眼似流星，面如花色，发长七尺，鼻直颜方，耳似档珠，手垂过膝，拾指纤长。愿王出敕，与太子平章。傥如得称圣情，万国和光善事。”遂遣魏陵召募秦公之女。楚王唤其魏陵曰：“劳卿远路，冒陟风霜。”其王见女姿容丽质，忽生狼虎之心。魏陵曲取王情：“愿陛下自纳为妃后。东宫太子，别与外求。美女无穷，岂妨大道。”王闻魏陵之语，喜不自升，即纳秦女为妃，在内不朝三日。伍奢闻之忿怒，不惧雷霆之威，披发直至殿前，触圣情而直谏。王即惊惧，问曰：“有何不祥之事？”伍奢启曰：“臣今见王无道，虑恐失国丧邦。忽若国乱臣逃，岂不由秦公之女！与子娶妇，自纳为妃。共子争妻，可不惭于天地！此乃混沌法律，颠倒礼仪。臣欲谏交，恐社稷难存。”王乃面惭失色，羞见群臣。“国相，可不闻道：成谋不说，覆水难收。事以斯，勿复重谏。”伍奢见王无道，自纳秦女为妃，不惧雷霆之威，触圣情而直谏。“陛下是万人之主，统领诸邦，何得信受魏陵之言！”

但也有作者是使用着当时流行的骈偶文的。像《维摩诘经变文》的作者便是一位最善于驱遣骈偶文来描状人情，形容物态的。想不到骈偶文的使用会有了这一方面的发展。（唐代是把骈偶文当作应用文的时代。有了陆宣公的奏议，又有“变文”的创作，其发展可谓为已达到了最高的与最有弹性的阶段。唐末以来，骈文的格律更为严格而褊狭，变成了“四六文”，那便是僵化的时代了。）

三万二千菩萨，八千余数声闻，尽惣颗颗合掌，无非楚楚敛容。宣命者如抱惭惶，怕羞者尽怀忧惧。会中悄悄，饮气吞声。天花落一枝两枝，甘露洒十点五点。世尊乃重开金口，别选一人。传牟尼安慰之词，问居士缠绵之相。有一童子，名号光严，相圆明而特异众人，心朗曜而回然高士。修行曩劫，磨练多生。烦拙之海欲枯，智惠之山将干。随缘化物，爱处及尘。如莲不染于淤泥，似桂无侵于霜雪。诸佛秘藏，说之而义若涌泉，菩萨法门，入之而去同流水。身三口四，喻日月之分明；言直心真，现婴童之纯礼。不居净土，也往娑婆。浑俗尘宁显姓名，为道者全亡人事。此日听佛说法；亦在庵菌，贮谦谨于情怀，处卑微之座位。佛于大众，乃命光严：汝须从尘起来，听我今朝敕命。光严被唤，便整容仪，纤手举而淡泞风光，玉步移而威仪庠序，踪虔恭迹之礼，仰示慈尊。宝冠亚而风飒符枝，璎珞摇而霞飞锦柱。天人齐看，凡圣皆欢。卓然立在于佛前，侧耳专听于敕命。世尊告曰：汝且须知，吾有一大事因缘，借汝佛与吾弘传至教。内外维摩居士，是我们徒作俗中引道之师，为世上照人之镜。忽尔于摄治，今有病生，缠绵于丈室枕床，妨碍于大城游履。麈首麈尾，药满鸡窗。有心凭机以呻吟，无力杖梨而救化。我今慭念，欲拟女存。聊伸法乳之情，贵表师资之义。我寻乎小圣，五百声闻，分疏之皆曰不任，尽惣乃苦遭骂辱。我也委知难去，不是阶齐。如荧火之光明，敲夫阳之赫奕。必知菩萨，问得维摩。三空之理既同，七辩之词不异。未上先吩弥勒，令入玭耶成佛。虽在龙华为使，不任诣彼。谁知弥勒也有瑕疵。对知足天人之前，曾被维摩问难。适来汝兄弥勒，若问推词——问疾佛使——不可暂停。居士便长时悬望。我今知汝家教聪明，无瑕玭似童子一般，有行解与维摩无异。汝于今日更莫推词，共为苦海之舟航，同作人天之眼目。莫藏智钥，勿怪囊锥，事须为我分忧，问疾略过方丈。

《降魔变文》的作者，对于骈偶文的使用更为圆熟纯练，已臻流丽生动的至境。

六师既两度不如，神情渐加羞恧。强将顽皮之面，众里化出水池。四岸七宝庄严，内有金沙布池。浮泋茭草，遍缘水而竟生，弱柳芙蓉，帀灵沼而氛氲。舍利弗见池奇妙，亦不惊嗟。化出百象之王，身躯广润，眼如日月，口有六牙。每牙吐七枚莲花，华上有七天女，手擳弦管，口奏弦歌。声雅妙而清新，姿逶迤而姝丽。象乃徐徐动步，直入池中，蹴踏东西，回旋南北。已鼻吸水，水便干枯。岸倒尘飞，变成旱地。于时六师失色，四众惊嗟，合国官僚，齐声叹异。

最妙的是，《维摩诘经变文》的“持世菩萨”卷，作者颇能于对偶之中，显露其华艳绝代的才华。

是时也波旬设计，多排婇女嫔妃，欲恼圣人剩烈。奢化艳质希奇魔女一万二千，最异珍珠千般，结果出尘菩萨不易恼他，持世上人如何得退。莫不剩装美貌，元非多着婵娟。若见时交圬出言词，税调着必生退败。其魔女者，一个个如花菡萏，一人人似玉无殊。身柔软兮新下巫山，貌娉婷兮才离仙洞。尽带桃花之脸，皆分柳叶之眉。徐行时若风飒芙蓉，缓步处似水摇莲亚。朱唇旖旎，能赤能红；雪齿齐平，能白能净。轻罗拭体，吐异种之馨香；薄縠挂身，曳殊常之翠彩。排于坐右，立在宫中。青天之五色云舒，碧沼之千般花发。罕有罕有，奇哉奇哉。空将魔女娆他，糸恐不能惊动。更请分为数队，各逞逶迤。擎鲜花者殷勤献上，焚异香者倍切虔心。合玉指而礼拜重重，出巧语而诈言切切。或擎乐器，或即或哦；或施窈窕，或即唱歌。休夸越女，莫说曹娥。任伊持世坚心，见了也须退败。大好大好，希哉希哉。如此丽质婵娟，争不忘生动念。自家见了，尚自魂迷；他人睹之，定当乱意。任伊修行紧切，税调着必见回头；任伊铁作心肝，见了也须粉碎。魔王道："我只役去，定是菩萨识我。不如作帝释队仗，问许伊时菩萨。"于是魔王大作奢花，欲出宫城，从天降下。周回捧拥，百迎千连，乐韵弦歌，分为二十四队。步步出天门之界，遥遥别本住宫中。波旬自乃前行，魔女一时从后。擎乐器者宣宣奏曲，向聒清霄；爇香火者洒洒烟飞，氤氲碧落。竟作奢华美貌，各申窈窕仪容。擎鲜花者共花色无殊，捧珠珍者共珠珍不异。琵琶弦上，韵合春莺；箫管中，声吟鸣凤。杖敲揭鼓，如抛碎玉柃盘中；手弄奏筝，似排雁行柃弦上。轻轻丝竹，太常之美韵莫偕；浩浩唱歌，胡部之岂能比对。妖容转盛，艳质更丰。一群群若四色花敷，一队队似五云秀丽。盘旋碧落，菀转清霄。远看时意散心惊，近睹者魂飞目断。从天降下，若天花乱雨于乾坤；初出魔宫，似仙娥芬霏于宇宙。天女咸生喜跃，魔王自己欣欢。此时计较得成，持世修行必退。容貌恰如帝释，威仪一似梵王。圣人必定无疑，持世多应不怪。天女各施于六律，人人调弄五音。唱歌者者诈作道心，供养者假为虔敬。莫遣圣人省悟，莫交菩萨觉知。发言时直要停藤，税调处直须稳审。各请擎鲜花于掌内，为吾烧沉麝于炉中。呈珠艳而剩逞妖容，展玉貌而更添艳丽。浩浩箫韶前引，喧喧乐韵齐声。一时皆下于云中，尽入修禅之室内。

这样夸奢斗艳的写法，在印度是“司空见惯”的，但在中国便成了奇珍异宝了。虽以汉赋的恣意形容，多方夸饰，也不足以与之比肩。我很疑心，后来小说里的四六言的对偶文学来形容宫殿、美人、战士、风景以及其他事物，其来源恐怕便是从“变文”这个方面的成就承受而来的。

四

但“变文”的作者们是怎样的将韵文部分和散文部分组合起来呢？这是有种种不同的方式的。但大别之不外两类。第一类是将散文部分仅作为讲述之用，而以韵文部分重复的来歌唱散文部分之所述的。这样重叠的叙述，其作用，恐怕是作者们怕韵文歌唱起来，听众不容易了解，故先用散文将事实来叙述一遍，其重要还在歌唱的韵文部分。像《维摩诘经变文》“持世菩萨”卷：

〔白〕当日持世菩萨告言帝释曰，天宫寿福有期，莫将富贵奢花，便作长时久远。起坐有自然音乐，顺意笙歌。所以多异种香花，随心自在。天男天女，捧拥无休；宝树宝林，巡游未歇。随心到处，便是楼台；逐意行时，自成宝香。花开便为白日，花合即是黄昏。思衣即罗绮千重，要饭即珍羞百味。如斯富贵，实即奢花。皆为未久之因缘，尽是不坚之福力。帝释、帝释、要知、要知。休于五欲留心，莫向天宫恣意。虽即寿年长远，还无究竟之多；虽然富贵骄奢，岂有坚牢之处。寿夭力尽，终归地狱三途；福德才无，却入轮回之路。如火然盛，木尽而变作尘埃；似箭射空，势尽而终归堕地。未逃生死，不出无常。速指内外之珍财，证取无为之妙果。勤于仙法，悟取真如。少恋荣华，了知是患。深劳帝释，将谢道从。与君略出，甚深悟取，超于生死。

〔古吟上下〕天宫未免得无常，福德才徽却堕落。富贵骄奢终不久，笙歌恣意未为坚。

任夸玉女貌婵娟，任逞月娥多艳态，任你奢花多自在，终归不免却无常；

任夸锦绣几千里，任你珍羞餐百味，任是所须皆总薊，终归难免却无常；

任教福德相严身，任你眷属长围绕，任你随情多快乐，终归难免却无常；

任教清乐奏弦歌，任使楼台随处有，任遗嫔妃随后拥，终归难免也无常；

任伊美貌最希奇，任使天宫多富贵，任有花开香满路，终归难免却无常。

莫于上界恣身心，莫向天中五欲深？莫把骄奢为究竟，莫耽富贵不修行！

还知彼处有倾摧，如箭射空随志地。多命财中能之了，修行他不出无常。

索将劳帝释下天来，深谢弦歌鼓乐排。玉女尽皆觉悟取，婵娟各要出尘埃。

天宫富贵何时了？地狱煎熬几万回。身命财中能悟解，使能久远出三灾。

须记取，倾心怀，上界天宫却请回。五欲业山随日灭，耽迷障岳逐时摧。

身终使得坚牢藏，心上还除染患胎。帝释敢师兄说法力，着何酬答唱将来。

那韵文部分还不是散文部分的放大的重述么?

但比较的更合理（?）的“变文”的结构，乃是第二类的以散文部分作为“引起”，而以韵文部分来详细叙状。在这里，散文、韵文便成了互相的被运用，互相的帮助着，而没有重床叠屋之嫌了。这种式样，像《大目乾连冥间救母变文》：

“和尚却归，为传消息，交令造福，以救亡人。除佛一人，无由救得。愿和尚捕提涅盘，寻常不没，运载一切众生智惠，钮勤磨不烦恼林而诛威行，普心于世界，而诸佛之大愿，傥若出离泥犁，是和尚慈亲普降。”目连问以，更往前行。时向中间，即至五道将军坐所，问阿娘消息处：

五道将军性令恶，金甲明晶，剑光交错，左右百万余人，总是接长手脚。叫谳似雷惊振动，怒目得电光耀鹤，或有劈腹开心，或有面皮生剥。目连虽是圣人，煞得魂惊胆落。目连啼哭念慈亲，神通急速若风云。若闻冥途刑要处，无过此个大将军。左右攒枪当大道，东西立杖万余人。纵然举目西南望，正见俄俄五道神。守此路来经几劫，千军万众定刑名。从头自各寻缘业，贫道慈母傍行檀。魂魄飘流冥路间，若问三涂何处苦，咸言五道鬼门关。畜生恶道人遍绕，好道天堂朝暮闲。一切罪人于此过，伏愿将军为检看。将军合掌启阇梨，不须啼哭损容仪，寻常此路恒沙众，卒问青提知是谁。太山都要多名部，察会天曹并地府。文牒知司各有名，符吊下来过此处。今朝弟子是名官，暂与阇梨检寻看。百中果报逢名字，放觅纵由亦不难。

将军问左右曰："见一青提夫人以否？"左边有一都官启言："将三年已前，有一青提夫人，被阿鼻地狱牒上索将，见在阿鼻地狱受苦。"目连闻语，启言将军。报言："和尚，一切罪人，皆从王边断决，然始下来。"

像《伍子胥变文》，其韵文部分和散文部分更是互相联锁着，分析不开，无接痕可寻，无裂缝可得了。

女子答曰："儿闻古人之语，盖不虚言，情去意难实留，断弦由可续。君之行李，足亦可知。见君盼后看前面带愁容，而步涉江山，迢遰冒染风尘。今乃不弃卑微，敢欲邀君一食。"儿家本住南阳县，二八容光如皎练。泊沙潭下照红妆，水上荷花不如面。客行由同海泛舟，薄暮皈巢畏日晚。傥若不弃是卑微，愿君努力当餐饭。子胥即欲前行，再三苦被留连。人情实亦难通，水畔存身即坐。吃饭三口，便即停餐。愧贺女人，即欲进发。更蒙女子劝谏，尽足食之。惭愧弥深，乃论心事。子胥答曰："下官身是伍子胥，避楚逝游入南吴。虑恐平王相捕逐，为此星夜涉穷途。蒙赐一餐甚充饱，未审将何得相报？身轻体健目精明，即欲取别登长路。仆是弃背帝卿宾，今被平王见寻讨。恩泽不用语人知，幸愿娘子知怀抱。”子胥语已向前行，女子号咷发声哭。哀客惸惸实可念，以死匍匐乃贪生。食我一餐由未足，妇人不惬丈夫情。君虽贵重相辞谢，儿意惭君亦不轻。语已含啼而拭泪，君子容仪顿憔悴。傥若在后被追收，必道女子相带累。世不若与丈夫言，与母同居住邻里。娇爱容光在目前，烈女忠贞良虚弃。唤言仵相勿怀疑，遂即抱石投河死。子胥回头聊长望，念念女子怀惆怅。遥见抱石透河亡。不觉失声称冤枉。无端颍水灭人踪，落泪悲嗟倍凄怆。傥若在后得高迁，唯赠百金相殡葬。

其他关于“变文”的结构，尚有可注意的几端。

“变文”原来是演经的。他们讲唱佛经的故事，其根据自在佛经里。大约为了“征信”或其他理由，讲唱“变文”者，在初期的时候，必定是先引“经文”，然后才随加敷演的。像《维摩诘经变文》，每段之首，必引“经”文一小段，然后尽情的加以演说与夸饰，将之化成光彩绚烂的锦绣文字。还有《阿弥陀经变文》，也是如此的，不过其结构更为幼稚（或许是最初期之作吧）。其散文部分，便是“经文”，其下即直接着歌唱的韵文。

〔前缺〕复次，舍利弗，彼国有种种奇妙杂色之鸟。此鸟韵□分五，一总标羽唉，二别显会名，三转和雅音，四诠论妙法，五闻声动念。

西方佛净土，从来九异禽。偏翻呈瑞气，寥亮演清音。

每见袪尘网，时闻益道心。弥陀亲所化，方悟愿缘深。

青黄赤白数多般，端政珍奇颜色别。不是鸟身受业报，并是弥陀化出来。

白野鹤，郦州进。轻毛沾雪翅开霜，红觜能深练尾长。

但大多数的“变文”，像《大目乾连冥间救母变文》，像《八相变文》，像《降魔变文》等，都是不引用经文的。他们直捷了当的讲唱故事，并不说明那故事的出处，更不注意到原来的经文是如何的说法。至于一般的不说唱佛经的故事的变文，自然更无须乎要“引经据典”的了。

一部分“变文”，讲唱佛教故事的，往往于说唱之间，夹杂入“宣扬佛号”的“合唱”。这个习惯，现在唱宝卷的人们还保持着没有失去。

在应该“宣扬佛号”的地方，作者便注明“佛子”二字。像《八相变文》：

虽是泥人，一步一倒，直至大王马前，礼拜乞罪。（佛子）

记得胡適之先生曾解释“佛子”二字为“看官们”之意，说是对听众说的话，其实是错的。在有的地方，“变文”的作者便直捷的写出“佛号”来。这难道也是对听众的称呼么？

此外，尚有“吟”“断”“平”这一类的特用辞语（像《维摩诘经变文》用的这一类的辞语便最多），大约也不外乎是“诗曰”“偈曰”之意；故其间用处相同而用辞不同的地方很多，即作者们自己似也是混用着的。

五

“变文”的分类很简单。大别之，可分为：

(一) 关于佛经的故事的,

(二) 非佛经的故事的。

讲唱佛经的故事的变文,又可分为:

(一) 严格的"说"经的,

(二) 离开经文而自由叙状的。

第一类的变文,上文已经举出过,是《维摩诘经变文》及《阿弥陀经变文》等。

《维摩诘经变文》为今所知的"变文"里的最弘伟的著作。巴黎国家图书馆所藏的《维摩诘经变文》第二十卷,才讲到要持世上人去问疾的事。但《持世菩萨问疾》卷,今所见的已是第二卷了,还只唱到持世见到魔王波旬所送的天女,狼狈不堪,而"天女当时不肯去,阿谁与解救"呢?恐怕其后还有三两卷,而《文殊问疾》,今所见到的,也只有第一卷,才讲唱到文殊允去问疾,到维摩诘居士去的事。而底下恐还不止两三卷。这样,则这部伟大的变文,恐怕总有三十卷以上的篇幅了。这可算是唐代最伟大的一部名著了。也可以是往古未有的一部伟大弘丽的叙事诗了。

可惜今日所能见到,只有:

(一) 《维摩诘经变文》第二十卷(巴黎国家图书馆藏),

(二) 《维摩诘经变文持世菩萨》第二卷(《敦煌零拾》本),

(三) 《维摩诘经变文文殊问疾》第一卷(北平图书馆藏)

这三卷而已。其实我们所知,今存的实不止此数,在巴黎国家图书馆里的,至少尚有下列的几卷:

(一) 《维摩唱文残卷》,

(二) 《维摩唱文残卷》,

(三) 《维摩唱文残卷》,

(四) 《维摩唱文残卷》,

（五）《维摩唱文残卷》。

伯希和将以上五卷合编为一号（P.2873），但目录上既分列为五项，当是五卷，必非一卷也。又胡适之先生从巴黎国家图书馆所钞来的一卷，是首尾完全的（P.2293），其目录却又另列一处，可见其中也许尚不止有此六卷。

伦敦博物院所藏《维摩诘经变文》也有五卷：

（一）《维摩变文残卷》，

（二）《维摩变文残卷》，

（三）《维摩变文残卷》，

（四）《维摩变文残卷》，

（五）《维摩变文残卷》。

以上五卷也合编为一号（S.4571）。但既分为五卷，恐也必非"一卷"了。此外，又有

（六）《维摩唱文纲领》（S.3113），

（七）《维摩押座文》（S.1441）

等有关系的文字二卷。今日所有的这部"变文"大约总在十五卷以上的（其中当然有一部分是残阙不全的）。很可惜的是，我们读到的只是其中五之一。但就这五之一读到的而论，我们已为其弘伟的体制，描状的活跃，辞彩的骏丽，想像的丰富所震撼了。印度经典素以描状繁琐著称，但我们的作者却从《维摩诘经》上更引申、更廓大、更加渲染而成为这部《维摩诘经变文》，较原文增大了至少三十倍以上。这不能不说是自印度文学输入以来的一个最大的奇迹了。

《维摩诘经》本来是一部最富于文学趣味的著作。很早的时候（在三国的时候），（吴）支谦，一位最早的佛典翻译家，便介绍了这部经典给我们。

佛说《维摩诘经》二卷　（吴），支谦译（《大藏经》本）

到了姚秦的时候，最大的佛经翻译家鸠摩罗什又重译了一次。

《维摩诘所说经》三卷　（姚秦），鸠摩罗什译（《大藏经》本）

后人为《维摩诘所说经》作注作疏者也不止三五家：

《维摩诘所说经注》十卷　（姚秦）僧肇注（弘教书院印《大藏经》本）

《维摩经文疏》二十八卷　（隋）智颤撰（《续藏经》本）

《维摩经玄疏》六卷　（隋）智颤撰（《大藏经》本）

《维摩经义记》八卷　（隋）慧远撰（《续藏经》本）

《维摩经义疏》六卷　（隋）吉藏撰（《大藏经》本）

《维摩经疏记》三卷　（唐）湛然述（《续藏经》本）

《维摩经评注》十四卷　（明）杨起元评注（《续藏经》本）

明末湖州闵刻的朱墨本文学名著里也有《维摩诘经》三卷。这可见这部经典是如何的为各时代的学者和文人们所重视。《维摩诘经变文》的作者把握住了这样的一部不朽的大著而作为他自己创作的根据，逞其才华，逞其想象力的奔驰，也便成就了一部不朽的大著。在文学的成就上看来，我们本土的创作，受佛经的影响的许多创作，恐将以这部“变文”为最伟大的了。

我们想象到：当时开讲这部《维摩诘经变文》的时候，听众们的情形，是如何的热烈赞叹。这“变文”，讲述的时间，恐怕是延长到一年半载的。

《维摩诘经变文》第二十卷，末有题记云：

> 广正十年八月九日在西川静真禅院写此第二十卷
>
> 文书恰遇抵黑书了，不知如何得到乡地去。
>
> 年至四十八岁于州中寃明寺开讲极是温热。

广正十年是后汉刘知远的天福十二年（公历纪元九四七年），离现在已有一千年了。所谓“开讲”时的“极是温热”的空气，我们到今日还有些感觉到吧。

但这位写作《维摩诘经变文》的伟大作者是谁呢？这是无人能够回答的。胡適之先生为方便计，即以“广正十年八月九日在西川静真禅寺写此第二十卷”的僧徒为这部“变文”的作者。这是一位四十八岁的能够“开讲”变文的僧人，心里是充满了乡愁的，故有“不知如何得到乡地去”的云云。但根据“八月九日”这一天，“写此第二十卷文书，恰遇抵黑书了”的话，恐怕这位开讲《维摩诘经变文》的僧徒，未见得便是这部伟大变文的作者。因为这“第二十卷”全部字数在一万字左右，用一天的功夫，从早上到天黑便写作完毕，是很难得使我们置信的事；特别的，像“变文”这样一种韵散合组的文体，绝难在一天之内便可完成近一万字的一卷的。我猜想，这部僧徒，恐怕只是一位钞手，故能在一天之内抄写完一卷。这也有一个很好的旁证：即这部钞本（当是这位僧徒的原来手迹吧），破体字和别字甚多。以《维摩诘经变文》的那位伟大作家，似乎决不会这样的草率写就的。

这位抄手的姓名，大约是靖通。在这“第二十卷”的开首，他有一个短笺：

普贤院主比丘　靖通

右靖通谨祇候

起居陈

贺

院主大德谨状

正月　日普贤院主比丘靖通状

这短笺，写于“正月”。恐怕是写而未用的，故便将余纸来钞写这部《维摩诘经变文》第二十卷了。

《维摩诘经变文》是全依《维摩诘经》为起讫的。在每卷每节的讲述之前，必先引经文一则。然后根据这则经文加以横染，加以描写。往往是，十几个字或二三十个字的经文，会被作者敷衍成三五千字的长篇大幅。像《维摩诘经变文》第二十卷的首节：

经云　佛告弥勒菩萨，汝行诣维摩诘问疾。

世尊见诸声闻五百，并惚不堪。此菩萨位超十地，果满三祇，十号将圆，一生成道。证不可说之实际，解不可说之法门，神通能动于十方，智惠广弘于沙界，随无量之欲性，现无量之身形，入慈不舍于四弘，观察唯除于六道，其相貌也，面如满月，目若青莲，白毫之光彩晞晖，紫磨之身形隐约，诸根寂静，手指纤长，载七宝之天冠，着六殊之妙眼。说法则清音广大，辩才乃洪注流波。外道怖雷吼而心降，小圣蒙密言而意解。是以诸佛卣记，众圣保持，成佛向未来世中，度脱于龙花会里，现居兜犨，来到庵菌。世尊遣问维摩，便于众中唤出。弥勒承于圣旨，忙忙从座起来，动天冠而花宝玲珑，整妙眼而珠璎沥落，礼仪有度，感德无伦，仰瞻三界之师，旋绕七珍之座，合十指掌，迩两足尊，立在佛前，专斋处方。世尊乃告弥勒，此时有事商量，维摩卧疾于毗耶，今日与吾问去。吾之弟子，十大声闻，寻常尽觅于名够，诚使多般而辞退，舍利弗林间晏座，嗽被轻呵，目犍连里巷谈经，尽遭摧挫，大迦叶求贫舍富，平等之道里全乖，须菩提求富舍贫，解空之声名虚忝，富楼那迦旃遮之辈，惣因说法遭呵，阿那律优波离之徒，尽是目逢自风被辱，罗睺说出家有利，不知无利无为，阿难乞乳忧疾，不了牟尼可现，惣推智短，尽说才微，皆言怕惧维摩，不敢过他方丈。况汝位超十地，果满三祇，障尽习除，福圆惠满，将成佛果，看座花台，无私若杲日当天，不染似白莲出水，上间天上，此界他方，置赖汝提携，六道一家君赦度，汝已竭爱增海，汝已消倾怢魔，汝已代爱稠林，汝已割贪罗绸，已度无边众，已绝有漏因，已到湿盘城，已上金刚座，佛法中龙象，贤圣内凤鳞，在会若鹊处鸡群，出众似鹏游霄汉，智惠威德，众所赞扬。居士丈室染疾，使汝毗野传语，速须排比，不要推延。若与维摩相见时，慰问所疾痊可否。诗云：

小乘昔日总遭嗔，若往分疏各说因，知汝神通超小圣，想君词辩越声闻。

不唯早证三身位，兼亦曾修万德门。今为维摩身染疾，事须匆传语莫因循。

世尊唤命其弥勒，弥勒忿忿从座起。合十指爪设卑仪，问千花座听尊旨。

六钵衣裓衬金霞，七宝簪冠动朱翠，立在师前候圣言，仁无见者生欢喜。

辩才无得众降伏，威德难传佛赞景，牟尼这日发慈言，交往毗耶问居士。

智惠圆　福德备，佛果将成出生死，牟尼这日发慈言，交往毗耶问居士。

载天冠　服宝帔，相好端严法王子，牟尼这日发慈言，交往毗耶问居士。

越三贤　超十地，福德周圆入佛位，牟尼这日发慈言，交往毗耶问居士。

足词才　多智惠，出语惣娣旡相里，牟尼这日发慈言，交往毗耶问居士。

果报圆　已受记，来世成佛号慈氏，牟尼这日发慈言，交往毗耶问居士。

难测度　难思议，不了二门自他利，牟尼这日发慈言，交往毗耶问居士。

牟尼这日发慈言，处分他家语再三，十大声闻多恐失，一生菩萨计应堪。

靖词辩海人难及，妙智如泉众共设，若见维摩传慰问，好生只对莫羞惭。

吾今对众苦求哀，请汝依言莫逆怀，小圣从头遭挫辱，大权次第合推排。

随时行李看将出，奔鲁排比不久回，更莫分疏说理路,便须与去唱将来。

"经文"只有十四个字，但我们的作者却把它烘染到散文六百十三字，韵语六十五句。这魄力还不够伟大么？这想象力还不够惊人么？

最奇怪的是，经文的重复或相类似的叙述，我们的作者却能完全免避了重复，以全然不同的手法和辞藻来描状那相同的情形。我们看了在经文里，释迦遣诸门徒去问维摩居士疾时，每一段的开首，都是大致相同的。

（一）佛告弥勒菩萨，汝行诣维摩诘问疾，

（二）佛告光严童子，汝行诣维摩诘问疾，

（三）佛告文殊师利，汝行诣维摩诘问疾。

但我们的作者对于这样同样的场地和情形，却有了极不雷同的描写的手法。第一例第二例，上文均已引起，现在再举第三例：

经云：佛告文殊师利，汝行诣维摩诘问疾。

言佛告者，是佛相命之词。缘佛于会上，告尽圣贤五百，声闻八千菩萨，从头遣问，尽曰不任，皆被责呵，无人敢去。酌量才辩，须是文殊。其他小小之徒，实且故非难往，失来妙德，亦是不堪。今仗文殊，便专问去。于是有语告文殊曰：

三千界内总闻名，皆道文殊艺解精。体似莲花敷一朵，心如明镜照漂清。

常宣妙法邪山碎，解演真乘障海倾。今日筵中须授敕，与吾为使广严城。

于是庵园会上，敕唤文殊："劳君暂起于花台，听我今朝敕命。吾为维摩大士，染疾毗耶，金粟上人，见眠方丈。会中有八千菩萨，筵中见五百个闻声，从头而告，尽遍差至佛，而无人敢去。舍利子聪明弟一，陈情而若不堪任；迦叶是德行最尊，推辞而为年老迈，十人告尽，咸称怕见维摩。一会遍差，差着者怕于居士。吾又见告于弥勒，兼及持世上人，光严则辞退千般，善德乃求哀万种。堪为使命，须是文殊。敌论维摩，难偕妙德。汝今与吾为使，亲往毗耶，诘病本之因由，陈金仙之恳意。汝看吾之面，勿更推辞。领师主之言，便须受敕。况乃汝久成证觉，果满三祇，为七佛之祖师，作四生之慈父。来辞妙喜，助我化缘。下降娑婆，尔现于菩萨之相，你且身严璎珞，光明而似月舒空，顶覆金冠，清净而如莲映水。一名超于法会，众望难偕，词辩迥播于筵中，五天赞说。慈悲之行，广布该三途六道之中，救苦之心，遍施散三千界之刹内。当生之日，瑞相十般，表菩萨之最尊，彰大士之无比。而又眉弯春柳，舒扬而宛转芬芳，面若秋蟾，皎洁而光明晃曜。有如斯之德行，好对维摩，且尔许多威名，堪过丈室。况以居士见染缠疴，久语而上算，不任对论，多应亏汝。勿生辞退，便仰前行。倾大众而速别庵园，逞威仪而早过方丈。龙神尽教引路，一伴同行，人天总去相随，两边围绕。到彼见于居士，申达慈父之言。道吾忧念情深，故遣我来相问。”

佛有偈告赞文殊：

牟尼会上称宣陈，问疾毗耶要显真。受敕且希离法会，依言勿得有辞辛。

维摩丈室思吾切，卧病呻吟已半旬。望汝今朝知我意，权时作个慰安人。

又有偈告文殊曰：

八千菩萨众难偕，尽道文殊足辩才。身作大仙师主久，名标三世号如来。

神通解灭邪山碎，智慧能销障海摧。为使与吾过丈室，便须速去别花台。　平侧

世尊会上告文殊，为使今朝过丈室。传吾意旨维摩处，申问殷勤勿得迟。

前来会里众声闻，个个推辞言不去。皆陈大士维摩诘，尽道毗耶我不任。

众中弥勒又推辞，筵内光严申恳款。八千大士无人去，五百声闻没一个。

汝今便请速排谐，万一与吾为使去。威仪一队相随逐，衔敕毗耶问净名。

菩萨身为七佛师，久证功圆三世佛。亲辞净土来凡世，助我宣扬转法轮。

巍巍身若一金山，荡荡众中无比对。眉分皎洁三秋月，脸写芬芳九夏莲。

堪为丈室慰安人，堪共维摩相对论。堪将大众庵园去，堪作毗耶一使人。

便依吾敕赴前程，便请如今别法会。若逢大士维摩诘，问取根由病所因。

文殊德行十方闻，妙德神通百亿悦。能摧外道皆归正，能遣魔军尽隐藏。

依吾告命速前行，依我指踪过丈室。殷勤慰问维摩去，巧着言词问净名。　经

是时圣主振春雷，万亿龙神四面排，见道文殊亲问病，人天会上喜哈哈。

此时便起当筵立，合掌颙然近宝台。由赞净名名称煞，如何白佛也唱将来。

这十四个字的经文，我们的作者又将它廓大到五百七十字的散文，七十二句的韵语。我们看作者是怎样的在竭力的以不同的场面、不同的人物，不同的辞语来烘染同一的情景的；我们不能不惊骇于作者写法的高明了。

对于弥勒和光严童子的不愿意去的心理，他们的辞谢的最后答语，原

都是相同的，而我们的作者也都把他们写成很不雷同的局面。这样高超的描写手法，我们在中国文学上是很少见到的。在每则不同的情景的描写，我们的作者也均尽其想像力之所及，各加以详尽的叙描和烘染。难怪当时听众们听讲时是“极其温热”。

今日，千年后的今日，突然发现了这样的一部伟大的名著，除开了别种理由之外，已足够使我们兴奋，使我们赞颂喜欢之不已了。

像《维摩诘经变文》同样的引经据典的变文，还有一部《阿弥陀经变文》（S.2955），那一卷东西，残阙已甚，我们自然不能就这戋戋的残文来批评其全部。但在描写方面，我们觉得也是很不坏的。这一部变文，如上文所已说的，恐怕是比较初期的著作。故散文部分，即以“经文”充之，而作者只是以韵语来烘染、来阐扬其故事。

六

以佛教经典为依据，而并不“引经据典”，句句牢守经典本文的变文，今日所见的甚多。这一阶段，恐怕是从“引经”的一个阶段发展而来的。他们只是拿了佛经里的一个故事、一个传说，而由作者们自己很自由的去抒写、去阐扬、去烘染的。故在写作上，比较的容易挥遣得多。可惜除了《降魔变文》之外，其余的都是“零缣断绢”，很少高明的东西。且别字和缺漏之处，连篇累牍，不易整理。恐怕是出于真正的通俗的民间的僧侣作家们之手吧。

这一部分的变文，又可分为两类，一类是仅演述经文而不叙写故事的，像《地狱变文》《父母恩重经变文》等。在后来的宝卷里，这一类性质的东西也很不少。这些，只是“说经”、“唱经”的一流，完全是宗教性的东西，故不能有很高明的成就。

《地狱变文》今藏于北平图书馆（依字五十三号），向达先生的《敦煌丛钞》（《北平图书馆馆刊》）曾刊其全文；只是一个残卷，并没有什么重要的价值。

> 既将铁棒，直至墓所，觅得死尸，且乱打一千铁棒。呵责道：恨你在生之日，悭贪疾妒，日夜只是算人，无一念饶益之心，只是万般损害，头头增罪，种种造殃，死值三涂。号菩萨佛子。
>
> 在生恨你极无量，贪爱之心日夜忙。老去和头全换却，少年眼也拟碗将。
>
> 百般放圣谩依着，千种为难为口粮。在生忧他惣恰好，业棑眷属不分张。
>
> 缘男为女添新业，忧家忧计走忙忙。尽头呵责死尸了，铁棒高台打一场。

《父母恩重经变文》今亦藏于北平图书馆（何字第十二号）。内容也是训人劝善的，残阙极多，毫不足观。这一类的变文，向来编目，皆和经典混在一处，不易分别，如果我们仔细的在巴黎、伦敦二地去搜寻，一定还可以得到不少的。

第二类是叙写佛经的故事的。其中又可分为二类：

一为叙写佛及菩萨之生平及行事的，

一为叙写佛经里的故事的。

第一类所写者，以关于释迦牟尼的生平及行事的为最多，不仅写到他的“成道”的故事（《佛本行集经》），也写到他的过去“无量生”（《佛本生经》）的故事。

关于释迦佛的"成道"的故事的变文有：

(一) 八相成道变残卷 (北平图书馆藏，云字二十四号)，

(二) 八相成道变残卷 (北平图书馆藏，乃字九十一号)，

(三) 八相成道变残卷 (北平图书馆藏，丽字四号)。

在这三卷里，第一卷和第二卷文字悉同，惟第一卷较完善，第二卷缺阙极多，第三卷也相差不远。这卷变文，作者也不可考知。从释迦过去诸生说起：

尔时释迦如来，于过去无量世时，百千万劫，多生波罗奈国。广发四弘誓愿，直求无上蕠。不惜身命，常以己身及一切万物，给施众生。慈力王时，见五夜叉，为啖人血肉，饥火所逼，其王哀愍，与身布施，馁五夜叉。歌利王时，割截身体，节节支解。尸毗王时，割股救其鸠鸽。月光王时，一夕树下，施头千遍，求其智慧。宝灯王时，剜身千龛，供养十方诸佛，身上燃灯千盏。萨埵王子时，舍身数度，济其饿虎。悉达太子时，广开大藏，布施一切饥饿贫乏之人，令得饱满。兼所有国城妻子象马七珍等，施与一切众生。或时为王，或时太子，于波罗奈国五天之境，舍身舍命，不作为难。非只一生如是，百千万亿劫精练身心，发其大愿。种种苦行，无不修断，令其心愿满足。故于三无数劫中，积修善行。以为功克果满，方成佛位。佛者何语，佛者觉也。觉悟身中真如之性，觉心内烦恼之怨。出生死之劣劳，践蕠之阃城。六通具足，五眼无明。为三界大师，作四生慈父。从清净土，著蔽垢衣，出现娑婆，化诸弟子。

三大僧祇愿力坚，六波罗蜜行周旋。百千功德身将满，八十随形相欲全。

未向此间来救度，且于何处大基缘？当时不在诸余国，示现权居兜率天。

未审兜率陀者，是梵语，秦言“知足”天。兜名少欲，率是知足，此是欲界第四天也。况说欲界，有其六天：第一四天王天；第二忉利天；第三须夜摩天；第四兜率陀天；第五乐变化天；第六他化自在天。如是六天之内，近上则玄极太寂；近下则闹动烦喧，中者兜率陀天，不寂不闹。所以前佛后佛，总补在依此宫。今我如来世尊，亦当是处。

然后讲到他，“观见阎浮众生，业障深重，苦海难离，欲拟下界劳笼，拔超生死”。于是先遣金团天子下凡去寻觅一个地方，堪供“世尊托质”的。金团天子寻到了迦毗罗城的王家。于是世尊便“托荫”于摩耶腹内。他于摩耶右胁诞出。

太子既生之下，感得九龙吐水，沐浴一身。举左手而指天，垂右而于地，东西徐步，起足莲花。凡人观此皆殊祥，遇者顾瞻之异端。当尔之时，道何言语：

九龙吐水浴身胎，八部神光曜殿台。希期瑞相头中现，菡萏莲花足下开。

又道：

指天天上我为尊，指地地中最胜仁。我生胎兮今朝尽，是降菩萨最后身。

但大臣们却以为他是妖精鬼魅，要国王杀了太子，否则，“必定破家灭国”。文殊菩萨恐世尊被残害，遂化作一臣，谏国王道：“此是异圣奇仁，不同凡类。”并叫他去请教阿斯陁仙。阿斯陁仙见了太子，流泪满目，呼嗟伤叹，说道：

“太子是出世之尊。不是凡人之数，大王今若不信，城南有一泥神，置世以来，人皆视验。王疑太子魑魅，但出亲验神前。的是鬼类妖精，其神化为凝血，若不是精奸之类，只合不动不变。”于尔之时，有何言语：

城南有一摩醯神，见说寻常多操嗔。世上或行诈伪事，就前定验现其真。

大王但将此太子，才见必令始知闻。若是祯祥于本主，的定妖邪化为尘。

不料泥神却离庙而出，一步一倒，直至太王马前，礼拜乞罪。于是国王才知太子是异人，不复加害。

但太子年登十九，恋着五欲。天帝释欲感悟他，乃各化一身，于此四门，乘太子巡历四门之时，欲令太子，“悟其生死”。太子周历了四门之后，便感到“生老病死”的苦痛，而决意欲弃去一切而到雪山修道。

这里写太子历见生老病死之苦的情形，当然要比《太子赞》一类的叙事歌曲写得详细，写得高明。

太子在雪山修道时，“日食一麻或一麦，鹊散巢窠顶上安”。

太子一从守道，行满六年。当腊月八日之时下山，于熙连河沐浴。为久专恳行，身力全无，唯残骨筋，体尤困顿。河中洗濯，浣腻洁清，既欲出来，不能攀岸。感文殊而垂手，接臂虚空，承我佛于河滩，达于彼岸。遂逢吉祥长者，铺香草以殷勤，紫磨严身，金黄备体。云云：

六年苦行志殷勤，四智俱圆感觉身。下向熙连河沐浴，上登草座劝黎民。

紫金满覆于其体，白毫光相素如银。文殊长者设愿厚，供养如来大世尊。

我如来既登草座，观心未圆，忽逢姊妹二人，一时迎前拜礼，口称名号。是阿难陀田中牧牛，常游野陌，每将乳粥，供养树神。偶见世尊，回特献俸。又感四天王掌钵，来奉于前，并四钵纳一盂中，可集三斗六升。三斗者降其毒，六升者则六波罗蜜因是也。既备功圆，便能至圣。遂往金刚座上，独称三界之尊，鹫岭峰前，化诱十方情识。降天魔而战摄，伏外道以魂惊。显正摧邪，归从释教。云云：

自登草座睹难陀，回将乳粥献释迦。四王掌钵除三毒，功圆净行六波罗。

金刚座中严灵相，鹫岭峰前定天魔。八十随形皆愿备，三十二相现娑婆。

况说如来八相，三秋未尽根原，略以标名，开题示目。今具日光西下，座久迎时。盈场并是英奇仁，阖郡皆怀云雅操。众中俊哲，艺晓千端，忽滞淹藏，后无一出。伏望府主允从，则是光扬佛日。恩矣恩矣。

作者以“颂圣”之语为结束，可见这一部“变文”，原是极崇敬的宗教经卷，讲唱的时候是以极虔敬的态度出之的。

（四）《佛本行集经变文》（北平图书馆藏，潜字八十号）。

这一卷残阙过甚，所叙的事，和《八相成道变》大致相同，但也略有殊异之处，像泥神礼拜之事，在这里便没有叙到。

关于释迦佛的过去“生”的故事，即所谓“佛本生经”的故事的变文，今所知的并不多。但想来一定是不会很少的。有许多的佛教故事，大半是和释迦过去“生”的生活有关系的。今日最完全的“佛本生”的故事（Jataka），凡有五百数十则之多。今姑举所知的《身喂饿虎经变文》（残卷）为例：这一卷是我在北平所获得的。就写本的纸色和字体看来，乃是中唐的一个写本。这是叙述释迦的本生故事之一。释迦在过去的一“生”里，为一个王子。有一天，和好几个兄弟一同经过一山。路上遇见一只饿虎，病不能觅食。诸兄弟皆不顾而去。释迦却舍身走近虎边，要给他吃去。但这饿虎连开口的精力都没有。释迦于是以竹枝自刺其身，将血滴入虎口。那只虎方才渐渐的有生气起来，把这舍身的圣人吃了去。虽然是残卷，但大部分是保存着的。

关于第二类的释迦以外的“佛”“菩萨”的故事，今所见者有：（一）《降魔变文》（胡適之先生藏）。

这和《维摩诘经变文》是唐代变文里的双璧。惟篇幅较短。但乳虎虽小，气足吞牛。罗氏《敦煌零拾》里的佛曲三种，其第一种便是《降魔变文》的残文，所存者十不及一。但已使我们震撼于其文辞的晶光耀目，想象力的丰富奔放。一旦获得了其全文，自然是欣慰不置的。

这部“变文”的作者，今也不可考知。惟知其为唐玄宗天宝（公元七四二—七五五年）时代的人物。其著作的时期，当约略的和《身喂饿虎经变文》同时。

这部“变文”的开头，有一篇序。这是极重要的一个文献。

赞善哉（……阙……）晶晖四果，咸遣我人三宝……人、正牙……ヲリ……骨兴六空类有情，咸归灭度。初キイ之布施，下是

为多；尽十方之虚空，叵知其量。诸相非想，见如来之法身，生等无生，得真妄之平等。然则，穷大千之七宝，化四句而全轻；后五浊之众生，一闻而超胜境。然后法尚应舍，恋筏却被沉沦。浑彼我于空空，泯是非于妙有，不染六尘之境，契会菩提，即于六识推求，万像皆会于般若三世诸仙，从此经生，最妙菩提，从此经出。加以括囊群教，诸为众经之要目，传译中夏，年余数百。虽则讽诵流布，章疏芬然，犹恐义未合于圣心，理或乖于中道。伏惟我大唐汉朝圣主，开元天宝圣文神武应道皇帝陛下，化越千古，声超百王，文该五典之精微，武析九夷之肝胆。八表惣无为之化，四方歌尧舜之风。加以化洽之余，每弘扬于三教。或以探寻儒道，尽性穷原，注解释宗，句深相远。圣恩与海泉俱深，天开誉曰齐明，道教由是重兴，佛日因兹重曜。宝林之上，喜见叶而争开，惣持园中，沠法云而广润。然今题首《金刚般若波罗蜜经》者，金刚以坚锐为喻，般若以智慧为称，波罗彼岸到，弘名蜜多，经则贯穿为义，善政之仪，故号《金刚般若波罗蜜经》。大觉世尊，于舍卫国《祇树洽孤之园》，宣说此经，开我蜜藏，四众围绕，群仙护持，天雨四花，云廊八境。盖如来之妙力，难可名言者哉！须达为人慈善，好给济于孤贫。是以因行立名。给孤布金买地，修建伽蓝，诸佛延僧，是以列名经内。祇陀睹其重法，施树同营，缘以君重臣轻，标名有其先后。委被事状，述在下文。

在这篇序文里，说得很明白，这篇“变文”是叙述须达布金买地，修建伽蓝所引起的许多故事的。本于《金刚经》，却全然成了迷人的东西，不朽的杰作，我们简直忘记了其为“劝善书”了。“下文”所叙的“事状”，是这样的：

“昔南天竺有一大国，号舍卫城。其王威振九重，风扬八表。”他有一个贤相，名须达多，“邪见居怀，未崇三宝”。他有小子未婚妻室，遣使到外国求之。使者到了一个地方，遇佛僧阿难乞食。一小女奔走出于门外，五轮投地，瞻礼阿难。这小女仪貌绝伦，“西施不足比神姿，洛浦讵齐其艳彩”。他访问了邻人，才知道是当地首相护弥之女。后须达多自去求亲，又遇见了佛僧。他感知佛的威力，倍增敬仰之心，思念如来，吟嗟叹息。

须达叹之既了，如来天耳遥闻，他心即知，万里殊无障隔，又放神光照耀，城门忽然自开。须达既见门开，寻光直至佛所，旋绕数十余匝，竭专精之心，注目瞻仰尊颜，悲喜交集，处若为陈。须达佛心开悟，眼中泪落数千行。弟子生居邪见地，终朝积罪仕魔王。〇伏愿天师受我请，〇降神舍作桥梁。佛知善根成熟，堪化异调。遂即应命依从，受他启请。唤言长者：吾为上界之主；最胜最尊。进心安详，天龙侍卫，梵王在左，帝释引前，天仙□□虚空，四众云奔衢路。事须广殿造塔，多违堂房。吾今门第众多，住心无令退小。汝亦久师外道，不识轨仪。将我舍利弗相随，一一问他法或。

于是须达便和舍利弗同归。他们到了舍卫城，四处找不到一个适当的地方来建造伽蓝。有一天，他们到了城南，去城不近不远，忽见一园，景象异常，堪作伽蓝。但这园乃是东宫太子所有。须达便到了东宫，要求太子卖这园给他。他对太子说了一个谎，道：昨天经过太子园所，见妖灾并起，怪鸟群鸣，池亭枯涸，花果凋疏。太子问他如何厌禳。须达说：“物若作怪，必须转卖与人。”于是太子书榜四门，道园出卖。买者必须平地遍布黄金，树枝银钱皆满。但揭榜来买这园的人却便是须达。于是太子大怒，要须达和他同见国王。须达为法违情，不惧亡躯丧命。但首陀天王空里闻语，化身作一老人，来谏阻太子。说：要须达将黄金布满平地，银钱遍满树枝方可卖给他，谅他也没有这能力。省得太子失信。太子许之。于是须达便开库藏搬出紫磨黄金，选牡象百头，驮舁至园铺地。太子为他所感，问他买地何用。须达乃宣扬佛道，说明要建立伽蓝之意。太子亦便生信仰心，树上银钱，由他施舍出来。

须达和太子由园归来，途遇“六师外道”。他见他们骑从不过十骑，颇以为怪。乃问其由。太子说：须达买园，要请如来来说法。六师闻言笑不已。出言谤佛。

> 六师闻请佛来住，心生忽怒。类怅撕高，双眉外竖，仞齿冲牙，非常惨醋，乍可决命一回，不能虚生两度。门徒尽被该将，遣我不存生路。到处即被欺凌，终日被他作祖。帝王尚自降地，况复凡流下庶。吾今怨屈何申，须向王边披诉！鹿行大步，奔走龙庭，击其怨鼓。王遣所司问其根绪。六师哽噎声嘶；良久沉吟不语。启言大王：臣闻开辟天地，即有君臣，日月贞明，赖圣主之感化。即今八方叹恳，四海来宾。唯有逆子贼臣，欲谋王之国政，怀邪杞让，不谨风谣，叨居相国之荣，虚食万钟之禄。臣闻佞臣破六国，佞妇辟六亲。须达祇陀，于今即是。岂有禾闻天斑，外国钩引胡神，幻惑平人，自称是佛，不孝父母，恒乖色养之恩，不敬君王，违背人臣之礼，不勤产业，逢人即与剃头，妄说地狱天堂，根寻无人的见。若来至此，只恐损国丧家。臣今露胆披肝，伏望圣恩照察。

国王遂命人去擒了太子和须达来。王问其故。须达乃对王力赞佛道，宣传教义。王问:“卿之所师,敌得和尚(即六师)已否?”须达道:“千钧之弩,不为鼷鼠发机,百尺炎炉,不为毫毛爇炳。不假我大圣天师,最小弟子,亦能抵敌。”乃决定以舍利弗和六师斗法。须达道:“六师若胜,臣当万斩,家口没官。”

描写舍利弗和六师斗法的一大段文字,乃是全篇最活跃的地方。写斗法的小说,像《西游记》之写孙悟空、二郎神的斗法,以及《封神传》和三宝太监《西洋记》的许多次的斗法,似都没有这一段文字写得有趣,写得活泼而高超。

波斯匿王见舍利弗,即敕群�,各须在意。佛家东边,六师西畔,朕在北面,官应南边。胜负二途,各须明记。和尚得胜,击金鼓而下金筹。公家若强,扣金钟而点尚字。各处本位,即任施张。舍利弗徐步安详,升师子之座,劳度叉身居宝帐,择拥四边。舍利弗即升宝座,如师子之王,出雅妙之声,告四众言曰:然我佛法之内,不立人我之心。显政摧邪,假为施设。劳度叉有何变现,既任施张。六师闻语,忽然化出宝山,高数由旬,钦岑碧玉,崔嵬白银,顶侵天汉,藂竹芳薪。东西日月,南北参晨。亦有松树参天,藤萝万段,顶上隐士安居,更有诸仙游观,驾鹤乘龙,佛歌聊乱。四众谁不惊嗟,见者咸皆称叹。舍利弗虽见此山,心里都无畏难。须臾之顷,忽然化出金刚。其金刚乃作何形状?其金刚乃头圆像天,天圆祇堪为盖;足方六里,大地才足为钻。眉欝翠如青山之两崇,口咤暇犹江海之广阔。手执宝杵,杵上火焰冲天,一拟邪山,登时粉粹,山花萎悴飘零,竹木莫如所在。百嫏齐叹希奇,四众一时唱快!故云:金刚智杵破邪山处。若为:

六师忿怒情难止，化出宝山难可比。崭岩可有数由旬，紫葛金藤而覆地。

山花辭萃锦文成，金石崔嵬碧云起。上有王乔、丁令威，香水浮流宝山里。

飞佛往往散名华，大王遥见生欢喜。舍利弗见山来入会，安详不动居三昧。

应时化出大金刚，眉高额阔身躯礓。手持金杵火冲天，一拟邪山便粉碎。

于时帝王惊愕，四众忻忻。此度不如他，未知更何神变。其时须达长者，遂击鸿钟，手执金牌，奏王索其尚字。六师见宝山摧倒，愤气冲天。更发瞋心，重奏王曰：然我神通变现，无有尽期。一般虽则不如，再现保知取胜。劳度叉忽于众里，化出一头水牛，其牛乃莹角惊天，小蹄似龙泉之剑，垂斛曳地，双眸犹日月之明。喊吼一声，雷惊电吼。四众嗟叹，咸言外道得强。舍利弗虽见此牛，神情宛然不动。忽然化出师子，勇锐难当。其师子乃口似谿豁，身类雪山，眼似流星，牙如霜剑，奋迅哮吼，直入场中。水牛见之，亡魂跪地。师子乃先慑项骨，后拗脊踉。未容咀嚼，形骸粉碎。帝主惊叹，官庶惟然。六师乃悚惧恐惶。太子乃不胜庆快处。若为：

六师忿怒在王前，化出水牛甚可怜。直入场中惊四众，磨角握地喊连天。

外道齐声皆唱好，我法乃违国人传。舍利座上不惊忙，都缘智惠甚难量。

愁里衣服女心意，化出威棱师子王。哮吼两眼如星电，纤牙迅抓利如霜。

意气英雄而振尾，向前直拟水牛伤。两度佛家皆得胜，外道意极计无方。

下写六师化出七宝池，却为舍利弗所化出的大象，将池水吸干的一段，已引见上文。此下却写六师化出毒龙事。

六师频频输失，心里加懊恼。今朝怪不如他，昨夜梦相颠倒。面色粗赤粗黄，唇口异常干燥。腹热状似汤煎，肠痛犹如刀搅。瞿昙虽是恶狼，不禁群狗众咬。舍利弗小智拙谋，曾斑前头出巧，者回忽若得强，打破承前并滔。不忿欺屈，忽然化出毒龙。口吐烟云，昏天翳日，揭眉眴目，震地雷鸣，闪电乍暗乍明，祥云或舒或卷。惊惶四众，恐动平人。举国见之，怪其灵异。舍利弗安详宝座，珠无怖惧之心。化出金翅鸟王，奇毛异骨，鼓腾双翊，掩敝日月之明，抓距纤长，不异丰城之剑。从空直下，若天上之流星。遥见毒龙，数回博接。虽然不饱我一顿，且□噎饥。其鸟乃先啅眼睛，后嚵四竖，两回动嘴，兼骨不残。六师战惧惊嗟；心神恍忽。

舍利既见毒龙到，便现奇毛金翅鸟，头尾惧铿不将难，下口其时先啅脑。

筋骨粉碎作微尘，六师莫知何所道。三宝威神难恻量，魔王战悚生烦恼。

王曰：和尚猥地夸谈，千般伎术，人前对验，一事无能。更有何神，速须变现。六师强打精神，奏其王曰：我法之内，灵变卒无尽期。忽于众中，化出二鬼，形容丑恶，躯貌扬荟，面北填而更青，目类朱而复赤，口中出火，鼻里生烟，行如奔电，骤似飞旋，扬眉瞬目，恐动四边。见者寒毛卓竖。舍利弗独自安然。舍利弗踟蹰思忖，毗沙门踊现王前。威神赫奕，甲杖光鲜，地神捧足，宝剑腰悬，二鬼一见，乞命连绵处。若为：

六师自道无般比，化出两个黄头鬼。头脑异种丑尸骇，惊恐四边今怖畏。

舍利弗举念暂思惟，毗沙天王而自至。天主回顾震睛看，二鬼迷闷而擗地。

外道是日破魔军，六师瞻慑尽亡魂。赖活慈悲舍利弗，通容忍耐尽威神。

驴骡负重登长路，方知可活比龙鳞。只为心迷邪小径，化遣归依大法门。

六师虽五度输失，尚不归降。更试一回看，看后功将补前过。忽然差驰更失，甘心启首归他。思惟既了，忽于众中，化出大树，婆娑枝叶，敝日干云，耸干芳条，高盈万仞。祥禽瑞鸟，遍枝叶而和鸣，蕐叶芳花，周数里而升暗。于时见者，莫不惊差。舍利弗忽于众里，化出风神，叉手向前，启言和尚。三千大千世界，须臾吹却不难。况此小树纤毫，敢能当我风道。出言已讫，解袋即吹。于时地卷如绵，石如尘碎，枝条迸散他方，茎干莫知何在。外道无地容身，四众一时喝快处。若为：

六师频输五度，更向王前化出树。高下可有数由旬，枝条蓊蔚而滋茂。

舍利弗道力不思议，神通变现甚希奇。群佛故来降外道，次第惣遣火风吹。

神王叫声如电吼，长蛇擿树不残枝。瞬息中间消散尽，外道飘飖无所依。

六师被吹脚距地，香炉宝子逐风飞。宝座顷危而欲倒，外道怕急扶之。

两两平章六师弱，芥子可得类须弥！

时王启言和尚，朕比日已来，虚加敬金，广施玉帛，枉费国储，故知真金滥鍮，目验分扴，龙蛇浑杂，方办其能。和尚力尽势穷，事事皆弱，惣须伍心屈节，摧伏归他。更莫虚长我人，论天说地。六师闻语，唯诺依从，面带羞惭，容身无地。舍利弗见邪徒折伏，悦畅心神，非是我身健力能，皆是如来加被！遂腾身直上，勇在虚空，高七多罗树，头上出火，足下出水，或现大身，恻塞虚空，或现小身，犹如芥子。神通变化，现十八般。合国人民，咸皆瞻仰处，若为：

舍利弗倏忽现神通，通身直上在虚空。或现大身遍法界，小身藏形芥子中。

劳度叉愕然合掌五，我法活岂与他同。共汝舍邪归政路，相将惭谢尽卑恭。

斗圣已来极下劣，回心岂敢不依从。各拟悔谢归三宝，更亦无心事火龙。

累历岁月枉气力，终日从空复至空。各自抽身奉仕佛，免被当来铁碓舂。

《降魔变文》到了这里便告结束了。是“劝善”的教训歌，却写的是如此的不平常，令人读之，不忍释手，惟恐其尽。作者描写的伎俩，确是极为高超的。

惟抄手未必是在作者的同时，故抄的时候，讹误处甚多。大约是一位西陲的粗识文字者吧——“变文”及敦煌文卷的许多抄手大都是这一流人物——他自己很谦虚的在卷末写着道：

或见不是处，有人读者，即与政着。

但在今日，有的地方，改正起来便觉得很困难了。

巴黎国家图书馆藏有《降魔变押座文》（P.2187）一卷，又《破魔变押座文》（同上号）一卷，不知与这部《降魔变文》有什么不同处。或是另一个钞本吧？而“破魔变”，不知和“降魔变”又有什么不同。惜今日未读到原文，尚不能为定论。

《大目乾连冥间救母变文》（巴黎国家图书馆藏，P.1319）一作《大目犍连变文》（伦敦不列颠博物院藏），叙述佛弟子目连救母出地狱事。这故事曾成了无数的图画及戏曲的题材。唐人画“目连变”者不止一家。明郑之珍有《目连救母行孝戏文》三卷（一百出），为元、明最弘伟的传奇之一。清人又廓大之，成为十本的《劝善金科》。其他，尚有“宝卷”唱本等等。至今，目连救母，乃为民间妇孺周知的故事。各省乡间尚有在中元节连演“目连戏”至十余日的，成为实际上的宗教戏。最有名的“尼姑思凡”与“和尚下山”的“插曲”，即出于《行孝戏文》（《缀白裘》题作《孽海记》，实无此名目）。唐人的《大目犍连变文》在其间，虽显得幼稚、粗野，而其气魄的伟弘，却无多大的逊色。在戏曲、宝卷里，这一部“变文”乃是今所知的最早的著作。目连的故事，见于佛经者，有《经律异相》，《撰集百缘经》及《杂譬喻经》中者不止一端。关于目连的经典有：

佛说目连所问佛一卷　（宋）法天译（《大藏经》本）

佛说目连五百问经略解二卷　（明）性祇述（《续藏经》本）

佛说目连五百问戒律中轻重事经释二卷　（明）永海述（《续藏

经》本）

其他，《大庄严论经》里，有《目连教二弟子缘》（卷七），《阿毗达磨识身足论》亦有《目乾连蕴》（卷一）。他在佛经里是一位常见的人物。目连救母故事的缘起，在于《经律异相》。

今所见的《目连变文》不止一本，除伦敦、巴黎所藏的二本外，巴黎国家图书馆又有《大目连缘起》一卷（P.2193），惜未得见。北平图书馆所藏，又有三卷：

(一)《大目犍连变文》（霜字八十九号），

(二)《大目犍连变文》（丽字八十五号），

(三)《大目连变文》（成字九十六号）。

第三种似是另一作者所写，其故事与描写，较上列各本俱不甚同。第一及第二种则全同伦敦及巴黎本。在其间，伦敦本最为首尾完全。余游伦敦时，曾手录一卷归。但北平本则分为二卷，不知何故。

伦敦本首有序，说明七月十五日“天堂启户，地狱门开”，盂兰会的缘起。末有：

> 贞明七年辛巳岁（按：即公元九二一年）四月十六日净土寺学郎薛安俊写。

又有

> 张保达文书。

数字。当是薛安俊为张保达写的一卷。作者不详。或者便是张祜所谓：“上穷碧落下黄泉”的《目连变》吧。那末，其著作的年代，至迟当在公元八百二十年左右了。离此写本的抄录时代，已有一百年了。

这变文叙写的是，佛弟子目连，出家为僧，以善果得证明罗汉果。借了佛力，他到了天堂，见到父亲。但当他寻觅他的母亲时，却不在天堂里。她到底在什么所在呢？他便很凄惶的去问佛。佛说：“她在地狱里呢。”目连便借了佛力，遍历地狱，访求其母。

目连到了几个地方，都回说没有他的母亲青提夫人在。

目连言讫，更向前行。须臾之间，至一地狱。目连启言狱主：“此个地狱中，有青提夫人已否？是频道阿娘，故来认觅。”狱主报言：“和尚，此狱中总是男子，并无女人。向前问有刀山地狱之中，问必应得见。”目连前行，至地狱，左名刀山，右名剑树。地狱之中，锋剑相向，涓涓血流，见狱主驱无量罪人，入此地狱。目连问曰：“此个名何地狱？”罗察答言：“此是刀山剑树地狱。”目连问曰：“狱中罪人，作何罪业，当堕此地狱。”狱主报言：“狱中罪人，生存在日，侵损常住游泥伽蓝，好用常住水果，盗常往柴薪，今日交伊手攀剑树，支支节节，皆零落处。”

刀山白骨乱纵横，剑树人头千万颗。欲得不攀刀山者，无过寺家填好土。栰接果木入伽蓝，布施种子倍常住。阿你个罪人不可说，累劫受罪度恒沙。从佛涅槃仍未出。此狱东西数百里，罪人乱走肩相楔；业风吹火向前烧，狱卒把杈从后押。身手应是如瓦碎，手足当时如粉沫。沸铁腾光向口浇，著者左穿如右穴。铜箭傍飞射眼睛，剑轮直下空中割。为言千载不为人，铁把楼聚还交活。

目连闻语啼哭咨嗟，向前问言：“狱主，此个地狱中，有一青提夫人已否?”狱主启言:“和尚是,何亲眷?”目连启言:“是频道慈母。”狱主报言:“和尚,此个狱中无青提夫人。向前地狱之中,总是女人,应得相见。”目连闻以,更往前行。至一地狱,高下有一由旬,黑烟蓬勃,臰气熏天。见一马头罗刹,手把铁杈意而立。目连问曰:“此个名何地狱?”罗刹答言:“此是铜柱铁床地狱。”目连问曰:“狱中罪人,生存在日,有何罪业,当堕此狱。”狱主答言:“在生之日,女将男子,男将女人,行淫欲于父母之床,弟子于师长之床,奴婢于曹主之床,当堕此狱之中。东西不可笇,男子女人相和一半。”

女卧铁床钉钉身,男抱铜柱凶怀烂,铁钻长交利锋剑,馋牙快似如锥钻。肠空即以铁丸充,唱渴还将铁汁灌。蒺蔾入腹如刀臂,空中剑戟跳星乱,刀剜骨肉仟仟破,剑割肝肠寸寸断,不可言地狱天堂相对匹,天堂晓夜乐轰轰。地狱无人相求出。父母见存为造福,七分之中而获一;纵令东海变桑田,受罪之人仍未出。

目连言讫,更往前行。须臾之间,至一地狱。启言狱主:“此个狱中,有一青提夫人已否?”狱主报言:“青提夫人是和尚阿娘?”目连启言:“是慈母。”狱主报和尚曰:“三年已前,有一青提夫人,亦到此间狱中,被阿鼻地狱牒上索将。今见在阿鼻地狱中。”目连闷绝,僻良久气通,渐渐前行,即逢守道罗刹问处。

但守道罗刹告诉他说,阿鼻地狱是极可怕的所在。“灌铁为城铜作壁,叶风雷振一时吹,到者身骸似狼寂”,和尚是绝对的走不进的。还不如早些回来,去见如来,不必在这里捶胸懊恼了。目连只好回到婆罗林,绕佛三匝,却坐,向如来诉苦。如来道:“且莫悲哀泣。火急将吾锡杖与,能除八难及三灾。促知勤念吾名字，地狱应为如□开。”

目连丞佛威力，腾身向下，急如风箭，须臾之间，即至阿鼻地狱，空中见五十个牛头马脑，罗刹夜叉，牙如剑树，口似血盆，声如雷鸣，眼如掣电，向天曹当直。逢著目连，遥报言：“和尚莫来！此间不是好道！此是地狱之路。西边黑烟之中，总是狱中毒气，吸着和尚，化为灰尘处。”

和尚不闻道阿鼻地狱，铁石过之皆得殃。

地狱为言何处在？西边怒那黑烟中。目连念佛若恒沙，地狱原来是我家。

拭泪空中摇锡杖，鬼神当即倒如麻。白汗交流如雨湿，昏迷不觉自嘘嗟。

手中放却三楞棒，臂上遥槌六舌叉。如来遣我看慈母，阿鼻地狱救波吒。

目连不住腾身过，狱主相看不敢遮。

目连行前至一地狱，相去一百余步，被火气吃著，而欲仰倒。其阿鼻地狱，且铁城高峻，莽荡连云，剑戟森林，刀枪重叠，剑树千寻，以劳拨针刺相楷，刀山万仞横连，谗乱岩倒，猛犬掣淆，似震吼咷踉，满天剑轮，嵗嵗似星明。灰尘模地，铁蛇吐火，四面张鳞；铜狗吸烟，三边振吠。蒺藜空中乱下，穿其男子之腰；锥钻天上旁飞，剜刺女人背。铁杷踔眼，赤血西流，铜叉锉腰，白膏东引。于是刀山入炉灰，髑髅碎，骨肉烂，筋皮折，丰胆断，碎肉迸溅于四门之外，凝血滂沛于狱垆之畔，声号叫天，岌岌汗汗。雷地，隐隐岸岸。向上云烟，散散漫漫，向下铁锵，缭缭乱乱；箭毛鬼喽，喽喽窜窜；铜嘴鸟，咤咤叫叫；唤狱卒数万余人，总是牛头马面；饶君铁石为心，急得亡魂胆战处：

目连执锡向前听，为念阿鼻意转盈。一切狱中皆有息，此个阿鼻不见停。

恒沙之众同时入，共变其身作一刑。忽若无人独自入，其身急满铁围城。

案案难难桭铁，吸岌云空□□□。轰轰锵锵栝地雄，长蛇皎皎三曾黑。

大鸟崖柴两翅青，万道红炉扇广炭。千重赤炎迸流星，东西铁钻谗凶舫。

左右肖铰石眼精，金锵乱下如风雨。铁针空中似灌倾，哀哉苦哉难可忍！

更交腹背下长钉，目连见以唱其哉。专心念佛几千回，风吹毒气遥呼吸。

看著身为一聚灰，一桭黑城关鑠落。再桭明门两扇开，目连那边伋未唤。

狱卒擎叉便出来，和尚欲觅阿谁消息？其城广阙万由旬，卒仓没人关闭得。

目连依仗佛力，开了阿鼻地狱的门。狱主问他来此何事，目连说，来找阿娘青提夫人。狱主闻言，却入狱中高楼之上“超白幡，打铁鼓”。他问第一隔中有青提夫人否？第一隔中无。直问到第六隔中，均无青提夫人在内。但第七隔中，实有青提夫人。问到时，她却不敢答应。这里写青提夫人的心理，却写得很好：

狱卒行至第七隔中，迢碧幡，打铁鼓。第七隔中有青提夫人已否？其时青提第七隔中，身上下二十九道长钉，鼎在铁床之上，不敢应。狱主更问："第七隔中有青提夫人已否？""若看觅青提夫人者，罪身即是。""早个缘甚不应？""恐畏狱主更将别处受苦，所以不敢应。"狱主报言：门外有一三宝剃除髭发，身披法服，称言是儿。故来访看，青提夫人闻语，良久思惟，报言狱主："我无儿子出家，不是莫错？"狱主闻语，却回行至高楼，报言和尚："缘有何事，诈认狱中罪人是阿娘？缘没事谩语。"目连闻语悲泣，两泪启言："狱主，贫道解应传语错。频道小时自罗卜父母亡没已后，投佛出家，剃除髭发，号曰大目乾连。狱主莫嗔，更问一回去。"狱主闻语，却回至第七隔中，报言："罪人门外三宝，小时自罗卜。父母终没已后，投佛出家。剃除髭发，号曰大目乾连。"青提夫人闻语，门外三宝，若小时字罗卜，是也罪身一寸肠娇子。狱主闻语，扶起青提夫人，毋瘦却二十九道长钉铁镍，腰生杖围绕，驱出门外，母子相见处。

作者写目连母子相见的情形是那样的凄惨！

生杖鱼鳞似雪集，千年之罪未可知。七孔之中流血汁，猛火从娘口中出。蒺蓠步从空入，由如五百乘破车声。腰肾岂能于管舍，狱卒擎叉左右遮。牛头把镍东西立，一步一倒向前来。目连抱母号咷泣，哭曰由如不孝顺，殃及慈母落三涂。积善之家有余庆，皇天只没煞无辜！阿娘昔日胜潘安，如今憔悴频摧溅。曾闻地狱多辛苦，今日方知行路难。一从遭祸取娘死，每日坟陵常祭祀。娘娘得食吃已否，一过容颜总憔悴。阿娘既得目连言，呜呼怕袅泪交连！昨与吾儿生死隔，谁知今日重团圆。阿娘生时不修福，十恶之愆皆具足，当时不用我儿言，受此阿鼻大地狱。阿娘昔日极芬荣，出入罗帏锦帐行。那堪受此泥梨苦，变作千年饿鬼行。口里千回拔出舌，凶前百过铁犁耕。骨节觔皮随处断，不劳刀钏自凋零。一向须臾千过死，于时唱道却回生。入此狱中同受苦，一论贵贱与公卿。汝向家中勤祭祀，只得乡间孝顺明。纵向坟中浇历酒，不如抄写一行经。目连哽噎啼如雨，便即回头咨狱主。频道须是出家儿，力小那能救慈母！五服之中相容隐，此即古来贤圣语。惟愿狱主放却娘，我身替娘长受苦。狱主为人情性刚，嗔心默默色苍茫。弟子虽然为狱主，断决皆由平等王。阿娘有罪阿娘受，阿师受罪阿师当。金牌士谏无揩洗，卒然无人辄改张。受罪只金时以至，须将刑殿上刀枪。和尚欲得阿娘出，不如归家烧宝幡。目连慈母语声哀，狱卒擎叉两畔催。欲至狱前而欲到，便即长悲好住来。青提夫人一个手，托著狱门回顾盼。言好住来罪身，一寸长肠娇子。娘娘昔日行悭始，不具来生业报恩。言作天堂没地狱，广煞猪羊祭鬼神。促悦其身眼下乐，宁知冥路拷亡魂。如今既受泥犁苦，方知及悟悔自家身。悔时海然知何道，覆水难收大俗云。何时出离波咤苦，岂敢承圣重作人。阿师如来佛弟子，足解知之父母恩。忽若一朝登圣觉，莫望娘娘地狱受艰辛。目连既见娘娘别，恨不将身而自灭。举身自扑太山崩，七孔之中皆洒血。启言娘娘且莫入，回头更听儿一言。母子之情天生也，乳哺之恩是自然。儿与娘娘今日别，定知相见在何年？那堪闻此波咤苦，其心楚痛镇悬悬。地狱不容相替代，唯知号叫大称愸。隔是不能相救济，儿急随娘娘身死狱门前。

目连却以身代母受罪而不可得，眼睁睁的望着阿娘回到地狱里去；他切骨伤心，举身投地，七孔之中，皆流迸鲜血，晕绝死去，良久方苏。乃两手按地起来，整顿衣裳，又腾空往世尊处而来。他告诉如来见的经过。如来闻言惨然，双眉紧敛，说道："汝母生前多造罪孽，非我自去救她不可。"于是如来领八部龙天，到了地狱。放光动地，救地狱苦。地狱全为破坏。"饿丸化作摩尼宝，刀山化作琉璃地，铜汁变作功德水。"一切罪人，皆得生于天上。唯有目连阿娘却因罪根深结，仍难免"地狱之酸，堕入饿鬼之道"。累日经年，受饥饿之苦。"远见清源冷水，近着投作脓河；纵得美食香餐，便即化为猛火。"目连也无法救她。便辞了她，到王舍城中次第乞饭。他得了饭食，回到母亲那里，"手捉金匙而自哺"。但青提夫人到了这时，悭贪之念，犹未除去。见儿将得饭钵来，复生吝惜，生怕别人抢了她的饭去。但"食来入口，变为猛火"。目连痛哭不已。青提夫人要喝水，目连到恒河取水。但夫人近口，便又成了脓河猛火。目连捶胸痛哭，又到如来那里去求救。如来道：

"目连，汝阿娘如今未得吃饭，无过周匝一年，七月十五日，广造盂兰盆，始得饭吃。"目连见阿娘饥，白世尊，"每月十三十四日可不否？要须待一年之中，七月十五日始得饭吃"？世尊报言，"菲促汝阿娘，当须此日，广造盂兰盆，诸山坐禅戒下日，罗汉得道日，提婆达多罪灭日，阎罗王欢喜日，一切饿鬼总得普同饱满"。目连承佛明教，便向王舍城边塔庙之前，转读大乘经典，广罪盂兰盆善根。阿娘犹此盆中，始得一顿饱饭吃。

但目连母亲，吃了饭以后，便又不见了。目连到处的寻找她，母子总不得相见。目连不得已，又到如来那里去问。如来道：“她现在王舍城中变作黑狗。”

目连诸处寻觅阿娘不见，悲泣两泪，来向佛前，绕佛三匝却住，一面合掌蹦跪，白言世尊：“阿娘吃饭成火，吃水成火。蒙世尊慈悲，救得阿娘火难之苦。从七月十五日得一顿饭吃已来，母子更不相见。为当堕地狱？为复向饿鬼之途?”世尊报言：“汝母急不堕地狱饿鬼之途。汝转经功德，造盂兰盆善根，汝母转饿鬼之身，向王舍城中作黑狗身去。汝欲得见阿娘者，心行平等，次第乞食，莫问贫富。行至大富长者家门前，有一黑狗出来捉汝袈裟，衔着作人语，即是汝阿娘也。”目连蒙佛敕，遂即托钵持盂，寻觅阿娘，不问贫富坊巷，行衣迎合，总不见阿娘。行至一长者家门前，见一黑狗，身从宅里出来，便捉目连袈裟，衔着即作人语。语言：“阿娘孝顺入忽是，能向地狱冥路之中，救阿娘来。即日何不救狗身之苦?”目连启言：“慈母由儿不孝顺，殃及慈母，堕落三涂，宁作狗身于此，你作饿鬼之途。”阿娘唤言：“孝顺儿，受此狗身，音哑报，行住坐卧，得存，饥即于坑中食人不净。渴饮长流，以济虚朝。闻长者念三宝，莫闻娘子诵尊经。宁作狗身受大地不净，口中不闻地狱之名。”目连引得阿娘，住于王舍城中佛塔之前，七日七夜，转诵大乘经典，忏悔念戒，阿娘乘此功德，转却狗身，退却狗皮，挂于树上，还得女人身，全具人扶圆满。目连启言阿娘：“人身难得，中国难生。佛法难闻，善心难发。”唤言：“阿娘，今得人身，便即修福。”目连将母于娑罗双树下，绕佛三匝，却住。一面白言世尊，与弟子阿娘看业道已来，从头观占，更有何罪。世尊不违目连之语，从三业道观看，更率私之罪。目连见母罪减，心甚欢喜。启言："阿娘归去来！阎浮提世界，不堪停生付死。本来无住处。西方佛国，最为精敢，得龙奉引。"其前炁得天女来迎接。一往仰前刀利天受快乐。最初说偈度俱轮。当时此经时有八万册册八万僧八万优婆塞八万□作礼团绕，欢喜信受，奉行。

这"变文"便终止于佛法的颂扬与歌赞声中。

北平本《大目犍连变文》在如来自去阿鼻地狱救青提夫人事以前，作第一卷。"卷第二"开始于：

如来领龙神八部，前后围绕，放光动地，救地狱之苦。

其中文字，诸本各有不同；但差异处也不甚多。惟北平本第三种（成字九十六号）一卷，独大异。兹附录这一残卷的全文于下，以资比勘。

上来所说序分竟，自下第二正宗者。

昔佛在日，摩竭国中有大长者，名拘离陀。其家巨富，财宝无论，于三宝有信重之心，向十善起精崇之志。宫中夫人，号曰靖提，端正虽世上无双，悭贪又欺诳佛法。生育一子，号曰目连，尘劫而深种善因，承事于恒沙诸佛。未见我佛在俗之时，家竭所有七珍，设枽布施于一切。忽于一日，思往他方。家财分作于三亭，二分留与于慈母，内之一分，用充慈父之衣粮，更分资财，縈枽布施于四远。嘱咐已毕，拜别而行。母生悭吝之心，不肯设枽布施，到后目连父母寿尽，各取命终。父承善力而生天，母招悭报堕地狱。或值刀山剑树，穿穴五藏而分离；或招炉炭灰河，烧炙碎尘于四体。或在饿鬼受苦，瘦损躯骸，百节火然，形容憔醉。喉咽别细如针鼻，饮咽滴水而不容。腹藏则宽于太山，盛集三江而难满。当尔之时，有何言语？

目连父母并凶亡，轮回六道各分张。母招恶报堕地狱，父承善力上天堂。

思衣罗绣千重现，思食珍羞百味香；足蹑庭台七宝地，身倚帏幌白银床。

置问母受多般苦，穿刾烧苿不可量。铁硙硙来身粉碎，铁叉叉得血汪汪。

饥餐孟火伤喉腊，渴饮熔铜损肝胀。钱财岂肯随已益，不救三涂地狱殃。

目连葬送父母，安置丘坟，持服三周，追斋十忌。然后舍却荣贵，投佛出家，精勤持诵修行，遂证阿罗汉果，三明自在，六用神进，能游三千大千石壁，不能障得寻。即晏座禅定，观访二亲：父在忍利天宫，受诸快乐；却观慈母，不见去处踪由。道眼他心。草知次第。

目连父母亡没，殡送三周礼毕，遂即投佛出家，得蒙如来赈恤。

头上须发自落，身裹袈裟化出，精修证大阿罗，六用神通第一。

目连出俗证阿罗，六通自在没人过。身往虚空嗥日月，傍游世界遍娑婆。

履水如地无摇动，入地如水现腾波。忽下山宫澄禅观，威凌相貌其巍峨。

目连虽割亲爱，舍俗出家，偏向二亲，甚能孝道，寻思往乳哺，未有报答劬劳。先知父在天宫，先知父在天堂，未审母生何界。遂即腾身天上，到于父前，借问娘娘，趣向甚处？

是时目连运神通，须臾郑腾郑到天宫。足下外栏琉璃地，金锡令敲门首钟。

父闻从内走出户，下基只接礼虔恭。台头合掌问和尚：本从何来到此中？

目连道，“贫道生自下界，长自阎浮。母是靖提夫人，父名构离长者。贫道少生，名字号曰罗卜。父母并遭衰丧，我自投佛出家。果证罗汉，功就神通，道眼他心，随无障得。见父生于天上，封受自然，未知母在何方，受诸快乐。故来腾身到此。而问因由。愿父莫惜情怀，说母所生之处”。

长者闻言情怆悲，始知和尚是亲儿。互诉寒温相借问，不觉号咷泪双垂。

报言我子能出俗，斯知心愿不思议。为僧能消万劫苦，在俗恶业堕阿鼻。

汝母生存多悭诳，受之业报亦如斯。常在冥间受苦痛，大难得逢出离期。

尔时其父长者，闻说情怀，踟蹰尊前，回答所以。“我昔在于世上，信佛敬僧，受持五戒八斋，得生天上。汝母在生悭诳，欺妄三尊，不能舍施济贫，现堕阿鼻地狱。夫妻虽然恩爱，各修行业不同。天地路殊，久隔互不相见。虽则日夜思忆，无力救他。愿尊起大慈悲，速往冥间寻问。”目连闻此，哽噎悲哀，自朴浑堆，口称祸苦。当即辞于天界，连往下方，趣入冥间，访觅慈母。

目连闻此哭哀哀，浑捶自朴不可裁。父子相接皆号叫，应见诸天泪湿腮。

父虽备设天厨供，圣者不餐唱苦哉。当即返身辞上界，速就冥间救母来。

圣者来于幽径，行至柰河边，见八九个男子女人，逍遥取性无事。其人遥见尊者，礼拜于谒再三。和尚就近其前，便即问其所以。

善男善女是何人？共行幽径没灾逯。闲闲夏泰礼贫道，欲说当本修佂因。

诸人见和尚问着，共白情怀，启言和尚。

同姓同名有千嫪，煞鬼交错枉追来，勘点已经三五日，无事得放却归回。

早被妻儿送坟冢，独卧荒郊孤土捶。四边为是无亲眷，狼鸦□□□□□。（下阙）

这一卷较巴黎、伦敦及其他诸本，文字均整饬得多，似是经过文人学士修改的一个本子。可惜残阙太多，不能够得其全般的面目。

七

《丑女缘起》（巴黎国家图书馆藏，P.3248）为佛的故事之一。写的是释迦佛在世之日，度脱丑女一事。

有一善女，生世之时，也曾供养罗汉。虽有布施之缘，“心里便生轻贱”。她身死之后，投生于波斯匿王宫里，才生三日，便丑陋异常。波斯匿王见之，大为惊骇道：

只首思量也大奇，朕今王种起如斯！丑陋世间人惣有，未见今朝恶相仪。旹崇局蹜如龟鳖，浑身又似野猪皮，饶你丹青心里巧，彩色千般画不成。宫人见则皆惊怕，兽头浑是可憎儿！国内计应无比并，长大将身娉阿谁？

大王自觉羞耻，吩咐宫人不得传言于外。便遣送深宫留养，不令相见。这丑女是，“丑陋世间希”！

黑靴皮，双脚跟头皴又皵。趺如驴尾一梭了，看人左右和身转。举步何曾会礼仪，十指纤纤如露柱，一双眼子似木槌。……公主全无窈窕，差事非常不小。上唇半斤有余，鼻孔筒浑小。生来未有喜欢，见说三年一唉。觅他行步风流，却是赵土襪槲。

波斯匿王深为忧虑，恐她长大了，没人肯娶她。她在深宫里，一步也不令外出。日来月往，她年龄渐渐的长大了。夫人也日夜忧愁，恐大王不肯“发遣”她。有一天，夫人乘间奏大王道：“金光丑女年成长，争忍令受不事人！”大王闻奏，良久沉吟不语，夫人又曰：“所生三女，虽然娟丑不同，总是大王亲骨肉。十指虽然长与短，个个从头诚咬看。”大王答道：“并非不令她嫁人，只是容貌丑差，说来尚尤心里怕，如何嘱嫁向他门。”夫人道：“大王若无意发遣，妾也不敢再言。如有心令遣事人，妾今有一计在此。”她便献了一计，说，可私令宰相，寻一薄落儿郎，给以官职，令其成为夫妇。大王允之。急诏一臣，交作良媒。只要事成，“陪些房卧不争论”。大臣受敕，便即私行坊市，巡历诸州。后遇一贫生，肯来娶她。便与他同见大王。大王即令丑女出见。虽然珠翠满头，衣衫锦绣，却看来仍极怕人。那少年一见，为之唬倒在地。宫人扶起，连忙以水洒面，众人劝慰了他许久时候。这少年只好娶了她在家。却无法推得这精怪出门。但因妻貌不扬，不能出外与大臣贵戚往返，心里闷闷不乐。其妻再三盘问，少年乃以实告。

> 娘子被王郎道着丑儿，不兑雨泪羞耻，怨恨此身，种何曰菓，今生减得如斯！公主才闻泪数行，声中哽咽转悲伤。怨恨前生何罪孽，今生丑陋异子寻常！再三自家嗟叹了，无计遂罪妆台。心中。亿佛乁苗加护，懊恼今生儿不强。紧盘云䯻罪红妆，岂料我无端正相！置令暗里苦高量，烟脂合子捻抛却，钗朵珑璁调一傍。两泪焚香思法会，遥告灵山大法王。于是娥媚不扫，云鬓罢梳遥，灵山便告世尊。珠泪连连怨复差，一种为人面儿差。玉叶木生端正相，金腾结朵野田花。见说牟尼长丈六，八十随形号释迦。唯愿世尊加被我，三十二相与紫紫。

她遥求如来，与以更容变貌的方便。世尊便已遥知金刚丑女焚香发愿。遂于丑女居处，从地踊出。丑女礼拜世尊，极诉其苦闷。

> 自叹前生恶叶因，置令丑陋不如人。毁谤圣贤多造罪，敢昭容儿似烟董。生身父母多嫌弃，姊妹朝朝一似嗔。夫主入来无喜色，亲罗未看见殷勤。时时懊恼流双泪，往往咨嗟怨此身。闻道灵出三界主，所以焚香告世尊。

如来果如所愿，立地将她的容貌改易了。

> 佤头礼拜心转志，容颜顿改旧时容，百丑变作千般媚。丑女

既得世尊加被，换却旧时丑质，敢得儿若春花。夫主入来不识。公主轻盈世不过，还同越女及娘娥。红花脸似轻轻坼，玉质如棉白雪和。比来丑陋前生种，今日端严遇释迦。夫主人来全不识，却觅前头丑阿婆。妻云道：识我否？夫云：不识。我是你妻。夫主云：虢人！娘子比来是兽头，交我人前满面羞。今日因何端正相？请君与我说来由。妻语夫曰：自居前时，忧我身丑陋，羞见他朝官。妾懊恼再三，遂乃焚香祷祝灵山尊。蒙佛慈悲，便番加佑，换却丑陋之形。躯变作端严之相好。公主目道：我今天生貌不强，深惭日夜寻王郎。遥相释家三界主，不舍慈悲降此方。便礼拜，更添香，不觉形容顿改张。我得今朝端正相，感附灵山大法王。王郎见妻端正，指手喜欢道：数声可曾《走入内里，奏上大王。王郎指手欢喜，走报大王宫里。丈人丈母不知，今日浑成差事。少娘子如今变也，不是旧时精魅。欲识公主此是容，一似佛前菩萨子。大王闻说喜盈怀，火急忙然觅女来。夫人队丈离宫内，大王御辇到长街。才见女，喜徘徊，灼灼桃花满面开。大王夫人欢喜晒，囚慈持地送资财。公主因佛端正，事须惭谢大圣。明朝速往祈园，礼拜志恭敬。

因了丑女的突变，大王们便去拜佛致谢，并求问因果：

于是枪旗耀日，皂毒县隐暖，百辽从驾，千官咸命，同赴祇园，谢主公号端正。下御辇，礼金人，更将珍宝献慈尊。我女前生何罪过，一墣丑陋卒难陈！颊为如来亲加被，还同枯木再生春。唯愿如来慈念力，为说前生修底因。佛告波斯匿王言：此女前生发言，曾轻慢圣贤。感得此生，形容丑陋。世尊又道：此女前生供养辟支佛，为道面丑，供养因缘，生于国家为女，发恶言之事，感得面貌不强。佛劝诸人布施，直须喜欢。前生为谤辟支迦，感得形容貌不羞。为缘不识阿罗汉，百般嗟效苦兮竹皅。将为恶言发便了，他家叶报更差。得见牟尼身忏悔，当时却似一团花。只为前生发恶言，今枎杲报不然虚。诽谤阿罗叹杲叶，致令人自不周旋，两脚出来如露主，壹双可膊似鹿椓。才礼世尊三五拜，当时白净软如绵。上来所说丑变……（下阙）

这一卷《丑女缘起》虽残阙一部分，但故事已毕，所阙的并不怎么重要。

还有一卷《有相夫人升天变文》（题拟）见《敦煌零拾》，（《佛曲三种》之一）为上虞罗氏所藏，残阙极多，但其隽美，却远在《丑女变》之上。《有相变文》（陈寅恪先生题作《有相夫人升天曲》）写的是，有相夫人为其夫所宠爱，生活如意，诸事满足。但有一天，忽知自己的生命已尽，没有几天在世可活，便忧愁不已。举宫惶惶，不知所措。她去见她父母，也无计可留。这里写她对于人世间生活的留恋，极为可喜。但后来，她父母命她求救于一女仙。那女仙却指示她以天上的快乐，解脱她对于现实生活的恋念。她回宫后，便若换了一个人，心里脱然无累，毫不以“死”为惧了。这一卷变文，虽是宣传佛道，却令我们得到了一卷最轻倩可爱的抒情诗似的绝妙好辞。我们所最注意的，并不是后半的佛道的宣传，却是前半的有相夫人对于“生”的留恋。读了这，大似读希腊悲剧 Antigone 和 Ajax 二篇，那二篇写 Antigone 和 Ajax 二人在临死之前，对于“生”的留恋，也是异常的撼动人心。

在“变文”里，像这样漂亮的成就是很少有的。为了《敦煌零拾》比较易得，这里便不再引本文了。

八

非佛教故事的变文，今所见的也不少。为什么在僧寮里会讲唱非佛教的故事呢？大约当时宣传佛教的东西，已为听众所厌倦。开讲的僧侣们，为了增进听众的欢喜，为了要推陈出新，改变群众的视听，便开始采取民间所喜爱的故事来讲唱。大约，这作风的更变，曾得了很大的成功。像上文所引的僧文溆的故事，他便是一个大胆的把讲唱的范围，从佛教的故事廓大到非佛教的人间的故事的。当时听众的如何热烈的欢迎，如何赞叹表示的满意，我们可于赵璘《因话录》那段记载里想像得之。

但后来也因为僧侣们愈说愈野，离开宗教的劝诱的目的太远，便招来了一般士大夫乃至执政者们的妒视。到了宋代（真宗）变文的讲唱，便在一道禁令之下被根本的扑灭了。然而庙宇里讲唱变文之风虽熄，“变文”却在“瓦子”里以其他的种种方式重苏了，且产生了许多更为歧异的伟大的新文体出来。

今所见的非佛教的变文，可分为两类。一类是讲唱历史的或传说的故事的；一类是讲唱当代的有关西陲的“今闻”的。为什么会杂有当代的，特别是西陲的“今闻”呢？这恐怕是适应于西陲的需要。一部分留在西陲的僧侣们，特别为此目的而写作的吧。

先讲第一类历史的或传说的变文。

在这一类里，《伍子胥变文》（题拟）似最为流行。伦敦不列颠博物院藏有残文一卷（目作《列国传》），巴黎国家图书馆也藏有残文二卷（P. 2794 及 P.3213）。是我们所见，共有三卷了。但把这三卷拼合起来，仍不能成为完整的一部。为了别字和脱漏的过多，读起来也颇不易。但这部变文的气魄却甚为弘伟。大似《季布骂阵词文》，虽充满了粗野，却自有其不可掩没的精光在着。

伍子胥故事，见于《史记》诸书者，已足令人酸辛。后人却更将苦难的英雄的一生烘染得更为凄楚。元杂剧有《伍员吹箫》，（明）丘濬有《举鼎记》，都是写伍员故事的。梁辰鱼的《浣纱记传奇》，也写到伍员事。明刊本《列国志传》写伍员事也极为活跃。（明末本《新列国志》与清刊本《东周列国志》，已把这段活跃的故事删除了一大部分。）今皮黄戏里，尚有“伍子胥过昭关”（《文昭关》）一本，为最流行的戏之一。

但把伍子胥的故事作为民间文学里的题材者，据今所知的，当以这一卷《伍子胥变文》为祖祢。

《伍子胥变文》以伦敦本为最完整，巴黎本二卷，均残阙极甚。P. 2794 号一卷，为伦敦本中间的一段，我们可以不必注意。但 P.3213 号的一卷，却为伦敦本所无，恰足补在伦敦本的前面（但还不能衔接）。大约，今所有者，约已十得其八，所阙的并不甚多。

楚王无道，强夺其子媳为妻，伍子胥父伍奢谏之，不听，反杀之，并杀其子伍尚。子胥乃亡命在外，欲报父仇。但楚地关禁甚严，子胥不易逃脱。他在逃亡里，遇见浣纱女及渔父，他们都帮助着他，但都牺牲生命来替他隐瞒着。这些，都还是史书里所有的。“变文”里所创造的故事，乃是子胥见姊及子胥二甥的追舅。这一段故事，写得颇为离奇可怪，把伍子胥竟变成一个“术士”了。

> 子胥哭已，更复前行。风尘惨面蓬尘映天，精神暴乱，忽至深川。水泉无底，岸阔无边，登山入谷，绕涧寻源，龙蛇塞路，拔剑荡前，虎狼满道，遂即张弦。饿乃芦中餐草，喝饮岩下流泉。丈夫雠为发愤，将死由如睡眠。川中忽遇一家，遂即叩门乞食。

有一妇人出应。远荫弟声，遥知是弟子胥，切语相思，慰问子胥，减口不言。知弟渴乏多时，遂取葫芦盛饭，并将苦苣为齏。子胥贤士，逆知问姊之情，审细思量，解而言曰："葫芦盛饭者，内苦外甘也。苦苣为齏者，以苦和苦也。义含遣我速去，速去不可久停!"便即辞去。姊问弟曰："今乃进发，欲投何处?"子胥答曰："欲投越国。父兄被杀不可不雠。"阿姊抱得弟头，哽咽声嘶，不敢大哭，叹言："痛哉，苦哉！自模槐槌，共弟前身，何罪受此孤凄!"

旷大劫来有何罪，如今孤负前耶娘。虽得人身有富贵，父南子北各分张。忽忆父兄行坐哭，令儿寸寸断肝肠。不知弟今何处去？遣我独自受凄惶。我今更无眷恋处，恨不将身自灭亡。子胥别姊称好住，不须啼哭泪千行。父兄枉被刑诛戮，心中写火剧煎汤。丈夫今无天日分，雄心结怨苦仓仓。倘逢天道开通日，誓愿活捉楚平王。挖心并恋割，九族总须亡。若其不如此，誓愿不还乡，作此语了，遂即南行。行得二十余里，遂乃眼瞤。画地而卜，占见外甥来趁。用水头上？之，将竹插于腰下，又用木剧倒著，并画地户天门。遂即卧于芦中，咒而言曰："捉我者殃，趁我者亡。急急如律令。"子胥有两个外甥子安、子承，少解阴阳。遂即画地而卜占。见阿舅头上有水，定落河傍，腰间有竹，冢墓城荒，木剧倒著，不进傍徨。若著此卦，定必身亡。不假寻觅，废我还乡。子胥屈节看看，乃见外甥来趁。遂即奔走星夜不停。川中又遇一家，墙壁异常严丽，孤庄独立，四遍无人。不耻八尺之躯，遂即叩门乞食。

子胥卧于芦中，作法自护一事，大似《封神传》里姜尚替武吉禳灾却捕的故事（在《武王伐纣》书里已有这故事）。

更奇怪的，“变文”里又添出了一段子胥和其妻相见的事。其妻明知子胥是夫，却不敢相认，子胥也不敢相认她。

> 子胥叩门从乞食，其妻敛容而出应。剧见知是自家夫，即欲敬言相认识。妇人卓立审思量，不敢向前相附近。以礼设拜乃逢迎，怨结啼声而借问：妾家住在荒郊侧，四遍无邻独栖宿。君子从何至此间？面带愁容有饥色。落草獐狂似怯人，屈节攒刑而乞食。妾虽禁闭在深闺，与君影响微相识。子胥报言娘子曰：仆是楚人充远使，涉历山川归故里。在道失路乃迷昏，不觉行由来至此。乡关迢远海西头，遥遥阻隔三江水。适来专辄横相忤，自恻于身实造次。贵人多望错相认，不省从来识娘子。今欲进发往江东，幸愿存情相指示。
>
> 其妻遂作药名问曰：“妾是仵茄之妇，细辛早仕于梁。就礼未及当归，使妾闲居独活。膏莨姜芥，泽泻无怜，仰叹槟榔，何时远志！近闻楚王无道，遂发材狐之心，诛妾家破芒消，屈身苜蓿，葳蕤怯弱，石瞻难当，夫怕逃人，茱萸得脱，潜刑菌草，匿影藜芦。状似被趁野天，遂使狂夫莨菪。妾忆泪沾赤石，结恨青葙。野寝难可决明，日念舌乾卷柏。闻君乞声厚朴，不觉踯躅君前。谓言夫聟麦门，遂使苁蓉缓步。看君龙齿，似妾狼牙。桔梗若为，愿陈枳皷。”子胥答曰：“余亦不是仵茄之子，不是避难逃人。听是途之行出，余乃于巴蜀，长在霍乡；父是蜈公，生居贝母，遂使金牙采宝之子，远行刘以奴是余。贱用徐长，卿为贵友。共疫囊阿，彼寒水伤身。二伴芒消，唯余独活。每日悬肠断续，情思飘飘，独步恒山，石膏难渡。彼岩已戟，数值柴胡。乃忆款冬，

忽逢钟乳。流心半夏，不见郁金。余乃返步当归，芎穷至此。我之羊垐，非是狼牙，桔梗之清，愿知其意。”

妻答：“君莫急，路遥长。纵使从来不相识，错相识认有何妨。妾是公孙、钟断女，匹配君子是贞贤。夫主姓仵身为相，束发千里事君王。自从一去音书绝，忆君愁肠气欲结。远道冥冥断寂寥，儿家不惯长欲别。红颜憔悴不如常，相思泪落曾无歇，年华虚掷守空闺。谁能庄对芳菲节！青楼日夜灭容光，口潒荡子事于梁。懒向庭前步明月，愁归帐里抱鸳鸯。远府雁书将不达，天塞阻隔路遥长。欲识残机情不喜，画眉羞对镜中妆。偏怜鹊语蒲桃棵，念□双栖白玉堂。君作秋胡不相识，接亦无心学采榛。见君当前双板齿，为此识认意相当。鹿饭一飧中不惜，愿君且住莫荒忙。”子胥被认，不免相辞谢。万便软言相帖写，娘子莫谤惜错忏，大有人间相似者。娘子夫主身为相，仆是寒门居草野。傥见夫贺为通传，以理劝谏令归舍。缘事急往江东，不停留复日夜。其妇知胥谋大事，更不惊动。如法供给，以理发遣。子胥被妇认识，更亦不言。丈夫未达于前，遂被妇人相认。岂缘小事，败我大仪，列士抱石而行，遂即柯其齿落。

他们夫妻二人竟各不相认，即别离而去，为了妇人言，“见君当前双板齿，为此认识”，子胥竟将双板齿打落。

这里，子胥妻以药名作隐语，子胥也以药名作隐语答她，乃是民间作品里所惯见的文字游戏。前一节，子胥姊的以菜具作隐语，也是如此。

底下写子胥逃吴，起兵报仇，鞭平王尸，大致和史书无多大的出入。最后写到吴、越的相争，写到子胥的死，写到吴国的灭亡，也和史书不甚相远。

伍子胥被吴王赐以宝剑，要他自杀。

子胥得王之剑，报诸臣、百官等："我死之后，割取我头悬安城东门上，我尚看越军来伐吴国者哉。"煞子胥了，越从吴贷粟四百万石。吴王遂与越王粟依数。分付其粟将后，越王蒸粟还吴，乃作书报吴王曰"此粟甚好，王可遣百姓种之"！其粟还吴被蒸，入土并皆不生。百姓失业一年，少乏饥虚。五载，越王即共范蠡平章吴国："安化治人，多取宰彼之言。共卿作何方计，可伐吴军？"范蠡启王曰："吴国贤臣伍子胥，吴王令遣自死。屋无强梁，必尚颓毁，墙无好土，不久即崩。国无忠臣，如何不坏，今有佞臣宰彼，可以货求必得。"王曰："将何物货求？"范蠡启言王曰："宰彼好之金宝，好之美女，得此物女是开路？更无疑虑。"越王闻范蠡此语，即遣使入丽水取之黄金，荆山求之白玉，东海采之明珠，南国娉之美女。越王取得此物，即著勇猛之人，往向吴国，赠与宰彼。宰彼见此物，美女轻盈，明珠昭灼，黄金焕烂，白玉无瑕。越赠宰彼，宰彼乃欢忻受纳。王见此佞臣受货求之，又问范蠡曰："吴王煞伍子胥之时，吴国不熟二年，百姓乏少饥虚。经今五载。"越王唤范蠡问曰："寡人今欲伐吴国，其事如何？"范蠡启言王曰："王今伐吴，正是其时。"越王即将兵动众四十万人，行至中路，恐兵仕不齐，路逢一怒蜗在道，努鸣，下马抱之。左右问曰："王缘何事抱此怒蜗？"王答："我一生爱勇猛之人。此怒蜗在道努鸣，遂下马抱之。"兵众各白平章，"王见怒蜗，由自下马抱之。我等亦须努力，身强力健，王见我等，还如怒蜗相似"。兵士悉皆勇健，怒叫三声。王见兵仕如此，皆赐重赏。行至江口，未过小口，停歇河边。有一人上王一瓠之酒。

"王饮不尽，吹在河中。兵事日共寡人同饮。其兵惣饮河水。倒闻水中有酒气味，兵吃河水，皆得醉。"王闻此语，大喜。单醪投河，三军告醉。越王将兵北渡河口欲达吴国。其吴王闻越来伐，见百姓饥虚气力衰弱，无人可敌。吴王夜梦见忠臣伍子胥言曰："越将兵来伐，王可思之。"……"平章：朕梦见忠臣伍子胥言越将兵来……"（下阙）

底下所阙的一部分，当是写吴的灭亡的。吴夫差终于因为失去了伍子胥，而招致亡国之祸了。

编目者或因见这变文叙述的一部分是吴、越相争之事，故便冠以《列国传》的名目。其实，这变文是全以伍子胥的故事为中心的，故仍以巴黎国家图书馆的目录名伍子胥为当。

《王昭君变文》（《敦煌遗书》作《小说明妃传残卷》）藏于巴黎国家图书馆（P.2553），亦为民间极流行的故事之一。这故事，在魏、晋六朝间，似即亦流传甚广。《西京杂记》里记载此事。《明妃曲》的作者，在六朝时也不止一人。在元杂剧有马致远的《孤雁汉宫秋》，明人传奇有《青冢记》及《王昭君和戎记》，又有杂剧《昭君出塞》（陈与郊作）。清人小说有《双凤奇缘》。但从《西京杂记》和《明妃曲》变到《汉宫秋》，这其间的连锁，却要在这一部《王昭君变文》（题拟）里得之。

这变文当为二卷，故本文里有"上卷立铺毕，此入下卷"的话。上卷叙的是，明妃到了匈奴之后，蕃王百般求得其欢心。（前半阙得太多，没有写出她来到匈奴之经过。）但明妃总是思念汉地，郁郁不乐。无穷尽的草原，更无城郭，局处于牙帐之中，不见高楼深宇。黄沙时飞，天日为暗，目无所见，所见惟千群万郡的黄羊野马。那生活是这样的和汉地不同！单于令乐人奏乐以娱明妃。但她听之，却更引起乡愁。上卷的铺叙，终于她的终日以眼泪洗脸的情形中。

下卷叙的是单于见她不乐，又传令非时出猎。但她“一度登山，千回下泪。慈母只今何在，君王不见追去”。遂得病不起，渐加羸瘦。终于不救而死。她死时，叮嘱单于，要报与汉王知。单于把她很隆重的埋了，“坟高数尺号青冢”。

最后一段，写到汉哀帝发使和蕃，遂差汉使杨少徵来吊明妃。

明明汉使逢边隅。高高蕃王出帐趋。大汉称尊成命重，高声读敕吊单于。

昨咸来表知其向，今叹明妃奄逝殂。故使教臣来吊祭，远道兼问有所须。

此间虽则人行义，彼处多应礼不殊。驸马赐其千匹彩，公主子仍留十解珠。

虽然与朕山河隔，每每怜乡岁月孤。秋末既能安葬了，春间暂请赴京都。

单于受吊复含涕，汉使闻言悉以悲。丘山义重恩离舍，江海虽深不可齐。

一从归汉别连北，万里长怀霸岸西。闲时净坐观羊马，闷即徐行悦鼓鼙。

嗟呼数月连非祸，谁为今冬急解奚？乍可阵头失却马，那堪向老更亡妻。

灵仪好日须安历，葬事临时不敢稽。莫怪帐前无扫土，直为涕多旋作泥。

汉使吊讫，当即使乃行至蕃汉界头，遂见明妃之冢。青冢寂辽，多经岁月。使人下马，设乐沙场，害非单布，酒心重倾，望其青冢，宣哀帝之命。乃述祭词：维年月日，谨以清酌之奠，祭汉公主王昭君之灵：惟灵天降之精，地降之灵，姝越世之无比婥妁，倾国和陟娉。丹青写刑，远嫁使匈奴拜首，方代伐信义，号罢征。贤感敢五百里年间：出德迈应，黄河号一清，祚永长传，万古图书，且载著往声。呜呼，嘻噫，在汉室者昭君，亡桀纣者泥妃。孋姿两不团，矜夸兴皆言。为姜捧荷，和国之殊功。金骨埋于万里，嗟呼！别翠之宝帐，长居突厥之穹庐。特也黑山杜气，扰攘凶奴，猛将降丧，计竭穷谋，漂遥有惧于检杌，卫、霍怯于强胡。不稼昭君，紫塞难为运策定单于，欲别攀恋拜路跪。嗟呼！身殁于蕃里，魂兮岂忘京都！空留一冢齐天地，岸瓦青山万载孤。

以这样的祭词作结束，在“变文”里是仅见。

变文里说起“可惜明妃奄从风烛八百余年，坟今上（尚）在”。则这部变文的作者，当是唐代中叶的人物（肃宗时代左右）。从汉元帝（公元前四十八—前三十三年）到唐肃宗、代宗（公元七五六—七七九年）恰好是八百余年；至迟是不会在懿宗（公元八六〇—八七三年）之后的。因为在懿宗以后，便要说是九百余年了。

《舜子至孝变文》一卷，藏巴黎国家图书馆（P.2721），前面残阙一部分，后面完全，并有原题及《百岁诗》。作者不详，写本的年代，是天福十五年已酉。

舜的故事，《史记》里已有之；后又见于刘向的《孝子传》（见《黄氏逸书考》）。变文把这故事廓大了，添上了不少的枝叶，成为民间故事之一。大约原来这故事便是很古老的辛特里娅型的故事之一，原来是从民间出来的东西。

这卷变文叙的是，瞽叟离家出外，归来后，见“后妻向床上卧地不起。

瞽叟问言：娘子前后见我不归得，甚能欢能喜。今日见我归家，床上卧不起。为复是邻里相争？为复天行时气"？后妻乃流下眼泪，答曰："自从夫去潦阳，遣妾勾当家事。前家男女不孝，见妾后园摘桃，树下多里（疑当作'埋'）恶刺，刺我两脚成疮，疼痛直连心髓。当时便拟见官。我看夫妻之义。老夫若也不信，脚掌上见有脓水。见妾头黑面白，异生猪狗之心。"瞽叟便唤了舜子来，说道："阿耶暂到潦阳，遣子勾当家事。缘甚于家不孝？阿娘上树摘桃，树下多埋恶刺，刺他两脚成疮？这个是阿谁不是？""舜子心自知之。恐伤母情，舜子与招伏罪过。又恐带累阿娘己身，'是儿千重万过，一任阿耶鞭耻'。"瞽叟闻言，便高声唤了象来，说道："与阿耶三条荆杖来与，打杀前家哥子。"象儿走入阿娘房里，报云："阿耶交儿取杖，打杀前家哥子。"后妻又在火上加油，同瞽叟说道："男女罪过须打，更莫教分疏道理。"瞽叟便拣了一根粗杖，把舜子吊打一顿，流血遍地。因为舜子是孝顺之男，帝释"化一老人，便往下界来至，方便与舜，犹如不打相似"。

这是今所见的残存的《舜子至孝变文》的第一段，也便是舜被大杖毒打而不死的一个故事，也便是他的第一次的磨难。

舜的第二个磨难是，舜即归来书堂里先念《论语》《孝经》，后读《毛诗》《礼记》。后妻见之，嗔心便起，又对瞽叟说，舜子大杖打又不死，不知他有甚魔术，怕尧王得知，连累了她。快把离书交来，她当离去。瞽叟道："只要有计除得他，无不听从。"后妻说，既然如此，那是小事。"不经三两日中间后妻设得计成。"她告诉瞽叟说，要舜子去修理后院空仓。他们却在四畔放火，把他烧死。瞽叟道："娘子虽是女人，说计大能精细。"便依从了她的计，叫舜子上仓。舜子讨了两个笠子，便上了仓舍。刚刚上去，他们便在下放起火来。红炎连天，黑烟迷地。舜子恐大命不存，权把两个笠子为助翼，腾空飞下仓舍。因他是有道君王，感得地神拥护，不损毫毛。

这是第二个磨难了。舜子渡过这个磨难，又归来书堂里，先念《论语》《孝经》，后读《毛诗》《礼记》。后娘见之，嗔心便起。又对瞽叟说舜子大杖打又不死，火烧不煞，怕有些魔术。若尧王得知，连她也要遭带累。快把离书交来，她当离去。瞽叟道："只要有计除得他，无不听从。"后妻说，既然如此，那是小事。"不经三两日中间后妻设得计成。"她告诉瞽叟说，要舜子到厅前枯井里去淘井，等他下井后，取大石填压死。瞽叟道："娘子虽是女人，设计大能精细。"便依从了她的计，叫舜子下井。舜子心知必遭陷害，便脱衣井边，跪拜入井淘泥。帝释密降银钱五百文入于井中。舜子便把银钱放在樽中，教后母挽出。数度已尽，舜子说道："上报阿耶娘，井中水满钱尽，遣我出井吧。"但后妻又去谎报瞽叟，用大石把井填塞了。但帝释化一黄龙，引舜通穴，往东家井出。恰值一老母取水，便把他牵挽出来，与他衣服穿着。老母对他说道："你莫归家，但到你亲娘坟上去，必见阿娘现身。"舜子便依言到了亲阿娘坟上。果然见阿娘现身出来。舜子悲泣不已，阿娘道："你莫归家。但取西南角历山躬耕，必当贵。"舜依言，与母相别，到了山中。群猪与他耕地开垦，百鸟衔子抛田，天雨浇溉。

这一节故事，更是辛特里娅型的正宗的结构了。见到亲娘的魂，受到她的指示，而得发达亨泰，岂不是每一个正宗的辛特里娅型的故事所必具的情节吗？

却说，那一年，天下不熟，舜却独丰，收得数百石谷。心欲思乡，报父母之恩。走到河边，见几个商人，问他家事。他们说，有一个姚姓家，自遣儿淘井，填塞井口杀了他后，阿耶即两目不见，"母即顽遇，负薪诣市。更一小弟，亦复痴颠，极受贫乏，乞食无门"。舜将米往本州，见后母负薪易米。每次交易，舜却依旧把粜米之钱安着米囊中还她。如是非一。

瞽叟怪之，疑是舜子。后妻牵他到市。他与舜对答，识得音声道：“此正似我舜子声乎?”舜曰：“是也。”即前抱父头，失声大哭。舜子见父下泪，以舌舔之，双目即明，母亦聪惠，弟复能言。市人见之，无不悲叹。瞽叟回家，欲杀却后妻，又为舜苦苦求免。自此一家快活，天下传名，尧帝闻之，妻以二女，后传位于他。

这变文至此而写毕，但不知是抄者或是作者，却在纸末，引《百岁诗》及《历帝记》二书关于舜的记载，作为考证。这两部唐代通俗之书的引用，在我们今日看来，却是颇为有趣的事。

九

第二类的非佛教故事写当代的“今闻”者，今所存的只有《西征记》(《敦煌掇琐》本）一本。孙楷第先生称之为《张义潮变文》（见《大公报·图书副刊》一四五期〔二十五年八月二十七日出版〕《敦煌写本张义潮变文跋》)。

这一本变文当是歌颂功德之作，特为张义潮而写作的；这可见和尚们于讲唱变文的时候，也不得不顾虑到环境，或甚至不得不献媚于军府当道。

这是仅有的这样一种作风与题材的变文，特录残卷的全文如下：

(上缺）诸川吐蕃兵马还来劫掠沙州。奸人探得事宜，星夜来报仆射，吐浑王集诸川蕃贼欲来侵凌抄掠，其吐蕃至今尚未齐集。仆射闻吐浑王反乱，即乃点兵□凶门而出，取西南上把疾路进军。才经信宿，即至西同侧近。便拟交锋。其贼不敢拒敌，即乃奔走。仆射遂号令三军：便须追逐。行经一千里已来，直到退浑国内，方始趁

�。仆射即令整理队伍，排比兵戈：展旗帜，动鸣鼍，纵八阵，骋英雄。分兵两道，里合四边。人持白刃，突骑争先。须臾阵合，昏雾涨天。汉军勇猛而乘势，拽戟冲山直进前。蕃戎胆怯奔南北，汉将雄豪百当千。处

忽闻戎犬起狼心，叛逆西同把崄林。星夜排兵奔疾道，此时用命总须擒。

雄雄上将谋如雨，蠢愚蕃戎计岂深？十载提戈驱丑虏，三边获悍不能侵。

何期今岁兴残害，辄尔依前起逆心。今日总须摽贼首，斯须雾合已霃霃。

将军号令儿郎曰：克励无辞百战劳。丈夫名管向枪头取，当敌何须避宝刀。

汉家持刃如霜雪，虏骑天宽无处逃。头中锋铓陪垄土，血溅戎尸透战袄。

一阵吐浑输欲尽，上将威临煞气高。

决战一阵，蕃军大败。其吐浑王怕急。突围便走。登涉高山，把崄而住。其宰相三人，当时于阵面上生擒。只向马前，按军令而寸斩。生口细小等活捉三百余人。收夺得驼马牛羊二千头匹。然后唱大阵乐而归军幕，敦煌北一千里镇伊州城西有纳职县。其时回鹘及吐浑居住在彼，频来抄劫伊州，俘虏人物，侵夺畜牧，曾无暂安。仆射乃于大中十年六月六日，亲统甲兵，诣彼击逐伐除。不经旬日中间，即至纳职城。贼等不虞汉兵忽到，无准备之心。我军遂列乌云之阵，四面急攻。蕃贼猖狂，星分南北。汉军得势，押背便追。不过五十里之间，煞戮横尸遍野。处

敦煌上将汉诸侯，弃却西戎朝凤楼。圣主委令摧右地，但是

匈奴尽总雠。

昨闻猃狁侵伊镇，俘劫边甿旦夕忧。元我叱咤扬眉怒，当即行兵出远收。

两军相见如龙斗，纳职城西赤血流。我将军意气怀文武，威胁蕃浑胆已浮。

犬羊才见唐军胜，星散回兵所在抽。远来今日须诛剪，押背擒罗岂肯休。

千人中矢沙场殪，铦锷剖务（七雕反）坠贼头。搠烁红旗晶耀日，不忝田丹纵火牛。

汉主神资通造化，称却残凶总不留。

仆射与犬羊决战一阵，回鹘大败，各自苍黄抛弃鞍马，走投入纳职城，把劳而守。于是中军举华角，连击铮铮，四面□兵，收夺驼马之类一万头匹。我军大胜，匹骑不输。遂即收兵，却望沙州而返。即至本军，遂乃朝朝秣马，日日练兵，以备凶奴，不曾暂暇。先去大中十载，大唐差册立回鹘使御史中丞王端章持节而赴单于。下有押衙陈元弘走至沙州界内，以游弈使佐承珍相见。丞珍忽于旷野之中，迥然逢着一人，猖狂奔走，遂处分左右领至马前，登时盘诘。陈元弘进步向前，称是汉朝使命北入回鹘充册立使，行至雪山南畔，被背叛回鹘劫夺国信，所以各自波逃，信脚而走，得至此间，不是恶人。伏望将军希垂照察。承珍知是汉朝使人，与马驮，至沙州，即引入参见仆射。陈元弘拜跪起居，具述根由，立在帐前。仆射问陈元弘使人：于何处遇贼？本使伏是何人？元弘进步向前，启仆射：元弘本使王端章，奉敕持节北入单于，充册立使。行至雪山南畔，遇逢背逆回鹘一千余骑，当被劫夺国册及诸敕信。元弘等出自京华，素未谙野战，彼众我寡，遂落奸虞。仆射闻言，心生大怒。这贼争敢辄尔猖狂，恣行凶害。向陈元弘道：使人且归公馆，便与根寻。由未出兵之间，十一年八月五日，伊州刺史王和清差走马使至云：有背叛回鹘五百余帐，首领翟都督等将回鹘百姓已到伊州侧。（下缺）

十

变文的时代，就今所知，当不出于盛唐（玄宗）以前，而在今日所见的变文，其最后的时代，则为梁贞明七年（公元九二一年）。

但今所知的敦煌写本，有早至公元四百零六年者，也有晚至公元九百九十五年者（见 L. Giles，*Dated Chinese Manuscripts in the Stein Collection*，*The Bulletin of the School of Oriental Studies*，London Institution，Vol. Ⅶ，Part 4.），最晚的变文写本和最晚的其他写本其年代相差还不远（不过七八十年），而最早的变文写本和最早的其他写本，其年代竟相差到三百多年之久，可见变文在这三百多年间，实在是未曾成形。

变文在实际上销声匿迹的时候，是在宋真宗的时代（公元九九八—一〇二二年），在那时候，一切的异教，除了道、释之外，竟完全的被禁止了。而僧侣们的讲唱变文，也连带的被明令申禁。

但变文的名称虽不存，她的躯体虽已死去，她虽不能再在寺院里被讲唱，但她却幻身为宝卷，为诸宫调，为鼓词，为弹词，为说经，为说参请，为讲史，为小说，在瓦子里讲唱着，在后来通俗文学的发展上遗留下最重要的痕迹。

参考书目

一、A.Stein，Serindia.

二、Pilliot《敦煌钞本目录》（法文本）。

三、《敦煌零拾》，罗振玉编，罗氏铅印本。

四、《敦煌遗书》第一集，伯希和、羽田亨合编，上海出版。

五、《敦煌掇琐》，刘复编，中央研究院出版。

六、《敦煌劫余录》，陈垣编，北平图书馆出版。

七、《变文及宝卷选》，郑振铎编，商务印书馆出版。

八、《敦煌丛钞》，向达编，见北平图书馆馆刊。

九、《中国文学史·中世卷》，郑振铎编（已绝版）。

十、《插图本中国文学史》第二册，郑振铎编，朴社出版。

十一、巴黎图书馆所藏《敦煌书目》及伦敦博物院所藏《敦煌钞本目录》的一部分，见北京大学《国学季刊》第一卷第一期及第四期。

第七章

宋金的“杂剧”词

一

宋金的“杂剧”词及“院本”，其目录近千种（见周密《武林旧事》及陶宗仪《辍耕录》），向来总以为是戏曲之祖，王国维的《曲录》也全部收入（《曲录》卷一）。但这种杂剧词及院本性质极为复杂，恰和被称为“杂”剧的意义相当，和流行于元代的北剧，所谓“杂剧”者，是毫不相涉的。以今语释之，或可算是“杂耍”同流之物吧。

在“杂剧”词中大约以“大曲”为最多，实际上恐怕最大多数是歌词，而不是什么有戏剧性的东西。在其间可分为：

(1) 六幺	(2) 瀛府	(3) 梁州	(4) 伊州	(5) 新水
(6) 薄媚	(7) 大明乐	(8) 降黄龙	(9) 胡渭州	(10) 逍遥乐

(11) 石州　(12) 大圣乐　(13) 中和乐　(14) 万年欢

(15) 熙州　(16) 道人欢　(17) 长寿仙　(18) 法曲

(19) 剑器　(20) 延寿乐　(21) 贺皇恩　(22) 采莲

(23) 宝金枝　(24) 嘉庆乐　(25) 万年欢　(26) 庆云乐

(27) 相遇乐　(28) 泛清波　(29) 彩云归

这些都是以曲调为杂剧名目的。此外，最多的，有所谓“爨”的，有所谓“孤”“酸”“卦铺儿”等名目，又有所谓“单调”“搭双手”“三入舍”“四国朝”一类的东西。

今将《武林旧事》所载宋官本杂剧段数，全目附载如下：

争曲六幺一本　扯拦六幺一本　教声六幺一本

鞭帽六幺一本　衣笼六幺一本　厨子六幺一本

孤夺旦六幺一本　王子高六幺一本　崔护六幺一本

骰子六幺一本　照道六幺一本　莺莺六幺一本

大宴六幺一本　驴精六幺一本　女生外向六幺一本

慕道六幺一本　三偌慕道六幺一本　双拦哮六幺一本

赶厥夹六幺一本　羹扬六幺一本

上“六幺”凡二十本。按：六幺即绿腰。王国维云：“《宋史·乐志》教坊十八曲中，中吕调，南吕调，仙吕调，均有绿腰曲。”

索拜瀛府一本　厚熟瀛府一本　哭骰子瀛府一本

醉院君瀛府一本　懊骨头瀛府一本　赌钱望瀛府一本

上“瀛府”凡六本，瀛曲亦为曲名。《宋史·乐志》教坊部，正宫、南吕宫中均有“瀛州曲”。

四僧梁州一本　三索梁州一本　诗曲梁州一本
头钱梁州一本　食店梁州一本　法事馒头梁州一本
四哮梁州一本

上“梁州”凡七本，王国维云：“梁州亦作‘伊州’。”

领伊州一本　铁指甲伊州一本　闹五伯伊州一本
裴少俊伊州一本　食店伊州一本

上“伊州”凡五本。“伊州”亦为曲名，见《宋史·乐志》。

桶担新水一本　双哮新水一本　烧花新水一本

上“新水”凡三本。亦曲名。《宋史·乐志》教坊部双调中“新水调”曲。王国维云：“新水或即‘新水调’之略也。”

简帖薄媚一本　请客薄媚一本　错取薄媚一本
传神薄媚一本　九妆薄媚一本　本事现薄媚一本
打调薄媚一本　拜褥薄媚一本　郑生遇龙女薄媚一本

上“薄媚”凡九本。《宋史·乐志》教坊部道调宫、南吕宫中，均有“薄媚曲”。

土地大明乐一本　打球大明乐一本　三爷老大明乐一本

上“大明乐”凡三本。《宋史·乐志》教坊部，大石调中有“大明乐”。

列女降黄龙一本　双旦降黄龙一本　柳玭上官降黄龙一本
入寺降黄龙一本　偷标降黄龙一本

上“降黄龙”凡五本。按：“降黄龙”亦为曲名。王国维云：黄钟宫曲名，宋志无考。

赶厥胡渭州一本　单番将胡渭州一本　银器胡渭州一本
看灯胡渭州一本

上“胡渭州”凡四本，亦为曲名，见《宋史·乐志》教坊部。

打地铺逍遥乐一本　病郑逍遥乐一本　蹇湎逍遥乐一本

上“逍遥乐”凡三本，词曲调名。曲入“双调”。王国维云：宋志无考。

单打石州一本　和尚那石州一本　赶厥石州一本

上“石州”凡三本，亦曲名，见《宋史·乐志》教坊部越调中。

塑金刚大圣乐一本　单打大圣乐一本　柳毅大圣乐一本

上“大圣乐”凡三本。按：《宋史·乐志》道调宫中有“大圣乐”大曲。

霸王中和乐一本　马头中和乐一本　大打调中和乐一本
封涉中和乐一本

上“中和乐”凡四本。按：《宋史·乐志》黄钟宫中有“中和乐”大曲。

喝贴万年欢一本　托合万年欢一本

上“万年欢”凡二本。按：《宋史·乐志》中吕宫中，有“万年欢”大曲。

迓鼓儿熙州一本　骆驼熙州一本　二郎熙州一本

上“熙州”凡三本。《宋史·乐志》大曲中，无“熙州”之名。王国维引洪迈《容斋随笔》卷十四云：“今世所传大曲，皆出于唐，而以州名者五：伊、凉、熙、石、渭也。”是“熙州”亦大曲名。

大打调道人欢一本　会子道人欢一本　双拍道人欢一本
越娘道人欢一本

上“道人欢”凡四本。按：《宋史·乐志》中吕调中有“道人欢”大曲。

打勘长寿仙一本　偌卖旦长寿仙一本
分头子长寿仙一本

上“长寿仙”凡三本。按：《宋史·乐志》般涉调中有“长寿仙”大曲。

棋盘法曲一本　孤和法曲一本　藏瓶儿法曲一本

车儿法曲一本

上“法曲”凡四本。按：《宋史·乐志》有法曲部。王国维云：“《词源》（卷下）谓大曲片数（即遍数）与法曲相上下，则二者略相似也。”

病爷老剑器一本　霸王剑器一本

上“剑器”凡二本。按：《宋史·乐志》中吕宫、黄钟宫中均有“剑器”大曲。

黄杰进延寿乐一本　义养娘延寿乐一本

上“延寿乐”凡二本。按：《宋史·乐志》仙吕宫中有“延寿乐”大曲。

扯篮儿贺皇恩一本　催妆贺皇恩一本

上“贺皇恩”凡二本。按：《宋史·乐志》林钟商中有“贺皇恩”大曲。

唐辅采莲一本　双哮采莲一本　病和采莲一本

上“采莲”凡三本。按：《宋史·乐志》双调中有“采莲”大曲。

诸宫调霸王一本　诸宫调卦册儿一本

上“诸宫调”凡二本。按：“诸宫调”为宋以来的一种叙事歌曲，以诸宫调填曲，而间杂以叙事的散文。实为唐代变文以后最重要的韵文、散文合组的重要文体。详见下章。

相如文君一本　崔智韬艾虎儿一本　王宗道休妻一本
李勉负心一本

上四本，仅以人名及故事为题，而不著其曲名。疑脱。关汉卿《谢天香杂剧》云：“郑六遇妖狐，崔韬逢雌虎大曲内尽是寒儒。”则原有崔韬的大曲，流行于世。又，董解元《西厢记》云：“也不是崔韬逢雌虎，也不是郑子遇妖狐”，则演崔韬事者并有诸宫调了。不知此四本是诸宫调抑是大曲？

四郑舞杨花一本

上“舞杨花”一本。按：宋词中有“舞杨花”调名。

四偌皇州一本

上“皇州”一本。王国维云：“原脱‘满’字。”按：“满皇州”为宋词调名。

槛偌宝金枝一本

上“宝金枝”凡一本。按：《宋史·乐志》仙吕宫中有“宝金枝”大曲。

浮沤传永成双一本

按：“永成双”疑为宋词调名。

浮沤暮云归一本

上“暮云归”一本。按：宋词调中有“暮云归”。

老孤嘉庆乐一本

上“嘉庆乐”凡一本。按：《宋史·乐志》小石调中有“嘉庆乐”大曲。

两相宜万年芳一本

按：“万年芳”疑为宋词调名。

进笔庆云乐一本

上“庆云乐”凡一本。按：《宋史·乐志》歇拍调中有“庆云乐”大曲。

裴航相遇乐一本

上“相遇乐”凡一本。按：《宋史·乐志》歇拍调中有“君臣相遇乐”

大曲。

能知他泛清波一本　三钓鱼泛清波一本

上“泛清波”凡二本。按：《宋史·乐志》林钟商中，有“泛清波”大曲。

五柳菊花新一本

上“菊花新”一本。按：“菊花新”为宋词调名。

梦巫山彩云归一本　青阳观碑彩云归一本

上“彩云归”凡二本。按：《宋史·乐志》仙吕调中有“彩云归”大曲。

四季夹竹桃花一本

上“夹竹桃”一本。按：宋词中有“夹竹桃”调名。

禾打千秋乐一本

上“千秋乐”一本。秋一作春。按：《宋史·乐志》黄钟羽中有“千春乐”大曲。

牛五郎罢金征一本

上“罢金征”一本。王国维云：“征当作钲。”《宋史·乐志》南吕调中有“罢金钲”大曲。

新水爨一本	三十拍爨一本	天下太平爨一本
百花爨一本	三十六拍爨一本	四子打三教爨一本
孝经借衣爨一本	大孝经孙爨一本	喜朝天爨一本
说月爨一本	风花雪月爨一本	醉青楼爨一本
宴瑶池爨一本	钱手拍爨一本（原注云：小字太平歌。）	
诗书礼乐爨一本	醉花阴爨一本	钱爨一本
鹦鹉爨一本	借听爨一本	大彻底错爨一本
黄河赋爨一本	睡爨一本	门儿爨一本
上借门儿爨一本	抹紫粉爨一本	夜半乐爨一本
火发爨一本	借彩爨一本	烧饼爨一本　调燕爨一本
棹孤舟爨一本	木兰花爨一本	月当厅爨一本
醉还醒爨一本	闹夹棒爨一本	扑胡蝶爨一本
闹八妆爨一本	钟馗爨一本	铜博爨一本
恋双双爨一本	恼子爨一本	像生爨一本
金莲子爨一本		

上“爨”凡四十三本。陶宗仪《辍耕录》云：“院本……又谓之五花爨弄。或曰：宋徽宗见爨国人来朝，衣装鞋履巾裹傅粉墨，举动如此，使优人效之以为戏。”周密《武林旧事》（卷一）云：“杂剧吴师贤已下，做《君圣臣贤爨》，断送《万岁声》。”

按：做《君圣臣贤爨》只在天基圣节（正月五日）的宴乐时第四盏间演奏之。似也只是“杂耍”或“大曲”之流的东西。下文当再加以阐释。

思乡早行孤一本　睡孤一本　迓鼓孤一本
论禅孤一本　讳药孤一本　大暮故孤一本
小暮故孤一本　老姑遣妲一本（姑一作孤）
孤惨一本　双孤惨一本　三孤惨一本　四孤醉留客一本
四孤夜宴一本　四孤好一本　四孤披头一本
四孤擂一本　病孤三乡题一本

上“孤”凡十七本。按：《辍耕录》云：“院本五人；一曰装孤。”《太和正音谱》云：“孤，当场装官者。”疑“孤”即男角之总称，若元剧中之“正末”，明戏文中之“生”。凡此诸本，似皆以“孤”为主的杂耍。所谓“睡孤”、“论禅孤”、“讳药孤”，似皆以“孤”装作可笑之事，发滑稽之言者。又“双孤”、“三孤”及“四孤”云云，则似当场有“双孤”乃至“四孤”出场，若今日杂要场上之“对口相声”或“双簧”一类的东西吧。

王魁三乡题一本　强偌三乡题一本

按：“三乡题”似为曲调名。

文武问命一本　两同心卦铺儿一本　一井金卦铺儿一本　满皇州卦铺儿一本（按：“满皇州”为宋词调名）　变猫卦铺儿一本　白苎卦铺儿一本（按：“白苎”为宋词调名）　探春卦铺儿一本（按：“探春”为宋词调名）　庆时丰卦铺儿一本（按：“庆时丰”为金、元曲调名）　三哮卦铺儿一本

上“卦铺儿”凡八本。

三哮揭榜一本　三哮上小楼一本（按：“上小楼”为金、元曲调名）　三哮文字儿一本　三哮好女儿一本（按：“好女儿”为宋词调名）　三哮一檐脚一本　襤哮合房一本　襤哮店休妲一本　襤哮负酸一本　秀才下酸擂一本　急慢酸一本　眼药酸一本　食药酸一本

上“酸”凡五本。《少室山房笔丛》云：“元人以秀才为细酸。《倩女离魂》首折，末扮细酸为王文举是也。”盖述秀才们的事以为笑乐者，与上文之“孤”相类。

风流药一本　黄元儿一本　论淡一本

医淡一本　医马一本　调笑驴儿一本

雌虎一本（原注云：崔智韬）　解熊一本　鹘打兔变二郎一本（按：“鹘打兔”为金、元曲名）

二郎神变二郎神一本（按：“二郎神”为宋词调名）

毁庙一本　入庙霸王儿一本　单调霸王儿一本

单调宿一本　单背影一本　单顶戴一本

单唐突一本　单折洗一本　单兜一本

单搭手一本　双厥送一本　双厥投拜一本

双打球一本　双顶戴一本　双园子一本

双索帽一本　双三教一本　双虞候一本

双养娘一本　双快一本　双捉一本

双禁师一本　双罗罗啄木儿一本　赖房钱啄木儿一本

围城啄木儿一本

按：“啄木儿”为金、元曲调名。

大双头莲一本　小双头莲一本

按：“双头莲”为宋词调名。

大双惨一本　小双惨一本　小双孛一本

双排军一本　醉排军一本　双卖妲一本

三入舍一本　三出舍一本　三笑月中行一本（按：“月中行”为宋词调名）

三登乐院公狗儿一本（按：“三登乐”为宋词调名）　三教安公子一本（按：“安公子”为宋词调名）　三社争赛一本

三顶戴一本　三偌一赁驴一本　三盲一偌一本

三教闹著棋一本　三借窑货儿一本　三献身一本

三教化一本　三京下书一本

按：《三京下书》亦见《武林旧事》卷一“天基圣节”所演杂剧名目中。

三短鞚一本　打三教庵宇一本　普天乐打三教一本（按：“普天乐”为宋词调名）

满皇州打三教一本（按：“满皇州”为宋词调名）　领三教一本　三姐醉还醒一本（按：“醉还醒”为宋词调名）

三姐黄莺儿一本　卖衣黄莺儿一本

按："黄莺儿"为宋词调名。

大四小将一本　四小将一本　四国朝一本（按："四国朝"为金、元曲调名）

四脱空一本　四教化一本　泥孤一本

以上凡二百八十本。但在《武林旧事》卷一"天基圣节"所演杂剧中，我们又可得到三本未见于上文的杂剧名目。

君圣臣贤爨一本　杨饭一本　四偌少年游一本

这里所谓"杂剧"，其实只是"杂要"而已，并非真正的戏曲，若元代所谓"杂剧"者。陶宗仪说得最明白：

唐有传奇，宋有戏曲唱诨词说，金有院本、杂剧、诸宫调。院本、杂剧，其实一也。国朝，院本杂剧始厘而二之（《辍耕录》卷二十五）。

这是说，金之院本、杂剧，原只是一个东西。但到了元代，却成了截然不同的二物了。盖"杂剧"的名目虽同，而杂剧的本质，却全异了。在金代，杂剧便是所谓"院本"，所谓"五花爨弄"，其内容是极为复杂的。但在元代，这一种东西却别名之为"院本"，而"杂剧"之名却用来专指"戏曲"的一个体裁了（即所谓"北剧"）。

周密所谓"官本杂剧段数"，便是宋代的杂剧（即院本），其性质和金代的杂剧、院本是没有两样的。

陶宗仪《辍耕录》（卷二十五）云：

> 院本则五人。一曰副净，古谓之参军；一曰副末，古谓苍鹘，鹘能击禽鸟，末可打副净，故云：一曰引戏；一曰求泥；一曰装孤。又谓之五花爨弄。

这里是五个脚色。但五个脚色或未必完全出场。仍只是“弄人”的滑稽讲唱之流亚，并不是真正的戏曲。

最早的雏形的“杂剧”，当即为唐代的“参军戏”。赵璘《因话录》（卷一）云：

> 肃宗宴于宫中，女优有弄假官戏。其绿衣秉简者，谓之参军椿。

《乐府杂录》云：“开元中，黄幡绰、张野狐弄参军……开元中，有李仙鹤善此戏，明皇特授韶州同正参军，以食其禄。是以陆鸿渐撰词，言韶州参军，盖由此也。”

范摅《云溪友议》（卷九）里也有一则关于参军戏的事：

> 元稹廉问浙东，有俳优周季南、季崇及妻刘采春，自淮甸而来，善弄陆参军，歌声彻云。

这里所谓“歌声彻云”，很可注意。大约参军戏里歌唱的成分是很多的。又《因话录》有所谓“女优”弄假官戏，可见参军、苍头二色也可以由“女优”来装扮。

今所知的参军戏，大抵只有参军、苍头二色（详见王国维《宋元戏曲史》第一章）。但到了宋、金的杂剧、院本便变成了五个脚色了。

《宋史·乐志》教坊部叙述“每春秋圣节三大宴”的节目单其第十及第十五均为杂剧。周密《武林旧事》（卷一）也记载“理宗朝禁中寿筵乐次”，颇为详尽。凡分“上寿”、“初坐”、“再坐”的三大礼节。“上寿”凡行酒十三盏，“初坐”凡行酒十盏，“再坐”凡行酒二十盏。“杂剧”的演出，只是在行酒一盏间，和笙、笛、觱篥、琵琶、嵇琴等的吹弹占着同样的时间。可见其演唱并不占有多少的时候。在那一张“天基圣节排当乐次”里述及“杂剧”的，有：

初坐第四盏……吴师贤已下，上进小杂剧。

杂剧吴师贤已下做《君圣臣贤爨》，断送《万岁声》。

第五盏……杂剧周朝清已下，做《三京下书》，断送《绕池游》。

再坐第四盏……杂剧何晏喜已下，做《杨饭》断送《四时欢》。

第六盏……杂剧时和已下做《四偌少年游》，断送《贺时丰》。

其下又有“祗应人”的全部名单。“杂剧色”是和“箫色”、“筝色”、“琵琶色”、“嵇琴色”、“笙色”、“笛色”等并列的。“杂管”为周德清、陆恩显二人。“杂剧色”则有十五人：

吴师贤　赵恩　王太一　朱旺　（猪儿头）　时和　金宝　俞庆　何晏喜　陆寿　沈定　吴国贤　王寿　赵宁　胡宁　郑喜

这十五人，连第二次上场的周德清共十六人，分为四班，至少每班有四个人。可惜不曾提到脚色的如何分配。但在同书的第四卷，记录“乾淳教坊乐部”一则里，却有了更详尽的叙述。

在那一则里，把“杂剧色”的名单，全开列了出来：

杂剧色

德寿宫

刘景长使臣　王喜保义郎头，名都管使臣。又名公谨，号玩隐老人　茆山重节芽头　盖门贵　盖门庆末　侯谅侯大头次末　张顺　曹辛　宋兴燕子头　李泉现引兼舞三台

衙前

龚士英使臣都管　刘恩深都管　陈嘉祥节级　吴兴祐德寿宫引兼舞三台　吴斌　金彦昇管干教头　王青　孙子贵引　潘浪贤引兼末部头　王赐恩引　胡庆全蜡烛头　周泰次　郭名显引　宋定次德寿宫蚌蛤头　刘信副部头　成贵副　陈烟息副大口　王侯喜副　孙子昌副末节级　焦金色　杨名高末　宋昌荣副欢喜头

前教坊

伊朝新　王道昌

前钧容直

仵穀丰五味粥　李外喜

和顾

刘庆次刘衮　梁师孟　朱和次贴衔前鳝鱼头　宁贵宁镤　蒋宁次贴衔前利市头　司进丝瓜儿　郝成次衔前小锹　高门兴　高门显羔儿头　高明灯搭儿　刘贵　段世昌段子贵　司政仙鹤儿　张舜朝　赵民欢　龚安节　严父训　宋朝清　宋昌荣二名守衔前　周旺丈八头　下畴　宋吉　伊俊　汪泰　王原全次贴衔前　王景　郑乔　王来宣　张显守阙祗应黑俏　焦喜焦梅头

以上共六十六人。每人姓名下所注的有“别名”，有“绰号”，最多仍是指明所演的脚色。像“头”指的便是“戏头”，“引”便是“引戏”，“次”便是“次净”，“副”便是“副末”。所谓“次末”，所谓“末”，当也便是“副末”。至于所谓“侯大头”、“丝瓜儿”、“五味粥”、“灯搭儿”之类便是“绰号”了。

在下文，周氏接着写“杂剧三甲”的“名录”。大约“三甲”便是最好的几个杂剧班吧。每“甲”里的名色都注了出来，除“甲”首不注明有何

任务外，其余的脚色，左右不过是：

（一）戏头，（二）引戏，（三）次净，（四）副末

四个脚色而已。而次净在一“甲”里又可多至三人，像刘景长的“一甲”。

“杂剧三甲”

刘景长一甲八人

戏头　李泉现　　引戏　吴兴佑

次净　茆山重、侯谅、周泰　　副末　王喜

装旦　孙子贵

盖门庆进香一甲五人

戏头　孙子贵　　引戏　吴兴佑

次净　侯谅　　副末　王喜

内中祗应一甲五人

戏头　孙子贵　　引戏　潘浪贤

次净　刘衮　　副末　刘信

潘浪贤一甲五人

戏头　孙子贵　　引戏　郭名显

次净　周泰　　副末　成贵

所谓“一甲”疑即是“一班”之称谓。每班最多者不过八人，普通的只有五人。大约当是以五人为定数。和陶宗仪的话，合起来看，虽脚色名目略有不同，而其组织是很相同的。惟最可注意的是，刘景长一甲里，有“装旦”的一脚色，却是很新鲜的发见。可见“杂剧”里是有“女角”的。又各“甲”人名，相同的很多，可见演唱“杂剧”的最有声望的人才并不怎样多。在上文所提及的王宫宴乐的“祗应人”里，“笛色”多至四十八人，杂剧却只有十五六人而已。

“内中上教博士”有王喜、刘景长、曹友闻、朱邦直、孙福、胡永年（各支银一十两）等六人。大约是“内中”教师的班头。其杂剧的教师则为王喜、侯谅、吴兴福、吴兴佑、刘景长、张顺等人。

二

在杂剧的脚色方面论之，每一组杂剧演唱时，定数当为五人。其中戏头、引戏、次净、副末的四“色”是确定的。（陶宗仪《辍耕录》有副净而无次净，似即同一脚色。又无戏头而有求［求，当作末］泥，当亦相同。惟多出一“装孤”而已。在《武林旧事》里，却间有“装旦”的一色出现。）

吴自牧《梦粱录》（卷二十）云：“散乐传学教坊十三部，唯以杂剧为正色。……其诸部诸色，分服紫、绯、绿三色宽衫，两下各垂黄义襴。杂剧部皆诨裹，余皆幞头帽子。”这些话很可注意。杂剧色的衣服原是紫、绯或绿色的宽衫，但头部却是诨裹，与其他诸色不同。所谓“诨裹”，当是种种滑稽的或拟仿的或像生的装扮的意思。

吴自牧又谓：“且谓杂剧中，末泥为长，每一场四人或五人。……末泥色主张，引戏色分付，副净色发乔，副末色打诨。或添一人，名曰装孤。先吹曲破断送，谓之把色。”这把杂剧色的分别说得很明白了。

至于杂剧的演出的情形，《梦粱录》（卷二十）的记载也较为详细：

> 先做寻常熟事一段，名曰艳段。次做正杂剧。通名两段。大抵全以故事，务在滑稽唱念，应对通遍。此本是鉴戒，又隐于谏诤，故从便跣露，谓之无过虫耳。若欲驾前承应，亦无责罚。一

时取圣颜笑。凡有谏诤，或谏官陈事，上不从，则此辈妆做故事，隐其情而谏之，于上颜亦无怒也。又有杂扮，或曰杂班，又名经元子，又谓之拔和，即杂剧之后散段也。顷在汴京时，村落野夫，罕得入城，遂撰此端。多是借装为山东、河北村叟，以资笑端。

在同书（卷三）叙述“宰执亲王南班百官入内上寿赐宴”的一则里，描写杂剧演唱的情形颇详：

诸杂剧色皆诨裹，各服本色紫、绯、绿宽衫，义襕镀金带。自殿陛对立，直至乐棚。每遇供舞戏，则排立七手，举左右盾，动足应拍，一齐群舞，谓之按曲子。……第四盏进御酒，宰臣百官各送酒，歌舞并同前。教乐所伶人，以龙笛腰鼓发诨子。参军色执竹竿拂子，奏俳语口号，祝君寿。新剧色打和毕，且谓：奏罢今年新口号，乐声惊裂一天云。参军色再致语，勾合大曲舞……第五盏进御酒……乐部起三台舞。参军色执竿奏数语，勾杂剧入场。一场两段。是时教乐所杂剧色何雁喜、王见喜、金宝、赵道明、王吉等，俱御前人员，谓之无过央。……第七盏……宰臣酒，慢曲子；百官酒，舞三台。参军色作语，勾杂剧入场。

大致“杂剧”是分为两段的，第一段为艳段，次为正杂剧。艳段为寻常熟事；正杂剧则内容不同，大抵全为故事。这一种雏形的故事的演唱，似还未脱歌舞队的拘束，故杂剧色每兼舞“三台”，次段又做“大曲舞”（即正杂剧）。但观“务在滑稽唱念，应对通遍”之语，似于歌舞之外，又杂有对白（念）。当“变文”流行已久，且已脱胎而成为平话、诸宫调、说经之流的时候，歌舞班之杂入滑稽的道白是很自然的事。我们可以说，宋、金杂剧是连合了古代王家的“弄臣”与歌舞班而为一的。

其内容当然并不纯粹。我们一考察周密《武林旧事》所载的二百八十本“官本杂剧段数”，便可以知道，所谓“杂剧”，还是所谓“杂歌舞戏”的总称。其中最大多数的杂剧当然是纯正所谓“大曲舞”者是。

大曲舞是用“大曲”的调子，以歌舞表演出一件故事，或滑稽的装扮的。

在那二百八十本的“杂剧”里，用大曲来歌唱者，已有：《六幺》二十本、《瀛府》六本、《梁州》七本、《伊州》五本、《新水》四本、《薄媚》九本、《大明乐》三本、《胡渭州》四本、《石州》三本、《大圣乐》三本、《中和乐》四本、《万年欢》二本、《道人欢》四本、《长寿仙》三本、《剑器》二本、《延寿乐》二本、《贺皇恩》二本、《采莲》三本、《宝金枝》一本、《嘉庆乐》一本、《庆云乐》一本、《君臣相遇乐》一本、《泛清波》一本、《采云归》二本、《千春乐》一本、《罢金钲》一本。计凡九十五本，共用大曲二十六调。按：《宋史·乐志》教坊部凡十八调，四十大曲，“杂剧”已用过半。又《降黄龙》（五本）、《熙州》（三本）二调，虽不见于宋史，而灼然可知其亦为大曲。则共用大曲二十八（共一百零三本）。

这二十八大曲的歌词的形式是怎样的呢？

观那一百零三本的名目，其题材当是很复杂的。有的显然知其为叙述故事的，有的则知其为嘲笑、滑稽之作，有的则是粉饰太平的颂扬之作。像《莺莺六幺》，当是以“六幺”的一个大曲来叙述莺莺、张生之故事的；像《郑生遇龙女薄媚》则是以《薄媚》大曲来歌咏郑生遇龙女之故事的。像《哭骰子瀛州》等，则显然是开玩笑的滑稽曲。

可惜在那目录里面的东西，已一本俱不能得到了。但其歌词（即杂剧词），我们却很有幸的能够在曾慥的《乐府雅词》（卷上）（《词学丛书本》）里找到了一个例子：

薄　媚　西子词　董　颖

排遍第八

怒潮卷雪，巍岫布云，越襟吴带如斯，有客经游，月伴风随。值盛世观此江山美，合放怀何事却兴悲？不为回头旧谷天涯，为想前君事。越王嫁祸献西施吴即中深机。　阖庐死，有遗誓，勾践必诛夷。吴未干戈出境，仓卒越兵，投怒夫差。鼎沸鲸鲵，越遭劲敌。可怜无计脱重围，归路茫然，城郭邱墟，飘泊稽山里，旅魂暗逐战尘飞，天日惨无辉。

排遍第九

自笑平生，英气凌云，凛然万里宣威。那知此际，熊虎涂穷，来伴麋鹿卑栖。既甘臣妾，犹不许，何为计？争若都蟠宝器，尽诛吾妻子，径将死战决雌雄。天意恐怜之。　偶闻太宰正擅权，贪赂市恩私。因将宝玩献诚，虽脱霜戈，石室囚系，忧嗟又经时。恨不如巢燕自由归。残月朦胧，寒雨潇潇有血都成泪。备尝崄厄返邦畿，冤愤刻肝脾。

第十攧

种陈谋，谓吴兵正炽，越勇难施。破吴策，惟妖姬。有倾城妙丽，名称一作字西子岁方笄。算夫差惑此，须致颠危。范蠡微行，珠贝为香饵，苎萝不钓钓深闺，吞饵果殊姿。　素饥纤弱，不胜罗绮。鸾镜畔，粉面淡匀，梨花一朵琼壶里，嫣然意态娇春。寸眸剪水，斜鬟松翠，人无双，宜名动君王，绣履容易，来登玉陛。

入破第一

穿湘裙，摇汉珮，步步香风起。敛双蛾，论时事，兰心巧会君意。殊珍异宝，犹自朝臣未与，妾何人被此隆恩!虽令效死奉严旨。隐约龙姿忻悦，重重甘言说。辞俊雅，质娉婷，天教汝众美兼备。闻吴重色，凭汝和亲，应为靖边陲，将别金门，俄挥粉泪靓妆洗。

第二虚催

飞云驶香车，故国难回睇。芳心渐摇，迤逦吴都繁丽。忠臣子胥，预知道为邦祟，谏言先启，愿勿容其至。周亡褒姒，商倾妲己。吴王却嫌胥逆耳，才经眼，便深恩爱，东风暗绽娇蕊，彩鸾翻妒伊。得取次于飞共戏，金屋看承，他宫尽废。

第三衮遍

华宴夕，灯摇醉粉，菡萏笼蟾桂。扬翠袖，含风舞，轻妙处，惊鸿态，分明是瑶台琼榭，阆苑蓬壶景，尽移此地。花绕仙步，莺随管吹。　宝帐暖，留春百和，馥郁融鸳被。银漏永，楚云浓，三竿日犹褪霞衣。宿醒轻腕嗅宫花，双带系合同心时，波下比目，深怜到底。

第四催拍

耳盈丝竹，眼遥珠翠，迷乐事，宫闱内。争知渐国势陵夷，奸臣献佞，转恣奢淫。天谴岁屡饥，从此万姓离心解体。越遣使阴窥虚实，蚤夜营边备。兵未动，子胥存，虽堪伐，尚畏忠义。斯人既戮，又是严兵卷土赴黄池，观衅种蠡，方云可矣。

第五衮遍

机有神，征鼙一鼓，万马襟喉地。庭喋血，诛留守。怜屈服，敛兵还。危如此，当除祸本，重结人心。争奈竟荒迷。战骨方埋，灵旗又指。 势连败，柔荑携泣，不忍相抛弃。身在兮心先死，宵奔兮兵已前围。谋穷计尽，泪鹤啼猿，闻处分外悲。丹穴纵近，谁容再归!

第六歇拍

哀诚屡吐，甬东分赐，垂暮日置荒隅。心知愧，宝锷红委，鸾存凤去，辜负恩怜，情不似虞姬。尚望论功，荣还故里。 降令曰：吴之赦汝，越与吴何异！吴正怨越方疑，从公论合去妖□类。蛾眉宛转，竟殒鲛绡。香骨委尘泥，渺渺姑苏，荒芜鹿戏。

第七煞衮

王公子，青春更才美，风流慕连理。耶溪一日，悠悠回首凝思。云鬟鬟，玉珮霞裙，依约露妍姿。送目惊喜，俄迂玉趾。同仙骑洞府归去，帘栊窈窕戏鱼水。正一点犀通，遽别恨何已!媚魄千载，教人属意，况当时金殿里!

自排遍第八至第七煞衮，共十遍；叙的是西施亡吴的故事，而以王生遇西子事为结。这里把有功的西子，使之“蛾眉宛转，竟殒鲛绡”，未免残忍，和清初徐坦庵的《浮西施》的结局有些相同。明梁辰鱼的《浣纱记》却使西施得到更圆满的结果。

大曲在实际上尚不止十遍。唐时大曲已有排遍、入破、彻（《乐府诗集》卷七十九）。而排遍、入破又各有数遍。彻则为入破之末一遍。王灼《碧鸡漫志》（卷三）谓：“凡大曲有散序、靸、排遍、攧、正攧、入破、虚催、实催、衮遍、歇拍、煞衮，始成一曲，谓之大遍。”则大曲往往是多至“数十解”的。但宋人却多不用其全。像董颖《薄媚》实际上只用到了：

（一）排遍第八、第九

（二）攧

（三）入破第二

（四）第二虚催

（五）第三衮遍

（六）第四催拍

（七）第五衮遍

（八）第六歇拍

（九）第七煞衮

和王灼所说，大致不殊，而废去“散序”、“靸”等不用，“排遍”也只从“第八”起。可见这种叙事歌曲，原可由作者自己的编排，没有固定的“遍”或“解”数的。但在宋词曲里，这种体裁已是最冗长的了，故用来叙述故事，极为相宜。

今所用的尚有曾布《水调歌头》（王明清《玉照新志》卷二）及史浩《采莲》（《鄮峰真隐漫录》卷四十五）等。

王国维《宋元戏曲史》（第四章）云：“现存大曲，皆为叙事体，而非代言体。即有故事，要亦为歌舞戏之一种，未足以当戏曲之名也。”这话很对。我们猜想，所谓“杂剧词”大抵都只是这种式样的体裁而已，“未足以当戏曲之名也”。这一百零三本的以大曲组成的“杂剧词”既然如此，其他恐怕也不会相殊很远（详后）。那里面也许杂有“念白”（杂剧词原是唱念，即讲唱并用的），恐怕也仍是叙述体而已（像变文、鼓子词及诸宫调同样的东西）。

最早的杂剧词，或当为宋《崇文总目》（卷一）所著录的：

周优人曲辞二卷。原注云：周吏部侍郎赵上交，翰林学士李昉，谏议大夫刘陶，司勋郎中冯古，纂录燕优人曲辞。

既名为曲辞，当是歌曲。“大曲”之作为优人歌唱之资，恐怕其渊源当在宋之前。

《宋史·乐志》云：“真宗不喜郑声。而或为杂剧词，未尝宣布于外。”这位皇帝自作的杂剧词，当是大曲一类的东西吧。

吴自牧《梦粱录》（卷二十）云：“向者汴京教坊大使孟角球会做杂剧本子。葛守诚撰《四十大曲》，丁仙现捷才知音。”这三个都是伶人。孟角球所做的杂剧本子和葛守诚所撰的《四十大曲》当是同一的东西无疑。

三

在二百八十本的“官本杂剧段数”里，有四本是“法曲”。按：张炎《词源》（卷下）谓大曲片数（即遍数）与法曲相上下，则二者的体裁当是很相近的。

其中又有二本是“诸宫调”。按：“诸宫调”的性质，纯是代言体的叙事歌曲（讲唱的）。其和大曲不同者仅在：大曲是以同一宫调的曲子数遍歌唱一个故事的，而诸宫调所用的曲子，则不拘拘在于同一宫调中的，她可以使用好几个宫调里的曲子来组成一套叙事歌曲（详见下章）。

其以宋词调来歌唱的，有《逍遥乐》四本、《满皇州》三本、《醉还醒》二本、《黄莺儿》二本、《舞杨花》一本、《暮云归》一本、《菊花新》一本、《夹竹桃》一本、《醉花阴》一本、《夜半乐》一本、《木兰花》一本、《月当厅》一本、《扑蝴蝶》一本、《白苎》一本、《探春》一本、《好女子》一本、《二郎神》一本、《双头莲》二本、《月中行》一本、《三登乐》一本、《安公子》一本、《普天乐》一本，共三十本。又其所用歌调，不见于宋词而见于金、元曲调的，有《啄木儿》三本、

《整乾坤》一本、《棹孤舟》一本、《庆时丰》一本、《上小梯》一本、《鹘打兔》一本、《四国朝》一本，共凡九本。此当是当时的俗曲而为杂剧词作者所引用的。其他尚有可知其为当时的俗曲而不见于后来曲调者，像《万年芳》《三乡题》等尚有不少。又例以《崔智韬艾虎儿》之为大曲，则其他单标故事名目而无曲调名者，尚亦多半为大曲可知。

总之，这二百八十本的杂剧词，其为叙事歌曲者至少在一百五十本以上。其他当也是这一类的歌曲。

用宋词调或俗曲歌唱的，其唱法与大曲当略有不同。似是像欧阳修《采桑子》的咏西湖，凡用十一段《采桑子》来描写西湖景色，而上加一引。又似像赵德璘的咏莺莺故事的《蝶恋花》鼓子词，或像宋人词话里的《刎颈鸳鸯会》（以《醋葫芦》小令咏其故事），都是以十遍或十遍以上的同一词调或曲调来歌咏一个故事的。

“爨”在这二百八十本里占了四十三本；又以“孤”名者凡十七本，“酸”名者凡五本。“爨”即“五花爨弄”，也即“院本”或杂剧词的别名。陶宗仪《辍耕录》叙说“爨”的性质颇详（见上文）。其以“爨”为名者，当系表示其为院本或杂剧词，像今日所见的《金瓶梅词话》《王仙客无双传奇》之标出“词话”及“传奇”之名目来无异。（陶氏以“爨”始于宋徽宗，则大误。我们上文已把其来历说得很为明白。）

“孤”、“酸”之标出，则似也像元剧《风雨还年末》《中秋切脍旦》之标出脚色“末”或“旦”出来相同，都只是表明性质或题材的内容的，无甚深意。

又，宋代流行的杂要，有所谓“三教”的。《东京梦华录》（卷十）云：“十二月，即有贫者三教人，为一火，装妇人神鬼，敲锣击鼓，巡门乞钱，俗号为打夜胡。”而在二百八十本的杂剧词里，有所谓《门子打三教爨》《双三教》《三教安公子》《三教闹着棋》《打三教庵宇》《普天乐打三教》《满皇州打三教》《领三教》等，当即其类。

又有所谓“讶鼓”者。《续墨客挥犀》（卷七）云：“王子醇初平熙河，边陲宁静。讲武之暇，因教军士为讶鼓戏。数年间遂盛行于世。”《朱子语类》（卷一百三十九）云：“如舞讶鼓，其间男子妇人僧道杂色，无所不有，但都是假的。”在上面杂剧词目录里，也有《迓鼓儿熙州》《迓鼓孤》。

《武林旧事》（卷二）记舞队，名色甚多，中有《四国朝》《扑蝴蝶》二种，似即目录中之《四国朝》及《扑蝴蝶爨》二种。

又，周密《齐东野语》（卷十）云：“州郡遇圣节赐宴，率命猥妓数十，群舞于庭，作天下太平字，殊为不经。而唐王建《宫词》云：每过舞头分两向，太平万岁字当中。则此事由来久矣。”今目录中有《天下太平爨》及《百花爨》当即其类，所谓“花舞”、“字舞”者是。

从上面的许多话看来，我们可以大胆的断定说，所谓宋代的“杂剧”，乃是歌舞戏一类的东西，其歌辞则被称为“杂剧词”。这种歌舞戏，是以四人或五人组成之的。他们演唱故事，但往往以“滑稽唱念，应对通遍”为尚；也有不演故事而全为嘲戏或像《天下太平爨》之全为颂扬王室之歌舞的。他们的装扮，衣衫和其他衹应乐人，若笙色、琵琶色、笛色等人物无多大的区别，其区别惟在头部。他色人皆“幞头帽子”，而他们杂剧部却诨裹，即以不同的裹巾或帽子来拟仿古人。他们的脸部并傅以粉墨。但他们并不在演戏曲。他们所歌舞的虽是故事，他们虽也扮作古人，但他们的歌词却是叙述的，并不是代言的。其所以扮作古人者，极似今日之“化装滩簧”一类的东西，取其悦人而已。其本身全未脱离歌舞戏的阶段，并不曾踏上正式的“戏曲”的道路（虽其“末泥”“副净”诸色曾为后来戏曲所采用）。他们是否兼用说白，像“诸宫调”那样的讲唱着，今已不可知。但《梦粱录》既说其为“念唱”的，则似兼有念白，至少戏头或参军色，“执竹竿拂子，奏俳语口号，颂君寿”的时候，是有念词的；这念词便是“致语”或勾队词（像我们今日所见“勾小儿队”致语之类的东西）。

这样的说明，当是很明白的吧。所可憾的是，在那二百八十余本的叙事歌曲里，必有不少的绝妙好辞（董颖的《薄媚》便是很不坏的叙事曲），而我们现在却一本也见不到了！这是很大的一种损失！

四

离开周密的抄录宋代“官本杂剧段数”不到一百年，陶宗仪又抄录了一份更为繁赜的“院本”或新剧名目（见《辍耕录》卷二十）。所著录的院本名目凡七百十三本，较周密所著录的多出四百三十三本。其中相同的名目很少。可见在这不到一百年间，杂剧词亡失得实在太多，太快了。但其名目不甚同，也还有一个缘故，即周密所录为南宋即流行于南方的东西，而陶宗仪所著录的却是北方的东西，从金到元（甚至可上溯到北宋）都有。

那六百九十本的“院本”，可谓洋洋大观，无所不包。虽然现在已是一本不存，但就其名目上，也可以使我们更明白“杂剧”或“院本”的性质。

在宋、金的时代，杂剧和院本便是一个东西。到了元代，院本便专指的是叙事体的歌舞戏了。“杂剧”的名称则给了成为真正的“戏曲”的北剧。故陶宗仪说：“国朝院本、杂剧始厘而二之。”

有一个最好的例证在着。《官门子弟错立身》戏文（见《永乐大典》卷之一万三千九百九十一，今有翻印本）里有一段话：

（末白）你会甚杂剧？

（生唱）〔鬼三台〕我做《朱砂糖浮沤记》《关大王大刀会》，

做《管宁割席》破体儿，《相府院》扮张飞，《三脱槊》扮尉迟敬德，做陈驴儿《风雪包体别》，吃推勘柳成错背，要扮宰相做《伊尹扮汤》，学子弟做罗帅末泥。

（末白）不嫁做新剧的，只嫁个做院本的。

（生唱）〔调笑令〕我这爨体不番离，格样全学贾校尉。趍抢咀脸天生会，偏宜抹土搽灰。打一声哨土响半日，一会儿牙牙小来胡为。

（末白）你会做甚院本？

（生唱）〔圣药王〕更做《四不知》《双斗医》，更做《风流浪子两相宜》，《黄鲁直》打得底，《马明王》村里会佳期，更做《搬运太湖石》。

当时把杂剧和院本当作截然不同之物，虽有的伶人兼擅之，但其性质绝不可混合。

在这戏文里，主角延寿马（生）所唱举的院本名目有：

（一）四不知

（二）双斗医（二本或是一本）

（三）风流才子两相宜

（四）黄鲁直

（五）马明王

（六）搬运太湖石

“杂剧官本段数”有《两相宜万年芳》一本，疑即延寿马所举的“风流才子两相宜”。又《双斗医》《马明王》《太湖石》三本均见于陶氏著录的六百九十本的院本名目中。

王国维氏定陶氏著录之“院本”为金代之作。这是不可靠的。不能以六百九十本里间有金人之作，便全部定为金代的东西。最可能的解释是，这六百九十本的院本，其时代是很久的；其中当有北宋的东西，也有金代的东西，而以元代的作品为最多。陶宗仪云：“偶得院本名目，用载于此，以资博识者之一览。”他并没有说明那名目是金代的东西。

“院本”的解释是怎样的呢？《太和正音谱》云：“行院之本也。”元刊《张千替杀妻杂剧》云：“你是良人良人宅眷，不是小末小末行院。”王国维氏据此，谓“行院者，大抵金、元人谓倡伎所居，其所演唱之本，即谓之院本云尔”。这话也大错。《张千替杀妻杂剧》明说“小末小末行院”，则是歌舞班而非倡伎可知。我们读了《永乐大典》本《宦门子弟错立身戏文》和明刊本《蓝彩和杂剧》等之后，便知所谓“行院”是什么性质的东西。以今语释之，盖即“游行歌舞班”之谓也。以其“冲州撞府”，到处游行着，故谓之“行院”。行院所用的演唱的本子，便谓之院本（详见著者的《行院考》）。到了元代，行院所演唱的以杂剧、戏文为多，而“院本”之名，则仍沿袭旧习，专用以指宋、金的“歌舞戏”。刘东生《娇红记》说及“院本”的地方凡三：

（一）院本上开，下，杂剧上。（《世界文库》本，页五）

（二）院本《黄丸儿》，院本上。（同上本，页二十六）

（三）申纶引院本《师婆旦》上。（同上本，页二十八）

这可知院本是随意可插入杂剧中的，《黄丸儿》是说医生的院本；《师婆旦》是写女巫的院本。

今转抄陶氏所录的院本名目于下，而略加以说明。有许多不可解的，只好不加什么解释了。

和曲院本

月明法曲　郓王法曲　烧香法曲

送使法曲（通行本“使”作“香”）

上坟伊州　烧花新水　熙州骆驼　列良羸府　病郑逍遥乐

四皓逍遥乐　贺贴万年欢　捽廪降黄电（按：“电”应作“龙”）

列女降黄电（按：“电”应作“龙”）

上《和曲院本》凡十三本（但通行本《辍耕录》另有《四酸逍遥乐》一本，合为十四本），和宋官本杂剧重出者有五本（以“·”为号）。王国维云：“其所著曲名，皆大曲、法曲，则和曲殊大曲、法曲之总名也。”按：和曲或可解作和唱之曲。

上皇院本

壶春堂　太湖石　金明池

恋鳌山　六变妆　万岁山

打花阵　赏花灯　错入内

闷相思　探花街　断上皇

打球会　春从天上来

上上皇院本凡十四本。王国维云：“上皇者谓徽宗也。”则此十四本皆叙宋徽宗事矣。

题目院本

柳絮风　红索冷　墙外道

共粉泪　杨柳枝　蔡消闲

方偷眼　呆太守　画堂前

梦周公　梅花底　三笑图

脱布衫　呆秀才　隔年期

贺方回　王安石　断三行

竞寻芳　双打梨花院

上《题目院本》凡二十本。王国维解释“题目”二字，最精确。王氏云：“按题目，即唐以来合生之别名。高承《事物纪原》（卷九）《合生》条言：《唐书·武平一传》：平一上书，比来妖伎胡人，于御座之前，或言妃主清貌，或列王公名质，咏歌舞踏，名曰合生。始自王公，稍及闾巷。即合生之原，起于唐中宋时也。今人亦谓之唱题目云云。此云题目，即唱题目之略也。”可知所谓题目院本者皆是以咏歌舞踏来形容人之面貌体质的。

霸王院本

悲怨霸王　范增霸王　草马霸王

散楚霸王　三官霸王　补塑霸王

上《霸王院本》凡六本。王国维云：“疑演项羽之事。”（《宋元戏曲史》）又云：“愚意霸王即调名。”（《曲录》）此二说相矛盾。按：以“演项羽事”一说为当。

诸杂大小院本

乔托孤（《曲录》“托”作“记”）

旦判孤　计算孤　双判孤

百戏孤　哨啮孤　烧枣孤

孝经孤　菜园孤　货郎孤（以上“孤”凡十本。其主演的，当为“装孤”色者）

合房酸　麻皮酸　花酒酸

狗皮酸　还魂酸　别离酸

三缠酸（《曲录》“三”作“王”，疑误）

谒食酸　三楪酸　哭贫酸

插拨酸（以上“酸”本凡十一本）

酸孤旦（按：此本似以酸、孤、旦三色同时出场）

毛诗旦　老孤遣旦　缠三旦

禾哨旦　哮赏旦　贫富旦（以上“旦”本，凡七本。《武林旧事》杂剧色有“装旦”的名目）

书柜儿　纸襕儿　蔡奴儿

剁手儿　喜牌儿　卦册儿

绣箧儿　粥碗儿　侣娘儿

卦铺儿　师婆儿　教学儿

鸡鸭儿　黄丸儿　棱角儿

田牛儿　小九儿（《曲录》“九”作“丸”）

丑奴儿　病裹王　马明王

闹学堂　闹浴堂　宽布衫

泥布衫　赶汤瓶　纸汤瓶

闹棋亭（《曲录》，“棋”作“旗”，疑误）

夫容亭（《曲录》作芙蓉亭）

坏食店　闹酒店　坏粥店

庄周梦　花酒梦　蝴蝶梦

三出舍　三入舍　瑶池会

八仙会　蟠桃会　洗儿会

藏阄会　打五脏　兰昌宫

广寒宫　闹结亲　倦成亲

强风惜（《曲录》“惜”作“情”）

大论情　三园子　红娘子

太平还乡　衣锦还乡　四论艺

殿前四艺　竞敲门　都子撞门

呆大郎　四酸擂　问前程　十样锦

长庆馆　瘸将军　两相同

竞花枝　五变妆　洪福无疆

白牡丹　赤壁鏖兵　穷相思

金坛谒宿　调奴渐（“奴”应从《曲录》作“双”为是）

官吏不和　闹巡铺　判不由已　大勘力

同官不睦　闹平康　赶门不上

卖花容　同官贺授　无鬼论

四酸诗偌　闹棚栏　双药盘街

闹文林　四国来朝（当即《四国朝》）

双捉婿　酒色财气　医作媒　风流药院

监法童　渔樵闲话　斗鹌鹑

杜甫游春　夗央筒　四酸提猴

满朝欢　月夜闻筝　鼓角将

闹夫容城（《曲录》作“芙蓉城”）

双闹医　张生煮海

赊徐馒头（《曲录》无“徐”字，疑此字衍）

文房四宝　谢神天　陈桥兵变

双揭榜　朦哑质库（《曲录》“朦”作“蒙”）

双福神　院公狗儿　告和来

佛印烧猪　酸卖徕　琴剑书箱

花前饮　五鬼听琴　白云庵

迓鼓二郎　坏道场　独脚五郎

卖花声　进奉伊州　错上坟

医五方　打五铺　拷梅香

四道姑　隔帘听　硬竹蔡（《曲录》“竹”作“行”）

义养娘　啱师姨　论秋蝉

刘盼盼　墙头马　刺董卓

锯周朴（《曲录》“朴”作“村”）

四柏板　大论淡　捧龙舟

击梧桐　滰蓝桥　入桃园

双防送　海常春（《曲录》“常”作“棠”）

香药车　四方和　九头顶

斗元宵（《曲录》“斗”作“闹”）

赶村禾（《曲录》“村”作“材”）

眼药孤　两同心　更漏子　阴阳孤

提头巾　三索债　防送哨

偌卖旦　是耶酸　怕水酸

回回梨花院　晋宣成道记

上诸杂大小院本凡一百八十九本，与宋官本杂剧重出者仅五本耳。

院幺

海棠轩　海棠园　海棠怨

海棠院　鲁李三（《曲录》“三”作“王”）

庆七夕　再相逢　风流婿　王子端卷帘记

紫云迷四季　张与孟杨妃　女状元春桃记

粉墙梨花院　妮女梨花院　庞方温道德经

大江东注　吴彦皋　不抽开

不揿帘　红梨花　玎珰天赐暗姻缘

上《院幺》凡二十一本。“院幺”之名未详。或是均以《六幺》大曲来歌唱的吧。

诸杂院爨

闹夹棒六幺　闹夹棒法曲　望瀛法曲

分拐法曲　送宣道人欢　逍遥乐打马铺

扯彩延寿乐　讳老长寿仙　夜半乐打明星

欢呼万里　山水日月　集贤宾打三鼓

打白雪歌　地水火风　夜深深三磕胞

佳景堪游　十四十五郎（《曲录》无“十四”二字）

喜迁莺剁草鞋　太公家教　琴棋书画　滕王闹阁入妆（《曲录》“入”作“八”）

春夏秋冬　风花雪月　上小楼充头子

喷水朝僧　打注论语　恨秋风鬼点偌

诗书礼乐　论语谒食　下角瓶大医淡

再游恩地　累受恩深　送羹汤放火子

擂鼓孝经　香茶酒果　船子和尚四不犯

徐演黄河　单兜望梅花　皇都好景

四偌大提猴　双声叠韵　上皇四轴画

三偌一卜　调猿卦铺　倬刀馒头

河转迓鼓　背箱伊州　酒楼伊州

蓑衣百家诗　埋头百家诗　偷酒牡丹香

雪诗打樊哙　抹面长寿仙　四偌卖诨

四偌祈雨　松竹龟鹤　王母祝寿

四偌抹紫粉　四偌劈马椿　截红闹浴堂

和燕归梁　苏武和番　羹汤六幺

河汤舅舅（《曲录》“汤”作“阳”）

偌请都子　双女颇饭（《曲录》“颇”作“赖”）

一贯质库儿　私媒质库儿　清朝无事

丰稔太平　一人有庆　四海氏和

金皇圣德　皇家万岁　背鼓千字文

变电千字文（《曲录》“电”作“龙”）

摔盒千字文　错打千字文

木驴千字文　埋头千字文　讲来年好

讲圣州序　讲乐章集　讲道德经

神农大说药　食店提猴　人参脑子爨

断朱温爨　变二郎爨　讲百果爨

讲百花爨　讲蒙求爨　讲百禽爨

讲心字爨　变柳七爨　三跳涧爨

打王枢密爨　水酒梅花爨　调猿香字爨

三分食爨　煎布衫爨　赖布衫爨

双揲纸爨　谒金门爨　跳布袋爨

文房四宝爨　开山五花爨

上诸院爨一百七本。与宋官本杂剧同者仅一本。“爨”即院本之别名，见上文。

冲撞引首

打三十　打谢乐　打八哥

错打了　错取鬼（《曲录》“鬼”作“儿”）

说狄青　憨郭郎　技头巾　小闹掴

莺哥猫儿　大阳唐　小阳唐

歇贴韵　三般尿　大惊睡

小惊睡　大分界　小分界

双雁儿　唐韵六贴　我来也

情知本分　乔捉蛇　铛锅釜灶

代元保　母子御头　觜笛儿（《曲录》“笛”作“苗”）

山梨柿子　打淡的　一日一个

村城诗　胡椒虽小　蔡伯喈

遮截架解　窄砖儿　三打步

穿百倬　盘榛子　四鱼名

四坐山　撮头带　天下乐

四帕水（《曲录》“帕”作“怕”）

四门儿　说古人　山麻秸　乔道场

黄风荡荡　贪狼观　通一毋

串邦了（《曲录》“了”作“子”）

拖下来　哑伴哥　刘千刘义

欢会旗　生死鼓　捣练子

三群头　酒糟儿　净瓶儿

卖官衣　苗青根白　调笑令

斗鼓笛　柳青娘　论句儿

请车儿　身边有艺　调刘滚

霸工草（《曲录》“工”作“王”）

难古典　左必来　香供养

合五百　奶奶嗔　一借一与

己已巳　舞秦始皇　学像生

支道馒头　打调劫　驴城白守

呆木大　定魂刀　说罚钱

年纪太小　打扇　盘蛇

相眼　告假　捉记

照淡　朦哑　投河

略通　调贼　多笔

佥押　扯状　罗打

记水　来楞（《曲录》“来”作“求”）

烧奏　转花枝　计头儿

长娇惓（《曲录》“惓”作“怜”）

歇后语　芦子语　回且语　大支散

上《冲撞引首》凡一百九十本。所谓“冲撞引首”颇费解。按：行院既以“冲州撞府”为生，则“冲撞引首”云者，或可作“院本”的“引首”解。即所谓前半段的杂剧，也即所谓“艳段”吧。

拴搐艳段

裹阳会　驴轴不了　抛绣球（《曲录》无此一本）

鞭敲金镫　门帘儿　天长地久

眼药里（《曲录》无此一本）

衙府则例　金含楞

天下太平（宋官本杂剧《天下太平》爨，当即一本）

归塞北　春夏秋冬

斗百草　叫子盖头　大刘备

石榴花诗　哑汉书　说古棒

唱柱杖　日月山河　胡饼大

觜揾地　屋里藏　骂吕布

张天觉　打论语　十果顽

十般乞　还故里　刘今带

四草虫　四厨子　四妃艳

望长安　长安住　骂江南

风花雪月　错寄书　睡起教柱

打篓来（《曲录》作“打婆束”）

三文两朴　大对景　小护乡

少年游　打青提　千字文

酒家诗　三拖旦　睡马杓

四生属（《曲录》“属”作“厉”）

乔唱诨　桃李子　麦屯儿　大菜园

乔打圣　杏汤来　谢天地

十只足（《曲录》“足”作“脚”）

请生打纳　建成　缚食

球棒艳　破巢艳　开封艳

鞍子艳　打虎艳　四王艳

蝗虫艳　撅子艳　七捉艳

修行艳　般调艳　枣儿艳

蛮子艳　快乐艳　慈乌艳

眼里乔　访戴

众牛（《曲录》“牛”作“半”）

陈蔡　范蠡　扯休书

鞭塞（《曲录》“塞”作“寨”）

金铃　感吾智　诸宫调

扻埽竹　雕出板来

套靴　舌智　俯饭

钗发多　襄阳府　仙哥儿

上拴搐艳段凡九十二本。“艳段”即“焰段”。陶宗仪云：“又有焰段，亦院本之意，但差简耳。取其如火焰易明而易灭也。”吴自牧云：“先做寻常熟事一般，名曰艳段。次做正杂剧。”是艳段即正杂剧之“得胜头回”或入话也。

打略拴搐

星象名　果子名　草名

军器名　神道名　灯火名

衣裳名　铁器名　书集名

节令名　虀菜名　县道名

州府名　相朴名　法器名

乐人名　草名　军名

门名　鱼名　菩萨名

以上二十一本，《曲录》删去不载。

赌扑名

照天红　藩棋名　衮骰子

琴家弄　闷葫芦　握龟

官职名

说驾顽　敲待制　上官赴任　押剌花赤

飞禽名

青鴆（原无鴆字，据《曲录》补）

老雅　厮料　鹰鹞雕鹘

花名

石竹子　调狗　散水

吃食名

厨难偌　蘑茹来

佛名

成佛（《曲录》“佛”下有“板”字）

爷娘佛

难字儿

盘驴　害字　刘三　一板子

酒下拴

数酒　四子三元

唱尾声

孟姜女　遮盖了　诗头曲尾　虎皮袍

猜谜

杜大伯　大黄

和尚家门

秃丑生　窗下僧　坐化　唐三藏

先生家门

入口鬼　则要胡孙　大烧饼　清闲真道本

秀才家门

大口赋　六十八头　拂袖便去

绍运图　十二月　胡说话

风魔赋　寮丁赋（《曲录》“寮”作“疗”）

棒著骆驼　看马胡孙

列良家门

说卦象　田命赋（《曲录》“田”作“由”）

混星图　柳簸箕　二十八宿　春从天上来

禾下家门

万民快乐　咬得响　莫延

九斗一石　共牛

大夫家门

三十六风　伤寒赋（《曲录》无“赋”字）

合死汉　马屁勃　安排锹镬

二百六十骨节

撒五谷（《曲录》无此本）

便痈赋

卒子家门

计儿线（《曲录》“计”作“针”）

甲仗库　军闹　阵败

良头家门

方头赋　水电吟（《曲录》“电”作“龙”）

邦老家门

脚言脚语　则是便是贼

都子家门（《曲录》“子”作“下”）

后人收　桃李子　上一上

孤下家门

朕闻上古　刁待制包（《曲录》“刁”作“刀”）

绢儿来

司吏家门

罢笔赋　事故榜（《曲录》“事”作“是”）

仵作家门

一遍生活

橛徕家门

受胎成气

上《打略拴搐》凡一百十本（《曲录》作八十八种）。所谓《打略拴搐》，其意义不可解。但这一百十本的内容却比较的容易明了，即其所分别的各门类，也可使我们推测其性质。大约此种《打略拴搐》，只是市井戏谑之作，全以舌辩之机警及滑稽见胜，并不包含什么故事（详后）。

诸杂砌

摸石江	梅妃	浴佛
三教	姜武	救驾
赵娥娥	石妇吟	变猫
水毋	玉环	走鹦哥

上料　　　瞎脚　　　易基

武则天　　告子　　　拔蛇

鹿皮　　　新公太（《曲录》“公太”作“太公”）

黄巢　　　恰来　　　蛇师

没字碑　　卧单（《曲录》“单”作“草”）

衲袄　封陟（《曲录》“陟”作“碑”，疑即《官本杂剧》之《封陟中和乐》）

锯周朴（《曲录》“朴”作“村”）

史弘笔（《曲录》“笔”作“肇”）

悬头梁上

上《诸杂砌》凡三十本，和《官本杂剧》名目相同者一本。所谓“诸杂砌”，未详其义。王国维云：“按：《芦浦笔记》谓：街市戏谑，有打砌打调之类。疑杂砌亦滑稽戏之流。然其目则颇多故事则又似与打砌无涉。”他又疑“杂砌”或即“杂扮”之类。按“杂扮”亦即“街市戏谑”之一种，疑即是“切砌、打调之类”。所谓“诸杂砌”，当即指诸种杂扮（详后文）。

以上凡院本七百十三本（《曲录》作六百九十本，此据元刊本《辍耕录》增二本。《曲录》不计“打略拴搐”里的“星象名”、“果子名”等二十一本，大误。今亦为补入。故增多二十三本）分为：（一）和曲院本，（二）上皇院本，（三）题目院本，（四）霸王院本，（五）诸杂大小院本，（六）院幺，（七）诸杂院爨，（八）冲撞引首，（九）拴搐艳段，（十）打略拴搐，（十一）诸杂砌的十一类。粗视之，似若错杂凌乱，不可究诘，其实，其类别是犁然明白的。第一部为“院本”，自和曲院本到诸杂院爨的七类俱可归入此部。第二部为“艳段”，即院本的“前段”（相当于小说的“入话”）；冲撞引首及拴搐艳段二类可归之。第三部为“打略”

(或杂砌、杂扮)，即院本的“后散段”(详后)，打略拴搐及诸杂砌二类可归之。其分类的次第是井然不乱的。

在这七百十三本的“院本”里，用大曲、法曲、词曲调的名目为名者仍不少；计大曲凡十六本，法曲凡七本，词曲调凡三十七本，共凡六十本。其中想来还有为失传之词曲调而为我们所未知者在。但较之宋杂剧之过半数以大曲、法曲、词曲调之名目为名，则似情形不同矣。但我们知道，周密所著录的是“官本杂剧段数”，是宫庭中的供奉、祇应的杂剧名目，故比较的整饬、雅驯。而陶宗仪所著录的则是“行院”所用的“院本”，故显得凌乱、繁杂，无所不包，充分的表现出“行院”乃是杂耍班；“院本”名目乃是宋、金、元三代的许多杂玩意儿的俗曲本子的总目录。

于正宗的“杂剧”或院本之外，那名目里面最可注意的是，包括了许许多多的显然不是演唱故事，而只背诵机警的或滑稽的市井所好的事物的名色以为欢笑之资而已。像《酒色财气》《渔樵问答》《文房四宝》《山水日月》《地水火风》《琴棋书画》《松竹龟鹤》《春夏秋冬》《风花雪月》《诗书礼乐》《香茶酒果》等等的状述，以至于《蓑衣百家诗》《埋头百家诗》《背鼓千字文》《变龙千字文》《摔盒千字文》《错打千字文》《木驴千字文》《埋头千字文》等等的文字游戏，以至于《讲来年好》《讲圣州序》《讲乐章序》《讲道德经》《讲蒙求爨》《讲心字爨》《订注论语》《论语谒食》《擂鼓孝经》《唐韵六帖》一类的谈经说子，以至于《神农大说药》《讲百果爨》《讲百花爨》《讲百禽爨》等等，博征草木虫鱼之名以炫其舌辨与歌唱的警敏，其情形盖甚与近日之唱诵“宝卷”或说“相声”的情形相类似。

在《打略拴搐》里，尤洋洋大观的集背诵名物，以炫博识的那一类俗曲本子的大全。有所谓星象名、果子名、草名、军器名、神道名、灯火名、衣裳名、铁器名、书籍名、节令名、虀菜名、县道名、州府名、相扑名、法器名、门名、革名、军名、鱼名、菩萨名、乐人名等等；而赌扑名乃多至七种，官职名多至四种，飞禽名也多至四种，其他花名、吃食名、佛名也在二种以上。这样的以无意义的名辞拼合来歌唱的盛行的风气，颇令我们想到明代永乐时刊行的浩瀚无比的《诸佛菩萨名曲经》。像这样的风气，到今日也还在民间的俗曲本子里占着相当的势力。

《打略拴搐》之名称最费解。那一百十本的《打略拴搐》，内容也最为繁杂。但如果细加分析，便可知道：除了背诵名物一类的俗曲子之外，又有所谓“唱尾声”及“猜谜”的；这似都是仿拟当时瓦市里流行的唱调和“商谜”的。但更可注意的是各种“家门”，计有：

（一）和尚家门（四本）（当是以和尚为主角而施其嘲笑或机警的讽刺的）。

（二）先生家门（四本）（这当然是讥嘲道士先生们的曲本了）。

（三）秀才家门（十本）（这是和秀才们开玩笑的）。

（四）列良家门（六本）（所谓“列良”，当指的是占、星、相一流人物）。

（五）禾下家门（五本）（疑指的是农夫们）。

（六）大夫家门（七本）（这当然指的是医生们了；在杂剧或戏文里，和医生们开玩笑的话很不少）。

（七）卒子家门（四本）（以兵士们为对象的）。

（八）良头家门（二本）（“良头”未详）。

（九）邦老家门（二本）（“邦老”即窃盗之别称）。

（一〇）都下家门（三本）（“都下”未详）。

（一一）孤下家门（三本）（“孤”即“装孤”吧。但这三本，所谓“孤”，指的并不是官而是帝王）。

（一二）司吏家门（二本）（写“吏”之生活的）。

（一三）仵作行家门（一本）（写“仵作”生活的）。

（一四）橛徕家门（一本）（“橛徕”未详）。

除“良头”、“都下”、“橛徕”未详外，其余所叙的是官家、司吏、仵作、卒子，是秀才、窃盗、和尚、道士，是医、卜、星、相，是农夫，总之，是社会上形形色色的人物与其生活。

《梦粱录》云：“又有杂扮，或曰杂班，又名经元子，又谓之拔和，即杂剧之后散段也。顷在汴京时，村落野夫，罕得入城，遂撰此端。多是借装为山东、河北村叟，以资笑端。”《芦浦笔记》谓：街市戏谑，有打砌打调之类。所谓“打调”，当即是“打略拴搐”的打略；也正是街市戏谑的俗曲本子。“杂砌”云云，便是“诸般打砌之意”。打砌和打调本是性质相同的东西，故编在一处。

“打略”（或打调）的性质，正是“借装为山东、河北村叟以资笑端”，不过借装的范围却由村叟而更扩大到医、卜、星、相，到和尚、道士，乃至到官家、秀才们身上了。也正合“杂扮”的真正意义。

参考书目

一、周密：《武林旧事》。

二、吴自牧：《梦粱录》。

三、陶宗仪：《辍耕录》。

四、王国维：《宋大曲考》。

五、王国维：《宋元戏曲史》。

六、王国维：《曲录》。

七、郑振铎：《行院考》。

八、曾慥：《乐府雅词》。

第八章

鼓子词与诸宫调

一

宋、金、元杂剧词（或院本）的性质，我们既已明了；惟有一点尚为未解之谜：杂剧词究竟有无念白（除了致语或俳语口号之外），如果有，其念白或散文部分究竟占多少的成分。如果每段均有念白，或念白是夹杂在歌舞之间的，则宋、金之杂剧不是什么纯粹的歌舞戏了（其内容当是复杂歧出）；不仅和弄人及歌舞有关，至少也应受到些“变文”的影响。可惜我们除了咏冯燕故事的《水调歌头》，咏西子故事的《薄媚》等三数本之外，得不到别的更完整的例证，因之，我们这一个谜，便不能有解决的希望。(元以后的院本，其受到金、元的戏曲的影响而略变其性质，是很显明的。)

我们今日所知的最早受到“变文”的影响的，除说话人的讲史、小说以外，要算是流行于宋、金、元三代的鼓子词与诸宫调了。鼓子词仅见于宋，是小型的“变文”，是用流行于宋代的词调来歌唱的；当为士大夫受到“变文”影响之后的一种典雅的作品。但“变文”在民间却更流行而成为重要的一种新文体，即所谓诸宫调者是。诸宫调是“变文”以后很浩瀚的有力之作。在歌唱一方面，努力的采用当时流行的新歌曲，而改易了“变文”的单调的歌唱，是取精用宏、气魄极大的东西。说话人钞袭了“变文”的讲唱的方法而特别的着重于散文（即讲说）一部分。其和“变文”同样的着重于韵文（即歌唱）部分的，除了“宝卷”之外，便是这个新文体诸宫调了。

诸宫调为比较的后起之秀，其歌唱部分的组织，显然受有鼓子词、唱赚、大曲以至“转踏”等等的影响。惟其写作的与发挥歌唱的威力的才能却伟大得多了。

二

“鼓子词”是一种叙事的讲唱文，和“变文”相同，也是韵文、散文相间杂的组织成功的。惟其篇幅比“变文”缩小得多了。当是宴会的时候，供学士大夫们一宵之娱乐的。故文简而事略，每篇大约只有十章的歌唱。赵德璘说：崔莺莺的故事，“惜乎不被之以音律，故不能播之声乐，形之管弦”。是鼓子词乃是以“管弦”伴之歌唱的，和诸宫调之单用“弦索”（即弦乐）伴唱者不同。在《商调蝶恋花》鼓子词的开头，赵氏说道：“调曰商调，曲名《蝶恋花》。句句言情，篇篇见意。奉劳歌伴，先定格调，后听芜词。”其后，每一段歌唱的开始，必先之以“奉劳歌伴，再和前声”。是知鼓子词的讲唱者至少须以三人组成，一人是讲说的，另一人是歌唱的。讲唱者或兼操弦索，或兼吹笛，其他一人则专吹笛或操弦。今先将赵氏的

《蝶恋花》鼓子词录载如下：

元微之崔莺莺商调蝶恋花词

夫传奇者，唐元微之所述也。以不载于本集而出于小说，或疑其非是。今观其词，自非大手笔孰能与于此！至今士大夫极谈幽玄，访奇述异，无不举此以为美话。至于娼优女子，皆能调说大略。惜乎不被之以音律，故不能播之声乐，形之管弦。好事君子，极饮肆欢之际，愿欲一听其说。或举其末而忘其本，或纪其略而不终其篇。此吾曹之所共恨者也。今于暇日，详观其文，略其烦亵，分之为十章。每章之下，属之以词。或全摭其文，或止取其意。又别为一曲，载之传前，先叙前篇之义。调曰商调，曲名《蝶恋花》。句句言情，篇篇见意。奉劳歌伴，先定格调，后听芜词。

丽质仙娥生月殿，谪向人间，未免凡情乱。宋玉墙东流美盼，乱花深处曾相见。

密意浓欢方有便，不孛浮名旋遣轻分散。最恨多才情太浅，等闲不念离人怨。

传曰：余所善张君，性温茂，美丰仪，写于蒲之普救寺。适有崔氏孀妇将归长安，路出于蒲，亦止兹寺。崔氏妇，郑女也。张出于郑，绪其亲乃异派之从母。是岁，丁文雅不善于军，军人因丧而扰，大掠蒲人。崔氏之家财产甚厚，多奴仆。旅寓惶骇，不知所措。先是张与蒲将己党有善，请吏护之，遂不及于难。郑厚张之德甚。因饰馔以命张，中堂讌之。复谓张曰：姨之孤嫠未之，提携幼稚，不幸属师徒太溃，实不保其身。弱子幼女，犹君之所生也。岂可比常恩哉！今俾以仁兄之礼相见，冀所以报恩也。

乃命其子曰欢郎，可十余岁，容其温美，次命女曰莺莺，出拜尔兄。尔兄活尔！久之，辞疾。郑怒曰：张兄保尔之命，不然，尔且虏矣！能复远嫌乎？又久之，乃至。常服睟容，不加新饰。垂鬟浅黛，双脸断红而已。颜色艳异，光辉动人。张惊，为之礼。因坐郑傍。凝睇怨绝，若不胜其体。张问其年几。郑曰：十七岁矣。张生稍以词导之，不对。终席而罢。奉劳歌伴，再和前声。

锦额重帘深几许？绣履弯弯，未省离朱户。强出娇羞都不语，绛绡频掩酥胸素。

黛浅愁红妆淡伫，怨绝情凝，不肯聊回顾。媚脸未匀新泪污，梅英犹带春朝露。

张生自是惑之。愿致其情，无由得也。崔之婢曰红娘。生私为之礼者数四。乘间遂道其衷。翌日，复至，曰：郎之言，所不敢言，亦不敢泄。然而崔之族姻，君所详也。何不因其媒而求娶焉？张曰：予始自孩提时，性不苟合。昨日一席间，几不自持。数日来，行忘止，食忘饭，恐不能逾旦暮。若因媒氏而娶，纳采问名，则三数月间，索我于枯鱼之肆矣！婢曰：崔之贞顺自保，虽所尊不可以非语犯之。然而善属久。往往沉吟章句，怨慕者久之。君试为偷情诗以乱之。不然，无由得也。张大喜。立缀《春词》二首以授之。奉劳歌伴，再和前声。

懊恼娇痴情未惯，不道看看，役得人肠断。万语千言都不管，兰房跬步如天远。

废寝忘餐思想遍，赖有青鸾，不必凭鱼雁。密写香笺伦缱绻，《春词》一纸芳心乱。

是夕，红娘复至，持彩笺而授张曰：崔所命也。题其篇云：《明月三五夜》。其词曰：待月西厢下，迎风户半开。拂墙花影动，疑是玉人来。奉劳歌伴，再和前声。

庭院黄昏春雨霁，一缕深心，百种成牵系。青翼蓦然来报喜，鱼笺微谕相容意。

待月西厢人不寐，帘影摇光，朱户犹慵闭。花动拂墙红萼坠，分明疑是情人至。

张亦微谕其旨。是夕，岁二月，旬又四日矣。崔之东墙有杏花一树，攀援可逾。既望之夕，张因梯其树而逾焉。达于西厢，则户半开矣。无几，红娘复来。连曰：至矣！至矣！张生且喜且骇，谓必获济。及女至，则端服俨容，大数张曰：兄之恩，活我家厚矣！由是慈母以弱子幼女见依。奈何因不令之婢，致淫泆之词。始以护人之乱为义，而终掠乱求之。是以乱易乱，其去几何！诚欲寝其词，则保人之奸不义；明之母，则背人之惠不祥。将寄于婢妾，又恐不得发其真诚。是用纪于短章，愿自陈启。犹惧兄之见难，是用鄙靡之词，以求其必至。非礼之动，能不愧心！特愿以礼自持，毋及于乱。言毕，翻然而逝。张自失者久之，复逾而出。由是绝望矣！奉劳歌伴，再和前声。

屈指幽期惟恐误，恰到春宵，明月当之五。红影压墙花密处，花阴便是桃源路。

不谓兰城金石圈，敛袂怡声，恣把多才数。惆怅空回谁共语？只应化作朝云去。

后数夕，张君临轩独寝，忽有人觉之。惊欻而起，则红娘敛衾携枕而至。抚张曰：至矣！至矣！睡何为哉？并枕重衾而去。张生拭目危坐久之，犹疑梦寐。俄而红娘捧崔而至。则娇羞融冶，力不能运支体。曩时之端庄，不复同矣。是夕，旬有八日，斜月晶荧，幽辉半床。张生飘飘然且疑神仙之徒，不谓从人间至也。

有顷，寺钟鸣晓，红娘促去。崔氏娇啼宛转，红娘又捧而去。终夕无一言。张生辨色而兴，自疑曰：岂其梦耶？所可明者，妆在臂，香在衣，泪光荧荧然犹莹于茵席而已。奉劳歌伴，再和前声。

数夕孤眠如度岁，将谓今生，会合终无计。正是断肠凝望际，云心捧得嫦娥至。

玉困花柔羞抆泪，端丽妖娆，不与前时比。人去月斜疑梦寐，衣香犹在妆留臂。

是后又十余日，杳不复知。张生赋《会真诗》之十韵未毕，红娘适至。因授之以贻崔氏。自是复容之。朝隐而出，暮隐而入。同安于曩所谓西厢者几一月矣。张生将之长安。先以情愉之。崔氏宛无难词，然愁怨之容动人矣！欲行之再夕，不复可见。而张生遂西。奉劳歌伴，再和前声。

一梦行云还暂阻，尽把深诚，缀作新诗句。幸有青鸾堪密付，良宵从此无虚度。

两意相欢朝又暮，争索郎鞭，暂指长安路。最是动人愁怨处，离情盈抱终无语。

不数月，张生复游于蒲舍，于崔氏者又累月。张雅知崔氏善属文。求索再三，终不可见。虽待张之意甚厚，然未尝以词继之。异时，独夜操琴，愁弄凄恻。张窃听之。求之，则不复鼓矣。以是愈感之。张生俄以文调及期，又当西去。临去之夕，崔恭貌怡声，徐谓张曰："始乱之，今弃之，固其宜矣。愚不敢恨。必也君始之，君终之，君之惠也。则没身之誓，其有终矣！又何必深憾于此行？然而君既不怿，无以奉宁。君尝谓我善鼓琴。今且往矣。既达君此诚。因命拂琴，鼓《霓裳羽衣序》。不数声，哀音怨乱，不复知其是曲也。左右皆欷歔。张亦遽止之。崔投琴拥面，泣下流涟。趣归郑所，遂不复至。奉劳歌伴，再和前声。

碧沼鸳鸯交颈舞，正恁双栖，又遣分飞去。洒翰赠言终不许，援琴请尽奴衷素。

曲未成声先怨慕，忍泪凝情，强作《霓裳》序。弹到离愁凄咽处，弦肠俱断梨花雨。

诘旦，张生遂行。明年，文战不利，遂止于京。因贻书于崔，以广其意。崔氏缄报之词，粗载于此。曰：捧览来问，抚爱过深。儿女之情，悲喜交集。兼惠花信一合，口脂五寸，致耀首膏唇之饰，虽荷多惠，谁复为客！睹物增怀，但积悲叹耳。伏承便于京中就业，于进修之道，固在便安。但恨鄙陋之人，永以遐弃。命也如此，知复何言！自去秋以来，尝忽忽如有所失。于喧哗之下，或勉为笑语。间宵自处，无不泪零。乃至梦寐之间，亦多叙感咽离忧之思。绸缪缱绻，暂寻常。幽会未终，惊魂已断。虽半衾如暖，而思之甚遥。一昨拜辞，倏如旧岁。长安行乐之地，触绪牵情。何幸不忘幽微，眷念无斁！鄙薄之志，无以奉酬。至于终始之盟，则固不忒。鄙与中表相因，或同宴处。婢仆见诱，遂致私诚。儿女之情，不能自固。君子有援琴之挑鄙人无投梭之拒。及荐枕席，义盛恩深。愚幼之情，永谓终托。岂期既见君子，不能以礼定情。致有自献之羞，不复明侍巾栉。没身永恨，含叹何言！傥若仁人用心，俯遂幽劣，虽死之日，犹生之年。如或达士略情，舍小从大，以先配为丑行，谓要盟之可欺，则当骨化形销，丹忱不泯，因风委露，犹托清尘。存没之诚，言尽于此！临纸呜咽，情不能申！千万珍重！奉劳歌伴，再和前声。

别后想思心目乱，不谓芳音，忽寄南来雁。却写花笺和泪卷，细书方寸教伊看。

独寐良宵无计遣，梦里依稀，暂若寻常见。幽会未终云已断，半衾如暖人犹远。

玉环一枚，是儿婴年所弄，寄先君子下体之佩。玉取其坚洁不渝，环取其终始不绝。兼欲彩丝一绚，文竹茶合碾子一枚。此数物不足见珍。意者欲君子如玉之洁，鄙志如环不解，泪痕在竹，愁绪萦丝。因物达诚，永以为好耳。心迩身遐，拜会无期。幽愤所钟，千里神合。千万珍重，春风多厉，强饭为佳。慎言自保，毋以鄙为深念也。奉劳歌伴，再和前声。

尺素重重封锦字，未尽幽闺，别后心中事。珮玉彩丝文竹器，愿君一见知深意。

环玉长圆丝万系，竹上斓班，总是相思泪。物会见郎人永弃，心驰魂去心千里。

张之友闻之，莫不耸异。而张之志固绝之矣。岁余，崔已委身于人，张亦有所娶。适经其所居。乃因其夫言于崔，以外兄见。夫已诺之，而崔终不为出。张怨念之诚动于颜色。崔知之，潜赋一诗寄张曰：自从消瘦灭容光，万转千回懒下床。不为旁人羞不起，为郎憔悴却羞郎。竟不之见。复数日，张君将行，崔又赋一诗以谢绝之。词曰：弃置今何道！当时且自亲。还将旧来意，怜取眼前人。奉劳歌伴，再和前声。

梦觉高唐云雨散，十二巫峰，隔断相思眼。不为旁人移步懒，为郎憔悴羞见郎。

青翼不来孤凤怨，路失桃源，再会终无便。旧恨新愁无计遣，情深何似情俱浅。

逍遥子曰：乐天谓微之能道人意中语。仆于是益知乐天之言为当也。何者？夫崔之才华婉美，词彩艳丽，则于所载缄书诗章尽之矣。如其都愉滛冶之态，则不可得而见。及观其文飘飘然仿佛出于人目前。虽丹青摹写其形状，未知能如是工且至否。仆尝采摭其意，撰成《鼓子词》十一章，示余友何东白先生。先生曰：文则美矣！意犹有不尽者。胡不复为一章于其后，具道张之与崔，既不能以理定其情，又不能合之于义。始相遇也，如是之笃；终相失也，如是之遽。必及于此则完矣。余应之曰：先生真为文者也。言必欲有终始箴戒而后已。大抵鄙靡之词，止歌其事之可歌，不必如是之备。若夫聚散离合，亦人之常情，古今所共惜也。又况崔之始相得而终至相失，岂得已哉！如崔已他适，而张诡计以求见。崔知张之意，而潜赋诗而谢之，其情盖有未能忘者矣！乐天曰：天长地久有时尽，此恨绵绵无尽期！岂独在彼者耶？予因命此意，复成一曲，缀于传末云：

镜破人离何处问？路隔银河，岁会知犹近。只道新来消瘦损，玉容不见空传信。

弃掷前欢俱未忍，岂料盟言，陡顿无凭准。地久天长终有尽，绵绵不似无穷恨。

这篇《元微之崔莺莺商调蝶恋花词》，见于赵氏的《侯鲭录》（卷五）。赵氏名令畤，字德麟，燕王德昭玄孙；为安定郡王，所与游处，多元祐胜流，苏轼尤深识其才美。德麟以为张生即元微之自况，所传莺莺事，盖即微之自己所经历的（详见《侯鲭录》卷五《辨传奇莺莺事》）。故径题曰："元微之崔莺莺商调蝶恋花词。"全篇连首尾二曲，凡十二章。散文部分即截取《莺莺传》文为之。

像这样的"鼓子词"，在宋人著作里是仅见。但可知在当时是极流行的。《清平山堂话本》里有《刎颈鸳鸯会》（《警世通言》选入，题作《蒋淑贞刎颈鸳鸯会》）一本，其格局正同。虽入“话本”之选，殆也是一篇鼓子词吧。其韵文部分以十篇《醋葫芦》小令组成之，其散文部分则为流利的白话文的记事（当是用作讲念的）。和赵德麟之引用《莺莺传》原文，似没有什么两样。而其每入歌唱处，亦必曰：“奉劳歌伴”，也正和《蝶恋花》相同。

我们玄想，这样小型的叙事讲唱文（鼓子词），以当时流行的词调来歌出，以管弦来配奏的，在当时，必定和说话人之讲说“小说”（短篇的话本，大都每次都可讲毕），是同样受到听众之热烈欢迎的。

三

尚有所谓“转踏”者，也是叙事歌曲的一流，其性质正和鼓子词不殊。不过其散文部分却又转变而成为“诗句”了。如此的以“诗”和“词调”相间成文，却也颇足注意。

这也是咏歌故事的，连续的以同一的词调若干首组成之。

为什么这种“转踏”会把散文部分变成了“诗”句呢？

原来“转踏”本是歌舞相兼的，随歌随舞，并不容有说白的间杂，故势不得不易“散文”而为另一种的韵文。也为了是歌舞的东西，故上面必冠以“致语”，最后必有“放队”。然其以“诗”“词”相间而组成，犹未尽失“变文”的遗意。

“转踏”又谓之“传踏”，亦谓之“缠达”（《梦粱录》卷二十）。

其和鼓子词不同者，即每篇不仅叙述一事，而是连续的叙述性质相同的若干事的（每一曲叙一事）。今日所见的无名氏《调笑转踏》，郑彦能《调笑集句》，晁无咎《调笑》（均见曾慥《乐府雅词》卷上）均是如此的。

又有无名氏的《九张机》，也是“转踏”之一，却纯然是抒情小歌曲而并无故事的了。

但亦有合若干首歌曲而仅咏一个故事，像鼓子词一样的。《碧鸡漫志》（卷三）谓：石曼卿作《拂霓裳转踏》，述开元、天宝遗事（今佚）。可见“转踏”的格律是固定的，而其题材却是千变万殊的。今将《乐府雅词》的四篇，并抄录如下：

调笑集句

盖闻行乐须及良辰，钟情正在吾辈。飞觞夅白，目断五山之暮云；缀玉联珠，韵胜池塘之春草。集古人之妙句，助今日之余欢。

珠流璧合暗连文，月入千江体不分。此曲只应天上有，歌声岂合世间闻！

巫　山

巫山高高十二峰，云想衣裳花想容。欲往从之不惮远，丹峰碧障深重重。楼阁玲珑五云起，美人娟娟隔秋水。江天一望楚天长，满怀明月人千里。

千里楚江水，明月楼高愁独倚。井梧宫殿生秋意，望断巫山十二。雪肌花貌参差是，朱阁五云仙子。

桃　源

渔舟容易入春山，别有天地非人间。玉颜亭亭花下立，鬓乱钗横特地寒。留君不住君须去，不知此地归何处？春来遍是桃花水，流水落花空相误。

相误桃源路，万里苍苍烟水暮。留君不住君须去，秋月春风闲度。桃花零乱如红雨，人面不知何处！

洛　浦

艳阳灼灼河洛神，态浓意远淑且真。入眼平生未曾有，缓步佯羞行玉尘。凌波不过横塘路，风吹仙袂飘飘降。来如春梦不多时，夭非花艳轻非雾。

非雾花无语，还似朝云何处去。凌波不过横塘路，燕燕莺莺飞舞。风吹仙袂飘飘降，拟倩游丝惹住。

明　妃

明妃初出汉宫时，青春绣服正相宜。无端又被东风误，故著寻常淡薄衣。上马即知无返日，寒山一带伤心碧。人生憔悴生理难，好在毡城莫相忆。

相忆无消息，日断遥天云自白。寒山一带伤心碧，风土萧疏胡国。长安不见浮云隔，纵使君来争得！

班　女

九重春色醉仙桃，春娇满眼睡红绡。同辇随君侍君侧，云鬓花颜金步摇。一霎秋风惊画扇，庭院苍苔红叶遍。蕊珠宫里旧承恩，回首何时复来见！

来见蕊宫殿，记得随班迎凤辇。余花落尽苍苔院，斜掩金铺一片。千金买笑无方便，和泪盈盈娇眼。

文　君

锦城丝管月纷纷，金钗半醉坐添春。相如正应居客右，当轩下马入锦裀。斜倚绿窗鸳鉴女，琴弹秋思明心素。心有灵犀一点通，感君绸缪逐君去。

君去逐鸳侣，斜倚绿窗鸳鉴女。琴弹秋思明心素，一寸还成千缕。锦城春色知何评？那似远山眉妩！

吴　娘

素枝琼树一枝春，丹青难写是精神。偷啼自揾残妆粉，不忍重看旧写真。佩玉鸣銮罢歌舞，锦瑟华年谁与度？暮雨潇潇郎不归，含情欲说独无处。

无处难轻诉，锦瑟华年谁与度？黄昏更下潇潇雨，况是青春将暮。花虽无语莺能语，来道：曾逢郎否？

琵　琶

十三学得琵琶成，翡翠帘开云毋屏。暮雨朝来颜色故，夜半月高弦索鸣。江水江花岂终极，上下花间声转急。此恨绵绵无绝期，江州司马青衫湿。

衫湿情何极！上下花间声转急。满船明月芦花白，秋水长天一色。芳年未老时难得，目断远空凝碧。

放　队

玉炉夜起沉香烟，唤起佳人舞绣筵。去似朝云无处觅，游童陌上拾花钿。

除了“致语”和“放队”外，这篇“转踏”凡八章，每章各咏一事：(一)巫山，(二)桃源，(三)洛浦，(四)明妃，(五)班女，(六)文君，(七)吴娘，(八)琵琶。其题材的性质是相同的，故便合组成一篇了。“集古人之妙句，助今日之余欢”，明言这是“当筵则歌”的东西。

调笑转踏　郑彦能

良辰易失，信四者之难并。佳客相逢，实一时之盛事。用陈妙曲，上助清欢。女伴相将，调笑入队。

秦楼有女字罗敷，二十未满十五余。金镮约腕携笼去，攀枝折叶城南隅。使君春思如飞絮，五马徘徊芳草路。东风吹鬓不可亲，日晚蚕饥欲归去。

归去携笼女，南陌柔桑三月暮。使君春思如飞絮，五马徘徊频驻。蚕饥日晚空留颜，笑指秦楼归去。

石城女子名莫愁，家住石城西渡头。拾翠每寻芳草路，采莲时过绿蘋洲。五陵豪客青楼上，醉倒金壶待清唱。风高江阔白浪飞，急摧艇子操双桨。

双桨小舟荡，唤取莫愁迎叠浪。五陵豪客青楼上，不道风高江广。千金难买倾城样，那听绕梁清唱。

绣户朱帘翠幕张，主人置酒宴华堂。相如年少多才调，消得文君暗断肠。断肠初认琴心挑，幺弦暗写相思调。从来万曲不关心，此度伤心何草草！

草草最年少，绣户银屏人窈窕。瑶琴暗写相思调，一曲关心多少。临卬客合成都道。共恨相逢不早。

缓缓流水武陵溪，洞里春长日月迟。红英满地无人扫，此度刘郎去移迷。行行渐入清流浅，香风引到神仙馆。琼浆一饮觉身轻，玉砌云房瑞烟暖。

烟暖武陵晚，洞里春长花烂熳。红英满地溪流浅，渐听云中鸡犬。刘郎迷路香风远，误到蓬莱仙馆。

少年锦带佩吴钩，铁马迎风寒草愁。凭仗匣中三尺剑，扫平骄虏取封侯。红颜少妇桃花脸，笑倚银屏施宝靥。明眸妙齿起相迎，青楼独占阳春艳。

春艳桃花脸，笑倚银屏施宝靥。良人少有平戎胆，归路光生弓剑。青楼春永香帏掩，独把韶华都占。

翠盖银鞍冯子都，寻芳调笑酒家徒。吴姬十五夭桃色，巧笑春风当酒垆。玉壶丝络临朱户，结就罗裙表情素。红裙不惜裂香罗，区区私爱徒相慕。

相慕酒家女，巧笑明眸年十五。当垆春永寻芳去，门外落花飞絮。银鞍白马金吾子，多谢结裙情素。

楼上青帘映绿杨，江波千里对微茫。潮平越贾催船发，酒熟吴姬唤客尝。吴姬绰约开金盏，的的娇波流美盼。秋风一曲采菱歌，行云不度人肠断。

肠断浙江岸，楼上青帘新酒软。吴姬绰约开金盏，的的娇波流盼。采菱歌罢行云散，望断侬家心眼。

花阴转午漏频移，宝鸭飘帘绣幕垂。眉山敛黛云堆髻，醉倚春风不自持。偷眼刘郎年最少，云情雨态知多少！花前月下恼人肠，不独钱塘有苏小。

苏小最娇妙，几度樽前曾调笑。云情雨态知多少？悔恨相逢不早。刘郎襟韵正年少，风月今宵偏好。

金翘斜亸淡梳妆，绰约天葩自在芳。几番欲奏阳关曲，泪湿春风眼尾长。落花飞絮青门道，浓愁不散连芳草。孤鸾乘鹤上蓬莱，应笑行云空梦悄。

梦悄翠屏晓，帐里薰炉残蜡照。赏心乐事能多少？忍听阳关声调。明朝门外长安道，怅望王孙芳草。

绰约妍姿号太真，肌肤冰雪怯轻尘。霞衣乍夆红摇影，按出霓裳曲最新。舞钗斜亸乌云发，一点春心幽恨切。蓬莱虽说浪风轻，翻恨明皇此时节。

时节白银阙，洞里春情百和爇。兰心底事多悲切？消尽一团冰雪。明皇恩爱云山绝，谁道蓬莱安悦！

江上新晴暮霭飞，碧芦江蓼夕阳微。富贵不牵渔父目，尘劳难染钓人衣。白鸟孤飞烟柳杪，采莲越女清歌妙。腕呈金钏棹鸣榔，惊起鸳鸯归调笑。

调笑楚江渺，粉面修眉花斗好。擎荷折柳争相调，惊起鸳鸯多少。渔歌齐唱催残照，一叶归舟轻小。

千里潮平小渡边，帘歌白纻絮飞天。苏苏不怕梅风远，空遣春心著意怜。燕钗玉股横青发，怨托琵琶恨难说。拟将幽恨诉新愁，新愁未尽丝声切。

声切恨难说，千里潮平春浪阔。梅风不解相思结，忍送落花飞雪。多才一去芳音绝，更对珠帘新月。

放　队

新词宛转递相传，振袖倾鬟风露前。月落乌啼云雨散，游童陌上拾花钿。

这一篇比较《调笑集句》长，除了致语和放队二段，还有十二章。其题材的性质和《调笑集句》是完全相同的，叙的也是女子的故事。

观其“致语”：“良辰易失，信四者之难并，佳客相逢，实一时之盛”云云，则也是宴会时的歌曲。大约像“转踏”一类的歌舞，比较的是小规模的，所以士大夫们家里都可以供养得起；平常的宾朋宴会都能够使用得着。观“女伴相将，《调笑》入队”，则舞踏者似都是女子。

郑彦能名仅。

晁无咎的《调笑》，其题材也无殊于前二者，皆是很艳丽的恋爱的故事。“上佐清欢，深惭薄伎”，这是替歌舞者说的。全篇只有七章，却没有“放队”，不知何故。也许因其习见而去之；也许是脱落掉。

这里所选的三篇《转踏》都是用“调笑”这个曲调的。“转踏”似是惯用《调笑》这一曲的。

调　笑

盖闻民俗殊方，声音异好。洞庭九奏，谓踊跃于鱼龙，《子夜四时》，亦欣愉于儿女。欲识风谣之变，请观《调笑》之传。上佐清欢，深惭薄伎。

西　子

西子江头自浣纱，见人不语入荷花。天然玉貌非朱粉，消得人看隘若耶。游冶谁家少年伴？三三五五垂杨岸。紫骝飞入乱红深，见此踟蹰但肠断。

肠断越江岸，越女江头纱自浣。天然玉貌铅红浅，自弄芙蓉日晚。紫骝嘶去犹回盼，笑入荷花不见。

宋　玉

楚人宋玉多微词，出游白马黄金羁。殷勤扣户主人女，上客日高无乃饥？琴弹秋思明心素，女为客歌无语。冠缨定挂翡翠钗，心乱谁知岁将暮！

将暮乱心素，上客风流名重楚。临街下马当窗户，饭煮雕胡留住。瑶琴促轸传深语，万曲梁尘不顾。

大　堤

妾家朱户在横塘，青云作髻月为珰。常伴大堤诸女士，谁令花艳独惊郎。踏堤共唱《襄阳乐》，轲峨大艑帆初落。宜城酒熟持劝郎，郎今欲渡风波恶。

波恶倚江阁，大艑轲峨帆夜落。横塘朱户多行乐，大堤花容绰约。宜城春酒郎同酌，醉倒银缸罗幕。

解　珮

当年二女出江滨，容止光辉非世人。明珰戏解赠行客，意比骖鸾天汉津。恍如梦觉空江暮，云雨无踪珮何处？君非玉斧望归来，流水桃花定相误。

相误空凝伫，郑子江头逢二女。霞衣曳玉非尘土，笑解明珰轻付。月从云堕劳相慕，自有骖鸾仙侣。

回　纹

窦家少妇美朱颜，藁砧何在山复山！多才况是天机巧，象床玉手乱红间。织成锦字纵横说，万语千言皆怨列。一丝一缕几萦回，似妾思君肠寸结。

寸结肝肠切，织锦机边音韵咽。玉琴尘暗薰炉歇，望尽床头秋月。刀裁锦断诗可灭，恨似连环难绝。

唐　儿

头玉硗硗翠刷眉，杜郎生得好男儿。惟有东家娇女识，骨重神寒天妙姿。银鸾照衫马丝尾，折花正值门前戏。侬笑书空意为谁？分明唐字深心记。

心记好心事，玉刻容颜眉刷翠。杜郎生得真男子，况是东家妖丽。眉尖春恨难凭寄，笑作空中唐字。

春　草

刘郎初见小樊时，花面丫头年未笄。千金欲置名春草，图得身行步步随。郎去苏台云水国，青青满地成轻掷。闻君车马向江南，为传春草遥相忆。

相忆顿轻掷，春草佳名慚赠璧。长州茂苑吴王国，自有芊绵碧色。根生土长铜驼陌，纵欲随君争得！

这里很可注意的是，唱词与诗句的叙述和情调是完全相同的；唱词只是诗句的重述而已。其间辞句且多重复者。又唱词的头二字，必和诗句的末二字是相同的。如晁氏《调笑》的最末一章，诗句之末为“为传春草遥相忆"，而唱词的第一句则为"相忆顿轻掷"，"相忆"二字必要重复一次。

《乐府雅词》又载有《九张机》二篇，也在"转踏"中，但并不叙述故事，而是抒情的。其第二篇并缺"勾队词"及"放队词"。恐怕这种"勾队""放队"的辞语是可以互相袭用的。又《九张机》二篇，均只有唱词而没有"诗"（仅第一篇开首有一诗，又，未多二唱词）。不知是原来如此的还是被删去了的。也许原来这种歌舞的抒情曲或故事曲，其格律比较松懈，作者可以自由抒写。或故事曲非有"诗"不可，而抒情曲则可以不用吧。但似以被删去的话为更可靠。

《九张机》的二篇，均无作者姓名。

九张机　**无名氏**

《醉留客》者，乐府之旧名，《九张机》者，才子之新调。凭戛玉之清歌，写掷梭之春怨。章章寄恨，句句言情。恭对华筵，敢陈口号。

一掷梭心一缕丝，连连织就九张机；从来巧思知多少？苦恨春风久不归！

一张机，织梭光景去如飞，兰房夜永愁无寐，呕呕轧轧织成春恨，留着待郎归。

两张机，月明人静漏声稀，千丝万缕相萦系，织成一段回纹锦字，将去寄呈伊。

三张机，中心有朵耍花儿，娇红嫩绿春明媚，君须早折一枝浓艳，莫待过芳菲。

四张机，鸳鸯织就欲双飞，可怜未老头先白，春波碧草晓寒深处，相对洛红衣。

五张机，芳心密与巧心期，合欢树上枝连理，双头花下两同心处，一对化生儿。

六张机，雕花铺锦半离披，兰房别有留春计，炉添小篆日长一线，相对绣工迟。

七张机，春蚕吐尽一生丝，莫教容易裁罗绮，无端剪破仙鸾彩凤，分作两般衣。

八张机，纤纤玉手住无时，蜀江濯尽春波媚，香遗囊麝花房绣被，归去意迟迟。

九张机，一心长在百花枝，而花共作红堆被，都将春色藏头里面，不怕睡多时。

轻丝象床，玉手出新奇。千花万草光凝碧，裁缝衣著，春天歌舞，飞蝶语黄鹂。

春衣素丝，染就已堪悲。尘世昏污无颜色，应同秋扇，从兹永弃，无复奉君时。

歌声飞落画梁尘，舞罢香风卷绣茵。更欲缕成机上恨，尊前忽有断肠人。敛袂而归，相将好去。

同　前　无名氏

一张机，采桑陌上试春衣，风晴日暖慵无力，桃花枝上啼莺言语，不肯放人归。

两张机，行人立马意迟迟，深心未忍轻分付，回头一笑花间归去，只恐被花知。

三张机，吴蚕已老燕雏飞，东风宴罢长洲苑，轻绡催趁馆娃宫女，要换舞时衣。

四张机，咿哑声里暗颦眉，回梭织朵垂莲子，盘花易绾愁心难整，脉脉乱如丝。

五张机，横纹织就沈郎诗，中心一句无人会，不言愁恨不言憔悴，只恁寄相思。

六张机，行行都是耍花儿，花间更有双蝴蝶，停梭一晌闲窗影里，独自看多时。

七张机，鸳鸯织就又迟疑，只恐被人轻裁剪，分飞两处一场离恨，何计再相随。

八张机，回纹知是阿谁诗，织成一片凄凉意，行行读遍厌厌无语，不忍更寻思。

九张机，双花双叶又双枝，薄情自古多离别，从头到底将心萦系，穿过一条丝。

四

又有所谓“曲破”者，在宋代也流行一时。她也是一种舞曲，和“转踏”有些相同。《宋史·乐志》：“太宗洞晓音律，制曲破二十九。”其辞惜不传。王国维云：“此在唐五代已有之，至宋时又借以演故事。”其性质，实是“转踏”一类的东西。我们从“曲破”的歌舞的情形，似可约略的证明出“转踏”的歌舞的方法。惟“曲破”规模较大，已为王家乐队里的东西，“转踏”则比较的小规模，似没有那末隆重的局面。

王国维氏在史浩的《鄮峰真隐漫录》（卷四十六）里，找到了《剑舞》的一则。这是最可珍异的材料！虽然全篇有念白，有动作的指示，却独缺乐部所唱的曲子，不知何故。但全部“曲破”的歌舞的规则，我们却可以完全看到了：

剑　舞

二舞者对厅立裀上（下略），乐部唱剑器曲破，作舞一段了，二舞者同唱霜天晓角。

“莹莹巨阙，左右凝霜雪；且向玉阶掀舞，终当有用时节。唱彻，人尽说，宝此刚不折，内使奸雄落胆；外须遣豺狼灭。”

乐部唱曲子，作舞剑器曲破一段。舞罢二人分立两边，别二人汉装者出，对坐，桌上设酒桌？竹竿子念。

“伏以断蛇大泽，逐鹿中原，佩赤帝之真符，接苍姬之正统，皇威既振，天命有归，量势虽盛于重瞳，度德难胜于隆准。鸿门设会，亚文输谅，徒矜起舞之雄咨，厥有解纷之壮士。想当时之贾勇激烈飞扬，宜后世之效颦，回翔宛转。双莺奏技，四座腾欢。”

乐部唱曲子，舞剑器曲破一段，一人左立者上裀舞，有欲刺右汉装者之势，又有一人舞进前，翼蔽之。舞罢，两舞者并退，汉装者亦退。复有两人唐装者出，对坐，桌上设笔砚纸，舞者一人换妇人装，立裀上，竹竿子念。

“伏以雪鬟耸苍壁，雾縠罩香肌，袖翻紫电以连轩，手握青蛇而的皪花影下游龙自跃，饰裀上跄凤来仪，逸态横生，瑰姿谲起，领此入神之枝，诚为駴目之观，巴女心惊燕姬色沮。岂唯张长史草书大进，抑亦杜工部丽句新成称妙，一时流芳万古，宜呈雅态以洽浓欢。”

唱赚是具有伟大的体制的崭新的创作。它创出了几种动人的新声，它更革了迟笨繁重的唐、宋大曲的音调。我们文学史里知道在同一宫调里，任意选取了若干支曲子，来组成一个套数，第一次乃是由于“唱赚”者的创作。这个影响极大。由单调的以二段曲子组成的词，由单调的以八支或十支以上的同样的曲调组成的大曲，反复歌唱，声貌全同，岂不会令听者觉得厌倦么？一个崭新的新声便在这个疲乏的空气中产生出来。唱赚产生于何时，据宋人记载，约略可知。耐得翁《都城纪胜》说：

> 唱赚在京师，只有缠令缠达。有引子尾声为缠令。引子后只以两腔递且循环间用者为缠达。中兴后，张五牛大夫，因听动鼓板中，又有四太平令或赚鼓板（即今拍板大筛扬处是也），遂撰为赚。赚者，误赚之义也。令人正堪美听，不觉已至尾声。是不宜为片序也。今又有覆赚；又且变花前月下之情及铁骑之类。凡赚最难，以其兼慢曲、曲破、大曲、嘌唱、要令、番曲，叫声诸家腔谱也。

吴自牧《梦粱录》所叙唱赚的情形，与《都城纪胜》全同，惟载“今杭城老成能唱赚者如窦四官人、离七官人、周竹窗、东西两陈九郎、包都事、香沈二郎、雕花杨一郎、招六郎、沈妈妈等”姓名。周密《武林旧事》也载唱赚者姓氏，自濮三郎、扇李二郎以下，凡二十二人。唱赚在南宋是成为一门专业的。

唱赚有缠令、缠达二体之分。缠令之体，有引子，有尾声，正同上列的那种形式。惟上列赚词当为南宋后半期之作。（《武林旧事卷》同三及《梦粱录》卷十九，所载各社名，均有“遏云社唱赚”云云，而《事林广记》载此赚词，其前恰为《遏云要诀》《遏云致语》，则此赚词自当与遏云社有关系。）初期的赚词，究竟有没有这样的复杂，却是一个疑问。看了“赚者误赚之意也。令人正堪美听，不觉已至尾声”的云云，我们总要觉得初期的赚词，大约不会是很长的，或者只要“有引子，有尾声”便已足够了罢。

乐部唱曲子，舞剑器曲破一段，非龙蛇蜿蜒曼舞之势两人唐装者起，二舞者一男一女对舞，给剑器曲破彻竹竿子念。

“项伯有功扶帝业，大娘驰誉满文场，合兹二妙甚奇特，欲使嘉宾釂一觞。霍如羿射九日落，矫如群帝骖龙翔，来如雷霆收？震怒，罢如江海含晴光。歌无既终，相将好去。”

念了二舞者出队。

今日“剑舞”已失传，但在日本，犹得见之。尝获睹日本人的剑舞，是四人组成之的。二人持剑作击刺状，一人吹“尺八”，一人歌诵词语。其来源似当较宋代的剑舞为犹古。唱曲子的“乐部”，在日本的剑舞里是没有的。

五

另一种叙事歌曲，所谓“唱赚”的，似较“鼓子词”、“转踏”尤得市井的欢迎。

“唱赚”的词文（赚词），亡失已久，王国维氏始于《事林广记》中发见之。其前且有唱赚规则。现在录之如下：

〔遏云要诀〕“夫唱赚一家，古谓之道赚，腔必真，字必正，欲有墩亢掣拽之殊，字有唇喉齿舌之异，抑分轻清重浊之声，必别合口半合口之字，更忌马嚣鞳子，俗语乡谈。如对圣案，但唱乐道山居水居清雅之词，切不可以风情花柳艳冶之曲；如此，则为渎圣。社条不赛，筵会吉席，上寿庆贺，不在此限。假如未唱之初，执拍当胸，不可高过鼻，须假鼓板村掇，三拍起引子，唱头一句。又三拍至两片结尾，三拍煞，入序尾三拍巾斗煞，入赚头一字当一拍，第一片三拍，后仿此。出赚三拍，出声巾斗又三拍煞，尾声总十二拍；第一句三拍，第二句五拍，第三句三拍煞，此一定不逾之法。”

〔遏云致语〕（筵会用）〔鹧鸪天〕

遇酒当歌酒满斟，一觞一咏乐天真，三杯五盏陶情性，对月临风自赏心。环列处，总佳宾，歌声嘹亮遏行云，春风满座知音者，一曲教君侧耳听。

〔圆社市语〕〔中吕宫〕〔圆里圆〕

〔紫苏丸〕相逢闲暇时，有闲的打唤瞒儿，呵喝啰声嗽道膁厮，俺嗏欢喜，才下脚，须和美，试问伊家有甚夹气，又管甚官场侧背，算人间落花流水。

〔缕缕金〕把金银锭打旋起，花星照临我，怎辨避？近日间游戏，因到花市帘儿下，瞥见一个表儿圆，咱每便著意。

〔好女儿〕生得宝妆跷，身分美，绣带儿缠脚，更好肩背，画眉儿入札春山翠，带着粉钳儿，更绾个朝天髻。

〔大夫娘〕忙入步，又迟疑，又怕五角儿冲撞我没跷踢。纲儿尽是札，圆底都松例，要抛声忒壮果难为，真个费脚力。

〔好孩儿〕供送饮三杯先入气，道今宵打歇处。把人拍惜，怎知他水脈透不由得你。咱们只要表儿圆时，复儿一合儿美。

〔赚〕春游禁陌，流莺往来穿梭戏，紫燕归巢，叶底桃花绽蕊。赏芳菲，蹴秋千高而不远，似踏火不沾地，见小池风摆，荷叶戏水。素秋天气，正玩月斜插花枝。赏登高佶料沙羔美。最好当场落帽，陶潜菊绕篱。仲冬时，那孩儿忌酒怕风，帐幕中缠脚忒稔腻。讲论处下梢团圆到底，怎不则剧。

〔越恁好〕勘脚并打二步步随定伊，何曾见走衮。你于我，我与你，场场有踢，没些拗背。两个对垒，天生不枉作一对脚头，果然厮稠密密。

〔鹘打免〕从今复一来一往，休要放脱些儿。又管甚搅闲底拽，闲定白打赚厮，有千般解数，真个难比。

〔骨自有〕

〔尾声〕五花丛里英雄辈，倚玉偎香不暂离，做得个风流第一。

这是歌咏蹴球之事的，圆社即“蹴球”之社。其前有“致语”，是为“筵会用”，而不是为圆社用的。我们现在不知道赚词里有没有散文的成分在内。但覆赚是很复杂的，叙述“花前月下之情及铁骑之类”，变而成为长篇的叙事歌曲了。或正是诸宫调的雏形吧。

六

“诸宫调”是宋代“讲唱文”里最伟大的一种文体，不仅以篇幅的浩瀚著，且也以精密、严饬的结构著。她不是像“转踏”“唱赚”那样的小规模的东西，她必须有最大的修养，最大的耐力去写作的。她是“变文”的嫡系子孙，却比“变文”更为进步——至少在歌唱一方面，她是宋代许多讲唱的文体里的登峰造极的著作；她有了极崇高的成就；她有了最伟大的作品遗留下来——虽然不过寥寥的三部。她在宋、金、元三代的民间，有了极大的势力。有专门的班子到各地讲唱“诸宫调”；讲唱的时间，不止一天两天，也许要连续到半月至三两月，然而听众并不觉得疲倦。

《刘知远诸宫调》最后有“曾想此本新编传，好伏侍您聪明英贤”的话；董解元《西厢记诸宫调》的开头有“比前览乐府不中听，在诸宫调里却著数”云云，又有“穷缀作，腌对付，怕曲儿捻到风流处，教普天下颠不刺的浪儿每许”的话；王伯成《天宝遗事诸宫调》的引里，也有“俺将这美声名传万古，巧才能播四方，叹行中自此编绝唱，教普天下知音尽心赏”的话。这都可看出其为实际的讲唱的本子。在元人石君宝[①]《诸宫调风月紫云亭》一剧里，对于讲唱诸宫调的班子，有很重要的描写：

〔点绛唇〕怎想俺这月馆风亭，竹溪花径，变得这般嘿光景！我每日撇嵌为生，俺娘向诸宫调里寻争竞。

〔混江龙〕他那里问言多伤幸，拏得些家宅神长是不安宁。我勾栏里把戏得四五回铁骑，到家来却有六七场刀兵。我唱的是《三国志》，先饶十大曲；俺娘便《五代史》，添续八阳经。尔觑波，比及撺断那唱叫，先索打拍那精神。起末得便热闹，团揞得更滑熟。并无那唇甜句美，一剗地希崄艰难，衡扑得些掂人髓，敲人脑，剥人皮，钉腿得回头硬。娘呵，我看不的尔这般粗枝大叶，听不的尔那里野调山声。……

〔醉中天〕我唱道那双渐临川令，他便恼袋不嫌听，搔起那冯员外，便望空里助采声，把个苏妈妈便是上古贤人般敬，我正唱

① 据《楝亭十二种》本及暖红室刊本《录鬼簿》，石君宝和他的同时人戴善甫各著有《诸宫调风月紫云亭》一本（戴氏所著，名《宫调风月紫云亭》，无“诸”字）。今姑将此剧归石君宝。

到不肯上贩茶船的少卿，向那岸边相刁蹬，俺这虔婆道，兀得不好拷末娘七代先灵。……

〔赏花时〕也难奈何俺那六臂那吒般狠柳青，我唱的那七国里庞涓也没这短命，则是个八怪洞里爱钱精。我若还更九番家厮并，他比的十恶罪尚尤轻。

这里叙的是一位以唱“诸宫调”为职业的女子韩楚兰，和一位少年灵春马的恋爱的故事。那个时候，使用“诸宫调”这个新文体所歌唱的题材是很广泛的，已有所谓《三国志》《五代史》《双渐苏卿》《七国志》等等的诸宫调了。其中除了《双渐苏卿诸宫调》以外，都是所谓“铁骑儿”；在《董西厢》的开头，作者曾有过一段话道：

〔风吹荷叶〕打拍不知个高下，谁曾惯对人唱他说他，好弱高低且按捺，话儿不是扑刀捍棒，长枪大马。

〔尾〕曲儿甜，腔儿雅，裁剪就雪月风花，唱一本儿倚翠偷期话。

他也特别的提出他的“话儿，不是扑刀捍棒，长枪大马”，可见“扑刀捍棒，长枪大马”的诸宫调，在当时是特别的流行的，在《张协状元》戏文的开端，代替了通常的“家门始末”“副末开场”等等的规律的，却是由“末”色登场，先来唱一则《张协诸宫调》以为引子，这可见“诸宫调”的势力在南戏里也是很大的。

在《诸宫调风月紫云亭》剧里又有一段话道：

〔耍孩儿·四煞〕楚兰明道是做场养老小，俺娘则是个敲郎君置过活。他这几年间衡儧下胡伦课。这条冲州撞府的红尘路，是俺娘剪径截商的白草坡。两只手衡劳模，恁逢着的瓦解，俺到处是鸣珂。

则他们也是“冲州撞府”的去“做场”，不专在一个地方卖艺的了。《武林旧事》（卷十），载官本杂剧段数二百八十本，其中有诸宫调二本；则诸宫调在南宋的时代已和大曲、法曲诸“杂剧词”同为“官本”，即御前供奉之具的了。（《辍耕录》所载的“院本”名目里，也有“诸宫调”一本。）

诸宫调之兴，在南宋之前。宋孟元老的《东京梦华录》（卷五），载“崇、观以来在京瓦肆伎艺”，中有“孔三传《耍秀才诸宫调》”之语。又耐得翁《都城纪胜》记载临安杂事，亦有“诸宫调本京师孔三传编撰传奇灵怪八曲说唱”之语。在《碧鸡漫志》及《梦粱录》里，也并有类似的记载：

熙丰元祐间，兑州张山人以诙谐独步京师，时出一两解。泽州孔三传者，首创诸宫调古传，士大夫皆能诵之（王灼《碧鸡漫志》卷二）。

说唱诸宫调。昨汴京有孔三传，编成传奇灵怪，入曲说唱。今杭城有女流熊保保及后辈女童，皆效此说唱，亦精于上鼓板无二也（《梦粱录》卷二十）。

是诸宫调之创始，当在熙丰、元祐间（公元一〇六八年至一〇九三年之间），而创作诸宫调者，则为泽州孔三传其人。孔三传的生平，惜不可知。所可知者，他当为汴京瓦肆中鬻技之一人——既能在诸艺杂呈、万流辐辏之“京都瓦肆中”占一席地，与小唱、小说、般杂剧、悬丝傀儡、说三分、卖《五代史》诸专家争雄长，则其“新词”必当有甚足动人之处。且既使“士大夫”皆能诵之，则其文辞必也甚为精莹可喜可知。又周密《武林遗事》（卷六）所载“诸色伎艺人”中，有：

诸宫调传奇

高郎妇　黄淑卿　王双莲　袁太道（秘笈本，“太”作“本”）

是说唱诸宫调的艺人在南宋末年却不为少。可惜这些艺人的著作，今皆只字不存，不能为我们所取证。像宋代说话人之“话本”在今尚陆续被发见的好运，恐怕他们是不会有的。

然创作诸宫调的孔三传的著作以及产生诸宫调的“宋都”，与乎继续维持着故都的风气而仍在说唱着诸宫调的临安府的“诸宫调”之本子，今虽绝不可得见，但诸宫调的影响却流播得很远。经了北宋末年的大乱，一部分的说唱诸宫调的艺人，虽随了贵族士人们迁徙到中国南部去，而其他一部分却仍留居于北部，或迁徙西陲的边疆上去。他们在异族所统治的地方，仍在说唱着，仍在散播他们的影响。这影响便发生结果于今存的两大部诸宫调：《董西厢》与《刘知远》的身上；这使诸宫调的本来面目，至今尚能为我们所知。这使诸宫调的弘伟的体制至今更为我们所认识。且即在那个异族统治着的地方，又发生出别一个极伟大的影响出来。

在元代的前半叶，弹唱“诸宫调”的风气，似也未曾过去。王伯成的《天宝遗事诸宫调》当亦为供当时实际弹唱之资的一部著作罢。

我们知道诸宫调的祖祢是“变文”，但其母系却是唐、宋词与“大曲”等。他是承袭了“变文”的体制而引入了宋、金流行的“歌曲”的唱调的。姑截取“诸宫调”中的一二段以为例：

生辞夫人及聪，皆曰好行。夫人登车，生与莺别。

〔大石调·蓦山溪〕离筵已散，再留恋应无计。烦恼的是莺莺，受苦的是清河、君瑞。头西下控着马，东向驭坐车儿。辞了法聪别了夫人，把樽俎收拾起。临上马还把征鞍倚，低语使红娘更告一盏以为别礼。莺莺、君瑞彼此不胜愁。厮觑者总无言，未饮心先醉。

〔尾〕满酌离杯长出口儿气，比及道得个我儿将息，一盏酒里白冷冷的滴彀半盏来泪。

夫人道：教郎上路，日色晚矣。莺啼哭，又赋诗一首赠郎。诗曰：弃置今何道，当时且自亲。还将旧来意，怜取眼前人。

（《董西厢》卷下）

天道二更已后，潜身私入庄中来别三娘。

〔仙吕调·胜葫芦〕月下刘郎走一似烟，口儿里尚埋冤，只为牛驴寻不见。担惊忍怕，捻足潜踪，迤逦过桃园。辞了俺三娘入太原，文了面再团圆。抬脚不知深共浅，只被夫妻恩重，跳离陌案，脚一似线儿牵。

〔尾〕恰才撞到牛栏圈，侍朵闪应难朵闪，被一人抱住刘知远。

惊杀潜龙！抱者是谁？回首视之，乃妻三娘也。儿夫来何太晚，兼兄嫂持棒专待尔来。知远具说因依。今夜与妻故来相别，不敢明白见你。

（《刘知远诸宫调第二》）

她的散文部分是最流畅、最漂亮的口语文，和“变文”之往往以骈偶文堆砌而成者大为不同。其韵文的部分，则弃去了“变文”的三言七言的成法，而别从唐、宋大曲，从赚词，从唐、宋词调，从宋、金、元三代流行的曲调里，任意着采取着可用的资材和悦耳的新声。诸宫调的作者们，挥使音乐的能力都是很大的。所以，许多不同的歌曲，一到了他们的手上，便都成了融然的一片，极谐和，极贴伏，极愉快，好像顽铁们进了洪炉一样，经过了极高度的热力融化了一下，便被炼成绕指柔的纯钢了。

集合同一宫调的曲调若干支，组合成一个歌唱的单位，有引有尾（但也有无尾声的），那便是所谓套数。

诸宫调是充分的应用到套数的。我们如研究一下诸宫调所使用的套数，便可看出他们所用的套数，其性质是极为复杂的，其组成法是有好几种不同的；由那里，可以充分的看出诸宫调作者们融冶力的弘伟，收容量的巨大。差不多自唐、宋词调以下，凡宋教坊大曲宋，流行大曲，以至宋唱赚等等的不同的套数的组织，无不被网罗以尽。我们在那里，开始看见那些不同的式套数的被混合，被割裂，被自由的任意的使用着。我们可以说，像诸宫调作家们那末具有果敢无前的驱遣前人的遗产以为自己的便利之勇气者，在中国文学史上似还不曾见到第二群过！

综观诸宫调所用的套数，其方式大别之有下列的三种：

（甲）组织二个同样的只曲以成者；

（乙）组织二个或二个以上同样的只曲，并附以尾声而成者；

（丙）组织数个不同样的只曲并附以尾声者。

试以《董西厢》为例。全书中，其组织套数之方式，可归在甲类者共有五十三套（内有《吴音子》二曲，是支曲非套数），姑举二例：

〔高平调·木兰花〕从自斋时，等到日转过，没个人㑳问。酩子里忍饿，侵晨等到合昏个，不曾汤个水米，便不饿损卑末○果是咱饥变做渴，咽喉干燥肚儿里如火。开门见法本来参贺：恁那门亲事议论的如何？

〔双调·惜奴娇〕绝早侵晨，早与他忙梳裹，不寻思虚脾个真。你试寻思秀才家，平生饿无那，空倚著门儿咽唾。〇去了红娘会圣肯书帏里坐？坐不定一地里笃么。觑著日头儿暂时闲斋时过杀刹，你不成红娘邓我！

可归在乙类者共有九十四套。兹举一例：

〔仙吕调·赏花时〕酒入愁肠闷转多，百计千方没奈何！都为那人呵！知他你姐姐知我此情么？眼底闲愁没处著，多谢红娘见察。我与你试评度，这一门亲事，全在你成合。〔尾〕些儿礼物莫嫌薄，待成亲后再有别酬贺。奴哥托付你方便之个！

可归在丙类者较少，共有四十六套，兹举一例：

〔中吕调·棹孤舟缠令〕不以功名为念，五经三史何曾想！为莺娘，近来妆就个軃浮浪。也啰！老夫人做事搊搜相，做个老人家说谎。白甚铺谋退群贼，到今日方知是枉。

啰！一陌儿来直恁地难偎傍，死冤家，无分同罗幌，也啰！待不思量，又早隔着窗儿望。赢得眼狂心痒痒，百千般闷和愁，尽总撮在眉尖上。也啰！

〔双声叠韵〕烛荧煌，夜未央，转转添惆怅。枕又闲，衾又凉，睡不著，如翻掌。谩叹息，谩悒怏，谩道不想怎不想，空赢得肚皮儿在劳攘。〇泪汪汪，昨夜甚短，今夜甚长，挨几时东方亮！情似痴，心似狂，还烦恼如何向？待漾下又瞻仰，道忘了是口强，难割舍我儿模样！

〔迎仙客〕宜淡玉，称梅妆，一个脸儿堪供养。做为挣，百事抢，只少天衣，便是捻塑来的观音像。〇除梦里曾到他行。烧尽兽炉百和香，鼠窥灯偎着矮床。一个孽相的娥儿。绕定那灯儿来往。

〔尾〕淅零零的夜雨儿击破窗，窗儿破处风吹著忒飘飘的响，不许愁人不断肠！

七

诸宫调是说唱的东西，和“变文”，及宋代的“鼓子词”、“话本”等的说唱的情形是同样的。毛奇龄说[①]：

金章宗朝董解元不知何人，实作《西厢掐弹调》，则有白有曲，专以一人掐弹，并念唱之。

这情形大有似于今日的说唱“弹词”。就石君宝的《诸宫调风月紫云亭》一剧所写的说唱诸宫调的情形看来，也更有类于今日流行于北方落子馆里的大鼓书的歌唱似的。元人戏文《张协状元》的开端，有一段由“末”说唱的诸宫调：

〔末白〕（水调歌头）韶华催白发，光景改朱容。人生浮世，浑如萍梗逐东西。陌上争红斗紫，窗外莺啼燕语，花落满庭空。

① 见《西河词话》（《毛西河全集》本）。

世态只如此，何用苦匆匆。但咱们虽宦裔总皆通，弹丝品竹，那堪咏月与嘲风。苦会插科使砌，何吝搽灰抹土；歌笑满堂中，一似长江千尺浪，别是一家风。（再白）暂息喧哗，略停笑语，试看别样门庭，教场格范，绯绿可同声。酬酢词源诨砌听，谈论四座皆惊。浑不比乍生后学，谩自逞虚名。《状元张叶传》前回曾演，汝辈搬成。这番书会，要夺魁名。占断东瓯盛事，诸宫调唱，出来因厮罗响。贤门雅静，仔细说教听。（唱）“凤时春”张叶诗书遍历，困故乡功名未遂。欲占春围登科举，暂别爹娘独自离乡里。（白）看的世上万般俱下品，思量惟有读书高。若论张叶，家住四川成都府，兀谁不识此人！兀谁不敬重此人！真个此人朝经暮史，昼览夜习，口不绝吟，手不停披。正是：炼药炉中无宿火，读书窗下有残灯。忽一日堂前启覆爹妈：今年大比之年，你儿欲待上朝应举，觅些盘费之资，前路支用。爹妈不听这句话，万事俱休，才听此一句话，托地两行泪下。孩儿道：十载学成文武艺，今年货与帝王家。欲改换门闾，报答双亲，何须下泪。（唱）（小重山）前时一梦断人肠，教我暗思量。平日不曾为官旅，忧患怎生当。（白）孩儿覆爹妈，自古道一更思，二更想，三更是梦。大凡情性不拘，梦幻非实。大底死生由命，富贵在天。何苦忧虑！爹娘见儿苦苦要去，不免与他数两金银以作盘缠，再三叮嘱孩儿道：未晚先投宿，鸡鸣始过关。逢桥须下马，有渡莫争先。孩儿领爹娘慈旨，目即离去。（唱）（浪淘沙）迤里离乡关，回首望家，白云直下，把泪偷弹。极目荒郊无旅店，只听得流水潺潺。（白）话休絮烦。那一日正行之次，自觉心儿里闷。在家春不知耕，秋不知收，真个娇奶奶也。每日诗书为伴侣，笔砚作生涯。在路平地尚可，那堪顿着一座高山，名做五矶山。怎见得山高？巍巍侵碧汉，望望入青天。鸿鹄飞不过，猿狖怕扳缘。积积层层，奈人行鸟道，齁齁鮯鮯，为藤柱须尖。人皆平地上，我独出云登。虽然本赴瑶池宴，也教人道散神仙。野猿啼子，远闻咽咽呜呜，落叶辞柯，近睹得扑扑簌簌，前无旅店，后无人家。(唱)(犯思园)刮地朔风柳絮飘，山高无旅店，景萧条。蹭蹬何处过今宵？思量只恁地路迢遥。(白)道犹未了，只见怪风淅淅，芦叶飘飘，野鸟惊呼，山猿争叫。只见一个猛兽，金睛闪烁，尤如两颗铜铃，锦体斑烂，好若半园霞绮，一副牙如排利刃，十八爪密布钢钩，跳出林浪之中，直奔草径之上。唬得张叶三魂不附体，七魄渐离身，仆然倒地。霎时间只听得鞋履响，脚步鸣。张叶抬头一看，不是猛兽，是个人。如何打扮？虎皮磕脑虎皮袍，两眼光辉志气号。使留下金珠饶你命，你还不肯不相饶。(末介唱)(绕池游)张叶拜启，念是读书辈，往长安拟欲应举。此少里足，路途里，欲得支费，望周全，不须劫去。(白)强人不管它说，怒从心上起，恶向胆边生。左手捽住张叶头稍，右手扯住一把光霍霍冷搜搜鼠尾样刀，番过刀背去张叶左肪上劈，右肋上打。打得它大痛无声。夺去查果金珠。那时张叶性分如何？慈鸦共喜鹊同枝，吉凶事全然未保。似恁唱说诸宫调，何如把此话文敷演后行脚色。力齐鼓儿，饶个攛掇末泥色，饶个踏场。

这已很明白的指示诸宫调的说唱的情形。但到了元代的末叶，诸宫调是否仍在说唱却是一个疑问。《录鬼簿》(卷下)有一段记载：

胡正臣，杭州人，与志甫、存甫及诸公交游。董解元《西厢记》，自“吾皇德化”至于终篇，悉能歌之。

既夸说胡正臣的能歌董解元《西厢记》终篇，则可见当时能歌之者的不多。当公元一三三〇年，即《录鬼簿》编著的那一年，诸宫调在实际上的说唱的运命，或已经停止了罢。

明代有无说唱诸宫调的风气，记载上不可考知。惟焦循《剧说》（卷二）曾引张元长《笔谈》的一段很可怪的话：

> 董解元《西厢记》曾见之卢兵部许。一人援弦，数十人合座，分诸色目而递歌之，谓之磨唱。卢氏盛歌舞。然一见后无继者。赵长白云：“一人自唱”，非也。

据张氏的所见，则董解元《西厢记》乃是一人援弦而多人递歌之的了：易言之，诸宫调的说唱乃非一人的事业，而为数十人的合力的了。但他这话极不可靠。在明代，诸宫调既已无人能解，则卢兵部偶发豪兴，“自我作古”，创作出什么“一人援弦，数十人，分诸色目而递歌之”的式样来，那也是很有可能的事。惟诸宫调的本来的说唱面目则全非如此耳。在一种文体，久已失传了之后，具有热忱复古的人们，如果真要企图恢复“古状”的话，往往会闹出这样的笑话来的。

八

在诸宫调的结构里，最有趣的一点是，作者于紧要关头，每喜故作惊人的笔调，像这一类的惊人的叙述，《西厢记诸宫调》里最为常见：

（尾）二歌（哥）不合尽说与，开口道不觳十句，把张君瑞送得来腌受气。被几句杂说闲言，送一段风流烦恼。道甚的来？道甚的来？

这是店小二指教张君瑞到蒲东普救寺去游玩的一节事。这样的一引，全部崔、张故事，皆引出来了，故须如此的慎重其事的叙说着。

〔大石调·伊州滚〕张生见了，五魂俏无主。道不曾见恁好女！普天之下，更选两个应无。胆狂心醉，使作得不顾危亡便胡做。一向痴迷，不道其闲是谁住处。忒昏沉，忒麄鲁，没掂三，没思虑，可来慕古。少年做事，大抵多失心麄。手撩衣袂，大踏步走至根前欲推户。脑背后个人来，你试寻思怎照顾？

〔尾〕凛凛地身材七尺五，一只手把秀才捽住，吃搭搭地拖将柳阴里去。

真所谓贪趁眼前人，不防身后患。捽住张生的，是谁？是谁？

这是写张生见了莺莺，便欲随莺莺入门，不料为一人从背后拖住了。这人是谁呢？这正是一个紧要的关头，不能不写得如此骨突的。又在张生百无聊赖的，与长老在啜茶闲话时：

〔尾〕倾心地正说到投机处，听哑的门开。瞬目觑是个女孩儿，深深地道万福。

这又是一个很突然的情景的转变。在正与老僧闲话的时候，忽然的听见哑的门开，看有一个女孩儿走了进来。底下便有无穷的事可以接着叙来的了。

又在后半部，叙郑恒正迫着莺莺嫁他的时候，他说了许多的话，但忽然的又生了一个大变动，全出于意想之外：

〔尾〕言未讫，帘前忽听得人应诺已，道郑衙内且休胡说，兀的门外张郎来也。

郑恒手足无所措，珙已至帘前。

总要在山穷水尽的当儿，方才用几句话一转，便又柳暗花明似的现出别一个天地来。这当然是作者有意的卖弄他的伎俩之处。但张珙虽回，莺莺却已是许了郑恒。莺莺心里异常的难过，她特地去见张生。

〔渠神令〕……许了姑舅做亲，择下吉日良时。谁知今日见伊，尚兀子鳏居独自，又没个妇儿妻子！心上有如刀刺，假如活得又何为，枉惹万人嗤！

莺解裙带掷于梁

〔尾〕譬如往日害相思，争如今夜悬自尽，也胜他时憔悴死！

珙曰：生不同偕，死当一处。

他便也把皂绦儿搭在梁间，豫备双双自吊。在这个危急存亡的当儿，有谁来解救呢？作者便迫法聪和尚说出“偕逃”之策来，用以变更了这个不能不情死的局面。

这些都是作者故弄惊人的手腕之处。像这样惊人的关节，《西厢记诸宫调》里，几乎到处皆然。在莺莺与张生唱和着诗时，张生正欲大踏步走到莺莺跟前，却被一人高声喝道：“怎敢戏弄人家宅眷!”这来的是谁？来的是谁？在莺莺被围普救寺，正欲跳阶自杀，却见着有一人拍手大笑。众人皆觑笑者是谁？是谁？在张生绝望，自杀，已把皂绦系在梁间时，又有一人从后把他拖住，这人是谁？是谁？……

像这样的笔调是举之不尽的。《刘知远诸宫调》也是这样的：每在一个紧要的关目，即在每一个节目的终了处，便都有一种令人听了不知究竟而又不能不听下去的待续的口调：在《知远走慕家庄沙佗村入含第一》之末，正叙着知远目丈人丈母死后，被李洪义、洪信二人欺压不堪。有一天洪义叫了知远去。说是，“你身上穿着罗绮，不种田，不使牛，庄家里怎放得住你”，说着，便“手持定荒桑棒，展臂一手捽定刘知远衣服”。以下的事怎样呢？这便要“且听下回分解”了。

在《知远探三娘与洪义厮打第十一》之末：正叙着知远的李洪义，洪信诸人围住了厮打，不得脱身时，忽然来了两个“杀人魔君”，举起扁担，闯入围中来，帮助知远。这场厮杀的结果如何呢？这又要听后文的铺叙了。

不仅在大关目处是如此，即在本文的中间，也往往故意要弄这些惊人的笔法。在李翁正欲将三娘嫁给知远，说是只怕洪信兄弟生脾鳌时，恰来了一人向前诉说，道是：“大哥二哥来到也。”在李洪义等在暗地里，欲害知远时，见一个大汉越墙而过，他便一棒拦腰打去，其人倒卧，方欲再下毒手时，不料其人说了一话，却把洪义唬走了三魂。原来打倒的却不是知远！在李三娘进房取物时，知远在窗外见她把头发披开在砧子上，举斧斫下。唬杀了刘郎，要救也来不及！在知远娶了岳司公女正在欢宴时，忽有两个庄汉，从沙陀李家庄来，说是要找知远说话！……像这些都颇可使我们注意。我们要明白，“欲知后事如何，且听下回分解”的散场的交待，果然是使诸宫调的作者们喜用这种要等“下文交待”的笔法的重要原因，但并不是唯一的原因。为了要说唱的增加姿态，为了要讲述的加重语势，这种的故意惊人的文笔，也有时时使用的必要。听众于此或特感兴趣罢。诸宫调为了是实际上的说唱的东西。故往往要尽量的采用着这种笔调，以避免单调的平铺直叙的说唱。在实际的讲坛上，平铺直叙是最易令听众厌疲的。诸宫调作者们于此或有特殊的经验罢。

九

前期的诸宫调，孔三传诸人之所作者，今已不可得见。今所见的《刘知远诸宫调》《西厢记诸宫调》等作，如上所述，已渗透入不少南宋的唱赚的成分在内，显然都是后期之作。兹先就见存的几种，加以叙述。次更将诸种载籍中所著录的或所提到的各诸宫调名目，一一加以讨论。

《西厢记诸宫调》，董解元作。明时传本至罕，故时人往往与王实甫《西厢记杂剧》相混。《徐文长评本北西厢记》卷首题记云：

> 斋本乃从董解元之原稿，无一字差讹。余购得两册，都偷窃。今此本绝少。惜哉！本谓崔张剧是王实甫撰，而《辍耕录》乃曰董解元。陶宗仪元人也。宜信之。然董又有别本《西厢》，乃弹唱词也，非打本。岂陶亦从以弹唱为打本也耶？不然，董何有二本？附记以俟知者。

是徐文长曾经见过《董西厢》的。不过他误解了陶宗仪的话，故有此疑。陶氏的原文是：

金章宗时董解元所编《西厢记》，世代未远，尚罕有人能解之者；况今杂剧中曲调之冗乎？（《辍耕录》，《杂剧曲名》一条）

他的意思，只是慨叹于《董西厢》世代未远，已鲜人能解，并没有说董解元所编的《西厢记》是杂剧。到了明万历以后，《西厢记诸宫调》方才盛行于世。今所见的，至少有下列的几种版本：

一、黄嘉惠刻本　万历间　二卷

二、屠赤永刻本　万历间　二卷

三、汤玉茗评本　万历间　二卷（?）

四、闵齐伋刊朱墨本　天启崇祯间　四卷

五、闵遇五刊《西厢六幻》本　崇祯间　二卷

六、暖红室刊本　（即据闵齐伋本翻刻）　四卷

此外，尚有今时坊间之铅印本一二种，妄施改削，不足据。

董解元的生世不可考。关汉卿所著杂剧有《董解元醉走柳丝亭》一本（今佚）说的便是他的事罢。陶宗仪说他是金章宗（公元一一九〇至一二〇八年）时人。钟嗣成的《录鬼簿》列他于“前辈已死名公，有乐府行于世者”之首，并于下注明：“金章宗时人，以其创始，故列诸首。”涵虚子的《太和正音谱》也说他“仕于金，始制北曲”。毛西河《词话》则谓他为金章宗学士。大约董氏的生年，在金章宗时代的左右，是无可置疑的。但他是否仕金，是否曾为“学士”，则是我们所不能知道的。他大约总是一位像孔三传、袁本道似的人物，以制作并说唱诸宫调为生涯的。《太和正音

谱》说他“仕于金”，恐怕是由《录鬼簿》“金章宗时人”数字，附会而来的。而毛西河的“为金章宗学士”云云，则更是曲解“解元”二字与附会“仕于金”三字而生出来的解释了。“解元”二字，在金元之间用得很滥，并不像明人之必以中举首者为“解元”。故《西厢记》剧里，屡称张生为张解元；关汉卿也被人称为“关解元”。彼时之称人为“解元”，盖为对读书人之通称或尊称，犹今之称人为“先生”或宋时之称说书者为某“书生”，某“进士”，某“贡士”[①]未必被称者的来历，便真实的是“解元”、“进士”等等。[②]

《西厢记诸宫调》的文辞，凡见之者没有一个不极口的赞赏。明胡应麟《少室山房笔丛》说：

> 《西厢记》虽出唐人《莺莺传》，实本金董解元。董曲今尚行世，精工巧丽，备极才情，而字字本色，言言古意，当是古今传奇鼻祖。金八一代文献尽此矣。

《黄嘉惠》本引云，“解元史失其名，时论其品，如朱汗碧蹄，神采骏逸”。

清焦循《易余龠录》则更以董曲与王实甫《西厢》相比较，而尽量的

① 见《武林旧事》（卷六）《诸色伎艺人》条下“演史”一目里。在同一目里，并有“张解元”一名，可见宋时已有“解元”之称。

② 况周颐的《惠风词话》（卷三）云：“金董解元《西厢记》，搊弹词传奇也。时论其品，如朱汗碧蹄，神采骏逸。董有《哨遍》词云：太皞司春，春工著意……韶华早晴中归去。”此词连情发藻，妥帖易施，体格于乐章为近。……董为北曲初祖，而其所为词，于屯田有沆瀣之合。曲由词出，渊源斯在。董词仅见《花草粹编》，它书概未之载，《粹编》之所以可贵，以其多载昔贤不经见之作也。”不知“太皞司春”的一支《哨遍》，正在董氏《西厢记诸宫调》的开卷。况氏目未睹《董西厢》，故有这一大片议论。

抑王扬董：

王实甫《西厢记》，全蓝本于董解元。谈者未见董书，遂极口称道实甫耳。如《长亭送别》一折，董解元云："莫道男儿心如铁，君不见满川红叶，尽是离人眼中血。"实甫则云："晓来谁染霜林醉，总是离人泪。"泪与霜林，不及血字之贯矣。又董云："且休上马，苦无多泪与君垂。此际情绪你争知！"王云："阁泪汪汪不敢垂，恐怕人知。"……两相参玩，王之逊董远矣。若董之写景语，有云："听塞鸿哑哑的飞过暮云重。"有云："回头孤城，依约青山拥"……前人比王实甫为词曲中思王、太白。实甫何可当，当用以拟董解元。

吴兰修在他的校本《西厢记》剧[①]的卷首说道："此记即王实甫所本。有青出于蓝之叹。然其佳者，实甫莫能过之。汉卿以下无论矣。余尤爱其'愁何似？似一川烟草黄梅雨'二语。乃南唐人绝妙好词。王元美《曲藻》竟不之及。何也？"邵咏[②]在将董本与其王本对读之后也说道："觉元本字字参活，天然妙相。惜其妍媸互见，不及实甫竟体芳兰耳。"他们虽没有焦循那末没口的歌颂，却也给董西厢以很同情的批评。大约读过董作的人，至少也总要是为其妍新俊逸的辞采所沉醉的。

但董作的伟大，并不在区区的文辞的漂亮，其布局的弘伟，抒写的豪放，差不多都可以说是"已臻化境"。这是一部"盛水不漏"的完美的叙事歌曲，需要异常伟大的天才与苦作以完成之的。我们只要看他：把不到二

① 吴氏桐花阁校本《西厢记》有清道光间刊本。

② 邵咏的话也见于桐华阁校本《西厢记》的卷首。

千余字的会真记，把不到十页的《蝶恋花鼓子词》，放大到那末弘伟的一部“诸宫调”，便可想像得到，董氏的著作力的富健，诚是古今来所少有的。我们的文学史里，很少伟大的叙事诗。唐五代的诸变文，是绝代的创作，宋金间的各诸宫调，也是足以一雪我们不会写伟大的“史诗”或“叙事诗”之耻的。诸宫调今传者绝少。《刘知远诸宫调》仅传残帙，《天宝遗事诸宫调》，今始集其余骸；则诸宫调之完整的一部书，仅此《西厢记诸宫调》耳。对于这样的一部绝代的伟著，我们是抱着“赞叹”以上的情怀以叙述着的。

崔、张的故事，发端于唐元稹的《会真记》；赵德麟的《商调蝶恋花鼓子词》，亦叙崔、张事，但对于微之所述，无所阐发，其散文部分，且全袭微之《会真记》本文。真实的一部使崔、张的故事大改旧观的却是这部《西厢记诸宫调》。自从有了此作，崔、张的故事，便永远脱离了《会真记》，而攀附上董解元的此编的了。董作是崔、张故事的改弦重张的张本，却也便是崔、张故事的最后的定本。以后王实甫、李日华、陆天池诸人的所作，小小的所在虽间有更张，大关键却是无法变更的。

十

我最初读到的《刘知远传》，乃是向觉明先生的手抄本，特地为了我而抄寄的。他还在卷首，题了一页的“题记”：

述刘知远事戏文残文一册，现存四十二页，藏俄京研究院亚洲博物馆。一九〇七年至一九〇八年，俄国柯智洛夫探险队考察蒙古、青海，发掘张掖、黑水故城，获西夏文甚夥。古文湮沉，至是复显。此刘知远事戏文，残本四十二页，即黑水故城所得诸古书之一也。柯氏所得有时次者，有乾祐二十年（南宋光宗绍熙元年西元后一一九〇年）刊《观弥勒上生兜率天经》《金刚般若波罗蜜经》《大方广佛华严普贤行愿品》，二十一年刊骨勒茂材之《蕃汉合时掌中珠》。又有平阳姬氏刊历代美女图版画：大都为十二世纪左右之物。此刘知远事戏文当亦与之同时也。

以上是向先生文中的一段。他推测《刘知远传》当为十二世纪左右之物，这是对的，后来我在赵蜚云先生处，见到原书的影片，大有宋刻的规模。指为宋版云云，当不会是相差很远的。何况乾祐二十年恰是金章宗的明昌元年。相传做《西厢记诸宫调》的董解元是金章宗时人，则《刘知远传》的出于同一时代，大是一个可注意的消息。或竟是金版流入西夏的罢。

再者，就风格而言，也大是董解元同时的出产。其所用的曲调，更与董解元所用者绝多相同；其中有许多是元剧及元散曲所已成为“广陵散”了的，例如：

醉落托　绣带儿　恋香衾　整花冠

双声叠韵　解红　枕屏儿　踏阵马

等等皆是。这大约是很强的一个证据，除了版刻的式样以外，证明它并不是元代或其后的著作。

但向先生称它做“刘知远事戏文”却是错了。就它的体裁上看来，绝对不是戏文，而是《西厢记诸宫调》的一个同类。有了《刘知远诸宫调》的发见，《西厢记诸宫调》便是“我道不寡”的了。

在元石君宝的《诸宫调风月紫云亭》剧里有道：

我唱的是《三国志》先饶十大曲；俺娘便《五代史》续添八阳经。

又在董解元的《西厢记诸宫调》的开头特地说明他自己的那部诸宫调：

话儿不是扑刀捍棒，长枪大马。

大约这部《刘知远传》便是“五代史诸宫调”里的一个别枝，便是“扑刀捍棒”云云的话儿的一类作品罢。

《刘知远诸宫调》的原本，大约是有十二则，今仅残存：

知远走慕家庄沙陀村入舍第一

知远别三娘太原投事第二

知远充军三娘剪发生少主第三（仅残存二页）

知远投三娘与洪义厮打第十一

君臣弟兄子母夫妇团圆第十二

等五则；在这五则中也尚有少许的残缺，那却无关紧要。但最可怪的是，为什么不缺佚了首尾，却只缺失了第四到第十的七则。照常例，一部书的亡佚，如不全部失去，则便往往是亡失其前半或后半，很少是保存了首尾而反缺失了中间的一大部分，如《刘知远诸宫调》般的。故我们颇怀疑，大概从俄京学士院摄来的底片，本不是完全的罢。为了图省事，只是摄取了前半部与后半部，以为示例，这也是在意想中的事。我们颇想直接的再从俄京摄一个全份来。或者，原书是完全不缺的罢！但也有可能，原书竟是缺失其中部。我们看：宋版《大唐三藏取经记》[1]原是分着第一、第二、

① 上虞罗氏印《吉金盦丛书本》。

第三的三卷的，今乃存第一的后半，第三的全部，而亡失其第二的全部。这可见，中部亡佚的事，并不是没有其例。

《刘知远诸宫调》全部故事如何进展，为了开头的几页，并没有像《西厢记诸宫调》或王伯成《天宝遗事诸宫调》那样的具有“引”或“发端”，故我们无从晓得。《刘知远诸宫调》的开头，只是写着道：

〔商调·回戈乐〕闷向闲窗检文典，曾披揽，把一十七代看，自古及今，都总有罹乱。共工当日征于不周，蚩尤播尘寰，汤伐桀，周武动兵，取了纣河山。〇并合吴越，七雄交战，即渐兴楚汉。到底高祖洪福果齐天，整整四百年间社稷。中腰有奸篡王莽立，昆阳一阵，光武尽除剪。〇末后三分，举戈铤，不暂停闲。最伤感，两晋陈隋，长是有狼烟。大唐二十一朝帝主，僖宗听谗言，朝失政。后兴五代，饥馑嗷艰难。

〔尾〕自从一个黄巢反，荒荒地五十余年，交天下黎民受涂炭。如何见得《五代史》罹乱相持？古贤有诗云：

自从大驾去奔西，贵落深坑贱出泥。邑封尽封元亮牧，郡君却作庶人妻。

扶犁黑手番成笏，食肉朱唇强吃荠。只有一般凭不得，南山依旧与云齐。

底下接着便开始叙述刘知远故事的本文了：

〔正宫·应天长缠令〕自从罹乱士马举，都不似梁、晋交马多战赌。豪家变得贫贱，穷汉却番作荣富。幸是宰相为黎庶，百姓便做了台辅。话中只说应州路，一兄一弟，艰难将自老母。哥哥唤做刘知远，兄弟知崇，同共相逐。知远成人过的家，知崇八九岁正痴愚。

〔甘草子〕在乡故在乡故，上辈为官，父亲多雄武。名目号光挺，因失阵身亡殁。盖为新来坏了家缘，离故里，往南中趁熟，身上单寒，没了盘费，直是凄楚。

〔尾〕两朝天子，子争时不遇。知崇是隐迹河东圣明主，知远是未发迹潜龙汉高祖。

《五代史》，汉高祖者，姓刘讳知远，即位更名曰高。其先沙陀人也。父曰光挺，失阵而卒。后散家产，与弟知崇，逐母趁熟于太原之地。有阳盘六堡村慕容大郎，娶母为后嫁，又生二子，乃彦超、彦进。后长立弟兄不睦。知远独离庄舍，投托于他所。奈别无盘费。

以下接着便叙：知远缺少盘费，途中受饥饿。一日，见一村庄，便走了进去，到牛七翁所开的酒馆里坐地。牛七翁给了他一顿饭吃。这时，忽走进一条恶汉，一方人只叫他做活太岁的，无端将七翁百般辱骂。此汉乃沙佗，小李村住，姓李，名洪义。七翁战战兢兢的侍候着他，一声也不致响。知远旁观大怒，痛责洪义一顿。洪义岂肯服善，二人便扑打起来。知远力大，打得洪义满身是血。满酒务中人皆喝彩。洪义垂头丧气而去。但从此与知远结下海般深雠。这夜，知远宿于牛七翁庄舍。天明，辞七翁登途。走了一回，时当三月，“落花飞，柳絮舞，慵莺困蝶”。到了一个庄院，“榆槐相接，树影下，权时气歇”。不觉睡着。庄中有一老翁，携筇至于树下，忽地心惊，望见槐影之间紫雾红光，有金龙在戏珠，再仔细一看，却见是一人卧于树下，鼻息如雷。老翁叹曰：“此人异日必贵！”移时，知远睡觉，老翁因询乡贯姓名，欲与结识。知远便诉说自己身世，泪下如雨。老翁说，“如不相弃，可到老汉庄中佣力，相守一年半岁”。知远便从引至庄上，请王学究写文契了毕。不料到了老翁家中，见了大哥，却原来是昨日酒务中相打的李洪义。洪义见了知远，提了棒向前便打。亏得老翁李三传，把他扯住了。洪义不说昨日之事，只说是不喜此人。老翁引知远宿于西房。当夜李三传女，号曰三娘的，好烧夜香，明月之下，见一金蛇，长约数寸，盘旋入于西房。三娘赶到房中，灯下看见土床上卧着个少年人，闭目熟睡。“红光紫雾罩其身，蛇通鼻窍来共往。”三娘时下好喜。她想昔有相士算她合为国母，莫非应在此人身上。等知远醒来，便拔下金钗，将一股与了知远，约为姻眷。第二天，三娘对父私言夜来所见。李翁甚喜，便央媒将三娘嫁与知远为妻。洪义及其弟洪信意欲阻止，李翁不听。成婚时，满村中人皆来贺喜，并皆喜悦，只有洪信、洪义及其妻们怒气冲冲。知远入舍不及百日，不料丈人丈母并亡。依礼挂孝，殡埋持服。弟兄不仁，加之两个妯娌唆送，致令洪义、洪信更为鳖燥。二人便使机关，待损知远。他们“开口叫做刘穷鬼，唤知远阶前侍立”。说他身上穿着罗绮，却不锄田，不使牛，不耕地，“庄家里怎生放得你”！说时，洪义手持定荒桑棒，展臂，一手摔定知远衣服。

第一则止于此处，第二则接着说，李洪义剥了知远身上衣服，与布衫布裤穿着了，使交桃园去。知远不知是计。洪义却在黑处先等。约过二鼓，陌然地见他跳过颓垣，欲奔草房去。洪义喜道，“这汉合死，今得报仇”。他便追了去，从后举棒，拦腰打去。七尺身躯，仆地倒下。洪义心狠，更欲打得他身亡。听得那人言语，便唬去了三魂。连忙将那人扶起，在朦胧月色之下认来，原来不是那穷神，却是李洪信。洪义且惊且哭。洪信忍痛说道：“小弟恐兄落穷神之手，故来觑你。”这时，才见知远相从数人，带酒而来。被洪义扯住，“新近亡却丈人丈母，怎敢饮酒”！众村人说道，

“是俺与他收泪”。二人终是不休。至天明，用绳索绑定，欲要送官。被做媒的李三翁见了，他说，“若您弟兄送他，我却官中共您理会”，兼着傍人劝免。以此洪义方休。后经数日弟兄定计，交知远草房内睡，怕今夜乳牛生犊。三娘也不知道。知远在草房中长叹，恋着三娘，欲去不忍。到夜深，知远睡熟，洪义却在草房外放起火来。究竟帝王有福，天上没云没雾，平白地下起雨来，把火熄了。知远惊觉，方知洪义所为，也不敢申诉。至次日，知远“引牛驴，拽拖车，三教庙左右做生活”。暂于庙中困歇熟睡。忽然霹雳喧轰，急雨如注，牛驴惊跳；拽断麻绳，走得不知所在。知远醒来，寻至天晚不见，不敢归庄。意欲私走太原投军，又念三娘情重，不能弃舍。于明月之下，去住无门，时时叹息。二更以后，知远潜身私入庄中，来别三娘。恰到牛栏圈，被一人抱住。知远惊得一跳。抱者是谁？回头视之，乃妻三娘也。她说，“儿夫来何太晚！兄嫂持棒，专待尔来”。知远具说因依，并言欲到太原投军，“特来与妻相别”。三娘闻语，心若刀割。说是，已怀身三个月，若太原闻了名，早早来取她。她是决不改嫁，也不肯自寻短见，任兄嫂怎样磨难，也是要守着他的。说时悲涕不已。她说：“刘郎略等，取些小盘费去。”去移时，不至。知远自来看她，见她手携斫桑斧，“把头发披开砧子上，斧举处唬杀刘郎”。三娘性命如何？却是用斧截青丝一缕，并紫皂花绫团袄一领，开门付与刘郎。她相送到墙下。“二仪初分天地，也有聚散别离底，想料也不似这夫妻今宵难舍难弃！”二人泪点多如雨点。正在这时，洪义、洪信兄弟二人持棒前来，欲驱辱知远。知远大怒道，“我去也，我去也！异日得志，终不舍汝辈”！弟兄笑道：“你发迹后，俺句鼻内呷三斗三升酽醋。”两个妯娌也道：“俺吃三斗三升盐！”四口儿扯了三娘回去，刘知远独上太原。次日到并州试了武艺，团练岳司公见知远顶上有红光结成斗龙形势。暗叹曰：“此人异日富贵，不可言尽。”便赐酒一瓶钱三贯，且令营中歇息。又叫人做媒，将女嫁他。知远闻言泪下，说起已有前妻李三娘。但做媒者动以利害。知远不得已而许之，把定物收了。

第二则止于此，第三则叙的是，“知远充军，三娘剪发生少主”事。却说知远收了定，满营军健，都皆喜悦。不久，知远和岳公小姐便成了婚。第二天正在设宴贺喜之时，门吏报覆，有两个大汉，庄家打扮，说是沙陀村李家庄来的，要寻刘知远。知远吓了一跳，以为是洪义、洪信二舅。出营门来觑。来者非是二舅，乃李四叔及庄客沙三。李四叔是李三传房弟，知远丈人行也。知远问他们为何前来。沙三道：“您妻子交来打听消息的。你却这里又做女婿!”知远道，营中军法，不得已而为之。“四叔，你也休见罪，凡百事息言，莫传与洪信、洪义。”原书第三则止于此，以下皆缺。故我们没有法子知道，以下所叙的事是什么，仅就其题目所指示，知其下半所叙的乃为“三娘剪发生少主”的事而已。这一般事，在《五代史平话》及元传奇《白兔记》[①] 里，都写得很详细，很可以根据此二书而得到些影像。惟《白兔记》有“汲水挨磨，磨房中产下婴儿，当时痛苦咬儿脐”（用《富春堂》本《白兔记》第一折中语）诸情节，而《刘知远诸宫调》则似无咬断儿脐一事。据《刘知远诸宫调》的后半部，关于三娘事，似只有“最苦剪头发短，无冬夏教我几曾饱暖”及推磨，汲水诸事。

从第三则下半节以后，直到第十则原书皆缺失，不知内容为何。但如依据了《五代史平话》及《白兔记》二书，则其中情节也约略的可以知道。

《五代史平话》在“刘知远去太原投军”的一个节目与“知远见三娘子”的一个节目之间，共有下列的十几个节目：

《刘知远去太原投军》

《知远与石敬瑭结为兄弟》

① 《白兔记》今日流行之本，有明万历间富春堂刊本，有明末汲古阁刊本，二本文辞绝不相同，惟节目则大略相似。汲古阁本文辞朴质，当是元人旧本。

《石敬瑭为河东节使》

《刘知远跟石敬瑭往河东》

《刘知远劝石敬瑭据河东》

《敬瑭称帝授知远为平章》

《刘知远为北京留守》

《军卒报刘承义娘子消息》

《刘知远自到孟石村探妻》

《知远妆做打草人》

《刘知远见李敬业》

《知远见三娘子》

这些事都是着重在刘知远的本身的，《白兔记》的所叙，则其中一部分，并着重在李三娘一方面。兹据《汲古阁》刊《六十种曲》本《白兔记》列其自知远“投军”以下至“私会”止的节目如下：

投军　强逼　巡更　拷问　挨磨　分娩

岳赘　送子　求乳　见儿　寇反　讨贼

凯回　受封　汲水　诉猎　私会

凡“挨磨”等等，旁有。为记者皆专叙三娘的节目。

以我们的想像推测之，《刘知远诸宫调》之所叙，当未必与《五代史平话》及《白兔记》完全相同；在那已失的七则里，叙述知远的故事或当较多于叙述三娘的罢。在原书的第十二则里，写着：三娘对她的哥哥说道：“自从刘郎相别了，庄上十二三年，最苦剪头发短，无冬夏教我几曾饱暖。咱是的亲爹生长，似奴婢一般摧残。及至凌打，您也恁怯怚懊煎。记得恁打考千千遍，任苦告不肯担免。恁时却不看姊妹弟兄面！”如此，则三娘的事，只是“剪发”“挨饿”“似奴婢一般摧残、凌打”等等而已，但在同则里，又从刘知远口中说出三娘被凌虐的情形来：“因吾打得浑身破折，到得明头露脚，交担水负柴薪，终日捣碓推磨”云云。如此，则当时已有推磨等等以后的所有的传说了。惟“咬脐”一事似尚未发生。但三娘汲水遇子的事，则在《刘知远诸宫调》里也已有之。在其第十一则里，有着这样的记载：

> 知远说罢，三娘寻思道：是见来。昨日打水处，见个小秃厮儿，身上一领布衫似打渔网那底，更还两个月深秋奈何！

又有“昨日个向庄里臂鹰走犬，引着诸仆吏打猎为戏”诸语，是“汲水”、“诉猎”两个节目，在本书里自必有之。惟当时三娘见到“刘衙内”时，未知便是其子，且也并无“白兔”为引介之物耳。

至于知远的故事，则原书仅叙其做到“九州安抚使”，并未更详其中的情节，故我们也不能十分的明白。

第十一则叙“知远探三娘，与洪义厮打”事，盖即《白兔记》所叙的“相会”的一幕，也即《五代史平话》“知远见三娘子”及以后数节中所叙的故事。惟其描述的婉曲深挚，则远非《平话》与《白兔记》所可与之拮抗。在这个所在，我们充分可以看出，《刘知远诸宫调》的作者，确是一位不同凡俗的有伟大的天才及极丰富的想像力与描写力的作家。然而这位无名的大作家及其伟大的作品却埋在我们的西陲的黄沙之中，将及千载而无人知！伟大的作品未必便是必传的作品罢。而许多庸腐的诗，古文辞却传诵到今！

第十一则的头三页，已经缺失，第四页开始，叙的是，刘知远仍改妆为穷汉模样，与李三娘见面，三娘诉说：自己怎样的为了不肯改嫁，把头发剪去，又脱下绮罗，换却布衣，为了“穷刘大”，“泪痕染得布衣红，尽是相思眼内血”。又问知远，“我儿别后在和亡”？知远笑嘻嘻地说道：“你儿见在，到如今许大身材，眉目秀，腮红耳大，你昨天不是见到他了么？”三娘想起，“昨天在在水处见个小秃厮，身上一领布衫似打渔网般的破烂，大约便是的罢”。便道：“这孩子这般褴褛，这两幅布裙比较新，且与他托肩换袖。”知远笑道：“不用布裙三两幅，恁儿身穿锦绣衣。小秃厮儿也不是你儿。你昨日不曾见个刘衙内问你因甚著麻衣，青丝发剪得眉齐。你把行纵去迹说明白，他垂双泪，骑马便归么？那面貌还不是像我的一般？如今恰是十三岁了。”三娘怒道：“衙内怎生是你儿？想你穷神，怎做九州安抚使？”知远恐他妻不信，便于怀中取出一物给她看，那便是九州安抚使的金印。三娘见了，喜不自胜，知远真个发迹了也！三娘便把这金印藏在怀中。知远向其再三告取，三娘终不与。知远道：“收则收着，不要失落了，在三日内，将金冠霞帔，依法取你来。”（元刘唐卿有《李三娘麻地捧印》剧，叙的是此事罢。）正在夫妻相会，未忍离别之际，李洪义执了荒桑棒，当下惊散鸳鸯。洪义道，“你害饥，交三叔取饭，却觅不着，两个在这里”！送的是破罐里盛着残饭。知远大怒，将这残饭泼在洪义面上。洪义怒叫，洪信及二妇人皆至。四个一齐围定刘知远，骂：“穷神怎敢如此无知！好饭好食，充你驴肚！”知远不惧，一条扁担，使得熟会，独自个当敌四下里，只把三娘吓得呆了。但知远虽是英雄，毕竟寡不敌众。亏得有两个英雄，来助他一臂之力，一个是郭彦威，一个是史洪肇。

第十一则叙至郭、史助力为止，第十二则里，叙的便是“君臣弟兄子母夫妇团圆”的事。却说郭、史二人两条扁担，向前救护知远，洪义、洪信弟兄虽勇，毕竟敌不过他们，四口儿便簇定三娘，向庄奔走而去。三娘到庄，定是吃残害。知远入府至衙，与夫人岳氏从头说起三娘之事。第二天，商量着要接取三娘。临衙时，却听见阶前叫屈之声，叫屈的乃是洪信、洪义。知远问论谁。洪义说，“小人久住沙陀种田为活。十三年前，招女婿名知远，性气乖讹。为了责备他些儿，便投军到太原去，把妹子三娘抛弃。生下孩子，曾送与他。他却又娶了岳司公女。昨日他又到庄上，说是在经略衙中办事。一言不合，便相厮打，又有郭彦威、史洪肇二人相助，打得洪义、洪信重伤，两个媳妇，若不走脱，也险些儿命丧黄泉。伏望经略向衙中搜刷刘大”。洪信、洪义正在叨叨地诉说刘大的事，刘知远频频冷笑，叫左右备刀，并怒喝洪信弟兄，“你觑吾身”！两人凝眸，认得经略却正是女婿刘郎。当下二人浑如小鬼见天王。刀斧手正待下手，知远喝住，教取得三娘及妗子再断罪。传令下去，五百个兵披凯甲，导领一辆凤香车，要去迎接三娘。方欲出门，忽门吏慌忙来报，有一个急脚，言有机密事奉告。急脚报的是，有五百个强人，把小李村围住，搜括财宝，临行掳了三娘而去。知远吓得三魂七魄浑无主，急教郭彦威、史洪肇统兵去捉那些强人并救回夫人。不料史洪肇出战，却为贼人所捉；郭彦威力战不屈。正在势急，知远统军亲来接应。二贼人见了，即弃手中兵器，说，军中自有尊长，欲求相见。原来出来的是，刘知远母亲，二人乃慕容彦超、慕容彦进兄弟，他们因刘知远贵了，故来相投。于是夫妻母子兄弟一时相会。知远教人到小李村取李三翁两个妗子入并州大衙。岳夫人亲捧金冠霞帔，与三娘，三娘不受，说是村庄中人带不得金冠，且又发短齐眉。岳夫人再三相让。三娘见其真意，便祷天说，若梳发得长，便受金冠，否则，便只合做偏室之人。言绝，三梳，随手青丝拂地。众人皆称奇。合府皆喜。李三翁道，“你夫妻团聚，老汉死也快活”。正饮间，人报道，两个舅舅妗子害饥也。知远命取将四人来。他们四人在阶前泪滴如雨，苦苦哀告。知远说道，“要是你们吃尽三斗三升盐，呷尽那一斗三升醋，便也不打不骂，不诛戮”。洪信告说，“是当日戏言，贵人怎以为念”。知远大怒，命推去斩首。四人又哀告三娘。三娘不理。衙内并岳夫人诸官，尽皆劝谏经略。知远方才怒解，解了绑绳，命登筵席。洪义自悔万千，欲当众用手剜去双目。众人救了。皆大欢喜！正在这时，门外有一个后生，年方三十，登门求见，自言与经略有亲。知远一见大喜，原来是他同胞亲弟知崇。他母亲也甚为欣悦。这正是：

弟兄夫妇团圆日，龙虎君臣济会时。

后来知远更为显达，称朕道寡，坐升金殿。

《刘知远诸宫调》全书便终结于此。作者在最后说道：

曾想此本新编传，好伏侍您聪明美贤，有头尾结束刘知远。

这部诸宫调的风俗，极浑朴，极劲遒，有元杂剧的本色，却较他们更为近于自然，近于口语。单就一部伟大的杰作论之，已是我们文学史上罕见的巨著；只有一部同类的《西厢记诸宫调》才可与之拮抗罢。其他一切拟仿的，无灵魂的什么诗，什么文，当其前是要立即粉碎了的。何况在古语言学等等方面更有不可磨灭的重要在着呢。

十一

《天宝遗事诸宫调》，元王伯成著。伯成，涿州人，生平未详。钟嗣成《录鬼簿》载其杂剧二本：

《李太白贬夜郎》（今存，见《元刊杂剧三十种》）

《张骞泛浮槎》（佚）

王国维《曲录》据无名氏《九宫大成谱》，又增《兴刘灭项》一本。钟嗣成谓伯成“有《天宝遗事诸宫调》行于世”。贾仲名补《录鬼簿凌波仙曲》，也极称其《天宝遗事》的美妙：

> 伯成涿鹿俊丰标，公末文词善解嘲。《天宝遗事诸宫调》，世间无，天下少。《贬夜郎》关目风骚。马致远忘年友，张仁卿莫逆交。超群类一代英豪。[1]

“马致远忘年友，张仁卿莫逆交”二语，是他处所绝未见者；伯成的生平，可知者惟此而已。[2]致远的卒年约在公元一三〇〇年以前，伯成当亦为那一时代的人物。钟嗣成的《录鬼簿》成于公元一三三〇年，已称“伯成”为“前辈名公”则其时代当亦必在一三〇〇年以前也。

然《天宝遗事》自明以后，便不甚传于世。乾隆间所刊《九宫大成谱》卷二十八，录《天宝遗事踏阵马》一套，其后附注云：

> 首阕《踏阵马》，《北词广正谱》及《曲谱大成》，皆收此曲。但第七句皆脱一字，今考原本改正。

又在同书卷五十三所录《天宝遗事一枝花》套，卷七十四所录《天宝遗事醉花阴》套，皆有很重要的考证。难道乾隆间《大成谱》的编者们，尚能见到《天宝遗事》的原本么？然此原本今绝不可得见。长沙杨恩寿作《词

① 见明蓝格抄本《录鬼簿》。（天一阁旧藏。今藏宁波某氏。）

② 《雨村曲话》（《函海》本，《重订曲苑》）卷上，谓：“王伯成号丹邱先生”。其语无据，故不著。

馀丛话》，在其中有一段很可笑的话：

> 明曲《天宝遗事》相传为汪太涵手笔。当时传播艺林，以余观之，不及洪昉思远甚。《窥浴》一出，洪作细赋风光，柔情如绘，汪则索然也。（《词馀丛话》卷二）①

此诚不知其作者。恩寿不仅不知《天宝遗事》为何人所作，并亦不知《天宝遗事》为何时代的作品，可谓疏谬之至！然亦可见知《天宝遗事》者之鲜。

《天宝遗事》原本今既不可见，幸明嘉靖时郭勋所编的《雍熙乐府》，选录《天宝遗事》套曲极多；明初涵虚子的《太和正音谱》，清初李玉的《北词广正谱》以及乾隆时周祥钰诸人所编之《九宫大成南北词宫谱》等书，并也选载《天宝遗事》的遗文不少。数年前我曾从这几部书里辑录出一部《天宝遗事》来；但这一部辑本，其篇幅与原本较之，大约相差定是甚远的，且也没有道白。友人任二北先生也有辑录此书之意，成书与否，惜不能知道。《天宝遗事》的全部结构，在其《遗事引》里大约可以看出。《遗事引》今存者凡三套：

（一）哨遍　“天宝年间遗事”　见《雍熙乐府》卷七
（二）八声甘州　“开元至尊”　见《雍熙乐府》卷四
（三）八声甘州　“中华大唐”　见《雍熙乐府》卷四

这三套所述大略相同，惟第一套《哨遍》为最详。兹录其前半有关《遗事》的情节的曲文如下：

① 《词馀丛话》有《坦园丛稿》本，有《重订曲苑》本。

哨　遍　遗事引

天宝年间遗事，向锦囊玉罅新开创。风流酝藉李三郎，殢真妃日夜昭阳恣色荒。惜花怜月宠恩云，霄鼓逐天杖。绣领华清宫殿，尤回翠辇，洛出兰汤。半酣绿酒海棠娇，一笑红尘荔枝香。宜醉宜醒，堪笑堪嗔，称梳称妆。〔幺篇〕银烛荧煌，看不尽上马娇模样。私语向七夕间，天边织女牛郎，自还想。潜随叶靖，半夜乘空，游月窟来天上。切记得广寒宫曲，羽衣缥缈，仙佩玎珰。笑携玉筯击梧桐，巧称雕盘按霓裳。不提防祸隐萧墙。（墙头花）无端乳鹿入禁苑，平欺诳，愤得个禄山野物，纵横恣来往。避龙情子母似恩情，登凤榻夫妻般过当。〔幺篇〕如穿人口，国丑事难遮当。将禄山别迁为苏州长。便兴心买马军，合下手合朋聚党。〔幺篇〕恩多决怨深，慈悲反受殃。想唐朝触祸机，败国事皆因偃月堂。张九龄材野为农，李林甫朝廷拜相。〔耍孩儿〕渔阳灯火三千丈，统大势长驱虎狼。响珊珊铁甲开金戈，明晃晃斧钺刀枪，鞭飐剪剪摇旗影。衡水粼粼射甲光。凭骁健，马雄如獬豸，人劣似金刚。〔四煞〕潼关一鼓过元平荡，哥舒翰应难堵当。生逼得车驾幸西蜀。马嵬坡签抑君王。一声阃外将军令，万马蹄边妃子亡。扶归路愁观罗袜，痛哭香囊。

这里所说的只是几个大节目。在每一个节目之下，《遗事》都有很详细的描状。譬如，“哭杨妃”的一个节目，有明皇的哭，有高力士的哭，又有安禄山的哭；在“忆杨妃”的节目之下，有明皇的忆，也有禄山的忆。在当时写作的时候，作者是凭着浩瀚的才情而恣其点染的。故白仁甫的《梧桐雨》《游月宫》，关汉卿的《哭香囊》，都不过是一本杂剧，而伯成的《遗事》则独成为一部弘伟的“诸宫调”。在这部弘伟的“诸宫调”里，所受到的前人的影响一定是很不少的。例如，《哭香囊》的一节，当然是会受有关氏的杂剧的影响的。

依据了上面的节略，我们便可以将现在所辑得的《天宝遗事》的遗文，排列成一个较有系统的东西。

（一）夜行舡　明皇宠杨妃“一片云天上来”（《雍熙乐府》卷十二）

（二）醉花阴　杨妃出浴“腻水流清涨新绿”（同书卷一）（又此套亦载《九曲大谱》卷七十四：自《梁州第七》以下与《雍熙》所载大异。）

（三）祆神急　杨妃澡浴“髻收金索”（《雍熙》卷四）

（四）一枝花　杨妃剪足“脱凤头宫样鞋”（同书卷十）

（五）翠裙腰　太真闭酒“香闺捧出风流况”（同书卷四）

（六）抛球乐　杨妃病酒“雨云新扰”（同书卷一）

（七）一枝花　杨妃梳妆“苏合香兰芷膏”（同书卷十）

（又见《九宫大成谱》卷五十三，《大成谱》注曰：“《雍熙乐府》原本，于《梁州第七》第三句下，误接黄钟调《杨妃出浴》套，《醉花阴》之又一体及《神仗儿》《神仗煞》等曲，反将此套《梁州第七》之第三目以下及三煞、二煞、煞尾，接入《杨妃出浴》，《醉花阴》套内，盖因同用一韵，以致错误如此。”）

以上七则，正是《遗事引》里所谓“浴出兰汤，半酣绿酒海棠娇。一笑红尘荔枝香。宜醉宜醒，堪笑堪嗔，称梳称妆”的一段；只是“一笑红尘荔枝香”的一则情事，其遗文已无从考见。

（八）一枝花　玄宗扪乳“掌中白玉珪”（《雍熙乐府》卷十）

（九）哨遍　杨妃胜腰“千古风流旖旎”（同书卷七）

（十）瑞鹤仙　杨妃藏钩会“小杯橙酿浅”（同书卷四）

（十一）一枝花　杨妃捧砚“金瓶点素痕”（同书卷十）

以上五则，虽其事未见《遗事引》提起，似亦当在第一部分之中。又下面的一则，似亦当为《遗事》的“引子”之一，未及附前，也姑列于此。

（十二）摧拍子　杨妃“明皇且休催花柳”（《雍熙乐府》卷十五）

底下的两则所写的便是《遗事引》里所说的“银烛荧煌，看不尽上马娇模样，私语七夕间，天边织女牛郎，自还想”的数语。

（十三）六么序　杨妃上马娇“烹龙炮凤”（《雍熙乐府》卷四）

（十四）一枝花　长生殿庆七夕“细珠丝穿绣针”（同书卷十）

《遗事引》里所谓“潜随叶靖，半夜乘空，游月窟来天上”的一段情节，伯成却尽了才力来仔细描状。

（十五）点绛唇　十美人赏月“为照芳妍，有如皎练”（《雍熙乐府》卷四）

这一套，大约是先叙宫中美人们赏月事，用以烘染明皇的游月宫的事的。

（十六）六幺令　明皇游月宫“冰轮光展”（《雍熙乐府》卷五）

（十七）玉翼蝉煞　游月宫“似仙阙，若帝居”（同书卷十五）

（十八）点绛唇　明皇游月宫“玉艳光中素衣丛里”（同书卷四）

（十九）青杏儿　明皇喜月宫“一片玉无瑕”（同书卷四）

（二十）点绛唇　明皇哀告叶靖“人世尘清”（同书卷四）

这些着力描写的所在，大约与白仁甫的《唐明皇游月宫》杂剧（今佚）总有些关系罢。以下便是“笑携玉筋击梧桐，巧称雕盘按霓裳”的一段极盛的状况，一节极旖旎的风光的故事的叙写了：

（二十一）胜葫芦　明皇击梧桐“朝罢君王宣玉容”（《雍熙乐府》卷四）

（二十二）一枝花　杨妃翠荷叶“拢发云满梳”（同书卷十）

正在这个时候，一个祸根便埋伏下了。“无端野鹿入禁苑，平欺诳，惯得个禄山野物，纵横恣来往。避龙情子母似恩情，登凤榻夫妻般过当。”

这一段事在底下二套里写着：

(二十三) 墙头花　禄山偷杨妃“玄宗无道”（同书卷七）

(二十四) 醉花阴　禄山戏杨妃“羡煞寻花上阳路”（《雍熙乐府》卷一）

像这样的比较隐秘、比较秽亵的事，清人洪昇的《长生殿》便很巧妙、很正当的把它舍弃去了不写。

(二十五) 踏阵马　禄山别杨妃“天上少世间无”（《九宫大成谱》卷二十八）

(二十六) 胜葫芦　贬禄山渔阳“则为我烂醉佳人锦瑟傍”（《雍熙乐府》卷四）

这二段便是“如穿人口，国丑事难遮当，将禄山别迁为蓟州长”的事了。

(二十七) 一枝花　禄山谋反“苍烟拥剑门”（《雍熙乐府》卷十）

(二十八) 赏花时　禄山叛“扰扰毡车惨雾生”（同书卷五）

(二十九) 耍三台　破潼关“殢风流的明皇驾”（《九宫谱》卷二十七）

以上便是“渔阳灯火三千丈，统大势长驱虎狼”云云的禄山起兵与过潼关的一段事了。潼关一破，势如破竹，不得不“生逼得车驾幸西蜀”。接着便是“马嵬坡签抑君王。一声阃外将军令，万马蹄边妃子亡”的残酷绝伦的事发生了。关于幸蜀事，《天宝遗事》的遗文惜无存者；而关于杨妃的亡与明皇的忆则正是伯成千钧之力之所集中者，当是《遗事》里最哀艳、最着重的文字。这一节故事的遗文，今见存最多；这不能不说是一件幸事。

(三十) 醉花阴　杨妃上马嵬坡“愁据雕鞍翠眉锁”（《雍熙乐府》卷一）

(三十一) 醉花阴　明皇告代杨妃死“有句衷言细详察”（同书卷一）

(三十二) 愿成双　杨妃乞罪“一壁厢死犹热，血未干”（同书卷一）

（三十三）集贤宾　杨妃诉恨“飞花落絮无定止”（同书卷十四）

（三十四）村里迓古　明皇哀告陈玄礼“六军不进”（同书卷四）

（三十五）胜葫芦　践杨妃“是去君王不奈何”（同书卷五）

（三十六）袄神急　埋杨妃“雾昏秦岭日”（同书卷四）

（三十七）集贤宾　祭杨妃“人咸道太真妃”（同书卷十四）

杨妃死后，明皇哭之，忆之。高力士也哭之，忆之。这噩耗传到了安禄山那里，禄山也哭之，忆之。关于哭杨妃的事，伯成又是以千钧之力来描写的。原来的排列如何，今不可知，姑以哭、忆事为一类列下。

（三十八）粉蝶儿　哭杨妃“玉骨香肌”（《雍熙乐府》卷七）

（三十九）新水令　忆杨妃“翠鸾无语到南柯”（同书卷十一）

（四十）粉蝶儿　力士泣杨妃“若不是将令行疾”（同书卷七）

（四十一）粉蝶儿　禄山泣杨妃“虽则我肌体丰肥”（同书卷七）

（四十二）行香子　禄山忆杨妃“被一纸皇宣”（同书卷十二）

（四十三）新水令　禄山忆杨妃“舞腰宽褪毙貂衣”（同书卷十一）

（四十四）夜行舡　明皇哀诏“不觉天颜珠泪籁”（同书卷十二）

（四十五）一枝花　陈玄礼骇赦“锦宫除祸机”（同书卷十）

（四十六）端正好　玄宗幸蜀“正团圆成孤另”（同书卷三）

（四十七）八声甘州　明皇望长安“中秋夜阑”（同书卷四）

从《粉蝶儿》套《哭杨妃》到《八声甘州》套《望长安》的十则，都只是写一个“哭”字，一个“忆”字。更有：

（四十八）新水令　禄山梦杨妃“驾着五云轩”（《雍熙乐府》卷十一）一套，似也可以附在这个所在。

（四十九）一枝花　杨妃绣鞋“倾城忒可憎”（《雍熙乐府》卷十）

（五十）赏花时　哭香囊“据刺绣描写巧伎俩”（同书卷四）

以上的二则，便是《遗事引》里所谓的“愁观罗袜，痛哭香囊”的二语了。可惜这里只有关于杨妃绣鞋的一则，却没有关于罗袜的。最后尚有一则：

（五十一）赏花时　明皇梦杨妃“天宝年间事一空”（《雍熙乐府》卷五）

从“天宝年间事一空，人说环儿似玉容”起，直说到“贪欢未能，惊回清梦，玉阶前疏雨响梧桐”，似为一个结束或一个“引言”。但说是附于“疏雨响梧桐”的一则故事之后的一个结束，大约是不会很错的。伯成的“疏雨梧桐”的节目，或甚得白仁甫的那一部《梧桐雨》的杂剧的暗示的罢；正如《哭香囊》的一个节目之得力于关汉卿的《唐明皇哭香囊》一剧一样。但很可惜的，“疏雨响梧桐”的遗文，我们却已无从得见了。

洪昇的《长生殿》，其下卷几全叙杨妃死后的事，特别着重于“临邛道士鸿都客，能以精诚致魂魄”云云的一段虚无缥缈的天上的故事。白氏的《梧桐雨》剧，则截然的终止于“秋雨梧桐叶落时”的一梦，恰正获得最高超的悲剧的气氛，远胜于《长生殿》之拖泥带水。伯成的《天宝遗事》，是否也终止于“秋雨梧桐”，今不可知，但赏花时“天宝年间事一空”套若果为一个总的结束，则其“尾声”当然会是“秋雨梧桐”的一梦的。这部弘伟的《天宝遗事诸宫调》若果真终止于此，则其识力，当更过于董解元；其风格的完美，其情调的隽逸，也当更较《西厢记诸宫调》为远胜。

《天宝遗事诸宫调》的遗文，除过于零星者不计外，凡得上列的五十四套（连《遗事引》三套）。可说是，已尽了可能的搜辑的工力了。大部分都被保存在《雍熙乐府》里。这部空前的浩瀚的“曲集”，其中所收罗着的重要的材料不知凡几。《天宝遗事》五十余套，便是重要的材料的一种。在较《雍熙乐府》的刊行为早的《盛世新声》及约略同时的《词林摘艳》二书里，《天宝遗事》的曲子连一套也不曾收着。这真有点可怪！

《太和正音谱》及《北词广正谱》所收的《遗事》的曲子，却又是极为零星的。《九宫大成谱》又开始注意到《遗事》，但所录《遗事》的曲文，出于《雍熙乐府》外者仅二套耳。故辑录遗事的遗文，终当以《雍熙》为渊薮。

五十四套的曲文，当然不能尽《遗事》的全部。就《西厢记诸宫调》有一百九十三套，《刘知远诸宫调》残存三之一的篇幅，而也有八十套的事实看来，《天宝遗事》大约总也会有二百套左右的吧。今辑得的五十四套，只当得全文的四之一吧。最明显的遗漏是："晓日荔枝香"、"霓裳舞"、"夜雨梧桐"等等重要的情节。伯成以那末许多套的曲子，来写明皇的游月宫，来写安禄山的离京，来写杨贵妃的死，来写明皇等的哭与忆，便知所遗者一定是不在少数。

假如有一天，像发见《刘知远诸宫调》似的，也发见了《天宝遗事诸宫调》的原本，那岂仅仅是一件惊人的快事而已！要是《九宫大成谱》的编者们不说谎，果真犹及见到《天宝遗事》的原书，则在今日（离他们不到二百年）而若得到此弘伟的名著，恐怕也不是什么太突然的事罢。

"天宝遗事"很早的便成为谈资；《长恨歌》以外，宋人已有《太真外传》（乐史著，有《顾氏文房小说》本）及《梅妃传》（无作者姓名，亦见于《顾氏文房小说》）诸作，颇尽描状的姿态。《辍耕录》所载"院本名目"中，也有《击梧桐》一本。元人杂剧，关于此故事者更多，于关、白二氏诸作外，更有庾天锡的：

《杨太真霓裳怨》一本（今佚，《录鬼簿》著录）；

《杨太真华清宫》一本（同上）。

又有岳伯川的

《罗光远梦断杨贵妃》一本（今佚，《录鬼簿》著录）。

而王伯成则为总集诸作的大成者。其魄力的弘伟，诚足以压倒一切。像那末浩瀚的一部“天宝遗事”，在他之前，还不曾有人敢动过笔呢。在他之后，明人之作诚多，若《惊鸿》，若《彩毫》，皆是其中表表者，然若置之这部伟大的诸宫调之前，则惟有自惭其丑耳。

十二

在董解元《西厢记诸宫调》的开卷，曾有一般话道：

〔太平赚〕……比前览乐府不中听，在诸宫调里却着数。一个个旖旎流风济楚，不比其余。

〔柘枝令〕也不是崔韬逢雌虎，也不是郑子遇妖狐，也不是井底引银瓶，也不是双女夺夫。也不是离魂倩女，也不是谒浆崔护，也不是双渐豫章城，也不是柳毅传书。

在这里，我们可得到不少的诸宫调的名目：

(一) 崔韬逢雌虎诸宫调

(二) 郑子遇妖狐诸宫调

(三) 井底引银瓶诸宫调

(四) 双女夺夫诸宫调

(五) 倩女离魂诸宫调

(六) 崔护谒浆诸宫调

(七) 双渐赶苏卿诸宫调

(八) 柳毅传书诸宫调

这些，全部是与“西厢”同科的“倚翠偷期话”，而非“扑刀捍棒，长枪大马”之流。

又，在石君宝的《诸宫调风月紫云亭》剧里，由韩楚兰的口中[①]，也可以搜到下列几种诸宫调的名目：

（一）三国志诸宫调

（二）五代史诸宫调

（三）双渐赶苏卿诸宫调

（四）七国志诸宫调

其中除了第三种《双渐赶苏卿诸宫调》已见于董解元所述者外，其他几种，都完全是“铁骑儿”或“长枪大刀”一类的著作。

周密《武林旧事》（卷十）所载的诸宫调二本：

（一）诸宫调霸王

（二）诸宫调卦铺儿

其性质不很明了，但其为最早期的诸宫调则可断言。

始创诸宫调的孔三传，所作唯何，今不可知。耐得翁《都城纪胜》云“孔三传编撰传奇灵怪入曲说唱”，则其所编撰，当必不止一二种。孟元老《东京梦华录》有“孔三传《耍秀才诸宫调》”语，与“毛详，霍伯丑商迷，吴八儿合生”并举，则“耍秀才”如果不是人名，便当是诸宫调名了。

王伯成《天宝遗事诸宫调引》，有云：

> 〔三煞〕好似火块般曲调新，锦片似关目强，如沙金璞玉逢良匠。愁临阻崄频搔首，曲到关情也断肠。虽脂妆，不比送君南浦，待月西厢。（《雍熙乐府》七引卷）

“待月西厢”指的当然是《西厢记诸宫调》了；“送君南浦”的情节，见于

① 剧文引见前。

《琵琶记》，难道赵贞女、蔡二郎事，也曾见之于诸宫调么？

《永乐大典》所载《张协状元戏文》，其开头便是弹唱一段诸宫调，说是："这番书会，要夺魁名，占断东瓯盛事。诸宫调唱，出来因厮罗响。贤门雅静，仔细说教听。"当时或者竟有全部《张协状元诸宫调》也说不定。

《辍耕录》所著录的"院本名目"《拴搐艳段》一部里有"诸宫调"一本，然不详其名。

关于诸宫调的著录，殆已尽于此矣。

十三

诸宫调的影响，在后来是极伟大的；一方面"变文"的讲唱的体裁，改变了一个方向，那便是不袭用"梵呗"的旧音，而改用了当时流行的歌曲来作弹唱的本身。这个影响在"变文"的本身上，几乎也便倒流似的受到了。我们看"变文"的嫡系的儿子"宝卷"，在袭用了"变文"的全般体格之外，还加上了《金字经》《挂金索》等等的当时流行的歌曲[①]，这不能不说是诸宫调所给予的恩物或暗示。本该是以单调的梵呗组成的《诸佛名经》等等，今所见的永乐间刊本，却全是用浩瀚的歌曲组织成功的。这大约也是受有诸宫调的暗示的可能。在南戏方面，诸宫调也颇有所给予。[②]

但诸宫调的更为伟大的影响，却存在元代杂剧里。元人杂剧与宋代"杂剧词"并非一物。这在我的上文里，已屡次的说到。就文体演进的自然的趋势看

① 今日所见的宝卷，以作者所藏的元、明间抄本的《目连救母出离地狱升天宝卷》为最古，其中曾杂用《金字经》《挂金索》二调。

② 参看王国维的《宋元戏曲史》第十四章。

来，从宋的大曲或宋的“杂剧词”而演进到元的“杂剧”，这其间必得要经过宋、金诸宫调的一个阶段；要想躐过“诸宫调”的一个阶段几乎是不可能的。或者可以说，如果没有“诸宫调”的一个文体的产生，为元人一代光荣的“杂剧”，究竟能否出现，却还是一个不可知之数呢。

元人杂剧，在体制上所受到的诸宫调的影响，是极为显著的。我们都知道，诸宫调是由一个人弹唱到底的，有如今日流行的弹词鼓词。凡是这一类的有曲有白的讲唱的叙事诗，从最原始的变文起，到最近尚在流行的弹词鼓词止，几乎没有一种不是“专以一人”“念唱”的。这既已在上文说得很明白。这一点，在元人杂剧里便也维持着。元剧的以正末或正旦独唱到底的体裁是最可怪的，与任何国的戏曲的格调都不相同，与任何种的文体也俱不同类。但却独与“诸宫调”的体例极为符合。如果元剧的旦或末独唱到底的体例是有所承袭的话，则最可能的祖祢，自为与之有直接的渊源关系的“诸宫调”。戏曲的元素最重要者为对话，而元剧则对话仅于道白见之，曲词则大多数为抒情的一人独唱的。虽亦有与道白相对答的，却绝无二人对唱之例。这种有对白而无对唱的戏曲，诚然是前无古人后无来者的。宋、元的戏文，其体例便与之截然不同。但这体例，这格式，决不会从天上落下来的。诸宫调的那个重要的文体，恰好足以供给我们明白元剧所以会有如此的格例之故。更有趣的是：在宋、金的时候讲唱诸宫调者，原有男人，有女人。元人杂剧之有旦本（即以正旦为主角，独唱到底者）有末本（即以正末为主角，独唱到底者）也当与此有些重要的关系罢。否则，在旦末并重的情节的诸剧里，为何旦末始终没有并唱的呢。

仅有一点，元人杂剧与诸宫调是不同的：即前者的唱词是代言体或以第一身的口吻出之的，后者的唱词却是第三身的叙述与描状。但即在这一点上，元剧也还不曾“数典忘祖”。在好些地方，能够用第三身的叙状的时候，元剧的作者便往往的要借用第三身的口吻出之。这种格局，不仅在表演舞台上不能或不便表演的情状时用之，即舞台上尽可表演的，也还要用到它。最明显的例子，像描状两个武士狠斗的情形，元剧作者们总要借用像探子的那一流人物的报告。（此例，元剧中最多，像尚仲贤的《尉迟恭单鞭夺槊》《汉高祖濯足气英布》等等皆是。）又无名氏的《货郎担》一剧（见《元曲选》），其第四节正旦所唱的《九转货郎儿》一套，更是正式的叙事歌曲与“诸宫调”的格调无甚歧异的了。

在歌曲的本身剧，诸宫调所给予元剧的影响尤为重大。《录鬼簿》在董解元的名字之下，注云：

> 以其创始，故列诸首云。

其意，大概是说，董解元为北曲的“创始”者，故列他于“前辈名公有乐章传于世者”之首。《太和正音谱》也说：“董解元，仕于金，始制北曲。”其实，董解元虽未必是唯一的一位北曲的创“始”者，他和其他的“诸宫调”的诸位作者们，对于北曲的创作却是最为努力，最为有功的。如果在北曲创作的过程里，没有那些位诸宫调的作者们出现，其情形一定是很不相同的。

诸宫调的套数，结构颇繁，而承袭之于北宋时代的唱赚的成法者尤多，这在上文也已说明过。唱赚的曲调组成法，有缠令、缠达二种。缠令最流行于诸宫调里。缠达较少，像《西厢记诸宫调》卷三所载的一套《六幺实催》，《刘知远诸宫调》第一则所载的《安公子缠令》大约都是的罢。像这两种的套数的组成法，今见于诸宫调里者，究竟是否与唱赚的成法完全相同，已不可知。然若与元剧的套数较之，则元剧套数的组成法之出于诸宫调却是彰彰在人耳目间。诸宫调的套数，短者最多；于缠令、缠达外，其余各套，殆皆以一曲一尾组成之，像：

〔中吕调〕〔牧羊关〕……〔尾〕

——见《刘知远诸宫调》第二

这似乎在北曲里较少见到。然其实，诸宫调在这个所在，其所用之曲调，殆皆为同调二曲之合成，有如“词”的必以二段构成，或如南北曲的换头、前腔或幺篇。故上面的一套也可以这样的写法：

〔中吕调〕〔牧羊关〕……〔幺〕……〔尾〕

以这样简单的曲调组成的套数，在元人里也不是没有，像：

〔般涉调〕〔哨遍〕……〔急曲子〕……〔尾声〕

——《北词广正谱》九帙引朱庭玉《唤起琐窗》套

至于“缠令”则大都较长，至少连尾声总有三支曲调，加上幺篇也至少有四支至五支曲调。像《西厢记诸宫调》卷四的《侍香金帝缠令》：

〔黄钟宫〕〔侍香金帝缠令〕……〔双声叠韵〕……〔刮地风〕……〔整金冠令〕……〔赛儿令〕……〔柳叶儿〕……〔神仗儿〕……〔四门子〕……〔尾〕

则简直可以与元剧里最长的套数相拮抗的了：

〔越调〕〔斗鹌鹑〕……〔紫花儿序〕……〔小桃红〕……〔东原乐〕……〔雪里梅〕……〔紫花儿序〕……〔络丝娘〕……〔酒

旗儿〕……〔调笑令〕……〔鬼三台〕……〔圣药王〕……〔眉儿弯〕……〔要三台〕……〔收尾〕

——杨梓《豫让吞炭》剧

这数套，其曲调之数都是在十支以上的。若杨显之的《潇湘夜雨》剧内：

〔黄钟宫〕〔醉花阴〕……〔喜迁莺〕……〔出队子〕……〔幺〕……〔山坡羊〕……〔刮地风〕……〔四门子〕……〔古水仙子〕……〔尾声〕

关汉卿《切脍旦》剧内：

〔双调〕〔新水令〕……〔沉醉东风〕……〔雁儿落〕……〔得胜令〕……〔锦上花〕……〔幺〕……清江引等套，其曲调皆在十支以内，其格律是更近于诸宫调内所用的各套数的了。

至于缠达的一体，也曾经由诸宫调而传达于元剧的套数里。直接的像那末除一引一尾外，中间“只以两腔递且循环间用”者，元剧里原是不多；然在正宫里的许多套数的组织里，我们还很明显的看出这个影响来。试举关汉卿的《谢天香》剧为例：

〔正宫〕〔端正好〕……〔滚绣球〕……〔倘秀才〕……〔滚绣球〕……〔倘秀才〕……〔穷河西〕……〔滚绣球〕……〔倘秀才〕……〔呆骨朵〕……〔倘秀才〕……〔醉太平〕……〔三

煞〕……〔煞尾〕

其以《滚绣球》《倘秀才》二调“递且循环间用”正是缠达的方式。不仅汉卿此剧这样。凡《正宫·端正好套》，用到《滚绣球》及《倘秀才》几莫不都是如此的“递且循环间用”的，惟其中并用《穷河西》《醉太平》等等他曲，则与缠达有不尽同者，此盖因中间已经过诸宫调的一个阶段之故。

大抵连结若干支曲调而成为一部套数其风虽始于大曲（或杂剧词）及唱赚，而发挥光大之，使之成为一种重要的文体者则为诸宫调无疑。元剧离开北宋的大曲及唱赚太远。其所受的影响，自当得之于诸宫调而非得之大曲及唱赚。

最后，更有一点，也是诸宫调给予元杂剧的不可磨灭的痕迹；那便是，组织几个不同宫调的套数，而用来讲唱（就元杂剧方面说来，便是搬演）一件故事。在大曲或唱赚里，所用的曲调惟限于一个“宫调”里的；他们不能使用两个宫调或以上的曲子来连续唱述什么。但诸宫调的作者们却更有弘伟的气魄，知道连接了多数的不同宫调的套数，供给他们自由的运用。这乃是诸宫调所特创的一个叙唱的方法。这个方式，在元杂剧里便全般的采用着。元剧至少有四折，该用四个不同宫调的套数；但像王实甫的《西厢记杂剧》，吴昌龄的《西游记杂剧》，刘东生的《娇红记杂剧》等，其卷数在二卷以上者，则其所需要的不同宫调的套数，往往是在八个乃至二十几个以上的。这全是诸宫调的作者们给他们以模式的。

以上所述，系就元剧受到诸宫调影响的各个单独之点而立论，其实，那些影响原是整个的，不可分离的，不可割裂的。元杂剧是承受了宋、金诸宫调的全般的体裁的，不仅在支支节节的几点而已；只除了元杂剧是迈开足步在舞台上搬演，而诸宫调却是坐（或立）而弹唱的一点的不同。我们简直可以说，如果没有宋、金的诸宫调，世间便也不会出现着元杂剧的一种特殊的文体的。这大约不会是过度的夸大的话罢。钟嗣成、涵虚子叙述北杂剧，都以董解元为创始者，这是很有见地的。不过以董解元一人，来代替了自孔三传以下的许多伟大的天才们，未免有些不公平耳。

参考书目

一、耐得翁：《都城纪胜》。

二、吴自牧：《梦粱录》。

三、王国维：《宋元戏曲史》。

四、郑振铎：《插图本中国文学史》。

五、郑振铎：《宋金元诸宫调考》（本章关于诸宫调一部分，多节用本文）。

【中国文化艺术名著丛书】

中国俗文学史（下）

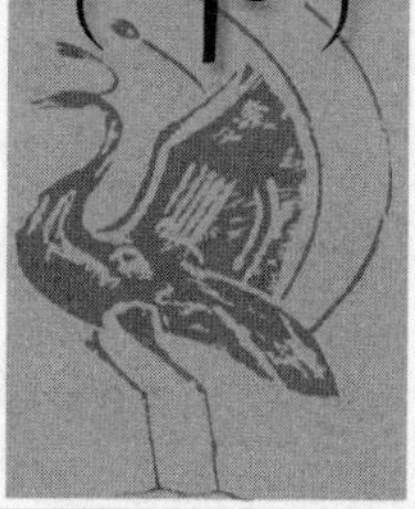

郑振铎 著

许多俗文学的作品，却总可以给我们些东西。他们产生于大众之中，为大众而写作，表现着中国过去最大多数的人民的痛苦和呼吁，欢愉和烦闷，恋爱的享受和别离的愁叹，生活压迫的反响，以及对于政治黑暗的抗争；他们表现着另一个社会，另一种人生，另一方面的中国，和正统文学，贵族文学，为帝王所养活着的许多文人学士们所写作的东西里所表现的不同。只有在这里，才能看出真正的中国人民的发展、生活和情绪。中国妇女们的心情，也只有在这里才能大胆的、称心的不伪饰的倾吐着。

湖南大學出版社
HUNAN UNIVERSITY PRESS

第九章

元代的散曲

一

散曲是流行于元代以来的民间歌曲的总称。唐、宋词原来也是民间的歌曲，惟到了五代及北宋，已成了贵族的乐歌，到了南宋，已是僵化了的东西。于是散曲起而代之，大流行于元代；还是活泼泼的民间之物。

到了明代中叶以后，散曲才成了僵化的东西。但还不断的有新的俚曲加入其中，使之空气常是新鲜不腐。在清代也是如此。

散曲是“清唱”的，故亦名“清曲”。（张旭初《吴骚合编》凡例：“《南词韵选》及《遴奇》《振雅》诸俗刻所载清曲，大略雷同”。）所谓“清曲”，是对“戏曲”而言的。戏曲包括动作、歌唱、说白三者；清曲则无动作及道白，只是歌唱而已，故被称为清唱。唱时，只用弦索、笙笛、鼓板等，不用锣鼓。魏良辅《曲律》云：“清唱俗语谓之冷板凳，不比戏场借锣鼓之势。全要闲雅整肃，清俊温润。”

散曲可分为套数及小令二类。杨朝英《阳春白雪》卷首所载“燕南芝庵先生撰”《唱论》，有云：“成文章曰乐府；有尾声名套数；时行小令唤叶儿。”所谓“成文章”的乐府，大约泛指成篇的散曲或戏曲而言。

套数亦有无“尾声”者，唯以具有尾声为原则。最简单的套数，仅一首一尾（北曲），或仅以引曲、一过曲、一尾声（南曲）组成之。但大多数的套数，总以属于同宫调的“曲调”五六个以上组成之；和宋大曲的组成法有些相同。

元末，有所谓南北合套的东西出现，即一篇散曲，是以南曲调及北曲调混合组成者。

小令通常以一首为一篇，若唐、宋词调的惯例。惟有所谓“重头”者，往往以二首以上之小令，咏述一事或同一情调的东西，有时多至百首（像明人王九思、李开先咏《傍妆台》各一百首）。

二

论述元代散曲，因了这十多年来新资料层见叠出的缘故，尚不甚感困难。元剧的文章，最好的恰可达到深浅浓淡，无所不宜的“火候”；也便是达到雅俗共赏的程度。元代的散曲也是如此。他们绝对不是粗鄙恶俗的俚曲，他们不是出于未经文学修养者的手笔。他们里有极多乃是最好的抒情诗人们的杰作。他们乃是经过琢磨的美玉，乃是经过披拣的黄金。其中有一部分，也许不怎么谐俗，不怎么上乘，可是，大多数却都是深入民间的，仿佛有些像宋人所谓“有井水饮处，无不歌柳词”般的情形。当词调一出现的时候，立刻便来了一个温庭筠、韦庄、冯延巳和南唐二主的大时代。

同样的，散曲一出现的时候，立刻也便来了一个关汉卿、马致远、张少山、乔梦符们的大时代。

从前论述元代散曲的，只知道张小山、乔梦符（《四库全书》只著录《张小山小令》）二家；最多，也只知道关、马、郑、白（以他们的剧曲为更有名）而已。但现在，我们的眼界广大得多了，我们所知道的散曲作家们也更多了。

本章于论述重要的作家们之外，并及无名诗人们的散曲；其中，有些是当时的俚曲，我们应该特别的加以注意。

散曲不完全是抒情诗篇，其中也尽有很多的叙事歌曲。我们于《燕子赋》一类的幽默诗之后，久不见有这一类的东西出现了。但在这个时候，我们在散曲里乃可得到不少的最好的讽刺的或幽默的诗篇，像马致远的《借马》，睢景臣的《高祖还乡》等，都是令人忍俊不禁的绝妙好辞，这是唐诗宋词里所罕见的一种珍奇。

三

元代散曲的作家，《录鬼簿》记载得最有次第。钟嗣成把写散曲者和写剧曲者分开。写散曲的“前辈名公”自董解元（钟云：“金章宗时人，以其创始，故列诸首云。”）以后，有：

（一）太保刘公梦正　（二）张子益平章　（三）商政叔学士
（四）杜善甫散人　（五）王和卿学士　（六）阎仲章学士
（七）盍士常学士　（八）胡紫山宣尉　（九）卢疏斋宪使
（一〇）姚牧庵参军　（一一）史中书丞相天泽

(一二) 徐子芳宪使　(一三) 不忽木平章　(一四) 杨西庵参军

(一五) 张九元师弘范　(一六) 荆幹臣参军　(一七) 陈草庵中丞

(一八) 马彦良孝事　(一九) 刘中庵承旨　(二〇) 阚彦举学士

(二一) 赵子昂承旨　(二二) 滕玉霄应奉　(二三) 白无咎学士

(二四) 邓玉宾同知　(二五) 冯海粟学士　(二六) 暂克明尚书

(二七) 张梦符宪使　(二八) 曹光辅学士 (名元用)

(二九) 贯酸斋学士　(三〇) 张云庄参议　(三一) 奥殷周侍御

(三二) 赵伯宁中丞　(三三) 郝新庵左丞　(三四) 刘时中待制

(三五) 李沈之学士　(三六) 萨天锡照磨　(三七) 曹子贞学士

(三八) 马昂夫总管　(三九) 班恕斋知县　(四〇) 王元鼎学士

(四一) 马守芳府判　(四二) 刘士常省掾　(四三) 虞伯生学士

(四五) 元遗山好问

连董解元，他所记载的凡四十五人。他说，“右前辈公卿大夫居要路者，皆高才重名，亦于乐府用心。盖文章政事，一代典型，乃平昔之所学，而舞曲辞章，由乎味顺积中，英华自然发外者也。自有乐章以来，得其名者止于如此。盖风流蕴藉，自天性中来。若夫村朴鄙陋固不足道也”。这里所举的都是名公巨卿。兼写剧曲的关汉卿、马致远诸散曲作家，钟氏却不举出了。

钟氏的《录鬼簿》自序，署至顺元年（公元一三三〇年)。郗经题《录鬼簿蟾宫曲》则署至正庚子（公元一三六〇年)，那时，钟氏已经死了。钟氏著作《录鬼簿》时代的年龄，最少是三十岁。则他所不及见的“前辈公卿大夫”，总是公元一三〇〇年以前的人物。我们把这四十多个作家，放在公元一二〇一到一三〇〇年的一百年间，当不会有什么大错的。这构成元代散曲的第一期。

在钟氏所举的“方今才人相知者”里，曾写作散曲的，有以下的许多人：

（一）范冰壶（名居中） （二）施君承（承一作美）
（三）黄德泽（名天泽） （四）沈珙之 （五）赵君卿（名臣弼）
（六）陈彦实（名无妄） （七）康弘道（名毅）
（八）睢舜臣（字嘉贤）（舜一作景） （九）吴中立（名本）
（一〇）周仲彬（名文质） （一一）官大用（名天挺）
（一二）郑德辉（名光祖） （一三）金志甫（名仁杰）
（一四）曾瑞卿 （一五）沈和甫 （一六）吴仁卿（名弘道）
（一七）刘宣子（字昭叔） （一八）秦简夫
（一九）乔梦符（名吉一） （二〇）赵文宝（名善庆）
（二一）王仲元 （二二）张小山（名可久） （二三）钱子云（名霖）
（二四）黄子允（名公望） （二五）徐德可（名再思）
（二六）顾君泽（名德润） （二七）曹明善（名德）
（二八）汪勉之 （二九）高敬臣（名克礼）
（三〇）王守中（名位） （三一）萧德祥（名天瑞）
（三二）陆仲良（名登善） （三三）朱士凯
（三四）王日新（名晔） （三五）吴纯卿（名朴） （三六）李齐贤
（三七）王思顺 （三八）苏彦父 （三九）屈英夫
（四〇）李用之 （四一）顾廷玉 （四二）俞姚夫
（四三）张以仁 （四四）高可道 （四五）董君瑞
（四六）高安道 （四七）李邦杰

以上四十七人都是钟嗣成同时代的作家，有相知的，也有不相知的；这便是元代散曲的第二期了。——从公元一三〇一年到公元一三六〇年。

在这第二期里，钟嗣成他自己也是一位重要的作家。而编辑《阳春白雪》《太平乐府》的杨朝英和著作《中原音韵》的周德清，也都是不凡的诗人。

杨朝英的《太平乐府》编于至正辛卯（十一年，即公元一三五一年），《阳春白雪》的编成，其时代当也相差不远。杨氏在这二书的卷首（《阳春白雪》残本卷首有“古今姓氏”），都有“姓氏”。这些作家们和钟氏所载的诸家，有一大部分是相同的；其时代，当然也是相同的。

“太平乐府姓氏”所载凡八十五人。杨氏云：“已上八十五人外，又有不知名氏者所作；具见集中。比它编有名无曲者不同。”（《录鬼簿》所载的作家凡九十三人，其中二书姓氏相同者，不别作符记。）

白无咎　关汉卿　商政叔

马致远　卢疏斋　马东篱

元遗山　马谦斋　王和卿

姚牧庵　白仁甫　吕止庵

贯酸斋　马九皋　张云庄

杨西庵　冯海粟　吕济民

周德清　张小山　邓玉宾

乔梦符　查德卿　吴西逸

徐甜斋　孙周卿　武林隐

王元鼎　阿里耀卿　西　瑛

卫立中　李伯瞻　赵显宋

刘逋斋　景元启　唐毅夫

高　栻　李爱山　宋方壶

王爱山　吴仁卿　刘时中

杜善夫　赵天锡　朱庭玉

盍西村　李伯瑜　顾君泽

胡紫山　仇州判　王伯成

李德载　吴克斋　王敬甫

鲁瑞卿　程景初　钟继先

赵彦辉　杜遵礼　孙季昌

赵明道　郑德辉　秦竹村

周仲彬　李致远　童童学士

沙正卿　王仲诚　李邦基

王仲元　庾吉甫　睢景臣

鲁褐夫　孛罗御史　吕大用

陆仲良　任则明　姚守中

杨澹斋　杨立斋　侯正卿

高安道　董君瑞　行院王氏

珠帘秀歌者

残元本《阳春白雪》卷首的“古今姓氏”，除古代的苏东坡、晏叔原、辛稼轩、司马想、柳耆卿、邓千江、吴彦高、朱淑真、蔡伯坚、张子野十人外，其余的六十人，都是元人：

王修甫　白无咎　彭寿之

张子益　京斡臣　石子章

阎仲章　蒲察善长　王嘉甫

元遗山　王和卿　鲜于伯机

吕元礼　刘太保　商政叔

徐子芳　芝　庵　卢疏斋

胡紫山　姚牧庵　贯酸斋

刘逋斋　崔　彧　李秋谷

奥敦周卿　严忠济　庾吉甫

马九皋　阿鲁威　阿里耀卿

史知州　马谦斋　仇州判

冯海粟　吴克斋　张子友

盍志学　侯正卿　吴正卿

关汉卿　白仁甫　马致远

王伯成　左敬之　郑德辉

郑廷玉　杜善夫　亢文苑

张小山　吕止庵　赵文一

高文秀　李茂之　纪君祥

杨君择　冀子奇　孙叔顺

王仲诚　不忽麻平章　李邦基

高安道　董君瑞　陈子厚

赵明道　景元启　李寿卿

刘时中　杨澹斋

其作品见于《阳春白雪》及《残本阳春白雪》中而姓氏未见于上表者尚有：

商左山　吕止轩　吕侍中　吴仁卿　徐容斋

杨西庵　赵天锡　薛昂夫

八人。但疑吕止轩、吕侍中和表中的吕止庵是一人。

在永乐二十年（公元一四二二年）贾仲明编的《续录鬼簿》里，记载着不少的元末明初的散曲作家。其中有一部分，像钟嗣成、周德清、刘廷信、兰楚芳等都是元人。这些作家们——从公元一三六一年到一四二二年——我们也在这里顺便的述及了。这可算是元代散曲的第三期。

贾氏所记载的作家们，有：

钟继先（名嗣成）　罗贯中　汪元亨（原作“享”误）
谷子敬　丁野夫　郴仲谊（名经）
陆进之　李时英　须子寿
金文质　汤舜民　杨景贤（名暹，后改名讷）
李唐宾　陈伯将　张鸣善
高茂卿　刘君锡　陶国瑛
唐以初（名复）　夏伯和　周德清
刘廷信　兰楚芳　金子仁
詹时雨　刘士昌　花士良
宣庸甫　金元素　金文石
金尧臣　盛从周　刘元臣
龚敬臣　龚国器　赵元臣
臧彦洪　庄文昭（名麟）　王文新
张伯刚　王景榆　陈敬斋
月景辉　赛景初　沐仲易
虎伯恭　魏士贤　王彦仲
徐景祥　丁仲明　沈士廉
俞行之　贾伯坚（名固）　倪　瓒

孙行简　徐孟曾　杨彦华

郗启文　刘东生　贾仲明

在这些作家们里，大多数是写散曲的。可惜，其作品存在于今的，实在太少了。故讲述这第三期的作家的时候，颇有些文献无征之感。

杨铁崖（维桢）尝为周月湖、沈子厚二人的“今乐府”作序；但周沈二人之作，今也不可得见。在《乐府群玉》《乐府新声》《词林摘艳》《雍熙乐府》《太和正音谱》《北宫词纪》《北词广正谱》诸书里，尚可发见有若干作家。其中，像：

陈德和　张子坚　丘士元　张彦文　柴野愚

诸人，比较的可以注意。

四

在第一期的作家里，关汉卿无疑的占着一个极重要的地位。《录鬼簿》未言其写作散曲，但他在散曲上的成就，和他在戏曲上的成就是不相上下的。他写作杂剧至六十余本，就今所存的十余本者来看，几乎没有一本是不好的。他的散曲，从《阳春白雪》《太平乐府》《词林摘艳》《尧山堂外纪》诸书所载的搜辑起来，也可成薄薄的一册，在这薄薄的一册里，也几乎没有一句不是温莹的珠玉。《太和正音谱》称他为“可上可下之才”，实是不可信的批评。

关汉卿的生平，若明若昧。《录鬼簿》云：“大都人，太医院尹，号已斋叟。”《尧山堂外纪》则增饰之云：“金末为太医院尹，金亡不仕。好谈妖鬼。所著有《鬼董》。”按：《鬼董》今存。（《涵芬楼秘笈》本）是否为关氏所著，不可知。“金亡不仕”语，疑为后人的附会。王和卿为元学士。他和和卿是很好的朋友；往来得很密切。当时，他一定是住在大都的，且也必定还做着“太医院尹”一类的官。他有咏《杭州景》（南吕一枝花）的一篇套曲，中有“大元朝新附国，亡宋家旧华夷”语。在南宋亡后（元兵在公元一二七六年入临安），他必定到过杭州。故他的杂剧亦有题为“古杭新刊”的。如果他是金的遗民，且在金时已为太医院尹，则在金亡的时候（公元一二三四年），他至少已是一位三十岁以上的人了。那末，到了宋亡的时候，他至少已有七十多岁了。我很怀疑，他做太医院尹是元代的事。他也许像白仁甫一样，在童年的时候看见蒙古兵的灭金。但他不会是“金亡不仕”。在金时，恐怕他根本不曾出仕过。《录鬼簿》记载董解元，特别提出“金章宗时人”等话。但记着关汉卿的事时，却没有一字涉及“金”。其非仕金可知。

在杂剧里，我们一点看不出关氏的生平和他自己的情绪来。他的全副力气是用在刻画他所创造的人物的身形、行动和思想、情绪上去了。但在散曲里，我们却可看出一位深情缱绻的人物。他也许和柳耆卿是同流，终生沉酣在歌妓间的。他为他们写下许多的杂剧，也为他们写下许多的散曲。他有一篇《不伏老》（南吕一枝花），恐怕便是他的自供吧：

〔南吕一枝花〕攀出墙朵朵花，折临路枝枝柳。花攀红蕊嫩，柳折翠条柔。浪子风流，凭着我折柳攀花手，直煞得花残柳败休。半生来弄柳拈花，一世里眠花卧柳。

〔梁州第七〕我是个普天下郎君领袖，盖世界浪子班头，愿朱颜不改常依旧。花中消遣，酒内忘忧。分茶攧竹，打马藏阄。通五音六律滑熟，甚闲愁到我心头！伴的是银筝女银台前理银筝笑倚银屏，伴的是玉天仙携玉手并玉肩同登玉楼，伴的是金钗客歌金缕捧金尊满泛金瓯。你道我老也暂休。占排场风月功名首，更玲珑，又剔透。锦阵花营都帅头，四海遨游。

隔　尾

子弟每是个茅草冈沙土窝初生的兔羔儿乍向围场上走，我是个经笼罩受索网苍翎毛老野鸡踏踏得阵马儿熟。经了些窝弓冷箭蜡枪头，不曾落人后。恰不道人到中年万事休，我怎肯虚度了春秋！

黄钟煞

我却是蒸不烂煮不熟槌不匾炒不爆响当当一粒铜豌豆，恁子弟谁教钻入他锄不断斫不下解不开顿不脱慢腾腾千层锦套头。我玩的是梁园月，饮的是东京酒，赏的是洛阳花，板的是章台柳。我也会吟诗，会篆籀，会弹丝，会品竹，我也会唱鹧鸪，舞垂手，会打围，会蹴踘，会围棋，会双陆。你便是落了我牙，歪了我口，瘸了我腿，折了我手，天与我这几般儿歹症候，尚兀自不肯休！只除是阎王亲令唤，神鬼自来勾，三魂归地府，七魄丧冥幽，那其间才不向烟花路儿上走。

写得多末有风趣！他的许多小令，写闺情，写别怨，写小儿女的意态，写无可奈何的叹息，写称心快意的满足的，几乎没有一首不好，不入木三分，比柳词还要谐俗，却也比柳词还要深刻活泼；比山谷词还要艳荡，却也比山谷词还要令人沉醉，同时却又那样的温柔敦厚，一点也不显出粗鄙恶俗。

沉醉东风

咫尺的天南地北，霎时间月缺花飞！手执著饯行杯，眼阁著别离泪。刚道得声保重将息，痛煞煞教人舍不得。好去者望前程万里！

忧则忧鸾孤凤单，愁则愁月缺花残。为则为俏冤家，害则害谁曾惯！瘦则瘦不似今番，恨则恨孤帏绣衾寒，怕则怕黄昏到晚！

伴夜月银筝凤闲，暖东风绣被常悭。信沉了鱼，书绝了雁，盼雕鞍万水千山。本利对相思若不还，则告与那能索债愁眉泪眼。

碧玉箫

盼断归期，划损短金篦。一捻腰围，宽褪素罗衣。知他是甚病疾，好教人没理会。拣口儿食，陡恁的无滋味。医，越恁的难调理！帘外风筛，凉月满闲阶。烛灭银台，宝鼎串烟埋。醉魂儿难挣挫，精采儿强打捱。那里每来，你取闲论诗才。台，定当的人来赛。

《题情》的《一半儿》四首，没有一首不是俊语联翩、艳情飞荡的：

一半儿

云鬟雾鬓胜堆雅，浅露金莲簌绛纱，不比等闲墙外花。骂你个俏冤家，一半儿难当一半儿耍。

碧纱窗外静无人，跪在床前忙要亲。骂了个负心回转身。虽是我话儿嗔。一半儿推辞一半儿肯。

银台灯灭篆烟残，独入罗帏淹泪眼。乍孤眠好教人情兴懒！薄设设被儿单，一半儿温和一半儿寒。

多情多绪小冤家，拖逗得人来憔悴煞。说来的话先瞒过咱！怎知他，一半儿真实一半儿假！

《楚台云雨会巫峡》套（《双调新水令》），写得是那末荡魄惊魂。“颤钦钦把不住心头怕，不敢将小名呼咱，只索等候他。”那情景是如何的紧张。《玉骢丝鞚锦鞍鞊》套（双调示换头新水令）写忆别的情怀，写重会时的喜欢和误解，都是达到很不容易达到的深刻的描写的程度：

〔一锭银〕心友每相邀列著管弦，却只待劝解动凄然！十分酒十分悲怨，却不道怎生般消遣！

〔阿那忽〕酒劝到跟前，只办的推延。桃花去年人面，偏怎生冷落了今年？

〔不拜门〕酒入愁肠闷怎生言！疏行潇潇西风战。如年，如年似长夜天，正是恰黄昏庭院。

这是写“忆”。但当那男人有了一个机会，“忙加玉鞭，急催骏骢，飞到那佳人家门前”时：

〔喜人心〕人丛里遥见，半遮着罗扇。可喜的风流业冤，两叶眉儿未展。百般的陪告，一刬的求和，只管里熬煎。他越将个庞儿变，咱百般的难分辨。

好容易方才去了她的疑心，和她和好。“天若肯为人，为人是今生愿，尽老同眠也者，也强如雁底关河路儿远。”

他的《白鹤子》：“鸟啼花影里，人立粉墙头。春意雨丝牵，秋水双波溜”，是如何漂亮的一首抒情小诗！

他也写些“闲适”的小曲，那却并无什么出色之处，像《四块玉》（题作《闲适》，凡四首）：

适意行，安心坐。渴时饮，饥时餐，醉时歌；困来时就向莎茵卧。日月长，天地阔，闲快活。

旧酒没，新醅泼。老瓦盆边笑呵呵，共山僧野叟闲吟和。他出二对鸡，我出一个鹅，闲快活。

意马□，心猿锁，跳出红尘恶风波，槐阴午梦谁惊破！离了利名场，攒入安乐窝，闲快活。

商亩耕，东山卧，世态人情经历多。闲将往事思量过，贤的是他，愚的是我，争甚么！

又像《碧玉箫》的一首：

秋景堪题，红叶满山溪。松径偏宜，黄菊绕东篱。正清樽斟泼醅，有白衣劝酒杯。官品极，到底成何济！归，学取他渊明醉！

盖为题材所限，很不容易有惊人之作。

汉卿的朋友王和卿，也是一位风流人物，一生追逐于歌妓之后的。他也是大都人，《录鬼簿》称他为“学士”。《尧山堂外纪》（卷六十八）云：“关汉卿同时。和卿数讥谑关。关虽极意还答，终不能胜。”和卿所咏，多半杂以谐谑，无多大的深刻的情绪，像咏蝶的《醉中天》，“咏秃”的《天净纱》，咏“王妓浴房中被打”的《拨不断》（“你本待洗腌臜，倒惹得不干净”）都过于滑稽挑达，没有大作家的风度。惟《题情》的《一半儿》：

鸦翎般水鬓似刀裁，小颗颗芙蓉花额儿穿，待不梳妆怕娘左猜。不免插金钗，一半儿鬅松一半儿歪。

较好；但比之关氏的《一半儿》却差得很远。

王实甫也和关氏同时。他的不朽的《西厢记杂剧》，相传其第五本是关氏所续。他的散曲流传得最少，却没有一首不好。《别情》的《尧民歌》云：

自别后遥山隐隐，更那堪远水粼粼！见杨柳飞绵衮衮，对桃花醉脸醺醺。透内阁香风阵阵，掩重门暮雨纷纷。

怕黄昏不觉又黄昏，不销魂怎地不销魂！新啼痕压旧啼痕，断肠人忆断肠人。今春香肌瘦几分？搂带宽三寸。

其俊语何减《西厢》！又《春睡山坡羊》写的是那末有风趣！

云松螺髻，香温鸳被，掩春闺一觉伤春睡。柳花飞小琼姬，一片声雪下呈祥瑞。把团圆梦儿生唤起，谁不做美？呸！却是你！

五

白仁甫名朴（后改字太素），号兰谷先生，真定人，文举（名华）之子。赠嘉议大夫太常卿。他是金之遗民。八岁时，金亡。他父亲和元好问是好友。好问遂挈他北渡。他因为自己是亡国之民，举目有山川之异，恒郁郁不乐。放浪形骸，期于适意。恐怕多少是受有遗山的影响。中统初，有欲荐之于朝的，他再三逊谢，不就。有《天籁集》。他写杂剧十余本，《秋夜梧桐雨》尤盛传于世。他的《庆东原》小令道：

黄金缕，碧玉箫，温柔乡里寻常到。青春过了，朱颜渐老，白发凋骚。只待强簪花，又恐傍人笑。

大约是他的自况吧。他的《寄生草·劝饮》和《沉醉东风·渔父词》：

寄生草

劝饮

长醉后方何碍，不醒时有甚思？糟腌两个功名字，醅渰千古兴亡事，面埋万丈虹霓志。不达时皆笑屈原非，但知音尽说陶潜是。

沉醉东风

渔父词

黄芦岸白蘋渡口，绿杨堤红蓼滩头。虽无刎颈交，却有忘机友。点秋江白鹭沙鸥，傲杀人间万户侯，不识字烟波钓叟。

二篇，略略可以看出他的强为旷达的情怀来。而《对景》（《双调乔木查》）一套，尤有黍离之感。在元曲里，像这样情调的作品是极罕见的：

〔双调乔木查〕海棠初雨歇，杨柳轻烟惹，碧草茸茸铺四野。俄然回首处，乱红堆雪。

〔幺篇〕恰春光也，梅子黄时节。映日榴花红似血，胡葵开满院，碎翦宫缬。

〔挂搭沽序〕倏忽早庭梧坠，荷盖缺，院宇砧韵切，蝉声咽，露白霜结，水冷风高，长天雁字斜，秋香次第开彻。

〔幺篇〕不觉的冰澌结，彤云布朔风凛冽。乱扑吟窗，谢女堪题，柳絮飞，玉砌长郊万里，粉污遥山千叠。去路赊，渔叟散，披蓑去，江上清绝。幽悄闲庭，舞榭歌楼酒力怯，人在水晶宫阙。

〔幺篇〕岁华如流水，消磨尽自古豪杰。盖世功名总是空，方信花开易谢，始知人生多别。忆故园，漫叹嗟！旧游池馆，翻做了狐踪兔穴。休痴休呆，蜗角蝇头，名亲共利切。富贵似花上蝶，春宵梦说。

〔尾声〕少年枕上欢，杯中酒好天良夜，休辜负了锦堂风月。

他的《阳春曲》（《知机》四首）大约写的是无可奈何的悲哀吧：

知荣知辱牢缄口，谁是谁非暗点头。诗书丛里且淹留。闲袖手，贫煞也风流。

今朝有酒今朝醉，且尽樽前有限杯。回头沧海又尘飞。日月疾，白发故人稀！

不因酒困因诗困，常被吟魂恼醉魂。四时风月一闲身。无用人，诗酒乐天真。

张良辞汉全身计，范蠡归湖远害机。乐山乐水总相宜。君细推，今古几人知！

他颇长于写景色。春、夏、秋、冬的四题，已被写得烂熟，但他的《天净沙》四首，却是情词俊逸，不同凡响。

天净沙

春

春山暖日和风，阑干楼阁帘栊，杨柳秋千院中。啼莺舞燕，小桥流水飞红。

夏

云收雨过波添，楼高水冷瓜甜，绿树阴垂画檐。纱厨藤簟，玉人罗扇轻缣。

秋

孤村落日残霞，轻烟老树寒鸦，一点飞鸿影下。青山绿水，白草红叶黄花。

冬

一声画角谯门，半亭新月黄昏，雪里山前水滨。竹篱茅舍，淡烟衰草孤村。

“孤村落日残霞”的一首，殊不下于马致远的“枯藤老树昏鸦”。

他也善作情语。《德胜令》的几首和《阳春曲》的几首都是不下于关汉卿、王实甫诸作的。

德胜令 三首

独自寝，难成梦。睡觉来怀儿里抱空。六幅罗裾宽褪，玉腕上钏儿松。

独自走，踏成道。空走了千遭万遭。肯不肯疾些儿通报，休直到教担搁得大明了！

红日晚，残霞在。秋水共长天一色。寒雁儿呀呀的天外，怎生不捎带个字儿来？

阳春曲 题情四首

轻拈斑管书心事，细折银笺写恨词。可怜不惯害相思。只被你个肯字儿，拖逗我许多时。

从来好事天生险，自古瓜儿苦后甜。奶娘催逼紧拘钳。苗是严，越间阻越情忺。

笑将红袖遮银烛，不放才郎夜看书。相偎相抱取欢娱。止不过迭应举，及第待何如！

百忙里铰甚鞋儿样？寂寞罗帏冷串香。向前搂定可憎娘。止不过赶嫁妆，误了又何妨！

六

马致远的时代，当略后于关、王、白诸人。《录鬼簿》云："致远大都人，号东篱。老江浙省务提举。"盖终于江南者。他的杂剧，最得明人的赞颂。故《太和正音谱》首列之（"宜列群英之上"），称之为"朝阳鸣凤"，赞之曰："有振鬣长鸣，万马皆喑之意。"明人不知欣赏关汉卿而独抬高马致远，可知马氏的作品，如何的投合于文人学士的心境。他是第一个元曲作家，把自己的情思，整个的写入杂剧和散曲里的。他发牢骚，由牢骚而厌世，由厌世而故作超脱语。这是深足以打动文人们的情怀的。但离开民众却很远了。民众是不爱听那一套的酸气扑鼻的叹穷诉苦的话的。从他以后，元曲便渐渐的成了文人之所有，作为发泄文人自己的苦闷的东西，而益益的远离了民间了。但他也还有些游戏之作，颇能打动一般人的欢笑的。到了明代中叶以后，除了受俚曲影响的作家之外，便只有一味的自吹自弹，完全和民间隔离开了。

马氏的散曲，写得清俊，写得尖新，颇像苏轼评陶渊明之所说的"外枯而中膏，似淡而实美"的作风；又像以淡墨秃笔作小幅山水，虽寥寥数笔，而意境无穷。这是他的不可及处。他的最有名的《天净沙·秋思》：

枯藤老树昏鸦，小桥流水人家，古道西风瘦马。夕阳西下，断肠人在天涯。

便正可代表他的作风吧。其实，在他的小令里，同样清俊的东西，也还不少：

寿阳曲

山市晴岚

花村外，草店西，晚霞明雨收天霁。四围山一竿残照里，锦屏风又添铺翠。

远浦帆归

夕阳下，酒旆闲，两三航未曾著岸。落花水香茅舍晚，断桥头卖鱼人散。

平沙落雁

南传信，北寄书，半栖迟岸花汀树。似鸳鸯失群迷伴侣，两三行海门斜去。

烟寺晚钟

寒烟细，古寺清，近黄昏礼佛人静。顺西风降钟三四声，怎生教老僧禅定！

渔村夕照

鸣榔罢，闪暮光，绿杨堤数声渔唱。挂柴门几家闲晒网，都撮在捕鱼图上。

但他所最打动文人学士们的心的，还不是这些写景的东西，而是那些充塞了悲壮情怀的厌世的歌声。我们看：

秋 思

〔双调夜行船〕百岁光阴一梦蝶，重回首往事堪嗟。今日春来，明朝花谢，急罚盏夜阑灯灭。

〔乔木查〕想秦宫汉阙，都做了衰草牛羊野。不恁么渔樵没话说！纵荒坟横断碑，不辨龙蛇。

〔庆宣和〕投至狐踪与兔穴，多少豪杰。鼎足虽坚半腰里折，魏耶？晋耶？

〔落梅风〕天教你富，莫太奢，不多时好天良夜。富家儿更做道你心似铁，争辜负了锦堂风月！

〔风入松〕眼前红日又西斜，疾似下坡车。不争镜里添白雪，上床与鞋履相别。休笑鸠巢计拙，葫芦提一向妆呆。

〔拨不断〕利名竭，是非绝。红尘不向门前惹。绿树偏宜屋角遮，青山正补墙头缺，更那堪竹篱茅舍！

〔离亭宴煞〕蛩吟罢一觉才宁贴，鸡鸣时万事无休歇。何年是彻！看密匝匝蚁排兵，乱纷纷蜂酿蜜，闹穰穰蝇争血。裴公绿野堂，陶令白莲社。爱秋来时那些；和露摘黄花，带霜分紫蟹，煮酒烧红叶。想人生有限杯，浑几个重阳节。人问我，顽童记者；便北海探吾来，道东篱醉了也。

这是最有名的一篇传诵不朽的东西了，但东篱的悲壮激昂的作风，赤裸裸的自叙其愤激的情怀的，还不在此而在彼。像《般涉调·哨遍》“半世逢场作戏”一套，才极甚痛快淋漓的披肝沥胆的呼号着呢：

〔般涉调·哨遍〕半世逢场作戏，险些儿误了终焉计。白发劝东篱，西村最好幽栖，老正宜。芳庐竹径，药井蔬畦，自减风云气，嚼蜡光阴无味。傍观世态，静掩柴扉。虽无诸葛卧龙冈，原有严陵钓鱼矶。成趣南园，对榻青山，绕门绿水。

〔耍孩儿〕穷则穷落觉囫囵睡，消甚奴耕婢织。荷花二亩养鱼池，百泉通一道清溪，安排老子闲风月，准备闲人洗是非。乐亦在其中矣。僧来笋蕨，客至琴棋。

〔二〕青门幸有栽瓜地，谁羡封侯百里？桔槔一水韭苗肥，快活煞学圃樊迟。梨花树底三杯酒。杨柳阴中一片席，倒大来无拘系。先生家淡粥，措大家黄虀。

〔三〕有一片冻不死衣，有一口饿不死食。贫无烦恼知闲贵，譬如风浪乘舟去，争似田园拂袖归。本不爱争名利，嫌贫污耳，与鸟忘机。

〔尾〕喜天阴唤锦鸠，爱花香哨画眉。伴露荷中烟柳外风蒲内，绿头鸭黄莺儿啅七七。

同样的情怀，也拂拭不去地渗透在他的小令里：

拨不断　六首

九重天，二十年，龙楼凤阁都曾见。绿水青山任自然，旧时王谢堂前燕，再不复海棠庭院。

叹寒儒，慢读书，读书须索题桥柱。题柱虽乘驷马车，乘车谁买长门赋？且看了长安回去。

路傍碑，不知谁，春苔绿满无人祭。毕卓生前酒一杯，曹公身后坟三尺，不如醉了还醉。

布衣中，问英雄，王图霸业成何用！禾黍高低六代宫，楸梧远近千官冢，一场恶梦。

竞江山，为长安，张良放火连云栈，韩信独登拜将坛，霸王自刎乌江岸，再谁分楚汉！

子房鞋，买臣柴，屠沽乞食为僚宰，版筑躬耕有将才，古人尚自把天时待，只不如且酩子里胡捱。

庆东原　**叹世三首**

拔山力，举鼎威，喑呜叱咤千人废。阴陵道北，乌江岸西，休了衣锦东归。不如醉还醒醒而醉！

明月闲旌旗，秋风助鼓鼙，帐前滴尽英雄泪。楚歌四起，乌骓漫嘶。虞美人兮，不如醉还醒醒而醉。

夸才智，曹孟德，分香贾履纯狐媚。奸雄那里？平生落的，只两字征西。不如醉还醒醒而醉。

清江引　**野兴八首**

樵夫觉来山月低，钓叟来寻觅。你把柴斧抛，我把鱼船弃，寻取个稳便处闲坐地。

绿蓑衣紫罗袍谁是主？两件儿都无济。便作钓鱼人，也在风波里。则不如寻个稳便处闲坐地。

山禽晚来窗外啼，唤起山翁睡。恰道不如归，又叫行不得。则不如寻个稳便处闲坐地。

天之美禄谁不喜，偏只说刘伶醉。毕卓缚瓮边，李白沉江底。则不如寻个稳便处闲坐地。

楚霸王火烧了秦宫室，盖世英雄气。阴陵迷路时，船渡乌江际。则不如寻个稳便处闲坐地。

林泉隐居谁到此？有客清风至。会作山中相，不管人间事。争甚么半张名利纸！

西村日长人事少，一个新蝉噪。恰待葵花开，又早蜂儿闹。

高枕上梦随蝶去了。

东篱本是风月主，晚节园林趣。一枕葫芦架，几行垂杨树，是搭儿快活闲住处。

四块玉 恬退二首

绿水边，青山侧，二顷良田一区宅，闲身跳出红尘外。紫蟹肥，黄菊开，归去来！

酒旋沽，鱼新买，满眼云山画图开，清风明月还诗债。本是个懒散人，又无甚经济才，归去来！

蟾宫曲 叹世二首

东篱半世蹉跎，竹里游亭，小宇婆娑。有个池塘，醒时鱼笛，醉后渔歌。严子陵他应笑我，孟光台我待学他。笑我如何？到大江湖，也避风波。

咸阳百二山河，两字功名，几阵干戈。项废东吴，刘兴西蜀，梦说南柯。韩信功兀的般证果，蒯通言那里是风魔？成也萧何，败也萧何，醉了由他！

像这样透彻的厌世观，是那黑暗的时代自然的产物吧？“便作钓鱼人，也在风波里”，这样的退避、躲藏者，在实际上乃是彻头彻尾的一个极端的个人主义者。

而其结果，当然非变成一个极端的享乐主义者不可了：

白玉堆，黄金垛，一日无常果如何？良辰媚景休空过！琉璃钟琥珀浓，细腰舞皓齿歌，到大来闲快活！

对于世事，便也失去了是非心，争竞心，乃至一切的热忱了：

酒杯深，故人心，相逢且莫推辞饮，君若歌时我慢斟。屈原清死由他恁！醉和醒争甚！

这样的人生观，实在是太可怕了！却正投合了一般的文人学士们的心境。叔孙通、钱谦益一流的人物，其对于人生的观点，恐怕不会和这有什么两样的。

但马致远之所作，却也有极富风趣的谐俗之作，像《借马》的《耍孩儿》套；那虽是游戏的小文章，却刻画得那一个悭吝人的心理如此的深入浅出：

借　马

〔般涉调·耍孩儿〕近来时买得匹蒲梢骑，气命儿般看承爱惜。逐宵上草料数十番，喂饲得膘息胖肥。但有些秽污却早忙刷洗，微有些辛勤便下骑。有那等无知辈，出言要借，对面难推。

〔七煞〕懒习习牵下槽，意迟迟背后随，气忿忿懒把鞍来鞴。我沉吟了半晌语不语，不晓事颓人知不知？他又不是不精细，道不得他人弓莫挽，他人马休骑！

〔六煞〕不骑啊西棚下凉处拴，骑时节拣地皮平处骑。将青青嫩草频频的喂，歇时节肚带松松放，怕坐的困尻包儿款款移。勤觑著鞍和辔，牢踏著宝镫，前口儿休提。

〔五煞〕饥时节喂些草，渴时节饮些水。著皮肤休使尘毡屈，三山骨休使鞭来打，砖瓦上休教稳著蹄。有口话你明明的记，饱时休走，饮了休驰。

〔四煞〕抛粪时教干处抛，绰尿时教净处尿。拴时节拣个牢固椿橛上系，路途上休要踏砖块，过水处不教践起泥。这马知人义，似云长赤兔，如翼德乌骓。

〔三煞〕有汗时休去檐下拴，渲时休教侵著颓。软煮料草煎底细，上坡时款把身来耸，下坡时休教走得疾。休道人忒寒碎，休教鞭飐著马眼，休教鞭擦损毛衣。

〔二煞〕不借时恶了弟兄，不借时反了面皮。马儿行嘱咐叮咛记，鞍心马户将伊打，刷子去刀莫作疑。只叹的一声长吁气，哀哀怨怨，切切悲悲。

〔一煞〕早辰间借与他，日平西盼望你，倚门专等来家内。柔肠寸寸因他断，侧耳频频听你嘶。道一声好去，早两泪双垂。

〔尾〕没道理，没道理！忒下的，忒下的！恰才说来的话君专记，一口气不违借与了你。

这是马致远的真正的崇高的成就。诙谐之极的局面，而出之以严肃不拘的笔墨，这乃是最高的喜剧；正和最伟大的哲人以诙谐的口吻在讲学似的；他的态度足够严肃的，但听的人怡然的笑了。流行的昆剧里，有一出《借靴》（时剧），显然是脱胎于马氏这一篇《借马》，却点金成铁，变成了恶俗不堪入耳目的东西了。

他也写些极漂亮的情词。凡是散曲的能手，写情词差不多都可脱口成章，且无不是俊逸异常，而又妇孺能解，谐俗之极，而又令雅士沉吟不舍的。这是新鲜的，永远不会老的东西。《诗》里的郑、卫、齐、陈诸风，六朝的《子夜》《读曲歌》，明末的《挂枝儿》都是同一个阶段，同一类的东西吧。——是最好的诗人和民歌初次接触到而受到其影响来试试身手的一个时期的东西——是以绝代的天才来尝试那新发见的民间诗体的一个时期的东西。文士走入民间，打破了与雅俗的界限，便写成了雅俗共赏的东西了。关、马二人的情词便是如此过程里的作品。

马氏的《寿阳曲》，写情的十余首，绝妙好辞很不少，可作为他的情词的代表：

云笼月，风弄铁，两般儿助人凄切。剔银灯欲将心事写，长吁气一声吹灭。

磨龙墨，染兔毫，倩花笺欲传音耗。真写到半张却带草，叙寒温不知个颠倒。

从别后，音信绝，薄情种害杀人也！逢一个见一个因话说，不信你耳轮儿头热。

从别后，音信杳，梦儿里也曾来到。问人知行到一万遭，不信你眼皮儿不跳！

心间事，说与他，动不动早言两罢。罢字儿磣可可你道是耍，我心里怕那不怕！

人初静，月正明，纱窗外玉梅斜映。梅花笑人休弄影，月沉时一般孤另。

实心儿待，休做谎话儿猜。不信道为伊曾害。害时节有谁曾见来？瞒不过主腰胸带。

蝶慵戏，莺倦啼，方是困人天气。莫怪落花吹不起，珠帘外晚风无力。

他心罪，咱便舍，空担著这场风月。一锅滚水冷定也，再撺红几时得热？

相思病，怎地医？只除是有情人调理。相偎相抱诊脉息，不服药自然圆备。

琴愁操，香倦烧，盼春来不知春到。日长也小窗前一睡著，卖花声把人惊觉。

因他害，染病疾，相识每劝咱是好意。相识若知咱究里，和相识也一般憔悴。

七

在钟嗣成所记的“前辈名公〔有〕乐章传于世者”的四十余人里，其作风相同的很多；他们不是登山临水，流连风景，便是于宴会歌舞之间，替伎女作曲子；偶有所感，便也学学流行的时套，写些“归隐”、“闲适”、“道情”一类的东西。差不多很少具有深刻的情思的，只不过歌来适耳而已。关于“归隐”、“闲适”之作尤特别的多：大约，作者或是别有所感，或是受了流行性的传染病，人云亦云；写着“闲适”、“归隐”一类的题目，便不得不如此的说。

马致远具有一肚子的牢骚，以高才而浮沉于下僚，他的愤激是有理由的。但不忽麻平章、张云庄参议、胡紫山宣慰们也都说着同样的话，便令人觉得有些可骇怪。我们可以张养浩为代表。

普天乐　辞参议还家

昨日尚书，今朝参议，荣华休恋。归去来兮，远是非，绝名利，盖座团茆松阴内，更稳似新筑沙堤。有青山劝酒，白云伴睡，明月催诗。

这是云庄辞了参议的时候所写的，还觉得有些道理——虽然已不免近于做作。但我们如果读着他的：

折桂令

想为官枉了贪图，正直清廉，自有亨衢，暗室亏心，纵然致富，天意何如？白图甚身心受苦，急回头暮景桑榆。婢妾妻孥，玉帛珍珠，都是过眼的风光，总是空虚。

功名事一笔都勾，千里归来两鬓惊秋。我自无能，谁言道勇退中流。柴门外春风五柳，竹篱边野水孤舟。绿蚁新刍，瓦钵瓮瓯。直共青山醉倒方休。

庆东原

海来阔风波内，山般高尘土中，整做了三个十年梦。被黄花数丛，白云几峰，惊觉周公梦。辞却凤皇池，跳出醯鸡瓮。

人羡麒麟画，知它谁是谁！想这虚名声，到底元无益。用了无穷的气力，使了无穷的见识，费了无限的心机，几个得全身！都不如醉了重还醉。

晁错元无罪，和衣东市中，利和名爱把人般弄。付能刓刻成些事功，却又早遭逢著祸凶，不见了形踪。因此上向鹊华庄把白云种。

雁儿落兼得胜令

往常时为功名惹是非，如今对山水忘名利。往常时趁鸡声赴早朝，如今近晌午犹然睡。往常时秉笏立丹墀，如今把菊向东篱，往常时俯仰承权贵，如今逍遥谒故知。往常时狂痴险犯著笞杖徒流罪，如今便宜课会风花雪月题。

也不学严子陵七里滩，也不学姜太公磻溪岸，也不学贺知章乞鉴湖，也不学柳子厚游南涧。俺住云水屋三间，风月竹千竿。一任傀儡棚中闹，且向昆仑顶上看身安。倒大来无忧患，游观壶中天地宽。

便觉得有些过度的夸张了。至于像《沽美酒》以下的三篇：

沽美酒

在官时只说闲，得闲也又思官，直到教人做样看。从前的试观：那一个不遇灾难！楚大夫行吟泽畔，伜将军血污衣冠，乌江岸消磨了好汉，咸阳市干休了丞相。这几个百般要安不安，怎如俺五柳庄逍遥散诞！

梅花酒兼七弟兄

它每日笑呵呵，它道渊明不如我！跳出天罗，占断烟波，竹坞松坡，到处婆娑，倒大来清闲快活。更看时节醉了呵，休怪它笑歌咏歌似风魔，它把功名富贵皆参破。有花有酒有行窝，无烦无恼无灾祸。年纪又半百过，壮志也消磨。暮景也蹉跎，鬓发也都皤。想人生有几何！恨日月似撺梭，得魔驼处且魔酡。向樽前休惜醉颜酡，古和今都是一南柯。紫罗襕未必胜渔蓑，休只管恋它！急回头好景已无多。

胡十八

正妙年不觉的老来到，思往常似昨朝。好光阴流水不相饶，都不如醉了睡著。任金乌搬废兴，我只推不知道。

所谓“古和今都是一南柯”，所谓“任金乌搬废兴，我只推不知道”，便完全是一个出世的无容心的极端的个人主义者了。这是要不得的态度，却出之于一个休职闲居的大官吏的笔下，不能不说是一种传染病了。有意的在以此鸣高。

云庄名养浩，字希孟，济南人，仕元至陕西行省御史中丞，赠滨国，谥文忠。退休后，优游嶤山，构云庄，“凡所接于目而得于心者”（艾俊序《云庄休居乐府》语）皆作为小令，因集为《云庄休居自适小乐府》。这部乐府，几乎全部都是同一情调的，即所谓“闲适”者是。

不忽麻平章的《辞朝》和孛罗御史的《辞官》，其情调也完全和云庄相同：

点绛唇　辞朝

不忽麻平章

宁可身卧糟丘，赛强如命悬君手。寻几个知心友，乐以忘忧，愿作林泉叟。〔混江龙〕布袍宽袖乐然何处谒王侯？但尊中有酒，身外无愁。数着残棋江月晓。一声长啸海门秋。山间深住，林下隐居，清泉濯足。强如闲事萦心。淡生涯一味谁参透？草衣木食，胜如肥马轻裘。〔油葫芦〕虽住在洗耳溪边不饮牛。贫自守乐闲身翻作抱官囚。布袍宽褪拿云手，玉霄占断谈天；口吹箭访伍员，弃瓢学许由。野云不断深山岫，谁肯官路里半途休！〔天下乐〕明放着伏事君王不到头，休休！难措手！游鱼儿见食不见钩，都只为半纸名一笔勾。急回头两鬓秋。〔那吒令〕谁待似落花般，莺朋燕友，谁待似转灯般龙争虎斗？你看这迅指间乌飞兔走。假若名利成，至如田园就，都是些去马来牛。〔鹊路枝〕臣则待，醉江楼，卧山丘，一任教谈笑虚名，小子封侯。臣向这仕路上为官倦首，枉尘埋了锦袋吴钩。〔寄生草〕但得黄鸡嫩，白酒熟，一任教疏篱墙缺茅庵漏，则要窗明坑暖蒲团厚。问甚身寒腹饱麻衣旧，饮仙家水酒两三瓯，强如看，翰林风月三千首。〔村里迓鼓〕臣离了九垂宫阙，来到这八方宇宙。寻几个诗朋酒友，向尘世外消磨白蛋。臣则待领着紫猿，携白鹿，跨苍虬，观着山色，听着水声，饮着玉瓯，倒大来省气力如诚惶顿首。〔元和令〕臣向山林得自游，比朝市内不生受。玉堂金马间琼楼，控珠帘十二钩，臣向草庵门外，见瀛洲，看白云天尽头。〔上马娇〕但得个月满州，酒满瓯，则待雄饮醉时休。紫箭吹断三更后，畅好是孤鹤唳一声秋。〔游四门〕世间闲事挂心头，唯酒可忘忧。非是微臣常恋酒，叹古今荣辱，看兴亡成败，则待一醉解千愁。〔后庭花〕拣溪山好处游，向仙家酒旋篘；会三岛十洲客，强如宴功臣万户侯，不索你问缘由，把玄关泄漏。这箭声世间无，天上有。非微臣说强口，酒葫芦挂树头，打鱼船缆渡口。〔柳叶儿〕则待看山明水秀，不恋您市曹中物穰人稠。想高官重职难消受。学耕耨种田畴，倒大来无虑无忧。〔赚尾〕既把世情疏，感谢君恩厚，臣怕饮的是黄封御酒。竹杖芒鞋任意留。拣溪山好处追游。就着这晓云收，冷落了深秋。饮遍金山月满舟，那其间潮来的正悠。船开在当溜，卧吹箫管到扬州。

孛罗御史

〔辞官〕〔一枝花〕懒簪獬豸冠，不入麒麟画。旋栽陶令菊，学种邵平瓜，觑不的闹穰穰蚁阵蜂衙。卖了青骢马，换耕牛度岁华。利名场再不行踏，风波海其实怕它。〔梁州〕尽燕雀喧檐聒耳，任豺狼当道磨牙。无官守，无言责，相牵挂。春风桃李，夏月叶麻，秋天禾黍，冬月梅茶，四时景物清佳，一门和气欢洽。叹子牙渭水垂钓，胜潘岳河阳种花，笑张骞河汉秉槎。这家那家黄鸡白酒安排下，撒会顽，放会要，拚着老瓦盆边醉后扶，一任它风落了乌纱。〔牧羊关〕王大户相邀请，赵乡司扶下马，则听得朴冬冬社鼓频挝，有几个不求仕的官员，东庄措大地每都拍手歌丰稔，俺再不想巡案去奸猾，御史台开除我，尧民图添上咱。〔贺新郎〕奴耕婢织足生涯，随分村疃，人情，赛强如宪台风化。趁一溪流水浮鸥鸭，小桥掩映蒹葭，芦花千顷雪，红树一川霞。长江落日，牛羊下。山中闲宰相，林外野人家。〔隔尾〕诵诗书稚子无闲暇，奉甘旨萱堂到白发，伴辘轳村翁说一会挺膊子话，闲时即笑咱，醉时即睡咱。今日里无是无非快活煞！

这都是故作超脱之态的。我们读王实甫《四丞相高会丽春堂》杂剧，那位被贬到济南府歇马的四丞相，还不是这样的自适的高歌着么？但到了后来，君王再招，东山再起时，还不是一样的热肠好事！

姚牧庵参军（名燧）的《感怀》和《满庭芳》，也都是具有同样的情怀：

醉高歌

〔感怀〕十年燕月歌声，几点吴霜鬓影。西风吹起鲈鱼兴，已在桑榆暮景。〇荣枯枕上三更，傀儡场头四并。人生幻化如泡影，那个临危自省！〇岸边烟柳苍苍，江上寒波漾漾。阳关旧曲低低唱，只恐行人断肠。〇十年书剑长吁，一曲琵琶暗许。月明江上别湓浦，愁听兰舟夜雨。

满庭芳

天风海涛，昔人曾此。酒圣诗豪，我到此闲登眺。日远天高山接水，茫茫眇眇水连天，隐隐迢迢供吟笑。功名事了，不待老僧招。

浙江秋，吴山夜，愁随潮去，恨与山叠。塞雁来，芙蓉谢，冷雨清灯读书舍。待离别，怎忍离别。今宵醉也，明朝去也，宁奈些些！

帆收钓浦，烟笼浅沙，水满平湖，晚来尽滩头聚。笑语相呼鱼有剩，和烟旋煮酒无多，带月影沽。盘中物，山肴野蔌，且尽葫芦。

但他的作风，有时却还潇洒，不尽一味的牢骚，不尽一味的冷眼看世事。他的《寿阳曲》：“谁信道也曾年少”，和《拨不断》：“破帽多情却恋头”诸句，还不失为俊逸之作。

寿阳曲

酒可红双颊，愁能白二毛，对尊前尽可开怀抱。天若有情天亦老，且休教少年知道。○红颜欢，绿鬓凋，酒席上渐疏了欢笑。风流近来都忘了，谁信道也曾年少！

拨不断

楚天和，好追游。龙山风物全依旧，破帽多情却恋头。白衣有意能携酒，好风流重九。

但像《阳春曲》：“人海阔，无日不风波”诸语便又不免染上了老毛病了。

阳春曲

金鱼玉带罗袍就，皂盖朱幡赛五侯，山河判断笔尖头，得志秋，分破帝王忧。○笔头风月时时过，眼底儿曹渐渐多。有人问我事如何？人海阔，无日不风波。

刘太保秉忠（梦正）的有名的《干荷叶》小令之一：

南高峰，北高峰，惨淡烟霞洞。宋高宗，一场空！吴山依旧酒旗风，两渡江南梦。

也是具着出世的情调的。但同时，在同一个曲调上，他又弹出了极漂亮的情歌出来：

夜来个，醉如酡，不记花前过。醒来呵，二更过。春衫惹定茨蘼，科拌倒花抓破。〇干荷叶，水上浮，渐渐浮将去。根将你去随将去。你问当家中有媳妇。问着不言语。〇脚儿尖。手儿织。云髻梳儿露半边，脸儿雏，话儿粘，更宜烦恼更宜忺。直恁风流倩！

其他真正咏《干荷叶》的“干荷叶，色苍苍，老柄风摇荡，减了清香越添芳”诸首，却是咏物小词之流，无甚深意的。

卢疏斋宪使（名处道）的《蟾宫曲》四首，便全然是出世观的歌颂了；像“傲煞人间伯子公侯”，和“无是无非，问什么富贵荣华”，和“古和今都是一南柯”并无二致。

蟾宫曲

碧波中，范蠡乘舟，殢酒簪花，乐以忘忧。荡荡悠悠，点秋江白鹭沙鸥，急掉不过黄芦岸，白蘋渡口。且湾住绿杨堤，红蓼滩头。醉时方休，醒时扶头。傲煞人间伯子公侯！〇想人生七十犹稀，百岁光阴，先过了卅。七十年间，十岁顽童，十载尪羸，五十岁除分昼黑，刚分得一半儿白日。风雨相催，兔走乌飞，子细沉吟，都不如快活了便宜。〇奴耕婢织生涯，门前栽柳，院后桑麻。有客来，汲清泉自煮茶芽。稚子谦和礼法，山妻软弱贤达。守着些实善邻家，无是无非，问甚么富贵荣华。〇沙三伴哥采茶，两眼青泥，只为捞虾。太公庄上，杨柳阴中，磕破西瓜。小小哥昔涎剌塔碌轴上，渰着个琵琶。看荞麦开花，绿豆生芽，无是无非，快活煞庄家。

总之，由了厌世转入了玩世，便自然生出了“都不如快活了便宜”的刹那的享乐观了。他们是以个人的受用为主眼的。鲜于伯机的《八声甘州》套，充分的说明了“受用”的妙境：

八声甘州　鲜于伯机

江天暮雪，最可爱青帘摇曳长杠。生涯闲散，占断水国渔邦。烟浮草屋，梅洒砌敧，水绕柴扉山对窗。时复竹篱傍，吠吠吠吠。〔么〕向满目夕阳影里，见远浦归舟，帆力风降。山城欲闭时，听戍鼓鼕鼕，群鸦晚千万噪点，寒雁书空三四行。盎向小屏间，夜夜停缸。〔大安乐〕从人笑我愚和戆，潇湘影里且妆呆。不谈刘项与孙庞，近小窗，谁羡碧油幢？〔元和令〕粳米炊长腰，鳊鱼煮缩项，闷携村酒饮空缸。是非一任讲，恣情拍手掉鱼歌，高低不论腔。〔尾〕浪滂滂，水床床，小舟斜缆坏桥桩。轮竿蓑笠，落梅风里钓寒江。

元遗山（好问）为金之遗民，他的思想，自然是更倾向于这一方面了；但像这一类的散曲却不多：

骤雨打新荷

人生有几！念良辰美景，一梦初过。穷通前定，何用苦张罗！命友邀宾玩赏。对方樽浅酌低歌。且酩酊，任它两轮日月，来往如梭。

八

但在散曲里，也不尽是这样浅薄的厌世的、出世的、玩世的情调。也有很热烈地讨论着人世间的问题的，可惜却不怎末多。

我们永远不能忘记了刘时中待制（名致）的两篇《上高监司》的为人民诉疾苦的大文章。这是元代散曲里的白氏《新乐府》，不能不把他们全引了来。

端正好　**上高监司**

众生灵遭磨障，正值着时岁饥荒。谢恩光拯济皆无恙，编做本词儿唱。〔滚绣球〕去年时正插秧，天反常那里取若时雨降。旱魃生，四野灾伤。谷不登，麦不长。因此万民失望。一日日物价高张，十分料钞加三倒，一斗粗粮折四量，煞是凄凉。〔倘秀才〕殷实户欺心不良，停塌户瞒天不当，吞象心肠歹伎俩，谷中添秕有，米内插麄糠，怎指望它儿孙久长。○〔滚绣球〕甑生尘，老弱饥，米如珠，少壮荒。有金银那里每典当，尽枵腹高卧斜阳。剥榆树餐，挑野菜尝，吃黄不老胜如熊掌，蕨根粉以代糇粮，鹅肠苦菜连根煮，荻笋芦蒿带叶咗，则留下杞柳株樟。〔倘秀才〕或是捶麻柘稠调豆浆，或是煮麦麸稀和细糖。他每早合掌擎拳谢上苍。一个个黄如经纸，一个个瘦似豺狼，填街卧巷。〔滚绣球〕偷宰了些阔角牛，盗斫了些大叶桑。遭时疫无棺活葬，贱卖了些家业田庄。嫡亲儿共女等闲参与商，痛分离是何情况。乳哺儿没人要，撇入长江。那里取厨中剩饭杯中酒，看了些河里孩儿岸上娘，不由我不哽咽悲伤。〔倘秀才〕私牙子舡湾外港，打过河，中宵月朗，则发迹了些无徒米麸行，牙钱加倍解，卖面处两般装；昏钞早先除了四两。〔滚绣球〕江乡相有义仓，积年钱税户掌，借贷数补答得十分停当，都侵用过将官府行唐，那近日劝粜到江乡，按户口给月粮。富户都用钱买放，无实惠尽是虚桩。充饥画饼诚堪笑，印信凭由却是谎。快活了些社长知房。〔伴读书〕磨灭尽诸豪壮，断送了些闲浮浪。抱子携男扶筇杖，尫羸伛偻如虾样，一丝好气沿途创，阁泪汪汪。〔货郎〕见饿莩成行，街上乞出拦门斗抢，便财主每也怀金鹄立待其亡。感谢这监司主张，似汲黯开仓，披星带月热中肠，济与粜亲临发放。见孤孀疾病无皈向。差医煮粥分厢巷。更把赃输钱分例米多般儿区处，约最优长。众饥民共仰，似枯木逢春，萌芽再长。〔叨叨令〕有钱的贩米谷置田庄添生放，无钱的少过活分骨肉无承望。有钱的纳宠妾买人口偏兴旺，无钱的受饥馁填沟壑遭灾障。小民好苦也么哥！小民好苦也么哥！便秋收，鬻妻卖子家私丧。〔三煞〕这相公爱民忧国无偏党，发政施仁有激昂，恤老怜贫，视民如子，起死回生，扶弱摧强，万万人感恩知德，刻骨铭心，恨不得展革垂缰，覆盆之下，同受太阳光。〔二〕天生社稷真卿相，才称朝廷作栋梁，这相公主见宏深，秉心仁恕，治政公平，莅事慈祥，可与萧曹比并，伊傅齐肩，周召班行。紫泥宣诏，花衬马蹄忙。〔一〕愿得早居玉笋朝班上，伫看金瓯姓字香。入阙朝京，攀龙附凤，和鼎调羹，论道兴邦，受用取貂蝉济楚，衮绣峥嵘，珂珮丁当，喈天下万民乐业，都知是前任绣衣郎。〔尾声〕相门出相前人奖，官上加官后代昌。活彼生灵恩不忌，粒我烝民得怎偿！父老儿童细较量，樵叟渔夫曹论讲。共说东湖柳岸傍，那里清幽更舒畅。靠着云卿苏圃场，与徐孺子流芳。把清况盖一座祠堂人供养，立一统碑碣字数行，将德政因由都载上，使万万代官民见时节想。

这虽不过是一篇歌颂官吏德政的歌曲，却写得极为沉痛。第二篇，尤为重要。

〔端正好〕既官府甚清明，采舆论听分诉。据江西剧郡洪都，正该省宪亲临处，愿英俊开言路。〔滚绣球〕库藏中钞本多，贴库每弊怎除。纵关防住谁不顾，坏钞法恣意强图。都是无廉耻卖买人，有过犯驵侩徒，倚仗着几文钱，百般胡做，将官府觑得如无。则这素无行止乔男女，都整扮衣冠学士夫，一个个胆大心粗。〔倘秀才〕堪笑这没见识街市匹夫，好打那好顽劣江湖伴侣，旋将表得官名相体呼，声音多厮称，字样不寻俗。听我一个个细数。〔滚绣球〕粜米的唤子良，卖肉的呼仲甫。做皮的是仲才、邦辅，唤清之必定开活，卖油的唤仲明，卖盐的称士鲁，号从简是采帛行铺，字敬先是鱼鲊之徒，开张卖饭的呼君宝，磨面登罗底叫得夫，何足云乎！〔倘秀才〕都结结过如手足，但聚会分张耳目。探听司县何人可共处，那问它无根脚，只要肯出头颅，扛扶着便补。〔滚绣球〕三二百定费本钱，七八下里去干取，诈捏作曾缩卷。假如名目偷俸钱，表里相符。这一个图小倒，那一个苟俸禄。把官钱视同已物，更很如盗跖之徒。官攒库子均摊着，要弓手门军，那一个无，试说这厮每贪污。〔倘秀才〕提调官非无法度，争奈蠹国贼操心太毒。从出本处先将科钞除。高低还分例，上下没言语，贴库每他便做了钞主。〔滚绣球〕且说一年中事：例钱开作时，各自与库子每随高低预先除去。军百户十定无虚，攒司五五拏，官人六六除，四牌头每一名是两封足数，更有合干人把门军弓手殊途，那里取官民两便通行法，赤紧他贿赂单宜左道术。于汝安乎？〔倘秀才〕为甚但开库诸人不伏，倒筹单先须计咒。苗子钱高低随着钞数，放小民三二百报花户，一千余将官钱陪出。〔滚绣球〕一任你叫觑昏，等到午，佯呆着不睬不觑。他却整块价卷在包袱，着纤如晃库门，兴贩的论百价数，都是真扬州、武昌客旅，窝藏着家里安居，排的文语呼为绣，假钞公然唤做殊。这等儿三七价明估。〔倘秀才〕有揭字驼字衬数，有赫心剜心异呼，有钞脚频成印上字模，半逐子尤自可捶。你钞甚胡笑，这等儿四六分价唤取。〔滚绣球〕赴解时弊更多。作下人就似夫。捡块数几曾详数，止不过得南新吏贴相符。那问它料不齐，数不足，连柜子一时扛去，怎教人心悦诚服。自古道：人存政举，思它前辈；到今日法出奸生，笑煞老夫。公道也私乎？〔倘秀才〕比及烧昏钞先行摆布，散夫钱僻静处俵与，暗号儿在烧饼中间觑有无。一名夫半定社长总收贮，烧得过便吹笛擂鼓。〔塞鸿秋〕一家家倾银注玉多豪富，一个个烹羊挟妓夸风度，撥标手到处称人物，妆旦色取去为媳妇。朝朝寒食春，夜夜元宵暮。吃筵席唤做赛堂食，受用尽人间福。〔呆骨朵〕这贼每也有谁堪处！怎禁它强盗每追逐。要饭钱排日支持，索赍发无时横取。奈表里通同做，有上下交征去。真乃是源清流亦清，从今后人除弊不除。〔脱布衫〕有聪明正直嘉谟，安得不剪其系芜，成就了闾阎小夫，坏尽了国家法度。〔小梁州〕这厮每玩法欺公胆气麄，恰便似饿虎当途。二十五等则例尽皆无，难着日他道陪钞待如何。〔么〕一等无辜被害这羞辱厮攀指，一地里胡突，自有他通神物。见如今虚其府库，好教它鞭背出虫蛆。〔十二月〕不是论我黄数黑，怎禁它恶紫夺朱。争奈何人心不古，出落着马牛襟裾。口将言而嗫嚅，足欲进而趑趄。〔尧民哥〕想商鞅徙木意何如？汉国萧何断其初。法则有准使民服，期于无刑佐皇图。说与当途：无毒不丈夫，为如如把平生误。〔耍孩儿十三煞〕天开地辟由盘古，人物才分下土。传之三代币方行，有刀圭泉布促初。九府圜法俱周制，三品堆金乃汉图。止不过贸易通财物，这的是黎民命脉，朝世权付。〔十二〕蜀冠城交子行，宋真宗会子举，都不如当今钞法通商贾。配成五对为官本，工墨三分任倒除。设制久无更，故民如按堵，法比通衢。〔十一〕已自六十秋楮币则行，这两三年法度沮被无知贼了为挠蠹私，更彻谩心无愧。那想官有严刑罪必诛，忒无忌惮无忧惧。你道是成家大宝，你想是取命官符。〔十〕穷汉刀将绰号称，把头每表得呼。巴不得登时事了干回付，向库中钻刺真强盗，却不财上分明大丈夫，坏尽今时务。怕不你人心奸巧，争念有造物乘除。〔九〕靦乘孛模样哏，扭蛮腰礼仪踈。不疼钱一地里胡分付，宰头羊日日羔儿会，没手盏朝朝仕女图。怯薛回家去，一个个欺凌亲戚，眇视乡闾。〔八〕没高低妾与妻无分限，儿共女大时打扮，衔珠玉鸡头般珠子缘鞋口，火炭似真金裹脑梳，服色例休题取。打扮得怕不赛天人样子，脱不了市辈规模。〔七〕他那想赴京师关本时，受官差在旅途耽惊受怕，过朝暮受了五十四站风波，亏苦杀数百千程递运夫。哏生受哏搭负广，费了些首思分例，倒换了些沿路文书。〔六〕到省库中将官本收，得无踈虞朱钞足，那时才得安心绪。常想着半江春水番风浪，愁得一夜秋霜染鬓须。历垂难博得个根基固，少甚命不快遭逢贼寇，霎时间送了身躯。〔五〕论宣差情如酌贪泉，吴隐之廉似还桑椹，赵判府则为忒慈仁，反被相欺侮。每持大体诸人服，若说私心半点无。本栋梁材，若早使居朝辅，肯苏民瘼，不事苞苴。〔四〕急宜将法变更，但因循弊若初，严刑峻法休轻恕。则遣二攒司，过似蛇吞象，再差十大户，尤如插翅虎。一半儿弓手先芟去，合干人同知数目，把门军切禁科需。〔三〕提调官免罪名，钞法房选吏胥，攒典俸多田路吏差着做，廉能州吏从新点，贪滥军官合灭除。准仓库，先升补。从今倒钞，各分行铺，明写坊隅。〔二〕逐户儿编褙成料例，来各分旬。将勘合书，逐张儿背印拘钤住，即时支料还元主。本日交昏入库府（另有细说），直至起解时才方取。免得它撑舡小倒，提调官封锁无虞。〔一〕紧拘收在库官切关防起解夫，钞面上与官攒，俱各亲标署。库官但该一贯须点配，库子折算三钱便断除，满百定皆抄估。捶钞的揭剥的不怕它人心似铁，小倒的兴贩的明放着官法如炉。〔尾〕忽青天开眼觑，这红巾合命殂。且举其纲，若不怕伤时务，他日陈言终细数。

这里是一幅最真实的民生疾苦图。在元曲里充满了个人的愁叹，而这里却是为民众而呼吁着；这不能不说是空谷足音了。时中的文笔是那样的明白如话，那样的婉曲形容，不仅是白居易的《新乐府》的同流，也有类于陆贽的奏议了。以不易驱遣的文体来描状社会情形，来宣达民生的疾苦，来写出奸商滑吏的操纵市面，钞票流行时的种种积弊的实况，令我们有如目睹，其技巧是很不可及的。在文学里写这种问题的，古今来很罕见，而这一篇最成功；较之前一篇之“流民图”，尤为重要。

时中还描些滑稽的时曲，像马致远的《借马》似的东西，《代马诉冤》，但在其间，却似也具着不少的愤慨：

新水令　代马诉冤

世无伯乐怨它谁！干送了挽盐车骐骥。空怀伏枥心，徒负化龙威，索甚伤悲！用之行，舍之弃。〔驻马听〕玉鬣银蹄，再谁想三月襄阳绿草齐，雕鞍金辔，再谁敢一鞭行色夕阳低。花间不听紫骝嘶，帐前空叹乌骓逝。命乖我自知，眼见的千金骏骨无人贵。〔雁儿落〕谁知我汗血功？谁想我垂缰义。谁怜我千里才？谁识我千钧力？〔得胜令〕谁念我当日跳檀溪救先主出重围？谁念我单刀会随着关羽。谁念我美良川扶持敬德？若论着今日，索输与这驴群队。果必有征敌，这驴每怎用的？〔胡水令〕为这等乍富儿曹，无知小辈，一染他把人欺，蓦地里快蹿轻踮，乱走胡奔，紧先行不识尊卑。〔折桂令〕致令得官府闻知，验数日存留，分官品高低，准备着竹杖芒鞋，免不得奔走驱驰。再不敢鞭骏骑向街头闹起，则索扭蛮腰将足下殃及。为此辈无知，将我连累，把我埋没在蓬蒿，失陷污泥。〔尾〕有一等逞雄心屠户贪微利，咽馋涎豪客思佳地，一味把姓命污图，百般地将刑法陵持。唱道：任意欺公，全无道理。从今去谁买谁骑。眼见得无客贩，无人喂。便休说站赤难为，则怕你东讨西征，那时节悔！

他也写些“村北村南，山花山鸟，尽意相娱”（《闲居自适》），“浮生大都空白忙。功也是谎，名也是谎”（《孤山游饮》），却知道这是不可能的。“早赋归兮，却恨红尘，不到吾庐！”（《自适》）他总是不能忘情于人世间的。“楚江空阔楚天长，一度怀人一断肠，此心不在肩舆上。”（《寓意武昌元贞》）有时不免也跟随别人高唱着“得失到头皆物理”，但他的作风究竟是豪迈的，非一味装作没心情的颓唐者可比。

他也写些恋歌，但那却非他之所长了。

九

杜善夫散人，名仁杰。他能以最通俗的口语，传达给我们刻画得极深刻的景象。最有名的《庄家不识拘阑》：

〔庄家不识拘阑〕（耍孩儿）风调雨顺民安乐，都不似俺庄家快活。桑蚕五谷十分收，官司无甚差科，当村许下还心愿，来到城中买些纸火。正打街头过，见吊个花碌碌纸榜，不似那答儿闹穰穰人多。〔六煞〕见一个人手撑着椽做的门，高声的叫请请，道迟来的满了无处停坐，说道前截儿院本《调风月》，背后么末敷演《刘耍和》。高声叫：赶散易得，难得的妆哈。〔五〕要了二百钱放过咱，入得门上个木坡，见层层垒垒团圞坐，抬头觑是个钟楼模样，往下觑却是人旋窝，见几个妇女面台儿上坐。又不是迎神赛社，不住的擂鼓筛锣。〔四〕一个女孩儿转了几遭，不多时引出一火。中间里一个央人货，裹着枚皂头巾，顶门上插一管笔，满脸石灰，更着些黑道儿抹。知它□是如何过？浑身上下则穿领花布直裰。〔三〕念了会诗共词，说了会赋与歌无差错，唇天口地无高下，巧语花言记许多。临绝末道了低头撮，却爨罢将么拨。〔二〕一个妆做张太公，他改做小二哥，行行行说向城中过，见个年少的妇女向帘儿下立，那老子用意铺谋，待取做老婆。教小二哥相说合，但要的豆谷米麦，问甚布绢纱罗。〔一〕教大公往前那，不敢往后那，抬左脚不敢抬右脚，翻来复去由它。一个大公心下实焦懆，把一个皮棒捶则一下打做两半个。我则道与词告状，剗地大笑呵呵。〔尾〕则被一胞尿爆的我没奈何，刚捱刚忍更待看些儿个，枉被这驴头笑杀我。

他写得是“勾阑”（剧场）里的情形，从场门口的揽观客的人写起，一直写到演剧的情况。庄家果然是少见多怪——那时是剧场初兴，所以庄家见过演剧的场面者极少——而今日读之，却也甚觉可笑。他还有一套《耍孩儿》（喻情），几乎全用当时的村言俗话来写出：

〔喻情〕（耍孩儿）我当初不合见擘口和你言盟誓，惹得你鬼病厌厌挂体。鬼相扑不曾使甚养家钱，鬼厮赴刁蹬的心灰。若是携得歌妓家中去，便是袖得春风马上归。同狱司蹬弩劳神力，望梅止渴，画饼充饥。〔哨遍〕铁球儿漾在江心内，实指望团圆到底。失群孤雁往南飞，比目鱼永不分离。王屠倒脏牵肠肚，毛宝心毒不放龟，老母狗跳墙做得个快势，把我做扑灯蛾相戏，掉水燕双飞。〔五煞〕腊月里桑采甚的？肚脐里爆豆实心儿退。木猫儿守窟瞧他甚？泥狗儿看家守甚嘿！天长观里看水庵相识，济元庿里口头把我抛持。〔四〕唐三藏立墓铭，空费了碑，闲槽枋里趓酒无巴避。悲天院里下象无钱递，左右司蒸糕省做媒。蓼儿洼里太庿乾不济，郑元和在曲江边担土，闲话儿把咱埴持。〔三〕泥捏的山不信是石，相扑汉卖药千陪了擂，镜台前照面你是你，警巡院倒了墙贼见贼。大虫窝里蒿草无人刈，看山瞎汉不卞高低。〔二〕小蛮婆看染红担是非，张果老切鲙先施鲤，布博士踏鬼随机而变，囊大姐传神反了面皮，沙三烧肉牛心儿炙，没梁的水桶桂口休提。〔一〕秦始皇鞋无道履，绵带子拴腿无绳系，开花仙藏攧过瞒得你，街道司衙门唬得过谁？尉迟恭捣米胡支对，蜂窝儿呵欠口口是虚脾。〔尾〕楮树下梯要摘梨，藏瓶中灰骨是个不自由的鬼，谷地里瓜儿单单的记着你。

而这些村言俗话街谚市语，却无不成了绝妙的文章。元曲里使用俗语的地方不少，却很少有这样的成功与完善。想不到当时的学士大夫们使用村言市语的能力已到了这样的炉火纯青的程度。

胡紫山宣尉名祗遹，他所作的却是比较典雅的，有类于“词”的东西，像《春景》和《四景》：

〔春景〕〔阳春曲〕几枝红雪墙头杏，数点青山屋上屏，一春能得几晴明？三月景，宜醉不宜醒。○残花酝酿蜂儿蜜，细雨调和燕子泥，绿窗春睡觉来迟。谁唤起窗外晓莺啼？○一帘红雨桃花谢，十里清阴柳影斜，洛阳花酒一时别，春去也，闲煞旧蜂蝶。

〔四景〕〔一半儿〕轻衫短帽七香车，九十春光如画图。明日落红谁是主！漫踌躇，一半儿因风一半儿雨。○纱厨睡足酒微醒，玉骨冰肌凉自生。骤雨滴残才住声，闪出些月儿明。一半儿阴一半儿晴。○荷盘减翠菊花黄，枫叶飘红梧干苍。死被不禁昨夜凉，酿秋光。一半西风一半儿霜。○孤眠嫌煞月儿明，风力禁持酒力醒。窗儿上一枝梅弄影，被儿底梦难成。一半温和一半儿冷。

《一半儿》最容易写得入俗，但这里却是“雅”气扑鼻的，一望而知其非民间的作品。

白无咎学士（名贲）的有名的《百字折桂令》也是雅致而不通俗的东西。

百字折桂令

弊裘堕土压征鞍，鞭卷袅芦花弓剑，萧萧一径入烟霞。动羁怀西风木叶，秋水蒹葭，千点万点，老树昏鸦；三行两行，写长空哑哑雁落平沙。曲岸西边近水湾，鱼网纶竿钓槎，断桥东壁傍溪山，竹篱茅舍人家。满山满谷，红叶黄花。正是伤感凄凉时候，离人又在天涯。

他的《妖神急》套，却比较的肯使用些“铺陈下愁境界”、“撺掇得那人来”一类的句子，但究竟也不会是通俗的东西。恐怕即付之歌伎，她们是不会明白了解其意义的。

妖神急

绿阴笼小院，红雨点苍苔。谁想来君也是人间客。纵分连理枝，谩解合欢带，伤春早是心地窄。愁山和闷海，畅会桃栽。

〔六幺遍〕更别离怨，风流债，云归楚岫，月冷秦台，当时眷爱，如今阻隔。准备从今因它害。伤怀，冷清清日月怎生捱！

〔元和令〕鸾交何日重？鸳梦几时再？清明前后约归期，到如今牡丹开。空等待，翠屏香里掩东风，铺陈下愁境界。

〔后庭花煞〕无情子规声更哀，畅好明白。既道不如归去，看作几声儿，撺掇得那人来。

杨西庵参军（名果）的《小桃红》八段，其作风也和胡紫山、白无咎的相同，当时的俗人是不会懂得的。他们是为了自己的一群而写作的，不是为民众而写的；他们是南宋词坛的继承者，却不是当行出色的元曲作家。

小桃红

碧湖湖上采芙蓉，人影随波动。凉露沾衣翠绡重。月明中。画船不载凌波梦，都来一段红幢翠盖，香尽满城风。

满城烟水月微茫，人倚兰舟唱。常托相逢若耶上。隔三湘。碧云望断空惆怅。美人笑道：莲花相似，情短藕丝长。

采莲人和采莲歌，柳外兰舟过。不管鸳鸯梦惊破。夜如何。有人独上江楼卧。伤心莫唱南朝旧曲，司马泪痕多。

碧湖湖上柳阴阴，人影澄波浸。常记年时对花饮。到如今，西风吹断回文锦。羡它一对鸳鸯飞去，残梦蓼花深。

玉箫声断凤凰楼，憔悴人别后。留得啼痕满罗袖。去来休。楼前风景浑依旧。当初只恨无情烟柳，不解系行舟。

茨花菱叶满秋塘，水调谁家唱。帘卷南楼日初上。采秋香。画船稳去无风浪。为郎偏爱莲花颜色，留作镜中妆。

锦城何处是西湖，杨柳楼前路。一曲莲歌碧云暮。可怜渠。画船不载离愁去。几番曾过鸳鸯汀下，笑煞月儿孤。

采莲湖上棹船回，风约湘裙翠。一曲琵琶数行泪，望君归。芙蓉开尽无消息。晚凉多少红鸳白鹭，何处不双飞。

冯海粟（名子振）学士以有名的《鹦鹉曲》得到许多人的赞叹，但其实也是不是什么当行出色之作，不过时有些隽句而已。他有篇序道：

白无咎有《鹦鹉曲》云：“侬家鹦鹉洲边住，是个不识字渔父。浪花中一叶扁舟，睡煞江南烟雨。觉来时满眼青山，抖擞绿蓑归去。算从前错怨天公，甚也有安排我处”。余壬寅岁留上京，有北京伶妇御园秀之属相从风雪中，恨此曲无续之者。且谓前后多亲炙士大夫，拘于韵度。如第一个父字，便难下语。又甚也有安排我处，甚字必须去声字，我字必须上声字，音律始谐。不然不可歌。此一节又难下语。诸公举酒索余和之。以汴吴上都天京风景，试续之。

其中像“霎时间富贵虚花，落叶西风残雨”（《荣华短梦》），“笑长安利锁名缰，定没个身心稳处”（《愚翁放浪》），“十年枕上家山，负我湘烟潇雨”（《故园归计》），都没有什么好处，似都不如白无咎的原作。惟像《农夫渴雨》《燕南百五》《园父》的几首，却有些田园诗的风趣。

〔农夫渴雨〕年年牛背扶犁住，近日最懊恼杀农父。稻苗肥恰待抽花，渴煞青天雷雨。〔么〕恨残霞不近人情，截断玉虹南去。望人间三尺甘霜，看一片闲云起处。〔燕南百五〕东风留得轻寒住，百五闹蝶母蜂父。好花枝半出墙头，几点清明微雨。〔么〕绣弯弯温透罗鞋，绮陌踏青回去。约明朝后日重来，靠浅紫深红暖处。〔国父〕柴门鸡犬山前住，笑语听伛背园父。辘轳边抱瓮浇畦，点点阳春膏雨。〔么〕菜花间蝶也飞来，又趁暖风双去。杏稍红韭嫩泉香，是老瓦盆边饮处。

商政叔学士（名挺）所作多情词。有的时候写得异常的文雅，像胡紫山他们，但有的时候，却也写得相当的通俗。不过总不敢像杜善夫那样的放胆拾取俗语方言来用。驱遣方言俗语入词曲而写得漂亮，能够雅俗共赏，本来是件极不容易的事。

双调风入松

嫩橙初破酒微温，银烛照黄昏。玉人座上娇如许，低低唱白雪阳春。谁管狂风过处，那知瑞雪屯门。〔乔牌儿〕画堂更漏冷，金炉串烟尽。厮偎厮抱心儿顺，百年姻，两意肯。〔新水令〕晓鸡三唱，凤离群空，回首楚台云耿。枕上欢霎儿思，漏永更长，怎支持许多闷！〔搅筝琶〕萦方寸两叶翠眉颦，万想千思，行眠立独。半世买风流费尽精神，呆心儿掩然容易亲，吃不过温存。〔离亭燕煞〕客窗夜永愁成阵，冷清清有谁存问？汉宫中金闺梦断，秦台上玉箫声尽。昨夜欢，今宵恨，都只为风风韵韵。相见话偏多，孤眠睡不稳。

下面的一首，写得比较得通俗些；但和关汉卿、杜善夫之作对读起来，便觉得平直无深致了。

双调夜行船

风里杨花水上萍，踪迹自来无定，帏上温存，枕边侥幸，嫁字儿把人来领。〇花底潜潜月下等，几度柳影花阴。锦机情词石镌，心事半句儿几时曾应。〔风入松〕都是些钞儿根底假恩情，那里有倘买的真诚。鬼胡由眼下掩光阴，终不是久远前程。自从少个苏卿，闲煞豫章城。〔阿纳忽〕合下手合平，先负心先赢，休只待学那人薄幸，往和它急竟。〔尾声〕俏家风兑那与小后生，识破这酒愁花病，两不留情。分开鸾镜既曾经，只被红粉香中赚得醒。

侯正卿，真定人，号艮斋先生，《录鬼簿》云：“有《良夜迢迢露花冷》黄钟行于世。”今“良夜迢迢露花冷”套，尚存于世；其作风和商正叔的不相远；不敢过分的古雅，却又不敢十分的入俗，他是徘徊于雅俗之间的——恰可以代表着大多数的元代散曲作家的作风：

黄钟醉花阴

凉夜厌厌（《录鬼簿》：“厌厌”作“迢迢”）露华冷，天淡淡银河耿耿。秋月浸闲亭，雨过新凉，梧叶凋金井。〔喜迁莺〕困腾腾鬓亸鸾钗不欲整，正是更闲人静。强披衣出户闲行，伤情处故人别后，黯黯愁云锁凤城。心绪哽，新愁易积，旧约难凭。〔出队子〕阑干斜凭，强将玉漏听。十分烦恼恰三停，一夜凄惶才二更，暗屈春纤紧数定。〔刮地风〕短叹长吁千万声，几时到得天明！被宾鸿唤回离愁兴，雨泪盈盈。天如悬磬，月如明镜，桂影浮，素魄辉，玉盘光静，澄澄万里晴，一缕云生。〔四门子〕恰遮了北斗杓儿柄，这凄凉有四星。望鸳鸯尽老无孤另，乍分飞可惯经！日日疏，迤逦生，逐朝盼望逐日候等。行里焦，梦里惊，心不暂停。〔水仙子〕甚识曾半霎儿他行不至诚。气命儿般看成，心肝般钦敬，到将人草芥般轻慢。不过天地神明说来的咒誓，终朝应在心。神鬼还灵圣，肠欲断，泪如倾。〔赛雁儿〕牢成牢成一句句骂得心疼，据踪迹疏狂似浮萍。山般誓，海样盟，半句儿何曾应。〔神仗儿〕他待做临川县令，俺不做芦州小卿，学亚仙元和王魁桂英，心肠儿可怜，模样儿堪憎。往常时所事依凭，虽愚滥，可惯经。〔节节高〕近新来特改的心肠硬，全不问人绣帏帐，罗衾盛接，双栖鸳枕共谁并？你纵宝马，跳金鞍，玩玉京，迷恋着良辰媚景。〔挂金索〕业重心肠，捱不过气流病。短命冤家，断不了疏狂性。第一才郎俺行失信行，第二佳人自古多薄幸。〔柳叶儿〕冷落了绿苔芳径，寂寞了雾帐云屏，消疏了象板鸾笙，生疏了锦瑟银筝。〔黄钟尾〕锦帏绣幕冷清清，银台画烛碧荧荧，金风乱吹黄叶声，沉烟潜消白玉鼎。槛竹筛，酒又醒。寒雁归，愁越添。檐马劣，梦难成，早是可惯孤眠，则这些最难打挣。痛恨西风太薄幸，透窗纱吹灭盏残灯，到少了个伴人清瘦影！

十

第二个时期的散曲作家们，不尽是文人学士们了。在第一个时期里，作剧本的多是不得志之士，而写散曲的却多半是大人先生们。但在第二个时期里，写散曲的却也多半是穷困牢愁之士了。因为他们的散曲集子也要和剧本似的须求得投合大众的嗜好与心理，所以倒还离得民众不怎样远，并不比第一时期的作家们更向古典或更向文雅倩丽的路上走去。

第一个时期并没有什么专业的散曲作家们，但在这时期却有以专门写作散曲为事的作家了。第一时期的作家们多半以写散曲为余兴，为消遣；但在这个时候却把散曲的制作，看作名山事业了。故态度更严肃，更慎重，遣辞铸语也更精工。

同时，散曲的选本，在坊间出现了不少；于杨朝英的《阳春白雪》《太平乐府》外，还有《江湖清思集》（钱霖编）《中州元气》《诗酒余音》《乐府新声》《乐府群玉》《乐府群珠》《百一选曲》《仙音妙选》等等；作曲的方法书也出现了——周德清的《中原音韵》——这时代的情形可以相当于南宋时代的词坛的情形。文人学士们已公认散曲是能够攀登于文坛诗社的一个新诗体了。

这时期的散曲作家以乔孟符、张小山为领袖，人称之曰：乔、张，以比于唐之李白、杜甫。

乔梦符名吉。《录鬼簿》云：“太原人，号笙鹤翁，又号惺惺道人。美容仪，醉辞章。有《天风》《环佩》《抚掌》三集。”这三集疑都是散曲集子。他的杂剧，今传于世者《扬州梦》《两世姻缘》及《金钱记》。李开元重刊梦符散曲，序之云：“蕴藉包含，风流调笑，种种出奇，而不失之怪，多多益善，而不失之略，句句用俗，而不失其为文。”这话是很对的。许光治谓：“张小山、乔梦符散曲犹有前人规矩在。俪辞追乐府之工，散句撷宋、唐之秀。惟套曲则似涪翁俳词，不足鼓吹风雅也。”（《江山风月谱》自序）这恰成其为清人的见解而已，其所赏乃在彼而不在此。其实，小山套曲也甚清雅，所谓“似涪翁（黄庭坚）俳词”者，乃指梦符的套曲而言。梦符的套曲，大似杜善夫，运用俗语方言，最为精巧得当，正是元人出色当行之作。像《私情》的《一枝花》套：

〔一枝花〕云髻金雀翘，山隐青鸾鉴，藕丝轻织粉，湘水细揉蓝。性子儿岩嵌，小可的难摇撼。起初儿著莫咱，假撇清面北眉南，实怕攒红愁绿惨。

〔梁州第七〕不显豁意头儿甚好，不寻常眼脑儿偏馋。酒席间闲话儿将他来探，都笑科儿承答，冷诨儿包含。不能够空便因此上云雨魖魆。老婆婆坐守行监，狠橛丁暮四朝三。不能够偷工夫恰喜喜欢欢，怕蹶撒也却忑忑忐忐，知消息早哝哝喃喃。儹科，斗喊，风声儿惹起如何按！徒那游，再谁敢，有等干咽唾的杓倈死嘴啮，委实难耽！

〔尾〕从今将凤凰巢鸳鸯殿遮笼教暗，将金缝锁玉连环对勘的严，锦片也似前程做的来不愚滥。非是咱不甘，不是你不堪，只被这受惊怕的恩情都唬破我胆。

又像《杂情》（《一枝花》）：

〔一枝花〕粉云香脸试搽，翠烟腻眉学画。红酥润冰笋手，乌金渍玉粳牙。鬓拢宫雅，改样儿新鞋袜，挑粉垢修指甲。收拾得所事儿温柔，妆点得诸余里颗恰。

〔梁州〕堪笑这没分晓的妈妈，只抱得不啼哭娃娃。小心儿一见了相牵挂，腿厮捺著说话。手厮把著行踏，额厮搒著作耍，腮厮揾著温存，肩厮挨著曲和琵琶，寻题目顶针续麻。常只是笑没盈弄盏传杯，好吃阑同床共榻，热兀罗过饭供茶。那些喜呷，天来大，怪胆儿无些怕。这些时变了卦，小则小心肠儿到狡猾，显出些情杂。

〔骂玉郎〕但些儿头疼眼热，我早心惊讶。著疹热，只除咱。寻方裹药占龟卦，直到吃得粥食，离了卧榻，恰撇得心儿下。

〔感皇恩〕看承似美玉无瑕，谁敢做野草闲花！曹大姑卖杏虎，裴小蛮学撒龟，温太真索妆虾。丽春园北撇，鸣珂巷南衙，现而今如嚼蜡，似咬瓦，若抟沙。

〔采茶歌〕喜时节脸烘霞，笑时节眼生花，一霎时一天风雪冷鼻凹。本待做曲吕木头车儿随性打，原来是滑出律水晶球子怎生拿。

这漂亮的两套乃是元曲最高的成就。那样纯熟的便捷的警机的驱遣着俗谚市语，和恹恹无生气的俪辞艳语比起来，在当时一定是更博得彩声的。

明、清人所喜的，却别有在。梦符的小令，有极尖新可爱的，像：

暮春即事

〔水仙子〕风吹丝雨噀窗纱，苔和酥泥葬落花，卷云钩月帘初挂。玉钩香径滑，燕藏春衔向谁家？莺老羞寻伴，蜂寒懒报衙，啼杀饥雅。

秋　思

〔折桂令〕红梨叶染胭脂，吹起霞绡，绊住霜枝。正万里西风，一天暮雨，两地相思。恨薄命佳人在此，问雕鞍游子何之？雁未来时，流水无情，莫写新诗。

香　篆

〔凭阑人〕一点雕盘萤度秋，半缕宫奁云弄愁。情缘不到头，寸心灰未休。

金陵道中

〔凭阑人〕瘦马驮诗天一涯，倦鸟呼愁村数家。扑头飞柳花，与人添鬓华。

登江山第一楼

〔殿前欢〕拍阑干，雾花吹鬓海风寒，浩歌惊得浮云散。盐数青山，指蓬莱一望间。纱巾岸，鹤背骑来惯，举头长啸，直上天坛。

游越福王府

〔水仙子〕笙歌梦断蒺藜沙，罗绮香余野菜花，乱云老树夕阳下。燕休寻王谢家，恨兴亡怒煞鸣蛙。铺锦池埋荒甃，流杯亭堆破瓦，何处也繁华！

楚仪赠香囊赋以报之

〔水仙子〕玉丝寒皱雪纱囊，金剪裁成冰笋凉，梅魂不许春摇荡。和清愁一处装，芳心偷付檀郎。怀儿里放，枕袋里藏，梦绕龙香。

书所见

〔红绣鞋〕脸儿嫩难藏酒晕，扇儿薄不隔歌尘，佯整金钗暗窥人。凉风醒醉眼，明月破诗魂。料今宵怎睡得稳！

我们不能不说这些是好诗，可是这是六朝诗和宋词所已达到的境界，不是元曲的特色。最足以表现元曲的特色者，乃在梦符的套曲及一部分的更通俗、更活泼动人的小令。我们看：

为友人作

〔水仙子〕搅柔肠离恨病相兼，重聚首佳期卦怎占？豫章城开了座相思店。闷勾肆儿逐日添，愁行货顿塌在眉尖。税钱比茶船上欠，斤两去等秤上掂，吃紧的历册般拘钤。

嘲少年

〔水仙子〕纸糊锹轻吉列枉折尖，肉膘胶干支刺有甚粘！醋葫芦嘴古邦佯装欠。接梢儿虽是谄。抱牛腰只怕伤廉。性儿神羊也似善，口儿蜜钵也似甜，火块儿也似情忺。

这些，才是六朝唐诗，五代、宋词里所不曾见到的作风和辞藻；这些，才是元曲所独擅的光荣。以山谷的俳词和他们来比较，他们是活跃、生动得多了。

不过在梦符的散曲里，这一类的曲子可惜还不多；最多的乃是没有忘记了文士的积习——向雅丽尖新走去——而同时却又不自觉的夹杂些俗语方言进去的东西，像：

伤　春

〔水仙子〕莺花笑我病三春，香玉知他瘦几分。屏床犹自怀孤闷，那些儿吃喜人？界微红斜印腮痕，山枕浅啼晴露，洞箫寒吹梦云，风雨黄昏。

席上赋李楚仪歌一曲以酒送维扬贾侯

〔水仙子〕鸳鸯一世不知愁，何事年来白尽头，芙蓉水冷胭脂瘦，占西塘晓镜秋，菱花慢替人羞。擎架著十分病，包笼著百倍忧，老死也风流。

忆　情

〔水仙子〕红粘绿惹泥风流，雨念云思何日休？玉憔花悴今番瘦，担著天来大一担愁，说相思难拨回头。夜月鸡儿巷，春风燕子楼，一日三秋。

元曲里，大多数是这一类的作品，不仅梦符一人善写之而已。

《录鬼簿》云：梦符“以威严自饬，人敬畏之。居杭州太乙宫前。有题西湖《梧叶儿》百篇，名公为之序。胥疏江湖间四十年。欲刊所作，竟无成事者。至正五年（公元一三四五年）二月，病卒于家。”他的生平是那样的可怜！在他的小令里，有不少篇的《自述》《自叙》，可略窥见其生平抱负：

自　述

〔绿幺遍〕不占龙头选，不入名贤传。时时酒圣，处处诗禅。烟霞状元，江湖醉仙，笑谈便是编修院。留连，批风抹月四十年。

自　述

〔折桂令〕华阳巾鹤氅蹁跹，铁笛吹云，竹杖撑天。伴柳怪花妖麟翔凤瑞，酒圣诗禅。不应举江湖状元，不思凡风月神仙，断简残编，翰墨云烟，香满山川。

自　叙

〔折桂令〕斗牛边缆住山槎，酒瓮诗瓢，小隐烟霞。厌行李程途，虚花世态，老草生涯。酒肠渴柳阴中拣，云头剖瓜，诗句香梅梢上扫，雪片烹茶。万事从他。虽是无田，胜似无家。

这是貌为旷达而实牢骚的说法。“虽是无田，胜似无家。”虽强自慰藉，却是含着两眼酸泪的。他又有《自警》《自适》二作，也都是自己宽慰的东西。

自　警

〔山坡羊〕清风闲坐，白云高卧，面皮不受时人唾。乐跎跎，笑呵呵，看别人搭套项推沉磨。盖下一枚安乐窝，东，也在我，西，也在我。

自　适

〔雁儿落带过得胜令〕黄花开数朵，翠竹栽些个，农桑事上熟，名利场中捋。禾黍小庄科，篱落放鸡鹅。五亩清闲地，一枚安乐窝。行呵，官大忧愁大。藏呵，田多差役多。

同样的情绪，在他的许多小令里，随处都表现出来，像：

寓　兴

〔山坡羊〕鹏抟九万，腰缠十万，扬州鹤背骑来惯。事间关，景阑珊，黄金不富英雄汉。一片世情天地间，白，也是眼，青，也是眼。

冬日写怀三曲

〔山坡羊〕离家一月，闲居客舍，孟尝君不费黄虀社。世情别，故交绝，床头金尽谁行借？今日又逢冬至节，酒，何处赊？梅，何处折？

朝三暮四，昨非今是，痴儿不解荣枯事。攒家私，宠花枝，黄金壮起荒淫志。千百锭买张招状纸，身，已至此，心，犹未死。

冬寒前后，雪晴时候，谁人相伴梅花瘦？钓鳌舟，缆汀洲，绿蓑不耐风霜透。投至有鱼来上钩，风，吹破头，霜，皴破手。

乐　闲

〔醉太平〕炼秋霞汞鼎，煮晴雪茶铛，落花流水护茅亭。似春武风陵。唤樵青椰瓢倾云，浅松醪剩，倚围屏洞仙酣露，冷石床净，挂枯藤野猿啼月，淡纸窗明。老先生睡醒。

渔樵闲话

(醉太平〕柳穿鱼旋煮。柴换酒新沽。斗牛儿乘兴老樵渔，论闲言伥语。燥头颅束云担雪耽辛苦，坐蒲团扳风钓月穷活路，按葫芦谈天说地醉模糊，入江山画图。

习　隐

〔水仙子〕拖条藜杖裹枚巾，盖座团标容个身，五行不带功名分。卧芙蓉顶上云，濯青泉两足游尘。生不愿黄金印，死不离老瓦盆，俯仰乾坤。

毗陵晚睡

〔折桂令〕江南倦客登临，多少豪雄，几许消沉。今日何堪！买田阳羡，挂剑长林，霞缕烂谁家书锦？月钩横故国丹心。窗影灯深，磷火青青，山鬼喑喑。

荆溪即事

〔折桂令〕问荆溪溪上人家，为甚人家，不种梅花？老树支门，荒蒲绕岸，苦竹圈笆。寺无僧狐狸弄瓦，官省事乌鼠当衙。白水黄沙，倚遍阑干，数尽啼鸦。

《冬日写怀三曲》写得最为沉痛。“黄金壮起荒淫志”，这话骂尽了世人。而他自己是“世情别，故交绝，床头金尽谁行借?”甚至于弄到了要“千百锭买张招状纸”。可是，“身已至此，心未死”，其志实可哀已！为了“五行不带功名分”，遂不能不“坐蒲团扳风钓月穷活路，按葫芦谈天说地醉模糊”了。这和大人先生们的谈高隐，说休居闲适是大为不同的。他具有真实的愤慨，而他们不过人云亦云的自鸣高洁而已。

十一

张小山名可久。（《尧山堂外纪》作名“伯远，字可久”。《四库全书总目提要》作“字仲远”，均不知何据。）“庆元人。以路吏转首领官。有乐府盛行于世。（贾本，乐府上有‘今’字）又有《吴盐》《苏堤渔唱》等曲。”（《录鬼簿》）

今所传《张小山北曲联乐府》三卷，外集一卷，为最足本。虽将各集割裂，分入数卷，而仍可看出《今乐府》《苏堤渔唱》《吴盐》及《新乐府》的面目。此皆小令。又有散套，见《词林摘艳》及《北宫词纪》。

小山曲最为明、清人所称，也因其深投合于士大夫们的趣味。他的作风清丽而瘦削，“有不吃烟火食气”（《太和正音谱》）。李开先云：“小山清劲，瘦至骨立，而血肉销化俱尽。乃孙悟空炼成万转金铁躯矣。”其实，小山曲亦间有凡庸的意境，陈腐的辞语，远不如梦符之尖新清俊，空所依傍。

小山曲以写景者为多，且似久居于西湖，故所咏不出“湖上”，固不仅《苏堤渔唱》之全为西湖曲子也。

《今乐府》似为他的最早的曲集；似系初到江南之作。故于西湖外，尚及吴门、会稽，以及吴淞江等地；且也不仅是写景，还有咏物——像《红指甲》——及抒情的作品。但写春秋景色实是他的特长。有的时候，他的想像确很清俏像。

山居春枕

〔清江引〕门前好山云占了，尽日无人到。松风响翠涛，槲叶烧丹灶。先生醉眠春自老。

秋　思　　二首

〔水仙子〕天边白雁写寒云，镜里青鸾瘦玉人，秋风昨夜愁成阵，思君不见君，缓歌独自开樽。灯挑尽，酒半醺，如此黄昏。

海风吹梦破衡茅，山月勾吟挂柳梢，百年风月供谈笑。可怜人易老，乐陶陶，尘世飘飘。醉白酒眠牛背，对黄花持蟹螯，散诞逍遥。

石塘道中

〔折桂令〕雨依微天淡云阴，有客徜徉。缓辔登临，老树危亭，午津短棹，远店疏砧。傲尘世山无古今，避波风鸥自浮沉，霜后园林，万绿枝头，一点黄金。

湖　上　二首

〔凭阑人〕远水晴天明落霞，古岸渔村横钓槎。翠帘沽酒家，画桥吹柳花。

二客同游过虎溪，一径无尘穿翠微。寸心流水知，小窗明月归。

春　夜

灯下愁春愁未醒。枕上吟诗吟未成。杏花残月明，竹根流水声。

村庵即事

〔折桂令〕掩柴门啸傲烟霞，隐隐林峦，小小仙家，楼外白云，窗前翠竹，井底硃砂。五亩宅无人种瓜，一村庵有客分茶。春色无多，开到蔷薇，落尽梨花。

西湖秋夜

〔水仙子〕个宵争奈月明何，此地那堪秋意多！舟移万顷冰田破。白鸥还笑我，拼余生诗酒消磨。云母舟中饭，雪儿湖上歌，老子婆娑。

秋日湖上

〔人月圆〕笙歌苏小楼前路，杨柳尚青青。画船来往，总相宜处，浓淡阴晴。　杖藜闲暇，孤坟梅影，半岭松声。老猿留坐，白云洞口，红叶山亭。

春晚次韵

〔人月圆〕萋萋芳草春云乱，愁在夕阳中。短亭别酒，平湖画舫，垂柳骄骢。　一声啼鸟，一番夜雨，一阵东风。桃花吹尽，佳人何在？门掩残红。

雪中游虎丘

〔人月圆〕梅花浑似真真面，留我倚阑干。雪晴天气，松腰玉瘦，泉眼冰寒。　兴亡遗恨，一丘黄土，千古青山。老僧同醉，残碑休打，宝剑羞看。

吴山秋夜

〔水仙子〕山头老树起秋声，沙觜残潮荡月明，倚阑不尽登临兴。骨毛寒环珮轻，桂香飘两袖风生。携手乘鸾去，吹箫作凤鸣，回首江城。

山中书事

〔人月圆〕兴亡千古繁华梦，诗眼倦天涯。孔林乔木，吴宫蔓草，楚庙寒雅。 数间茅舍，藏书万卷，投老村家。山中何事？松花酿酒，春水煎茶。

在《吴盐》和《苏堤渔唱》里，写景之作更多了。《苏堤渔唱》全是咏歌西湖景色的，故气象很局促，《吴盐》所写的也全是江南的景物。

三溪道院

〔水仙子〕断桥杨柳卧枯槎，秋水芙蕖著晚花。蹇驴行过三溪汊，访白阳居士家，拂藤床两袖烟霞。道童能唱，村醪当茶，仙枣如瓜。

这是见于《吴盐》的。像《苏堤渔唱》，所写虽多，清隽之什实在太少，像：

湖上晚归

〔满庭芳〕亭亭翠云，娟娟鹭羽，细细鱼鳞，一方瑞锦香成阵，明月随人。爱莲女纤纤玉笋，唱菱歌采采白蘋。相亲近，盈盈水滨，罗袜暗生尘。

有什么深厚的情在着呢？惟亦间有漂亮之作夹杂在里面。那却正是他用俗语入曲的作品：

失　题

〔醉太平〕人皆嫌命窘，谁不见钱亲！水晶环入面糊盆，才沾粘便滚。文章糊了盛钱囤，门庭改做迷魂阵，清廉贬入睡馄饨，胡芦提到稳。

在《新乐府》里，也有很活脱跃动的东西，像：

酒　友

〔山坡羊〕刘伶不戒，灵均休怪！沿村沽酒寻常债。看梅开，过桥来，青旗正在疏篱外。醉和古人安在哉！窄不够筛。哎，我再买。

“我再买”那三个字把全篇的精神全都振作起来，令我们读之，还似犹闻其语。

他的《湖上晚归》：“景天落彩霞”套，论者以为足与马致远“百岁光阴”相比肩。其实，其情调是很不相同的。

湖上晚归

〔一枝花〕长天落彩霞，远水涵秋镜。花如人面红，山似佛头青。生色围屏，翠冷松云径，嫣然眉黛横，但携将旖旎浓香，何必赋横斜瘦影。

〔梁州〕挽玉手留连锦裀，据胡床指点银瓶，素娥不嫁伤孤另。想当年小小，问何处卿卿？东坡才调，西子娉婷，总相宜千古留名。吾二人此地私行，六一泉亭上诗成，三五夜花前月明，十四弦指下风生。可憎，有情！捧红牙存华屋羊昙，兴足竹林阮咸，醉居林甫曹参。放开酒胆，恨狂风尽把花摇撼，叹阳和又虚赚。拼了跑酶饮兴酣，于理何惭！

〔尾声〕紫霜毫入砚深深蘸，吟几首莺花诗满函，一望红稀绿阴暗，正游人不甘。奈仆童执骖，不由咱倦把骄骢辔头儿揽。

他的套曲本来不多，好的更少，不像乔梦符之篇篇珠玉。《词林摘艳》曾载其咏春夏秋冬四景的四套，现在引录《春景》一套于下，可见其作风并不怎样的出色。

春　景

〔一枝花〕滚香绵柳絮轻，飘白雪梨花淡。怨东风墙杏色，醉晓日海棠酣。景物偏堪，车马游人览，赏晴明三月三，绿苔撒点点青钱，碧草铺茸茸翠毯。

〔梁州第七〕流水泛江湖暖浪，轻云锁山市晴岚。恐无多光景疾相探。雕鞍奇辔，纱帽罗衫，珍馐满桌，玉液盈坛，歌儿舞妓那堪！诗朋酒侣交谈，吃的个生合和伊川令。万籁寂，四山静。幽咽泉流水下声，鹤怨猿惊。

〔尾〕岩阿禅窟鸣金磬，波底龙宫漾水精。夜气清，酒力醒，宝篆销，玉漏鸣。笑归来仿佛二更，煞强似踏雪寻梅灞桥冷。

他的所长，却在情词。他的咏物和写景，时有腐语，但其情词却极为清俊可喜。像《北宫词纪》所载的春怨：

〔一枝花〕莺穿残杨柳枝，虫蠹损蔷薇刺，蝶蜂干芍药粉，蜂蹙断海棠丝。怕近花时。白日伤心事，清宵有梦思。间阻了洛浦神仙，没乱杀苏州刺史。

〔梁州第七〕俏姻缘别来久矣！巧魂灵梦寝求之。一春多少伤心事！著情疼热，痛口嗟咨，往来迢递，终始参差。一简书写就了情词，三般儿寄与娇姿。麝脐薰五花瓣翠羽香钿，猫眼嵌双转轴乌金戒指，獭髓调百和香紫蜡胭脂。念兹，在兹，愁和泪频传示，更嘱付两三次。诉不尽心间无限思，倒羞了燕子莺儿。

〔尾声〕无心学写钟王字，遣兴闲观李杜诗，风月关情随人志。酒不到半卮，饭不到半匙，瘦损了青春少年子。

写正在相思的少年子，其情调很深挚。但这还不是他的最好的，像《今乐府》里的：

秋夜闺思

〔折桂令〕剔残灯数尽寒更，自别了莺莺，谁更卿卿！竹影疏棂，蛩声废井，桂子闲庭。淹泪眼羞看画屏，瘦人儿不似丹青。盼杀多情，远信休凭，好梦难成。

寄　情　二首

寄情虚把彩笺缄，排砌偷将底句搀。隔帘怪他娇眼馋。话儿㪚，一半儿佯羞一半儿敢。

臂销闲把玉纤掐，髻袒慵拈金凤插。粉淡偷临青镜搽。劣冤家，一半儿真情一半儿假。

也还只是平常；但像《吴盐》里的许多小令：

闺 情

〔朝天子〕与谁，画眉。猜破风流谜。铜驼巷里玉骢嘶，夜半归来醉。小意收拾，怪胆禁持，不识羞谁似你！自知，理亏，灯下和衣睡。

收 心 二首

〔普天乐〕姓名香，行为俏，花花草草，暮暮朝朝。关心三月春，开口千金笑。惜玉怜香何时了？彩云空声断鸾箫。朱颜易老，青山自好，白发难饶。

旧行头，家常扮鸳鸯被冷，燕子楼拴。偷将心事传，掇了梯儿看。系柳监花乔公案，关防的不似今番。姨夫暗攒，行院斗侃，子弟先趟。

失 题

〔寨儿令〕亏负咱，怎禁他！觑著头玉容憔悴煞。爱处行踏，陡恁情杂，和俺意儿差。步苍苔凉透罗袜，掩朱门香冷金鸭。把你做心事人，望的我眼睛花。嗏！因甚不来家？

我志诚，你胡伶，一双儿可人庞道撑。斗草踏青，语燕啼莺，引动俏魂灵。绣窗前残酒为盟，花阴下明月知情。宝香寒静悄悄，罗袜冷战兢兢曾，直等到二三更。

〔寨儿令〕敛翠蛾，揾香罗，病恹恹为谁憔悴我？哑谜猜破，冷句调唆。便知道待如何？阻牛郎万古银河，渰蓝桥千丈风波。偷工夫来觑你，说破绽尽由它。哥，越间阻越情多。

这些都是警语连篇的。想来在当时歌宴里唱来一定会是雅俗共赏的。《太和正音谱》又载有《锦橙梅》小令一篇：

失　题

〔锦橙梅〕红馥馥的脸衬霞，黑髭髭的鬓堆雅。料应他，必是个中人打扮的堪描画。颤巍巍的插著翠花，宽绰绰的穿著轻纱，兀的不风韵煞人也，嗏！是谁家？我不住了偷睛儿抹。

这可以抵得上《西厢记》的张生初遇莺莺的一幕了。

小山在第二期里，年辈较早。他尝称马致远为先辈。但他和卢疏斋、贯酸斋相赠答，冯海粟、刘时中又尝题其集。其活动的时代当在公元一三三〇年到一三六〇年间。

十二

睢景臣（“景”，贾本作“舜”）字嘉贤。《录鬼簿》云：“自维扬来杭，余与之识。心性聪明，嗜音律。维扬诸公俱作《高祖还乡》套数。公《哨遍》，制作新奇。诸公者皆出其下。又有南吕《题情》云：‘人归燕子楼，帐冷鸳鸯锦，酒空鹦鹉枝，钗断凤皇金。’亦为工巧，人所不及也。”

他有杂剧三本：《牡丹记》《千里投人》及《屈原投江》，惜均不传。今所传者惟《高祖还乡》等数套耳。

《高祖还乡》确是奇作。他能够把流氓皇帝刘邦的无赖相，用旁敲侧击的方法曲曲传出。他使刘邦的荣归故乡的故事，从一个村庄人眼里和心底说出。村庄人心直嘴快，直把这个故使威风的大皇帝，弄得啼笑皆非。这虽是游戏作，却嬉笑怒骂，皆成文章了。

〔高祖还乡〕社长排门告示，但有的差使无推故。这差使不寻

> 俗，一壁厢纳草也根，一边又要差夫索应付。又言是车驾，都说是銮舆，今日还乡故。王乡老执定瓦台盘，赵忙即抱着酒胡芦，新刷来的头巾，恰糨来的绌衫，畅好是妆么大户。〔耍孩儿〕瞎王留引定火乔男女，胡踢蹬吹笛擂鼓。见一彪人马到庄门，匹头里几面旗舒。一面旗白胡阑套住个迎霜兔，一面旗红曲连打着个毕月乌，一面旗鸡学舞，一面旗狗生双翅，一面旗蛇缠胡芦。〔五煞〕红漆了又银铮了斧，甜瓜苦瓜黄金镀，明晃晃马鞾枪尖上桃，白雪雪鹅毛扇上铺。这几个乔人物，拿着些不曾见的器仗，穿着些大作怪衣服。〔四〕辕条上都是马，套顶上不见驴，黄罗伞柄天生曲，车前八个天曹判，车后若干递送夫。更几个多娇女，一般穿着，一样妆梳。〔三〕那大汉下的车，众人施礼数。那大汉觑得人如无物。众乡老屈脚舒腰拜，那大汉那身着手扶，猛可里抬头觑，觑多时认得睑气破我胸脯。〔二〕你须身姓刘，您妻须姓吕，把你两家儿根脚，从头数。你本身做亭长，耽几盏酒。你丈人教村学，读几卷书。曾在俺庄东住，也曾与我喂牛切草，拽坝扶锄。〔一〕春采了桑，冬借了俺粟，零支了米麦无重数，换田契强秤了麻三秤，还酒债偷量了豆几斛，有甚胡突处，明标着册历，见放着文书。〔尾〕少我的钱差发内旋拨还，欠我的粟税粮中私准除。只道刘三，谁肯把你揪捽住，白甚么改了姓，更了名，唤做汉高祖！

这不是一篇绝妙好辞么？“只道刘三，谁肯把你揪捽住？白甚么改了姓，更了名，唤做汉高祖！”作者是有意的，还是无意的在讥嘲着一切的流氓皇帝，一切的权威者呢？

景臣也写些情词，但似乎没有《高祖还乡》那末泼辣活跃了；像《六国朝·收心》套，“陈言”是太多了些：

〔收心〕〔六国朝〕长江浪险，平地风恬。恨世态柳颦眉，顺人情花笑靥。乌免东西急，白发重添，寒暑往来侵，朱颜退染。穿花蝶愁扃绿锁，营巢燕限簌朱帘，蝶入梦魂潜，燕经秋社闪。〔催拍子〕拜辞了桃腮杏脸，追逐回雪鬓霜髯。死灰绝焰，腹难容囊日杯盘，身怎跳而今坑堑，去奢从俭。六桥云锦，十里风花，庆赏无厌，四时独古。花溪信马，莲浦乘舟。菊绽霜严，雪残梅堑，鸟呼人至鹤送猿迎。酒殺随分，费用从廉。就清流洗痕濯玷。〔么〕烟花薄敛，风尘户掩，再谁曾掣关抽店。尽亚仙嫁了元和，由苏氏放番双渐，罢思绝念，旧游魔女魂香，野狐涎甜，觉来有验，抽箱罗帕，倒袋香囊，将俺拘钳做科撒阽。浮花浪蕊，剩馥残膏，你能搽抹，谁敢粘沾！到榻鬼赖人支巍。〔归塞北〕呆娇艳自要若厌厌。觅见银山无采取，寻着钱树不楸挦，典卖尽妆奁。〔尾〕零替了家私怕搜检，缺少了些人情我应点，情瞒儿出尖，谁负债，拏着我还欠。

但在《寓僧容》（《黄莺儿》套）里，我们却看出了他的写景抒情的能力来；在寂寞的僧舍里，暂寄一宵，“蚊帐矮，独拥单衾”，能不“一宵如半载”么？这凄清的情境是很独创的。

〔寓僧舍〕〔黄莺儿〕秋色秋色，几声悲怆，孤鸿出塞，满园林野火烘霞，荷枯柳败。〔踏莎行〕水馆烟中，暮山云外，泊孤舟古渡侧息风霾净尘埃，宝刹清凉境界，僧相待，借眠何碍。〔垂丝钓〕风清月白有感，心酸不耐。更触目凄凉景物，供将愁闷来。月被云埋，风鸣天籁。〔盖天旗〕僧舍窄，蚊帐矮，独拥单衾，一宵如半载。旧恨新愁深似海。情缘在，人无奈，几般儿可怪。〔随煞〕促织絮，恼情怀砧杵韵，无聊赖。檐马耆，殿铎鸣，疏雨滴西风，煞能断送楚台云，会禁持异乡客。

但可怪的是，铸辞用语，仍未脱陈套。尖新的字句很罕见。为什么与《高祖还乡》套那样的不相称呢？是他的才尽罢？或者，元曲是特别适宜于写若庄若谐的叙事歌曲的罢？

我们觉得元曲是，“俗”则佳，趋“雅”则要变成恹恹无生气的了。景臣诸作，除《高祖还乡》外，都是嫌其不够“俗”的。

十三

徐再思字德可。“好食甘饴，号甜斋。嘉兴路吏。多有乐府行于世。为人聪敏。与小山同时。”（《录鬼簿》）再思所作，今所存者，全为小令，除《乐府群玉》录其《红锦袍》四首外，余近百首，皆见于《太平乐府》。

他喜于写情，有极漂亮的尖新的东西，但同时也有比较的平凡的。像《春情》《相思》的几首，几逼肖关汉卿：

〔沉醉东风〕〔春情〕一自多才阔，几时盼得成合。今日个猛见它门前过，待唤着怕人瞧科。我这里高唱当时水调歌，要识得声音是我！

〔清江引〕〔私欢〕梧桐画开明月斜，酒散笙歌歇。梅香走将来，耳畔低低说，后堂中正夫人沉醉也。〔相思〕相思有如少债的，每日相催逼。常挑着一担愁，准不了三分利，这太钱见它时才算得。

〔寿阳曲〕〔春情〕心疼事，肠断词，背秋千泪痕红渍，剔春纤碎榴花瓣儿，就窗纱砌成愁字。〇昨宵是你自说许着咱，这般时节到西厢，等的人静也。又不成再推明夜？

〔蟾宫曲〕〔春情〕平生不会相思。才会相思，便害相思，身似浮云，心如飞絮，气若游丝。空一缕余香在此，盼千金游子何之？证候来时，正是何时。灯半昏时，月半明时。

〔水仙子〕〔春情〕九分恩爱九分忧，两处相思两处愁，十年迤逗十年受，几遍成几遍休，半点事半点惭羞。三秋恨三秋感旧，三春怨三春病酒，一世害一世风流。

像《闲情》的二首，也显得极玲珑剔透：

〔金字经〕〔关情〕一点心间事，两山眉上秋，括起金针还又休。羞见人，推病酒，恹恹瘦，月明中空倚楼。〇歌扇泥金缕，舞裙裁缝绡，一捻瘦香杨柳腰。娇殢人，教斗草，贪欢笑，倒插了金步摇。

他也有很豪迈的作品，清丽异常而气概不凡，最好的像《水仙子》，有些似马致远的最好的作品了：

(水仙子)〔夜雨〕一声梧叶一声秋，一点芭蕉一点愁，三更归梦三更后。落灯花棋未收，叹新丰孤馆人留。枕上十年事，江南二老忧，都到心头。

他的咏史、咏物、咏景色之作，有时也写得不坏。但总不如他情词的刻划深切，宛转入情：

〔金字经〕〔春〕紫燕寻田垒，翠死栖暖沙，一处处绿杨堪系马。他问前村沽酒家，秋千下，粉墙边，红杏花。〔水亭开宴〕犀箸银丝鲙，象盘冰蔗浆，池阁南风红藕香，将紫霞白玉觞，低低唱，唱着道：今夜凉。

〔寿阳曲〕〔梅影〕枝横水，花未雪，镜中春，玉痕明灭，梨云梦残人瘦也，弄黄昏半囱明月。〔手帕〕香多处，情万缕。织春愁，一方柔玉寄多才，怕不知心内苦，渍胭脂泪痕将去。

徐甜斋

〔蟾宫曲〕〔西湖〕十年不到湖山，齐楚秦燕，皓首苍颜。今日重来，莺嫌花老，燕怪春悭。所越女鸾箫象板，恼司空雾鬓云环。道院禅关，酒会诗坛，万古西湖天上人间。〔江淹寺〕紫霜毫是是非非，万古虚名一梦初回。失又何愁，得之何喜，闷也何为。落日外萧山翠微，小桥边古寺残碑。文藻珠几，醉墨淋漓，何似班超，投却毛锥。〔登太和楼〕白云中涌出峰来，俯视西湖，图画天开。暮雨珠帘，朝云画栋，夜月瑶台。书籍会三千剑客，管弦声十二金钗。对酒兴怀，拊髀怜才，寄语玲珑，王粲曾来！

“失又何愁，得之何喜，闷也何为”，这也是无可奈何的悲哀！

顾德润字君泽，杭州人，松江路吏。“自刊《九仙乐府》（一作九山）二集，售于市肆。道号九仙。”（《录鬼簿》）他的曲子，也俱见《太平乐府》，今存者已无多。不见得有什么出色当行之作。惟《骂玉郎带过感皇恩》《采茶歌》的《述怀》二首：

蛛丝满甑尘生釜，浩然气尚吞吴，并州每恨无亲故。三匝乌，千里驹，中原鹿。　走遍长途，反下乔木，若立朝班乘骢马，驾高车。常怀卞玉，敢引辛裾。羞归去，休进取，任揶揄。　暗投珠，叹无鱼。十年窗下万言书，欲赋生来惊人语，必须苦下死工夫。

人生傀儡棚中过，叹乌兔似飞梭，消磨岁月新功课。尚父蓑，元亮歌，灵均些。　安乐行窝，风流花磨，闲呵耍，歪嗑牙，发乔科，山花枭娜，老子婆娑，心犹倦，时未来，志将何？　爱风魔，怕风波，识人多处是非多。适兴吟哦无不可，得磨跎处且磨跎。

却是一般沈屈下僚者的“同声一叹”之作。

他的套曲，像《四友争春》《忆别》等，都没有什么重要的。

高敬臣名克礼，号秋泉。《录鬼簿》云：“见任县尹。小曲乐府，极为工巧，人所不及。”《元诗选癸集》以他为河间人。张小山与他为友，尝有曲说到他。他的散曲，今存者不过《乐府群玉》里的四首，却没有一首不是尖新的。《黄蔷薇》《过庆元贞》的《失题》二首尤好：“燕燕别无甚孝顺，哥哥行在意殷勤”，大似关汉卿的《诈妮子》《调风月》的一幕。其第一首，似是咏杨贵妃的。“又不曾看生见长，便这般割肚牵肠。唤奶奶酪子里赐赏，撮醋醋孩儿弄璋”，其运用俗语是异常的妥贴得当的。

郑光祖为元代四大家之一（关、马、郑、白）。其实他不仅不及关远甚，连马、白也不容易追得上。他的戏曲几乎都是仿拟前辈的，其散曲存者不多，而好的也很少。其最高的成就，不过是像：

梦中作

〔蟾宫曲〕半窗幽梦微茫，歌罢钱塘，赋罢高唐。风入罗帏，爽入疏棂，月照纱窗。缥缈见梨花淡妆，依稀闻兰麝余香。唤起思量，待不思量，怎不思量？

而已。一般的辞意，都不过是盗窃古人的成语而略加以变化之耳。“呀，那些个投以木桃，报以琼瑶，我便似日影中捕金乌，月轮中擒玉兔，云端里觅黄鹤。”（《题情》）这和杜善夫、乔梦符诸人之作，差得多少！

但他在当时却负有盛名。《录鬼簿》云：“所作声振闺阁。伶伦辈称郑老先生，皆知其为德辉也。”这是很可怪的。德辉是他的字。他为平阳襄阳人，以儒补杭州路吏。卒葬西湖。

吴仁卿字弘道，号克斋，历仕府判，致仕。所作有《金缕新声》；也写杂剧（五本），但俱失传。今存于《阳春白雪》《太平乐府》的二十多篇的小令套曲，俱无甚惊人之语，不过是寻常的题情及闲适之作而已。

〔金字经〕今人不饮酒，古人安在哉！有酒无花眼倦开。鼓吹台，玉人伏下阶。妨何碍！青春不再来！

〔金字经〕道人为活计，七件儿为伴侣，茶、药、琴、棋、酒、画、书。世事虚似草梢擎露珠。还山去，更烧残药炉。

周仲彬名文质。其先建德人，后居杭州，因家焉。家世业儒，俯就路吏。“善丹青，能歌舞，明曲调，谐音律。”和钟嗣成是很好的朋友。

他有咏少卿事的套曲，不过寻常之作而已，像《悟迷》，却颇好：

〔悟迷〕〔蝶恋花〕杨柳楼台春兰索，庭院深沉，不把相思锁。睡去犹然有梦合，愁来无处容身趓。〔乔牌儿〕想秦楼金缕歌，风流怪共欢乐。和香折得花一朵，记当时它付托。〔神曲缠〕

咱彼各休生间阔，便死也同其棺椁。虽然未可妻夫过活，且遥受心爱的哥哥。猛可折锉。蓝桥路千里烟波，桃源洞百结藤萝。细寻思冰人颇可，好前程等闲差错。〔二〕鼓盆歌寂寞，天差我从新赓和。盼芳容同栖绣幄，奈儒风难立鸣珂。叹书生轻别素娥，看佳人输与拔禾。〔三〕分薄连枝树柯，斫来烧妖庙火。病魔心如刀锉，对青铜知鬓皤画阁，更深罗幕，伴灯花珠泪落。〔离亭宴尾〕着迷本是伊之祸，辜恩非是咱之过。如之奈何？朱门深闭，贾充香，兰房强揣郑生玉，青楼空掷潘安果。壶中筹掣做签，盘内棋排成课，待卜个它心怎么？界残妆枕上哭，扣皓齿神前咒，启檀口人行唾。纸如海样阔，字比针关大，也写不尽肠许多！和恨染至诚它，连愁书负心我。

钱子云名霖，松江人。弃俗为黄冠，更名抱素，号素庵。多游名公卿间。类辑时人之作，名曰《江湖清思集》。又自作曲集名《醉边余兴》。今皆不传，他和徐再思同时。再思尝有送他赴都的曲子。大约他曾有一时，功名还热吧。但终于不遇而回。所作《清江引》（失题），很有清隽的情思：

梦回昼长帘半卷，门掩荼蘼院。蛛丝挂柳棉，燕嘴粘花片，啼莺一声春去远。

高歌一壶新酿酒，睡足烽衙后。云深鹤梦寒，不老松花瘦，不如五株门外柳。

赵文宝名善庆，饶州乐平人。善卜术，任阴阳学正。有杂剧七本，今并无存。他的散曲，佳者足追张小山、马致远。像“雨痕着物澜如酥，草色和烟近似无，岚光照日浓如雾”（《水仙子》），又像：

〔落梅风〕枫枯叶，柳瘦丝，夕阳闲画阑十二。理情空莹然如片纸，一行雁一行愁字。（江流晚眺）

都足以令人吟味。

曹明善名德，衢州人，路吏。《录鬼簿》云：“甘于自适。在都下赋长门柳之词者乃先生也。”又称其乐府华丽自然，不在小山之下。所谓“长门柳”，乃指他的《清江引》二首（失题），相传是刺伯颜的。兹引其一；其情趣是很独创的。

长门柳丝千万结，风起花如雪。离别复离别，攀折更攀折，苦无多旧时枝叶也！

任则明名昱，四明人。少年狎游平康，以小乐章流布裙钗。曾有曲子送曹明善北回。所作无多大当行出色之作。像“吴山越山山下水，总是凄凉意”之类，毫无什么新意。

王晔（日华）和朱凯曾合作《题双渐小青问答》（见《乐府群玉》），人多称赏。其实也并没有多大的重要。

十四

曾瑞卿，大兴人。《录鬼簿》云：“喜江、浙人才之名，景物之盛，因家焉。公丰采卓异，衣冠整肃，悠游市井，俨然如神仙中人。志不屈物，故不敢仕。因号褐夫。公善丹青，工隐语，有《诗酒余音》行于世。”他的杂剧《才子佳人》《娱元宵》，盛行于世。散曲传者也独多。其《自序》是重要的自叙曲子之一：

〔自序〕〔端正好〕一枕梦魂惊，千载风云过，将古来英俊评跤。谁才能？谁霸道？谁王佐？只落得高冢麒麟卧。〔幺〕百年身，隙外白驹过，事无成潘鬓双皤。既生来命与时相挫，去狼虎丛服低将。〔滚绣球〕时与命道不合，我和它气不和，皆前定并无差错。虽圣贤胸次包罗，待据六合要并一锅。其中有千万人，我，各有天时地利人和。气难吞吴魏，亡了诸葛；道不行齐梁丧了孟轲，天数难那。〔倘秀才〕举伊尹有汤王倚托，微管仲无恒公不可，相公子纠偏如何不九合？失时也亡了家国，得意后霸了山河，也是君臣每会合。〔脱布衫〕时不遇版筑为活，时不遇荆南落魄，时不遇逾垣而趓，时不遇在陈忍饿。〔小梁州〕勇儿贫困果如何？击缶讴歌，甘贫守分，淡消磨颜回乐，知足后一瓢多。既功名不入凌烟阁。放踈狂落落陀陀。就着老瓦盆浮香糯，直吃的彻未，醒后又如何？〔滚绣球〕学刘伶般酒里酡，仿波仙般诗里魔。乐闲身有何不可。说几句不伤时信口开合，折莫时愤悱启发平科。见破绽呵闲榼，教人道我豪放风魔。由它似斗筲之器般看得微末，似粪土之墙般觑得小可，一任由他。〔醉太平〕看别人挥鞭登剑阁。举棹泛沧波，争如我得磨跎处且磨跎，无名缰利琐。携壶策杖穿林落，临风对月闲吟课，有花有酒且高歌，居村落快活。〔叨令〕听樵歌牧唱依腔和，整丝纶独钓垂钩坐。铺苔茵展绿张云幕，披渔蓑带雨和烟卧，快活也么哥，快活也么哥！且潜居抱道随缘过。〔二〕也不学采薇自洁埋幽壑，不学举国独醒葬汨罗，也不学墨子回车，巢由洗耳，河老腾云，许子衣褐，也不仰天长叹，也不待相宣言，也不扣角为歌，却回光照我，图甚苦张罗！〔三〕忘食智上齐君果，不吐嫌兄仲子鹅。饱养鸡豚，广栽桃李，多植桑麻，剩种粳禾。盖数椽茅屋，买四角黄牛，租百亩庄窠。时不遇也恁么，且耕种置个家活。〔四〕瓮头白酒新醅泼，碗内黄齑坌酱和。诗里乾坤，杯中日月，醉醒由己，清浊从他。我量宽似海，杯吸长鲸，酒泛洪波，醉乡宽阔，不饮待如何？〔五〕忘忧陋巷于咱可，乐道穷途奈我何？右抱琴书，左携妻子，无半纸功名，趓万丈风波。看别人日边牢落，天际驱驰，云外蹉跎。咱图个甚莫！未转首总南柯。〔尾〕既无那抱关击柝名煎聒且守这养气收心安乐窝。用时行，舍时趓居山村，离城郭，对樽罍远鼎镬。黄菊东篱栽数科，野菜西山锄几陀。听一笛斜阳下远坡，看几缕残霞蘸浅波。醉袖乘风鹏翼拖，蹇个临溪鳌背驮。杲杲秋阳曝已过，淘淘清江濯几合，骨角成形我切磋，玉石为珪自琢磨，华盘干将剑不磨，唾噗经纶手不搓。养拙潜身趓灾祸，由恁是非满乾坤，也近不得我！

这是如何深刻彻底的个人无政府主义呢？他什么都不闻不问，只是自己消遣着，懒散的静享田园之乐。这是一般不得志的放怀讴歌；这是屈子的《离骚》，是东方朔的《答客难》，是韩愈的《正学解》，而瑞卿却比他们都聪明得多了。但人世间果有："由恁是非满乾坤，也近不得我"的境地么？也只是文人的乌托邦而已。他的《叹世》也是如此的情调：

〔叹世〕〔行香子〕名利相签，祸福相兼，使得人白发苍髯。残花雨过，落絮泥沾，似梦中身，石中火，水中盐。〔么〕跳下竿尖，摆脱钩钳，乐天真休问人嫌，顾前盼后，识耻知廉。是汉张良，越范蠡，晋陶潜。〔乔木查〕尽秋霜鬓染，老去红尘厌，名利为心无半点。庄周蝶梦甜，踈散威严。〔搅筝琶〕君休欠何故苦厌厌！月满还亏杯盈自滟。荣贵路景稠粘，沾惹情忺，把穿绝业贯，休再添徒尔趍炎。〔拨木断〕弃雕檐隐闾阎，灰心打灭烧身焰，袖手擘开锁顶钳，柔舌砍钝吹毛剑，旧由绝念。〔离亭宴带歇指煞〕无钱妆富刚为僭，有财合散休从俭。狂夫不厌为口腹，遥天外置网罗。贪贿赂满肚里生荆棘，争人我平地工橛坑堑。六印多你尚贪，一瓢足咱无欠。君子退谦，把两字利名勾。向百岁光阴里，将一味清闲占。供庖厨野虀香，忘宠辱村醪酽，无客至柴荆昼掩。卧松菊北窗凉，趓风波世途险。

他的话并不比张云庄、不忽麻平章两样多少，他的作风也不比他们高明了多少。但我们总觉得曾褐夫的话是真情实话，是有所为而发的；而张云庄他们却是无病的呻吟，做作的清高，虚伪的呼吁。这是因为其境地是完全不同的。

他的《村居》，写的也便是那清高的生活了；也许真的是乐在其中：

〔村居〕〔哨遍〕人性善皆由天命，气清浊列等为贤圣，万物内最为灵，又幸为男子净嵘要自省，妍媸贵贱，寿夭穷通，这几事皆前定。使不着吾强我性，叹时乖运拙，随坎止流行。既知钟鼎果无缘，好向林泉且埋名。除去浮花修养残躯，安排暮景。〔幺〕量力经营，数间茅屋临人境，车马少，得安宁。有书堂药室茶亭，甚齐整，鱼池内菱芡，溪岸上鸡鹅，壮观我乘高兴，缫车响蝉声相应。妻蚕女茧，婢织奴耕，陇头残月荷锄歌，牛背夕阳短笛横，听农家野调山声。〔要孩儿〕虽然蔬圃衡畦径，搀造化，夺时发生也和治世一般平。桔槔便当权衡。堤防着雨涝开沟洫，准备着天晴，浍水坑裁排定。生涯要久远，养子望聪明。〔么〕把闲花野草都锄净，尚又怕稊稗交生。桑榆高接暮云平，笋黄菜绿瓜青。葫芦花发香风细，杨柳阴浓暑气清。开心镜，静观消长，闲考亏盈。〔三煞〕菜老便枯。菜嫩便荣，荣枯消长，教人为证。菜因浇灌多荣旺，人为功名苦战争。徒然竞百年身世，数度阴晴。〔四〕兴来画片山，闲来看卷经。推敲访友针诗病，消磨世态杯中酒，聚散人情水上萍。心方定，但绿有酒，与世忘形。〔三〕无愁心自安，高眠梦不惊。不乏衣食为侥幸，身闲才见公途险，累少方知担子轻。成家庆，顽童前引，稚子随行。〔二〕樵夫又了柴，渔翁扳了罾，故来下访相钦敬。盘中熟笋和生菜，瓮里新醅泼酤清。行歪令，饮竭正盏斟满罚觥。〔尾〕渔说它强，樵说它能。我攒颏抱□可宁听，闲看会渔樵壮厮徒。

褐夫又写些《羊诉冤》一类的游戏文章：

〔羊诉冤〕〔哨遍〕十二宫分了巳未，禀乾坤二气成形质。颜色异种多般本性，善群兽难及。向塞北李陵台畔，苏武坡前，爵卧夕阳外，趁满目无穷草地，散一川平野，走四塞荒陂。驭车善致晋侯欢，拂石能逃左慈危。舍命于家，就死成仁，杀身报国。〔幺〕告朔何疑代衅钟，偏称宣王意。享天地，济民饥，据云山水陆无敌。尽之矣，驼蹄熊掌，鹿脯獐犯，比我都无滋味。折莫烹炮煮煎，爊蒸炙，便盐淹，将卮醋，拌糟焙肉麋肌鲊，可为珍，尊菜鲈鱼有何部，于四时中无不相宜。〔要孩儿〕从黑河边赶我到东吴内，我也则望前程万里。想道是物离乡贵，有些峥嵘。撞有个王人翁少东没西，无料喂，把肠胃都抛做粪，无水饮，将脂膏尽化做尿，便似养虎豹牢监系，从朝至暮，坐守行随。〔幺〕见一日八十番觑我膘脂，除我柯杖外别有甚的。许下浙江等处恶神祇，又请过在城新旧相知，待任与老火者残岁里呈高戏，要雇与小子弟新年中扮杜直，穷养的无巴避，待准折舞裙歌扇，要打摸暖帽春衣。〇〔一煞〕把我蹄指甲要舒心晃窗，头上角要锯做解锥，瞅着颔下须紧要绘摫笔，待生挦我毛裔铺毡袜，待活剥我监儿踏磹皮。眼见的难回避，多应早晚不保朝夕。〔二〕火里赤磨了快刀，忙古歹烧下热水。若客都来，抵九千鸿门会。先许下神鬼，彫了前膊，再请下相知，揣了后腿，围我在垓心内，便休想一刀两段，必然是万剐凌持。〔尾〕我如今刺搭着两个焉耳朵，滴溜着一条麄硬腿，我便似蝙蝠臀内精精地，要祭赛的穷神下的呵吃。

他也写了不少的情词，但似非其所长，像：

元宵忆旧

〔元宵忆旧〕〔醉花阴〕冻雪才消，腊梅谢却，早击碎泥牛应节。柳眼吐些些，时序相催斗，把鳌山结。〔喜迁莺〕畅豪奢，听鼓吹喧天，那欢悦，好交我心如刀切。泪珠儿揾不迭，哭的似痴呆。自从别后，这满腹相思何处说？流痛血，瑶琴怎续，玉簪难接。〔出队子〕想当初时节，那浓欢怎弃舍？新愁装满太平车，旧恨常堆几万叠。若负德辜恩，天地折。〔神仗儿〕这些时情诗倦写，和音书断绝。斜月笼明，残灯半灭，恨檐马玎当，怨塞鸿凄切。猛然间想起多娇，那愁闷怎拦截。〔挂金索〕业缘心肠，那烦恼何时彻？对景伤情，怎捱如年夜？灯火阑珊，似万朵金莲谢，车马闐阗，赛一火鸳鸯杜。〔随尾〕见它人两口儿家携着手看灯夜，交俺怎生不感叹伤嗟。尚想俺去年的那人何处也。

但像《风情》，却写得比较得好：

风 情

〔风情〕连夜银蟾，遂朝媚脸，体再情添，淹渐病深。殢雨初沾，尤云乍敛，他不嫌，俺正忺，不雇伤廉，何曾记点。〔紫花儿〕双歌月枕，携手虚檐付粉妆奁，欢娱忒醟，收管持严，如鳒如鳒，载何会有半句儿謟，无一星所欠，浪静风恬，落花泥粘。〔幺〕无嫌大俳场俺占，乔风月咱兼，闲是非人啮，强做科撒坫，硬热恋白沾，相签抡的柄铜锹分外里险，撅坑撅竾。潘岳花捋，韩寿香苦。〔小桃红〕小姨夫统镘紧沾粘，新人物冤家忺。早起无钱晚夕厌，怎拘钤苏卿不嫁穷奴斩，败旗儿莫飐。俏勤儿绝念，鱼雁各伏潜。〔幺〕假真诚好话儿亲曾验，鼻凹里沙糖怎馅贪？顾恋眼前甜，不提防背后闪。

他的小令写“情”的，似比较他的套曲还要好些。但比了关汉卿诸前期的大家，或同时代的乔梦符诸家却还觉得不无逊色。

骂玉郎带过感皇恩采茶歌

〔风情〕酸丁词客人多才。歌白苎，泪青衫，风流歇，豁着坑陷，冷句儿话好话儿鸽，踏科兜钐。 风月贪婪，云雨尴尬，你妆憨，咱辨泠，影羞惭，惜花心旋减，噗玉口，牢缄情绝。滥意莫贪眠休馋。　出深潭，上高岩，方知色界海中弇。美女花娇休去览，老婆禅奥莫来参。〔闺情〕才郎远送秋江岸，斟别酒，唱阳关。临岐无语空长叹。酒已阑曲未残，人初散。　月缺花残，枕剩衾寒。脸消香，眉蹙黛，髻松鬟。心长怀，去后信不寄平安。折鸾凤，分莺燕，查鱼雁。　对遥山，倚阑干，当时无计锁雕鞍。去后思量悔应晚，别时容易见时难。〔闺中闻杜鹃〕无情杜宇闲淘气，头直上耳根底，声声聒得人心碎。你怎知我就里，愁无际。　帘幕低垂，重门深闭，曲阑边，雕檐外，画楼西，把春酲唤起，将晓梦惊回。无明夜，闲聒噪，厮禁持。　我几曾离这绣罗帏，没来由劝我道不如归。狂客江南正着迷，这声儿好去对俺那人啼。

他虽是很有大名，但在我们看来，他还不能够和乔、张相提并论。

十五

在第二期的作家里，除乔、张外，很可怪的，到还是批评家的钟嗣成和周德清更显得重要。

钟嗣成编《录鬼簿》，为元曲保存了不少最可珍贵的材料，其功不在杨朝英之下。他自己的散曲，在他的友朋们里算是很高明的。他佩服曾瑞卿、郑光祖，但他的作风比他们更要漂亮。他字继先，号丑斋，古汴人。“以明经累试于有司，数与心违，因杜门养浩然之志。其德业辉光，文行温润，人莫能及。善音律，工隐语。所编小令套数极多，脍炙人口。”（《续录鬼簿》）他的杂剧，有《钱神论》《章台柳》等七本，皆不传。他的《自序丑斋》乃是绝代的妙文：

〔自序丑斋〕〔一枝花〕生居天地间，禀受阴阳气。既为男子身，须入世俗机。所事堪宜，件件可咱家意。子为评跋上。惹是非。折莫旧友新知，才见了着人笑起。〔梁州〕子为外儿儿不中抬举，因此内才儿不得便宜。半生未得文章力，空自胸藏锦绣，口唾珠玑。争奈灰容土皃，缺齿重颏，更兼着细眼单眉，人中短，髭鬓稀稀。那里取陈平般冠玉精神，何晏般风流面皮？那里取潘安般俊俏容化。自知就里，清晨倦把青鸾对。恨杀爷娘不争气。有一日黄榜招收丑陋的，准拟夺魁。〔隔尾〕有时节软乌纱抓札起，钻天髻，乾皂靴出落着簌地衣。何晚乘闲后门立，猛可地笑起，似一个甚的？恰便似现世钟馗，唬不杀鬼！〔牧羊关〕冠不正相知罪，儿不扬怨恨谁？那里也尊瞻视儿重招威。枕上寻思，心头怒起。空长三十岁，暗想九千回。恰便似木上节难镑刨，胎中疾没药医。〔贺新郎〕世间能走的不能飞，饶你千件千宜，百伶百俐，闲中解尽其中黑，暗地里自恁解释。倦闲游，出塞临池，临池鱼恐坠，出塞雁惊飞，入园林俗鸟应回避。生前难入画，死后不留题。〔隔尾〕写神的要得丹青意，子怕你巧笔难传造化机。不打草两般儿可同类。法刀鞘依着格式，妆鬼的添上嶈鼻，眼巧何须样子比。〔哭皇天〕饶你有拿雾艺，冲天计，诛龙局段打凤机。近来论世态，世态有高低。有钱的高贵，无钱的低微。那里间风流子弟，折末颜如灌口，貌赛神仙，洞宾出世，宋玉重生，设答了镘的，梦撒了寮丁，他采浓也不见得。枉自论黄数黑，谈说是非。〔乌夜啼〕一个斩蛟龙秀士为高第，升堂室今古谁及。

一个射金钱武士为夫婿，韬略无敌，武艺深知。丑和好自有是和非，文和武便是傍州例。有鉴识，无嗔讳，自花白寸心不昧，若说谎上帝应知。〔收尾〕常记得半窗夜两灯初昧，一枕秋风未梦回。见一人请相会道：咱家必高贵。既通儒，又通吏；既通疎，更精细。一时间失商议，既成形，悔不及。子交你，请俸给，子孙多，夫妇宜，货财充，仓廪实，禄福增，寿筭齐。我特来告你知。暂相别，恕情罪。叹息了几声，懊悔了一会。觉来时记得，记得他是谁？元来是不做美当年的捏胎鬼。

他的小令写得很不少，只有《叙别》《恨别》的几篇是写得好的：

〔四福官〕祖宗积德合兴旺，居富室，住高堂。钱财广盛根基壮，快干旋，会攒积，能生放。　解库槽房，碾磨油坊，锦千厢，珠论斗，米盈仓。逢时遇节，弄斝惟觞。待佳宾，开绮宴，出红妆。　奏笙簧，按宫商，金钗十一列成行。瑞霭迎门车马闹，春风满座绮罗香。〇〔费〕紫袍象简黄金带，算都是命安排。风云庆会逢亨泰，历练深，委用多，升除快。　日转千阶，位至三台，判南衙，开北省，任西台。绣衣时节，宝剑金牌。拯民危，除吏弊，救天灾。　有奇才，会区尽，一官未尽一官来。治国安民勋业显，封妻荫子品资该。〇〔福〕前生造物安排定，今世里享安荣，算来有福皆由命。门地高，品道增，簪缨盛。　四海清宁，五谷丰登，好门庭。能受用，会施呈。晃荣父祖，感谢神明。遇良辰，逢美景，叙欢情。　有才能，有名声，正宜白发看升平。身地不占风水好，心田留与子孙耕。〇〔寿〕晓来云外长庚现，浮瑞霭溢祥烟，今朝来赴蟠桃宴。挂寿星，点画烛，焚香串。

广列华筵，共捧金船，庆生辰，加禄算，受皇宣。蓬莱未远，松柏齐坚。弟兄和，夫妇乐，子孙贤。　降群仙，驾云轩，鹤随鸾凤下遥天。但愿长生人不老，更祈遐算寿千年。〔口别叙别〕从来别恨曾经惯，都不似这今番，汪洋闷海无边岸。痛感伤，谩哽咽，空嗟叹。　倦听阳关，懒上征鞍，口慵哄，心似醉，泪难干。千般懊恼，万种愁烦。这番别，明日去甚时还？　晚风闲，暮闲残，鸾笺欲寄雁惊寒。坐处忧愁行处懒，别时容易见时难。○〔恨别〕风流得遇鸾凤配，恰比翼，便分飞。彩云易散琉璃脆，设揣地钗股折，厮琅地宝镜亏，扑通地银瓶坠。　香冷金猊，烛暗罗帏，子刺地搅断离肠，扑速地淹残泪眼，吃苔地锁定愁眉。天高雁香，月皎乌飞。暂别离，且宁耐，好将息。　你心知，我诚实，有情难怕隔年期。去后须凭灯报喜，来时长听马频嘶。

周德清的作风，和钟氏有些不同，乃是以清隽著称的；他不是关汉卿，而是马致远和张小山。

周德清，江右人，号挺斋，宋周美成之后。工乐府，善音律。尝作《中原音韵》，盛传于世。“又自制为乐府甚多。长篇短章，悉可为人作词之定格。故人皆谓：德清之韵，不但中原，乃天下之正音也；德清之词，不惟江南，实天下之独步也。”（《续录鬼簿》）

像下面所选的几首小令，具着家常风味而又清丽绝伦：

周德清

〔郊行〕〔红绣鞋〕茆店小，斜挑草稕，竹篱疎，半掩柴门，一犬汪汪吠。　人题诗桃叶渡，问酒杏花村，醉归来驴背稳。○穿云响，一乘山篬，见风消，数盏村醪。十里松声画难描。枫林霜叶舞，荞麦雪庵飘，又一年秋事了。〇雪意商量酒价，风光投奔诗家，准备骑驴探梅花，几声沙觜雁，数点树头鸦，说江山憔悴煞。

〔赏雪偶成〕共妾围炉说话，呼童扫雪烹茶，休说羊羔味偏佳。调情须酒兴，压逆索茶芽，酒和茶都俊煞。

〔有所感〕流水桃花鳜美，秋风莼菜鲈肥，不共时皆佳味。几个人知记得。荆公旧日题何处？无鱼羹饭吃。

在元曲里，这样的风趣原来不少，而他最为擅长。

冬夜怀友

〔寨儿令〕暮云收，冷风飕，到中宵月来清更幽。倚边江楼，望断汀洲，雪月照人愁。舍梅是谁是交游？饮松醪自想期俦。王子猷子罢手，戴安道且蒙头，休推驾剡溪舟。〔别友〕二叶身，二毛人，功名壮怀犹未神。夜雨论文，明月伤神，秋色淡离樽。离东君桃李侯门，遇西风杨柳渔村。酒船同棹月，诗担自挑云。君孤雁，不堪听。

他的“情”词也写得不坏。像：

〔有所思〕燕子来，海棠开，西厢尚愁音信乖。问柳章台，采药天台，归去却伤怀。恰嗔人踏破苍苔，不知它行出瑶阶。见刚刚三寸迹，想窄窄一双鞋，猜多早晚到书斋？

〔秋思〕千山落叶岩岩瘦，百结柔肠寸寸愁，有人独倚晚妆楼。楼外柳眉叶，不禁秋。

以编辑《阳春白雪》和《太平乐府》二集著名的杨朝英，他自己也写了不少的散曲，就被选在这二集里。杨朝英号澹斋，自署为“青城后学”。他的小令，有时很清隽，大似马致远的作品，像《清江引》，乃是他最高的成就：

〔清江引〕秋深最好是枫树，叶染透猩猩血。风酿楚天秋，霜浸吴江月。明日落红多去也。

他所歌咏的对象，异常的繁杂，有恋情，有闲适，也有是写景物的。大致都还不怎么坏，但比起几个大家来，他是比较的平平的。

〔水仙子〕依山傍水盖茅斋，旋买奇花赁地栽。深耕浅种无灾害，学刘伶死便埋。促光阴晓角时牌。新酒在槽头醉，活鱼向湖边卖。算天公自有安排。〇雪晴天地一冰壶，竟往西湖探老逋。骑驴踏雪溪桥路，笑王维作画图。拣梅花多处提壶，对酒看花笑，无钱当剑沽，醉倒在西湖。〇闲时高卧醉时歌，守己安贫好快活。杏花村里随缘过，胜尧夫安乐窝。任贤愚后代如何。失名利痴呆溪，得清闲谁似我！一任它门外风波。〇六神和会自安然，一日清闲自在仙。浮云富贵无心恋，盖茅庵近水边。有梅兰竹石萧然，趁村叟鸡豚社，随牛儿沽酒钱，直吃得月坠西边。〇灯花占信又无功，鹊报佳音耳过风。绣衾温暖和谁共？隔云山千万重，因此上惨绿愁红，不付他博得个团员梦。觉来时又扑个空，杜鹃声又过墙东。

十六

第三期作家，与贾仲名同时代的——贾氏《续录鬼簿》也有叙述到先辈先生，像钟继先、周德清等，似是补《录鬼簿》所未备。——虽也不少，而有作品流传于世却不过寥寥数人而已。元代曲家的作品被杨朝英二选及无名氏《新声》《群玉》保存了不少；而元末明初的作家们却没有这样的幸福。《太和正音谱》并不是曲选。到了正德间《盛世新声》，嘉靖间《词林摘艳》和《雍熙乐府》出来，而他们所作，已经零落得不堪。今所见的，我们相信，不过存十一于千百而已。但汤舜民的《笔花集》，既今忽发见；颇念着其他的作家们也会有同样的好运。

今所得其作品的作家，不过汤舜民、汪元亨、谷子敬、唐以初、唐廷信、兰楚芳、刘东生、杨景言和贾仲名等十余人而已。

汤舜民，象山人，号菊庄（名式）。贾仲名云："补本县吏，非其志也。后落魄江湖间。好滑稽。与余交，久而不衰。文宗皇帝在燕邸时，宠遇甚厚。永乐间，恩赉常及。所作乐套府数小令极多。语皆工巧。江湖盛传之。"他是一个始穷终遇的词人，所以，早年所作多牢骚语，而晚年所作多颂圣语。"莫迟留，壮志须酬，不负平生经济手"（《送友人应聘》），这是志得意满之语了。他的情词："蓦地相逢，眼眩魂飞动，方信道仙凡有路通。"（《赠妓》）几全是陈言腐语，已开明人的堆砌雅辞的一条大道了。

汪元亨，饶州人。贾仲名云："浙江省掾。后徙居常熟至正门。与余交于吴门。有《归田录》一百篇，行于世。见重于人。"今《归田录》百篇，全见于《雍熙乐府》，盖是张云庄"休居自适乐府"的同流。今引十余则如下：

醉太平　警世

辞龙楼凤阙，纳象简乌靴。栋梁材取次尽摧折，况竹头木屑。结知心朋友着疼热，遇忘怀诗酒追欢悦。见伤情光景放痴呆，老先生醉也。

憎苍蝇竞血，恶黑蚁争穴。急流中勇退是豪杰，不因循苟且。叹乌衣一旦非王谢，怕青山两岸分吴越，厌红尘万丈混龙蛇，老先生去也。

家私上欠缺，命运里周折。桑间饭谁肯济灵辄，安乐窝养拙。但新词雅曲闲编捏，且粗衣淡饭权掤拽，这虚名薄利不干涉，老先生过也。

度流光电掣，转浮世风车。不归来到大是痴呆，添镜中白雪。天时凉捻指天时热，花枝开回首花枝谢，日头高眨眼日头斜，老先生悟也。

范丹贫琐屑，石崇富骄奢。论贫穷何以富何耶，十年运巧拙了浮生。脱似辞柯叶，纵繁华迥似残更月，叹流光疾似下坡车，老先生见也。

门前山妥帖，窗外竹横斜。看山光掩映树林遮，小茆庐自结。喜陈抟一榻眠时借，爱卢仝七碗醒时啜，好焦公五斗醉时赊，老先生乐也。

源流来俊杰，骨髓里骄奢。折垂杨几度赠离别，少年心未歇。吞绣鞋撑的咽喉裂，掷金钱踅的身躯趄，骗粉墙掂的腿脡折，老先生害也。

嗟云收雨歇，叹义断恩绝。觉远年情况近来别，全不似那些。赴西厢踏破苍苔月，等御沟流出丹枫叶，走都城碾碎画轮车，老先生勾也。

恰花残月缺，又瓶坠簪折。并头莲藕上下锹镢，姻缘簿碎扯。祆神庙雷火皆轰烈，楚阳台砖瓦平崩卸，天台洞狼虎紧拦截，老先生退也。

弃桃腮杏颊，离燕体莺舌。远市廛居止近岩穴，论行藏用舍。雁翎刀挥动头颅卸，鸡心锤抹着皮肤裂，狼牙棒轮起肋肢折，老先生怕也。

云庄的乐府，全是恬静的，田园的趣味异常的浓厚。而元亨却连“风月情怀”也都在厌弃之列了。人世间的生活，他殆无一足以当意的。比之，一般的退休闲适之作，自然是更为彻底些。

谷子敬，金陵人。枢密院掾史。“明《周易》，通医道口才捷利，乐府隐语，盛行于世。”其杂剧有《城南柳》等五本。散曲则无甚精意。

刘庭信先名廷玉。贾仲名云：“行五，身长而黑，人尽称黑刘五舍。与先人至厚。风流蕴藉，超出伦辈，风晨月夕，唯以填词为事。有‘枕头痕一线印香腮’双调，和者甚众，莫能出其右。又有‘丝丝杨柳风’、‘金风送晚凉’南吕等作，语极俊丽，举世歌之。兄廷幹，任湖藩大参，因之，卒于武昌。”

今“丝丝杨柳风”诸作均存（见《词林摘艳》）。只是开曲中的绮丽之风而已，初期的泼辣活跳的生气已是恹恹一息，近于夕阳西下的时候了。

〔南吕一枝花〕丝丝杨柳风，点点梨花雨。雨随花瓣落，风趁柳条疏。春事成虚，无奈春归去。春归何太速？试问东君：谁肯与莺花作主？ （《春日怨别》第一曲）

兰楚芳，西域人，“江西元帅，功绩多著，牛神秀英，才思敏捷。刘

廷信在武昌，赓和乐章。人多以元、白拟之”。（《续录鬼簿》）

楚芳所作，今亦多见于《词林摘艳》。他的“春初透，花正结”（《春思》）一篇，最流传人口，写得也还聪明，像《春思》里的一曲。

〔出队子〕捱不过如年长夜，好姻缘恶间谍，七条弦断数十载，九曲肠拴千万结，六幅裙搀三四折。

但究竟其气韵和关汉卿、乔梦符、杜善夫们的有些不同了。

唐以初名复，京口人，号冰壶道人。后住金陵。刘东生名兑。贾仲明云：“作《月下老定世间配偶》四套，极为骈丽，传诵人口。”他的《娇红记》二本，今也传于世。杨景贤（即景言）名暹，后改名讷，号汝斋。“故元蒙古氏。因从姐夫杨镇抚，人以杨姓称之。善琵琶，好戏谑，乐府出人头地。与余交五十年。永乐初，与舜民一般遇宠。后卒于金陵。”（《续录鬼簿》）

贾仲明，山东人，永乐在燕邸时，甚宠爱之。每有宴会应制之作，无不称赏。自号云水散人。后徙居兰陵，因而家焉，所著有《云水遗音》等集。他的作风，并不怎么好，且因为久为文学侍从之臣，应景应制之作不少，直是埋没了他的性情。

十七

无名氏的小令和套曲，有时写得异常的好。但在《盛世新声》《词林摘艳》《雍熙乐府》诸明人选集里的，为元为明，很不容易分别得出。兹姑举杨氏二选里的几首小令于下，以见无名氏之作，其重要实不下于关、马诸大家。

〔寿阳曲〕胡来得赛热莽得极，明明的抱着虎睡。恼番小姐，抟了面皮。见丈人来，怎生回避？〇酒醒后离书舍，沉醉也上钓舟。捧金钟把月娥等候。广寒宫玉蟾捞不在手，水晶宫却和龙斗。〇逢着的燕撞着的撑，不似您秃才每水性。问娉婷谒浆到十数升，干相思变做了渴证。〇祆庙内盼艳冶,不觉的怪风火烈,把才郎沈腰烧了半截。谁似你做得来特热？〇一个诸般韵，一个百事通，小书生玉人情重。鼓三更，烛灭黑洞洞。你道是不曾时说梦。〇别离恨，心受苦，它知是几时完聚？泪点儿多如秋雨，夜烦恼似孝今起序。〇装呵欠把长吁来应，推儿疼把珠泪掩，佯咳嗽口见里作念，将它讳名见再三不住的啮，思量煞小卿也双渐。

这几篇东西，几乎没有一篇不是漂亮得可喜可爱的。《游四门》的六首，其中，“落红满地”和“海棠花下”二首，是如何的美丽宛曲！

游四门

野塘花落杜鹃啼，啼血送春归。花开不拚花前醉，醉里又伤悲。伊，快活了是便宜。

柳绵飞尽绿丝垂，则管送别离。年年折尽依然翠，行客几时回？伊，快活了是便宜。

落红满地湿胭脂，游赏正宜时。呆才料不雇蔷薇刺，贪折海棠枝。蚩，抓破绣裙儿。

海棠花下月明时，有约暗通私。不付能等得红娘至，欲审旧题诗。支，关上角门儿。

前程万里古相传，今且果如然。烟波名利虽荣显，何日是归年？天，杜宇枉熬煎。

琴书笔砚作生涯，谁肯恋荣华。有时相伴鱼樵话，兴尽饮流霞。茶，不醉不归家。

参考书目

一、《录鬼簿》，钟嗣成编，有刊本。

二、《续录鬼簿》，贾仲名编，有传抄本。

三、《阳春白雪》，有《散曲丛刊》本，有徐氏影元刊本。

四、《太平乐府》，有《四部丛刊》本。

五、《词林摘艳》，张禄编，有明刊本。

六、《盛世新声》，无名氏编，有明刊本。

七、《雍熙乐府》，郭勋编，有明刊本，有《四部丛刊》本。

八、《北宫词纪》，陈所闻编，有万历刊本。

九、《北词广正谱》，李玉编，有清初刊本。

十、《乐府群玉》，有《散曲丛刊》本。

十一、《乐府群珠》，有传抄本。

十二、《乐府新声》，有《四部丛刊》本，有《散曲丛刊》本。

十三、《元人小令集》，陈乃乾编，开明书店出版。

十四、《插图本中国文学史》，郑振铎编，朴社出版。

第十章

明代的民歌

一

元代散曲到了第二期已是文人们的玩意儿了；和诗、词是同流的东西，离开民间是一天天的远了。到了元末明初，刘东生、贾仲名、汤舜民等人出来，虽使曲坛一时现出不少的活气，却也使散曲走入了魔道，永远的不能翻身。他们所谓“工巧”，所谓“骈丽”，都只是死路一条。其作风既鲜独创，想像力又拙笨异常，只知盗窃诗、词里习见的陈言腐语。我们几乎看不出每个作家有什么不同的风格。他们是那样的陈陈相因呵！周宪王的《诚斋乐府》也未见有什么特色，虽然他的杂剧好的不少。陈（大声）、冯（惟讷）、梁（辰鱼）、常（伦）、康（海）、王（九思），以及杨氏父子（杨廷和杨慎）夫妇（慎妻黄氏）也曾名重一时，且时有俊语，不少倩辞，究竟是文人们的创作，不复有民间的气息了；出色当行的民间作风的曲子，在明代是几乎绝迹了。

但究竟曲子还是在民间流行着的东西，旧的调子死去了，新声便不断的产生出来，填补了空缺。当文人学士们把握住了《小桃红》《山坡羊》《沉醉东风》《水仙子》诸调的时候，民间却早又有新的东西产生出来代替着他们了。

且即在旧的曲子里，流行于民间的，和在文人学士们的宴席之间所流行的，也截然不是同一之物。

文人学士们的作风在向死路上走去，而民间的作品却仍是活人口上的东西，仍是活跳跳的生气勃勃的东西。

而不久，又有许多文人学士们厌弃其旧所有的，而复向民间来汲取新的材料，新的灵感，乃至新的曲调。而立刻，他们便得到了很大的成功。

本章所述及的，只是流行于民间的时曲或俗曲，以及若干拟仿俗曲的作家的东西。对于康、王、杨、陈、冯、常诸人，一概不复论到。他们自会有一般的中国文学史来论叙之的。

二

最早的明代俗曲，为我们今日所见到的，有成化间金台鲁氏所刊的：

（一）《四季五更驻云飞》，

（二）《题西厢记咏十二月赛驻云飞》，

（三）《太平时赛赛驻云飞》，

（四）《新编寡妇烈女诗曲》

四种；这四种都是薄薄的册子，颇可借以考见当时流行的俗曲册子的面目。

这四种东西，重要的作品并不怎样多，但我们可以看出流行于民间的俗曲，究竟是怎样的东西。

现在从第一种里选出了十几首于下，以见一斑。没有什么重要的价值，但在民间是很传诵着的，是痴男怨女的心声，是《子夜》《读曲》的嗣音：

〔驻云飞〕初鼓才敲正是黄昏人静悄。闷把栏杆靠，祷告灵神庙。嗏，心急好难熬！每夜烧香，只把青天告。早早团圆交我有下稍，又。

〔驻云飞〕月下星前，拜罢烧香只靠天。但得重相见，称了平生愿。嗏，动岁又经年，泪涟涟！若得成双，方称于飞愿。早早团圆答谢天，又。

〔驻云飞〕闷对银缸，坐想行思只为郎。寂寞销金帐，懒把帏屏傍。嗏，交奴细思量，自参详。便把情人望，一回寻思愁断肠，又。

〔驻云飞〕手捻花枝，闷闷无言自散思。又没闲传示，诉不尽心间事。嗏，辜负少年姿，一时思。倘若来时，说却从前志，一任交他心上思。又。

〔驻云飞〕侧耳听声，却是郎均手打门。我这里将言问，他那里低低应。嗏，不由我笑欣欣，去相迎。佳备着万语千言，见了都无论。今日相逢可意人，又。

〔驻云飞〕忽上心来，咬碎银牙跌绣鞋。你那里贪欢爱，我这愁无奈。嗏，骂你个谎娇牙不归来！撇我空房你却安何在？交我一夜愁眉不放开，又。

〔驻云飞〕你跪在床前，巧语花言莫要缠。我更愁无限，你休闲作念。嗏，莫想共衾眠，过一边。莫入兰堂，还去花街串。我放下绞绡各自眠。又。

〔驻云飞〕仔细思量下不的，将他恶语谄。我这里强烂当，他故意将咱晃。嗏，不由我泪汪汪，又参想。扯起情人共入绡金帐，再将这海誓山盟莫要忘，又。

三

在正德刊本的《盛世新声》里，在嘉靖刊本的《词林摘艳》和《雍熙乐府》里，我们也可得到一部分的民间歌曲。不过，其内容却是经过文人学士们的改造过的，且那些编者们也嫌胆子少，不敢把许多重要的真实的漂亮的情歌选录进去；像《雍熙乐府》所选的《小桃红》百首，乃是恹恹无生气的东西。

在陈所闻的《南宫词记》里我们却得到了些好文章。

有咏“风情”的“汴省时曲”二篇，写得很不坏。又有孙百川和无名氏的嘲妓，多至四十首，都是以《黄莺儿》的曲调，来嘲咏妓女的。嘲妓的曲子，在明代甚为流行。相传徐文长也曾用《黄莺儿》来咏妓，但其词不传。在浮白山人编的“七种”里，也有咏妓的《黄莺儿》。在《摘锦奇音》（卷三）里，也有“时兴各处，讥妓耍孩儿歌”数十首，但那些都是有伤风化的东西，且文辞也极非上乘，以可怜人为嘲讥的对象，根本上是有伤忠厚的。这里都不举，只举孙百川及无名氏之作三篇为例。

风　情

〔锁南枝〕傻俊角，我的哥，和块黄泥儿捏咱两个。捏一个儿你，捏一个儿我，捏的来一似活托，捏的来同床上歇卧。将泥人儿摔碎，着水儿重和过。再捏一个你，再捏一个我。哥哥身上也有妹妹，妹妹身上也有哥哥。

提起你的势，笑窝我的牙。你就是刘瑾、江彬要柳叶儿刮，柳叶儿刮。你又不曾金子开花，银子发芽，我的哥哳，你休当顽当耍。如今的时季，是个人也有二句话。你便会行船，我便会走马。就是孔夫子，也用不着你文章，弥勒佛也当下领袈裟。

嘲 妓 孙百川

〔黄莺儿〕桃晕两腮烘，软腰肢，如病中。乜斜双眼银波涌，歌儿意慵，舞儿意慵，偎人慢把香肩耸。鬓云松石榴裙上，翻污唾花红。(右醉妓)

春梦海棠娇，锦重重混暮朝。阳台一到何时觉。庄周半宵，陈抟半宵，邻鸡唱罢那知晓。曙光摇，才临妆镜，尚朦着眼儿梢。(右睡妓)

强作倚门羞，感新妆。忆旧游，绿阴成子莺啼后。季笔水流，鬓笔易秋，当年舞袖知存否？问江州琵琶写怨，谁是泛茶舟。(右老妓)

又

〔黄莺儿〕假订百年期，放甜头，他自迷，金刀下处香云坠。你系我的，我系你的，青丝一缕交缠臂。又谁欺！频施巧计，只落得顶毛稀。(右剪发妓)

四

在万历刊本的《玉谷调簧》里，有“时尚古人劈破玉歌”许多首，其间以咏歌“传奇”的为多；兹举其二：

琵琶记

蔡伯喈闷在书房内，叫一声牛小姐我的娇妻，你令尊强赘为门婿。家中亲又老，三载遇饥荒，欲待与你同归，你同归，妻，令尊舍不得了你。又。

又

蔡伯喈一去求名利，抛撇下赵五娘受尽孤恤，三年荒旱难存济。公婆双弃世，独自筑坟台。自背琵琶，背琵琶，夫，京都来寻你。又。

又

赵五娘借问京城路，骂一声蔡伯喈薄幸夫。堂上双亲全不顾，麻裙兜了土，剪发葬公姑。身背琵琶，身背琵琶，夫，诉不尽离情苦。又。

又

张太公祝付贤哉妇，到京都寻丈夫，见郎谩说双亲故，谩说裙包土，谩说剪香云，只把你这琵琶你这琵琶，诉出心中苦。又。

又

蔡伯喈一向留都下，恋新婚招赘丞相家，家中撇下爹和妈，恋着荣华富全然不转家。赵五娘糟糠，娘糟糠，孤坟独造也。又。

又

蔡伯喈入赘牛相府，苦只苦赵五娘侍奉公姑，荒年自把糠来度。剪头发葬二亲，背琵琶往帝都，书馆相逢，书馆相逢。夫，诉出十般苦。又。

金印记

苏季子未遇时来至，一家人将他轻视。敬往秦邦求科试，商鞅不重儒。再往魏邦去，六国封侯，国封侯，方逐男儿志。又。

又

苏季子要把科场赴，少盘缠逼妻子卖了钗梳。一心心莫奔秦邦路，叵耐商鞅贼，不中万言书。素手空回，素手空回，羞，妻不下机杼。又。

又

五言诗却把天梯上，辞大叔气昂昂再往魏邦。谁知佐了都丞相，百户送家书，衣锦归故乡，不是真亲，是真亲，也把亲来强。又。

又

苏季子一去求名利，恨商鞅不中万言书，羞惭素手归闾里，爹娘来打骂，妻儿不下机杼，哥嫂无情，哥嫂无情，都来羞辱你。又。

但其中有咏私情的问答体的一篇，却是极罕见的漂亮文字：

娘骂女

小贱人生得自轻自贱。娘叫你怎的不在跟前？原何唬得筛糠战？因甚的红了脸？因甚的吊了簪？为甚的缘由？甚的缘由？儿，揉乱青丝纂？又。

女回娘

苦娘亲非是我自轻自贱。娘叫我一时不在跟前，因此上走将来得心惊战。搽胭脂红了脸，耍秋千吊了簪，墙角上攀花，角上攀花，娘，挂乱了青丝纂。又。

娘复骂

小贱人休得胡争辩。为娘的幼年间比你更会转弯。你被情人扯住心惊战，为害羞红了脸，做表记去了簪，云雨偷情，云雨偷情，儿，弄乱青丝纂。

女自招

小女儿非敢胡争辨，告娘亲恕孩儿实不相瞒。俏哥哥扯住唬得心惊战，吃交杯红了脸，俏冤家抢去簪，一阵昏迷，一阵昏迷，娘，我也顾不得青丝纂。又。

女问卦

这几夜做一个不祥梦，请先生卜一卦问个吉凶。你看此卦那爻动？要看财气旺不旺？禄马动不动？仔细推详，仔细推详，切莫将人哄。

先生答

那先生便把卦来占，焚明香祷告天。撒下金钱：这卦儿乃是风山渐。财气虽然旺，有些小留连。被一个阴人，一个阴人，把他相牵恋。又。

女复问

那姐姐听得长吁气，请先生再与我卜个因依。看他们几时撇。那天杀的，问他音和信？问他归不归？用心搜求，用心搜求，重重相谢你。又。

复占卦

那先生再把卦来推，再撒钱，再占占，占得个地火明夷。劝姐姐休得痴心意。行人身未动，子孙又克妻。别恋那多娇，恋那多娇，因此撇了你。又。

其中，又有以曲牌名、药名，等等来歌咏“恋情”的；大约这一类的文字游戏，在民间原是根深柢固的东西——从唐以来便是如此。兹举其一：

曲牌名

倘秀才打扮得十分俏，红娘子上小楼步步娇，锁南枝上黄莺儿叫。懒去沽美酒，等待月儿高。吹灭银灯，吹灭银灯，乖，不是路儿了。

又

集贤宾亲亲来陪奉，沽美酒莫把金杯空，双声子唱一曲花心动。点绛唇儿窄，脸带小桃红，沉醉东风，沉醉东风，情况大不同。又。

又

贺亲郎娶得个虞美人，驻马厅多集贤宾，双声子儿同欢庆，送入销金帐，真个称人心。我忆多娇，我忆多娇，普天乐得紧。又。

五

在万历本的《词林一枝》里，可喜爱的时曲尤多，有《罗江怨》的，几乎没有一首不好：

罗江怨

纱窗外，月儿圆，洗手焚香祷告天。对天发下红誓红誓愿。一不为自己身单，二不为少吃无穿，三来不为家不办。为只为纱人心肝，阻隔在万水千山，千山万水，难得难得见。望苍天早赐顺风，把冤家吹到跟前。那时方显神明神明现。又。

纱窗外，月影斜，奴害相思为着他。叫我如何丢得丢得下！

终日里默默咨嗟，不由人珠泪如麻。双手指定名儿名儿骂。骂几句短幸冤家，骂几句短命天杀！因何把我抛撇抛撇下？忽听得宿鸟归巢，一对对唧唧喳喳，教奴孤灯独守，心惊心惊怕。

纱窗外月儿横，我为冤家半掩门。绣房鸳枕安排安排定。等得奴意懒心慵，向灯前□会瑶琴。弹来满指都是相思相思韵。在谁家贪恋酒花，抛得奴独守孤灯。凄凄冷冷谁俫问。也不是负义忘恩，也不是弃旧迎新，算来都是奴薄奴薄命。

临行时扯着衣衫问：冤家几时回？还要回只待等桃花桃花绽。一杯酒递与心肝，双膝儿跪在眼前。临行祝付千祝付千遍。逢桥时须下鞲鞍，过渡时切莫争先。在外休把闲花闲花恋，得意时急早回还。免得奴受尽熬煎，那时方称奴心奴心愿。

纱窗外月儿黄，只为长江水渺茫。忽然又听人歌人歌唱，好姻缘不得成双。好姊妹不得久长，昏昏日日悬日日悬望。想只想我的亲亲，痛只痛碎裂肝肠。何时得共销金销金帐。终有日待他还乡，会见时再结鸾凤，那时才把相思相思放。

纱窗外月儿光，奴去后花园晓夜香。轻轻便把桌儿桌儿放，又恐怕墙外儿张，又恐怕惊了爹娘。抬头只把嫦娥嫦娥望。一炷香祷告穹苍：保佑他早早还乡，愿郎早共销金帐。焚罢香车入兰房，听檐前铁马叮当，凄凄冷冷添惆添惆怅。

纱窗外月正高，忽听得谁家吹玉箫。箫中吹的相思相思调，诉出他离愁多少，反添我许多烦恼。待将心事从头告，告苍天不肯从人，阻隔着水远山遥。忽听天外孤鸣孤鸣叫，叫得奴好心焦。进绣房泪点双抛，凄凉诉与谁知谁知道。

烟花寨埋伏□□，绣房中刑部的天牢，汗巾儿都是拘魂拘魂票。安枕皮的肉尽他去烧，青丝发前下几遭，烧剪只为催钱催钱钞。你说我笑，笑里藏刀，你说我哭嫁了几遭，香茶哑谜都是虚圈虚圈套，用钱的是奴孤老，无钱的就要开，交冤家那管你村和村和俏。

纱窗外月转楼，送别情郎上玉舟。双双携手叮咛叮咛祝，祝付你早早回头。得意人难舍难丢。难丢难舍，心肝心肝上肉。水路去休坐肛头，旱路去寻店早投。夜风吹了谁医救？那时节郎在京都，小妹子独守秦楼，相思两处无人无人顾。

纱窗外月影残，忙叫了环取过课钱，对天慢把《周易》算。先卜的单上见折，后卜的折上见单。卦中许我目前见。忙听得窗外人言，却原来是妙人心肝。卦中爻象无差无差断！喜孜孜满面春风，笑吟吟搂着香肩。今宵才遂奴心头心头愿。

纱窗外月影西，净手焚香祷告神祇。双膝跪在尘埃尘埃地，保佑我情人早早回归，保佑我成就了夫妻。绛红袍一领还有猪羊祭，签筒儿拿在手里，赐灵签早定归期。求签发筶全不全，不济我这里常常念你。你那里知也不知？这还是谁是谁不是不是？

思罢了想，想罢了焦，情言写下无人寄。方才写下，宾鸿到此，一封书寄与我多娇。一路上少与人憔，书到就把相思告。对他说我黄瘦多少，对他说我纱药难调。相思害得我无倚无倚靠。来得早还与你相交，来的迟我命难逃。相思要好，除非是冤家冤家到。

黄昏后着一惊，手扳床梃叹几声。清清冷冷有谁倸谁倸问！切莫要二意三心。你要去不到如今，心猿意马难拴难拴定。喜只喜你伶俐聪明，爱只爱你软款温存。谁人是我心相称？他不必海誓山盟，又何须剪下香云，中心一点为媒为媒证。

在那里，也有《劈破玉歌》许多首，却较《玉谷调簧》里所见的，要高明得多了：

劈破玉歌

怨

为冤家鬼病恹恹瘦，为冤家脸儿常带忧愁。相逢扯住乖亲手，牡丹花下死，做鬼也风流。就死在黄泉，在黄泉。乖，不放你的手。又。

病

为冤家懒去巧打扮，这几日茶饭少手脚酸，恹恹害病无聊赖。金簪赖玄插，罗裾懒去穿，斜插着牙梳，着牙梳，乖，天光想到晚。又。

哭

为冤家泪珠儿落了千千万，穿一串寄与我的心肝。穿他恰是纷纷乱，哭也由他哭，穿时穿不成，泪眼儿枯干，儿枯干，乖，你心下还不忖？又。

嫁

一心心愿嫁与冤家去，不知你大娘子心性何如？一妻二妾三奴婢。想后更思前，心下好狐疑。欲待要悬梁，要悬梁，乖，只为难舍你。又。

走

俏心汗，咱和你难丢手，终日里往秦楼，却不是良谋。今宵难备双双走，打破牢笼去，脱离虎狼口。清白人家，白人家，乖，天长与地久。又。

死

俏冤家，我待你自知道，为甚的信撇唆去跳槽？你若要跳槽，我就把绳来吊。你死我也死，同过奈何桥。五百年回阳，年回阳，乖，还要和你好。又。

又有《时尚急催玉》的，也都是首首珠玉，篇篇可爱，有若荷叶上的露水，滴滴滚圆：

时尚急催玉

相思病，相思病，相思病害得我非重非轻，相思病害得我多愁多闷。喜雀都是假，灯花结不灵。《周易》文王先生，文王先生，你就怪我差些也罢，你的卦儿都不准。

相亲亲，相亲亲，相得我肝肠断；念亲亲，念得我口儿轧。有缘千里会，无缘对面难。我想我的乖亲的乖亲，不知乖亲想我也不想？

王昭君出汉宫。乔妆打扮，不梳妆，不搽粉，亲去和番猛。抬头只见一个孤单雁，孤雁呎查叫，琵琶不住弹，晥咿呀嘶碧噬打辣酥骑着一匹骆驼，一匹骆驼碧噬碧噬把都儿在后面赶。

青山在，绿水在，怨家不在。风常来，雨常来，情书不来。灾不害，病不害，相思常害。春去愁不去，花开闷未开。倚定着门儿，手托着腮儿，我想我的人儿泪珠儿汪汪滴，满了东洋海，满了东洋海。

钦天监造历的人儿好不知趣，偏闰年，偏闰月，不闰个更儿。鸳鸯枕上情难尽，刚才合着眼，不觉鸡又鸣。恨的是更儿，恼的是鸡儿。可怜我的人儿热烘烘丢开，心下何曾忍，心下何曾忍！

俏冤家来一遍，看一遍，只落冤家一看。你有情，我有意，不得团圆。到如今你愿我愿，天不从人愿。早知道相思苦，空惹下这熬煎。可怜见可怜心肝上心肝，不得和你成双，我死也不蔽眼，也不蔽眼！

忆当初那人儿，我爱他百般标致。可人处杨柳腰樱桃口，柳叶眉儿秋波一转，娇滴滴一笑千金价，美貌赛西施，曾记他半启着窗儿刚照个面儿卖。一个俏儿冷丢下眼儿，相起那娇娇，魂也不着体，也不着体。

一重山，两重山，阻隔着关山迢递，恨不得来见你，空想着佳期。默地里思一会，想一会，要写封情书稍寄。才放一只棹儿，铺着一张纸儿，磨着一池墨儿，拿起一枝笔儿。未写着衷肠，泪珠儿先湿透了纸，先湿透了纸。

自那日手挽手，诉衷情，难舍难分去。细叮咛，重祝付，曾许下归期。到如今屈指儿算将来，数将去，眼巴巴，意悬悬，不见情书稍寄。闷将来卸，倒在床儿，手摩摩胸儿，我想我的情儿，待他的意儿仔细思量，那些儿亏负了你，些亏负了你？

俏冤家，昨对双亲把家期许下。许今夜黄昏后来会奴家。到如今更儿阑，人儿静，为甚的不见来？看看月上荼靡架，哄得奴半开着门儿，空待着月儿，望穿我的眼儿，不见他的影儿。恨杀这冤家，悦空将人要，悦空将人要！

黄昏后，夜沉沉，冷清清，静悄悄，孤灯独照，闪杀人。情惨惨，意悬悬，愁听那窗儿外淅淋淋雨打芭蕉。形单影只心惊跳闷，恹恹卸倒在床儿。刚合着眼儿做一个梦儿，见我的人儿，正诉着衷肠，又被风铃儿惊散了，惊散了。

忆当初与那人，两情浓鱼水同戏，恨那人折鸳鸯两处分飞，到如今隔着山隔着水，雁儿杳鱼儿沉，不见情书稍寄，几回间静掩着门儿，倦抛着书儿，斜倚着屏儿，慢剔着牙儿，冷地里思量我的心肝儿在那里，在那里。

又有“时尚闹五更哭皇天”，其中，每夹以“唔唔唔”，令我们读之，如闻其幽怨之声：

时尚闹五更哭皇天

一

一更里，靠新月，正照纱窗，虞美人在谁家双劝酒？唔唔唔，不想还乡。骂玉郎情性反，铁打心肠，空撇下一枝花年纪小，唔唔唔，独守了空房。实指望凤鸾交地久天长，到如今害相思，害得我，唔唔唔，眼泪了汪汪。愁也自己当，闷也自己当，兀的不是叨叨令割不断，唔唔唔，心想才郎。

二

二更里，秦楼月，正照花稍。空撇下象牙床鸳鸯枕，唔唔唔，被冷鲛绡。太平年普天乐，惟有我难熬。滚绣球，心不定，唔唔唔，别有多娇。夜行舡来接你水远山遥，一封书写不尽，唔唔唔，絮絮叨叨。行也为你焦，坐也为你焦，兀的不是称人心成就了，唔唔唔，凤交鸾交。

三

三更里，两江月，正照窗棂。空撇下销金帐睡朦胧，唔唔唔，独自温存。倘秀才，如梦令，正和他云雨交情，又被刮地风吹铁马，唔唔唔，惊散情人。醒来时，剔银灯，冷冷清清，空屈指数归期，唔唔唔，何日里回程？枕冷有谁温？兀的不是愿我成双，耽搁了，唔唔唔，鱼水和谐。

四

四更里，新夜月，正挂银钩。听樵楼四捧鼓，唔唔唔，画角悠悠。想当初惜花心软款温柔，又被那一江风生拆散，唔唔唔，比目鱼游。上小楼来望你，不见你回头。好姐姐傍妆台，唔唔唔，无语娇羞。朝也为你忧，暮也为你忧，兀的不是愿情投花下死，唔唔唔，做鬼也风流。

五

五更里，梅稍月，正照平川。菱花镜照得奴，唔唔唔，瘦损容颜。想当初，贺新郎，曾发下誓海盟山。香闺内共罗帏，唔唔唔，凤倒鸾颠。乌鸦啼，心痛想，真个熬煎，顺水鱼向东流，唔唔唔，不饵丝纶。愁也对谁言？闷也对谁言？兀的不是三学士忆秦娥，唔唔唔。衣锦还乡。

又

香袋儿寄将来，四四方方，南京城，路州袖，故春桥，唔唔唔，点尽了合香。窗儿前，灯儿下，绣成一对鸳鸯。送情人，寄情齐。唔唔唔，地久天长。子弟们戴了它，薰透了衣裳。姐妹们戴了它，唔唔唔，引动了才郎。行也一阵香，坐也一阵香。只恐怕戴旧了不用我，唔唔唔，丢落在衣箱。

六

在天启崇祯间，吴县冯梦龙特留意于民曲，尝辑《挂枝儿》及《山歌》，为“童痴一弄”“二弄”，其中，绝妙好辞，几俯拾皆是。兹先举《挂枝儿》若干篇于下：

错　认

恨风儿，将柳阴在窗前戏，惊哄奴推枕起。忙问是谁？问一声，敢怕是冤家来至。寂寞无人应，忙家问语低。自笑我这等样的痴人也连风声儿也骗杀了你。

五更天

俏冤家，约定初更到。近黄昏，先备下酒共肴。唤丫鬟，等候他，休被人知觉。铺设了衾和枕，多将兰射烧，薰得个香馥馥。与他今宵睡个饱。〇二更儿，盼不见人薄幸。夜儿深，漏儿沉，且掩上房门，待他来弹指响，我这里忙接应。怕的是寒衾枕，和衣在床上蹭。还愁失听了门儿，也常把梅香来唤醒。〇鼓三更，还不见情人至。骂一声，短命贼。你担搁在那里？想冤家此际，多应在别人家睡。倾泼了春方酒，银灯带恨吹。他万一来敲门也，梅香且不要将他理。〇四更时，才合眼，朦胧睡去。只听得咳嗽响把门推，不知可是冤家至？忍不住开门看，果然是那失信贼。一肚子的生嗔也，不觉回嗔又变作喜。〇匆匆的上床时，已是五更鸡唱。肩膀上咬一口，从实说留滞在何方？说不明话头儿，便天亮也休缠帐。梅香劝姐姐：莫负了有情的好风光。似这般闲是闲非也，待闲了和他讲。

同　心

眉儿来，眼儿去，我和你一齐看上。不知几百世修下来，和你恩爱这一场。便道更有个妙人完，你我也插他不上。人看着你是男，是女，怎你我二人合一付心肠。若把我二人上一上天平也，你半斤，我半两。

说　梦

我做的梦儿倒也做得好笑。梦儿中梦见你与别人调，醒来时依旧在我怀中抱。也是我心儿里丢不下。待与你抱紧了睡一睡着。只莫要醒时在我身边也，梦儿里又去了?

分　离

要分离除非是天做了地，要分离除非是东做了西，要分离除非是官做了吏。你要分时分不得我，我要离时离不得你，就死在黄泉也做不得分了鬼。

问　咬

肩膀上，现咬着牙齿印。你是说那个，咬我也不嗔。省得我逐日间将你来盘问。咬的是你肉，疼的是我心。是那什么样的冤家也，咬得你这般儿狠!

寄　信

梢书人出得门儿骤，赶丫鬟唤转来。我少分付了话头：你见他时切莫说我因他获。现今他不好，说与他又添忧。若问起我身躯也，只说灾悔从没有。

醉　归

俏冤家夜深归，吃得烂醉。似这般倒着头和衣睡，何以不归。枉了奴对孤灯守了三更多天气。仔细想一想，他醉的时节稀。就是抱了烂醉的冤家也，强似独睡在孤衾里。

打

几番的要打你，莫当是戏。咬咬牙，我真个打，不敢欺！才待打，不由我，又沉吟了一会。打轻了你，你又不怕我；打重了，我又舍不得你。罢，冤家也，不如不打你。

三心口相问

前日瘦，今日瘦，看看越瘦。朝也睡，暮也睡，懒去梳头。说黄昏，怕黄昏，又是黄昏时候。待想又不该想，待丢时又怎好丢？把口问问心来也，又把心儿来问问口。

喷　嚏

对妆台忽然间打个喷嚏，想是有情哥思量我。寄个信儿。难道他思量我刚刚一次？自从别了你，日日珠泪垂。似我这等把你思量也，想你的喷嚏儿常似雨。

倦　绣

意昏昏，懒待要拈针刺绣。恨不得将快剪子剪断了丝头，又亏他消磨了此黄昏白昼。欲要丢开心上事，强将针指度更筹。绣到交颈的鸳鸯也，我伤心又住了我手。

查　帐

为冤家造一本相思帐，旧相思，新相思，早晚登记得忙，一行行，一字字，都是明白帐。旧相思销得了，新相思又上了一大桩。把相思帐出来和你算一算，还了你多少也，不知不欠你多少想。

梦

正二更，做一梦团圆得有兴。千般思，万般爱，搂抱着亲亲，猛然间惊醒了，教我神魂不定。梦中的人儿不见了，我还向梦中去寻。嘱付我梦中的人儿也，千万在梦儿中等一等。

送　别

送情人直送到花园后，禁不住泪汪汪滴个眼稍头。长途全靠神灵佑。逢桥须下马，有路莫登舟。夜晚间的孤单也，少要饮些酒。

又

送情人直送到无锡路，叫一声烧窑人，我的□，一般窑怎烧出两般样货？砖儿这等厚，瓦儿这等薄。厚的就是他人也，薄的就是我。〇劝君□休把那烧窑的气。砖儿厚，瓦儿薄，总是一样泥。瓦儿反比砖儿贵。砖儿在地下踹，瓦儿头顶着你。你踹的是他人也，头顶的还是你。

又

送情人直送到丹阳路，你也哭，我也哭，赶脚的也来哭。赶脚的，你哭的因何故？道是：去的不肯去，哭的只管哭。你两下里调情也，我的驴儿受了苦。

又

送情人直送到黄河岸，说不尽，话不尽，只得放他上舡。舡开好似离弦箭，黄河风又大，孤舟在浪里颠。远望着舡竿也，渐渐去得远。

负　心

俏冤家，我待你似金和玉，你待我好一似土和泥。到如今中了傍人意。痴心人是我，负心人是你。也有人说我也，也有人说着你。

又

耽惊受怕我吃你的累，近前来听我说向伊。来由你，去由你，怎么这等容易！你把交情事儿当做耍。既是当做耍，又相交做甚的？得了手便开交也，又怕那头上的不容你。

醋

我两人要相交，不得不醋。千般好，万般好，为着甚么？行相随，坐相随，不离你一步。不是我看得你紧，只怕你脚野往别处去波。你若怪我吃醋捻酸也，索性到撑开了我。

是　非

俏冤家，进门来缘何不坐？晓得你心儿里有些怪奴。这场冤屈有天来大！帮衬我的少，撺掇你的多。你须自立主意三分也，休得一帆风怪着我。

又

你耳朵儿放硬了，休听那搬唆话。我止与他那日里，吃得一杯茶。行的正，坐的正，心儿里不怕。是非终日有，搬斗总由他。真的只是真来也，假的只是假。

见 书

这封书，看见了，不由人不气。说来时，又不来，这话儿眼见得虚。那些个有缘千里能相会，亲口的话儿还不作准。这几个草字儿要他做甚的！寄语我薄幸的情郎也，把这巧笔舌儿收拾起。

咒

话冤家，受尽你千般气，瞒得我，瞒得人，瞒不得天知。那一个负心的教他先归阴去。我只指望一竹竿直到底，谁知哄得我上楼时，你便折去了梯。没奈何你这冤家也，只顾烧香咒骂你。

我们相信，其中一定有冯氏自作或改作的东西在内。“冯生挂枝儿”在当时是传遍天下的。

《山歌》十卷，最近在上海发现了；以吴地的方言，写儿女的私情，其成就极为伟大。这是吴语文学的最大的发见，也是我们文学史里很难得的好文章。

最可喜的是，在《山歌》里，有许多长篇的东西，这是《挂枝儿》里所没有的（《挂枝儿》惜未得见其全部）。

山 歌

笑

东南风起打斜来，好朵鲜花叶上开。后生娘子家没要嘻嘻笑，多少私情笑里来。

睃

思量同你好得场呆，弗用媒人弗用财。丝网捉鱼尽在眼上起，千丈绫罗梭里来。

又

西风起了姐心悲，寒夜无郎吃介个亏。啰里东村头西村头南北两横头，二十后生闲来搭，借我伴过子寒冬还子渠。

熬

二十姐儿困弗着在踏床上登，一身白肉冷如冰。便是牢里罪人也只是个样苦，生炭上薰金熬坏子银。

寻　郎

搭郎好子吃郎亏，正是要紧时光弗见子渠。啰里西舍东邻行，方便个老官悄悄里寻个情哥郎还子我，小阿奴奴情愿熟酒三钟亲递渠。

作　难

今日四，明朝三，要你来时再有介多呵难。姐道郎呀好像新笋出头再吃你逐节脱，花竹仿子缯竿多少班。

等

姐儿立在北纱窗，分付梅香去请郎，泥水匠无灰砖来里等，隔窗趁火要偷光。

又

栀子花开六瓣头，情哥郎约我黄昏头。日长遥遥难得过，双手扳窗看日头。

模　拟

弗见子情人心里酸，用心摸拟一般般。闭子眼睛望空亲个嘴，接连叫句“俏心肝”。

次　身

姐儿心上自有第一个人，等得来时是次身。无子馄饨面也好，捉渠权时点景且风云。

月　上

约郎约到月上时，郮了月上子山头弗见渠。咦弗知奴处山低月上得早，咦弗知郎处山高月上得迟？

又

约郎约到月上天，再吃个借住夜个闲人僭子大门前。你要住奴个香房奴情愿，宁可小阿奴奴困在大门前。

引

郎见子姐儿再来搭引了引，好像铜杓无柄热难盛。姐道我郎呀，磨子无心空自转，弗如做子灯煤头落水测声能。

又

爹娘教我乘凉坐子一黄昏，只见情郎走来面前引一引。姐儿慌忙假充萤火虫说道“爷来里娘来里”，咦怕情哥郎去子喝道“风婆婆且在草里登”。

走

郎在门前走子七八遭，姐在门前只捉手来摇。好似新出小鸡娘看得介紧，仓场前后两边傲。

别

别子情郎送上桥，两边眼泪落珠抛。当初指望杭州陌纸合一块，郮间拆散子黄钱各自飘！

又

滔滔风急浪潮天，情哥郎扳桩要开舡。挟绢做裙郎无幅，屋檐头种菜姐无园。

久　别

情哥郎春天去子不觉咦立冬，风花雪月一年空。姐道郎呀，你好像浮麦牵来难见面，厚纸糊窗弗透风。

哭

姐见子郎来哭起来，郙了你多时弗走子来？来弗来时回绝子我，省得我南窗夜夜开。

又

姐儿哭得悠悠咽咽一夜忧，郙子你恩爱夫妻弗到头？当初只指望山上造楼楼上造塔塔上参梯升天同到老，如今个山迸楼摊塔倒梯横便罢休！

旧　人

情郎一去两三春，昨日书来约道今日上我个门。将刀劈破陈桃核，霎时间要见旧时仁。

思　量

弗来弗往弗思量，来来往往挂肝肠。好似黄柏皮做子酒儿，呷来腹中阴落落里介苦，生吞蟛蜞蟹爬肠。

嫁

嫁出囡儿哭出子个浜，掉子村中恍后生。三朝满月我搭你重相会，假充娘舅望外甥。

怕老公

丢落子私情咦弗通，弗丢落个私情咦介怕老公。宁可拨来老公打子顿，郙舍得从小私情一旦空！

新　嫁

姐儿昨夜嫁得来，情哥郎性急就忒在门前来。姐道郎呀，两对手打拳你且看头势，没要大熟牵砻做出来！

老公小

老公小，逼疸疸，马大身高郸亨骑？小船上橹人摇子大船上橹，正要推扳忒子脐。

底下是长篇的吴歌：

笼　灯

姐儿生来像笼灯，有量情哥捉我寻。因为偷光犯子个事，后来忒底坏奴名。（白）坏奴名，坏奴名！阿奴细说我郎君："你正日介来张头望颈，眼看奴身。你道是我短又弗局蹴，长又弗伶仃。因是更了我听你有子个情意，一日子月黑夜暗摷子我就奔。也弗管三更半夜，也弗管雨落天阴。也弗管地下个沟荡，挨过子多少个巷门。也弗管个更铺里个夜夫，也弗怕路上撞着子个巡兵。金锣一响，吓得我冷汗淋身。一到到子屋里，我方才得个放心。啰道是伴得你年把也弗上，你就要弃旧恋新！屈来啰里说起？撞你介个贼精！"郎道："你弗要辞劳叹苦，懊悔连声。你当初白白净净，索气腾腾。你郸间浑身好像个油篓，满面拌子个灰尘。人门前全勿骛好，头上箍子介条草绳。夜里只好拿你来应急趟趟，日里干耍个正经？还有介多呵弗好，我一发说来你听听：〔打枣歌〕怕只怕你火性儿时常不定，照了前又照子后不顾自身。一身破损通风信，长与别人好，又与小人跟。转一个湾儿我这里见你的影！"（白）姐儿嗬面介一啐，就骂："个负义薄情！你当初焠得火着介要我，一夜弗放我离身。我也弗知光辉子你多少，也知弗替你瞒子几呵个风声！你只厌我眼前个腌润，弗念我起初个鲜明。（歌）你捉我提得起来放得下，我只搂得你灶前火烛无一星！”

老 鼠

郎儿生得好像老鼠一般般，夜里出去偷情日里闲。未到黄昏出来张了看，但等无人只一钻。（白）只一钻，只一钻，阿奴欢喜小尖酸；来去身松快便，两只眼睛谷碌碌会看会观；听得人声一躲，火光背后就缩做子一团；能会巴檐上屋，又会掾柱爬梁；也弗怕铜墙铁壁，也弗怕户闭门关；也勿怕竹签笆隔，也弗怕直楞窗盘。一夜子钻进子我个屋里，走到子我个房前；扯着子个房帘上金铃索声能介一响，吓得我冷汗直钻！我里个阿爹慌忙咳嗽，我里个阿娘口里开谈，便话道：“阿困要响?”我明明里晓得你臭贼，做势困着弗敢开言。个个臭贼当时使一个计较，立地就用一个机关；口里谷谷声做介两声婆鸡叫活像，连连声数介两声铜钱。我里阿爹说道：“老阿妈，你小心些火烛！”阿娘说道：“老老呀，没介俙个报应，明朝早些起来求介一条灵签。”我里臭贼听得子一发胆大，连忙对子我被里一钻，就要搭小阿奴奴不三不四不四不三，一张嘴好似石块，一双脚好像冰团！〔黄莺儿〕两脚像冰团，被窝中快快钻。偷油手段把偷香按。虽然未安，得欢且欢。只愁五个更儿短，嘱付俏心肝：他老人家醒困，须是悄悄好遮瞒。（歌）姐道：“我郎呀，你没要爬爬懒懒介趁意利，惊动我里门角落里困猫团！”

困弗着

姐儿困勿着好心焦，思量子我里个情哥只捉脚来跳。好像漏湿子个文书失约子我，冷锅里筛油测测里熬。（白）测测里熬，测测里熬，姐儿口骂：“杀千刀！我蓦传教寄信来叫你，你蓦好像个讨冷债个能介有多呵今日了明朝？〔皂罗袍〕堪叹薄情难料，把佳期做了流水萍飘。柳丝暗结玉肌消，落红惹得朱颜恼；情牵意挂，山长水遥；月明古驿，东风画桥；郁人何事还不到？”（白）姐儿气子介一气，噎漫漫眼泪介双抛。只见灯光连报，喜鹊连连又叫子介多遭。姐儿正在疑惑，只听得窗外门敲。小阿奴奴连忙赶搭出去，来窗眼里张着子个臭贼了便胆丧了魂消。我便开勿及个门闩，拔勿及个门销。渠再一走走进子个大门，对子房里一跪，就来动手动脚搽住子我个横腰。我便做势介一个苦毒假意介个心焦。〔桂南枝〕黄昏静悄，我把被儿来薰了；看看等到月上花梢，杳冥冥全无消耗；听残更漏鼓，郁时你方才来到！我把他儿变了。他跪在床前告，我假意焦。恨不得咬定牙，只是忍不住笑。（白）郎说道：“姐儿，我勿是恋新弃旧，只是路远山遥。今夜我来迟失信，望你宽洪姐姐饶饶！”姐儿双手扶郎起来：“你勿要支花野味了唠叨？”（歌）姐道：“我郎呀，好像一脚踢开子个绣球丢落子个气，做介个脱衣势子听你跌三交！”

《门神》的一篇，写得尤为漂亮：

门　神

结识私情像门神，恋新弃旧忒忘情。（白）记得去年大年三十夜，捉我千刷万刷刷得我心悦诚服，千嘱万嘱嘱得我一板个正经。我虽然图你糊口之计，你也敬得我介如神。我只望替你同家日活，撑立个门庭。有介一起轻薄后生捉我摸手摸脚，我只是声色弗动，并弗容介个闲神野鬼，上你搭个大门。我为你受子许多个烹风露水，带月披星；看破子几呵个檐头贼智，听得子几呵个壁缝里个风声。你当先见我颜色新鲜鄁亨介喝彩？装扮得花嗓加倍介奉承。鄁间帖得筋疲力尽，磨得我头鬓蓬尘。弗上一年个光景，只思量别恋个新人。你省我弗像个士女，我也道是你弗是个善人。就要捻我出去，弗匡你起介一片个毒心。逼着介个残冬腊月，一刻也弗容我留停。你拿个冷水来泼我个身上，我还道是你取笑；拿个筅帚来支我，我也只弗做声；扯破子我个衣裳只是忍耐，擶破子我个面孔方才道是你认真。我吃你刮又刮得介测赖，铲又铲得介尽情。屈来，我吃你介杨擦刮了去介，你做人忒弗长情。我有介只曲子在里到唱来你听听：〔玉胞肚〕君心忒忍，恋新人浑忘旧人！想旧人昔日曾新，料新人未必常新；新人有日变初心，追悔当初弃旧人。（歌）姐道：“我个郎呀，鄁间我看你搭大门前个前船就是后船眼，算来只好一年新！”

破鬃帽歌

有介一只山歌唱你侬听，新翻腾打扮弄聪明：（白）也弗唱蒲鞋，毡袜，也弗唱直掇，海青；也弗唱绢裙，绫袴；也弗唱香袋，汗巾；单题唱个头上帽子，历代几样翻新。旧时作尖顶长号，后来改子平顶鼓墩，咦有缨子朗锁密结瓦棱。惟有小张官人头上帽子戴又戴得个停当，盔又盔得介娉婷；光袖油露出子杭州丫髻，亮晃晃插起重庆金簪；后头拱出子双螭虎圈子，前头推起子九针子网巾。帽巾带得介长远，年深月久成精。忽朝一日头上说话，叫声：“小张官人，我一跟跟你两三巡黄册，你一戴戴我二三十个清明，春秋四季并弗曾盔顶纻丝罗帽；寒冬腊月并弗曾盔顶绒帽毡巾。总成你相交子多少姹童窠子？陪伴子若干监生举人？看子多少提偶，扮戏，游湖，踏青。唱船主人中显贵，酒楼上闹里夺尊。捉个猪胆去油，教我受子多少臜苦恼。捉个百药箭上色，教我吃子多少乌皂泥筋？板刷常常相会，引线弗曾离身。一日子修理得介停当，戴出子阊门，月城里遇着子朋友说话，聚集子东西来往无数个闲人：看呆子山东贩鬃侉子，立痴子江西贩帽子个客人。江西老乡谈弗绝，苏州歇后语连声。十字街蟒龙玉乌纱冠石皮得介测癞，老弗识波罗生荔枝圆重夕得介忒村。日头照子好像走差次身头上草帽；雨落湿子好像压匾介一个老人头巾。捻来手里好像拳紧介一只偷瓜蝎，落来地上好像矗起来介一只刺毛莺。修鬃帽见子一吓，洗网巾吃子一惊。破靴羊毛换铜钱缉三问四，卖花换眢豆弗曾离门。”小张听得几句言语，吓得冷汗直淋；立来无人烟所在，探下来看介一看：“真当弗像，只得去贴旧换新。”欲要黄帽铺里去讲讲，咦弗好戴子进渠大门。思量无些摆布，只得邮借子一顶麻布头巾；绉漫漫好像看坟个董永，软搭搭好像丁忧个洞宾。遇着子承天寺里个和尚，定道请渠领丧，入木；撞见子玄妙观里道士，定道请渠退煞，念经。乡邻赶趁子分子，朋友怕阙子人情。小张道：“个是我里鬃兄便服，弗消得列位介费心。”无些意思介一日。只得走转家门。家婆道：“你出去子介一日，阿曾干子帽子个正经？”“咳，家婆，弗要话起！走肿子个脚底，擢痛子个背心。饿过子个肚里，看花子个眼睛！帽铺家家走到，价钱个个弗等；只得反渠转来假充一个朗锁戴戴，到下桥行市再寻。弹忒子齷齪，吹忒子个灰尘上子盔头盔介一盔，屈刚盔子三五六星。”小张捶胸跌脚，说道：“弗匡你介一个收成！”家婆道：“你也弗嘤大惊小怪，还干若干正经：大块头儿改双凉鞋着着；斜块头儿改子外公头上束发包巾，帽沿拿来做个扎额，我里夏天恍恍；碎块头儿做子一顶细密纲巾；鬃头鬃脑做个刷牙来刷刷；零零碎碎做个香袋薰薰。”帽子道：“我前世作尽子扯孽，你公婆两个摆布得我介尽情!”小张道:“鬃兄大哥,帽子大人!你侬弗要出言吐气,我侬唱介一只曲子你听听:〔驻云飞〕帽样新鲜不复完,今剩缺连,一向承装观,今日堪埋怨:嗏,戴你不多年!”帽子道:“尽勾你哉!”“如何稀烂?想是当初,修旧将咱骗,为你冤家费我钱!”(白)帽子道:“鼓弗打弗响。钟弗撞弗鸣;别人戴子风里坐,你戴子我雪里奔!凭你改长改短,我也无怒无嗔。捉我改子外公头上束发包巾,我也感承你顶戴;捉我改子你家婆头上扎额,我也当得奉承。(歌)捉我改子刷牙正要擢你臭贼个张嘴;捉我改子凉鞋正要打碎你个老脚跟!”

这一篇尝见于《游览萃编》,冯氏当是转载的。

山　人

说山人,话山人,说着山人笑杀人:(白)身穿着僧弗僧俗弗俗个沿落厂袖;头带子方弗方圆弗圆个进士唐巾。弗肯闭门家里坐,肆多多在土地堂里去安身。土地菩萨看见子,连忙起身便来迎。土地道:“呸,出来!我只道是同僚下降,元来到是你个些光斯欣!咦弗知是文职武职?咦弗知是监生举人?咦弗知是粮长升级?咦弗知是说书老人?咦弗来里作揖画卯,咦弗来里放告投文。要了闹哄哄介挨肩了擦背,急逗逗介作揖了平身?轿夫个个侪做子朋友,皂隶个个侪扳子至亲。带累我土地也弗得安静,无早无晚介打户敲门。我弗知何为倷个干?仔细替我说个元因。”山人上前齐齐作揖,“告诉我里的的亲亲个土地尊神:我哩个些人,道假咦弗假,道真咦弗真;做诗咦弗会嘲风弄月,写字咦弗会带草连真。只因为生意淡薄,无奈何进子法门。做买卖咦吃个本钱缺少；要教书噢吃个学堂难寻；要算命噢弗晓得个五行生克；要行医噢弗明白个六脉浮沉。天生子软冻冻介一个担轻弗得步重弗得个肩膊；又生个有劳劳介一张说人话人自害自身个嘴唇。算尽子个三十六策，只得投靠子个有名目个山人。陪子多少个蹲身小坐，吃子我哩几呵煮酒馄饨，方才通得一个名姓，领我见得个大大人。虽然弗指望扬名四海，且乐得荣耀一身，吓落子几呵亲眷，耸动子多少乡邻。因此上也要参参见佛，弗是我哩无事入公门。”土地听得个班说话，就连声骂道：“个些穷说个猢狲，你也忒杀胆大，你也忒杀恶心？廉耻噢介扫地，钻刺噢介通神。我见你一蚼进一蚼出，袖子里常有手本；一个上一个落，口里常说个人情。也有时节诈别人酒食，也有时节骗子白金！硬子嘴了了说道恤孤了仗义，曲子肚肠了说道表兄了舍亲做子几呵腰头毬擦，难道只要闹热个门庭？你个样瞒心昧己，郝瞒得灶界六神？若还弗信，待我唱支《驻云飞》来你听听：〔驻云飞〕笑杀山人，终日忙忙着处跟。头戴无些正，全靠虚帮衬。嗏，口里滴溜清，心肠墨锭！八句歪诗！尝搭公文进。今日胥门接某大人，明日阊门送某大人。”（白）山人听子，冷汗淋身，便道：“土地，忒杀显灵。大家向前讨介一卦，看道阿能句到底太平？”先前得子一个圣笤，以后再打子两个翻身。土地说道：“在前还有青龙上卦，去后只怕白虎缠身！你也弗消求神请佛，你也弗消得去告斗详星；也弗消得念三官宝诰，也弗消得念救苦真经。（歌）我只劝你得放手时须放手，得饶人处且饶人。”

山人在万历以后，势力甚大，但其丑态也殊令人作恶。这一篇“山人歌”，刻画得是如何的有趣。

沈德符看不起这些民歌，以为“不过写淫媟情态，略具抑扬而已”。但凌濛初却比他高明，能够欣赏这些东西。凌氏道：“今之时行曲，求一语如唱本《山坡羊》《乱地风》《打枣竿》《吴歌》等中一妙句，所必无也。”这便都足以说明在明代，俗曲是比文人曲更为重要了。

七

但在文人学士们里，也有不少人是不甘为古旧的规则所拘束，宁愿冒同辈的讥嘲而去拟仿俗曲的。冯梦龙比较的还是后起之秀。在很早的时候，已有金銮、刘效祖及赵南星他们起来，勇敢的把俗曲作为自用的了。

金銮用《锁南枝》来写“风情戏嘲”，几无一语不佳：

风情戏嘲

〔锁南枝〕浮皮儿好，外面儿光，头发稍儿里使贯香，多大个倈儿，也来学冲象。那些个捏着疼，爬着痒，头上敲，脚下响。坚如石，冷似冰，识不透你心肠儿横竖生。只管里满口胡柴，倒把人拴缚定。谁撇虚？谁志诚？人的名，树的影。

当不的取，算不的包，过的桥来还折桥。动不动热脸子枪白，冷锅里豆儿炮，不是煎，便是炒，瓜儿多，子儿少。

面不是面，油不是油，鸭蛋里还来寻骨头。瘦杀的羔儿他是块真羊肉。见面的情，背地里口，不听升，只听斗。

闲言来嗑，野话儿劖，偷嘴的猫儿分外馋。只管里吓鬼瞒神，吃的明，吃不的暗，搭上了他，瞒定了俺，七个头，八个胆。长二丈，阔八尺，说来的话儿葫芦提。每日家带醉佯醒，没气的还寻气。假若你瞒了心，昧了己，一尺天，一尺地。

心肠儿窄，性气儿粗，听的风来就是雨。尚兀自拨火挑灯，一密里添盐加醋。前怕狐，后怕虎，筛破的锣，擂破的鼓。

撒甚么哂，卖甚么乖，三尺门儿难自开。把我那一担恩情，都漾做黄虀菜。说着不听，骂着不采，山不移，性不改。

在刘效祖的作品里，也已用到了《挂枝儿》《双叠翠》诸俗调：

挂枝儿

日初长柳绿绽黄金模样，雨才过桃杏花扑面清香。卖花人一声声唤起怀春情况。蝴蝶儿争新绿，燕子儿语雕梁。打点出那小扇轻罗也，还要去流水桥边赏。

又

新竹儿倚朱栏清风可爱，香几儿靠北窗雅称幽斋千叶榴，并蒂莲，如相比赛。槐阴下清风静，垂杨外月影筛。忽听的几个娇滴滴的声音也，笑着把茉莉花采。

又

秋海棠喜庭阴偏生娇艳，桂花儿趁西风越弄香妍。金沙叶，银扭丝，凌霜堪羡。开一尊新酿酒，打叠起绣花衾。听一会窗儿外的芭蕉也，又把细雨声儿显。

又

水仙花娇怯怯流香几案，绿萼梅清影瘦斜倚危栏。剪冰纹霎时间把青松不见，烹茶也自好，对酒且开帘。围上那肉作的屏风也，偏觉的气候儿暖。

又

我教你叫我声，只是不应。不等说就叫我才是真情。背地里只你我，推甚么佯羞佯性！你口儿里不肯叫，想是心儿里不疼。你若有我的心儿也，如何开口难得紧？

又

我心里但见你就要你叫，你心里怕听见的向外人学。才待叫又不叫，只是低著头儿笑。一面低低叫，一面又把人瞧。叫的虽然艰难也，意思儿其实好。

又

俏冤家，但见我就要我叫。一会家不叫你，你就心焦。我疼你那在乎叫与不叫。叫是提在口，疼是心想着。我若有你的真心也，就不叫也是好。

又

俏冤家，非是我好教你叫，你叫声儿无福的也自难消。你心不顺，怎肯便把我来叫。叫的这声音儿俏，听的往心髓里浇。就是假意儿的勤劳也，比不叫到底好。

双叠翠

怕逢春，怕逢春，到的春来病转深。捱不过困人天，懒看这红成阵。行也难禁，坐也难禁，越说不想越在心。似这等枉添愁，可不辜负了春花信。

又

夏不宜，夏不宜，绿阴恼煞乱莺啼。一般是解愠风，吹不散愁人意。暗数归期，频卜归期，荷香空自袭人衣。最可怜是明月时，怕自往纱厨去。

又

怕逢秋，怕逢秋，一入秋来动是愁。细雨儿阵阵飘，黄叶儿看看骤。打著心头，锁了眉头，鹊桥虽是不长留。他一年一度亲，强如我不成就。

又

冬不宜，冬不宜，愁心只我与灯知。拨尽了一夜灰，盼不出三竿日。展转寻思，颠倒寻思，衾寒枕冷夜深时。只得向梦儿中寻，梦儿中又恐留不住。

又

春相思，春相思，游蜂牵惹断肠丝。忽看见柳絮飞，按不下心间事。闷绕花枝，反恨花枝，秋千想着隔墙时。倒不如不遇春，还不到伤心处。

又

夏相思，夏相思，闲庭不耐午阴迟。热心儿我自知，冷意儿他偏腻。强自支持，懒自支持。兰汤谁惜瘦腰肢。就是捱过这日长天，又愁着秋来至。

又

秋相思，秋相思，西风凉月忒无知。紧自我怕凄凉，偏照著凄凉处。别是秋时，又到秋时，砧声蛩语意如丝。为甚的鸿雁来，不见个平安字？

又

冬相思，冬相思，梅花纸帐似冰池。直待要坐着捱，忽的又尽一日。醒是自知，梦是自知，我便如此你何如？我的愁我自担，又耽着你那里也愁如是！

这可以说是破天荒的一种工作；我们想不到，在很早的时候，《挂枝儿》已和文人学士们发生了姻缘了。

效祖又有《锁南枝》一百首，可惜我们所能见到的，只有十六首，但这十六首，那一首不是绝妙好辞呢！

我们可以知道：凡是能够引用新崭崭的俗曲的，没有不得到成功的。建安时代的五言，六朝的《新乐府》，唐五代的词，许多大作家们无不是从那里得到了最大的成功的。

锁南枝

团圆梦，梦见他。笑脸儿归来，连声问我：我在外几载经过，你在家盼望如何？说一会功名，叙一会间阔。唤梅香把酒果忙排，与俺二人权作贺万种相思一笔勾抹，猛追魂三唱邻鸡，急睁眼一枕南柯。

又

团圆梦，梦不差。眼见他归来，悄声儿诉咱。非是我失业抛家，非是我恋酒贪花，非是我负义忘恩，两头骑马。为只为书剑飘零，因此上负却临行话。吐胆倾心，全无虚假。欲开言再问个端的，猛抬身那得个冤家！

又

团圆梦，梦的奇。一见冤家情同往昔。喜孜孜素手相携，美甘甘热脸相偎，共结绸缪，芙蓉帐里。常言道：破镜重圆，果不然也有相逢日。玳瑁猫撒欢他也来道喜。刚能勾半霎合谐，猛惊回依旧别离。

又

团圆梦，梦的真。一会家心惊。忽听的打门，唤梅香问是何人。我说道是我郎君。昨夜灯花，诚然有准。笑吟吟引入兰房，把离情话儿闲评论。妾命虽薄，君心忒狠。整鸳衾恰待欢娱，醒来时还是孤身。

又

伤心事，诉与谁？一半儿思情一半儿追悔。想着你要和我分离，平白地起上个孤堆。用了场心竹篮儿打水。虽然是你的情绝，也是我缘法上不对。胡昧了灵心，分明是鬼。几时和你嚷上一场，再不信你巧话儿相陪。

又

伤心事，有万端，也是我前生业礶子不满。实指望买笑追欢，倒惹的恨结愁攒。卧枕着床，犯了条款。你既然要和我分离，也须与个一刀两断。人说你情绝，真个行短。瑞香花头绪儿忒多，杖鼓腔两下里厮瞒。

又

伤心事，对谁说？仔细度量，都是我自惹。我为你使破喉舌，我为你费尽周折。谁想恩变为雠，刀刀见血。虽然与你不久相交，一夜夫妻如同百夜。有甚么亏心，下捹的抛舍。瞒着心只是你精细，吃杀亏认着我痴呆。

又

伤心事，对谁学？要见个明白惟天可表。你和我谁厚谁薄，谁情绝，谁性儿难调？谁把谁心全然负了？也是俺妇人家痴愚，好心偏不得个好报。瞎虫蚁逃生，实撞着你线索。虽不和你见识一般，杀人可恕，情理难饶。

又

长吁气，恨满腔，往事都勾，话也不须细讲。巧机关你暗里包藏，痴心肠谁做个提防。舍死忘生，闯在你网。欲待和姊妹们声说，只恐怕告个折腰状。思之复思，想了又想，除非是命丧荒丘枉死城，再做个商量。

又

长吁气，恨转增，鬓乱钗横无心去整。想只想你知热知疼，想只想你识重识轻。谁知道意变心更，有形无影。起初时那样言词，到如今心口不相应。问着说不知，说着推不省。人说你有些儿糊涂，我看你全是个牢成。

又

冤家债，还他不彻，一节不了又添上一节。欲待要乱掩胡遮，怎禁他见鬼随斜。恨只恨冤家心肠似铁。经年家强自支吾，无人知我疼和热。闷海愁山谁行去诉说？风月中请问个知音，闪赚人算甚么豪杰！

又

冤察债，还他不及。旧恨才消，新愁又起。想当初只说你心实，谁承望下的是活棋？面情相交，不知其里。欲待要发狠蹬开，又怕食之无肉，弃之有味。这是卖了鲇鱼夸不的大嘴。甫能勾央及回头，过些时依旧王皮。

又

冤家债，还他不清。除了相思，无甚么可顶。想当初彻底澄清，到今日无眼难明。相交了一场，银瓶坠井。也是俺妇人家心慈，倒弄的人硬货不硬。再和你相逢，除非是梦境。或长或短说个真实，谁是谁非路见难平。

又

冤家债，还他不完。不是七长，就是八短。信别人巧话儿唆搬，倒把我假意儿撺瞒。糊涂虫冤家，全不知冷暖。虽然你不把我留情，只怕藕断时丝还不断，叫一声苍天，天如何不管！好共歹也是你着迷，长和短自有人傍观。

又

情书至，笑脸儿开，可见我冤家情肠儿不改。件件事与我安排，句句话说的明白。满纸春心，犹带着墨色。他说我不久回还，你须权把心肠儿耐。少只在旬朝，多不上半载。唤梅香儿净了间隅，把冤家笔迹儿高抬。

又

情书至，用意儿读。亲手封缄再拜上奴。路迢迢音信全疏，意悬悬想念如初。为只为功名，归期未卜。只要你柳色常青，切莫把我名儿污。天样花笺，写不尽肺腑。唤梅香你与我参详，敢怕是谎话儿支吾？

赵南星的《芳茹园乐府》，其中俗曲也不少，这也使他得到了很大的成功：

银纽丝　五首

到春来难捱受用也慌，百花开遍满林芳。具壶觞，知心一夥赛疏狂。莺舌巧似簧，何须黄四娘。呀，大家齐把襟怀放。欢天喜地度韶光，也是俺前生烧了好香。我的天哧唱齐声，齐声唱。

到夏来难捱受用也幽，藤床睡起冷飕飕。慢凝眸，荷花池馆看轻鸥。奔忙白汗流，提起我害愁。呀，长安市上红尘臭，清闲自在要人修。念一声佛儿点一点头，我的天哧，彀咱心，咱心彀。

到秋来难捱受用也撑，风吹红叶小秦筝。月儿明，教人如何睡的成？快去请刘伶，合那阮步兵。呀，咱们吃酒胡行令。吼儿喇叫到天明。又赏荷花向小也亭，我的天哳，兴无边，无边兴。

到冬来难捱受用也乔，梅花帐暖足良宵。好清朝天边瑞雪正飘飘，烹茶滋味高，衔杯情性豪。呀，满斟高唱咱欢乐，争名夺利马蹄劳。这样寒天您怎也么熬，我的天哳，笑呵呵，呵呵笑。

一年家难捱受用也全，家私现有十亩园。菜蔬儿鲜，芹蒲韲鲊饱三餐静，来坐会禅客来顽一顽。呀，有时也把书来念，说咱闲来也不闲，说咱是仙来又不是仙，我的天哳，占便宜，把便宜占。

醉太平　偶感

短和长阁起，白和黑休提，省些闲气是便宜，别有个所为。香醪儿入口支支至，好花儿照眼嘻嘻戏。新曲儿逢场啰啰哩，这生涯忒美。

羊羔酒党家，雀舌茗陶家，一般消受莫争差，只亏了有他。有了他苦茗堪清话，有了他美酒偏增价。有了他凉冰味绝佳，不贪他是假。

孝南枝　二首

眼球儿里觑，肝叶儿上兜，撞到这其间怎做的了手？也是俺前世里曾修，霎时间韵脚儿相投。月老婚牒，预先里注有。为头儿误入桃源，谁知道姻缘巧凑。况是人物之尖，风情之首，实丕丕地久天长，美甘甘凤友鸾俦。

章台事，气坏了人，越夺尖的姐儿越站不稳。一般有可意郎君，也只是玉石难分。比似名花，香红嫩粉，蝴蝶儿采取应该，磣毒虫齐来打混。既在风尘，须索死忍，会俏的定恋定豪杰，才是您立命安身。

锁南枝带过罗江怨　**丁未苦雨**

将天问，要怎么？旱时节盼雨闸定法，没情雨破着工夫下溜街。忽流忽剌涮房屋，扑提扑塌湿□□。逃命何方遄？阎王殿挤坏了功曹，古佛堂推倒了那吒。神灵说：我也淋的怕。哭啼啼哀告天爷，肯将人尽做鱼虾。勾咧勾咧饶了吧。

一口气　　**有感于梁别驾之事**

朝入衙门，夜寻红粉，行动之间威凛凛，唬的妓者们似猴存。呼唤一声跑得紧。先儿们，纵然有王孙公子，公子王孙，沥丁拉丁，都不如恁先儿们。

只怕房先儿。全轻府判儿，勉强相留没个笑脸儿。陪着咱坐似针毡儿，只合先儿们，那们咎儿张三儿。饶你有伶俐聪明，弹唱聪明，沥丁拉丁，也还差点儿张三儿。

锁南枝半插罗江怨

非容易，休当耍，合性命相连怎肘拉！这冤家委实该牵挂。除非是全不贪花，要不贪花，谁更如他！既相逢怎肯干休罢。不瞧他眼怕睁开，不抓他手就顽麻。见了他欢欢喜喜无边话，一回家埋怨苍天。怎么来生在烟花？料么他无损英雄价。

又

从初会，喜又惊，恨不早相逢苦痛情。得相逢□是三生幸。不遇你亏了我的心情，不遇我亏了你的仪容。月下老不许成孤另，翠红乡单爱奢华，女流家忒煞聪明，新诗小扇为媒证。黄四娘万朵花枝，陶学生一夜邮亭，说甚么麒麟阁□标姓名。

山坡羊

冤业相逢，说不的从来心硬。针芥相投，都只是前生一定。冤家为头儿会你不敢兴心妄想，也是俺运至时来遇缘法便能饶幸。是到而今我还只是昏迷不醒，半虚空掉下来的美满前程。齐着今日今时，把风月牌消缴。再遇着任是何人，我的真心不动。知感你好，便似顶戴龙天。□，唻呩，使尽了殷勤，不当做奉承。章台路要图一个驰名，显出你文雅风流，咱是个君子交情。

又

恓惶洒泪着说话，妈儿气受他不下。他骂我不出门，单单只是为你。骂的我是咧，着张口儿说嗄。数落的事儿件件不差。等到而今怕他待怎么？但捱的一好到底，那怕他终朝打骂。我捱的结果收圆，呖，唻呩，姊妹行中不把俺笑话。由他，风月中着迷不止是咱俩。由他，好合歹熬成□人家。

又

可意人儿，你使性儿教我害怕。你不喜欢要□做嗄，低着头儿不言不语，手搂着裙梢儿满□泪下。乖觉了一场，可吃了人假。小二人流言听他待怎么！欲说誓又只怕你疼我。恰想要跪下不敢跪下。我这回儿到喜你这样性儿，唻呩，看着我着疼，才怕我情杂。冤家，再打回儿不□我命有差。冤家，瞒你也不打紧，就不怕神灵□察。

玉抱肚

合欢几时，对金樽愁攒翠眉。饮不醉两下情牵，唤不醒一点心迷。书斋满地是相思，准备朝朝红泪垂。

他曾许我，约定在今宵会合。把铜壶二十五声，□天台半霎撺掇。鸡鸣钟响乱喧聒，赶散鸳鸯可奈何？

无端见了，顿忘却平生气豪。纵难道莫莫休休，也还是密密悄悄。从他玉女下云霄，休想教咱眼再瞧。

锁南枝带过罗江怨

猛然见，引动了魂，曾见人来不似这人！好教我眼花缭乱浑身晕。他生的清雅无虚，似一幅水墨昭君，非同世上寻常俊。未知他意下何如？俺将他看做个亲亲。从今交上相思运，凭着俺心坎儿上温存，着凭着俺胳膝下殷勤，咱俩个终须着一阵。

才成就，又别离，要鸳鸯刚刚儿一霎时，分明是一点鼻涯儿蜜。想的人似醉如痴，想的人梦断魂迷，枕边滴尽相思泪。眼睁睁撅断同心，眼睁睁拆散连枝。痴心还想重相会，倘然得再入罗帏。倘然得再效于飞，舌尖儿上咬你个牙厮对。

参考书目

一、《南宫词记》，陈所闻编，有明刊本。

二、《南音三籁》，凌濛初编，有明刊本。

三、《词林一枝》,有明刊本。

四、《玉谷调簧》,有明刊本。

五、《词脔》，刘效祖著，有新刊本。

六、《芳茹园乐府》，赵南星著，有新印本。

七、《萧爽斋乐府》，金銮著，有董氏印本。

八、《山歌》，有新印本。

九、《挂枝儿》，有新印本（见于《万锦清音》者较多）。

第十一章 宝 卷

一

当“变文”在宋初被禁令所消灭时，供佛的庙宇再不能够讲唱故事了。但民间是喜爱这种讲唱的故事的。于是在瓦子里便有人模拟着和尚们的讲唱文学，而有所谓“诸宫调”“小说”“讲史”等等的讲唱的东西出现。但和尚们也不甘示弱。大约在过了一些时候，和尚们讲唱故事的禁令较宽了吧（但在庙宇里还是不能开讲），于是和尚们也便出现于瓦子的讲唱场中了。这时有所谓“说经”的，有所谓“说诨经”的，有所谓“说参请”的，均是佛门子弟们为之。

吴自牧《梦粱录》（卷二十）云：

> 谈经者，谓演说佛书；说参请者，谓宾主参禅悟道等事。

……又有说诨经者。

周密《武林旧事》诸色伎艺人条里，也记录着：

说经诨经，长啸和尚以下十七人。

弹唱因缘，童道以下十一人。

这里所谓“谈经”等等，当然便是讲唱“变文”的变相。可惜宋代的这些作品，今均未见只字，无从引证，然后来的“宝卷”，实即“变文”的嫡派子孙，也当即“谈经”等的别名。“宝卷”的结构，和“变文”无殊；且所讲唱的，也以因果报应及佛道的故事为主。直至今日，此风犹存。南方诸地，尚有“宣卷”的一家，占着相当的势力。所谓“宣卷”，即宣讲宝卷之谓。当“宣”卷时，必须焚香请佛，带着浓厚的宗教色彩，与一般之讲唱弹词不同。他们所唱的《香山宝卷》《刘香女宝卷》等等，为宣扬佛教的最有力的作品。不知有多少妇人女子曾被他们所感动，曾为“卷”中的女主人翁落泪、叹息、着急乃至放怀而祈祷着。

注意到“宝卷”的文人极少。他们都把宝卷归到劝善书的一堆去了，没有人将他们看作文学作品的。且印售宝卷的，也都是善书铺。但“宝卷”固然非尽为上乘的文学名著，而其中也不无好的作品在着。

十年前，我在《小说月报》的《中国文学研究》上，写《佛曲叙录》方才第一次把“宝卷”介绍给一般读者。

相传最早的宝卷的《香山宝卷》，为宋普明禅师所作。普明于宋崇宁二年（公元一一〇三年）八月十五日，在武林上天竺受神之感示而写作此卷，这当然是神话。但宝卷之已于那时出现于世，实非不可能。北平图书馆藏有宋或元人的抄本的《销释真空宝卷》。我于前五年，也在北平得到了残本的《目连救母出离地狱升天宝卷》一册。这是元末明初的金碧抄本。如果《香山宝卷》为宋人作的话不可靠，则“宝卷”二字的被发现于世，当以《销释真空宝卷》和《目连宝卷》为最早的了。

我在上海所得的宝卷，均为清末的刊本及现代的石印本。《佛曲叙录》所载者不及其半，总数约在百本以上。

其后，很有幸的，乃在北平得到了不少的明代（万历左右）的及清初的梵箧本宝卷。其中重要的，有：

一、《目连救母出离地狱升天宝卷》（残）

二、《药师如来本愿宝卷》（嘉靖刻本）

三、《混元教弘阳中华宝经》（二卷）

四、《混元门元沌教弘阳法》（二卷）

五、《先天元始土地宝卷》（二卷）

六、《佛说弥勒下生三度王通宝卷》（二卷）

七、《福国镇宅灵应灶王宝卷》（二卷）

八、《护国佑民伏魔宝卷》（二卷）

九、《佛说圆觉宝卷》（一卷）

十、《销释万灵护国了意至圣伽蓝宝卷》（二卷）

十一、《天仙圣母泰山源留宝卷》（五卷）

十二、《销释开心结果宝卷》（一卷）

十三、《巍巍不动泰山深根结果宝卷》（一卷）

十四、《叹世无为宝卷》（一卷）

十五、《正信除疑无修证自在宝卷》（一卷）

十六、《销释金刚科仪》（一卷）

十七、《普明如来无为了义宝卷》（二卷）

十八、《太阴生光普照了义宝卷》（二卷）

十九、《佛说道德运世忠孝报恩宝卷》（二卷）

二十、《药天救苦忠孝宝卷》（二卷）

二十一、《灵应泰山娘娘宝卷》（二卷）

二

宝卷也和“变文”一样，可分为佛教的和非佛教的二大类。在佛教的宝卷里，又可分为：

一、劝世经文

二、佛教的故事

在非佛教的宝卷里，则可分为：

一、神道的故事

二、民间的故事

三、杂卷

杂卷所唱的多为游戏文章，或仅资博识，仅资一笑的东西，像《百鸟名》《百花名》《药名宝卷》等等，兹姑不论。

佛教的宝卷在初期似以劝世经文为最多，故宝卷往往被称为经。（例：《叹世无为宝卷》一作《叹世无为经》；《香山宝卷》一作《观音济度本愿真经》。）最早的一本宋或元抄本的《销释印空实际宝卷》，开卷便云：

> 夫《印空宝卷》者，能开解脱之门，妙偈功德，往入菩提之路——印空偈空二十四品，品品而奥意难穷。

正是用通俗的浅近的讲唱文来谈经说教的，和宋人之所谓“谈经”正同。

像《药师本愿功德宝卷》（明嘉靖二十二年德妃张氏同五公主舍资刊刻）便是全演《药师本愿经》而不述故事的：

举香赞

举起药师法界，来临诸佛菩萨，显金身五眼六通，接引众生诸佛满乾坤。

药师佛菩萨摩诃萨（大众同和三声）

佛面犹如摩尼宝，琉璃照彻水晶宫，

清净无为玄妙法，三世诸佛尽同行。

法

南无尽虚空遍法界过现未来佛三宝

僧

开经偈

无上甚深微妙法，百千万劫难遭遇。

我今有缘得授持，愿解如来真实意。

药师如来

盖闻一时佛在东震举起，大地众生无不瞻仰，充满法界，放大光明，山河大地，无不照彻。上升清净无为，下降火风，四生水山，尽在默然，言：大地群迷，妄认假相为自根本，失其本来真面目，而归源流，浪娑婆，坠落苦海，出窍入窍，转转不觉。药师如来未法之代，至于今日，单恭白十方贤圣，现坐道场本师药师如来诸大菩萨，满空圣众，一切神祇，虚空无缝，金锁药师往来，常开慈愍，故慈愍。故大慈愍，故信礼常住三宝。

〇法
|
归命十方一切 〇佛 法轮常转度众生
|
〇僧

白 文

切以药师如来，能开无相之门，显清净妙体。悟者时时睹面，迷人如隔千山万水。譬如浅水之鱼，能知万归湖，不知当时之死。药师如来广开方便，接引有情，离苦生天，亲观诸境界。白云罩定琉璃殿，摩尼塞太虚空，八宝砌成九莲池，砗磲运转，玛瑙往来，行行虚排列，时时透海穿山，展则开万民瞻仰，收来则寸步难行。诸佛子，会得这个消息么？

庚辛尽上无缝锁，

东震发起药师来。

药师宝卷才展开，诸佛菩萨降临来。天龙拥护尊如塔，保佑众生永无灾。

举起如来一卷经，普天匝地放光辉。大地众生皆有分，恒沙世界悉包笼。

虚空一朵宝莲花，妙相庄严发灵芽。分明本是娘生面，借花献佛莫认他。

普劝众生早回心，莫待白发老来侵。为人若不明心性，转世当来堕迷津。

药师菩萨，透彻恒沙，法体遍天涯。当阳一朵无相天花，枝分九叶，八宝云霞。若人会得，孤客亲到家。

古佛在虚空，接引众群盲。

得度离苦海，超生佛土中。

白　文

药师菩萨，自末世以来，苦尽难忍，时时五欲交煎，刻刻恶业来侵。思衣思食，不得现前。苦中更苦，迷之又迷。佛大慈悲菩萨，救苦拔众类，离苦生天，度群透，齐超苦海，五百劫漂舟到岸，万万年孤客还乡，自从灵山散离佛祖，至如今婴儿见娘，证无生再不轮转，续长生永证金刚。咦!

为法庄严佛国中，

戊巳玄关正当阳。

无相妙法在玄中，三心元满正一心。刹那透出云门外，三世诸佛尽同行。

古性弥陁正当阳，子午相冲放毫光。接引众生归净土，直证诸佛古道场。

大地众生好愚迷，不得脱壳串轮回。忽然得遇无生母，脱苦婴儿入莲池。

虚空一盏无油灯，十万八千答妙明。三身四智元一点，盘古混元至如今。

玄妙消息，不动巍巍，真土立根基，齐生九品，七宝莲池，入母真铅，不堕轮回无生地，上真性透玄机。

法身现娑婆，妙相总一颗。

包藏三千界。照彻满恒河。

第一大愿，愿我来世：

〔挂金锁〕

第一大愿，愿把众生度。六道轮回，来往无其数。末法堪堪，各人寻头路。休等临性命全不顾。

白　文

定生龙华三会，接续长生，诸佛相逢，永不退屈。八十亿劫不生不死之乡，标名在极乐世界。思衣有绫锦千厢，思食有珍馐百味，修成舍利本体，炼就万古金丹。照彻十方，百宝砌满法界，会么？咦！

目前现放西方境，

九转当来古佛心。

琉璃宝光照人间，救拔众生离南阎。见在若不求出世，临行失手最为难。

菩萨法舡往东行，单度当来贴骨亲。百千万劫难相遇，灵山失散至如今。

娑婆迷子誓难量，时时发愿自承当。分明目前一点现，忽然拨转旧家乡。

袖子叮咛指示多，三世诸佛安乐窝。三花聚顶元不动，五气朝元总一颗。

第一大愿，对佛亲说，古佛免遭劫。四流浪息六国宁帖。漂舟到岸，得本还乡。分明指破，秤锤原是铁。

清净现法身，灵通答妙明。

打破三千界，一点在孤峰。

第二大愿，愿我来世：

〔挂金锁〕

第二大愿，愿愿洪誓重，苦海周流，往来常搬运，接引众生，早早超凡圣。直证归家，一点元不动。返本还源，妙体常清净。

白　文

当证佛果，过去境界，以成庄严，现在贤圣，诸佛掌教。未来菩萨，慈愍摄授。万类齐超苦海，证菩提，龙华三会愿相逢，八十亿劫，同转长生。咄！

诸佛亲传无为法，

普度有缘上根人。

菩萨慈悲誓难量，苦海波中驾慈航。单度贤良亲生子，恩实婴儿见亲娘。

子母相逢痛伤情，犹如枯木再逢春。灵山失散迷真性，至今睹面不相逢。

如来四十八愿深，普度恒沙世间人。归家永证无生地，灵芽接续未来因。

法身清净遍十方，一点灵明正当阳。本是如来玄妙体，至今不识未还乡。

古佛如来誓愿洪深，苦海救四生，往来搬运，普渡群盲，还丹一粒，点铁成金，玄妙法体，当来古佛心。

佛体似白云，法身满乾坤。

本来真面目，塞满太虚空。

(下文历叙药师如来十二愿)

这完全是演说经文了，也有仅为劝世的唱文而并不专演某某经的，像《立愿宝卷》（叙的是十四大愿，如孝顺父母，勿溺女婴，以至勿吃牛犬等）、《叹世宝卷》（劝人要趁早修行）等等都是。这也占着一部分的势力。

最奇怪的是，《混元教弘阳中华宝经》和《混元门元沌教弘阳法》二种（恐怕还不止这二种），他们是宣传一种特殊的宗教，即所谓混元教的，这教门，后来成了徐鸿儒们的白莲教，曾掀起了好几次很大的教狱和风波。这二种是明万历间刊本，由太监们出资刊刻的。

三

叙述佛教故事的宝卷，所见极多，且也最为民间所欢迎。《目连救母出离地狱升天宝卷》是其中最早且最好的一个例子。

这个宝卷为元末明初写本，写绘极精，插图类欧洲中世纪的金碧写本，多以金碧二色绘成（斯类写本，元明之间最多，明中叶以后，便罕见）。惜缺上半。以此与《目连变文》对读之，颇可以知道其演变的消息。今坊间所传《目连宝卷》，与此本全异，盖已深受明人戏文及清代《劝善金科》诸作的影响了。

（上缺）尊者见了，心中烦恼。寻娘不见，就于狱前寂然禅定。狱中鬼使，各各不乐，心意慞惶。遂命夜叉，出看是何祥瑞，或是阳间送罪人到。夜叉来至狱门，惟见一僧人，身披三衣，端然而坐。夜叉回报狱主。

不见阳间送罪到，

狱前惟见一僧人。

寻娘不见好心酸，受苦亲娘在那边？声声痛哭生身母，恓惶烦恼泪如泉。

几时得见亲娘面？甚年子母得团圆？痛泪千行肝肠断，就在牢前顿悟禅。

寻娘不见，痛泪心酸。想亲娘在那边？哮淘痛苦，两泪连连。何年月日，子母团圆。无人答应，牢前入定观。

尊者不见母，牢边身坐禅。

狱主前来问，到此有何缘？

夜叉报知狱主，牢前无有罪人。有一圣僧，在牢门前坐禅。狱主听说，出牢来看见。有一真僧，方袍圆顶，入定观空，顿悟坐禅，狱主向前，连叫数声，惊醒尊者。狱主问曰："吾师到此为何？"尊者答曰："特来寻我母亲。"狱主言曰："谁说师母在？"尊者曰："释迦文佛说，我母在此。"狱主又问曰："释迦牟尼佛，是师何人？"尊者曰："是我本师。"狱主听说，低头礼拜："今日弟子有缘，得遇世尊上足弟子。"

便问我师何名字？

我去牢中检簿寻。

尊者与说鬼王听，吾是如来弟子身。道号目犍连尊者，惟我神通第一人。

特到此间来寻母。狱主听说尽皆惊，连拜告师得知道，吾师老母是何名。

尊者告诉，"狱主须听，母青提刘四身"。狱主听罢，便入牢寻。从头查勘，无有其名。狱主出狱，回告目连尊。

狱主出牢门，告与我师听。

牢内无师母，前有铁围城。

狱主问："师母何名姓？"尊者曰："青提刘四夫人。"狱主问罢，入牢检簿，无有此名。即时出狱报尊者得知，牢中查勘无有师母。尊者曰："此狱无有，却在何处？"狱主言曰："前面还有阿鼻地狱，铁围山中，众生若到，永劫不得翻身。"

只怕吾师娘在此，

还去狱中看虚真。

鬼王启告目连尊，吾师今且听分明。为师检簿无名字，前有阿鼻地狱门。

尊者听罢心烦恼，何年子母得相逢！辞别狱主寻娘去，无人作伴自行程。

狱主启告，师且须听，牢中无母亲。尊者听说，烦恼伤情。思想老母，何日相逢。人间养子，皆是一场空。

为救亲娘母，独去簿中寻。

目连辞狱主，前至铁围城。

尊者辞别狱主，直至阿鼻城边。见铁墙高万丈，黑壁数千层，半空中焰焰火起，四下里黑雾腾腾，城上铜蛇口喷猛火，山头铁狗常吐黑烟。尊者看了多时，又无门而入。高声大叫数百声，无人答应。目连回还问前狱主。

痛哭悲伤归旧路，

回转牢前问鬼王。

尊者想母好恓惶，眼中流泪落千行！阿鼻地狱无门路，高叫千声又转还。

此座铁城高万丈，千重黑壁雾漫漫。众生到此无回路，若要翻身难上难。

游遍地狱，苦痛难言，两眼泪如泉；铁围城下，黑雾漫漫，无门而入。不免回还。火盆狱内，再问别因缘。

尊者寻觅母，回转火盆城。

悲哀告狱主，此牢不见门。

尊者到铁围城，无门而入。高叫数声，无人答应。回至火盆城，哀告狱主，“此乃为何不开”。狱主答曰：“此阿鼻地狱。众生在世，不信三宝，造下无边大罪，死后堕此狱。内业风吹起倒悬而入。若要翻身，难哉，难哉！奈师法力微小。若开此狱，无过问佛。”

尊者听说，思想母亲，心中烦恼。辞别狱主，回至灵山，哀告如来。

〔金字经〕

《般若波罗金字经》，常把弥陀念几声，观世音。不踏地狱门，身清净。菩提路上行。

幽冥游遍不见娘，思想尊萱哭断肠，泪两行。高声大叫娘，寻不见，灵山问法王。

尊者烦恼泪纷纷，不见生身老母亲，无处寻。教儿苦痛心，难寻觅，灵山问世尊。

尊者驾云，直至灵山，拜告如来。尊者言曰：“弟子往诸地狱中，尽皆游遍，无有我母。见一铁城，墙高万丈，黑壁千层，铁网交加，盖覆在上。高叫数声，无人答应。弟子无能见母。哀告世尊，佛说：“你母在世，造下无边大罪死堕阿鼻狱中。”尊者听说，心中烦恼，放声大哭。

母堕长劫阿鼻狱，

何年得出铁围城？

玉兔金鸡疾似梭，堪叹光阴有几何！四大幻身非永久，莫把家缘苦恋磨。

忽然死堕阿鼻苦，甚劫何年出网罗？若要脱离三涂苦，虔心闻早念弥陀。

光阴似箭，日月如梭，人生有几多；堆金积玉，富贵如何。钱过北斗，难买阎罗，不如修福向善念弥陀。

一生若作恶，身死堕阿鼻。

一生修善果，便得上天梯。

世尊言曰："徒弟，你休烦恼。汝听吾言。此狱有门，长劫不开。汝今披我袈裟，执我钵盂锡杖，前去地狱门前，振锡三声，狱门自开，关锁脱落。一切受苦众生，听我锡杖之声，皆得片时停息。"尊者听说，心中大喜。

饶你雪山高万丈，

太阳一照永无踪。

世尊说与目连听，汝今不必苦伤心。赐汝袈裟并锡杖，幽冥界内显神通。

目连闻说心欢喜，拜谢慈悲佛世尊。救度我母生天界，弟子永世不忘恩。

投佛救母，有大功能。振锡杖便飞腾，恩沾九有，狱破千层，业风停止，剑树摧崩，阿鼻息苦，普放净光明。

手持金锡杖，身着锦袈裟。

冤亲同接引，高登九品华。

尊者闻佛所说，心中大喜，身披如来袈裟，手持世尊钵盂锡杖，拜辞世尊，驾祥云直至地狱门前。目连尊者，广运神通，便将锡杖，连振三声。只见阿鼻地狱开门两扇，关锁自落。狱中鬼神，尽皆失惊，尊者便入，被狱主推出。问曰："你是何人？擅开狱门，有何缘故？"尊者告曰："我是释迦佛上首弟子，特来救母。"狱主问曰："师母是何名字？弟子去牢中检簿查勘。"

我母青提刘第四，

王舍城中辅相妻。

金环锡杖振三声，振开阿鼻地狱门。一声响亮惊天地，犹如霹雳震乾坤。

尊者便入牢中去，狱主将身推出门。吾是释迦佛弟子，特来救母出幽冥。

手持锡杖，连振三声。铁围关两下分，尊者便入，推出牢门，狱中神鬼无不心惊。是何贤圣，冲开地狱门?

尊者蒙法力，广运大神通。

地狱门粉碎，牢中神鬼惊。

尊者告狱主曰："我母青提刘四夫人。"狱主听罢，便入牢中，叫青提夫人。连叫数声，半晌才应，狱主问曰："我叫数声因何才应?"夫人答曰："恐怕狱主更移苦处，因此不敢答应。"狱主曰："你有一子，随佛出家，名号目连，特来寻你。"夫人告曰："罪人一子，身不出家，名不目连。"

狱主闻得青提说，

出牢回与目连知。

说与青提刘四听，汝有一子出家僧。见在大狱牢门外，直至阿鼻寻母亲。

青提夫人回狱主，罪人一子不修行。出牢回报师知道，有一青提话不同。

狱主听罢，便出牢门，告师听缘因。有一刘四青提夫人，言有一子，名不为僧。目连闻说，正是我娘亲。

父母皆存日，罗卜号乳名。

双亲亡没后，道号目连尊。

狱主见青提说罢，即时出狱，就与师听。"有一青提夫人，他说有一子，不曾出家，名不目连。"狱主说罢，目连又告狱主："慈悲，父母在日，小名罗卜。父母亡后，随佛出家，改名目连。"狱主听说，便转回牢，说与夫人："你在之日，小名罗卜；你亡之后，改名目连。"夫人听说，眼中流泪告狱主曰："若是罗卜，是我娇生之子。”狱主听说，令夜叉将铁叉挑起榧床，打钉在地。夫人一阵昏迷，百毛孔中尽皆流血。

汝儿若不归三宝，

怎能暂且出牢门？

青提两眼泪汪汪，阿鼻地狱苦难当。渴饮熔铜烧肝胆，饥食热铁荡心肠。

千生万死从头受，何由无罪片时闲。早知阴司身受苦，持斋念佛结良缘。

青提夫人，苦痛伤情，两眼泪纷纷，通身猛火，遍体烟生，铁枷铁锁，不离其身。生前造业，死后入沉沦。

青提受重罪，皆因作业多。

若要离诸苦，行善念弥陀。

狱主令夜叉，将青提夫人，项带沉枷，身缠铁锁。刀剑围绕，送出牢前。狱主言曰：“不是你儿佛门弟子，怎得出狱门前，与儿相见。”狱主告目连师曰：“你认得你娘么？”目连答曰：“一向不见我母，面容眼中不识。”狱主手指前面，遍身猛火，口内生烟，枷锁缠身，“便是师母”。目连见了，忽然倒地。多时苏醒，扯住亲娘，放声大哭。

此下历叙目连乞释迦施法打开地狱之门，救了母亲出来。但她却又到了饿鬼道中去；后目连又求释迦超度了她升天。最后便以青提的归心正道为结束：

七月十五启建盂兰，释迦佛现瑞光，世尊说法，普度众生。青提刘四，顿悟本心，永归正道。便得上天宫。

目连行大孝，救母上天宫。

诸佛来接引，永得证金身。

世尊说法，度脱青提。目连孝道，感动天地。只见香风飒飒，瑞气纷纷，天乐振耳，金童玉女，各执幢幡，天母下来迎接。青提超出苦海，升忉利天，受诸快乐。目连见母，垂空去了，心中大喜。向空礼拜，八部天龙，母告目连："多亏吾子，随佛出家，专心孝道。今日我得生天！若非吾子出家，长劫永堕阿鼻，受诸苦恼。"普劝后人，都要学目连尊者，孝顺父母，寻问明师，念佛持斋，生死永息，坚心修道，报答父母养育深恩。若人书写一本，留传后世，持诵过去，九祖照依目连，一子出家，九祖尽生天。

众生欲报母深恩，

仿效目连救母亲。

果然一个目犍连，阴司救母得生天。母受忉利天宫福，千年万载把名传。

念佛原是古道场，无边妙义卷中藏。善人寻着出身路，十八地狱化清凉。

南瞻部州，人恋风流，不肯早回头。口吃血肉，惹罪无休。阎王出帖，恶鬼来勾。怎生回避？悔不向前修。

提起无生语，思想早还乡。

会的波罗蜜，不怕恶阎王。

说一部《目连宝卷》，诸人赞扬。提起青提，个个心酸。诸大地狱，受苦艰难。皈依三宝，念佛烧香。知音方便，孝顺爷娘。斋僧布施，忙里偷闲。闻经听法，婴儿见娘。经年动岁，不肯回光。遇着明师，接引西方。如来授记，亲见法王。一句弥陀，原是古道场。

目连尊者显神通，

化身东土救母亲。

分明一个古弥陀，亲到东去化娑婆。假身唤作罗卜子，灵山去见古弥陀。

如来立号目犍连，阴司救母坐金莲。仗佛神通来加护，一点灵光不本源。

我今看罢，真个心酸。只要恋家缘，不肯回光，惹下灾愆，堕在地狱。密语真言，一声佛号，端坐紫金莲。

阴间恶地狱，铁人也难当，

闻说地狱苦，拜佛早烧香。

目连尊者，原是古佛。因为东土众生不善，借假修真。真空而果实不空，真空里面聚真空。要知自家西来意，刹那点铁自成金。

清净圆明一点光，无始已来离家乡。有缘遇着西来意，一声佛号还本乡。

一动一静不为真，

无形无像体真空。

这句弥陀有谁知？曹溪一线上天梯。遇师通秀西来意，超生离死证菩提。

一念纯熟归家去，极乐国里坐莲池。三世如来同赴会，来赴盂兰见弥陀。

道场圆满，持诵真经，大众早回心。都行孝道，侍奉双亲。自然识破，返本还真。但看念佛，定生极乐中。

听尽目连卷，个个都发心。

回光要返照，便得出沉沦。

伏愿经声琅琅，上彻穹苍。焚语玲玲，下通幽府。一愿刀山落刃，二愿剑树锋摧，三愿炉炭收焰，四愿江河浪息。针喉饿鬼，永绝饥虚。麟角羽毛，莫相食啖。恶星变怪，扫出天门；异兽灵魑，潜藏地穴。囚徒禁系，愿降天恩：疾病缠身，早逢良药。盲者，聋者，愿见愿闻；跛者，哑者，能行能语；怀孕妇人，子母团圆；征客远行，早还家国。贫穷下贱，恶业众生，误杀故伤，一切冤业，并皆消释。金刚威力，洗涤身心，般若威光，照临宝座。举足下足，皆是佛地。更愿七祖先亡，离苦生天，地狱罪苦，悉皆解脱，以此不尽功德，上报四恩，下资三有。法界有情，齐登彼岸。川老颂云，如饥得食，渴得浆，病得瘥，热得凉，贫人得宝。婴儿见娘，飘舟到岸，孤客还乡，旱逢甘泽，国有忠良，四方拱手，八表来降，头头总是，物物全彰。古今凡圣，地狱天堂，东南西北，不用思量。刹尘沙界，诸群品，尽入盂兰大道场。

三涂永息常时苦，六趣休堕汩没因。恒沙含识悟真如，一切有情登彼岸。

乃至虚空世界尽，众生及业烦恼尽。如是四海广无边，愿今回问亦如是。

〔金字经〕

目连救母有功能，腾空便驾五色云。五色云，十王尽皆惊。齐接引，合掌当胸见圣僧。

自然善人好修行，识破尘劳不为真。不为真，灵山有世尊。能权巧，参破贪嗔妄想心。

今日最流行的东西，还是《目连宝卷》（另一异本，和《升天宝卷》不同）和《香山宝卷》《刘香女宝卷》《鱼篮观音宝卷》《妙英宝卷》

《秀女宝卷》《庞公宝卷》等。有的是叙述菩萨的修道度世的，有的是叙述民间善男女修行的经过的。这种故事，对于妇女们最有影响。像《香山宝卷》《刘香女宝卷》《妙英宝卷》等都是同类的东西，描写一个女子坚心向道，历经苦难，百折不回，具有殉教的最崇高的精神。虽然文字写得不怎么高明，但是像这样的题材，在我们的文学里却是很罕见的。

《鱼篮观音宝卷》，尤具有博大的救世的精神。此卷一名《鱼篮观音二次临凡度金沙滩劝世修行》，写的是，金沙滩住户，为恶多端，上帝欲灭绝之。观音不忍，乃下凡来度他们。她变作妙龄女子到村中卖鱼，轰动了全村。恶人之首的马二郎欲娶她为妻。她说，有誓在先。凡欲娶她的必须念熟《莲经》，吃素行善。马二郎和许多少年们都放下屠刀，在声声念佛。于是她和马二郎结了婚。婚夕，她腹痛而亡。村中受了她的感化，竟成为善地。关于同类的故事，还有《锁骨菩萨》的一则。明末凌濛初有《锁骨菩萨杂剧》，写观音竟化身为妓女以普度世人。惜此故事，未见有宝卷。恐怕，宝卷的作者们只能把菩萨写到了卖鱼女郎为止，他们还没有勇气去写为妓女的菩萨。

四

关于神道的故事，在宝卷里写的也不少。由写菩萨、佛而扩充到写神仙，写道教里的诸神，在中国是并不觉为奇的。唐、宋以后，佛道二教差不多已是合流了。那一个佛寺里没有供奉着财神、药王、土地等等神道呢？一般人最畏敬的关公（关帝），在佛寺里，便也成为“至圣伽蓝”，为重要的护法神之一了。

写关公故事的宝卷不止一二本。这里引清初刊本的《销释万灵护国了意至圣伽蓝宝卷》的一段为例：

先凡后圣诚功玄妙修心品第二

〔要孩儿〕

黄昏夜静更深后，急令关平掌上灯。《春秋左传》从头论：先皇后代兴世事，几帝真明几帝昏。功劳十大成何用！如今奸谋当道，不显忠臣。

想先主，恩义深。三兄弟，无信音。中原妄受奸贼奉，忽闻阶前关平报，见有伯母讨信音。关某出户迎接，敬到庭前坐下。二皇嫂茶罢一钟，诉旧因，题起先主心中痛。奉劝皇嫂归宅院，主有消息就起身。将车辇，安排定，不必迟慢，各用虔诚。

关皇叔辞曹公，有孟德，不放松。修书一奉差人送，拜上丞相多用意，府库金银用锁封；赐来美女不从用，点就五百枭刀手，传与关平要起身，将车辇围随定，宝纛旗上书金字。上造关王鬼怕惊。谁人敢违吾军令，赤兔马踏碎曹公相府，昆吾剑剪草除根。

关王圣贤忠直心，合家眷等相当人。

全凭志刚为根本，务要寻着主人公。

关圣贤，令关平，当知左右。刀出鞘，弓上弦，各逞威风。

儹车辇，保家眷，小心在意。曹丞相，金银器，休带分文；

好绫锦，十颜女，尽都放下，花红景，财色事，坠落灵根，

打一面，志刚旗，遮天映日，上写着，关公号，鬼怕神惊。

甘梅妃，告皇叔，大行方便。粉面上，珍珠滚，湿透衣襟。

发誓愿，合家眷，同绿一会。得步地，成证果，万古标名。

在中原，身久住，通无音信。有孟德，生奸智，落而无功。

出中原，曹丞相，军马势重。二皇叔，身孤单，怎与相争？

关圣贤，既听说，银牙咬碎。量曹贼，兵百万，扫荡浮尘。

今关平，儹车辇，即时就起。五百个，精兵将，前后随跟。

放一个，襄阳炮，曹兵知会。关圣贤，辞曹公，直到相府。

千拜上，万拜上，敬奉吾身。挽丝刚，赤兔马，佯常去了。

二柳须，风摆动，一似天神。

关公圣贤勇猛直神，辞别曹操，出寨离营，中原杀气，勇猛威风，忠心无二，逼退奸臣，直至桥边，眷属先行。关平在意，各人用心，认定线路，去找当人。关圣勒马久住，等曹公，刀尖挑起绛红袍，退曹兵。

圣贤勒马站桥中，孟德定计生奸心，赤兔威武连声吼，逼退贪嗔妄想心。

又有《药王救苦忠孝宝卷》的，叙述医士孙思邈事。思邈隋唐间人，居太白山，精于医道，著有《千金要方》。世尊之为药王菩萨。这里叙的是思邈因救了白蛇，乃得受到诸助，成道为药王菩萨事。

思邈救白蛇分第五

〔山坡羊〕

孙思邈虔诚参道，每日家收丹炼药，时时下苦，将五气一处烤，将六门紧闭牢，三昧火往上烧，炼就了无价之宝。还源路才有着落，听着出世人委实少，听着把光阴休误了。

话说思邈将家财舍尽采百草为药。圣心有感，惊动东海龙王太子，出水游玩，变一白蛇，落在沙滩。牧羊顽童，鞭牛童子，鞭棍乱打。多亏孙思邈救我一命。龙王听说有恩之人，当时可报，巡海夜叉，速去请他进来。

夜叉听说不消停，辞别龙王出龙宫。

小太子，游玩时，落在沙滩。变白蛇，不得的，受苦艰难。

鞭的鞭，棍的棍，乱打太子。小太子，难展挣，跳跳镌镌。

不一时，孙思邈，采药到此。叫小童，不要打，走到跟前。

急慌忙，将白蛇，托在筐内。到海边，放在水，祷祝龙天。

是龙王，早归海，父子相见，是白蛇，在水内，恁意作欢。

小太子，得了水，洒洒乐乐，进龙宫，见父王，两泪千行。

老龙王，问太子，因何烦恼？太子说，我出海，遭棍遭鞭；

多亏了，孙思邈，救我一命。若不是，孙思邈，怎的回还！

老龙王，听的说，当得可报！得他恩，要忘了，怎行圣贤？

叫夜叉，出海岸，去藐思邈。有夜叉，出了海，来到岸边；

告思邈，老龙王，着我请你。进海去，报你恩，谢你前缘。

思邈、夜叉进的龙宫，忽的把眼睁，看见龙王，唬一大惊。龙王开言，高叫先生，休要害怕，答报你恩情。

进得龙宫内，看见老龙王。

思邈心害怕，龙王问短长。

孙思邈进龙宫分第六

〔画眉序〕

思邈进龙宫，忽的抬头把眼睁。才观见龙宫海藏，唬一失惊。老龙王慌忙上前，告先生休要心动。你听，我得你恩情重，多亏你搭救小龙。

思邈告龙王：累劫有缘遇上苍。你本是真龙帝主，海底包藏。我有缘进你海来，可怜见把我饶放。恓惶，把我母亲望见，老母不忘龙王。

话说老龙王说：孙先生休要害怕！昨日救吾太子，得你大恩，不肯有忘。思邈听说，双膝跪下。肉眼凡胎，冲撞太子，望老龙王赦我无罪。王曰：罪从何来？得你大恩，我今答报与你夜明珠一颗，进上朝廷，加官赠职，永不采药为活。思邈告曰：艺人不富，富了不做。不争收了宝贝，朝廷加我高官，不得舍药，违父愿心，忤逆之人！王曰：不用宝贝，金银尽着你拿。思邈曰：不要宝贝，岂用金银，王曰：不用金宝，我吃的珍馐百味，与天齐寿。你受天福罢。思邈曰：我三件事不全：第一件有母亲在堂，第二件舍药为生，第三件重发重愿采百草救人。龙王说：将何报答？三太子跪下，有一本海上仙方，与孙先生拿去，看方舍药，再不采草。孙思邈得仙方，辞别龙王，出离大海。

思邈搭救小龙王。

进海得了海上方。

孙思邈，东洋海，得了仙方；双膝跪，眼流泪，拜谢龙王。

辞别了，老龙王，出离大海，急速走，来到家，拜见亲娘。

老母见，孙思邈，开言动问：你因何，去三日？你在何方？

孙思邈，听母说，回言告母；我昨日，采百草，游到山场。

牧牛童，轮鞭棍，乱打太子。我有缘，将太子，送入东洋。

三太子，见亲父，将我举荐。老龙王，圣贤心，得恩不忘。

他把我，请入在，东洋大海。将宝贝，要与我，进上君王。

我再三，不受他，财帛宝贝。老龙王，他与我，海上仙方。

我如今，不采草，看方舍药。不图财，救天下，一切贤良。

得了仙方，辞别龙王，回家望亲娘。老母从头问，问家常一去三日，今才还乡。思邈从头说与母亲娘。

思邈告亲娘，得了海上方。

要救男和女，灭罪又消殃。

这一类道教的诸仙诸神的故事和佛菩萨的故事相同，也是劝化世人为善的，像《蓝关宝卷》，写的是韩湘子度其叔父愈事；《吕祖师度何仙姑因果卷》写的是吕洞宾劝化何仙姑学道成仙事。

最有趣味的一个宝卷，乃是《土地宝卷》（一名《先天原始土地宝卷》）。把白发苍苍的土地公公作为一个与玉皇大帝斗法的英雄，这是从来不曾有过的一个传说。

这里写的是天与地的斗争，写的是，“大地”化身的土地神如何的大闹天宫，与诸佛、诸神斗法。他屡困天兵天将，成为齐天大圣孙悟空以来最顽强的“天”的敌人。显然的，这宝卷所叙述的受有《华光天王传》和《西游记》的影响。但在作风上却完全成为独特的一派。作者描写那顽皮无赖的小老头儿土地，与他的如何制服天兵天将，以及两方交锋的情形，完全超出了一般的斗法和战争的布局之外。其中充满了幽默的趣味。这一个宝卷，见到的人恐怕很少，故多引数节如下：

元始赐宝品第五

夫却说，土地寻佛不见，往前所行，见一老公。土地问曰：“老公见佛否?”答曰：“无见。”土地问曰：“这是何处?”公曰：“此是玉帝所居灵霄宝殿。”土地曰：“佛在天宫说法，我来寻佛，不知佛在何处?”公曰：“你往三清宫内问去。”土地曰：“三清宫在何处?”公用手一指。土地谢曰：“老公贵姓?”公曰：“金星是也。”土地辞别，径到三清宫内，参见元始天尊。天尊一见，认的土地。“你是无极化身，如何到此?”土地答曰：“我来天宫寻佛，误遇天尊。”天尊曰：“天宫最多，那里寻问。”土地悲泣身老年残，千辛万苦，寻佛不见。元始曰：“我和你贴骨尊亲，源理一脉。我将如意与你作一拄杖，以为后念。你今回去，不可寻佛，灵山等佛去罢。”土地告辞，还归旧路而去也。

土地寻佛不得见，

误与元始赐宝回。

我佛上居兜率天，广演大法慈悲宽。玄言句句如甘露，信授尘劳尽除蠲。

土地寻佛到天宫，正遇太白李金星。问佛天宫说法处，金星一问指三清。

径到三清问天尊，元始一见知原因。无极化身今到此，先天元气贴骨亲。

寻佛不见恸悲啼，身老年残步难移。天尊赐与如意宝，手持拄杖旧路回。

元始赐宝拄杖，龙头本是如意钩，随着土地，到处云游，戳了一戳，鬼怕神愁，敲了一上，音声遍四洲。

拄杖非等闲，拿起走三千。

要问端得意，唱叠《落金钱》。

好一个如意钩，是元始起根由。这个宝物谁参透？与土地做龙头，龙头。鬼怕神也愁。我的佛，拐杖一举谁禁受！

老土地心喜欢。我今朝大有缘。我得元始宝一件，如意钩妙多般，多般！下拄地，上拄天，我的佛，邪魔见了心寒战！

南天门开品第六

夫却说，土地得了如意，还归旧路。前到南天门紧闭。土地自思：“三清宫随喜了，不曾进南天门，随喜龙霄殿。”遥望门首许多天兵神将。土地向前与众使礼。土地曰："乞众公方便，将门开放，我今随喜。"众神闻言，唬一大惊。众神大咤一声："你这老头，斯不知贵贱，不晓高低！你在这里，还敢撒野。"土地曰："我从无到此，随喜何碍！"青龙神将走将过来。掏着土地，连推待搡。众骂老不省事，一齐拥推。土地怒恼，使动龙拐，望众打去。众将一躲，打在南天门上，将天门打开。天门开放，毫光普遍，六方振动。诸神忙齐奏上帝。

未从随喜灵霄殿。

土地打开南天门。

老土地，才得了，龙头拐杖，心中喜，比旬宝，大不相同。

正走着，猛然间，抬头观看，远望见，南天门，瑞气腾腾。

三清宫，我随喜，看了一遍。天宫境，世间人，难遇难逢。

灵霄殿，好景致，不曾随喜。我看见，天门首，许多神兵。

老土地，走向前，与众使礼。一件事，乞烦你，列位诸公。

你开放，南天门，随喜游玩。众神将，听的说，唬一失惊。

叫一声，老头子，你推无礼。推的推，搡的搡，骂不绝声。

怒恼了，老土地，轮拐一打，打开了，南天门，振动天宫。

南天门开，神兵着忙，同启奏玉皇："一个老头，生的颠狂，手拿拐杖，力大无量。天门打开，上圣仔细详。"

土地好妙法，龙头拐一拉。

打开南天门，听唱《耍娃娃》。

老土地睁眼瞧南天门，影超超，霞光瑞气祥光罩，乘鸾跨凤空中舞，天仙玉女跨鸾鹤，神兵天将门前闹。老土地上前使礼，开天门随喜一遭。

老土地说一声，众天兵唬一惊，老头不知名合姓，发白面皱年高大，老来说话不中听。连掏待搡往外送。轮拐打，天门开了，毫光放，振动虚空。

神兵大战品第七

夫却说，众神同奏玉帝："有一白头老公，不知何名，力大无穷，手拿龙头拐杖，要开南天门，随喜灵霄殿，众神不从，推拉不动，使拐杖打来，众皆躲避。一拐打在南天门上，将天门打开。紧奏上。"圣帝曰："差众神兵，左右天逢，率领天兵大将二十八宿，九曜星官，同去围住，拿将他来。"众神排阵，一拥齐来，围住土地，各使兵刃，踊跃前来。土地观见，不慌不忙，一柄拐去，指东打西，遮前挡后。天兵虽多，不能前进，难得取胜。土地这拐使开，无有遮挡，万将难敌，只打的个个着伤，头破血流，天兵后退。

土地不知多大力！

天兵虽多实难敌。

土地广有大神通，打开天门力无穷。众神一齐奏玉帝，到把玉帝唬一惊。

传令忙把天兵点，为首左右二天蓬，二十八宿跟随定，九曜星官不消停。

天兵天将排阵势，土地围住正居中。枪刀箭戟齐着力，望着土地下无情。

土地使动龙头拐，横来直去不透风。天兵着伤难取胜，打的重了丧残生。

神兵大战，各逞高强，英雄气昂昂，围住土地，不慌不忙，使开拐杖，万将难敌，大战一场，天兵都着伤。

土地呵呵笑，我把天宫闹。

神兵不能敌，听唱《雁儿落》：

土地广有大神通，龙头拐杖有妙用。使动了这宝物，神变无穷。行在凡来又在圣，参不透，这宝物神鬼难明，呀，举起乾坤都晃动，有万将也难敌，鬼怕神惊闻听，天兵虽多难取胜，唬坏了大将军，左右天蓬。

天兵睁眼瞧一瞧，这个老头也不弱。一个人一根拐，独逞英豪。因何来把天宫闹？俺若还拿着你，定不轻饶，呀，无理难得讨公道，这场祸，本无门，自惹自招。观瞧，四下神兵都来到。你总然有手段，插翅难逃！

地金水泛品第八

夫却说，天兵难敌。众将问曰："老头何名？"土地曰："我是土地也。我来天宫寻佛，不知佛在那一天宫？"土地言罢，九曜星官上奏玉帝。玉帝闻知，忙传敕令五方五帝，五斗神君，三十六天罡，七十二地煞，率领八万四千天兵天将，去把土地拿将他来。众位天兵，围住土地。土地观看："天兵无数，将我围住。我今使个方法，戏他一戏。"土地曰："众兵多广，一人难敌，我今去也。"往地里钻去。众天兵说："走了他了！"九曜曰："他是土地。这地就是他的原形。"众人刨地，掘自数尺，尽都是金。天兵欢喜。言还未毕，金化成水，涨涌漂泛。天兵着忙，各显神通，水上游行。土地将水一抽，天兵跌倒水里。跑将起来，又是笑，又是恼。这个老头，神通不小。俄然水干，天兵都在泥内。土地出现："你可认的我么？"

土地生金金生水，

世人不解这神通。

老土地，闹天宫，神通广大。天兵多，层叠叠，围绕周遭。

按五方，五帝神，威风抖搜。上天罡，下地煞，独逞英豪。

领八万，零四千，天兵天将，一个个，齐呐喊，闹闹吵吵。

土地说，使个法，钻到地内。天兵说，齐下手，都把他刨。

刨数尺，土成金，个个欢喜。忽然间，金化水，涨涌泛漂。

众天兵，使神通，水上行走，老土地，水一抽，神兵跌脚。

爬起来，又是笑，心中怒恼。这老头，有手段，蹊蹊跷跷。

猛然间，水尽无，都在泥内。有土地，现出身，你可瞧瞧。

地金水泛，广有神通，土地战天兵，土能化金，金将水生。天兵天将，水上游行。将水一抽，都倒在泥中。

天兵使神威，都将土地追。

水上平跌脚，听唱《驻云飞》。

天将天兵，个个猛烈抖威风。土地有妙用，天兵难取胜。佛，广有大神通，变化无穷，通凡又通圣，独自一个闹天宫。

独逞英豪，将身入地你是瞧。天兵呵呵笑，老头到也妙。佛，一齐把地刨。金能生水，涨涌水胜茂，天兵水上平跌脚。

树林火起品第九

夫却说，土地现出身来，众兵围住。天兵曰：“老头子从你怎么变化，也走不了你。”土地曰：“我一个小小的法，我着你当架不起。”天兵曰：“有甚么法，使来俺看！”土地往地下挝了一把土，满天一洒，众天兵闭眼难睁，如沙石么情，痛如钔剜，甚疼难忍。土地笑曰：“可知我的利害！”却说那直神奏曰：“若得取胜，问佛借兵。”玉帝准奏，敕命求佛。佛即遣差四大天王，八大金刚来战土地。两家对敌，三昼三夜。土地一怒，将拐使开，百步打人，拐拐不空。天王金刚，一齐后退。土地笑曰：“略你众将，非吾对手。我再使个方法。”土地曰：“极你不过，我今去也。”众兵后追。土地倒在地下，身化树木，稠密深林。天兵曰：“老头子又变化了。这树就是他的原身。咎可伐树。”无数天兵，齐动刀斧，越砍越长。偶然林中四面火起，烧天燎地，大火无边。天兵忙着，无处躲避，只烧的袍破甲烂，少眉无须，奔走无门，各逃性命。天兵大败。

一切天兵拿土地。

秘树林中大火烧。

土地手段最高强，无数天兵都着忙。天兵又把土地叫，今朝莫当是寻常！

众人今朝围着你，插翅难飞那里藏？土地挝土只一洒，天兵合眼痛难当。

玉帝求佛把兵借，四个天王八金刚，一勇齐来战土地。土地抬头细端详。

两家交锋三昼夜，土地又使哄人方。倒在地下树木长，稠密深林遮日光。

天兵一齐伐来树，四面火起亮堂堂，火烧众将袍铠烂，少眉无须都着伤。

树林火起，天兵着忙。四面起火光，各人奔走，慌慌张张，手镒掠甲，不顾钌枪，烧眉燎须，个个都着伤。

土地闹天宫，两家大交兵。

林中失了火，听唱《一江风》：

众天兵不违天主命，各赌能，合胜抖威风，一勇齐来，四下相围定。土地显神通，神通杖，手中擎，一人能挡天兵众。

细详参，土地好手段。千化有万变，妙多般。身化松林，将众来滞赚。四下起狼烟，狼烟，天兵心胆寒。少眉无须各逃撺。

地摇物动品第十

夫却说，天兵大败，齐奏玉帝，“那土地神通变化，身化山林。天兵伐树，四面火起，个个着伤，无能可敌。奏上圣定夺”。上帝曰：“领我敕旨，传与南极令众群仙来拿土地。”话说旨传南极，领众群仙，通天大圣，齐天大圣，率领群仙，齐来交战。那土地散者成风，聚而成形。天兵到此，不见土地。高声大叫：“土地，你在那里？出来受死！”那土地从地里钻将出来。齐天大圣一见土地：“就是你撒野。”行者举棒，娄头就打。那土地拐杖相还。练战一处。后有通天大圣来掠阵。土地发威，使开拐杖，把通天大圣一拐戳倒。拐杖一拉，把齐天大圣拉了一跤。南极着忙，领众群仙，一勇齐来围着。土地将拐戳在地下，手搬拐杖，晃了两晃，地动山摇，一切神仙，站立不住，平地跌仙。众仙着忙各驾祥云，起在空中。土地将拐望空一举，晃了几晃。那神仙空中东倒西歪，站立不住。那土地一拐化了万万根拐，起在虚空，打的那神仙各人散去。

天兵大战无能胜，

敕命又传李长庚。

有玉帝，灵霄殿，忙传敕令，命南极，率领着，一切神仙。

李长庚，见敕旨，不敢怠慢，各名山，洞府里，去把书传。

敕旨到，众群仙，一齐来到。惟独有，齐天圣，越众出班。

通天圣，黄石公，神仙领袖，燕孙膑，李道仙，鬼谷王禅。

众神仙，叫土地，你在何处？那土地，从地里，往外一钻。

孙行者，扬起棒，娄头就打。有土地，龙头杖，着架相还。

通天圣，齐天圣，不能取胜。众神仙，把土地，围在中间。

龙头拐，戳在地，晃了几晃。山又摇，地又摇，动地惊天。

一个个，都倒跤，立站不住。显神通，驾祥云，起在空悬。

一根拐，多变化，望空打去。众神仙，难着架，各奔深山。

地摇物动，乾坤失色，天地仄两仄，神仙着忙，东倒西歪，平地跌跤，爬不起来。从也无见蹊跷好怪哉！

土地拐一根，摇动晃乾坤，

神仙敌不住，听唱《柳摇金》。

土地手段，夸不尽土地手段，一根拐变化多般，天兵难取胜，神通广无边。行者大战，土地与行者大战，唬坏了众位神仙。这个老土地，谁人敢向前。齐使手段，神仙们齐使手段，俺合你怎肯善辨！

呵呵大笑，老土地呵呵大笑；四下里瞧了一瞧，天兵无其数，神仙绕周遭。拐杖玄妙，说不尽拐杖玄妙，戳在地摇了两摇，乾坤都撼动，神仙齐跌跤。腾空吵闹，神仙们腾空吵闹，这老头子手段不弱。

问佛因由品第十一

夫却说，神仙败阵，行者曰：“昝若败了，着那土地夸口。你看着，我去合他见个高低。”行者回来，叫声土地：“我合你使使手段。”土地说：“你有甚么手段？使来我看！”行者变化，一个变十个，十个变百个，百个变千个。土地笑曰：“你看我变来。”你看土地一变，无边无岸，撑天拄地，一个大身，把一切天兵众位神仙都在土地身内包藏。行者着忙，东走西跑，只在土地身内。

玉帝闻知灵山问佛告白如来，土地撒野大闹天宫，是何因由？佛言：土地神者，无极化身也。未有天地，先有无极。无极以后生天化地，有了天地，才有佛祖。一切菩萨罗满圣僧，一切神仙天人四众，言也不尽，何物不从地生，何人不从地住。土地之神，只可尊敬，不可冒犯。冒犯土地，我也难敌。天尊闻罢。自悔不及，善哉，善哉。

土地广有神通大，

玉帝求佛问因由。

土地神通不可量，大闹天宫逞高强。一切神仙都散了，行者回来战一场。

各显手段能变化，土地傍里细端详。行者变了千千个，土地一身总包藏。

撑天拄地是土地，行者见了也着忙，玉帝灵山把佛问。佛说混沌劫数长。

无极分化天和地，土生土长养贤良。诸佛菩萨地上住，从地修道转天堂。

尊敬土地休冒犯，恼了土地实难当。玉帝闻言心自悔，谢佛指教拜法王。

问佛因由，起立原根，无极显化身。安天立地，置下乾坤，万圣千贤，土上安身。尊敬土地，知恩当报恩。

行者调天兵，神仙赌斗争。

玉帝去问佛，听唱《金字经》。

土地行者大交兵，各使手段显神通。孙悟空变了许多猴儿精，土地笑，土地笑，一身变化总包笼。

众位神仙睁眼观，土地法身广无边。体量宽遍满三千及大千。土地大，土地大，包着地来裹着天。

玉帝灵山问世尊；土地起初是何因？不知根。佛说，无极立乾坤，三千界，三千界，万物都从土出身。

佛说土地功德多，大千沙界一性托。运娑婆，普覆大地及山河。生万物，生万物，先有土地，后有佛。

以下叙述：土地显尽了神威，玉帝无法制伏他，便去问佛祖。最后，佛祖到了；像他收伏齐天大圣一般，也以无边的法力，制伏了土地。土地被掳到灵山，给投入炉火中焚毙。但土地的肉体虽死了，他的灵魂却是永在的，无往而不在的。佛祖遂遣使者遍游天下，使穷乡僻壤，大家小户，无不建立土地祠与土地神位。

这个宝卷为明、清间的刊本，惜未能知其作者。

五

民间的故事，在宝卷里也占着很大的一个成分，正像唐代变文里很早的也便有着王昭君、伍子胥，以及舜等的故事一样。

这一类的故事，有的还带些“劝化”的色彩，有的简直是完全在说故事，离开了宝卷的劝善的本旨很远。

今所见到的，有：

《孟姜仙女宝卷》（这是劝善的）

《鹦儿宝卷》

《鹦哥宝卷》

这二卷情节很相同，是一个故事的异本。写的是一只灵鸟——白鹦鹉的成道的故事。

《珍珠塔》（这显然是重述那著名的弹词的）

《梁山伯宝卷》（其中祝英台改扮男装去读书，为其嫂嫂所讥刺的一段，写得很不坏。）

《还金得子宝卷》（写吕玉、吕宝事，有话本。）

《昧心恶报宝卷》（写金钟事，亦见于小说。）

《赵氏贤孝宝卷》（写蔡伯喈、赵五娘事。）

《金锁宝卷》（写窦娥事：她临刑被赦，终于和父亲及丈夫团圆。）

《白蛇宝卷》（写白蛇、许仙事。）

《还金镯宝卷》（写书生王御的事。）

《雌雄杯宝卷》（写苏后、梅妃事。戏文有《苏皇后鹦鹉记》。）

《希奇宝卷》

《现世宝卷》

《后梁山伯祝英台还魂团圆记》（这是一个荒唐的故事，写梁山伯、祝英台死后还魂，成为带兵的将官。后来功高名就，山伯被封为定国王，且于英台外，复娶二女为妻。故亦名《三美图》。）

《花枷良愿龙图宝卷》（包拯断狱事。）

《正德游龙宝卷》

《何文秀宝卷》（戏文有《何文秀玉钗记》。）

我自己所有的还不止此，但都在“一·二八”的战役里被毁失了，一时也不易重行购集。这些宝卷都不是很难得的：写更详细的宝卷研究的人在搜集材料上还不会很感到困难的。

参考书目

一、《中国文学论集》，郑振铎著，开明书店出版。

二、《变文与宝卷选》，郑振铎编，《中国文选》之一，商务印书馆出版。

三、《西谛藏书目录》第三册，为讲唱文学的目录。

四、《一九三三年的古籍发见》，郑振铎著，见《文学》二卷一号。

五、《三十年来中国文学新资料的发现史略》，郑振铎著，见《文学》二卷六号。

六、刊印宝卷最多者为上海翼化堂及谢文益二家，都是专售善书的。

第十二章

弹　词

一

弹词为流行于南方诸省的讲唱文学。在福建有所谓“评话”的，在广东，有所谓“木鱼书”的，都可以归到这一类里去。

弹词在今日，在民间占的势力还极大。一般的妇女们和不大识字的男人们，他们不会知道秦皇、汉武，不会知道魏徵、宋濂，不会知道杜甫、李白，但他们没有不知道方卿、唐伯虎，没有不知道左仪贞、孟丽君的。那些弹词作家们所创造的人物已在民间留极大深刻的印象和影响了。

弹词的开始，也和鼓词一般，是从“变文”蜕化而出的。其句法的组织，到今日还和“变文”相差不远。其唱词以七字句为主，而间有加以“三言”的衬字的，也有将七字句变化成两句的三言的。

加三言于七言之上的，像：

常言道，惺惺自古惜惺惺。（《珍珠塔》）

把七言变化成两句的三言的，像：

方卿想，尚朦胧，元何相待甚情厚。（《珍珠塔》）

这便和“鼓词”之十字句有些不同了。在一般的弹词里，总是维持着七字句的。鼓词的句法组织，便有些变化多端了。特别是所谓“子弟书”的，差不多变得很厉害，恣其笔锋所及，已不复顾及原来的七字或十字的限制了。

凡弹词都是以第三身以叙述出之的，即纯然是史诗或叙事诗的描述的方法。但到了后来，又分出不同的组织的体式来。大约受了很深的戏曲的影响吧，在吴音的弹词里每每的注明了：

生白（或旦白，丑白），

生唱（或旦唱，丑唱），

表白（即讲唱者的叙事处），

表唱（即讲唱者的以叙事的口气来歌唱处）

等等，但在一般的弹词里却是全部出之于讲唱者之口，并没有模拟着书中主人翁或特别表白出主人翁的说唱的口气的地方。

最早的弹词，始于何时，今已不可知。但刻《元曲选》的臧晋叔在万历时曾经刻过元末杨维桢的《四游记弹词》。（《侠游》《仙游》《冥游》《梦游》，他仅刻其三。）这当是“弹词”之名的最初见于载籍的。（臧序见他的文集中。但其体裁如何，却不可知。）正德嘉靖间，杨慎写二十一史弹词，其体裁和今日所见的弹词已很相近。

《二十一史弹词》每段，必先之以《临江仙》等曲，后有“诗曰”数段，然后入本文。

本文为散文的叙述，都是历史的记载。其次才为唱文三首，那唱文，全部是十字句，和鼓词极相近，而和一般的弹词不甚同。且引其一段为例：

第三段 说秦汉 临江仙

滚滚长江东逝水，浪花淘尽英雄，是非成败转头空。青山依旧在，几度夕阳红？　白发渔樵江渚上，惯看秋月春风。一壶浊酒喜相逢；古今多少事，都付笑谈中。

诗曰：

战败兴亡古至今……

记得东周并入秦……

剪雪裁冰诗有味，降龙伏虎事曾闻……春去春来人易老，花开花落可怜人！不如忙里偷闲好，再把新闻听一巡。

昨序说夏、商、周三代，到周赧王被秦昭王逼献国邑，旋灭东西周，而周亡。

秦之先，原姓嬴氏……秦始皇至汉献帝，通共四百三十三年。中间覆雨翻云，几场兴废，谈论间不能细说，略将大概品题。

底下便是唱文的部分了：

战七国秦昭王英雄独霸，夺周朝取世界迁徙周氏。

昭王死子孝文继登三日，奄然间无疾病做了亡人。……

秦楚灭汉龙兴二十四帝，转回头翻覆手做了三分。

底下又结之以一诗（或二句或四句）及《西江月》)：

前人创业非容易，后代无贤总是官。回首汉陵和楚庙，一般潇洒月明中。

落日西飞滚滚，大江东去滔滔。夜来今日又明朝，蓦地青春过了。千古风流人物，一时多少英豪！龙争虎斗漫劬劳，落得一场谈笑。——《西江月》

明朝整顿调弦手，再有新文接旧文。

所谓“整顿调弦手”，正指弹词是伴以弦索来歌唱的。鼓词也用弦索来伴唱，惟多一面鼓。

今所知最早的弹唱故事的弹词为明末的《白蛇传》。（与今日的《义妖传》不同。）我所得的一个《白蛇传》的抄本，为崇祯间所抄。现在所发现的弹词，无更古于此者。

明末柳敬亭的说书，不知所说的是否即为弹词。但《桃花扇余韵》一折里，柳敬亭所弹唱的一段《秣陵秋》却确为弹词无疑：

〔丑弹弦介〕六代兴亡，几点清弹千古慨；半生湖海，一声高唱万山惊。〔照盲女弹词介〕

〔秣陵秋〕陈、隋烟月恨茫茫，井带胭脂土带香。骀荡柳绵沾客鬓，叮咛学舌恼人肠。……全开锁钥淮、扬、泗，难顿乾坤左、史、黄。

建帝飘零烈帝惨，英宗困顿武宗荒。那知还有福王一，临去秋波泪数行。

二

弹词大别之为国音的与土音的二种。

国音的弹词最多，体例也最纯粹，像大规模的《安邦志》《定国志》《凤凰山》和《天雨花》《笔生花》《凤双飞》等等均是。

土音的弹词，以吴音的为最流行，像《三笑姻缘》《玉蜻蜓》《珍珠塔》等均是。他们大约是模拟着南戏的吧，在叙述及生旦说唱的部分，多用国语，而于丑角的说唱部分则每用吴语。

广东的木鱼书，则每多杂入广东的土语方言。

弹词为妇女们所最喜爱的东西，故一般长日无事的妇女们，便每以读弹词或听唱弹词为消遣永昼或长夜的方法。一部弹词的讲唱往往是须要一月半年的，故正投合了这个被幽闭在闺门里的中产以上的妇女们的需要。她们是需要这种冗长的读物的。

渐渐的，有文才的妇女们便得到了一个发泄她们的诗才和牢骚不平的机会了。

她们也动手来写作自己所要写的弹词。她们把自己的心怀，把自己的困苦，把自己的理想，都寄托在弹词里了。诗、词、曲是男人们的玩意儿，传统的压迫太重，妇女们不容易发挥她们特殊的才能和装入她们的理想。在弹词里，她们却可充分的抒写出她们自己的情思。

于是在弹词里，便有一部分是妇女的文学；为妇女们而写作，且是出于妇女们之手。

三

今日所见国音的弹词，其时代很少在乾隆以前。除《白蛇传》外，我尚得有《绣香囊》一种，为乾隆三十九年的抄本，其写作时代当在乾隆以前。这是小型的一种弹词，分订上下二册，不分卷。全部是唱文，没有讲文。在弹词里，这种的体式也间有之。大约有些作者们已觉得这讲文是不必要的了。

大宋中宗永和年，孝宣皇帝坐金銮。九省华夷归一统，八方宁静四海安。

六龙有庆千家乐，五谷丰登万姓欢。七旬老叟不负戴，三尺孩童知逊谦。

二气阴阳同舜日，十分清泰比尧年。天下奇闻难尽数，单表个英才出四川。

成都府有一个金堂县，县内的居民有几千。出了西门关乡内，长街一代有人烟。

牌坊匾额文风地，联芳及第广旗杆，无多买卖庄农户，半是举监共生员。

街心路北一宅舍，奎□翰墨透门阑。内中住着个文林客，姓何名质号天然。

才过司马文章重，貌比元龙品格贤。二八登科标名早，三七入试举孝廉。

结发的妻儿于月素，德貌言恭都占全。娘家本是在农户，他父持家勤俭有银钱。

产业虽多人本分，不晓得读书专会种田。小姐生来天资秀，超群出众不同凡。

多亏他母舅高学士，丁忧守制在家园。爱惜甥女如珍宝，七岁上攻书教训的严。

诗书礼义深通悟，描鸾刺绣不须言。年方二八十六岁，高学士亲自择配与天然。

自从洞房花烛夜，至今不觉过三年。真个是夫妻和顺如鱼水。郎才女貌校凤鸾。

知音识趣调琴瑟，情深义重庆芝兰，举案齐眉加逊让，甘苦同心相爱怜。

这时节何生方交二十单一岁，娘子青春少二年。使纵的书童名何旺，还有秋露少丫嬛。

他夫妻持家人端正，并无个俗客到门前，风花雪月同玩赏，诗画琴棋共笑谈。

天然昼夜读书史，小姐常观《列女篇》。那年正逢春秋冬，又到清明三月三。

此处有一个莺栖岭，正南十里有名山。果然是奇峰峻岭山叠翠，树有苍松水有泉。

地脉兴隆开旺像，藏风聚气有根源。风水无穷来龙好，广生白璧在蓝田。

有几家乡绅修茔地，许多的士官把坟安。年年春季来祭扫，家家都来挂纸钱。

这一日何生夫妻同早起，安排祭礼也来祭祖先。收拾已毕出门户，重门紧闭上锁闩。

雇了乘小轿娘子坐，后跟秋露小丫嬛。天然骑马头里走，书童何旺把担担。

一路上佳景无穷真清雅，果然是天工点缀不非凡。只见那春梅春杏春光好，春树春林春鸟喧。

春山春水春如画，春气春光春景天。前芽出土阳和艳，万物发生暖气喧。

野草无心满荒径，山花有意动人怜。树树杏花红绕眼，行行嫩柳绿垂烟。

荡荡和风吹人面，丝丝细雨洒庄田。对对粉蝶穿花径，双双紫燕舞林间。

呖呖黄莺如唤友，哀哀鹃鸟韵幽然。涓涓不断溪涧水，滚滚石冲上下番。

曲曲小路通幽径，层层盘道转山湾。平坦坦坡矮桥宽烟村近，碧沉沉水绕山怀野寺连。

雾蒙蒙云横岭外千层树，哗拉拉水流声响瀑布泉。这正是天展画图开景运，春遍山河起壮观。

青阳送暖芳菲节，碧水光摇锦绣山。笑哈哈无非公子王孙戏，喜孜孜尽是佳人士女顽。

咯吱吱香车辗动石子响，青烟烟绿草引的宝马欢。忙碌碌捧打黄莺无非是樵夫子。乱纷纷扇扑粉蝶尽都是小丫嬛。

喘吁吁白发老叟拄拐杖，跳钻钻黄口儿童把柳扣儿编。说不尽日暖风和清明景，观不尽水秀花香锦翠山。

穿林越岭多一会，他的那古墓先茔咫尺间。于氏佳人出了轿，书生弃骑下了鞍。

轿夫闪在石桥下，书童拉马在林内拴。他夫妻设摆香花供，秋露忙来铺拜毡。

双双跪倒忙奠酒，视死如生心秉虔。他夫妻至至诚诚深深拜，见墓思亲甚惨然。

恨不能眼看先人亲饮酒，最可叹一点何曾到九泉。祭祀已毕忙站起，随即亲身化纸钱。

叫书童祭物摆在松阴下。夫妻对坐在林间。秋露执壶斟上酒，天然月素把诗联。

官人说木有本兮水有源，娘子说父母恩同天地宽。天然说哀哀生我劬劳意，月素说昊天罔极报恩难。

才子说视死如生长存敬，佳人说春霜秋露祭绵绵。何生说慎终追远诚为本，于氏说百般行善孝为先。

这正是夫唱妇随谈大道，你吟我咏把诗联。酒过三巡用过饭，吩咐收拾转家园。

他夫妻这番举动无防备，那知暗地有人观。只因上坟来祭扫，勾起风波惹祸端。

有一个土豪浪子名许豹，原是为非作歹的男。强盗出身鱼漏网，洗手为良隐四川。

不义之财成富户，冒名充作假生员。改姓为言更名午，到处人称言午官。

这弹词写的是，何天然为许豹所危害，历经困苦；后来“上方剑下斩许豹，明彰报应显循还”，他们夫妻方才团圆。

虽说是海市蜃楼悬空假设非实有
亦可以触目惊心善恶贤愚果报全

这是作者的解嘲了。

大规模的国音弹词，当以《安邦》《定国》《凤凰山》的三部曲为最弘伟；全部凡六百七十四回，恐怕要算是中国文学里篇幅最浩瀚的一部书了。

《安邦志》别题为《晚唐遗文》，写的是，赵匡胤一家，经历唐末五代的兴衰的故事。“补纲目之遗，修史篇之失。高贤睹之而喷饭，闺媛阅之而解颐。”（学海主人序）作者不知为谁何，刊者则为学海主人。最早的刊本为道光己酉的一本（即学海主人所刊）。我曾得抄本数部，别名为《七梦缘》《玉姻缘》，其间字句异本颇多。在没有这刊本以前，抄本的流传一定是很广的。

赵家的龙兴，始于赵春熹。二十册的《安邦志》，二十册的《定国志》，三十二册的《凤凰山》，所叙的事都是以赵家为主人翁的。

笔应春风费所思，玩之如读少陵诗，句多艳语元无俗，事效前人却有稽。

但许兰闺消永昼，岂教少女动春思，书成竹纸须添价，绝妙堪称第一词。

这是这部巨大的故事书的开场白。这部书全以七字句组成，讲文所占的地位很少，正和升庵的《二十一史弹词》相同。

同样的巨部的弹词，又有《西汉遗文》《东汉遗文》（此书未见）及《北史遗文》等，都是弹唱历史故事的。

这一类弹唱历史故事的弹词和讲史没有多大的区别，不过其主要的部分为唱文，而讲史则以“讲文”为其主干耳。

这些历史的弹词，乃是升庵《二十一史弹词》的放大。《二十一史弹词》的唱文全为十字句，他们却都是七字句。

姑举《北史遗文》的首段为例。这部弹词似还只有抄本，没有过刻本。

“北史”是最难读的，五胡十六国的事，尤为复杂。《北史遗文》却从元魏统一北方后，北中国的地方略为平靖，其第五君孝文帝，年十五登位说起，直写到隋的统一；其主人翁则为北周、北齐的二皇家的故事，全书凡四十册。

自从汉末三分后，世上干戈不住停，司马先王行圣德，照师二子便欺君。

武王始起承曹氏，灭蜀平吴四海宁，贾氏枭恶王子怨，刘肖乘乱起胡尘。

一朝怀愍蒙尘去，洗爵青衣在虏边，元帝渡江来称帝，晋臣王导奉为君。

偏安江左东都地，抚力中原取归京，让豫作孽宁吞炭，河洛生灵苦已深。

后魏托出让豫氏，其君文武尽贤能，征诚五胡残孽散，云中建国号金陵。

万里江山成帝业，华夷贤士尽为臣。道武功成身弃世，明元皇帝二朝君。

三世升遐传文武，文成皇帝四朝君，五帝献文群早位，孝文即位幼年人。

年登十五为天子，天性聪明不可伦，读书小自耽文字，招纳贤才入内门。

高允催光为宰辅，轻粮薄赋养黎民，圣音宽洪天下治，九州社稷得安宁。

国姓改元为汉主，百官尽改汉朝人，南迁国在河南府，重修礼乐化夷民。

光允在京修理政，添增圣主读书文，三十三年为君主，一朝龙化弃群臣。

东宫太子名元毂，代主称为宣武君，宣武为君十七岁，守文梁主亦称贤。

天生雅意真无比，容貌端妍好个君，下笔成章如流水，临□尊重一如神。

王亲贵妾皆端正，文武官员尽俊英，兄弟六人兄早丧，官家第二得为君。

京兆王愉三太子，清河王怿四储君，广平穆武王第五，六王元悦汝南君。

弟兄情好元间阻，百姓黎民尽太平。国泰民安当兴日，半分天下各为君。

江东晋绝归刘氏，南宋南齐二主人，齐氏有忙肖氏继，梁王武帝自为君。

立国南京建康府，金陵为主数年春，君正臣贤民安乐，风调雨顺布用春。

长江两处分南北，南北为君各守城，兵戈接界彭城郡，常起尘灰要战征。

古语一天无二日，良臣勇将未甘心。肖衍自在金陵地，却说元王魏圣人。

说这魏世宗宣武。

帝年十七岁即位改元年。帝容貌端妍，临朝承重，有人君之量。帝母高夫人，生帝未久，被冯王后害而死。帝既即位，追怀旧恨高夫人追荐文昭王后。景明二年，帝敕令重录高氏亲族在者。诗曰：

南北驱驰国事分。秦人何意筑长城。离宫别院春成梦，玉树传奇鬼入神。

河洛已非秦岁月，雁门无复汉将军。自从二帝青衣去，荆棘蓬蒿几度新?

叔侄二人同受职，一朝衣紫出金门，一女入宫贵九族，况为天子旧家人。

高氏入朝多休说，却说天子后宫人，不立朝阳正后主，未生太子小储君。

充华妃内于宅子，受宠承恩化贵人，容貌端妍多清雅，情性温和又可人。

静默宽容不妒忌，年登十四正青春，喜得君王多爱惜，礼容敬爱冥诸人。

梁明二年秋九月，立为王后正宫人，天子在朝朝大赦，娘娘受册谢天恩。

又封于家兄和弟，尽在朝中化贵人，好好宫内为王后，左了三千第一人。

三宅六院皆钦敬，展上君王喜十分，生得俱全才貌好，宽洪不妬众妃嫔。

娘娘有德天心宠，因此于家有大恩，休言宫内于王后，却说元王帝王身。

孝文王帝亲兄弟，今日为王化大人，咸阳王子元思永，献之亲子二储君。

封氏昭仪亲生子，孝文次弟至亲人，官为太保王公职，执掌经纶在魏廷。

大王天性多贪色，爱色贪花喜美人，造成宫府灵华美，广纳名妃美貌人。

太尉全军名于烈，与王结怨二年春，一朝侄女为王后，兄弟朝中做大臣。

次子于登天子喜，官封直阁内宅门，父子兄弟多显职，咸阳面上占仇深。

因此大王心不悦，有心怨望在朝廷，于登一一朝前奏，天子闻知不喜忻。

亲情面疏上皆忌，不喜咸阳王子身，大王宫内心烦恼，怨恨朝中圣主人。

你重妻家亡母党，忘了先王面立恩，吾身亦是官家子，你便为君欺负人。

休说大王身不悦，再言天子在朝门，一日圣人亲有旨，要行射猎出朝门。

驾幸北邙观野景，就要离戏小平津，敕令领军于烈相，京城留守管三军。

御厩之中点好马，天子离朝出内门，于登侍驾离金殿，轻弓短箭一齐新。

殿下群臣多去了，其时已至小平津，只为君王亲去了，咸阳王子自平仑。

朝内空虚君不在，乘时意欲起谋心，妃是陇西李辅女，其兄伯尚李官人。

官受黄河侍郎职，天生相貌甚清奇，便把其情来告诉，告言王子听元因。

我当直取天家府，焚香立誓要诚心，大王去到城西宅，却往城西野外游。

引其爱妾申屠氏，王姬张氏少年人，心腹数人来饮酒，流连一日到黄昏。

有志无谋反作祸，世间有此大呆人，却有武兴王阳集，出入咸阳西府门。

便知此事先成了，早上邙山告反臣，上马飞鞭鞭得快，看看来到小平津。

来到王前忙下拜，臣是咸阳府内人，只因大王来造反，结连侍卫害朝廷。

天子闻言亲失色，帐前侍御尽惊心，今日咸阳王子反，朕今在野靠何人。

世宗王室生烦恼，圣意沉沉有惧心，他是先王亲兄弟，献文王帝御储君。

今日一时生反意，京城文武未知因，在成北海彭城主，尽是咸阳亲弟兄。

此事如今难解救，恩良朝内并无人，在内于登忙启告，我王今且放宽心。

臣父令兵为留府，保无他故在朝门，天子便交车马起，四更时后尽登程。

五更来到王城外，于烈迎门接圣人，君王只入王城内，敕令王亲于令军。

今日元僖逃走了，必在黄河路上行，卿可令兵来追捕，及早兴兵捉此人。

若还走了真消息，走入京陵作祸根，于烈兄弟亲受命，羽林点起五千人。

分头河下来投捉，休走咸阳王子身，所在官员尽奉命，看他王子怎逃生。

大王却在黄河内，又有名姬二个人，心腹数人同饮酒，夜深方始各安身。

洪池亦又咸阳府，王造离宫别院门。已宿帐中方夜半，忽闻左右报来因。

报说洪池西路上，马军数百好京人。金鼓不闻无火把，想是朝廷有秘情。

王子闻知忙便起，穿衣只出内宫门，只空日间清由露，此间何故往来人。

走出正堂堂下看，谁省争强舍命人，爱妾数人皆上马，府中心腹尽行呈。

此日大王逃命起，追兵却在后头跟，有人认得咸阳主，大喝三声莫要行。

大王马上如非走，魂魄飘飘不在身，一众官员多下马，一齐下马告追兵。

二个夫人多掠去，皆尽拿到进朝廷，告说咸阳王走了，羽林于烈令三军。

正是大王身得脱，回头失了二夫人，镇守将军各武虎，马前说与大王听。

殿下一时为逆事，如今何处去安身，兵卒众人多散了，小人怎保大王身。

不如就此投梁去，逃得残生再理论，咸阳王子心中苦，说与将军姓尹人。

吾身在此为王子，走去梁家作反臣，寻思只为朝中主，宠任于家薄吾身。

因此一日小短见，岂知今日走无门，说罢大王心中闷，马前烦恼尹将军。

王子无心梁国去，此生性命不留存，臣受皇恩中不舍，死生必定一同行。

道了二人衣细作，加鞭拍上马途呈，行过一条高岭山，前边洛水大河津。

白浪滔滔不见岸，行人见了越伤心，水流中去无回日，浪花迷尽往来人。

大王见此心烦恼，懊悔当初枉用心，前有大河来阻隔，后有这兵赶近身。

今朝欲走从何处，只得从河水上行，于烈于忠亲父子，领兵来赶大王身。

说这于烈父子追及大王龙武，俱被捉之咸阳，渴之大甚。王帝下令与他水浆。看看渴及，只私与勺，王含之而吸。

休说众人心上事，再说咸阳王子身，王子一身居最长，第三赵郡大王身，第四广陵王元羽，第五高阳王子身，第六彭城王元魏，北海王洋第七人。

尽是各宅姬子出，不是同娘一母生，赵郡广陵身死了，废兄立位在朝门。

数中却有彭城主，交义亲情分外深，大王知得咸阳反，一旦忧心有悔临。

不道我兄生此意，如今难保自前呈，天子凝定咸阳罪，妃子孩子废庶人。

龙武将军皆斩了，殿前号令众王亲，彭成王子心中苦，来到咸阳王殿门。

大王入进宫中去，洞府仙宅尽不成，二兄枉受荣华贵，却做亡家败国人。

幼子娇妻保不得，天利已及悔无门，大王此时忙移步，直入神仙内院门。

果见咸阳王敛手，周回防备已多人，月貌花容诸美女，双眉锁定尽愁心。

大王见了添烦恼，可惜哥哥枉用心，帝子王生孙贵子，求其大祸害其身。

听了少人之言语，今日灾来怨甚人，烦恼咸阳王流泪，叫声贤弟听原因。

我身失却先王礼，苦了娇儿几个人，家亡国破谁为伏，兄弟今朝可用心。

王子烦恼双流泪，美人侍侧泪沾襟，忽报孝文王帝妹，平女宫主到宅门。

公主已招冯驸马，献文王帝女儿身，奉王圣主来辞别，要见哥哥一个人。

姐妹数人多来到，尽来辞别大王身。

说这人尽来相见大王，朝廷圣赐咸阳王死。其前妃子王氏生世子元通，通年十五，后妃李氏生元晔方二岁，妃亦赐死。平安公主怜悯，告其遂密引入车中而归去矣。

作者以二首诗为结，其情怀和《二十一史弹词》是极相同的：

堪叹人生在世间，争名争利不如闲，古来多少英雄辈，尽丧幽魂竟不还。

不信但看高王传，到今那有一人存，图王霸业今何在？多做南柯梦里人。

又诗曰：

为看青山日倚楼，白云红树两悠悠，秋鸿社燕催人老，野草闲花满地愁。

和升庵的漂亮的诗语比较起来，一望而知其为出于通俗的文人之手。

四

吴音的弹词，今传者，以《玉蜻蜓》《珍珠塔》及《三笑姻缘》为最著。

《玉蜻蜓》写申贵升和女尼志贞恋爱，死于尼庵。后其子元宰状元及第，乃迎养志贞事。至今申家还是苏州的大族，故这部弹词曾被禁止弹唱。后乃改为《芙蓉洞》。（为道光间，一位专门改编弹词的作者陈遇乾所改编。他又改编过《义妖传》，《双金锭》等等。）

《果报录》一名《倭袍传》，也以淫秽被禁止。但其文辞是比较的写得很雅驯的。

《珍珠塔》一名《九松亭》。山阴周殊士序云："云间、方茂才元音，先得我心，于俗本虑为改正。惜未成书而殁。余所见仅十八回。……余因为之完好，凡挂漏处称缀靡还，又增之二十四回。”是此书原为旧本，其成为今本的式样，乃是周殊士的手笔。

《三笑姻缘》在吴语文学里是不可忽视的。其中保存了无数的方言俗语。这是一部“别开生面”之作，刊于嘉庆癸酉。作者是一位金山张堰人吴毓昌（字信天）。他以为“近来弹词家专工科诨，淫秽亵狎，无所不至，有伤风雅，已失古人本意。至字句章法，全未讲求”，因“戏作《三笑新编》全本”。开场的《鹧鸪天》，他明白的说道：

何许先生吴毓昌？近来不做猢狲王。

他本是训蒙为生的三家村学究了。这部弹词颇具特长，特录一节于下：

鹧鸪天

何许先生吴毓昌？近来不做猢狲王。吹竽声曼讯千古，弹铗歌惭走四方。番旧谱，按新腔，权将嘻笑当文章。齐谐荒诞供喷饭，才拨冰弦哄一堂。

唐诗唱句，未能免俗，聊复尔尔。

才撇了殢雨尤云风月场，缘何离却便思量，笑巫山十二难求迹，神女如何压众芳。说甚的七夕牵牛邀织女，蓝乔捣药遇裴航。吹箫弄玉同骑凤，金碗重逢窈窕娘，这多是鬼怪仙妖成匹配，看将来无凭无据却荒唐。怎及得我那人儿生就轻盈儿好一个风流俊俏，他是素口蛮腰妃子步，虢眉华发寿阳装。独爱他一双媚眼勾魂魄，细嫩肌肤白似霜，每日里玉镜晓装花并美，呼郎常做画眉郎。闲来爱把谣琴操，也学焚香按工与商，效区区一曲凤求凰，灯花夜落敲棋子，布就连杯把罗网张。杀的俺抛车弃马屡抱枪，还待要直抵垓心那肯降，一笔京人直可爱，虽然小楷却端方，还要戏作相思字几行，道我恋新弃旧会装腔。白描却仿龙眠笔，画一幅男女凭栏纳晚凉，看莲开并蒂睡鸳鸯，指点分明要我去详。到晚来浅斟低酌销金帐，宛似那晓月笼晕海棠，曼曼的深入不毛交头宿，妙不过舌尖儿只管送来尝，微微还逗口脂香，却叫我如何遏得住魂荡，怎不由人情兴狂。到如今待要抛时难以撇，甘心情愿做楚襄王，守住阳台永不忘，好共他为云为雨去过时光，自号温柔老此乡。

〔忆秦娥〕（生）天生我如何，却占风流座。风流座，春藏花坞，天生惟我。

满耳萧骚梦不成，残云凉月夜凄清。等闲吹落长林叶，尽是离情别绪声。小生唐寅，字称子畏，号呼伯虎，金阊人也。溶金作骨，濯锦为肠，青黎光照日前画，尽扶羽陵之秘，班管岂拈牙后语，须翻稷下之诗。虽只已登龙虎，奈何未梦罴熊，只是风鱼情痴，颇酣诗癖。金钗环绕，胸怀贾午之香。银管标题，花吐文通之颖。似这般合欢金屋，调笑鸳房，果然曲尽紬缪，无异人间天上。自从娶得九之，簇成八美。珠联合璧，名擅无双。那九空女也皈依释教，带发修行。却被我歪缠不过，情难理却，又得奇缘。不意掌合莲花，也做了艳桃秾李。这都不在话下。谁想端阳佳节，我家陆氏大娘道我浪荡无休，功名有碍。约齐众美，送区区书馆孤眠。要我去黄卷留心，以待青云得路。光阴迅驶，不觉又是中秋了。年年秋到粲花轩，秋色平分景景最研。看那玉宇无尘秋月，秋萤点点挂朱帘；当此秋月一帘，秋光万顷。目甚的秋来，只管心头闷。唉，功名事小，吖文章读他则甚呢？看将来只好读南华秋水篇，自从书馆攻书，每日里不过唐兴唐桂，早晚常川，毫无心绪。今日早上那老祝有书来约我同去游河。谁奈烦同他玩耍，已经回覆他去了。想他们呢，指望我纡秋独紫，谁知反撇了何口偎行。担格我秋胡常独宿，害得咱秋窗独倚闷恹恹，想文章都是古人的糟粕，看他则甚！好笑他们还要五申三令哩。说什么，秋闱既折帖官挂，及应该此三秋去读圣贤，巴得秋风云□健，须待要春秋无间去细钻研，又谁知反做了悲秋客，只落得爽气横秋意惘然，独恨那蟋蟀鸣秋那里睡得稳，秋声不住在枕函边。伤秋宋玉偏同调，同甚的夏去秋来还未见怜，空叫秋蝶舞翩迁。想他们呢，看得功名事大，因而各愿愆期。但是娘子吓，你却意会差了，我与你是鹣鹣的鸟吓。说甚的一百五十名第一仙，害得我朝思暮想被情牵，我本是温柔乡里情多客。怎如你偏要分开并蒂莲。全不想殢雨尤云情最密，夜来挨次换新鲜，枕边调笑言难尽，被底缪情更粘妙，不过醋意微含常作弄，欢心复动又留连，这是爱海情河本是无边界，却被我占尽风流雪月权，唉，想不到拥孤衾依旧夜如年，介自从大老官娶子九空进了门，郎才女貌，女爱郎贪，沉迷酒色，无事无时。满了月，出之房，大娘娘看看大老官个满眼介面黄肌瘦，意懒神昏，明知他房劳过度，变了药渣勒里哉。因而决计约齐众美，送他去书馆孤眠，以待他静养攻书，巴图上进。个个是大娘子好意吓。大老官罗里得知介。生唉向来秦晋交欢，不料他们竟如吴越了。到如今书房逼勒我勤攻苦，却叫我那里按得住心头意万千。娘子呀可怜我杜牧风流久已惯，刘郎最爱伴花眠。到如今，求晴未得先求雨，阻隔巫山闷越添，一腔心事向谁宣想，到其间头乱点。哈哈哈被俺猜着了，一定我家娘子道我有什么偏向之心，枝分南北，因而布就牢宠之计，送区区书馆孤眠，遂其所欲。不信他特来要离间我么？他只道弃旧恋新成薄幸，自然是旧弦那得及新弦，与其被底分新旧，莫若同居离恨天，若果如此，却是错怪卑人了。

五

女作家们写的弹词，其情调和其他的弹词有很不相同的地方。她们脱离不了闺阁气，她们较男人们写得细腻、小心、干净，绝对没有像《倭袍传》《三笑姻缘》等不洁的笔墨。

第一个写弹词的女作家是陶贞怀。她自署为梁溪人。生平不可考知。她所作的《天雨花》弹词，为家传户诵之作。这是一部政治的文学作品，写成于顺治八年以前（据自序）。这个时候正是大难方平，痛定思痛的时候。作者的环境，又是“今者风木不宁矣！生我，知我，育我，授我，我何为怀！寄秦嘉之扎，远道参军；悼殒裸之殇，危楼思子”。其情绪是异常的沉痛。在这样的一个时候，作者“爰取丛残旧稿，补缀成书”。而她自己又是缠绵病榻，久疾不愈。“嗟乎！烽烟既靖，忧患频！澹看春蚓之痕留，自叹春蚕之丝尽。五载药炉，一宵蕉雨。行将花石以去，其能使顽石点头也乎！”（自序）但在《天雨花》里却不曾沾染作者的悲观的情绪。《天雨花》前半写男主角左维明与权奸的斗法，后半写女主角左仪贞的忠烈智勇，不屈于权奸的压迫；都是以很机警的智术，不仅逃脱了危险，而且还给权奸以重大的打击。但到了最后，国运已尽，无可挽回。连左维明那样的智勇双全的人，也不得不将全家载于舟中，凿沉了船，殉节以死。这死节的举动写得异常的悲壮。遗民的沉痛，悉寓于此。虽以左氏升天，受上帝的优礼，且以审判流寇等罪人为结束，而读者的悲感，却永远不能泯灭。所以作者是一位民族意识很浓厚的人，《天雨花》是一部遗民的悲壮的作品，不仅仅是供闺阁中人消遣闲日而已；《天雨花》第一回里，有几句话说道："欲帝遣一位星君下世为臣……做一个忠臣而兼智士，再不为奸臣所害，以为后世忠良做一个榜样。"但这位"忠臣而兼智士"，只能对付权奸的郑国泰，却不能挽救危亡的国运。"明朝气数今已绝，王气全消辅不成。"（第三十回）这是无可奈何的叹息，这是号咷之后的饮泣吞声。

《再生缘》《笔生花》等弹词，都是处处为女性张目的，在《天雨花》里虽然也夸张的写着左仪贞的智勇双全，为国除奸的事，却没有那样的写作的态度；作者歌颂左维明更过于他的女儿仪贞。所以有人怀疑，这部弹词并不出于妇人之手。陶贞怀是一个伪托的名字；为了作者有难言之隐，所以才这样的将男作女。《小说考证续编》（卷一）引《闺媛丛谈》云："《天雨花》弹词，共三十余卷，而一韵到底，洵乎杰作也。其署名为梁溪女子陶贞怀。而近人谓实出浙江徐致和太史之手。为其太夫人爱听弹词，太史作之，以为承欢之计。则所谓陶贞怀，似系子虚乌有，未知然否。"这个怀疑颇有可信的地方。遗民的著作，为了避免"时忌"，往往是有意的迷离惝恍，故作欺人之举的。陈忱的《后水浒传》便是托名于古宋遗民，托时于"元人遗本"，托序的年月为"万历"某年的。

关于左仪贞事，曲阜孔广林有《女专诸杂剧》（有《清人杂剧二集》本）作于嘉庆五年，其序云："浙中闺秀某，取明三大案，用一人贯穿之，成《天雨花弹词》三十卷"，是《天雨花》在那时流行已久。

最可信的妇女写的弹词，当始于《再生缘》。《再生缘》为陈端生所作；未完成而端生死，后来又由梁德绳续成的。《闺媛丛谈》（《小说考证续编》卷一引）云：

相传泉唐、陈勾山（按：勾山名兆仑）太仆之女孙端生女士，适范氏。婿以科场事，为人牵累谪戍。女士谢膏沐，撰《再生缘》弹词。托名有元代女子孟丽君，男装应试，更名郦君玉，号明堂，及第为宰相，与夫同朝而不合并，以寄别凤离鸾之感。曰："婿不归，此书无完成之日也。"后范遇赦归，未至家而女士卒。许周生驾部与配梁楚生恭人足成之，称全璧。吾国旧时妇女之略识之无者，无不读此书焉。楚生名德绳，晚号古春老人。驾部卒后，遗集皆其手定。二女云林、云姜，皆能诗。

端生著有《绘影阁集》，德绳也著有《古春轩诗抄》《词抄》。《再生缘》后由侯香叶改订刊行。

《再生缘》凡八十回，分二十卷。陈端生写到第十七卷便绝了笔，以下三卷是梁德绳续成的。因为二人的环境不同，所以作风也便不同了。端生的性格很傲慢，一开头便说："不愿付刊经俗眼，惟将存稿见闺仪。"（第三卷）德绳的续稿，却说道："怎同戛玉敲金调，聊作巴辞里句听。"（第二十卷）又说道："如遇知音能改削，竟当一字拜为师。"（第十九卷）在每一卷的开端，作者都有一段类乎自叙的引言。像第一卷：

闺帏无事小窗前，秋夜初寒转未眠，灯影斜摇书案侧，雨声频滴曲栏边。

闲拈新思难成日，略检微辞可作篇，今夜安闲权自适，聊将彩笔写良缘。

她们都是为了要消遣闲暇，方才着笔写作的。所以端生说道："清静书窗无别事，闲吟才罢续残篇。"（第四卷）德绳也说道："终朝握管意何为？借以消困玩意儿。每到忙时常搁笔，得逢暇日便抽思。"（第十九卷）不仅她们二人如此，一切写弹词的女作家都是在这样的环境里写作的。

端生写到第九卷的时候，又因随亲远游而搁笔。

五月之中一卷收，因多他事便迟留。停毫一月工夫废，又值随亲作远游。

家父近家司马任，束装迢递下登州，蝉鸣丛树关河岸，月挂轻帆旅客舟。

晓日晴霞恣远目，青山碧水淡高秋，行船人杂仍无续，起岸匆匆出德州。

陆道艰难身转乏，官程跋涉笔何搜，连朝耽搁出东省，到任之时已仲秋。

今日清闲官舍住，新词九集再重修。

写到十七卷的时候，她的生活上一定遇到很大的刺激，作者的情绪突然的凄楚起来：

搔首呼天欲问天，问天天道可能还！尽尝世上酸辛味，追忆闺中幼稚年。……

仆本愁人愁不已，殊非是，拈毫弄墨旧如心。

以后便绝了笔。像这样的情绪在前十六卷里，我们是得不到一点消息的。也许她在这时有了难言之隐，便骤然的离去人间了吧。

德绳卒时年七十一。她续作《再生缘》时，总在六十岁左右。所以她一再的说：

怎才那老去名心渐已淡，且更兼夜来劳顿不成眠（第十八卷）。

年来病骨可支撑，两卷新词草续成，嗟我年近将花甲，二十年来未抱孙。

借此解头图吉兆，虚文纸上亦欢欣。

以自己“暗作氤氲使”，把孟丽君和皇甫少华结了婚，且使之生子，“借此解头图吉兆”，其心境殊为可笑。

《再生缘》以孟丽君为主角。她许配给皇甫少华。但少华为奸人刘奎壁所害，逃到山中学道。奎壁又谋娶丽君。其婢映雪代她出嫁。丽君自己改名为郦君玉，中了状元，做宰相。少华改名应试，也中了武状元，主试官却是丽君。后来少华平了寇乱，娶了刘奎壁妹燕玉为妻，但丽君始终不肯认他为夫。但她的娇装，却为皇帝所知，要想娶她为妃子。丽君方才奏明始末。赖太后的维护，方得无罪而和少华团圆了。

端生的原文，没有写到少华和丽君的相认；那团圆的局面是续作者梁德绳写的，故她有“暗作氤氲使”之语。

《再生缘》原是续于《玉钏缘》之后的，《玉钏缘》叙谢玉辉事。玉辉是：“少年早挂紫罗衣，美貌佳人作众妻。画戟横挑胡虏惧，绣旗远布姓名奇。人间富贵荣华尽，膝下芝兰玉树齐。美满良缘留妙迹，过百年，又归正果上清虚。”（《再生缘》第一卷）但他却“尚有余情未尽题”。《再生缘》便是写谢玉辉等再世的姻缘的。

《玉钏缘》的作者为谁，今不可知。后来也经侯香叶改订过。全书凡三十二卷。第三十一卷的开头有“女把紫毫编异句，母将玉绪写奇言。篇篇已就心加胜，事事俱成意倍欣”，似亦为母女二人之所作。

侯香叶为嘉庆道光间人，她喜改订弹词。今所知的经她改订的凡四种：一、《玉钏缘》，二、《再生缘》，三、《再造天》，四、《锦上花》。《再造天》一名《续再生缘》，写《再生缘》中之邬必凯投生为皇甫少华女，名飞龙，后为英宗右妃，因欲报前世之仇，便任用奸臣，倾害忠良，几至亡国。皇甫少华乃再出而重整江山，飞龙被赐死。《再造天》的作者不知为谁。侯香叶她自己有“近改四种，《锦上花》业已梓行”语，则《再造天》当然不会是她自己所作的了。

《锦上花》前半为《锦笺缘》，后半为《金冠记》，原为二书，而被合编为一者。《锦笺记》叙宋王曾因拾得锦笺，竟得和刘舜英结合事。《金冠记》则叙王曾子王铎和宋兰仙的结合事。作者最后说道：

> 莫笑女流无训话，病中岁月代呻吟，闺中士女休草草，永昼长更仔细吟。

是亦为闺秀所作的了。

和《再生缘》同样的流行于闺阁中的，有邱心如的《笔生花》。《笔生花》的故事显然受有《再生缘》的很大的影响。主角姜德华，活是孟丽君的化身。德华被点秀女，投水自杀。终于得救，改换男装，入京应试，中了状元，官至宰相。其前半的故事，是把丽君和映雪二人的事合而为一的。其后，德华和她的未婚夫文少霞也经了许多的波折和试探，方才露出真相，结了婚。

只有一点，《笔生花》较《再生缘》不同，便是作者伦理的观念更加重了；对于女的，要求更坚贞、更无瑕的操守。但可怪的是，对于男子的三妻四妾却反不以为奇。恰可和《天雨花》里所写的男子不娶二妻的情形成为很有趣的对照。在邱心如这个时代，片面的贞操的观念已是根深柢固的，连女子们也以为当然的了。

作者邱心如是淮阴人。她的生活很清苦。在每一回的开头，都有关于她自己的话。我们借此可以知道她的生平。她嫁给一位姓张的儒生。她自己是“多病慵妆闲宝镜”，她的家境是“疗贫无计质金钗”。她的丈夫是：“虽则教良人幼习儒生业，怎奈是学浅才疏事不谐。到而今潦倒平生徒碌碌，止落得牛衣对泣叹声偕。”（第六回）她的父亲死了，她的一个妹妹也抚孤守寡。母家的境遇也一天天的坏了。她在夫家又是“毫无善状遇迍邅。备尝世上艰辛味，时听堂前诟谇声”。到了后来，她的一个儿子死了，女儿也出了嫁。而她的长兄病逝后，又家徒四壁，双孤无恃，更令她焦虑不已。最后，她的舅姑死去，儿子又娶了亲，她和她老母同聚一堂，开始享受着天伦的乐趣。虽然家境还不充裕，还要赖她设帐授徒为生，却和早年的“诟谇”时闻很不同了。

没有一个女作家曾像她那样留下那末多的自传的材料给我们的。

《笔生花》刊行于咸丰七年。

后半写姜德华的矫装为人识破，不得不露出真面目时的愤激凄凉之感，最为动人；泄露出了无数的有才能的女子们的恸哭的心怀：

> 欲修奏折无心绪，铺下黄笺笔懒挥，砚匣一推身立起，绣袍一展倒罗帏。
>
> 心辗转，意敲推，想后思前无限悲。
>
> 咳，好恼恨人也！
>
> 老父既产我英才，为什么，不作男儿作女孩。这一向，费尽辛勤成事业，又谁知依然富贵弃尘埃。枉枉的，才高北斗成何用，枉枉的，位列三台被所排。
>
> （第二十二回）

恐怕作者在这里也便寄托着她自己的愤激吧。和《再生缘》的后半比较起来，邱心如的写作的技术和情绪，要较梁德绳高明得多了。

有郑澹若的，在道光间也写了《梦影缘弹词》四十八回。吹月吹笙楼主人《娱萱草》的序说："昔郑澹若夫人撰《梦影缘》，华缛相尚，造语独工。弹词之体，为之一变。"其实这部弹词只是逞展着作者的才华而已，其故事叙庄梦玉和十二花神的姻缘，并无多大的意义。澹若于咸丰庚申杭州失陷时，饮卤以死。

在近十余年流行最广的，尚有《凤双飞弹词》一种。这部弹词出现很晚，大约在民国十年左右，但作者在光绪二十五年前便已完成了。作者名程蕙英，"系出名门，姓耽翰墨"。《小说考证》（卷七）引缺名笔记云：

> 阳湖程蕙英茝俦，著有《北窗吟稿》。家贫，为女塾师。曾作《凤双飞弹词》，才气横溢，纸贵一时。其所为诗，纯乎阅世之言，亦非寻常闺秀所能。小说界中有此人，亦佳话也。《自题凤双飞后寄杨香畹》云："半生心迹向谁论？愿借霜毫说与君。未必笑啼皆中节，敢言怒骂亦成文。惊天事业三秋梦，动地悲欢一片云。开卷但供知己玩，任教俗辈耳无闻。……"

她的最后二语的口气，和陈端生的"不愿付刊经俗眼"的心境有些相同。所谓《凤双飞》者，指书中的二主人翁郭凌云与张逸少而言。故事的经过，复杂离奇，重要的二主人翁都是男人，和《再生缘》《笔生花》等之为女子张目者又有些不同。不过供闺中人的消遣闲日而已，并没有什么特殊可注意的地方。

《梦影缘》的作者郑澹若夫人有女周颖芳，字蕙风，亦作了《精忠传弹词》。坐月吹笙楼主人《娱萱草》序云："逮吾嫂蕙风氏，演述宋岳忠武事，撰《精忠传》，尽洗秾艳之习，直抒其忠肝义胆。虽亦弹词，而体又一变也。”《精忠传》写成于光绪二十一年，写成以后，作者便死了。刊行的时候却已在民国十七八年了。

周颖芳嫁给严太守（名谨）。太守死后，归居海宁。李枢有一序，写她的生平很详细。“迨同治乙丑，太仆公治苗匪，阵亡于石阡府任内。太夫人舍生不遂，乃奉君姑，并携六月孤儿，伴榇回浙。赁居于海宁桐木村旧戚马氏之见远山楼。自此含冰茹蘖之中，惟曲尽其事长抚雏之责矣。”又云“惟此书之成，自同治戊辰至光绪乙未，二十八年中，或作或辍。风雨蓬庐，消遣穷愁几评。不意此书告成之日，即为太夫人仙去之年”。全书凡三十六卷，七十三回，其情节和《精忠传》小说没有多大的不同；其最重要的修改惟在删去大鹏鸟和女土蝠的冤冤相报的一段因果。“周夫人痛夫子没于王事，暇日排闷，偶检阅《精忠传》说部。因内有俗传大鹏女土蝠冤怨相报等事。不然其说，叹曰：‘从古邪正不并立。小人道长，君子道消。若再饰以果报，则将何以辨是非而励名节？’”（徐德升序）

作者的文笔很谨严，有时也很动人。在一般弹词里，这一部确是弹出一个别调的。

此外，所知的尚有朱素仙作的《玉连环》；映清作的《玉镜台》（未刊全）等等，均不能在此一一的叙述着了。

六

最后，流行于各地方的弹词，也应一叙及。福州传唱最盛者为“评话”，也即弹词的别称。中多杂以方言。但多为抄本，很少刊印出来的。闺阁中人往往向专门出赁这种“评话”的铺子去借阅。有《榴花梦评话》一种，最负盛名。闻有三百余册，可谓为最冗长的一种了。惜未得一读。

广东最流行的是木鱼书。余所得的不下三四百本；但还不过存十一于千百而已。其中负盛名的有《花笺记》，有《二荷花史》。《花笺记》被称为“第八才子书”。原作者不知何人。有钟戴苍的，仿金圣叹之批评《水浒》《西厢》法来批评《花笺记》。全文凡五十九段，叙梁亦沧及杨淑姬的恋爱的始终。作者写这两个少年男女的恋爱心理，反复相思，牵肠挂肚，极为深刻、细腻。文笔也很清秀可喜。

自古有情定遂心头愿，只要坚心宁耐等成双。

山水无情能聚会，多情唔信肯相忘。

作者以这样的情意开始去写，正和玉茗《还魂》之以“但是相思莫相负，牡丹亭上三生路”开始相同。

《二荷花史》被称为“第九才子书”，凡四卷，分六十七则，叙的是少年白莲因读《小青传》有感，梦小青以双荷花赠之。后遂得和丽荷、映荷二女等成为眷属事。作者评者俱未知为何人。

倒罢清樽理瑶琴，偶行荒径见苔阴。

正系日来无事贫非易，老去多情病自深。

作者似乎也是穷愁之士了。

参考书目

一、《西谛所藏弹词目录》，见《中国文学论集》。

二、《巴黎国家图书馆中之中国小说与戏曲》，见《中国文学论集》。

三、《一九三三年的古籍发见》，见《文学》二卷一号。

四、《三十年来中国文学新资料的发现史略》，见《文学》二卷六号。

五、《中国女性的文学生活》，谭正璧编，光明书店出版。

六、《弹词选》，赵景深编，商务印书馆出版。

七、《小说考证合编》，蒋瑞藻编，商务印书馆出版。

八、《海市集》，阿英著，北新书局出版。

第十三章

鼓词与子弟书

一

“鼓词”为流行于北方诸省的“讲唱文学”，正像“弹词”之流行于南方诸省的情形相同。弹词以琵琶为主乐；鼓词则以鼓为主乐。

鼓词的来源，亦始于变文。至宋，变文之名消灭，而鼓词以起。赵德麟的《商调蝶恋花鼓子词》为最早的鼓词之祖。陆放翁《小舟游近村》诗，也道：

> 斜阳古柳赵家庄，负鼓盲翁正作场。身后是非谁管得！满村听说蔡中郎。

则在南宋的初年，已有负鼓的盲翁，在乡里村说唱蔡中郎的故事了。

《水浒传》第五十一回《插翅虎枷打白秀英》记着白秀英上了戏台，“参拜四方，拈起锣棒，如撒豆般点动。拍下一声界方，念了四句七言诗，便说道：‘今日秀英招牌上明写着这场话本，是一段风流蕴藉的格范，唤做《豫章城双渐赶苏卿》。’说了开话又唱，唱了又说。合棚价喝采不绝”。她虽然用的是锣棒，但“拍下一声界方”，又唱又说这恐怕是说唱鼓词一类的东西吧。——至少是最近于鼓词的讲唱文学的一类。像这样性质的伎艺，在宋元二代是极为流行的。（到了明清这流风还未泯。）

但至明末始有鼓词的传本。我在北平曾得到一部《大唐秦王词话》（一名《秦王演义》），殆为最早的鼓词。此书始名《词话》，实即鼓词，写唐太宗李世民征伐诸雄，统一天下事。所述和小说《隋史遗文》等相差不远，不过用十字句的唱文和一部分的散文的说白组成而已。像：

唐太子急拈香低声祷告，李世民忙下拜恭敬参神；我乃是大唐国高皇次子，父李渊，祖李昞，李虎玄孙。忆往岁炀帝崩九州鼎沸，隋恭皇禅宝位让以为君。普天下起烟尘一十八处，剪强梁诛贼寇放赦安民。

这是鼓词的唱文的一般式样。但也有将句法略加变更的，像《大明兴隆传》：

无奈何傅师正顿人与马，查点伤损八九万兵。仰面朝天叹又多，不由得又气又恼又伤心。

第二句为八言，第三句为七言，这样的例子并不罕见。

明末清初又有贾岛西《鼓词》的，不演故事，全写作者的不平的胸怀，且不用说白，全是唱词，和一般的鼓词不同。

明代的鼓词，决不止这寥寥的一二种；像《大明兴隆传》《乱柴沟》等等，多颂圣语，恐怕也是明代的东西。

二

鼓词所叙述的，大都为金戈铁马，国家兴亡的故事，故多是长篇大幅的。对于战争的描写，兵将的对垒特别的加以形容：这大约是北方人民的特嗜之所在吧。

《大明兴隆传》，我所得者为抄本，坊间未见有刻本。这部鼓词凡一百〇二册，规模很大，写的是，朱元璋统一了天下之后，见皇孙懦弱，放心不下。欲请刘伯温设计，如何的能够保持得江山万世。他们得到了方孝孺为皇孙的辅佐，大为高兴。但当元璋死后，建文即位，却信用了几位臣下的话，欲减削诸王的兵力。因以引起了燕王的靖难的一役。

这里写朱元璋，这位流氓皇帝的患得患失的心理，远没有打天下的时候的豪迈的气概，甚为入神。当元璋将死之际，留连不舍，放心不下的情形，和刘邦的枕戚夫人膝，相对涕泣，以赵王如意为虑的情景，恰好是相类似。那末泼辣无赖的流氓，到了功成名就，天下为家的时候，想不到会变成了那样的一个无可奈何的末路的人物！这不是一部凡品，几乎每一个地方都写得很细腻而又不贫弱。姑引第二册的一节如下：

话说刘伯温方才一闻太祖爷传旨，昨日在昭阳正院将皇孙建文封为太子，不由的暗暗说道："这位少爷福分有限，只怕不能长久，难保大明从此天下纷纷，刀兵四起！"又听皇爷要在金殿大放花灯，由不得唬得一跳！连忙望驾进礼，口尊："陛下！臣有本章奏主。"太祖爷说："卿家有事，只管奏来。"伯温见问，口尊："陛下！微臣非为别故，闻听我主要在这金殿前大放花灯，与民同乐。"

刘伯温，往上进礼将头叩，口尊皇爷纳臣音。爷在金陵如尧舜，不比前朝乱姓为君。不是为臣拦臣驾，只怕内里有变更。臣知臣等不细奏，有负皇命算不忠。再者前朝是榜样，爷上听臣细奏明。隋朝天子行无道，信宠奸贼放花灯。长安城内真热闹，与民共乐太平春。偏与李素他庆寿，天下各省纳臣封。州城府县会尽礼，山东省，差遣捕快叫秦琼，押解寿礼将城近，那知与见众绿林。私闯禁门代贼寇，下在招商旅店中，归与炀帝将灯放，正月十五放花灯。也是天意该如此，天下荒荒起刀兵。花灯已来过十五，归与招灾九个人。玄圳与见柴驸马，持标打死宇文通。李如辉一同王伯党，劫牢搭救薛应登。秦琼虽众动了手，七雄大闹长安城。炀帝不听忠臣劝，才有凶煞闹花灯。我主也要将灯放，到只怕，金陵军民不安宁。

朱太祖闻听军师伯温所奏，不由龙心不悦。叫声成义伯。"臣伺候圣驾。"太祖说："你如何将朕比作隋朝炀帝那无道的昏君！还有一说，寡人在金陵城，不比那一省的州城，朕的文武众家公卿大臣，一般均是治国安邦，调河鼎鼐，胸藏锦绣，腑隐珠玑之辈，又有卿家善晓阴阳，能断吉凶，何况还有许多的文武，也都是能征惯战，远略近韬，绝胜千里，勇似重童，猛如吕布，又有足智多谋的老元帅，定国公徐达，有何惧哉！还有一说，那前朝的君王无道，行事昏愦，才生出那些逆事来。又兼外有贼寇，搅乱世界。先生，莫非寡人有甚昏愦之处，怕有那四处逆党群寇，都要到我金陵城内搅乱我朕的世界?”

太祖爷说罢一往前后话，伯温进礼又奏君。口尊殿下容臣奏，并非为臣拦主公。皆因为臣观天相，北极冲犯斗口中。只怕金陵出怪事，外省日走数条龙。正月又是凶煞日，正照皇宫禁地中。不是为臣拦爷驾，只怕相访一辈人。朱湜也曾俱文武，传旨长安放花灯。鸡宝山前交战兵，梁唐征斗恶交锋。差遣赵埧诓粮草，正与朱温放花灯。赵埧私把长安围，大闹西地不太平。故此臣拦圣主驾，免在金陵放花灯。皇爷闻奏微微笑，叫声先生刘伯温。虽说梁唐交兵战，也是无道草头君。叫寡人，如何比作朱温辈！越发胡言不通情！先生不必往下奏，我朕定要放花灯。与民同乐齐庆贺，群臣筵宴在朝中。伯温一闻皇爷话，付又进礼尊主公。臣有一事在奏主，爷上听臣细奏明。圣主要把花灯放，须得传旨在皇宫。凤子龙孙与太监，嫔妃彩女与各宫，十三十四十五日，不许自擅出宫门。若是能勾不出禁地，保管无事保太平。太祖闻听说准奏，寡人传旨在宫中。伯温叩头忙站起，太祖俯下自沉音。虽说伯温阴阳准，细想来，有些玄虚未必灵。

太祖爷闻听，也旧分付：“先生平身，寡人准本。”伯温叩头，爬起归班。且说太祖爷在宝座上，龙心暗想：“刘伯温虽然阴阳有准，看起来，也有应验之处，也有有算不准之时。这些言词也难以凭信。方才我朕也曾问过他的梦景。他说有应梦之人。我想抱日升，他的福分一定不小。料想满朝文武，也无有这样大命之人。”洪武爷正自心下猜疑，就有那御书馆的宫官，朝上跪到，说：“奴婢启奏：今日乃是众殿下与太子，讲读书的日期。有那伴读的先生方孝孺，特请皇爷的圣驾至御书馆内。方先生好与众殿下讲书。”太祖闻听，座上传旨：“今日寡人不能亲临馆舍，叫先生与众儿将太孙代来，一同在金銮殿上讲书，与朕解闷。”哦，宫官答应，忙忙平身，飞传到御书房，就将皇爷口传的圣旨，传说了一篇。方孝孺不敢怠慢，连忙代领九位殿下，还有建文太子，一齐来到朝刚金銮殿上。方孝孺领头，一齐的望圣驾朝参进礼。座上的太祖在上面传旨平身。方先生一同十位凤子龙孙，各自站起，分在左右。太祖爷望下观看，齐齐整整的弟兄九个，一个皇孙。万岁看罢，龙颜大悦，高声叫道：“皇太孙上殿?”小千岁忙忙答应说道：“臣孙伺候。”建文言罢，来至龙书案前站住。太祖说：“建文，你先生所教的是那部书?”小千岁见问，忙忙回奏说：“是，臣孙读的是经书。”太祖说：“但不知所讲的事那一章?”小千岁回答说：“乞上皇祖，臣孙所读的是书经，讲的是周公辅佐成王，叔倚殷造反。”太祖闻听，龙心大悦，高声说好，好一个周公辅佐成王。方先生就将这段故事讲将上来。众皇儿与太孙没得用心，听那方先生讲论。

太祖爷，宝座之上传下旨，方先生遵旨不消停，金殿就把圣经讲，凤子龙孙两边分。个个躬身两边站，立存龙书案傍存。孝孺尊旨把书讲，讲的是：武王伐纣正乾坤。当今万岁归苍海，应当是，子擎父业坐龙墩。怎奈成王年幼小，就有那，叔父周公保幼君。侄男金銮聚武文，叔父站立愿称臣。上殿行的是君臣礼，遵守国法令人钦。又与见，管蔡两个恩叔父，倚大欺小安歹心。思想要篡侄儿位，搅乱朝纲乱烘烘。私投外国心不正，勾到外人反边廷。后来天报全拿住，循还遭诛丧残生。周公忠心人人敬。当殿受封鲁国公。可敬国公怀赤胆，寿活百岁得善终。只为平生行正直，万古千秋落美名。夫子看道贤慧处，造再《书经》成圣文。太祖闻听龙心喜，往下开言把话云。皇爷叫声众殿下，你等着义仔细听。能学周公行忠正，莫学管蔡起亏心。久后寡人辞了世，你等须要秉忠心。建文皇孙年幼小，以后全仗叔父亲。扶保皇孙坐天下，我朕死后也闭睛。天子言罢训子语，殿傍气坏一个人。四殿下心烦暗痛恨，满怨孝孺方先生。老牛当殿胡言讲，似这等，无要紧言词信口云。古书上面事稽处，岂不耽误正事情。方孝孺，你今胡言讲，后来咱两把账清。有朝一日时运转，俺要稳坐九龙墩。执掌天下为皇帝，一定不饶老畜生！剜眼摘心不算账，敲牙割舌不容情。今日个，殿下发恨不要紧，到后来，果应其言在金陵。太祖殡天，建文登位，燕王吊孝发大兵。孝孺当殿驾殿下，千岁想起今日情。立刻敲牙取了齿，先生痛死尽了忠。闲言少叙书归正，且说北极宫内龙。越听越气心烦闷，忙忙下殿不稍停。金殿之上拉架式，雄赳赳，颂要去拳，要作应梦那条乌龙。

《乱柴沟》是继续着《大明兴隆传》写下去的。《大明兴隆传》终止于建文的失国，永乐帝的登极及方孝孺的被杀。《乱柴沟》则开始于永乐帝由金陵凯旋北归。他有一天坐朝，要令北番入贡，不料因此惹起兵戈，他便发大军前去讨北，也大得胜利而回，故全书名是：《通俗大明定北炮打乱柴沟全传》。其中写番将的勇猛异常，正衬托着永乐帝的兵将的英武。

胡总镇，垛口以内往下望，麾前的，副参游守细观瞧。但只见，无数番兵临城下，乱恍盔缨雉尾飘，身披明甲如凶虎，一个个，项短脖粗猛又肖。羊皮袄下藏利刃，沙鱼鞘内代顺刀。马似欢龙宗尾乍，人显威风杀气高。天降野人生口北，时常的，侵犯边界抢南朝。总镇看罢将头点，付内多呼两三遭。怪不得，大元不肯来纳进，所仗着，将勇兵多呈雄威。两国这一打上仗，胜败输赢往后瞧。

这是第一战，已看出番兵是如何的壮健了。

像这一类大规模的讲唱战事的鼓词，我所得到的还不在少数，像：

一、《北唐传》，

二、《呼家将》，

三、《杨家将》，

四、《平妖传》，

五、《三国志》，

六、《忠义水浒传》，

七、《西唐传》，

八、《北唐传》，

九、《反五关》

等等，这些都是每部在五十册以上的。马偶卿先生曾得有明末清初刊的《孙武子雷炮兴兵救孔圣》，那是其中规模较小些的，只有数册而已。刊本的鼓词为了易于分册流传之故，往往每册或每数册别立一名目，像《忠义水浒传》第三十九部，其别名是：《刘快嘴诓哄宋江》。其下又有两个标题，道是："二次降招安，刘能泄机密"。这一册便是四卷，可以独立成为一部分的。其第四十卷的标题则为：《济州城阵亡节庆》。也分四卷，其小标题则为："玉麒麟拒捕，显道神大战"。

现在再引《呼家将》的一段，做为这种战事鼓词的又一例。

《呼家将》亦有小说；这是和《粉妆楼》《薛家将》同类的东西，写北宋时，呼延赞子丕显被宋仁宗西宫庞妃之父庞文所害，全家遭难；后来，其子呼延庆来祭坟，大闹京城，终于替呼家报了仇事；文笔很流畅有力。

疑小说系从此出。

且说众官兵官将，有人给他们付了音信，因此大家手忙脚乱，各持兵刃前来。走至离坟不远，只听得炮竹之声。大家往前紧走了几步，只见坟前烈火飞腾。借着火光，看见有一个十一二岁的顽童，在那里抚掌大笑。众官兵一见，忙忙的往上一裹，登时把小爷围在垓心。应声威唬说："吼！那个黑小子，你可是呼门的后代？你好大胆子！竟敢前来上坟！快给我据实说来。我定然放你逃生。你若不说实言，立刻叫你性命难存。"且说呼延庆听见他等来到，但见有一百余人，将他围住，一个个手执兵刃，全是官兵打扮。有在马上的，有在步下的。单有两个为首的，一个使刀，一个使斧，骑在马上，与他讲话，叫他说实话。小爷由不得又惊又气。暗说："我可如何答对于他？"正然低头思想，又听见马上的二人开言问话。

小英雄，正然低头心思想，可对他是怎样云。又听二人开言问，叫一声，黑小顽童你是听。方才老爷问你话，为何不言是何音？难道说，你的耳聋没听见，快说休叫我动嗔。姓甚名谁何处住？谁人叫你来上坟？你们还有人几个？可是呼家后代根？再若是，代曼巡探你不讲，叫你立刻命归阴。小爷闻听这些话，他的那，腹中展转自沉音。只得与他讲嘴硬，假作痴呆哄众人。倘若是，哄过他们好走路，早早的，我好回家见母亲。想罢有语开言道，假意堆欢面代春。对众人，口中连连呼列位，你等仔细请听云。小可我在城外住，离城三里有家门。家中父母全在世，我家好善本姓金。我父母，前年一同生灾祸，是我神前许愿心。若得父母均安好，我情愿，各庙之中把香焚。若到清明这一日，城中各处赦孤魂。果然是，孝心感动天合地，父母全然病离身。我本照会还香愿，万不敢，虚言失信哄鬼神。

众位请想：神鬼的跟前，如何敢失信。口愿已出，不能不还。因此今往城内各处普济孤魂。我见这里有坐大坟，知道此处叫作万人坑，定然无人祭扫，故此与他烧纸。此乃善事，众位何必嗔怪，话已说明，天可也不早咧，我还要出城家去呢。小爷说着话，只见他答里答山，迈步想走。

呼延庆，说罢答山想走路。二人一见那相容！在马上，兵刃一指开言道：微微冷笑两三声。叫声顽童真胆大！小小的，英尔也敢把人蒙。分明你是呼家后，乱语胡言不说明。料着你，可又能有多大鬼，想要瞒人万不能！好好与我说实话，我们放你去逃生。再若用言来支吾，叫尔立刻赴幽冥。呼延庆，听言不由心不悦，说：你这人好不通，我说尽是实情话，为什么，会故拦我不叫行？什么叫做呼门后，此乃闲言我不听。我的话，凭你爱信与不信，天晚我是要出城。谁肯与你说闲话，白白耽误我的工！倘然若是回去晚，父母必定挂心中。我走了，不与你们白扯臊。说罢答讪又要行。二人一见冲冲怒，不由得，一齐无名往上攻。只说幼尔真万恶！料你不肯讲实情！必须得，拿住用绳上了绑，还得拷打动官刑，那是你才说实话，善善如何肯应承。说罢一催坐下马，举大刀，形如恶煞那相容。

这二人乃是庞贼的心腹家将。使斧的叫作刁奇，使刀的叫作王斌，二人俱有几分本领。仗着主人的势力，终日欺压百姓。这王斌见呼延庆年幼，故此轻视小爷。说话间，心中一怒，催开坐骑，举起刀来，楼头就剁。

呼延庆，一见时下不代曼，小爷元本体太伶，又有神人亲传授。他本是，王敖老祖一门生，虽说学艺年分浅，奈何根行不非轻。他乃是，遵奉敕命临凡界，报仇之中头一名，来历实实非小可，自然与众不相同。看见大刀离不远，小爷连忙纵身形。嗖一声，闪至旁边朵过去，王斌刚刀砍在空。使得力大身一探，这个贼，吸呼栽下马能行。付又楼马身一挺，坐下征驹往前冲。他付又，旋转回来心大怒，只听他，口内吆喝喊一声、大叫幼尔真可恶！定要送你赴幽冥。说着话，双手又把刀一举，照定小爷下绝情。呼延小爷不代曼。他又迈步往上迎。却是留神加仔细，二目圆睁不错睛。但见那，刀离自已头不远，这才设下巧牢笼。将身一闪躲过去。伸虎爪，抓住王斌斩将锋。用力便往怀中掖，小爷力大是天生。叫一声，拿过来罢快给我，不由王斌把手松。兵刃竟叫人夺去，王斌他，又惊又臊又飞红。

小爷呼延庆乃是天生的神力，那王斌可又能有多大力量。一刀砍空，就知有些不好。果然被小爷将刀杆抓住，用力一拽，竟自夺去，由不得心下着忙。暗说：“我连一个小孩子斗不过，叫人家赤手空拳，将刀夺去。况且他还是在步下!”登时间臊得满脸通红。口中大嚷。“快拿我的兵刃来！我好杀你！”呼延庆闻听，微微冷笑说：“我把你这该死的囚徒！世界上那有那等的呆人！我还了你的兵刃，好叫你将我杀死！这倒罢了，我这里正要还你呢。”说着，一个箭步赶上前去，双手一甩，楼头就剁。呼小爷，说话之间身一纵，双手一甩斩将锋，照定王斌楼头剁。这个贼，一见着忙魂吓惊，手无寸铁难招架，只得代马闪身形。偏偏呵，马失前蹄多背气，也是奸贼恶满盈。刚刀来的多急快，只听硗叉响一声，代背连肩着了众，这一家伙真不轻。可笑他，只为痴心将功力，不料先归枉死城。死尸一仰栽下马，那边厢，刁奇一见恼又惊！大叫一声气死我，好个万恶小畜生！你敢在，禁城之中众撒野，刀伤将官命残生。情如谋反一般样，岂肯轻饶擅放松！言罢马上忙传令，分付手下众军兵，去一个，先到各门去付信，晓谕他等快关城。再到帅府去报信，速调那，人马前来莫消停。大家先将他围住，看他可往那里行。众军卒，内有两名人答应，又分头，付信关城去调兵。此且按下我不表，再说呼延小英雄。他听见，刁奇传下这将令，不由英雄魂唬京。暗暗腹内说不好，今日里，倒只怕性命残生保不成。

三

但小规模的鼓词，从二本到十本左右的，也还不少。这些，大都是讲唱风月的故事的。不过也杂有像《东郭野史》一类的讽刺鼓词，《斩窦娥》一类的讲唱民间流行的故事的鼓词，和《平定南京鼓词》一类的讲唱时事的东西。

我曾得有旧刊本的：

《蝴蝶杯》（四册）

《巧连珠》（四册）

《凤凰钗》（四册）

《满汉斗》（二册）

《红灯记》（二册）

《三元传》（六册）

《紫金镯》（十本）

《二贤传》（四册）

《珍珠塔》（四本）

《千金全德》

《双灯记》

等等。而新出（或旧本新印）的鼓词有如江潮的汹涌，雨后春笋的怒茁，几有举之不尽之概，差不多每一个著名些的故事，都已有了鼓词。这可见北方民众是如何的爱读这类的东西。不一定听人讲唱，即自己拿来念念，也可以过瘾了。姑举二十种于下，实不过存十一于千百耳（但也有的是大部鼓词里的一册或数册）。

馒头巷　施公案　方玉娘产子滴血

宝莲灯　孽姻缘　雍正八义

白良关父子相会　红拂传　迷魂阵

唐宫闹妖记　郑元和莲花落　迷人馆

铁公鸡　侠凤奇缘　骚翁贤媳

霸王娶虞姬　雷峰塔　侠女伶

封神榜　双合桃　张松献地图

像这一类的鼓词，其组织和金戈铁马的大部鼓词没有多大的区别，描写的也不见疏忽粗率。且举《二贤传》的一段于下为例：

人间私语，天闻若雷。暗里亏心，神目如电。

上本书说张子春将三两青丝拨开，绑了个结实。佳人不能动转。

佳人躺在尘埃地，打马的鞭儿手中拿。用手指定开言骂，骂了声烟花柳巷下贱人。我到有心台爱你，你这贱人情性歪！三声若是跟我回南去，一笔勾消两分开。牙崩半字说不去，管叫你一命苦哀哉。打死你贱人臭臭一块地，料想着无人刨一土把你埋。佳人说：你杀了罢！老蛮子闻听下绝情。只见他一鞭一下往下落，鞭鞭着人甚可怜！打的佳人难禁受，扑漱漱泪珠染香腮。眼望北京将头点，暗叫兄弟陈钦差。你只知奉旨河南把巡案坐，那晓得姐姐此处有难灾！瞒怨保儿心太狠，竟自卖与子春他。欲待跟客河南去，从今后姐弟两分开。欲待不跟他河南去，老蛮子毒打我情实难挨。这佳人出在无计奈，叫了声张爷贵手高抬。

佳人受打不过，口尊："张爷息怒！贱人跟你回南去就是了。"老蛮子闻听，把手内鞭子往扔边一旁，说："贤妻真呆气！既愿跟我回南，何不早说？若是说了，我怎肯打你这些马鞭子呢？张洪，把马拉拉，抱扶侍我爱娘上了牲口。"张洪闻听，把马代过，先侍候主人上马。老蛮子上得马来，头前东南角上，相离佳人有十数多步的光景，在那等候。张洪一回身，又往树林拉马。忙的佳人停身站起，把头上的青丝挽了一挽，用乌绫手帕包紧。有一条青衣汗巾束腰，朝着张洪把手一摆，说："掌家的，你且站住，我有话问你。"张洪说："你这女子还有什么讲的?"佳人说："掌家，我有许多心事，有意告禀你家东主。虽想张爷不容我说话，竟把我打了一顿。你虽是主仆，却像父子一样。你要说话，你东主无有不听之礼。掌家的，奴借你口中言，传心腹事。你对张爷说明：你主仆只当积点阴功，把我送到河南开封府，找着我兄弟。银子还你个本利相停。这个如何?"张洪闻听，把手一摆，说："你这女子，醒醒罢!"佳人说："我不是睡觉不成！怎么叫我醒醒呢!”张洪说:“你虽然无有睡觉,你竟说都是些梦话。你当我家爷费了一两半两的吗?也费许多银子。他在富春院使了一千二百两银子,才买你来身边为妾。要送你河南,见了你兄弟,银子还我们个本利相停。这要算起来,足约贰千四百两。你当少呢!”佳人说:“这到河南,不见我兄弟,也不费难。只当谈笑之中,易如反掌。”张洪说:“怎么的,你在烟花柳巷,你还有这们个好兄弟么?我且问你令兄弟在河南作什么买卖呢?”佳人说:“你猜一猜。”张洪说:“我何用三猜二猜!我一猜就猜着了。想你令兄弟在河南开当铺。”佳人说:“不是。”“哦,想来是贩卖红兰紫草的。”佳人说:“不是。又远了,更不是咧。”“哦,是贩蜜烛香茶的。”“可也不是。”张洪说:“这个我可猜不着咧!令弟在河南又不是开当铺,又非贩卖红兰紫草香茶蜜烛,那有这宗银子买你出水从良呢?”佳人说:“张洪,要不提起我那兄弟到还可矣!若是提起我那兄弟来可也不小!想你在他跟前站着跪着地方也是无有的。”张洪说:“这话不然!说我张洪是我家东主仆人,不过敬尊我家的太爷,并天下财主虽多,他都不能管我。再说你兄弟就有拨天势力,我与他无干,也管不着我在这个地方!我偏在这里坐下,又撺何方!”张洪一边说着话,一屁股坐下在佳人面前,仰着脸,单听女子讲话。佳人说:“张洪,你当我那兄弟是买卖客商么?不是!哦!他本是今年正德皇爷御笔亲点头名状元,皇爷又点河南八府代天都巡按。我实对你说罢,如今河南奉旨按院陈奎,那就是我兄弟哟!”张洪闻听,那里还有魂呢。不扶尘埃,爬起来拨开脚步,往东北角下,咕噜咕噜的直跑。这个话幸亏老蛮子未曾听见,在马上如何坐的住呢。要是滚下马来,就送了他这条老命。为什么他就无有听见呢?书要说个明白。

在坐明公，听书也要听个细致。方才说过，老蛮子八十来岁了，耳陈眼慢，看也看不真，听也听不见，又再东南角下，相离佳人有十数多步开外的光景。这女子与张洪讲话，他可如何听的见呢？他若听见，有见识的，自然也不害怕了。他是无从听见，只看见他的仆人，往东北角下飞跑，他还不知到打那头所来呢。在马上把鞭子一摆，用声招手。“张洪，你往那里去？你与我回来！”要是别人，想叫他回来，再也不能的。张洪正往东北上直跑，听见有人指名叫他，回头看了一看，是他的东主，忙反面来至老蛮子马前，大惊小怪：“大爷不好了！方才那女子讲的语，你老无有听见么？”老蛮子说：“哦！是了！想是不跟咱们走回南去，口出怨言，骂起我来么？”张洪闻听，把脚一跺，仰面长吁！“大爷，你当真没有听见么？方才那女子说的明白，叫咱主仆二人只当积点阴功，叫咱爷儿们把他送到河南开封府，见了他的兄弟，银子还咱爷们本利相停。我问他兄弟在河南作何买卖呢？他说：他兄弟并不是个买卖客商，本是个状元出身，今奉那正德皇爷御笔亲点，现任八府巡按。如今那河南按院大人陈奎，就是他的兄弟咧。”老蛮子闻听得，将顶梁股上吱的一声，冒子一股凉气，把手一扎，险些吊下马来。在位的爷想情，方才说老蛮子八十多岁的人了，要是从马上吊下来，焉能有他的性命呢。多亏了他的仆人张洪，正在精壮年少，扯上一步，搀扶在马上，说：“大爷醒来！”老蛮子定神良久，到抽一口凉气，哎呀一声，自己叫着自己说道：“张子春，你活了八十多岁了，老来无有才料！花费了一千二百两银子，买了一个心爱的花娘子。何从是心爱的娘子，分明是比作刺猬一样！捧着他罢，又扎手；欲得扔了罢，可惜我那一千二百两银子呀！”

老蛮子爬伏在那鞍轿上，唬得他浑身打战战兢兢，良久还过一口气，腹内展转自颠夺。我今年枉活八十多岁汗，这是我少智无谋缺欠通。我比作乞丐得病把父母想，癞蛤蟆要想吃天鹅。我就说老来作个风流客。不承跳进是非坑。这一去河南路过开封府，遇见钦差难逃脱。倘若是得罪陈巡按，到只怕我这老命活不成！虽然后悔悔得晚，事到其间莫奈何。老蛮子他在马上神不定，张洪，你可怎样行？

《二贤传》写的是明代正德时，书生陈奎和李三姐的悲欢离合事。

四

到了清代中叶以后，大规模的鼓词，讲唱者渐少，而“摘唱”的风气以盛。所谓“摘唱”便是摘取大部鼓词的一段精华来唱的。这似是一种自然的趋势，南戏的演唱由全本而变成“摘出”，鼓词也便由全部的讲唱而变成“摘唱”。这种趋势是原于社会的和经济的原因的。以后，成了风气，便有人专门来写作这种短篇的供给“摘唱”的鼓词了。

近代所唱的鼓词有京音大鼓、奉天大鼓、梨花大鼓（即山东大鼓）等等分别，但在大体上，其弹唱的方法是很相同的。

赵景深先生以为近日流行的大鼓书和鼓词不是同物。这见解是错误的。近日的大鼓书诚然很少夹入说白，但每次讲唱时，唱的人，仍要来一段开场的。因为“短”，所以以下便也容纳不下讲说的一部分了。这便是“讲”的部分渐渐被淘汰了的原因。零段的鼓词，今所传的并不十分多。最重要的是所谓“子弟书”。“子弟书”的组织和鼓词很相同，虽然没有说白，但还可明白看出是从鼓词蜕变出来的。

所谓“子弟书”，是指八旗子弟的所作。八旗子弟渐浸润于汉文化，游手好闲，斗鸡走狗者日多，遂习而为此种鼓词以自娱娱人。但其成就，却颇不少。

子弟书以其性质分为西调、东调二种。“西调”是靡靡之音，写“杨柳岸晓风残月”一类的故事的。东调则为慷慨激昂的歌声，有“大江东去”之风的。

西调的作者最有名的是罗松窗，惜未能详其生平；他所作的，今知有《大瘦腰肢》《鹊桥》《出塞》《上任》《藏舟》及《百花亭》六种。（总不止此数，但不易再得到。）他所写的，不尽为故事，也有纯然是抒情的，像《大瘦腰肢》。《松窗》的文学修养的工夫很深，故其风格便和一般的鼓词复然有异，像《出塞》的一段：

群山万壑赴荆门，生长明妃尚有村。一去紫台连朔漠，独留青冢向黄昏。画图省识春风面，环佩空归夜月魂。千载琵琶作胡语，分明怨恨曲中论。伤心千古断肠文，最是明妃出雁门。南国佳人飘雉尾，北番戎服嫁昭君。宫车掩泪空回首，猎马出关也断魂。今日还非胡地妾，昨宵已不是汉宫人。风霜不管胭脂面，沙漠安知锦绣春。幸有聪明知大义，敢将颜色系终身。为救苍生离水火，甘教薄命葬烟尘。残香剩粉人一个，野地荒烟雁几群。自叹说到处沙场多白骨，又谁知今朝小妾吊英魂！尔等是侠气雄心真壮士，偏遇奴断肠流泪苦昭君。我叹尔白骨纵横在这荒草地，尔叹奴一身流落莽乾坤。为甚么尔叹奴家奴叹尔？只因都是汉家臣。为国精忠是臣子的事，封妻荫子圣皇恩。莫向黄昏哭鬼火，须从白日傲精魂。伸自神而屈自鬼，况尔等尽是英雄侠义人。休嫌风雪胡天地，自有莺花故国坟。这佳人想念爹娘不知安康否，也是苍苍白发六旬的人。大略著也模糊了儿的面貌，可怜空对我的朱门！一自孩儿归内院，但从魂梦见双亲。实指望二八青春压六院，三千宠爱在一身。万两黄金充小妾，千方白璧慰亲心；又谁知一朝去国才十八岁，万里投荒二九春。这娘娘命取琵琶弹马上，眼望南朝两泪淋。弹的是断肠商调《湘妃怨》，唱的是恸耳伤心故国音。君王雨露沾天下，并非独吝在昭君。自恃容颜羞行贿，也非爱小省黄金。妾身也不怨毛延寿，都为我前世的昭君是造了孽的人。不行好事才折了奴的福，可怨谁来是自己寻！只因我父母堂前缺孝道，君王座下少忠心，无故的断送毛延寿，总死胡邦也是结了怨的魂。这如今一身柔弱有谁来问！天哪，教我走投无路，进退无门。奴本是守礼读书节烈女，此身已是汉官人，岂肯失身于草莽，难道说就不念南朝旧主恩！忆君王临别不忍与奴分手，龙目纷纷两泪淋，哭湿了龙袖还揩奴的泪，口唤卿卿莫怨寡人。这而今茫茫野草烟千里，渺渺荒沙日一轮。数团毡帐连牛厂，几个胡儿牧马群。回头尽是归家路，满目徒消去国魂。向晚来胡女番婆为妾伴，那浑身粪气哎就熏死人。这一日忽见道傍碑一统，娘娘驻马看碑文。看罢低头一声叹，呀，原来是飞虎将军李广坟！

不是大手笔是写不出这样流丽宛曲的唱文来的。韩小窗在《周西坡》里说道："闲笔墨小窗窃拟松窗意，降香后写罗成乱箭一段缺文。"则松窗也曾写过东调的了。

东调的作者，以韩小窗为最重要。他屡次的在鼓词里提到自己的名字，但在其中，对于他自己的生平，却一点消息也没有。他所作的有《托孤》《千钟禄》《宁武关》《周西坡》《长板坡》等，风骨磷磷，读之如啖哀家梨，爽快之至！至今还是大鼓书场里为群众所爱好的东西。他写些西调，像《得钞傲妻》《贾宝玉问病》等，但不是嬉笑怒骂皆成文章，便是沉郁凄凉，若不胜情。他是不会写软怯无力的调子的。且举其《宁武关》的一段为例：

小院闲窗泼墨迟，牢骚笔写断魂词。可怜孝母忠君将，偏遇家亡国破时。怨气悲风凝铁甲，愁云惨雾透征衣。一腔热血千秋恨，宁武关苦死了将军周遇吉。这将军代州已被流贼破，也是那国家气数人力难支。出重围一念思亲情切切，几回欲死复迟迟。一路儿纷纷尘滚银枪冷，惨惨风吹战马嘶。奔到了宁武关中自家门首，见依稀风景似当时。老家将请安已毕接枪马，勇忠良把银盔整整抖抖征衣。进仪门脚踏花砖行甬路，到庭前英雄举目心内惊疑。但只见萱亲堂上开琼宴，妻子筵前捧玉卮。呀，这是我为国忘家把心都使碎，竟忘了太太是今朝寿诞期！太夫人一闻传报将军至，说，快唤来。早见阶前跪倒了遇吉，说，请太太万福金安无恙否？太太说：温存残喘难为儿媳，吾儿免礼。忠良站起见夫人，万福深深问起居。小公子向父请安垂手立，这将军千般悲恸只好一味支持。看看娘亲，瞧瞧自己，瞧瞧爱子，望望娇妻，暗思量，此际团圆，少时何在？一家儿须臾对面，倾刻分离。这将军满腹愁肠强忍耐，命家童把残席撤去重整新席。遇吉说：老母的千秋儿来拜寿。太太说：每年今日教你大远的奔驰。公子夫人双侍奉，旁华筵壶倾玉液，酒泛金樽。周遇吉膝前跪奉了三杯酒，无奈何把牙关紧咬作祝寿的言词。说：娘啊。声气儿倒噎红满面，泪珠儿在眼中乱转，不敢悲啼。说：儿愿母眉寿喜同山岳永，洪福长共海天齐。这将军拜罢平身把身倒背，偷擦得素罗袍袖血泪淋漓。太夫人看破将军悲切切，急问道：吾儿何故惨凄凄？周遇吉强硬着心肠陪笑脸，说：儿见母霜鬓垂白不似旧时，桑榆暮景年高迈，儿不能承欢膝下侍奉朝夕。太太说：你为此含悲么？忠良说：正是。太太摇头说：未必是实！可是吓，闻得代州有流贼犯境，你为何自回宁武，撇下了城池？周遇吉惊流满面含糊应，说曾打仗是孩儿得胜，那流寇失机。太太见忠良变色声音惨，老人家疑心之上更添疑。唤遇吉，忠良答应说，儿在。太太说：莫非你把代州失？周遇吉半晌惊呆说：儿来拜寿。太太见情真事确，就站起了身躯，说：好遇吉！还敢支吾说来拜寿！你瞧你一身甲胄，遍体征衣。忠良见萱堂震怒连声的问，无奈何一身跪倒，两泪淋漓。悲切切说："流贼的势众，代州的兵少，因此上孤城失守，独力难支。儿遇吉欲从阵上酬君死，为只为先到家中报母知。这忠良磕头血溅花砖地，恸泪成行战袄湿。忽见老家将惊慌气喘在阶前跪，说：不好了，流贼的兵将围困城池。一片哭声远近闻，军民逃蹿各纷纭。满城怨气黄尘起。四野狼烟白昼昏。流泪断眼周总镇，冰肝铁胆太夫人。老家将浑身乱抖中庭跪，不住的报说流寇督兵打四门。太夫人眼看着忠良说：还不快去！大丈夫血溅在疆场才是报君。遇吉说：孩儿愿做军前鬼，但是老家将只身怎样护送娘亲？

这里还嫌引得不多！

李家瑞的《北平俗曲略》说，子弟书的作者，于罗松窗、韩小窗外，尚有鹤侣氏、云崖氏、竹轩、渔村、煦园等人，惜皆未详其生平。（他们的生平当然是不会见之于文人学士们的记载里的。）

参考书目

一、《中国俗曲总目稿》，刘复等编，中央研究院出版。

二、《北平俗曲略》，李家瑞编，中央研究院出版。

三、《世界文库》第四册，郑振铎编，中选罗松窗、韩小窗二人之作十余种。

四、《大鼓研究》，赵景深著，商务印书馆出版。

五、《一九三三年的古籍发见》，郑振铎著，见《文学》二卷一号。

六、《三十年来中国文学新资料的发现史略》，郑振铎著，见《文学》二卷六号。

七、《大鼓书词汇编》，杨庆五编。

八、刊行鼓词最多者，为北平二酉堂等民众的书坊。初为小型的木版本，最近多改为石印本。木版本几已绝迹市上。又乾嘉以下的抄本也不时的可以遇到。

九、《西谛藏书目录》第三册。这一册全载讲唱文学，自“变文”以下的诸门类的目录，间附说明。

第十四章

清代的民歌

一

清代的散曲也和明代的一样，已成了文人的作品，不复是民间的东西了。明代的南北曲，尚是和“南宋的词”相同的东西，虽已达老年，而还能生存，还能被歌唱，还能流行于民间；但清代的散曲却像“明代的词”了。除了少数的例外，大多数的南北曲都已不能被之弦歌，都已不能流行于民间。散曲作家们的气魄也不复像元、明二代之豪迈。他们不是过于趋向尖新、鲜丽之途，在一字一句之间争奇斗胜，便是拘守格律，不敢一步出曲谱外，变成了死气沉沉的活尸。

清代的重要的散曲，自当求之于民间歌曲，而不能在文人学士们的作品里见到。

明人大规模的编纂民歌成为专集的事还不曾有过，都不过是曲选或

“杂书”的附庸而已。——除了冯梦龙的《挂枝儿》和《山歌》二书之外。但到了清代中叶，这风气却大开了。像明代成化刊的《驻云飞》《赛赛驻云飞》的单行小册，在清代是计之不尽的。刘复、李家瑞编的《中国俗曲总目稿》所收俗曲凡六千零四十四种，皆为单刊小册，可谓洋洋大观。其实，还不过存十一于千百而已。著者昔曾搜集各地单刊歌曲近一万二千余种，也仅仅只是一斑（惜于“一二八”时全付劫灰）。诚然是浩如烟海，终身难望窥其涯岸。而综辑民歌的工作，也不断的有人在做。其规模虽没有比冯梦龙的更大，却比他更为小心谨慎。他的《山歌》《挂枝儿》等集，究竟有多少是民间的本来面目，很可怀疑。他一定曾大胆的加以删改，加以润饰，好像把魏唐石刻，敷以近代的泥粉一样，未免有些走样或失真。其中，且更有许多的他自己或他友人们的拟作在内。但清代的民歌搜集者，编订者却甚为忠实，其来源也甚为可靠。像《白雪遗音》的编者差不多便费了一年多的编辑工夫。

> 曲谱四本，乃多方搜罗，旷日持久，积少成多，费尽心力而后成者。
>
> ——华广生自记

在高文德的序上，也记着编者华广生的话，道：

> 初意手录数曲，亦自作永日消遣之法。迨后各同人皆问新觅奇，简封函递，大有集腋成裘之举。

所以，他的搜罗的范围是很广泛的，并非出于一人之力，而是出于许多人的协助。其中，搜集的人或难免有偶加润饰的地方，但大多数可信其为本来面目，有许多且是很新鲜的从民众口头上采集下来的。

《霓裳续谱》的来源，比较复杂。但在实际上也是伶工们的口头相传的东西。王廷绍序云：

> 三和堂颜曲师者，津门人也。幼工音律，强记博闻。凡其所习，俱觅人写入本头。今年已七十余。检其箧中，共得若干本。不自秘惜，公之同好。诸部遂醵金谋付剞劂，名曰《霓裳续谱》。

这是《霓裳续谱》的来历了。虽然“其曲词或从诸传奇拆出，或撰自名公巨卿，逮诸骚客，下至衢巷之语，市井之谚，靡不毕具”，但究竟以衢巷市井之歌为最多。像这样慎重的编订，乃是明人所不能及的。

二

今所知的最早的民歌集，乃是乾隆九年（公元一七四四年）“京都永魁斋”所梓行的《时尚南北雅调万花小曲》。永魁斋只题着梓行的年月：“岁在甲子冬月”，但马隅卿先生所藏的一本（我的藏本即从此出），封面前有维宽氏的“乾隆三十九年吉立”字样，由其版式看来可知此“甲子”，必是乾隆九年。如果是再前六十年的刊本，则便是康熙二十三年（公元一六八四年）的“甲子”了，但其版本却全然不是康熙时代的，更不是明代的。故可断定其刊行年代必为乾隆九年。

这本《时尚南北雅调万花小曲》并不怎么厚。所录凡：

（一）《小曲》　三十六首

（二）《劈破玉》　五十三首

（三）《鼓儿天》　五更一套

（四）《吴歌》　　五更一套

（五）《银纽丝》　　五更十二月

（六）《玉娥郎》　　四季十二月

（七）《金纽丝》　　四大景

（八）《十和偕》　　三十首

（九）《醉太平》　　大风流

（十）《黄莺儿》　　风花雪月

（十一）《两头忙》　恨媒人

不过是一百余首的一个小集子。永魁斋题云：

> 此集小曲数种，尽皆合时，出自各家规式。本坊不惜重金，镌梓以供消闲清赏。

其中所选，俱未注明来源。但有一部分，像《劈破玉》《黄莺儿》等，皆可知其为明代以来的遗物。最可珍贵的部分乃是三十六首的小曲，这里有很粗野的东西，但也有极真诚的作品；有极无聊的辞语，也有极隽永的篇章。

小　曲

> 日字儿多似猛松雨，既要相交那在乎一时！要是要你有情来我有义，再别拿着丹田的话儿在我心坎上递。也自是柴重人多不凑咱两个的局，也罢了另择个日子把佳期叙。又

> 天下最明不过就是你，你怎么这般样着迷！墙有风，壁有耳，非儿戏。受困邦一因一着机不密。虽有一个别途未否是你偕老的佳期，候伊允我这里自然有主意。又

自己的心肠劝不醒，当局者迷旁观者就清。劝我的人金石良言咱不听，大端是未曾害过相思病。有一句话儿你牢牢的记在心，常言说是花儿也自开一喷。又

不必你老表心事，我眼里有块试金石。一见了你就知道你是疼人的，初相交就与我个舍不的。人人道你最出奇，也是我三生有幸今朝你把遇。又

你不必好歹跟着人家样子儿比，人有好歹物有高低。痴心的人到处里闻名深感及，负义的使尽了机关情不密。我虽然眼底下不齐后会有期，那其间上了高山你才显平地。又

似你温良真少有，望攀有意碍口失羞。久闻着你件件疼人真情厚，但不知佳期能勾不能勾？虽然说会着你一遍留下一遍念头，无凭据自恐怕其中不实受。又

学不会的温良真可喜，疼人的诀窍难得难习。行情处情意显然投我的意，又观人眉目之中自望心坎上递。但与你交接无不着迷，留下的好魂梦之中教人长影记。又

一见乖乖把念头起，又不知投你的机来不投你的机。风月中滑脆脆的人儿如心腻，不似你件件桩桩合上我的意。从合着你傍花野草挂口儿不题，说不想不由的念你不知是咱的。又

向日的真心蒙慨允，付来的字儿钦此钦遵。感你的情时刻悬思念不尽，我怎肯在你身上爽全信。怕只怕下玷干你蠢莽愚村，不过是交情泛好投缘分。又

虽然合你相交浅，如同相交好几年。从离了你再不把别人恋。我的心实实伏在你身上。有两句碍口的说儿不好和你言，又未知亲人情愿不情愿。

这两日不曾见，未知亲人安不安。从离了你泪珠儿就何曾断，

数归期十个指尖都掐遍。你遇着有窍的人儿尽着和他顽。欢娱去对着镜儿把我念一念。

做了一个蹊跷梦。梦儿中会我亲人。那亲人说的话儿知轻重，又未知亲人心顺不心顺，觑着你俊庞儿一似莺莺，喜杀了我把衾儿枕儿安排定。

从南来了一行雁，也有成双也有孤单。成双的欢天喜地声嘹亮，孤单的落在后头飞不上。不看成双只看孤单，细思量你的凄凉和我是一般样。

既有真心和我好，再不许你要开交，再不许你人面前儿胡撕闹，再不许你嫌这山低来望那山高，再不许你见了好的又把槽来跳。

小亲人儿心上爱，爱只爱情性乖。因此上恹恹病儿牵缠害，一见你魂灵儿飞在云霄外。一刻儿不见你放不下怀，要不想除非你在俺不在。

你在那里朝朝想，我在这里夜夜思。思只思亲人待我的好情意。愁只愁热香香的人儿分离去。虽然说去了还有个来时，怕只怕眼下凄凉无人绪。

隔着桌子把瓜子壳儿打，三番五次看着咱。斟一杯酒儿说了几句在行话，临起身大腿儿上掐一下。掐的我腰儿酸来骨头麻。天晚了今夜不如歇了罢。

成就佳期恭喜贺喜，展放开愁眉皱眉。有劳你费尽心机多累有累，幸今宵百年和偕身遂意遂。无罣碍再不去疼谁想谁，深感激痴心未退邪心退。

实不欺心灾少祸少，从无天理前瞧后瞧。圣人言在上不骄当拗别拗，所谓修身在正其心慎要谨要。你别说自夸其能心高志高，

画虎不成反惹得旁人不笑也笑。又

知己投机最少而可少，情性温良不交也交。但有些余下的工夫候教领教，你行的事百中百发玄妙奥妙。只因你美目上传情教我胡猜乱猜，俊庞儿思想起来不爱也爱。

实意真心疼你为你，要我的无常千移万移。既许下欲待亏心何必不必，因此上着意留神叫你心细仔细。朋友面前克要你随机应急，放宽心勿要拗争气赌气。

频坠灯花结彩报彩，昨宵惊梦奇哉怪哉。他与我诉离情耽耐敏耐，我回答因痴心少待等待。幸今宵独对和景音来信来，喜相逢从整佳期真爱可爱。

沉坠官花结彩映彩，今夜凄凉难捱怎捱。梦儿中诉离情急坏想坏，醒来时自落得话在人不在。幸遇着乖乖音来信来，喜团圆二次佳期真爱可爱。

为去烦难怕有偏有，恩爱牵连欲休不休。现放着盆沿上佳期一就难就，又无一个帮衬的人儿成凑弗得凑。心坎上堆累着新愁旧愁，似你多鬼病恹恹憔瘦体瘦。

我为你招人怨，我为你病恹恹，我为你清减了桃花面，我为你茶饭上不得周全，我为你盼望佳期把眼望穿。亲人若团圆净手焚香答谢天，怎能勾手搀手儿同还愿。

河那边一只凤，我怎么叫他不应。大端是我亲人少缘分，雇一只小船儿把我来撑。撑到那河边问他一声，他若是不应承。转回身来跳在水中，你教我有名无实终何用。

人害相思微微笑，我只说故意儿妆着。谁承望我今入了你这相思套，恹恹瘦损我命难逃。海上仙方尝尽了，急的我双跌脚。亲人罢了我了，要病好除非是亲人在我怀中抱。

久别尊容可安否，失亲敬面带着饶。从离了你诸般样的事儿无心料。他那里怎么儿样温存对着我来学，我这里照着样儿侍奉我那年纪小的娇娇。你闪我我不恼，愁只愁把你牵连坏了，又我定要复整佳期鸾凤效。

洛阳桥上花如锦，偏我来时不遇春。大端是君子人儿时不正，遇着一个疼我的人儿不把我来亲，亲近我的人儿不会温存。你也是个人，我也是那十个月的怀胎八个字儿所生。又

大端是前世前缘少缘分，昼夜家牵连不闭眼。愁只愁心事难全，虑只虑恩人不得到头真可叹。我怎么自是相与个人儿乍会新鲜，乍会情浓比蜜儿还甜。哄的我托心和他好，脚蹉着这山眼又望着那山。又怎么来几番家决断则是决不断。又

一别经年无经惯，两次相思谁人敢耽。三不知的你去的一个音绝断，似有如没盼不到我跟前。五行书里命犯着孤鸾。六月连阴天，凄凄凉凉敢向谁言。又八不能闪了我和他行伴。又

叫一声谁答应？叫二声有谁应承？叫三声乖亲儿去的一个无音信。叫四声走近前来着着意儿听，叫五声年小的乖乖有影无形。叫六声我的人。细想想，白叫了七声。又叫八声乖乖不来倾了我的命。又

不在行谁把你来想，因为你在行惹下牵连。巴不得常搀手来和你明陪伴。交情儿容易拆情儿好难，提起一个离别的字儿摘了我的心肝。凡事无心恋时时刻刻掐不断的牵连，又若凄凉抢着手儿和你愿从愿。又

像其中：“有一句话儿你牢牢的记在心，常言说是花儿也自开一喷”，“但与你交接无不着迷，留下的好魂梦之中教人长影记”，“一刻儿不见你放不

下怀，要不想除非你在俺不在”，“亲人罢了我了，要病好除非是亲人在我怀中抱”，“交情儿容易拆情儿好难！提起一个离别的字儿摘了我的心肝”都是以极浅显的话，来表达最深挚的情意的，这确是衢巷市井里的男女们的情辞。有的想像和情语乃是元、明曲里所未曾见到的。

《十和偕》目录上写着三十首，实际上只有二十首，但每首都是粗鄙不堪的，都是最恶俗的赤裸裸的性的描写；大约连妓女们也不会唱得出口的吧。

最可注意的是《西调鼓儿天》，这是“一套”咏思妇的最好的篇什。“西调”之名，第一次见于此。这“西调”，在《霓裳续谱》里是极重要的曲调，可见当时是极流行于“京都”的。

西调鼓儿天

一更鼓儿天，又我男征西不见回还。早回还与奴重相见，了呀！叫了一声天，哭了一声天，满斗焚香祝告苍天。老天爷保佑他早回还，早回还，奴把猪羊献。了呀！

二更鼓儿多，又我男征西无其奈何！没奈何叫奴实难过！了呀！叫了一声哥，哭了一声哥。我想我哥哥泪如梭，泪如梭，不敢把两脚错。了呀！

三更鼓儿催，又月照南楼奴好伤悲。一张象牙床教奴独自睡。了呀！独守孤帏，又南来孤雁，一声一声催。雁儿，你落下来。奴与你成双对。了呀！

四更鼓儿生，又我男征西在路径。在路径，叫奴身怀孕。了呀，你好狠心！又是男是女早离了娘的身。山高路又远，谁人稍书信。了呀！

五更鼓儿发，又梦儿里梦见我的冤家。手搀手说了几句衷肠话。了呀！梦里梦见他，又架上金鸡叫喳喳，惊醒来忽听见人说话。了呀！

双手把门开，又，过路的哥哥带将书来。忙接下我这里深深拜。了呀！二哥请进来，又，忙叫丫嬛把酒筛。你那里筛暖了酒，我这里定下菜。了呀！

满满斟一瓯，又，我替我二哥磕上二个头。二哥，你在外边想与我男儿厚。了呀！慌忙斟一瓯，又，我替我二哥吃上几瓯。二哥，吃知你不吃斋，我这里熬上肉。了呀！

一齐往上端，又，薄饼卷子一替一替的端。先上了肉粉汤，后上大米子饭。了呀！其实不中看，又，丫嬛调汤不知咸酸，二哥，你不美口，权当家常饭。了呀！

嫂嫂我来扰，又，有一句话儿不好对你说。守贞节不与旁人笑，了呀！不必你叮咛，又，我男征西掌团营。他本是大丈夫，奴怎肯扫他的兴。了呀！

送出前堂，又，回进后房弓箭什物挂在两墙。手拿着响幞头，弓弦无人上，了呀！打开柜箱，又，关东靴儿四针四针行。我男儿不在家，再有谁穿上！了呀！

巴到黄昏，又，忙叫丫嬛掌上银灯。照的奴影儿斜，自有身子正。了呀！手抱小婴孩。又，问着你爹爹几时回来？脸儿手好像黄花子菜。了呀！

上的床来，又，脱吊了绣鞋换上睡鞋。我男儿不在家，小脚儿谁来爱。了呀！巴到天明，又，日头出来一点一点红。叫丫嬛抬简妆，取过青铜子镜。了呀！

对面相逢，又，照的奴一阵一阵昏来一阵一阵明。明明的害相思，不觉的忧成病。了呀。上的楼来瞧，又，满州的哥哥过去了。腰挂着简金刀，头带着鞑子帽。了呀！

可不到好！又，转过弯来不见了。好叫我那块瞧？自是干急躁！了呀！抬头往上瞧，又，八洞神仙过去了。前头是渔鼓响，后头是简板子闹。了呀！

云里逍遥，又，王母娘娘赴着蟠桃。韩湘子饮仙酒，大家同欢乐。了呀！相思害的慌，又青铜镜照的脸带子黄。拿过了鸳鸯枕，倒在牙床上。了呀！

两眼泪汪汪，又，梦儿里梦见我的情郎。醒来时独自在牙床上，了呀！想得闷恹恹，又，拿过烟锅吃上袋子烟。吃袋子烟，好似重相见。了呀！

奴好心焦，又，忽听门外一声一声高。开门瞧，却是儿夫到。了呀！摆摆摇摇，又，十指尖尖搂抱着进门时不觉微微笑。了呀！

搀手上高厅。又，忙叫丫嬛把酒斟。摆上了新鲜酒，与我郎同欢庆。了呀！宽衣到销金，又，自从你稍书摘了奴的心。脸皮黄，身子又成病。了呀！

〔清江引〕说来说来来不到，相会在今朝。欲待口儿哈，又要怀中抱，但不知那一些才为是好！

末以《清江引》为结束，这是《万花小曲》里的散套的通例。《银纽丝》的一套如此，《玉娥郎》的一套也是如此，《两头忙》的一套也是如此。

《两头忙》题为《闺女思嫁》，乃是全集里最有情趣的一篇。闺女思春之作，汤若士《牡丹亭传奇》写得最好，但还欠大胆，《姑尼思凡》颇能写出怀春的少女的情思，但也嫌不怎样投合于一般人的心意。但这里却极为大胆而显豁，言人所不能言，所不敢言。我曾得到单刊本的《艳阳天》，为陕西所刊，其内容完全相同。想不到这篇东西，很早的时候便已流传到

“京都”里来了。这篇开头有《西江月》的引辞，乃是别的套曲所不见的。

闺女思嫁

〔西江月〕话说闺女思嫁。春天动了欲心。爹娘婚配是前因，留在家中说甚！　男女愿有家室，长成当嫁当婚。央媒说合去成亲，千里姻缘分定。

〔两头忙〕艳阳天，又，桃花似锦柳如烟。见画梁双双燕，女孩儿泪涟，又。奴家十八正青年，恨爹娘不与奴成姻眷。泪如梭，又，春猫儿房上去起窝，奴在绣房中懒把生活做。嫂嫂与哥哥，又，二人说话情意多，到晚来想是一头卧。愿爹妈，又，李二姐，张大姐，都嫁人家养孩儿周把大。他也十八，奴也十八，爹妈伤蹇没大萨，正青春怎不将奴嫁！园林折花，又，双双媒人到我家，险些儿把奴欢喜杀，爹到在家，又，若是门当户对好人家，望爹爹发了帖儿罢。

帖儿去了，又，不觉两日并三朝，急得奴双脚跳。不见来了。又，想必是帖儿看不好，到晚来不由人心急躁。

点上灯，又，灯儿下慢慢细沉吟，媒人来就是我婚姻动。不见回音，又，想必是帖儿不曾与人，思量起把媒人恨！恨媒人，又，讨了帖儿没回音，成不成叫奴将谁问！雁杳鱼沉，又，等闲挂过好青春，说不出心中闷。

媒人来，又，只得佯羞到躲开，待要听又怕爹娘怪。惹得疑猜，又，梅香欢喜走将来，说道：是将插戴。

婆婆相，又，忙施脂粉换衣裳，越显得精神长。站立中堂，又，低头偷眼把婆张，这婆婆到也善佛相。

忒妆娇，又，往我门前走了几遭，小厮们就把姑爷叫。我也偷瞧，又，仪标俊雅又风骚，正相当都年少。

眼巴巴，又，巴得行礼到奴家，怕去看行盒下。宝玉金花。又，我心儿里着实的不喜他，喜则喜将奴嫁。

好长天，又，捱过了一日似一年。快虽快还有两日半。喜上眉尖，又，催装担儿更新鲜，寻下些柔纕绢。

嫁装铺，又，有些事儿罣杀了奴，安稳些床和铺。坐下围炉，又，滚汤接力不可无，想着席子香，定把精神助。

洗浴汤，又，偏生的今日用些香，怕人张故把门拴上。仔细思量，又，鲜花今夜付新郎，到明朝又怕别一样。

起来时，又，浑身换了些色新衣，沉檀降速香滋味。淡粉轻施，又，人人说我忒标致，做新人不比寻常的。

把头梳，又，根儿挽紧不比当初，鬏髻儿也要关得住。少戴钗梳，又，今日晚来要将除，只怕手儿忙全不顾。

日头西，又，喜欢的茶饭懒得吃，我精神已在他家去。灯烛交辉，又，叮咚一派乐声齐，好婆婆亲来至。

月儿高，又，都到房里把奴摇，一拥着忙上轿。鼓乐笙箫，又，爆竹起火一齐着，怕不成只是微微笑。

到门前，又，踹堂的鞋儿软如绵，下轿来行不惯。瞥见装奁，又，冤家站立在踏板儿前，同坐上床儿畔。

坐床时，又，安排热酒递交杯，两齐眉坐富贵。就扯奴衣，又，惟有这会等不的，却有些真淘气。

插房门，又，灯下看得忒分明，他风流奴聪俊。搂定奴身，又，低声不住的叫亲亲，他叫一声奴又麻一阵。

门外呼，又。妈妈叫醒把头梳，下床时难移步。心上糊涂，又，问着话儿强支吾，妈起身我也无心顾。

打扮衣，又，打扮的就像个谢亲的，叫几声方才去。把奴将惜，又，糖心鸡子补心虚，手儿酸难拿住。

〔清江引〕女爱男来男爱女，男女当厮配。女爱男俊俏，男爱女标致，他二人风情真个美。

三

《霓裳续谱》刊于乾隆六十年（公元一七九五年），较《万花小曲》晚了五十多年，但其内容却丰富得多了，凡选凡西调二百十四首，杂曲三百三十三首，总凡五百四十七首。在杂曲这一部分，内容甚为复杂，有《寄生草》、有《剪靛花》、有《扬州歌》、有《玉沟调》、有《劈破玉》、有《银纽丝》、有《落金钱》、有《历津调》、有《北河调》、有《马头调》、有《秧歌》、有《南词弹簧调》、有《岔曲》、有《平岔》、有《单岔》、有《数岔》、有《平岔带戏》、有《莲花落》、有《边关调》等等。这里《马头调》并不重要，但到了《白雪遗音里》，《马头调》便是极重要的一个曲调了。

在那二百十四首的西调里，最大部分是思妇怀人之曲，其余的一小部分是应景的歌曲及咏唱传奇小说里的故事的。在其中，当然以怀人的情歌写得最好，像：

红铺间砌

红铺间砌，绿拥虚窗，恰正值嫩晴初夏。雏莺越柳，乳燕穿帘，惹起了无限惊讶。心事儿，乱如麻！强支持，身儿倚遍荼蘼架。触景关心，一声声，一片片，烦眸聒耳，絮搭搭，猛听得笑语喧哗。隔墙儿娇音频送，却是谁家？没来由摧挫咱，不管人寂

寞盈怀，偏向我唧唧喳喳？欲避却无暇。目断天涯，盼萧郎，坐想眠思，难消难罢。泪偷弹，柔肠寸结，空悬罣。（叠）

菊枝香老

菊枝香老，竹叶声干，早则是乍寒天气。人儿去，清秋百病，拖逗的我意倦情痴。终日里总没情思，独坐空闺，冷冷清清，寻寻觅觅，金炉中兽炭频添，薰不暖红红衫袖，冷透冰肌，蹙损仙眉。这情思恹恹细细，除却梅花，又诉与谁？怕黄昏，忽见楼角月儿起。空将这被儿温着，便是那鹦鹉惊寒也睡迟。（叠）盼春归，盼得春归，人不归来，待怎生的？（叠）

恨别后纤腰瘦损

恨别后，纤腰瘦损，罗衣宽褪。那更堪花翻蝶梦，柳锁莺魂？情绪纷纷，觉柔肠怎当得新愁旧恨？起初时，归期准在新春，到而今，病红渐老，瘦绿成林。袖梢儿叠叠啼痕！最难禁绣屏独倚，寂寞黄昏（叠），皓月如银，照孤帏转添一番忧闷。（叠）

黄昏后倚栏干

黄昏后，倚栏干，手托香腮，恼恨红颜多薄命。露湿霓裳，风摆罗裙，怎当得蟾光瘦影共伶仃？又听得落叶梧桐，檐前铁马咭叮当，搅乱愁人成病。可怜我一捻腰肢，几缕柔肠，悲愁恨秋，身似风中柳絮轻！长空皓月，不照那绣阁香帏，偏照得凄凄孤影。负你多情！满怀心事，难去觅知音！把玉笛梅花悠扬宛转，一声声吹断深更。（叠）这一番无限心情，都被那碧天凉月，迷却相思神不定。（叠）

愿郎君

愿郎君，荼蘼架下牢牢记：休为那风儿雨儿，误了佳期。长念着夜儿深，花阴有个人儿立。紧防着花儿柳儿，引逗的你意醉心迷。再叮咛此事儿，言儿语儿不可轻提，须教那月轮儿不空移！莫抛的莺儿独唤，燕儿孤栖！（叠）须要你情儿密，盟儿誓儿，切莫将人弃！（叠）

哑谜儿

哑谜儿，原约下荼蘼架。夙愿儿，又成在艳阳天。着紧的风流事儿，郎独占。你不怕鸦惊枝上，犬吠花间。我不受绣鞋儿苍苔露冷，罗袂儿杨柳风寒。响叮当好姻缘，我伴你琴弹绿绮，你与我笔画春山。（叠）风光美满，千金一刻不肯轻相换！（叠）

晚风前

晚风前，柳梢鸦定，天边月上。静悄悄，帘控金钩，灯灭银缸。春眠拥绣床，麝兰香散芙蓉帐。猛听得脚步响到纱窗。不见萧郎，多管是要人儿躲在回廊。启双扉欲骂轻狂，但见些风筛竹影，露坠花香。（叠）叹一声痴心妄想，添多少深闺魔障。（叠）

乍来时

乍来时，兰麝薰香，绮罗铺地。到而今，花残月冷，叶落林凄。病根儿从何起？这桩事儿分明记，月明时绿杨堤畔，白板桥西。早被他窥破了，使性儿软玉价儿低。悔当初，风流路儿迷！对萧郎粉脸堆羞！背萧郎翠袖含啼（叠），自惹凄凉，青春怎怨人抛弃！（叠）

胡首儿

胡首儿认不出云鬟云鬓。血泪儿擦不干新痕旧痕！断肠儿着不下多愁多恨？苦口儿道不出痴意痴心！旧事儿恼不出花阴柳阴。暖篝儿薰不透寒枕寒衾。惊魂儿持不定春深夜深（叠）。病身儿留不住珠沉玉碎。谁怜谁问。（叠）

莫不是雪窗萤火无闲暇

莫不是雪窗萤火无闲暇。莫不是卖风流宿柳眠花？莫不是订幽期，错记了荼蘼架？莫不是轻舟骏马，远去天涯？莫不是招摇诗酒，醉倒谁家？莫不是笑谈间恼着他？莫不是怕暖嗔寒，病症儿加？（叠）万种千条好教我疑心儿放不下！（叠）

以上都还是带着比较浓厚的雅词陈语的，但也有意思很新鲜，而文辞又活泼而更近于口语的，像：

离别时

离别时，落红满地；到而今，北雁南飞。央宾鸿，有封书信烦你寄。他住在白云深山红树里，流水小桥略向西。一派杨柳堤，紫竹苍松，斜对柴扉。（叠）那就是薄幸人的书斋内！（叠）

听残玉漏

听残玉漏展转，动人愁苦凄凉。怕的是黄昏后独对银灯，暗数更筹，奴比作（叠）墙内的花儿，潘郎比作墙外的游蜂。花心未采，来来往往，采去了花心，飘然儿不回！就是这等丢人！（叠）天呀！我把玉簪敲断凤凰头，平白的将人丢！要说来就说来；要说是不来就说是不来。哄奴家怎的要奴家怎的了？潘郎你看这般样时候，月儿这不转过了西楼：（叠）这事儿反落在他人后！（叠）

盼不到黄昏后

盼不到黄昏后，恨不能打落了日头！罗帕上写着暗把佳期凑，更深夜静冷飕飕，忽听城头交四鼓，唤奴下重楼。且漫说是金钗，就是凰帽也是难寻。（叠）小姐呀！待奴把灯儿提着，提着灯儿走进园头。风摆动池边柳。似这等寅夜之间，月色当空，那里有

个人行，正是疑心生暗鬼，眼乱更生花了。小姐呵！月起楼，只当人走。（叠）怕只怕隔墙有耳防泄漏！（叠）

相伴着黄荆篮

相伴着黄荆篮，向烟波中求利，终日里苦奔忙，只为了身衣口食。我将这罗帕儿，高挽青丝髻，脸儿上轻铺浮粉，淡点胭脂。奴只为了这蝇头利，顾不得人羞耻。手提着竹篮儿，转过清溪。过村庄来到了繁华市。则见那往来的人，挨挨挤挤。见几个轻薄子弟，一个个眼角眉梢将人戏。〇说来的话儿忒跷蹊。他倒说：恁娘行怎落在风尘里！他还说：俊庞儿人乍比，可惜落在渔人手，反把明珠陷污泥。若生在绣阁罗帏，也算得千金女，怎肯抛头露面受驱驰？却被他引的人意醉心迷！奴如今也顾不得莺俦燕侣，也是我五行中命合当如此。这其间怎免人轻品格低？〇我怎敢恨天怨地！可惜奴花容月貌，女工针黹！有谁人晓我心腹事？羞答答怎肯向人提？万种千条苦自知！教人怎不悲啼？又不曾污了身躯，似我清白女被人轻视！哎！天呀！何日是我趁心时？只落得长吁气。要随心在几时？料应这捕鱼儿为活计，有什么终始？不知到后来那是我的归期？〇那是我的归期，若要我随心遂意，除非把竹篮儿弃了，另弹别调，早定佳期！那时节穿绫罗，着锦衣，口食珍馐，身居华阁，任意施为！我也去春游芳草，夏赏荷池，随时消遣，举案齐眉；也强如吃淡饭黄虀，朝早起夜眠迟，冲风冒雪，受累担饥。有一日洞房才整合欢杯，那时才配风流夫婿。（叠）

乍离别

乍离别，难割难舍，要待要走，回头又看，恸泪儿擦了又流，由不的勾起那恩爱牵连。罢，罢，罢，趁蚤登程，免的又在阳关路上频嗟叹。见了些黄花满地，草木凋零，离人对景更惹愁烦。下在旅店之中，更深寂寞，愁怕孤枕，懒去安眠，寒蛩不住声闹喧，孤雁儿阵阵哀鸣，叫得我好心酸。（叠）冷清清只有那穿窗斜月将我伴。（叠）

其中，《相伴着黄荆篮》以四首合成，是最可注意的较长篇的东西。

俺双亲看经念佛把阴功作

俺双亲，看经念佛把阴功作。每日里佛堂中烧钵火，生下奴疾病多，命里犯孤魔。把奴舍入空门，削发为尼，学念佛，荐亡灵，敲动铙钹，众生法号，不住手击磬摇铃擂鼓吹螺，平白的与地府阴曹把功果作。多心经也曾念过，孔雀经文（叠）好教我参不破，惟有九莲经卷最难学，俺师傅精心用意也曾教过。念一声南无佛，哆呾哆啰娑波诃，般若波罗，念的我无其奈何。〇绕回廊把罗汉数着：一个儿抱膝头，口儿里便念着我。一个儿手托腮，心儿里想着我。惟有布袋罗汉笑哈哈，他笑我时光错过，青春耽搁，有一日叶落花残，有谁人娶我这年老的婆婆？降龙的恼着我，伏虎的他还恨我。长眉大仙瞅着我，他瞅只瞅，到老来那是我的结果？（叠）〇奴把这袈裟扯破，藏经埋了，丢了木鱼，我摔碎了铙钹，学不到罗刹女去降魔，学不到水月观音作。夜深沉独自卧，醒来时俺独自个。这凄凉（叠）谁人似我？总不如将钟楼佛殿远离却，拜别了佛像，辞别了韦驮下山去（叠），寻一个年少的哥哥，我与他作夫妻永谐合。任他打我，骂我，说我，笑我，一心心不愿成佛。我也不念弥陀，愿只愿生下一个小孩儿，夫妻到老同欢乐。愿只愿夫妻到老同欢乐。

这篇也是以三首西调组织成的，这是用了时曲里的《尼姑思凡》的一出故事来改作唱词，内容并没有什么变更，文句也多沿袭着那出戏文的原语。大约便是王廷绍所谓“其曲词或从诸传奇拆出”的一个例子吧。

《寄生草》的许多首，都写得很成功，有许多逼肖《挂枝儿》，有许多竟比《山歌》《挂枝儿》和《劈破玉》等更温柔敦厚，更富于想像力，更有新颖的情语，像：

三更月照湘帘外

〔寄生草〕三更月照湘帘外。密密花影，露湿了苍苔。回香闺衾寒枕冷人何在，呆呆呆为谁解下了香罗带？恨煞人的薄幸，想煞人的多才，总有那温存语，〔隶津调〕咳哟！魂灵儿赴阳台。盼断了肝肠。泪珠儿滚香腮，贪恋着谁？相思为谁害。贪恋着谁？奴的相思是为谁害？

望江楼儿观不尽的山青水秀

〔寄生草〕望江楼儿，观不尽的山青水秀。错把那个打鱼的舡儿，当作了我那薄幸归舟。盼情人的眼凝睛存细把神都漏！暗追思爱情的人儿情无彀。人说奴是红颜薄命，奴说奴是苦命的丫头。低垂粉颈，随心的事儿何日就？当日那王魁临行何必叮咛咒？

心腹事儿常常梦

〔寄生草〕心腹事儿常常梦，醒后的凄凉更自不同。欲待成梦难成梦。恨那薄幸的郎，你若在时，又何必梦！我将这个窗户洞儿一个，一个一个遮住，莫教那个月儿照明。叹气入罗帏，似这等煨不暖的红绫，可怎不教人心酸痛？偏与那不做美的风儿，吹的檐前铁马儿动。

人儿人儿今何在

〔寄生草〕人儿人儿今何在？花儿花儿为谁开？雁儿雁儿因何不把书来带？心儿心儿从今又把相思害，泪儿泪儿滚将下来。天吓天吓，无限的凄凉，教奴怎么耐？

自从离别心憔悴

〔寄生草〕自从离别心憔悴，满腹心事诉告与谁？口儿说是不伤悲，眼中常汪伤心泪。叹气入罗帏，翠被生寒，教我如何睡。废寝忘食，瘦损腰围，低声恨月老怎不与我成双对？青春去不归，虚度一年多一岁。

得了一颗相思印

〔寄生草〕得了一颗相思印，领了一张相思凭。相思人走马去，到相思任，相思城尽都害的相思病。新相思告状，旧相思投文难死人，新旧相思怎审问？（重）

熨斗儿熨不开的眉头儿皱

〔寄生草〕熨斗儿，熨不开的眉头儿皱。剪刀儿剪不断腹内的忧愁。对菱花照不出你我胖和瘦。周公的卦儿准算不出你我佳期凑。口儿说是舍了罢，我这心里又难丢，快刀儿割不断的连心的肉。（重）

一面琵琶在墙上挂

〔寄生草〕一面琵琶在墙上挂，猛抬头看见了他。叫丫鬟摘下琵琶弹几下。未定弦，泪珠儿先流下。弹起了琵琶，想起冤家，琵琶好，不如冤家会说话。（重）

佳人独自频嗟叹

〔寄生草〕佳人独自频嗟叹，狠心的人儿去不回还，他那里野草闲花长陪伴，奴这里恹恹消瘦了桃花面。他那里成双奴这里孤单。〔隶津调〕凑凉煞了，我病儿恹恹；摘下琵琶解下愁烦。才拿起又把那弦来断，泪儿涟涟。（重）左沾右沾沾也是沾不干，怨老天怎不与人行方便，老天爷。怎不与人行方便。

相思牌儿在门前挂

〔寄生草〕相思牌儿在门前挂，买相思的来问，咱借问声："这相思你要多少价？""这相思得来的价儿大。"买的摇头卖的把嘴咂："请回来奉让一半与尊驾。"（重）

一对鸟儿树上睡

〔寄生草〕一对鸟儿树上睡，不知何人把树推。惊醒了不成双来不成对，只落得吊了几点伤心泪。一个儿南往，一个儿北飞。是姻缘，飞来飞去飞成对，是姻缘飞来飞去飞成对。

昨夜晚上灯花儿爆

〔寄生草〕昨夜晚上灯花儿爆，今日喝茶，茶棍儿立着，想必是疼奴的人儿今日到。慌的奴拿起菱花我照一照，玉簪儿在鬓边上戴着。忽听的把门敲！（重）放下菱花我去瞄瞄。开门却是情人到！喜上眉梢。"情人你来了，你今来的真真的凑巧！昨夜晚却是灯花儿爆，入罗帏咱俩且去贪欢笑！"

《剪靛花》的一首《二月春光实可夸》大似上所引的《闺女思嫁》里的一节。可见民间的歌曲，常是互相抄袭的，往往是已经不能明白其如何辗转抄袭的痕迹的。

二月春光实可夸

〔剪靛花〕二月春光实可夸，满园里开放碧桃花，鸟儿叫喳喳。（重）惊动了房中思春女，若大的年纪不许人，背地里怨爹妈，暗暗的恨爹妈。东家的女，西家的娃，她们的年纪比我小，尽都配人家。去年成了家，急煞了。我看见她，怀中抱着一娃娃，又会吃咂咂，又会叫大大。伤心煞了我泪如麻，不知道是孩子的大大，奴家的他，将来是谁家，落在那一家？

在《霓裳续谱》里，《马头调》选得还不多，但就所选的看来，实在已孕育着不少的伟大的前途，像：

朔风儿透屋

〔马头调〕朔风儿透屋，雪花儿飘舞。郎君在外面享受福，贪花恋酒不嫌俗。你在外辜负了奴，恨情人心忒毒。奴把香茶美酒豫备的停停当当。你为何把奴的情辜负？无义的郎啊！你为何哄奴？将急等候，音信全无，丫鬟说姑娘啊！你这里凄凉还好受，可怜我这小丫鬟，十冬腊月里怪冷的，忽搭忽搭，白搧了一夜水火壶。

缘法未尽

〔马头调〕缘法未尽难舍难离，一霎时你在东来我在西。千些样的冷落，我向着谁提？心儿乱，意儿迷，暗滴泪，有谁知？奴这里诉不尽的凄凉苦，他那里陪伴着旁人顽耍笑戏。合眼朦胧方才睡，醒来不见情人你在那里。你那里欢乐，把奴忘记。似奴这望梅止渴渴还在，没人疼的相思，我害的不值。

这两篇的结尾都出人意外的尖新。在民歌里常有这样奇峰突起的新境地。

《岔曲》往往是散套，也有“岔尾”；且多半是问答体的东西，颇近于小剧本，这是很可怪的一种漂亮的新体的诗。像：

佳人下牙床

〔岔曲〕（正）佳人下牙床，呀呀哟！（小）丫环侍奉巧梳妆，这个样的人儿缺少才郎，〔翦靛花〕（正）休得胡说少轻狂，在我的跟前，谁许你嘴大舌长？这两日太不像。（小）虽然我们下人生的愚鲁。言差语错冲撞着，你担惊也是该当。我为的是姑娘。（正）哇！谁许你假装腔？从今以后再不可！提什么郎不郎？要你提防。〔岔尾〕（小）这一个蜜桃未有吃着。（正）再要如此叫你跪到天黑了，也不肯放！起来罢！（小）挫磨的我成了一个小孽障。

泪涟涟叫了声丫环

〔岔曲〕（正）泪涟涟叫了声丫环。（正）姑娘想必有些不耐烦。（正）不知什么病儿把我害了个难？〔倒搬桨〕（小）姑娘莫怪我嘴头儿尖，想此事姻缘不周全。（正）佳人闻听红了脸，小小的东西你胆包着天！（小）尊声姑娘，莫把脸来翻。千万担待着我小丫环。（正）呀！似你这东西谁和你顽？〔岔尾〕（小）我这两日就活倒了运？（正）牛心的蹄子敢在我跟前来强辩！（小）是了，我就成了一个万人嫌。

这两篇还是比较短些的，只写小姐丫环二人的问答。像：

女大思春

〔岔曲〕（正）女大思春，果是真撅嘴。膀腮不称心，扭鼻子扯脸就呕死人。（白）这孩子吃的饱饱儿的，不知往那里去了，待我去寻寻他煞。（小上）香闺寂静，闷昏昏瞒怨爹妈老双亲。（白）闺门幼女常在家，不见提亲未吃茶。心想意念由不已，我那爹妈话口儿也不提！我呀今年二八一十六岁。我阿爸在湖下使船，长上苏杭来往，留下我母女二人，长伴在家，教我等到多咱。〔剪靛花〕阿二背地自沉吟，瞒怨阿爹老娘亲。糊涂老双亲耽误我正青春！（正白）啊！你背地自言自语，敢是瞒怨我哩？（小白）不瞒怨你，瞒怨谁？（正白）我和人家说过几次，人家都不要你，教我怎样煞！（小白）不要我，我头上脚下，人才比谁平常吗？（正白）好！样样都是好的，人家就是不要你。（小）不要我，要你要你。（正）人家要我这大老婆子做甚子！（小）要你烧火吃饭。（同唱）母女房中把理分，（正）茶饭不吃为何因？这两日你短精神，瞪着两眼光出神。（小）今年我二八一十六岁。那先生算我正当婚，怎不教我出门？那姑爹是何人？（正）妈妈开言道：我那疼疼子，你是听，十五十六还年轻，不该你出门，为娘害心疼。（小）阿二开言道：妈妈你是听！我是秤砣虽小压千斤。我一定要出门，顾不的娘心疼。（正）妈妈开言道：我那疼疼子，你是听！怕在那里啊哼哼，娘替你揪着心，那也都是利害人。（小）阿二开言道：妈妈你是听！我是初生的牛犊儿不怕虎，满屋里混顶人，任凭他是什么人？（正）媒婆子再来说，我就许了亲。（小白）有理。（正）说嫁子人家，跟他去，再也别上我的门，打断了这条子根。（小）叫声养儿的娘，我的老亲亲！时常走动来看母，我也报不尽娘的恩。我与你抱一个小外孙孙。（正白）什么猫娃子，狗娃子，这么现成的吗？（小白）这不难，一年抱三个，抱五个何妨？（正白）人家孩子脸大，没有我们孩子脸大，脑大，脑袋又大。（小白）脑袋大得烟儿吃。〔杨柳条〕（正唱）瞧瞧街坊家，看看两邻家。谁家女孩不似过他！他又不害羞，脸有这么大！〔前腔〕（小唱）悖晦老亲娘，糊涂老人家！留在我家里做什么？我若狠一狠，可就偷跑了罢。跑去出了家，削去头发。（正白）当女僧成吗？（小唱)禅堂打坐，祷告菩萨，叫他保佑我寻一个好女婿罢，（正白)那菩萨管咱家务吗？（正唱)〔前腔〕女大不中留！（小)留下咱就结冤仇。（正)没廉耻的呀不害羞！替娘打尽了嘴！教人尽够受！（正下)〔寄生草〕（小唱)又哭又悲。心酸恸。悖晦父母！不下雨的天！好伤感，我的命苦，敢把谁瞒怨！那月老儿心偏？我那世里惹的你。不爱见前思后，想进退两难。罢，罢，罢，寻一个自尽，我就肝肠断，断肝肠，闭眼伸腿，把拳来搭！（正白)这孩子为想婆家得了痰气了罢。罢，说嫁人家，推达去罢。（小白)你别哄我啊？（正白)我哄得你过么？（小白)你哄过不是一次了，哄过好几次了哪。（正)罢啊，随我后头吃个汤圆点心去罢。（正下小白)我妈这老娼根，等着我咬不动大豆腐，才给我寻婆家。（唱)〔岔尾〕不论穷富，找一难个主儿嫁。天招主，吃碗现成饭。又有地来又有田，终身有靠，乐了我个难。（下)

这里连说白也有，活是一篇剧本，只是“坐说”而不上台表演耳。

又有所谓“起字岔”“平岔”“数岔”的，也都是“岔曲”的支流。

潘氏金莲

〔起字岔〕潘氏金莲呀，呀，哟！年纪不过二十二三。他的干净爽利非等闲。心烦闷，挑窗帘，西门庆偷眼儿观。潘金莲一见了腮含着笑，说道是你为甚么呆呆呆呆把把我来看？似你这涎脸的人儿讨人嫌！

月满阑干

〔平岔〕月满阑干，款步进花园。慢闪秋波四下里观。但只见败叶飞空百花残。慢剪靛花仰面长叹两三番。独对着明月哀告苍天，不由的泪涟涟自语自言。只为儿夫离别的久，急速速蚤些催他回还，叙叙心田诉诉温寒。佳期从新整，破镜复团圆。免的奴终日里思间，想间，情间，恨间，忧间，愁间，魂间，梦间，魂梦之间，盼你回还，常把你挂牵。咳哟！我可度日如年，〔岔尾〕忽然一阵西风起，霎时间月被云遮。明光不得现，似这等人儿不能周全。这月儿怎得圆？

好凄凉

〔数岔〕好凄凉，呀，呀，哟！情人留恋在他乡，抛的奴家守空房。菱花懒照，永淡残妆，牙床懒上，不整罗裳。霎时间恨不能请情郎至，销金帐里合他比鸳鸯。相呼相唤同相应，如同软玉配温香。越思越想斜倚着枕，似醉如痴心内忙。猛听得窗外脚步儿响，有个不懂眼的丫鬟他走了房。双手捧定了茶汤，把姑娘让。是我错把丫鬟叫了一声郎。

“平岔”有时也有“岔尾”，像这里所引的，但大多数是没有“岔尾”的。我们或可以说，“岔曲”是相当于“套数”，而“平岔”“数岔”“起字岔”等则是小令。

《霓裳续谱》里又选有几篇《秧歌》。《秧歌》在今日还是北方民众最流行的一种歌曲，实际上往往是演搬了来唱的；是民间的重要娱乐之一，往往作为迎神赛会的附属节目。《秧歌》所唱的，以故事曲为多，但大部分是没有什么意义的，往往有七八人乃至十余人在互唱着，像：

正月里梅花香

〔秧歌〕正月里梅花香，张生斟酒跪红娘。央烦姐姐传书信，快请莺莺会西厢。二月里杏花开，五娘煎药为谁来，翦发又把公婆葬，身背琵琶找伯喈。三月里桃花开，山伯去访祝英台。杭州读书整三载，不知他是个女裙钗。四月里芍药香，必正偷诗陈妙常。你贫我爱恩情好，二人哭别在秋江。五月里石榴红，孟光贤德配梁鸿，夫妻相敬人间少，举案齐眉礼貌恭。六月里赏荷花，昭君马上弹琵琶。心中恼恨毛延寿，出塞和番离了家。七月里秋海棠，李氏三娘在磨房。狠心哥嫂无仁义，刘郎一去不还乡。八月里桂花香，玉郎追赶翠眉娘。难割难舍多恩爱，几时才得会鸳鸯。九月里菊花黄，杨妃醉酒在牙床。眠思梦想风流事，只为情人安禄山。十月里款冬花，越国西施去浣纱。花容月貌人间少，送与吴王享荣华。十一月水仙香，为母卧冰是王祥。好心感动天和地，得尾活鱼奉亲娘。十二月蜡梅多，日红割股孝公婆。葵花井下将身葬，书房托梦与夫郎。月月开花朵朵鲜，多少古人在里边。一年四季十二个月，五谷丰登太平年。

这是颇为典型的《秧歌》，只是数着典故而已。定县的平民教育促进会曾编有秧歌二大册，那是集秧歌之大成的一个集子了。底下的一篇，乃是《凤阳歌》的一个变相：

凤阳鼓凤阳锣

〔秧歌〕凤阳鼓凤阳锣凤阳姐儿们唱秧歌。好的好的都挑了去，剩下我们姐儿们唱秧歌。从南来了个小二哥，红缨子帽儿歪戴着，撒拉着鞋儿满街上串。家中娶了个拙老婆，提起来委实的拙。告诉爷们请听着：那一日买了粗蓝布，教他与我裁裁袼褙。烧饼吃了一百五，烧酒喝了十来斤多，一做做了两三月，那一日拿起来试试褓褙。前襟只褡脖朧盖儿，后头就是一拖罗。两只胳膊三只袖，问声爷们这是怎么说。拾起棍子才要打，唬的他就战哆嗦。叫声咳呀我的哥，你煞煞气儿听着我说。前襟只褡你的脖朧盖，教你走道迎风甚是利落。后头就是一拖罗，教你掷骰子游湖你好铺着。两只胳膊三只袖，那一只与你装饽饽。小二闻听忍不住的笑，拙老婆嘴巧能会说。〔岔尾〕唱了一个又一个，一连唱了倒有七八个，把些爷们喜欢的笑呵呵。

唱凤阳花鼓的人们到了北方，便也只好采用了北方的《秧歌》调子来唱着了。

尚有《莲花落》也和《秧歌》同样的无甚意义，也只是数数典故而已。

《霓裳续谱》里诸曲调的搜集者颜曲师，只知道他是天津人，可是连他的姓名也考不出了。编订者王廷绍字楷堂，金陵人。生平亦未知。盛安的序说："先生以雕龙绣虎之才，平居著述几于等身。制艺诗歌而外，偶寄闲情，撰为雅曲，缠绵幽艳，追步《花间》。"是其中，必定也间有廷绍他自己的拟作在内了。

四

《白雪遗音》刊于道光八年（公元一八二八年），离开《霓裳续谱》的刊行，又有三十多年了。这是《马头调》风行一时的时候。编订者为华广生。广生字春田。他在嘉庆甲子（公元一八〇四年）的时候，已经是在编纂着这书了，直到二十多年后方才出版。他是住在济南的，故所收的歌曲，以山东（济南）为中心，也间及南北诸调。也许王廷绍是在北平天津一带搜辑的，故《马头调》所选不多，而华广生则似是在《马头调》最流行的地方搜辑的，故此曲遂所选独多。——在第一二卷里所选近四百首。

“马头调”的解释，也许便是“码头”的调子之意吧，乃是最流行于商业繁盛之区，贾人往来最多的地方的调子。歌唱这调子的，当以妓女们为中心。《马头调》所歌咏的简直是包罗万象，无所不有。《霓裳续谱》里的《西调》《寄生草》《平岔》等，都以歌咏思妇的情怀为主题。《马头调》虽也以此为重要的题材，却更歌咏着：（一）小说戏曲里的故事和人物；（二）应景的歌词；（三）游戏文章，像《古人名》《美人名》《戏名》等等；（四）格言式的教训的文字，像《鸦片烟》等；（五）历史上或地方上的故事和案件，像《争台湾》《李毓昌案》等；（六）引经据典的东西，像《诗经注》《四书注》等。可见华氏的搜集是极为慎重、极为广泛的，几乎是“取之尽珠玑”。实是民间的多方面的趣味的集成，也便是未失了真正的民间作品的面目。

当然，在这里，我们所要引的，还是情词一类的东西。在那里，漂亮的情语，尖新的文句，是撷之不尽的。这里且引十余首：

凄凉两字

凄凉两个字实难受，何日方休。恩爱两个字儿，常挂在心头，谁肯轻丢。好歹两个字，管叫傍人猜不透。别要出口。相思两个字，叫俺害到何时候，无限的焦愁。牵连两个字儿，难舍难丢，常在心头。佳期两个字，不知成就不成就，前世无修。团圆两个字，问你能彀不能彀，莫要瞎胡诌。

露水珠

露水珠儿在荷叶转，颗颗滚圆。姐儿一见，忙用线穿，喜上眉尖。恨不能一颗一颗穿成串，排成连环。要成串，谁知水珠也会变，不似从前。这边散了，那边去团圆，改变心田。闪杀奴，偏偏又被风吹散，落在河中间。后悔迟，当初错把宝贝看，叫人心寒。

鱼儿跳

河边有个鱼儿跳，只在水面飘。岸上的人儿，你只听着，不必望下瞧。最不该手持长竿将俺钓，心下错想了。鱼儿小，五湖四海都游到，也曾弄波涛。你只管下钓引线，俺闭眼儿不瞧，极自心焦。不上你的钓，我看你脸上臊不臊，是你自招。速速走罢，心中妄想，你瞎胡闹，不必把神劳。

好事儿

好事儿，多磨难成就，前世里无修。度过一日，如同三秋，昼夜忧愁。怕只怕日落星出黄昏后，泪珠先流。盼佳期，但只见银河斗转，一轮明月把纱窗透，转过西楼。可叹俺这红颜薄命，难得自由，闷气在心头。俺只得强打着精神，耐着心烦往前受，不必强求。到几时，薄幸的人儿，回归故里，悲喜交集，满怀恼恨难以出口，不打不骂不肯咒，既往不咎。

写封书儿

写封书儿袖里藏，暗绉眉头。未曾举笔，泪珠儿先流，纷纷不休。稍书人千万莫说奴的容颜瘦，牢记心头。出外的人儿苦，谁是他的知心肉，自度春秋。说奴瘦了，他也是忧愁，如何能丢。他愁我，岂不连他也愁瘦，无有挂心钩。再叮咛，说奴的容颜还照旧，昔日的风流。

岂有此理

岂有此理那里话，不要照奴发。先有你来后有他，何必争差。这都是傍人告诉你的话，主意自己拿。那些人巴不得咱俩不说话，是些冤家，怎肯疼他将你撇下，又不眼花。奴岂肯一条肠子两下挂，半真半假。你不信，我舍着身子把誓骂，屈杀奴家。

连环扣

解不开的连环扣，蜜里调油。放不下的挂心钩，常在心头。快刀儿割不断的连心肉，无尽无休。咱二人恩情，到比天还厚，天然配就。海誓山盟直到白头，谁肯分手。魂灵儿不离你的身左右，情意儿相投。愿结下来生姻缘，再成就，燕侣莺俦。

其 二

从今解开连环扣，听我说缘由。休要提起挂心钩，悔恨在心头。快刀儿割去这块连心肉，用手往外丢。咱二人一派虚情，我全瞧透，顺嘴胡诌。海誓山盟，付水东流，恩情一笔勾。我今去，会疼你的人儿还照旧，照样冤大头。实对你说了罢，再想我来不能彀，从今丢开手。

大雪纷纷

大雪纷纷迷了路，糊里糊涂。前怕狼来，后怕是虎，吓的我身上稣。往前走，尽都是些不平路，怎么插步？往后退，无有我的安身处，两眼发乌。你心里明白，俺心里糊涂，照你身上扑。既相好，就该指俺一条明白路，承你照顾。且莫要指东说西将俺误，误俺前途。

伤心最怕

伤心最怕黄昏后，似这等风月无情，何日方休？在人前强玩笑来强讲究，无人时凄凄凉凉实难受。朝朝暮暮，岁月如流，对菱花谁是保奴的容颜常照旧？恨只恨花残叶落，要想回头不能彀。

我今去了

我今去了，你存心耐。我今去了，不用挂怀。我今去，千般出在无其奈。我去了，千万莫把相思害！我今去了，我就回来。

我回来，疼你的心肠仍然在。若不来，定是在外把相思害。

人人劝我

人人劝我丢开罢，我只得顺口答应着他。聪明人岂肯听他们糊涂话，劝恼我反倒惹我一场骂。情人爱我，我爱冤家，冷石头暖的热了放不下。常言道，人生恩爱原无价。

又是想来

又是想来又是恨，想你恨你一样的心。我想你，想你不来反成恨。我恨你，恨你不该失奴的信。想你的从前，恨你的如今。你若是想我，我不想你，你恨不恨？我想你，你不想我，岂不恨！

其中，有一部分是和《挂枝儿》《银纽丝》《寄生草》《劈破玉》一类的古曲旧词情意乃至文词相同的。这也是民间歌曲的特质之一，其词意常是互相借用，辗转抄袭的。

《岭头调》在第一卷里收的凡三十四首，好的很多。比之《马头调》，这调子的变化却多了：一是长短不一定，像《艳阳天》一类便很长；二是可以插入“说白”，像《日落黄昏》，注明是“带白”（这和《霓裳续谱》里的《岔曲》相同）。但题材方面却比较的简单，所取用的，只是思妇怀人之什和传奇小说的故事而已。

独坐黄昏

独坐黄昏谁是伴，默默无言。手掐着指头算一算：离别了几天？长夜如小年。念情人纵有书信，不如人见面，一阵痛心酸。走入罗帏难成梦，欲待要梦见，偏又梦不见，后会岂无缘。倒枕翻身，想起了前言，句句在心间。嗳，我想迷了心，恨不能变一只宾鸿雁，飞到你跟前。辗转睡朦胧，梦见情人将手攒，醒来是空拳。

艳阳天

艳阳天，和风荡荡，杨柳依依，听的那燕儿巧语莺声叫，勾惹起奴心焦。乜呆呆盼郎不回。纵有那嫩柳鲜花，桃李芬芳，我也无心去观瞧，辜负好良宵。恍惚惚，蛾眉紧皱，手儿托着腮，轻轻倚在妆台上。对菱花，猛然一照，但只见乌云散乱，病恹恹，瘦损奴的花容貌，粉黛儿全消。不由一阵好悲伤。对东风，伤心的泪珠儿，一点儿，一滴儿，一点点，一滴滴，恰似那断了线的珍珠，扑簌簌的朝下落，衫袖儿湿透了。无情无越，低垂粉颈，盼想我那在外的薄幸冤家去不回。闪的奴凄凉，相思病儿，害的奴止不住那么一声儿，一声儿，哎哟哎哟！害害害害死奴了，这病儿可蹊跷。是咱的神魂飘荡，奴的身子儿软，无奈何轻摇玉体，慢款金莲，一步儿，一步儿，走进绣房，上了牙床，意懒心灰，又把纱窗靠，寂寞好难熬。眼睁睁，一轮明月当空照。怕只怕，更儿深，夜儿静，愁听那檐前铁马叮呤儿，当啷儿，叮呤当啷，勾惹起奴的千思万虑；止不住，一条儿，一条儿，一条一条撇不吊，睡也睡不着。

日落黄昏　带白

日落黄昏，玉兔东升人静。秋香手提银灯进绣房，说是姑娘安歇了罢，奴去睡，那人不归回。（白）佳人恼皱双眉，你拿谁儿克搭，谁不睡。不睡偏不睡，独自一人打个闷雷，罢哟。这佳人闷悠悠，独坐香闺，思想起盼郎不归回，凄凄凉凉，泪珠儿双垂，越思越伤悲。（白）好伤悲，痛伤悲，拿过酒来斟上一杯，自斟自饮，闲解个闷，酒中好似玉郎陪，罢哟！（唱）一更里，秋风刮，刮的檐前铁马儿叮噹响。细听听，孤雁过南楼，梧桐叶落纷纷，不断朝下坠，细雨儿纷飞。（白）细雨飞，细雨飞，心中好似玉郎回。手扒着窗棂，将他问，问了一声谁，呀！却无谁，罢哟！一更一点，正好意思眠，忽听的蚊虫叫了一声喧。蚊虫，我的哥，蚊虫，我的哥，你在外面叫，奴在绣房听，叫的奴家伤情，叫的奴家痛情。枕边的相思，越思越伤情。娘问女孩：这是甚么叫？一更里的蚊虫，嗡嗡子嗡嗡，叫到二更。（唱）二更里，梆锣响，闪得我孤孤单单，冷冷清清，怕入罗帏，独自一人懒去睡，用手把枕推。（白）懒去睡，懒去睡，相思害的两眼黑，四肢无力难扎挣，身子好似凉水帔，罢哟！二更二点。正好意思眠，忽听的寒虫叫了一声喧。寒虫，我的哥，寒虫，我的哥，你在外边叫，我在绣房听。叫的奴家伤情，叫的奴家痛情。枕边的相思，越思越伤情。娘问女孩：这是甚么叫？二更里的寒虫，嘚嘚子嘚嘚，叫到三更。（唱）三更里，静悄悄，意懒心灰，呆呆呆紧绉着蛾眉，谯楼更鼓催。（白）更鼓催，更鼓催，梦中好似玉郎陪。二人正把巫山会，狸猫扑鼠，碰倒酒杯，惊醒奴家南柯梦。思量一回，叹一回，罢哟！三更三点，正好意思眠。忽听蛤蟆叫了一声喧。蛤蟆，我的哥，蛤蟆，我的哥，你在外边叫，奴在绣房听，叫奴家伤情，叫奴家痛情。枕边的相思，越思越伤情。娘问女孩：这是甚么叫。三更里的蛤蟆，哇哇子哇哇，叫到四更。（唱）四更里明月照纱窗，唬的奴神虚胆怯，勾惹起相思病儿，害的奴如痴如呆如酒醉，这却埋怨谁。（白）如酒醉，如酒醉，酒不醉人人自醉。自古红颜多薄命，好似雪里飘玉梅，罢哟！四更四点，正好意思眠，忽听的鸽子叫了一声喧。鸽子，我的哥，鸽子，我的哥，你在外面叫，奴在绣房听，叫的奴家伤情，叫的奴家痛情。娘问女孩！这是甚么叫？四更里的鸽子，呱呱子呱呱，叫到五更。

（唱）五更里金鸡叫的天明亮，眼睁睁日出扶桑，盼郎不回。忙下牙床，无奈何唤声丫鬟，来与我叠起这床红绫被，从今把心回。（白）五更五点，正好意思眠，忽听金鸡叫了一声喧，金鸡，我的哥，金鸡，我的哥，你在外面叫，奴在绣房听，叫的奴家伤情，叫的奴家痛情。娘问女孩：这是甚么叫？五更里的金鸡，喀喀子喀喀。四更里的鸽子，呱呱子呱呱，三更里的蛤蟆，哇哇子哇哇，二更里的寒虫，嗗嗗子嗗嗗，一更里的蚊虫，嗡嗡子嗡嗡。嗗嗗子嗗嗗，哇哇子哇哇，呱呱子呱呱，喀喀子喀喀，叫到大天明。

盼多情

盼多情，奴的病儿恹恹。高一声叹，低一声叹，长一声叹，我可短一声叹，谁把心事传？伤心的泪珠儿，淌不断，流不断，左沾不干，右沾也是不干，哭的两眼酸。绣花鸳鸯，绣对小绣枕，里一半，外一半，枕一半，我可闲一半，衾冷枕寒。红绫被，冷一半，热一半，有人伴，可是无人伴，孤灯自己眠。想起了情人，恨一番，怨一番，欲舍一番，我可难舍一番，无人把书传。嘱咐奴家的温存语，有年半，无年半，记一半，忘一半，想也是想不全。想当初离也是难，别也是难。到而今见面更难，可是难见面，何日得团圆？

在第二卷有《满江红》二十余首，下注：“并《岔曲》及《湖广调》。”其中几乎全是情词。在那里，我们分不出那一篇是《岔曲》或是《湖广调》。《从今后》一首是“集曲”，《变一面》乃是《闲情赋》的复述：

变一面

变一面青铜镜，常对姐儿照，变一条汗巾儿，常系姐儿腰，变一个竹夫人，常被姐儿抱，变一根紫竹箫，常对姐樱桃，到晚来品一曲，才把相思了，才把相思了。

从今后

从今后，从今后，从今以后把心收，把心收，且把心来收，依然旧，依然旧，依然还照旧。当初何等样的好，如今反成仇。〔银纽丝〕泪似湘江水，涓涓不断流，这相思叫我害到何时候？〔起字调〕别人家的夫妇，四面飘游，奴家的命苦，前世里未曾修。〔乱弹〕姻缘事莫强求，强求的人儿不得到头。〔马头调〕恨将起，一口咬下你那腮边肉。〔正词〕好一似向阳的冰霜，候也是候不久，候也候不久。

在第二卷的最后，有“《银纽丝》并《岔曲》及《湖广调》”凡八篇。这八篇都是很长的。《两亲家顶嘴》也见于《霓裳续谱》。《母女顶嘴》及《婆媳顶嘴》都是很漂亮的文字，可惜太长，不能引在这里。这一类的“顶嘴”曲，大约是从《快嘴李翠莲记》一脉相传下来的吧。

所谓《湖广调》，只有《绣荷包》和《绣汗巾》的二篇，都是以五更调的格式出之的。

越思越想好难丢，情人只在奴的心头，我为情人才把荷包绣。快快的给他罢哟，喝喝咳咳，方算把情留。快快的给他罢哟，喝喝咳咳，方算把情留。

这是其中的一节。以“喝喝咳咳”为助语，乃是《湖广调》的特色。

在第三卷里，有《九连环》一首，《小郎儿》四首，《剪靛花》三十五首，《七香车》一首，《起字呀呀哟》三十五首，《八角鼓》四十九首，

《南词》一百零六首。济南正居于南北的中心，故可网罗南腔北曲于一处。

在其中，《剪靛花》《起字呀呀哟》《八角鼓》及《南词》均有很可读的东西在着。《南词》比较的长。《八角鼓》至今还流行，但除了本书以外，别的地方还不曾见到有选录《八角鼓》这样的东西的。

剪靛花

春三二月

春三二月，桃花儿鲜，双双紫燕，落在眼前，叫奴好喜欢，哎哟！叫奴好喜欢。清早一个都飞出去，到晚来双双落眼前，恩爱两相连。哎哟！恩爱两相连，有心学此鸟，郎不在跟前。奴好似绣球花儿，落在长江里，要团圆不得团圆，在浪儿里颠，哎哟！折散了并头莲。

小金刀

小小金刀，带在奴的腰里，又削甘蔗，又削梨，又削南荸荠，哎哟！又削南荸荠。削一段甘蔗，递在郎的手，削一个荸荠，送在郎的口里，甜如蜂蜜，哎哟！甜如蜂蜜。郎问姐儿：因何不把秋梨哟？你我的相与，忌一个字，梨子儿不要提，哎哟！怕的是分离。

扑蝴蝶

姐儿房中自徘徊，一对蝴蝶儿，过粉墙飞将过来，哎哟！姐儿一见，心中欢喜，用手拿着纨扇将他扑。绕花阶，穿花径，扑下去，飞起来。眼望着蝴蝶儿飞去了，只是个发呆。我可是为甚么发呆？

起字呀呀哟

雨过天凉

雨过天凉，凉夜难当，当不住月儿穿帘照画堂，堂上缺少个画眉郎。〔诗篇〕廊设古画，画在堂，堂前桂花阵阵香，香烟喷出樱桃口，口外的宾鸿叫的悲伤。伤心懒观西斜月，月照纱窗恨更长，长长愁闷精神少，少一个知心的人儿可意的郎。〔尾〕郎不归，精神少，少不得怀抱着琵琶低低声儿唱，唱的是红颜薄命受凄凉。

正盼佳期　**劈破玉**

正盼佳期，猫儿洗脸，又搭上那喜鹊乱叫，忽听的门儿外梆梆的不住的连敲。慌的我翻身滚落下牙床，走着我好不心焦。吱喽喽将门开放，却原来是猫咬尿胞，只当是冤家，不承望是捎书人到。那人儿控背躬身，尊一声夫嫂，不是你的冤家，是替你冤家把书信儿捎。羞的我面红过耳，接过书来瞧瞧，上写着情郎顿首，拜上那年少的多娇。有心和你相逢，阻隔路远山遥，带来的乌绫手帕，还有汗巾两条，珐琅戒指八个，下缀着红绒丝绦，木梳栊子一套，还有烟袋荷包，虽然是礼物不堪，冤家，你暂且收了。要问我多早归期，八月中秋到了。看罢了一回，我心中好焦，有心将书扯碎，又恐怕来人去说。打发来人去后，我可鸱鸱的撕成纸条，用手团个了蛋儿，放在口里嚼了又嚼。既有那真心想我，挪点工夫你来瞧瞧。既无真心想我，捎书不如不捎。三番两次带信，你可活活的做弄死我了。何必你之乎者也这般劳神，再思你再想。纵有那百封情书，不如你亲自儿来倒好。

《起字呀呀哟》有“尾”，乃是套曲。《正盼佳期》下注《劈破玉》，大约是用这调子来唱的。

八角鼓

怕的是

怕的是梧桐叶降，怕的是秋景儿凄凉，怕的是黄花满地桂花香，怕的是碧天云外雁成行，怕的是檐前铁马叮当响，怕的是凄凉人对秋残景，怕的是凤枕莺孤月照满廊。

夏景天

夏景儿天，开放了红莲，池塘里秀水当啷啷的翻，佳人害热进花园。〔四大景〕手拿一把垂金扇，前行来在河岸边，两河岸边柳千条垂金线，清水儿照定奴家芙蓉面。出了水的荷花，颜色更鲜。蝴蝶儿恋花心，飞来飞去飞的慢，飞来飞去飞的慢。〔尾〕采花心，悠悠荡荡团花转，一阵阵兰麝喷香，扑着芙蓉面，奴这里慢闪罗裙，款金莲，才待要扑蝴蝶，身背后转过一个小丫鬟，拍手打掌便开言。他说道：姑娘呀，回去吧，姑爷还。

应节写景的东西，写得像《夏景天》那末样的是很少，末了一结，尤足振起全篇的精神，使之成为一首不同凡品的东西。

南　词

私订又折

和风阵阵蝶花飞，最苦私情要别离。才子佳人纷纷泪，姐姐啊，我与你再要相逢无会期。恨只恨月下老人真无礼，怨只怨三生石上少名题，恼只恼你家爹娘无分晓，悲只悲你的终身另改移。数载恩情成画饼，今生休想效于飞。我后来若有功名分，我把这饶舌的媒人活剥皮，姑娘听，泪悲啼。冤家呀！奴自怨红颜命运低，前番约你身早到，那知你为着功名误日期。到如今爹娘作主难更改，恩爱私情要两处离。今宵还在阳台会，只怕明日分开各惨凄，蒙君赠奴一对金事记，奴是表记留情一件贴肉衣，今晚与你来分别，以后是好比巫山云雨各东西。倘若奴家身出阁，劝君不必苦悲啼。倘把身躯来愁坏，却不道心病还须心药医。你回家勤把书来读，自然金榜有名题，常言道书中有女颜如玉。这些粉面裙钗稀甚奇。奴奴积的银三百，赠你回家娶一位绝色妻，比着奴奴还好些。冤家呀！恩情一样的。

其　二

折看多娇一幅笺，顿然吓的胆魂偏，慌忙略把衣冠整，举步斜行到后园。见牡丹亭上婵娟坐，看他是未诉衷肠先泪涟。佳人一见书生到，椅内抬身忙把衣袂牵。小妹是未接君家恕我罪，请君到此有心事言。贤妹吓，昔蒙几度恩情重，你我是立誓如山订在前。曾说道：你不嫁来我不娶，天长地久永缠绵。为何平地风波起，你家令尊翁将你出帖配高贤？呀，我也理会得了。想必你我今生缘分浅，姻缘簿上少名添，我一见你来书，忙到此有几句肺腑之言要记心间。你临期出嫁到夫家去，孝敬翁姑要当先。客往亲来须和睦，三从四德要完全。姑嫂相看如姐妹，待这些仆妇丫鬟量要宽。你不要自道娘娘身体重，使这些下人背地要憎嫌。只望你夫唱妇随朝共暮，不要将我苦命的寒儒心挂牵。多娇听，泪珠连，倒在郎怀难语言。非是奴弃旧恋新将你撇，只因父命三从苦万千。我是左思右想无良策，只得修书约你到后园间。我今无物来相赠，绣囊一只表心田。这香囊是奴亲手作，留在闺中有半年。请君常带胸前挂，见囊如见我容颜。赤金镯一对来相赠，还有黄金数两，宽湖珠几粒，休嫌细，却是奴家亲手穿。还有得意紫金钗一只，哥哥拿去放身边。不忘旧日相恋意，好友跟前不可言。望你用心勤把书来读，自然有日登云步九天。书中自有颜如玉，娶一个美貌千金德性贤。望你花烛洞房鱼水合，早生贵子接香烟。到后来你我生男女，还可央媒求帖把姻联。我与你私情不断长来往，以后相思断复连，苦后又生甜。

第四卷所收的全是《南词》，凡收散曲（《南词》）二十一首，《玉蜻蜓》九节。连那末浩瀚的弹词也被收入，可见其包罗之广了。

五

把民歌作为自己新型的创作的，像元代诸家，像明代的金銮、刘效祖、赵南星、冯梦龙诸家的，在清代还不曾有过什么人。他们只知道把宋词元曲，只知道把唐诗宋文，乃至把魏汉六朝辞赋作为模拟的目标；诸散曲作家，也只知道追拟于元明二代的南北曲之后，而绝少注意于在民歌里找新的刺激的。有之，不过招子庸、戴全德寥寥三数人而已。清末有黄遵宪的，他也曾拟作或改作了若干篇的流行于梅县的情歌，得到了很大的成功；其内容却全是运之以五言诗的。

其最早的大胆的从事于把民歌输入文坛的工作者，在嘉庆间只有戴全德，在道光间仅有招子庸而已。

戴全德为沈阳人，旗籍，曾任九江榷运使，著有《浔阳诗稿》。他自己说："余以习国书，入直内廷。于汉文初未究析。已而恭承帝简，巡醝视榷，历仕于外，凡案牍皆汉文。因而留心讲习。乘二十年，稍得贯串。"只有他本来不通汉文的旗人，才有勇气，在古典主义全盛的时代，第一个人脱出了这个古典的陷阱，到民间来找新的材料。我在他的《浔阳诗稿》里，见到了整整两本的“西调小曲”。最可注意的，他的一部分西调小曲，竟是满、汉文合璧的，凡摇曳作姿的地方都用满文。今仅能引录无满文的数首如下：

〔马头调〕正大光明宇宙间，人人皆被利名缠。读书的雪窗萤火望高中，庄稼汉愁水愁旱盼丰年，手艺之人要得大工价，作客商想赚加倍重利钱。〔弋腔戏〕有些个守本分甘贫穷，能行那孝弟忠，信礼义廉耻令人爱，有些个作高官拥富贵，不忠不孝，不仁不义讨人嫌。自古道：积善之家多余庆，行恶之人有余殃。只见那天鉴煌煌，善恶昭彰。〔马头调尾〕须知道天地无私终有报，休疑虑，劝君试看天何言。

〔马头调〕世上愚人贪心重，为名为利苦经营。却不道寿夭穷通皆有分，得失难量，圣人去：来之不善，去之亦易，货悖而入，亦悖而出总不如。〔叠断桥〕乐天知命，守分安常，荣华花上露，富贵草头霜，大数到，难消禳。自古英雄轮流丧，看破世事皆如此。〔马头调尾〕名利何必挂心肠！

〔平调〕春夏秋冬四季天，有人劳苦有人闲。不论好和歹，都要过一年。〔花柳调〕春日暖，有钱的桃红柳绿常游戏，无钱的他那里天明就起来忙忙去种地。夏日炎，殷实人赏玩荷池消长昼，受苦人双眉皱挑担沿街串，推车走不休。秋日爽，有力的发楼饮酒赏明月，无力的苦巴竭，庄家收割忙，混过中秋节，冬日冷，富贵人红炉暖阁销金帐，贫穷人在陋巷衣单食又缺，苦的不成样。〔清江引〕一年到头十二个月，四时共八节，苦乐不均匀，公道是谁说！世上人惟白发高低一样也。

〔泛调〕大江东去永不停，庐山正对浔阳城。陶渊明不作官，愿把那菊花种，白居易送客，留下了《琵琶行》。〔弋腔戏〕有一个名英布，据浔阳称王霸业；有一个晋庾亮，鄱阳湖训练操兵。宋时节岳王武穆忠良将，威名大雄镇九江。更有那明太祖督兵鏖战陈友谅，临阵柁坏，多亏元将军。你看那鄱阳浔阳，古时战场。〔泛调尾〕手擎着笔管仔细追想，长江有，庐山在，人似后浪催前浪，长江有，庐山在，人似后浪催前浪。

〔马头调〕常言幕友架子大，毫无区别不成话。紫檀木书架虽小，人贵重，杨柳木架子极大，谁爱他，〔花柳调〕紫檀架内装着五经四书，心贯串，变化高，文章能治国，韬略平天下。杨木架内装着美酒肥肉，吃下肚，变化出清者即是屁，浊者臭巴巴。〔马头调尾〕请幕友不论架子大与小，只要他行为体面居心正，将公事办的妥当，写的又好，才称得钱不虚花头不大。

《粤讴》为招子庸所作，只有一卷，而好语如珠，即不懂粤语者读之，也为之神移。拟《粤讴》而作的诗篇，在广东各日报上竟时时有之。几乎没有一个广东人不会哼几句《粤讴》的，其势力是那末的大！

解心事

心各有事，总要解脱为先。心事唔（“唔”方言“不”也）安，解得就了然。苦海茫茫，多半是命蹇。但向苦中寻乐，便是神仙。若系愁苦到不堪真系恶算，总好过官门地狱更重哀怜。退一步海阔天空，就唔使自怨。心能自解真正系乐境无边。若系解到唔解得通，就讲过阴骘个便。唉，凡事检点，积善心唔险。你睇远报在来生，近报在目前。

吊秋喜

听见你话死，实在见思疑。何苦轻生得咁痴！你系为人客死心唔怪得你。死因钱债叫我怎不伤悲！你平日当我系知心亦该同我讲句。做乜（“乜”方言甚么也）。交情三两个月都有句言词，往日个种恩情丢了落水。纵有金银烧尽带不到阴司。可惜飘泊在青楼孤负你一世，种花场上冇（“冇”音世方言无也）日开眉。你名叫秋喜，只望等到秋来还有喜意。做乜才过冬至后就被雪霜欺？今日无力春风唔共你争得啖气，落花无主敢就葬在春泥？此后情思有梦你便频须寄，或者尽我呢点穷心慰吓故知。泉路茫茫你双脚又咁细，黄泉无客店问你向乜谁栖？青山白骨唔知凭谁祭。衰杨残月空听个只杜鹃啼。未必有个知心来共你掷纸，清明空恨个页纸钱飞。罢略不着当作你系义妻来送你入寺，等你孤魂无主仗吓佛力扶持。你便哀恳个位慈云施吓佛偈，等你转过来生誓不做客妻。若系冤债未偿再罚你落花粉地，你便拣过一个多情早早见机。我若共你未断情缘重有相会日子，须紧记：念吓前恩义。讲到销魂两个字共你死过都唔迟！

以上两篇是最盛传的。但《解心事》还不过一种格言诗。《吊秋喜》却是一篇凄楚的抒情的东西了。据说秋喜实有其人，是一个妓女，子庸曾眷恋之。像《吊秋喜》这样温厚多情的情诗，在从前很少见到。

子庸字铭山，南海人。嘉庆举人，知潍县，有政声。后来坐事去官。他对于绘事很有心得，画蟹尤有名于时，画兰行也为时人所重。但今所见者多系冒他的名的假作。

篷江居士题《粤讴》云：“莫上销魂旧板桥，桥头秋柳半飘萧。无人解唱烟花地，苦海茫茫日夜潮。”荷村渔隐题云：“应是前身杜牧之，惯将新恨写新词。十年不作扬州梦，容易秋霜点鬓丝。”这都可见《粤讴》是为妓女而作的，故在乐院间传唱最盛。石道人的序道：

居士曰：三星在天，万籁如水。华妆已解，芗泽微闻。抚冉冉之流年，惜厌厌之长夜。事往追惜，情来感今。乃复舒复南音，写伊孤绪，引吭按节，欲往仍回，幽咽含怨，将断复续。时则海月欲堕，江云不流。辄唤奈何，谁能遣此！余曰：南讴感人，声则然矣。词可得而征乎？居士乃出所录，漫声长哦。其音悲以柔，其词婉而挚。此繁钦所谓凄入肝脾，哀感顽艳者。不待河满一声，固已青衫尽湿矣。

这些话把《粤讴》的感人的力量已说得很明白了。

此外，拟作民歌，辑集民歌的，还有李调元（《粤风》）、黄遵宪（《山歌》）诸人。李调元的《粤风》，恐怕润改的地方不会很少。黄遵宪的《山歌》，虽也说是从口头笔记下来的（他自己说："土俗好为歌，男女赠答，颇有《子夜》《读曲》遗意。采其能笔于书者，得数首"），但作者必定不会没有所润色的。

人人要结后生缘，侬只今生结目前。一十二时不离别，郎行郎坐总随肩。

一家女儿做新郎，十家女儿看镜光。街头铜鼓声声打，打着中心只说郎。

第一香橼第二莲，第三槟榔个个圆。第四夫容五枣子，送郎都要得郎怜。

这些山歌确是像夏晨荷叶上的露珠似的晶莹可爱。

遵宪自己说道："仆今创为此体，他日当约陈雁皋、钟子华、陈再芗、温慕柳、梁诗五分司辑录。我晓岑最工此体，当奉为总裁，汇录成编，当远在《粤讴》上也。”但遵宪的大规模辑录山歌之举，终于未成。而隔了数十年后，梅岭情歌搜集者却大有其人，像李金发，便是很有成就的一个。

六

“道情”之唱，由来甚久。元曲有仙佛科，元人散曲里复多闲适乐道语。道家的词集在《道藏》里者不少。曲集亦有《自然集》等。到清代，“仅存时俗所唱之《耍孩儿》《清江引》数曲”（《泗溪道情自序》）。而郑燮、徐大椿、金农诸家却起而复活了这个体裁。或创新曲，或循旧调。金农所作，已离开“道情”本旨很远。郑燮最得其意。徐大椿所作，以教训为主，也还近之。今仅引述郑、徐二家之作。郑燮道情，传唱最广。乾隆中，厉鹗附刻之于乔、张小令之后。

老渔翁，一钓竿，靠山崖，傍水湾，扁舟来往无牵绊。沙鸥点点轻波远，荻港萧萧白昼寒，高歌一曲斜阳晚。一霎时波摇金影，蓦抬头月上东山。

老樵夫，自砍柴，捆青松，夹绿槐，茫茫野草秋山外。丰碑是处成荒冢，华表千寻卧碧苔，坟前石马磨刀坏。倒不如闲钱沽酒，醉醺醺山径归来。

老头陀，古庙中，自烧香，自打钟，兔葵燕麦闲斋供。山门破落无关锁，斜日苍黄有乱松，秋星闪烁颓垣缝。黑漆漆蒲团打坐，夜烧茶炉火通红。

水田衣，老道人，背葫芦，戴袱巾，棕鞋布袜相厮称。修琴卖药般般会，捉鬼拿妖件件能，白云红叶归山径。闻说道悬岩结屋，却教人何处相寻？

老书生，白屋中，说唐虞，道古风，许多后辈高科中。门前仆从雄如虎，陌上旌旗去似龙，一朝势落成春梦。倒不如蓬门僻庵，教几个小小蒙童。

尽风流，小乞儿，数莲花，唱竹枝，千门打鼓沿街市。桥边日出犹酣睡，山外斜阳已早归，残杯冷炙饶滋味。醉倒在回廊古庙，一凭他雨打风吹。

掩柴扉，怕出头，剪面风，菊径秋，看看又是重阳后。几行衰草迷山郭，一片残阳下酒楼，栖鸦点上萧萧柳。撮几句盲辞瞎话，交还他钱板歌喉。

邈唐虞，远夏殷，卷宗周、入暴秦，争雄士国相兼并。文章两汉空陈迹，金粉南朝总废尘，李唐赵宋慌忙尽。最可叹龙盘虎踞，尽销磨燕子春灯。

吊龙逢，哭比干，羡庄周，拜老聃，未央宫里王孙惨。南来薏苡徒兴谤，七尺珊瑚只自残，孔明枉作那英雄汉。早知道茅庐高卧，省多少六出祁山！

拨琵琶，续续弹，唤庸愚，警懦顽，四条弦上多哀怨。黄沙白草无人迹，古戍寒云乱鸟还，虞罗惯打孤飞雁。收拾起渔樵事业，任从他风雪关山。

风流家世元和老，旧曲翻新调。扯碎状元袍，脱却乌纱帽。俺唱这道情儿归山去了。

把世情看得凉淡无聊之至，而以个人的享乐为主，所谓安贫乐道，无荣无辱，便是其宗旨。这样的人生观，在贵族文学和平民文学里都同样的占着势力。

徐大椿字灵胎，吴江人，作有《泗溪道情》和《乐府传声》。他是一位音乐家，自己会作曲，所以他愤于时俗所唱之道情“卑靡庸浊，全无超世出尘之响”。便“即今所存《要孩儿》诸曲，究其端貌，推其本初，沿其流派，似北曲仙吕入双调之遗响。乃推广其音，令开合弛张，显微曲折，无所不畅。声境一开，愈转而愈不穷，实有移情易性之妙”（自序）。但其谱今已不传。他的《道情》，题材甚广，但多半还以教训为主。兹录其数曲如下：

读书乐

要为人，须读书。诸般乐，总不如。识得圣贤的道理，晓得做人的规矩。看千古兴亡成败，尽如目见耳闻；考九州城郭山川，不必离家出户。兵农医卜，方书杂录，载得分明；奇事闲情，小说稗官，讲的有趣。读得来满腹文章，一身才具。收了心省得些妄念淫思，束了身断绝那胡行邪路。这是读书的乐。更说那不读书的苦：记姓名，写不出赵李张王，登帐目缠不清一三四五。听见人说故事，颠颠倒倒，记了回来；听见人论文章，急急忙忙，跑将开去。更有那有钱的闲不过，只得非嫖即赌。到后来败了家私，遭了刑戮，我见他不但心情惨戚，又弄得体面全无。

时文叹

读书中，最不齐，烂时文，烂似泥，本来原为求贤计，谁知变了欺人技。看了半部讲章，记了三十拟题，状元塞在荷包里。等到那岁考日，乡试期，房行墨卷，汪汪念到三更际。也不晓得《三通四史》是何等的文章，也不晓得汉祖唐宗是那样的皇帝。读得来口角离奇，眼目眯萋，脚底下不晓得高低。大门外辨不出东西。更有两个肩头，一耸一低，直头吃了几服迷魂剂。又不能稳中高魁，只落得昏沉一世。就是做得官时，把甚么施经济！得趣的是衙役长随，只有百姓门精遭晦气。劝世人何不读几部有用经书。倘遇合有期，正好替朝廷出力。若遭逢不偶，也还为学校增辉。

泛舟乐

驾扁舟，水上飞，活神仙，不让伊。东西来往无拘系，琴书宝玩凭缘寄，衣裘饮馔诸般备。到春来绿柳环堤，红桃映水，锦帐千层逐处迷。到夏来萍花随橹，荷香扑鼻，满天凉雨挂虹霓。到秋来菰蒲藏雁，芦花映月，远浦渔歌绕钓矶。到冬来千山霁雪，披裘小酌，玉树琼林两岸垂。楼台城郭朝朝异，名山巨壑随时憩。更希奇，百里家乡，一望云迷。只半夜轻风，两幅征帆，一枕黄粱未已，朦胧地听说道：老子归来，似稚儿口气。推蓬看，已到我草堂西。

游山乐

到山中，便是仙。万树松风，百道飞泉。更有那野鸟呼人，引我到僧房竹院。异草幽花香入骨，奇峰怪石峭嶙天。一步一回头，景象时时变。越走得路崎岖，越骗得精神健。到了那山穷水转，又是个别有洞天。清风吹我尘心断，不知今夕是何年。遥望着牧竖樵夫，洗足清泉。与他言，竟不晓得唐宋明元。直说到日落虞渊，借宿在草阁茅轩。雨前茶浇一碗青晶饭。抬头看，只见藤萝月却挂在万峰尖。

吊何小山先生

萧瑟秋风，木落寒江，典型云谢，非为私伤。想先生博雅胸肠，炯炯目光，把亡经僻史，疑文奇字，考究精详。不论夏鼎商彝，唐碑宋画，真与赝，难逃鉴赏。普天下文人，那一个不问小山无恙。到今朝耆旧云亡，空了襄阳，许大一座苏州，又少个人相撑仗。想生前也有怕他说短论长，也有怪他骂李呵张。从今后，倘有那年少猖狂，铜臭鸱张，有谁人再管这精闲帐？今日里，鸦叫枯杨，月照空梁，只有半部校残书，摊在尘筵下。如此凄凉，任你旷达襟怀，也不禁泪洒千行！况我半世相随，一朝永诀，落落狂生，向谁人更觅知音赏？思量只得谱一首商调道情词，代做招魂榜。望先生来格来临！呜呼尚飨！

题山庄耕读图

祖父儿孙，聚首一堂，免不得做一首道情词，教尔曹都来听讲。我是个朴鲁寒儒，有甚么相依傍。除非是奋志勤修，方能像个人儿样。因此口不厌粗粝糟糠，身不耻敝垢衣裳。打起精神，广求博访。有时敦诗说礼，有时寻蓍采药，有时征宫考律，有时舞剑抡枪。终日遑遑，总没有一时闲荡。严冬雪夜，拥被驼绵，直读到鸡声三唱。到夏月蚊多，还要隔帐停灯映末光。只今日，目暗神衰，还不肯把笔儿轻放。难道我对尔曹说谎。今日里置个山庄，造座书堂，雇几个赤脚长须，种植些米麦高粱。你若是吃饱饭，东游西荡，定做些败坏身家的勾当。所其无逸，稼穑艰难，这两句载在《尚书》上，怎么不思量？断不可矜才炫智，也不望身显名扬。只要你谦恭忠厚人皆敬，节俭辛勤家自昌。才守得这几亩稻田，数间茅舍，年年岁岁，徐姓完粮。

道情的作用，至灵胎而大广。但究竟还以劝世为主。经了乾隆“十全老人”的时代，清室渐渐的衰弱下去了，变乱不断的来。鸦片战争之后，不久，便来了太平天国之乱。同时，便有了英法联军陷北京的事。自此以后，海禁大开，中国的古老的社会的基础根本的发生了动摇。像道情的那样情调的东西便永远不再会有人去写作了。崭新的描写变动的大时代的东西，不久便起来。不仅旧的正统文学被抛弃，即旧的所谓通俗文学也渐渐的显得不合时宜了。故五四运动，不仅结束了正统文学的历史，同时也结束了通俗文学的历史，而要把他们重新的估定价值。

参考书目

一、《中国俗曲总目稿》，刘复、李家瑞编，中央研究院出版。

二、《粤风》，李调元编，有《函海》本。

三、《时尚南北小调万花小曲》，有乾隆间刊本。

四、《霓裳续谱》，王廷绍编，有原刊本，有《国学珍本文库》本。

五、《白雪遗音》，华广生编，有道光间原刊本（西谛藏）。

六、《白雪遗音选》，郑振铎编，开明书店出版。

七、《白雪遗音续选》，汪静之编，北新书局出版。

八、《浔阳诗稿》，戴全德撰，有嘉庆原刊本。

九、《粤讴》，招子庸撰，有道光原刊本。

十、《人境庐诗草》，黄遵宪撰，有近刊本数种。

十一、《郑板桥集》，郑燮撰，坊刊本甚多。

十二、徐大椿的《洄溪道情》，有原刊本，有《散曲丛刊》本。

后记

本书作者郑振铎（1898—1958）是中国作家、文学史家和考古学家，笔名西谛、郭源新，福建长乐人。“五四”时期曾与瞿秋白等合编《新社会》。1921年与沈雁冰、王统照等组织文学研究会。同年到商务印书馆从事编辑工作。1923年后主编《小说月报》。1931年起历任燕京大学、暨南大学等校教授，致力于学术研究，主编《文学季刊》《世界文库》。抗日战争期间留居上海，坚持进步文化工作。1945年后参与主编《文艺复兴》《民主》周刊等。新中国成立后，历任第一、第二届全国政协委员，文化部副部长，文物局局长等职。1958年出访途中因飞机失事遇难。著有短篇小说集《取火者的逮捕》以及《插图本中国文学史》等；编有《中国版画史图录》《中国古本戏曲丛刊》等。

《中国俗文学史》以时间为顺序论述各个朝代的文学形式，上起先秦歌谣，下迄清代民歌，对中国历代歌谣、民歌、杂剧词、鼓子词、诸宫调、散曲、宝卷、弹词等民间文学做了系统的梳理与论述，材料丰富，引证广博。

该书为俗文学史上一本划时代的名著。虽然不能说它是“空前绝后”的著作，但无论如何是最扎实、最有价值的一本中国俗文学史，而且长期没有一本同类著作可以替代它。该书不仅在资料占有上无与伦比，而且在观点上自成一说，发人所未发，标志着他的民间文学——俗文学思想进入成熟的时期。该书堪与王国维《宋元戏曲考》、鲁迅《中国小说史略》互为补充，鼎足为三，珠联璧合，均为研究中国文学史必读之典籍。

该书于1938年由商务印书馆初版，1984年6月由上海书店影印出版，被列入“中国文化史丛书”，此次即以上海书店影印本为底本编辑整理，在尊重底本的前提下对个别字词与标点做了技术处理，余则保持底本原貌。